COLLECTION FOLIO

W0404974

Herman Melville

Pierre

ou Les ambiguïtés

Nouvelle édition revue et corrigée

Traduit de l'anglais
et préfacé par Pierre Leyris

Gallimard

Titre original :

PIERRE, OR THE AMBIGUITIES

© Éditions Gallimard, 1967, pour la traduction française.

© Éditions Gallimard, 1999, pour la préface.

PRÉFACE

Pierre et l'inceste comme masque

> *Tout renom est condescendance.*
> *Soyons innommable.*[1]

Pierre ou Les ambiguïtés*: ce prénom français — le mien — suivi d'un sous-titre qui évoque les fibres contrastées du cœur, m'a interpellé vers 1935 à la Bibliothèque américaine, sise alors rue de l'Élysée et ouverte à quiconque. L'Amérique était en train de redécouvrir Melville, dont la plupart des ouvrages, anéantis en 1853 par l'incendie d'un dépôt, et sans valeur marchande, n'avaient jamais été réédités.*

Pierre *me fit l'effet d'un bolide chu d'un lointain ailleurs, d'un bolide dense, rébarbatif et portant des marques d'incandescence. Il m'invita impérieusement à le deviner à travers mon anglais précaire, puis à le coucher dans un français d'apprenti traducteur*[2].

Aujourd'hui encore, Pierre *semble tomber comme un bolide, mais cette fois dans l'œuvre de Melville.*

On a peine à croire que sa rédaction suive immédiatement la parution de Moby-Dick. *Les dates pour-*

1. *All fame is patronage. Let me be infamous.* Lettre à Hawthorne, de juin 1851. (Cf. *D'où viens-tu, Hawthorne?* suivi de *Hawthorne et ses mousses*, traduit et préfacé par Pierre Leyris, Gallimard, 1986.)
2. Traduction publiée en 1939, entièrement remaniée en 1967, puis revue avec Philippe Jaworski pour la présente édition.

tant en font foi: Moby-Dick *paraît en octobre 1851 à Londres et le mois suivant à New York.* Pierre, *dont Melville propose le manuscrit à l'éditeur Bentley en 1852*[1]*, est publié à New York en juillet. Melville a donc écrit en ce peu de temps ces six cents pages. Sa précipitation ne se tempère que lorsqu'il laisse méditer Pierre, perplexe: le plus souvent, elle prévaut. Quelles impulsions sont à l'origine de ce puissant geyser?*

Melville devait un jour, devant la surdité de ses contemporains à son égard, ne plus écrire que pour lui-même. Mais à cette date, gentleman-farmer amateur dans sa ferme du Massachusetts et père de famille ployant sous les charges (il vient d'avoir un deuxième enfant, sa mère est souvent là), il veut croire encore, malgré la très médiocre vente de Moby-Dick *des deux côtés de l'Atlantique, qu'il va vivre de sa plume, comme le succès de ses anciens livres d'aventures le lui avait promis. La moisson faite, il s'enferme de plus en plus dans son bureau à cette fin.*

Qu'écrit-il si assidûment, si impétueusement même? D'une part, ce que lui dicte son secret désir et ce qui le révolte dans la morale des sociétés soi-disant chrétiennes de son temps; d'autre part, pour joindre les deux bouts, ce dont le public lui paraît friand.

Faisaient rage alors des romans à sensation, souvent de main féminine, et Melville cherche à parodier tant leur structure plus ou moins Sturm und Drang *que leur emphase sentimentale. D'où le lyrisme débordant de* Pierre, *surtout dans les dialogues, qui sem-*

1. En lui présentant l'ouvrage comme «beaucoup plus calculé pour atteindre à la popularité que tout ce que vous avez publié de moi — étant une histoire romanesque bon teint avec une intrigue mystérieuse et des passions bouillonnantes à l'œuvre, et décrivant de surcroît un aspect nouveau et élevé de la vie américaine».

blent mieux faits pour une scène romantique (elle n'a pas eu le temps d'exister en Amérique) que pour un roman. Melville est naturellement lyrique, il n'a donc pas besoin de se forcer en cela.

Ce n'est pas seulement le style, mais l'intrigue de son milieu qui déconcertent le lecteur, tout particulièrement au sortir de Moby-Dick. *Il pataugeait dans le sang des léviathans dont la graisse éclairait l'Amérique, et voilà qu'il tombe dans un opulent manoir de la Nouvelle-Angleterre où le jeune Pierre règne, avec un raffinement qui confine à la préciosité, en compagnie de sa mère veuve qu'il traite en sœur et avec laquelle il minaude, au sein d'une Arcadie plus proche de* L'Arcadie *de la comtesse de Pembroke ou de* L'Astrée *que des fumets de l'étable. Il est d'ailleurs loin d'être ridicule, malgré le jargon que Melville lui prête : narcissique du fait du maternage de Mrs. Glendinning et de sa position sociale, il est naturellement noble jusqu'au donquichottisme. Heureux et conscient de l'être, la seule chose qui lui manque est la compagnie d'une sœur.*

Allant au matin sous les fenêtres de sa fiancée qui habite le domaine voisin, il s'émeut à la vue d'« un oreiller neigeux et satiné où un rameau égaré a doucement posé une riche fleur cramoisie ». Lucy l'accueille en lui prodiguant les bonjours et il s'écrie : « Je te retournerais bien tes multiples bonjours, mais ce serait prétendre que tu émerges de la nuit, et, par le Ciel, tu appartiens aux sphères du jour infini. » (s'attirant les reproches de Lucy pour avoir juré « par le Ciel »).

Le lecteur d'aujourd'hui va-t-il poursuivre ? Il risque de n'en rien faire s'il s'éloigne avant le récit d'Isabelle. C'est la charnière sur laquelle le livre bascule. Non que l'emphase se dissipe d'un seul coup. L'un de ses traits est l'usage du thou *(tu) qu'Isabelle adresse à Pierre. On l'employait quand on s'adressait à Dieu, mais pas seulement; c'était ou ç'avait été aussi une manière de mettre l'accent, d'insister, par exemple sur la fraternité chez les quakers, hostiles à toute hiérarchie; et ici, on le verra, il s'agit de fraternité au sens propre. Melville recourt-il à ce vocatif anachronique du fait de quelque souvenir de son enfance semi-unitarienne ou sous l'influence de Hawthorne et des contes que celui-ci situe aux premiers temps des colonies puritaines de la Nouvelle-Angleterre? Ou bien encore, Melville œuvre-t-il parallèlement à Shakespeare, dont il est imprégné, et qui utilise* thou *et* you *de manière plus expressive que conforme à l'étiquette? Je ne saurais choisir entre ces diverses hypothèses. De toute manière, le* thou *détonne étrangement dans le dialogue d'un roman américain de cette époque.*

Isabelle est la demi-sœur de Pierre, le fruit d'une faute ancienne commise jadis en Europe par leur commun père. Laissée à la garde des uns et des autres, elle décrit à Pierre en quelques traits, avec les yeux d'une petite enfant, puis d'une enfant, les demeures successives où elle s'est trouvée, fille du péché traitée souvent comme une intouchable. On reconnaît dans l'un de ses relais un asile d'aliénés. On devine aussi dans trois grands arbres qui oscillent au-dessus d'un petit visage les mâts d'un navire traversant l'Atlantique. Ce récit reste grandiloquent, mais jette parfois des lueurs magiques.

Il est également d'une importance décisive quant à l'intrigue. Isabelle vient donc de révéler à Pierre qu'elle est sa sœur. Il prend vite conscience qu'il ne peut pas ternir publiquement la mémoire de son père et qu'en outre la fière Mrs. Glendinning n'accueillera jamais l'intruse. «Chez l'enthousiaste du devoir naît un Christ célestement engendré»: il décide de faire corps avec la jeune déshéritée, de la déclarer son épouse[1] *et de l'emmener à la ville où il les fera vivre tous deux en écrivant. Ne sera-t-il pas secouru, d'ailleurs, par son cousin Glen, auquel l'a lié jadis une amitié passionnée d'adolescent ? Prendre ce parti, c'est renoncer à son domaine et rompre avec sa mère ainsi qu'avec sa fiancée.*

Isabelle a captivé Pierre dès le premier instant par sa beauté, par son regard ; elle l'envoûte maintenant par son récit, par sa guitare. Alors que les autres femmes, dans l'œuvre de Melville, ne sont guère de chair et de sang, Isabelle existe d'emblée pour Pierre, puis pour nous parce qu'elle est la sœur tant désirée de Pierre, comme une émanation jumelle, féminine, devenue une part de lui-même.

Je découvre ici, en feuilletant un ancien numéro de la revue Europe *(1991) consacré à Melville, que Pavese, à propos de la promenade inquiète du capitaine américain sur le pont du San Dominick dans « Benito Cereno », dans un décor dont les éléments sont «* techniquement *analogues à ceux de certains épisodes du* Purgatoire *de Dante », déclare qu'« ils sont le symbole, au-delà de l'image, d'une conception opposée des choses » et il ajoute : « Possible spiritualisation angélique. » L'intuition de Pavese paraît bien applicable à* Pierre.

*

Écartons-nous un instant de Melville pour le mieux voir. En d'autres temps et en d'autres lieux, Byron, si constant dans l'inconstance, eut deux amours tout au long de sa vie : d'une part sa sœur Augusta, en laquelle il reconnaît avant tout une Byron et dont l'éloigne-

1. Sa sœur-épouse, alors que sa mère est sa mère-sœur.

ment physique et affectif le fit tant souffrir après qu'il eut quitté l'Angleterre; d'autre part son condisciple de Harrow, Lord Clare, qu'il retrouvera vingt ans plus tard sur la route de Pise avec un frémissement mutuel inexprimable[1]. *Deux amours interdites parce que fondées, contre les fins de la nature, sur une similitude: l'un par la parenté de sang, l'autre par l'identité de sexe. Byron les unit dans sa vie, Melville les figure l'un par l'autre.*

Il avait lieu de le faire. Voisin du Massachusetts, à quelques milles de cheval, de Nathaniel Hawthorne, il le rencontre au cours d'une partie de campagne, les deux hommes éprouvent l'un pour l'autre une vive sympathie; il lit et recense anonymement ses Contes *avec une admiration extrême; se lie étroitement à lui et à sa femme Sophia; donne probablement une nouvelle dimension symbolique à* Moby-Dick *sous son influence, et lui dédie cette œuvre.*

Cependant Melville, tout père de famille qu'il est, reste homosexuel dans les fantasmes créateurs de ses élans secrets. Il reconnaît en Hawthorne, son aîné par les ans et par le maniement des idées, son maître, mais il voit aussi en lui son complice en scepticisme à l'égard de la morale et il a le désir ardent d'une communion avec lui.

Melville lui écrit entre autres: «D'où viens-tu, Hawthorne? De quel droit bois-tu à la coupe de ma vie? Quand je la porte à mes lèvres, voici: ce sont tes lèvres et non les miennes. Je sens que la divinité est partagée comme le pain de la Cène et que nous en

1. «... Clare aussi fut fort remué — davantage même *en apparence* que je ne l'étais moi-même, car je sentis son cœur battre à l'extrémité de ses doigts — à moins que ce soit mon propre pouls qui me l'ait fait croire» (Cf. *Pensées détachées* dans *Journal de Ravenne*, José Corti, 1998).

sommes les morceaux. D'où cette infinie intensité de sentiments[1]*.»*

On ignore la réponse de Hawthorne, mais celui-ci devait confier dans Le Faune de marbre *qu'il n'éprouvait des sentiments intenses qu'avec les femmes. Quelques mois plus tard, il quittera la région et Melville s'attaquera à* Pierre. *Il ne reverra Hawthorne que quatre ans plus tard, lors d'une escale à Liverpool où son ami est devenu consul, sur la route de Jérusalem.*

*

Pierre *ne cesse pas d'être un roman d'éducation — tous les romans de Melville le sont à quelque degré —, mais il va devenir un roman noir, genre dont la loi interdit qu'un préfacier en révèle les péripéties. Il est bon de nous y conformer, bien que les mœurs d'aujourd'hui permettent de tricher quelque peu à cet égard.*

Lorsque la berline qui emporte Pierre, Isabelle et une jeune fille jetée à la rue pour avoir fauté, saute sur les pavés à l'entrée de New York, Pierre dit amèrement: «Peut-être les cœurs des citoyens défunts sont-ils montés à la surface.» Quel pressentiment l'incite à faire d'emblée le procès de la Ville? Est-ce regret du domaine qu'il cultivait ou — s'il est permis de confondre Pierre et son créateur — nostalgie de la Nature sauvage de Taïpi*? Craint-il d'être meurtri par ses brusques anticipations? A-t-il confiance en ses propres forces ou en la loyauté de son cousin Glen? Quoi qu'il en soit, nous ne sommes plus surpris de l'entendre parler par symboles.*

Il a laissé Isabelle au poste de police pour se rendre

1. Cf. *D'où viens-tu, Hawthorne?*

chez Glen. Lorsqu'il vient la reprendre, Glen l'ayant fait chasser de chez lui par un valet, il la trouve en butte aux assauts d'un malfrat ramassé dans une rafle. La scène est-elle trop appuyée ? Elle est forte en tout cas, et ce sont les noirceurs d'un Hogarth, d'un Daumier qu'elle rappelle.

Pierre et Isabelle se sont réfugiés à l'église des Apôtres, ruche profane à demi vide qui a fini par prendre le nom du Sanctuaire contre lequel elle se blottit. Occupe à peu de frais ses cellules spartiates tout un peuple de songe-creux et de crève-la-faim, de marginaux enfin auxquels Pierre va naturellement se mêler. Tout comme Melville peine dans sa ferme pour écrire Pierre et joindre les deux bouts, Pierre peine désespérément dans sa cellule pour gagner son pain, celui d'Isabelle, et celui, désormais, de Lucy, venue se greffer sur un couple qu'elle accepte, convaincue qu'elle est de l'honnêteté de Pierre. Et c'est un étrange triangle de jalousies secrètes et de secrets désirs.

Pierre a senti, puis pris conscience que son amour pour Isabelle était plus que fraternel, ne relevait pas seulement de l'amour courtois. Se sent-il coupable pour autant de ce qu'il ressent comme si naturel ? Pas plus que Melville ne saurait se sentir coupable des sentiments que la Nature, à l'encontre de ses fins habituelles, lui inspire envers Hawthorne. Cependant, la société, la religion le réprouvent. Et le voici entre deux femmes qu'il a entraînées à tous égards dans une impasse et qu'il voue à la misère.

Dans son désarroi, Pierre se livre à de longues marches nocturnes. Il est, au hasard des rues populeuses, « l'homme des foules » de Poe. Peu à peu, cependant, « il en vint à diriger ses pas vers les sombres et étroites rues de traverse, en quête des tavernes les plus retirées et les plus mystérieuses... Mais il finit par prendre en dégoût ces lieux mêmes ; seule à présent la *parfaite désolation nocturne des plus obscures sentes manufacturières le contentait ou, au moins, lui semblait à peu près supportable. Il prit l'habitude de parcourir chaque soir leurs dédales jusqu'au jour où, comme il s'arrêtait avant de retourner sur ses pas, une sensation insolite l'envahit soudain : il ne savait plus où il était, il avait perdu tout sentiment de vie ordinaire, il ne voyait pas, bien qu'il crût sentir en portant instinctivement la main à ses yeux, que ses paupières étaient ouvertes. Puis à l'aveuglement s'ajouta une sensation de vertige et d'étourdissement ; il chancela, une myriade de météores verts se mirent à danser devant ses yeux, il sentit son pied trébucher contre le trottoir, étendit les mains en avant et perdit connaissance. Quand il revint à lui, il s'aperçut qu'il était couché en travers du ruisseau, souillé de boue et de limon. »*

(Ces lignes semblent avoir été écrites peu après que Poe eut été trouvé de la sorte ivre mort et moribond. Melville en a-t-il eu connaissance ? Y fait-il allusion ?)

Cette longue citation atteste que le style de Melville, s'il n'a pas trouvé l'économie, a du moins su perdre son emphase au cours du récit, tandis que nous-mêmes, gagnés par sa teneur, sommes devenus plus tolérants envers ses bizarreries formelles.

Pierre se relève du ruisseau, mais pour continuer à chanceler entre les deux femmes que sa naïveté n'a pas su refuser au Destin. Il est tellement égaré qu'il vient à douter, non certes de la sincérité d'Isabelle (un regard dans ses yeux l'interdit), mais de l'authenticité de son récit ; à croire que celui-ci lui a été inculqué dès l'enfance, qu'en réalité elle n'est pas sa sœur : Melville détruisant en quelque sorte son propre sujet dans le délire de son héros.

Non pas, il est vrai, son objet. Qui a toujours été de

montrer que l'homme est en proie au désarroi des ambiguïtés depuis qu'il a goûté au fruit interdit de la science du Bien et du Mal. Pierre, se précipitant d'un cœur entier vers le Bien, trouve d'abord ce que la société et une part de lui-même, restée calviniste, appellent le Mal ; puis se découvre véritablement livré au Mal, puisqu'il devient malgré lui un meurtrier et qu'il entraîne deux innocentes dans la mort.

Quelle morale tirer de pareille intrigue ? La critique américaine n'hésita pas. « Bourbier fangeux » fut, parmi d'autres compliments, son verdict. Auquel le public se conforma : au bout de trois mois, on n'avait pas encore vendu trois cents exemplaires.

Après un tel échec, Melville ne pouvait plus proposer de roman à aucun éditeur, il ne pouvait que collaborer à une revue ; ce qu'il fit en effet après un long silence, en publiant « Bartleby ».

Malgré la saisissante mutation formelle — si heureuse ! — par rapport à Pierre, il n'y eut pas pour autant suspens d'inspiration ni changement essentiel de propos. L'enquête sur la responsabilité humaine se poursuit. Bartleby préfère s'abstenir : c'est donc qu'il pourrait faire autrement, qu'il agit par caprice ? Ou bien la religion, la société, la famille ont-elles inscrit impérieusement en lui dès le principe cette conduite d'échec, ce refus ? Lequel d'ailleurs, s'il n'est pas pur et simple narcissisme, peut légitimement se retourner contre la religion, la société, la famille et leur faire perdre contenance en les confrontant tout à coup à l'absolu — ou n'être que sommeil « avec les Rois et les Conseillers[1] », dans l'éternel.

PIERRE LEYRIS.

1. Job.

À Sa Très Excellente Majesté
le Greylock

Jadis, les auteurs étaient fiers d'avoir le privilège de dédier leurs ouvrages à quelque Majesté. Cette noble coutume, nous autres du Berkshire la devons rétablir. Aussi bien, que nous le voulions ou non, la Majesté siège tout autour de nous dans le Berkshire en un grandiose Congrès de Vienne de cimes majestueuses et revendique éternellement notre hommage.

Mais le majestueux Mont Greylock, mon plus immédiat seigneur et mon roi, s'étant vu dédier depuis des siècles sans nombre les premiers rayons de toutes les aubes du Berkshire, je ne sais comment Son Impériale et Pourpre Majesté (de naissance royale : Porphyrogénète) recevra la dédicace de mon pauvre rayon solitaire.

Néanmoins, puisque, habitant avec mes loyaux voisins les Érables et les Hêtres dans l'amphithéâtre où préside, centrale, Sa Majesté, j'ai joui de ses fertilisants et très munificents bienfaits, il n'est que juste que je m'agenouille ici dévotement pour exprimer ma gratitude — que le Très Pourpre, Très Excellent et Très Majestueux Greylock daigne ou non incliner vers moi avec bénignité sa couronne chenue.

Pittsfield, Massachusetts.

LIVRE I

Pierre frais émoulu de l'adolescence

I

Il est d'étranges matins d'été à la campagne par lesquels le citadin de passage qui marche de bonne heure à travers champs reste frappé de surprise devant l'hypnose du monde vert et doré. Pas une fleur ne bouge ; les arbres oublient de se balancer ; l'herbe même semble avoir cessé de pousser ; et la Nature tout entière, comme consciente soudain de son propre profond mystère et ne trouvant pour s'en garder que le silence, sombre dans ce repos indescriptible et merveilleux.

C'est par un semblable matin de juin que Pierre, rafraîchi et revigoré par le sommeil, sortit de la vieille demeure de ses pères enfouie dans les bosquets avec ses hauts pignons et, s'engageant gaiement sous la voûte d'ormes de la longue et large avenue du village, tourna à demi consciemment ses pas vers une maisonnette que l'on apercevait au bout de l'enfilade.

L'hypnose verdoyante s'étendait au loin, traversée seulement de vaches tachetées qui s'en allaient rêveusement vers leur pâturage, suivies, non point menées, par des gamins aux joues vermeilles et aux pieds blancs.

Comme, saisi et ensorcelé par le charme exquis de ce silence, Pierre s'approchait de la maison et levait les yeux, il s'arrêta brusquement, le regard fixé là-haut sur une fenêtre ouverte. Pourquoi cette pause juvénile passionnée ? Pourquoi cette flamme dans le regard et sur la joue ? Sur le rebord de la fenêtre repose un oreiller neigeux et satiné, où un rameau égaré a doucement posé une riche fleur cramoisie.

Tu peux certes rechercher cet oreiller, fleur odoriférante, pensa Pierre ; voici une heure à peine, sa propre joue a dû s'y poser.

— Lucy !

— Pierre !

Comme un cœur en un cœur résonne, ainsi résonnèrent ces voix ; et, pour un moment, dans la tranquillité radieuse du matin, ces deux êtres se regardèrent en silence, mais ardemment, chacun d'eux contemplant chez l'autre le reflet d'une admiration et d'un amour sans bornes.

— Ce n'est que Pierre, dit enfin le jeune homme en riant. Tu as oublié de me souhaiter le bonjour.

— Ce serait trop peu. Bons matins, bons soirs, bons jours, bonnes semaines, bons mois et bonnes années à toi, Pierre, radieux Pierre ! Pierre !

En vérité, pensa le jeune homme, avec un calme regard d'inexprimable tendresse, en vérité le ciel s'ouvre et cet ange abaisse ses yeux vers la terre.

— Je te retournerais bien tes multiples bonjours, mais ce serait prétendre que tu émerges de la nuit ; et, par le Ciel, tu appartiens aux sphères du jour infini !

— Fi, Pierre ! Pourquoi faut-il que vous juriez toujours quand vous aimez, vous autres jeunes gens ?

— Parce qu'en nous l'amour est profane, car c'est mortellement qu'il s'efforce vers le ciel qui est en vous !

— Voilà encore que tu te dérobes, Pierre ; tu parviens toujours à m'entortiller. Dis-moi, pourquoi donc, vous autres jeunes gens, êtes-vous toujours si exquisément experts à changer tous nos petits riens en trophées ?

— Pourquoi, je ne sais, mais il en fut toujours ainsi.

Et, secouant le rameau de la fenêtre, il fit tomber la fleur qu'il fixa avec ostentation sur sa poitrine.

— Je dois partir à présent, Lucy ; vois ! je porte tes couleurs !

— Bravissimo ! ô ma nonpareille recrue !

II

Pierre était le fils unique d'une veuve opulente et hautaine, une dame dont la personne offrait un remarquable exemple de l'influence préservatrice et embellissante qu'exercent le rang, la santé et la richesse lorsqu'ils accompagnent un bel esprit de culture moyenne que nul chagrin inconsolable, nuls soucis vulgaires ne sont venus flétrir. Dans l'âge mûr, sa joue restait miraculeusement teintée de rose, sa taille souple, son front lisse, ses yeux endiamantés. En sorte qu'illuminée et tiarée par les feux du bal, Mme Glendinning éclipsait encore des charmes beaucoup plus jeunes ; si elle avait encouragé les admirateurs, elle eût été suivie d'une escorte de prétendants à peine moins jeunes que son propre fils Pierre.

Mais l'amour d'un fils respectueux et dévoué semblait suffire à cette fleur veuve ; aussi bien, Pierre, indiciblement agacé, parfois même enflammé de jalousie par la trop ardente admiration de ces beaux jeunes gens qui, de temps à autre, se laissant prendre à des pièges involontairement tendus, semblaient nourrir quelque fol espoir d'épouser cette créature inaccessible, Pierre, dis-je, avait plus d'une fois juré ouvertement, non sans une férocité enjouée, que tout homme qui oserait proposer à sa mère de l'épouser, qu'il fût imberbe ou paré d'une barbe grise, disparaîtrait immédiatement de la face de la terre par l'effet péremptoire de quelque force mystérieuse.

À cet amour romantique et filial de Pierre semblait pleinement répondre le triomphant orgueil maternel de la veuve, qui, dans les linéaments bien dessinés et la noble allure de son fils, voyait ses propres grâces transposées étrangement dans l'autre sexe. Ils présentaient une ressemblance frappante ; et comme la mère restait immuable dans sa beauté en dépit de la fuite des années, Pierre semblait la rejoindre à mi-chemin, sa splendide précocité de stature et de traits lui faisant presque atteindre à ce jalon de maturité qui était depuis si longtemps le piédestal inchangé de sa mère. Dans l'enjouement de leur amour sans nuages et dans la singulière licence qui naît d'une parfaite confiance et d'une entente mutuelle sur tous les points, ils avaient pris l'habitude de se donner l'un à l'autre les noms de frère et sœur. Telle était leur coutume, aussi bien en public qu'en privé ; et, s'ils se trouvaient entourés d'étrangers, ceux-ci prenaient parfois l'appellation au sérieux, car l'inaltérable fraîcheur de Mme Glendinning ne démentait point cette prétention à la jeunesse. — Ainsi, pour la mère et le fils, s'écoulait, libre et léger, le pur courant d'une vie conjointe. Mais la belle rivière n'avait point encore porté ses flots sur les rocs hostiles qui devaient plus tard en diviser le cours.

Un excellent écrivain anglais de ce temps[1], énumérant les principaux avantages de sa naissance, cite en premier lieu le fait d'avoir vu le jour à la campagne. Ainsi de Pierre. Son destin choisi avait voulu qu'il fût né et qu'il eût été nourri à la campagne, au milieu d'un paysage dont le charme exceptionnel formait un moule parfait pour un esprit délicat et poétique, un paysage dont les plus beaux sites portaient des noms fameux qui rappelaient les plus fiers souvenirs patriotiques et familiaux de l'historique lignée des Glendinning. Parmi les prairies dont les pentes ombragées dévalaient derrière la demeure manoriale jusqu'au lointain méandre de la rivière, une bataille indienne avait été livrée aux premiers jours de la colonie et, lors de cette bataille, l'arrière-grand-père paternel de Pierre, mortellement blessé, désarçonné et assis sur sa selle dans l'herbe, n'avait point cessé d'encourager de sa voix mourante les hommes engagés dans la mêlée : d'où le nom des Prés-de-la-Selle, qui s'était étendu par la suite au manoir et au village. Au-delà de ces plaines, à une journée de marche pour Pierre, s'étageaient les hauteurs parmi lesquelles, au cours de la Guerre d'Indépendance, son grand-père avait défendu, pendant plusieurs mois, un fortin rudimentaire, mais d'une importance primordiale, contre les assauts répétés des Indiens, des Tories et des Réguliers réunis. De devant ce fort, le noble mais féroce sang-mêlé Brandt s'était enfui, pour survivre et dîner avec le général Glendinning dans les temps de fraternisation qui suivirent cette guerre vengeresse. Les Prés-de-la-Selle ne suscitaient chez Pierre que des associations orgueilleuses. Les titres en vertu desquels les Glendinning possédaient depuis si longtemps ce domaine por-

1. Thomas de Quincey, dans *Suspiria de profundis*. *(N.d.T.)*

taient la griffe de trois rois indiens, et ces nobles forêts, ces nobles plaines n'avaient jamais connu d'autres hommes de loi. Pierre, aux jours de sa jeunesse bornée, considérait donc avec superbe l'arrière-plan de sa race, sans soupçonner le développement intime plus ample et plus mûr qui devait priver à jamais ces fiers souvenirs de tout empire sur son âme.

Mais l'éducation de Pierre eût été conçue sans sagesse si sa jeunesse s'était écoulée continûment parmi ces scènes rurales. Tout enfant déjà, il avait accompagné son père et sa mère — et plus tard sa mère seule — dans leurs visites annuelles à la ville ; et là, se mêlant naturellement à une société nombreuse et policée, il s'était formé insensiblement aux grâces plus aériennes de la vie sans affaiblir la vigueur héritée d'une race martiale et nourrie à l'air claironnant de la campagne.

Si son corps et ses manières étaient aussi bien formés, Pierre ne laissait point de posséder une culture plus raffinée encore. Ce n'était pas en vain qu'il avait passé de longs après-midi d'été dans les profondeurs de la bibliothèque paternelle si délicatement et dignement choisie, où les nymphes de Spenser l'avaient précocement initié aux multiples détours de la beauté enchanteresse. Ainsi donc, les membres empreints de grâce radieuse, le cœur habité de douces flammes imaginatives, ce Pierre Glendinning glissait vers la maturité, sans prémonition du temps d'impitoyable lucidité où toutes ces chaleurs délicates devraient lui sembler froides, et sa folie exiger des feux plus ardents.

Mais l'orgueil et l'amour, qui avaient si généreusement pourvu à l'éducation juvénile de Pierre, n'avaient pas non plus négligé dans sa culture l'élément le plus profond. Le père de Pierre avait tenu pour maxime que toute noblesse est vaine, toute prétention à la noblesse présomptueuse et absurde, si la noblesse originelle et les humanités dorées de la religion n'ont point été tissées intimement dans la trame même du caractère, en sorte que quiconque se déclare gentilhomme doit aussi assumer dûment la douceur royale du chrétien. À l'âge de seize ans, Pierre s'approcha des sacrements avec sa mère.

Il serait inutile, et plus malaisé peut-être, de retracer les motifs précis qui dictèrent ces vœux juvéniles. Il suffira de dire que Pierre, ayant hérité de ses ancêtres leurs nombreuses qualités de noblesse ainsi que leurs forêts et leurs fermes, semblait aussi, par le même glissement insensible, avoir hérité leur docile hommage à cette foi vénérable que le premier Glendinning avait empruntée à l'ombre d'une cathédrale anglaise pour l'apporter à travers les mers. Ainsi, l'écharpe soyeuse de la religion ornait en Pierre l'acier parfaitement poli du gentilhomme ; et le destin martial de son arrière-grand-père lui avait appris que la généreuse écharpe saurait, à l'heure ultime de l'épreuve amère, donner un linceul de gloire à celui qu'elle ceignait, en sorte que le talisman de Grâce porté pendant la vie pût servir dans la mort de sûr soutien. Mais si Pierre ressentait pleinement la beauté et la poésie de la foi paternelle, il ne prévoyait guère que ce monde recelait un secret plus profond que la beauté, et la Vie certains fardeaux plus pesants que la mort.

Si parfait parut longtemps à Pierre le manuscrit enluminé de sa propre vie qu'il n'apercevait qu'une seule lacune dans ce texte suave : l'absence d'une sœur. Il déplorait qu'un sentiment aussi délicieux que celui de l'amour fraternel lui eût été refusé ; et l'appellation fictive qu'il prodiguait si souvent à sa mère n'y pouvait aucunement suppléer. Ce regret était fort naturel ; mais Pierre n'en saisissait point alors toute la portée ; car, en vérité, une douce sœur est après une épouse le plus grand don qu'un homme puisse recevoir ; c'est même le premier dans le temps. Quiconque n'a pas de sœur est comme un célibataire avant la lettre. Car les charmes de l'épouse résident déjà pour une grande part dans la sœur.

— Oh ! que mon père n'a-t-il eu une fille ! s'écriait Pierre ; une sœur que j'eusse aimée, protégée, pour laquelle j'eusse au besoin combattu. Ce doit être une chose magnifique que de livrer un combat mortel pour une douce sœur ! Ah ! plût au ciel que j'eusse une sœur !

Ainsi, avant que d'être engagé en de plus tendres liens, il invoquait souvent le ciel dans sa nostalgie d'une sœur ; mais il ne savait point alors que, s'il est une chose dont l'homme doive chercher à se préserver par la prière, c'est précisément de voir exaucer certaines des prières les plus ferventes de sa jeunesse.

Peut-être cette étrange nostalgie d'une sœur tirait-elle son origine du sentiment de solitude plus étrange encore qu'il éprouvait parfois comme étant non seulement un chef de famille isolé, mais encore le seul héritier mâle du nom de Glendinning. En effet, cette famille puissante et nombreuse s'était réduite par degrés aux branches femelles ; de sorte que Pierre se trouvait entouré de nombreux parents et parentes, sans qu'il y eût parmi eux un seul homme — hors celui que lui présentait son miroir — qui portât le nom de Glendinning. Habituellement, toutefois, cette pensée ne lui inspirait point de tristesse ; parfois même elle faisait naître en lui une véritable exaltation ; car dans la plénitude vermeille et la présomption de son âme juvénile, il nourrissait la folle espérance de s'attribuer un monopole de gloire en couronnant la colonne illustre dont ses nobles ancêtres avaient dressé le fût.

En tout ceci, combien Pierre était loin d'avoir reçu l'avertissement prophétique que donnent les carrières de Palmyre aussi bien que les ruines de Palmyre ! Parmi ces ruines, on peut voir une colonne inachevée, croulante, dont le chapiteau, inachevé lui aussi, gît à quelques lieues de là dans la carrière. Le Temps les a étreints et brisés. Le Temps les a écrasés dans l'œuf. Le Temps a jeté plus bas que terre la pierre orgueilleuse qui devait se dresser parmi les nuées. Oh ! quelle est donc cette guerre sans fin que le Temps livre aux fils des hommes ?

III

Nous avons dit que le beau pays qui environnait Pierre éveillait en lui les plus fiers souvenirs ; et cela non seulement parce que le hasard avait voulu qu'il fût le théâtre des exploits de ses ancêtres, mais parce que, aux yeux de Pierre, ces collines et ces vallées apparaissaient comme consacrées par la très longue possession ininterrompue de sa race.

Cette idéalisation qui, aux yeux de l'amour, sanctifie le moindre colifichet familier d'une personne défunte, tel était le talisman qui transformait tout le paysage autour de Pierre ; car, lorsqu'il se souvenait que ses nobles pères avaient contemplé ces collines, qu'à travers ces bois, sur ces pelouses, au bord de ce ruisseau et le long de ces sentiers sinueux, ses aïeules s'étaient joyeusement promenées dans leur enfance, lorsqu'il évoquait tout cela avec intensité, Pierre voyait dans cette fraction de terre un gage d'amour ; et son horizon même lui apparaissait comme un anneau commémoratif.

Le monde monarchique s'imagine généralement que la démagogique Amérique n'a érigé aucunes statues au Passé sacré et que toutes choses y bouillonnent irrespectueusement dans le chaudron vulgaire d'un Présent perpétuel jamais cristallisé. Cette notion semble s'appliquer particulièrement à la condition sociale. Sans chartes d'aristocratie ni loi de majorat, comment une famille américaine pourrait-elle perpétuer sa grandeur ? Assurément ce commun dicton de chez nous qui assure que toute famille, si notoire soit-elle, sera abattue avant un demi-siècle, ce dicton est généralement confirmé. Dans nos villes, les familles s'élèvent et crèvent comme des bulles dans une cuve. Car, en vérité, l'élément démocratique agit sur nous comme un acide subtil ; il produit sans cesse des choses nouvelles en corrodant les anciennes, de même que, dans le sud de la France, le vert-de-gris, matière première d'une sorte de peinture, s'obtient en versant du vinaigre de vin sur des plaques de cuivre. Or, d'une façon générale, rien ne saurait être plus caractéristique du déclin que l'idée de corrosion ; mais d'autre part, rien n'est plus propre à suggérer la vie luxuriante que l'idée de couleur verte, car le vert est le sceau même de la Nature fertile. Cette analogie nous permet de saisir l'anomalie marquée de l'Amérique, dont le caractère est incompris à l'étranger parce qu'elle contredit étrangement à toutes les notions antérieures des choses humaines, la Mort elle-même semblant s'y muer prodigieusement en Vie. De sorte que les institutions politiques qui, dans les autres pays, apparaissent comme les choses les plus artificielles, semblent en Amérique posséder la divine vertu d'une loi naturelle ; car la plus puissante des lois de la Nature est de faire naître la Vie de la Mort même.

Pourtant le monde visible contient des éléments

sur lesquels la Nature éternellement changeante n'exerce point sans limites son empire. L'herbe change annuellement ; mais les branches du chêne défient pendant de longues années ce décret de renouvellement. Et si la plupart des familles américaines sont semblables aux brins d'herbe, pourtant quelques-unes d'entre elles demeurent fermes comme le chêne, qui, au lieu de dépérir, pousse chaque année de nouvelles branches ; par quoi le Temps, au lieu de soustraire, est amené à capituler en multipliant.

À ce propos, nous allons, en toute impartialité, comparer nos lignages à ceux de l'Angleterre, non sans élever quelque prétention à l'égalité, aussi étrange que cela puisse paraître au premier abord. J'ose dire qu'en l'occurrence le Livre des Pairs est un bon instrument de mesure statistique, car les compilateurs de cet ouvrage ne sauraient être entièrement ignorants de leur plus sûre clientèle ; et, quant à nous, la commune intelligence de notre peuple suffira à nous juger. La magnificence des noms ne doit pas nous abuser sur l'humilité des choses : de même que le souffle de nos poumons est héréditaire et que mon présent souffle est de plus haut lignage que le corps du présent Grand Prêtre des Juifs, aussi loin qu'il prétende remonter, de même les plus simples noms, qui ne sont aussi que de l'air, peuvent se prévaloir d'une ascendance infinie. Mais si Richmond et Saint-Albans et Grafton et Portland et Buccleugh sont presque aussi anciens que l'Angleterre elle-même, les présents ducs de ce nom ne font remonter leur lignage qu'à Charles II, en qui ils ne trouvent point une très belle source, car ce qui nous apparaît comme le moins glorieux parentage sous le soleil est précisément celui d'un Buccleugh, par exemple, dont l'aïeule avait omis accidentellement les rites préliminaires à la maternité. Mais le père était roi.

Le cas n'en est que pire, car si c'est une insulte sans conséquence que d'être frappé par un misérable, mais une offense mortelle que de l'être par un gentilhomme, les « violences » royales doivent être particulièrement peu flatteuses. En Angleterre, la pairie est sauvegardée par des restaurations et des créations incessantes. George III fabriqua à lui seul cinq cent vingt-deux pairs. Un comté vacant depuis cinq siècles se voit soudain revendiqué par quelque bourgeois, auquel il est moins échu par voie de descendance qu'attribué par l'art flexible des hommes de loi. Car la Tamise n'a pas un cours aussi sinueux et le canal de Bridgewater n'est pas mieux dirigé que le sang qui coule dans les veines de cette noblesse onduleuse ou fabriquée. Périssables comme le chanvre et fongueuses comme le champignon, ces familles greffées vivent et meurent sur le sol éternel d'un nom. En Angleterre, deux mille cinq cents pairies sont éteintes à ce jour. Mais les noms survivent. De sorte que l'air vide d'un nom est plus durable qu'un homme ou que les dynasties des hommes ; l'air emplit les poumons de l'homme et lui insuffle la vie, mais l'homme n'emplit point l'air et ne lui insuffle point de vie.

Tout honneur aux noms, donc, et toute courtoisie aux hommes. Mais si Saint-Albans vient me dire qu'il est parfaitement noble et parfaitement éternel, je le renverrai poliment à Nell Gwynne.

Très rares en vérité, quasi inexistantes, sont les présentes familles anglaises titrées qui peuvent se prévaloir de descendre par le sang, en droite ligne, de ces voleurs de chevaliers normands. Après Charles II, toutes leurs généalogies directes semblent vaines : on croirait entendre quelque tailleur juif, coiffé d'une boîte à thé, invoquer le premier chapitre de saint Matthieu pour affirmer sa participation sans mélange au sang du roi Saül, lequel mourut longtemps avant que n'eût commencé la carrière de César.

Sans insister sur le fait qu'en Angleterre l'État doit sans cesse étayer certaines maisons pour assurer leur existence héréditaire, alors qu'on ne saurait chez nous rien admettre de tel ; sans parler de certaines familles de la Nouvelle-Angleterre qui, nonobstant leur modestie, pourraient faire remonter leur lignée anglaise ininterrompue au-delà de Charles-la-Lame, ni de certaines vieilles et quasi orientales familles anglaises de planteurs de la Virginie et du Sud — les Randolph par exemple, dont l'un des ancêtres épousa, au temps du roi Jacques, la princesse indienne Pocahontas, et dans les veines duquel un sang royal aborigène coulait voici plus de deux cents ans —, considérez ces magnifiques et très anciens domaines hollandais du Nord dont les terres se mesurent en milles, dont les prairies chevauchent les comtés voisins et dont les hautains contrats de fermage obligent des milliers de fermiers aussi longtemps que l'herbe croît et que l'eau coule, contrats d'une surprenante perpétuité et qui semblent faire de l'encre de nos hommes de loi quelque chose d'aussi ineffaçable que la mer. Certains de ces manoirs sont vieux de deux siècles ; leurs présents propriétaires ou seigneurs vous montreront sur leurs terres des barrières et des bornes qui furent posées là — les bornes tout au moins — avant la naissance de Nell Gwynne, cette mère de ducs, et vous dérouleront des généalogies qui, comme leur rivière, l'Hudson, ont assurément un cours plus vaste et plus ferme que le ruisseau de la Serpentine à Hyde Park.

Ces prairies hollandaises de haut lignage plongent dans une brume hindoue ; un patriarcalisme oriental étend le doux sceptre de sa houlette sur des pâturages où les troupeaux des fermiers paîtront aussi longtemps que leur herbe croîtra et que leur eau coulera. De tels domaines semblent défier les atteintes du Temps et, par des conditions qui s'appuient sur la terre indestructible, conférer un caractère d'éternité à leurs titres de propriété. L'inimaginable audace que celle d'un ver qui revendique si impérieusement le sol sur lequel il ne fait que ramper !

Les comtés du centre de l'Angleterre se vantent de posséder des salles à manger en vieux chêne où trois cents hommes d'armes pouvaient s'exercer à leur aise par un pluvieux après-midi du temps des Plantagenêts. Mais les propriétaires, nos seigneurs à nous, n'en appellent point au passé : ils invoquent le présent. Tel d'entre eux vous prouvera que toute la population d'un comté ne forme qu'une partie du rôle de ses fermiers ; des chaînes de montagnes, hautes comme le Ben Nevis ou le Snowdon, sont leurs murs ; et il a fallu envoyer des armées régulières, pourvues de leur état-major et de leur artillerie, à travers des bois vierges, des rivières et de vastes défilés rocheux pour saisir d'un seul coup les trois mille fermiers d'un seul propriétaire terrien : fait très suggestif à deux égards, dont aucun ne sera mentionné ici.

Mais quoi que l'on puisse penser de l'existence d'aussi puissantes seigneuries au cœur d'une république, et quelque étonnement que nous puissions éprouver à les voir ainsi survivre, comme des tertres indiens, au flot révolutionnaire, elles n'en existent pas moins, et leurs propriétaires ont sur elles des titres aussi valables qu'un paysan sur le vieux chapeau de son père ou qu'un duc sur la vieille couronne de son grand-oncle.

Après tout cela, nous pouvons être assuré de ne point nous tromper si nous avançons humblement que notre Amérique — voulût-elle se glorifier en aussi chétive matière — supporterait avantageusement la comparaison avec l'Angleterre quant aux grands domaines et aux longues lignées, j'entends : aux lignées sans défaut.

IV

Nous avons donc affirmé en termes généraux la grande dignité généalogique et terrienne de quelques familles américaines, établissant ainsi poétiquement la riche condition aristocratique de Maître Pierre Glendinning pour lequel nous avons déjà revendiqué une particulière distinction d'origine. La suite ne manquera pas de montrer au lecteur attentif toute l'importance de ce fait par rapport au développement singulier du caractère de notre héros et au développement plus singulier encore de sa carrière. Et nul ne s'avisera de dire que le chapitre précédent a été écrit en manière de sotte bravade, sans intention bien définie.

Pierre se dresse donc sur ce noble piédestal ; nous verrons s'il garde cette belle position, nous verrons si le Destin n'a point un mot ou deux à dire en ce monde. Toutefois nous ne prétendons point que les Glendinning dataient d'avant les Pharaons ou les exploits des Prés-de-la-Selle des trois mages de l'Évangile, encore que ces exploits, comme on l'a dit plus haut, remontassent en vérité à trois rois — trois rois indiens, ce qui est mieux encore.

Mais si Pierre ne remontait point aux Pharaons et si le fermier anglais Hampdens était plus ancien que le plus ancien Glendinning, si certains manoirs américains pouvaient se targuer de posséder quelques années ou quelques hectares de plus que lui, il est assez naturel qu'un jeune homme de dix-neuf ans qui s'essayait par jeu à battre du blé sur la pierre du foyer de sa cuisine ancestrale avec un fléau dont les évolutions aériennes n'étaient nullement gênées par la maçonnerie, il est naturel, dis-je, que ce jeune batteur éprouvât un petit sentiment d'orgueil familial. Ne le croyez-vous pas aussi ?

Songez donc que ce jeune Pierre, lorsqu'il descendait prendre son petit déjeuner chaque matin, apercevait quelques vieilles bannières anglaises déchiquetées suspendues au-dessus d'une fenêtre en ogive de sa salle à manger, bannières prises en franc combat par son grand-père le général. Songez que, chaque fois qu'il entendait la musique militaire du village, il reconnaissait distinctement le son particulier d'une timbale anglaise dont son grand-père s'était également emparé en franc combat et qu'il avait offerte ensuite, après en avoir fait dûment graver le cuivre, au corps d'artillerie des Prés-de-la-Selle. Songez que parfois, par un doux et pensif matin de Quatre-Juillet campagnard, il emportait au jardin, en guise de canne de cérémonie, un long et majestueux bâton à pommeau d'argent de général de brigade que ce même grand-père avait porté jadis au cours d'une revue, parmi les plumets tremblants et les mousquets étincelants. Si l'on considère combien Pierre était jeune, ardent et peu philosophe, si l'on ajoute à cela qu'il lisait parfois l'Histoire de la Guerre d'Indépendance et que sa mère faisait fréquemment de lointaines allusions aux épaulettes du général de brigade, son aïeul, il faut avouer que toutes ces circonstances étaient bien faites pour le transporter de fierté et d'enthousiasme. Et si vous accusez Pierre de naïveté et de sottise, si vous voyez en cela la preuve qu'il n'était point un vrai démocrate, protestant qu'un homme vraiment noble ne doit point tirer gloire d'un autre bras que le sien, alors je vous prierai à nouveau de considérer que ce Pierre n'était encore qu'un gamin. Et, croyez-moi, vous le tiendrez bientôt pour un démocrate à tous crins; peut-être même le trouverez-vous un peu trop radical pour votre goût.

Pour conclure, ne me blâmez point si je me répète et si je cite mon propre texte en disant que *le destin choisi de Pierre avait voulu qu'il fût né et qu'il eût été nourri à la campagne.* Car pour un jeune noble américain, c'est là vraiment — plus qu'en tout autre pays — un lot rare et choisi. En effet, alors que parmi les autres nations les meilleures familles se vantent d'habiter la campagne, chez nous elles désignent fièrement la ville comme le siège de leur résidence. Trop souvent l'Américain, ayant fait lui-même sa fortune, se construit une grande maison métropolitaine dans la rue la plus métropolitaine de la ville la plus métropolitaine, tandis qu'un Européen de même sorte émigre à la campagne. Qu'en ceci l'Européen soit dans le vrai, aucun poète, aucun philosophe, aucun aristocrate ne le niera; car la campagne est non seulement la plus poétique et la plus philosophique, mais encore la plus aristocratique part de cet univers, la plus vénérable aussi, et, comme telle, de nombreux poètes lui ont conféré maints beaux titres de noblesse. La ville, au contraire, est la portion la plus plébéienne du monde, ainsi qu'en témoigne notamment son visage perpétuellement barbouillé, tandis que la campagne est toujours accoutrée, telle une reine, par les plus attentives des femmes de chambre: les saisons; la ville n'a qu'un habit de briques rehaussé de pierres, mais la campagne a un habit pour chaque semaine de l'année et, parfois même, elle en change vingt-quatre fois en vingt-quatre heures; la campagne porte son soleil pendant le jour comme un diamant au front d'une reine, et les étoiles la nuit comme des colliers de perles d'or, tandis que le soleil de la ville est un strass enfumé, non un diamant, et les étoiles de la ville du toc, non de l'or.

La Nature implanta Pierre à la campagne parce que la Nature voulait lui donner un développement rare et original. Peut-être se montra-t-elle à la fin fort ambiguë à son égard ; en tout cas, elle fut d'abord généreuse. Elle claironnait sur les collines bleues, et Pierre hennissait de lyriques pensées comme au son de la trompette un cheval de bataille piaffe dans une écume lyrique. Elle chuchotait le soir dans ses bosquets profonds, et de doux murmures d'humanité, de doux murmures d'amour parcouraient les veines des pensées de Pierre avec le bruissement musical de l'eau sur les cailloux. Elle érigeait sa crête pailletée, la nuit semée d'étoiles, et, à cet aperçu de leur divin Chef et Seigneur, dix mille pensées héroïques jaillissaient tout armées dans l'âme de Pierre, cherchant quelque bonne cause outragée à défendre.

Ainsi donc la campagne fut une merveilleuse bénédiction pour le jeune Pierre ; nous verrons si cette bénédiction se retira de lui, comme la divine bénédiction se retira des Hébreux ; nous verrons, je le répète, si le Destin n'a pas un mot ou deux à dire en ce monde ; nous verrons si cette petite bribe de latin est hors de propos : *Nemo contra Deum nisi Deus ipse.*

V

— Sœur Mary, dit Pierre, revenu de sa promenade matinale et frappant à la porte de la chambre à coucher de sa mère. Savez-vous, sœur Mary, que les arbres, qui ont été debout toute la nuit, sont tous là ce matin devant vous ? Ne flairez-vous pas une odeur de café, ma sœur ?

On entendit dans la chambre un pas léger aller vers la porte, qui s'ouvrit, montrant Mme Glendinning vêtue d'une radieuse robe d'intérieur, un large et brillant ruban à la main.

— Bonjour, madame, dit lentement Pierre avec un salut dont la révérence naturelle et spontanée contrastait plaisamment avec les manières enjouées qui l'avaient précédé.

Ainsi, chèrement et religieusement, la familiarité de sa tendresse s'appuyait sur le plus profond respect filial.

— Bon après-midi, Pierre, car je suppose que l'après-midi est venu. Mais venez achever ma toilette ; tenez, frère (elle saisit un ruban), acquittez-vous bravement de votre tâche.

Et, se détournant du miroir, elle attendit les bons offices de Pierre.

— Première dame d'honneur de la duchesse douairière Glendinning, dit Pierre en riant, comme il se penchait sur sa mère et lui passait gracieusement le ruban autour du cou en en croisant simplement les deux extrémités par-devant.

— Eh ! bien, qu'est-ce qui va le retenir là, Pierre ?

— Je vais essayer de l'attacher avec un baiser, ma sœur… Là. Oh ! quel dommage que cette sorte de fermoir ne tienne pas toujours !… Où est ce camée aux faons que je vous ai donné hier soir ?… Ah ! sur la console. Vous alliez donc le porter ? Merci, sœur raisonnable et diplomate. Voilà !… Mais attendez, voici une boucle qui court la prétentaine… Et maintenant, ma chère sœur, prenez votre port de tête assyrien.

La mère, heureuse et fière, se leva et, comme elle se tenait devant le miroir pour critiquer l'ouvrage de son fils, Pierre, remarquant que la pantoufle de

Mme Glendinning était dénouée, se baissa pour la rattacher. « À présent, madame, à table ! » s'écria-t-il avec une plaisante galanterie ; et, offrant son bras à sa mère, ils descendirent déjeuner tous deux.

Mme Glendinning, par une de ces maximes spontanées auxquelles les femmes se conforment parfois sans y penser, ne se montrait jamais à son fils dans un déshabillé qui ne fût pas des plus seyants. Ses observations personnelles lui avaient ainsi révélé un grand nombre de ces règles très communes qui perdent souvent tout leur effet si elles ne viennent pas de l'expérience. Elle était pleinement consciente de l'immense influence que les plus simples détails extérieurs exercent sur l'esprit, fût-ce dans les liens les plus intimes du cœur. Et comme l'amour admiratif et la gracieuse dévotion de Pierre étaient à présent la plus grande joie de sa vie, elle se gardait d'omettre le plus léger rien qui pût fortifier un privilège aussi doux et aussi flatteur.

Au surplus, Mme Glendinning était femme et douée d'une vanité qui surpassait celle des autres femmes, si l'on peut appeler vanité le sentiment qui l'avait retenue, au cours d'une vie qui comptait presque cinquante années, de commettre une seule incorrection que l'on sût, ou d'éprouver un seul trouble en son cœur, du moins selon toute apparence. Bien plus, elle n'avait jamais aspiré à l'admiration, l'ayant toujours possédée par droit de naissance grâce au privilège éternel de la beauté, et dédaignant de tourner la tête pour la solliciter, puisqu'elle en était spontanément environnée. La vanité qui, chez tant de femmes, touche au vice spirituel, c'est-à-dire à un défaut visible, chez elle et bien qu'elle en fût suprêmement imbue, n'était que la marque d'un parfait équilibre ; d'autant plus que, ne sachant point ce que c'était que d'aspirer à l'admiration, elle n'avait presque pas conscience de l'inspirer. Maintes femmes portent au front cette étincelante lumière de vie ; mais Mary Glendinning portait la sienne à son insu au-dedans d'elle-même. Parmi les trames inextricables des artifices féminins, elle brillait d'une lueur égale, comme un vase illuminé intérieurement ne trahit au-dehors aucune flamme et semble briller par la vertu même du marbre exquis qui le compose. Quant à cette grossière admiration de l'enveloppe corporelle qui, dans une salle de bal, satisfait certaines femmes, ce n'était point là ce que la mère de Pierre entendait par admiration. Ce n'était pas l'hommage général des hommes, mais l'hommage choisi des plus nobles qu'elle considérait comme son dû. Et sa propre partialité maternelle embellissant encore les mérites rares et absolus de Pierre, elle considérait l'allégeance volontaire de cette âme affectionnée comme la fidélité caractéristique de la guilde choisie de sa race. C'est ainsi que pétrie de la plus subtile vanité, elle se satisfaisait du seul hommage de Pierre.

Mais, comme une femme de sens et d'esprit compte pour rien l'admiration de l'homme le plus noble et le mieux doué aussi longtemps qu'elle demeure consciente de ne point exercer directement et effectivement une influence ensorcelante sur son âme, et comme Pierre, malgré toute la supériorité intellectuelle qu'il pouvait avoir sur sa mère et en vertu de l'inévitable faiblesse d'une jeunesse sans expérience, était extrêmement docile aux enseignements de cette mère en presque tout ce qui, jusque-là, avait pu l'intéresser ou le toucher, Mary Glendinning puisait dans la vénération de Pierre des satisfactions d'orgueil et de complaisance dont les délices égalaient celles que la vierge la plus conquérante peut ressentir. Bien plus, cet arôme indicible et infiniment délicat d'attention et de tendresse inexprimables qui, dans tout attachement honorable et raffiné, accompagne les démarches de la galanterie et précède les bans et les rites suprêmes, cet arôme qui, pareil au bouquet des plus coûteux vins allemands, s'évapore trop souvent lorsqu'on verse l'amour pour le boire dans les verres décevants des jours et des nuits du mariage, cette expérience la plus haute et la plus aérienne de toute la durée de notre vie mortelle, cette évanescence céleste, plus éthérée encore dans un cœur filial, semblait à Mary Glendinning, qui approchait à présent de l'âge critique, miraculeusement ressuscitée dans l'adoration courtoise et passionnée de Pierre.

Né de la combinaison merveilleuse mais purement fortuite des plus rares accidents terrestres, non susceptible d'être limité dans sa durée par ce climat qui est si fatal à l'amour ordinaire, ce doux charme magique qui entraînait la mère et le fils dans une commune orbite de joie semblait suggérer que la plus divine des émotions engendrées par la suave saison de l'amour est capable de se transférer indéfiniment dans nombre des relations moins importantes de notre vie si bigarrée. D'une façon individuelle et indépendante, il semblait presque réaliser ici-bas les doux rêves de ces religieux enthousiastes qui nous prédisent l'avènement du Paradis lorsque la plus sainte passion de l'homme, purifiée de tout résidu et de toute impureté, unira toutes les races et tous les climats dans un unique cercle de pure et inaltérable félicité.

VI

Un petit trait terre à terre rabaissera peut-être, dans l'esprit de certains, les mérites romantiques du noble Pierre Glendinning : il avait toujours un excellent appétit, particulièrement au petit déjeuner. Mais si l'on considère que, malgré ses mains fines et ses manchettes blanches, il avait aussi le bras robuste et le teint basané, qu'il se levait généralement avec le soleil et ne pouvait dormir sans avoir parcouru ses vingt milles à cheval ou ses douze milles à pied, à moins qu'il n'eût abattu un sapin-ciguë de belle taille, boxé, tiré à l'épée ou pratiqué quelque exercice de gymnastique ; si l'on considère ces habitudes athlétiques de Pierre et la vraie ceinture de muscles qu'elles lui avaient donnée — muscles virils qui, trois fois le jour, réclamaient fort haut qu'on leur prêtât attention —, nous saisirons aisément que le fait d'avoir un appétit généreux n'était point chez Pierre un défaut vulgaire, mais une juste prérogative royale et même une dignité : en vérité cet appétit le sacrait homme et gentilhomme, car un gentilhomme parfaitement développé est toujours robuste et sain, et la robustesse et la santé sont de vaillantes fourchettes.

Aussi, quand Pierre et sa mère se furent attablés, quand il eut scrupuleusement pourvu Mme Glendinning de toutes les menues choses dont elle pouvait avoir besoin, quand il eut ordonné deux ou trois fois à l'immémorial et respectable Dates — le serviteur — d'ajuster et de réajuster les fenêtres à guillotine de telle sorte que nul courant d'air ne pût, dans sa malignité, se jouer indûment sur le cou de sa mère, quand il eut veillé à tout cela, mais tranquillement et sans faire d'embarras, quand il eut prescrit à l'imperturbable Dates de présenter à la lumière, sous un certain angle, une belle peinture joyeuse dans le style bonhomme des Flamands (laquelle était fixée au mur de telle façon qu'elle pût être ainsi maniée), et quand il eut enfin jeté de son siège quelques vivifiants regards, par-delà les prairies de la rivière, sur les lointaines montagnes bleues, Pierre fit une sorte de signe maçonnique à Dates qui, obéissant automatiquement, prit sur un gracieux petit dressoir un pâté froid du plus bel aspect ; lequel, soigneusement sondé par le couteau, se trouva être le nid savoureux et relevé en bosse de plusieurs pigeons remarquablement tendres, abattus par Pierre lui-même.

— Sœur Mary, dit-il en lui présentant un morceau de choix sur un trident d'argent, sœur Mary, j'ai pris soin, en tirant ces pigeons, d'en abattre un de telle sorte que sa poitrine ne fût point abîmée. Je vous le destinais. Et le voici. À présent, sergent Dates, remplissez l'assiette de votre maîtresse. Non ? À peine quelques miettes de petit pain et quelques gorgées de café ? Est-ce là un petit déjeuner pour la fille de ce hardi général ? (et il désigna l'effigie grandeur nature de son grand-père chamarré d'or sur le mur d'en face). Eh bien, mon cas est pitoyable, car je dois déjeuner pour deux. Dates !

— Monsieur ?

— Enlève-moi ces rôties et cette assiette de langue ; approche ces petits pains et roule plus loin le dressoir, mon bon Dates.

Après s'être ainsi ménagé des coudées franches, Pierre commença les opérations, entrecoupant ses bouchées de maintes saillies joyeuses.

— Vous semblez de prodigieusement bonne humeur ce matin, frère Pierre, lui dit sa mère.

— Oui, d'une humeur fort tolérable. Au moins ne puis-je prétendre que je sois précisément maussade, sœur Mary. Dates, mon brave garçon, apporte-moi trois bols de lait.

— Vous voulez dire un bol, monsieur, répondit Dates avec une gravité imperturbable.

Comme le serviteur quittait la salle :

— Mon cher Pierre, dit Mme Glendinning, combien de fois vous ai-je prié de ne point permettre à votre bonne humeur de franchir les strictes limites des convenances dans vos rapports avec les domestiques. Dates vient de vous lancer un regard de respectueux reproche. Vous ne devez point appeler Dates « mon brave garçon ». C'est un brave garçon, un très brave garçon en vérité, mais vous n'avez pas besoin de le lui dire à ma table. Il est aisé de se montrer agréable et bienveillant à l'égard des domestiques, sans leur témoigner pour cela la moindre familiarité.

— Eh bien ! sœur, assurément vous avez tout à fait raison ; dorénavant, je laisserai tomber le « brave » et j'appellerai Dates « garçon » tout court. Garçon, viens ici ! Cela fera-t-il l'affaire ?

— Nullement, Pierre. Mais vous êtes un Roméo, vous le savez, et pour le présent je vous passe votre folie.

— Roméo ! Oh ! non, je suis loin d'être Roméo, soupira Pierre. Je ris, et il pleurait. Pauvre Roméo ! Hélas ! Roméo. Malheur à moi, Roméo ! Il eut une fin déplorable, ce Roméo, sœur Mary.

— Mais n'était-ce point de sa faute ?

— Pauvre Roméo !

— Il désobéit à ses parents.

— Hélas ! Roméo !

— Il se maria à l'encontre de leurs désirs.

— Malheur à moi, Roméo !

— Tandis que vous, Pierre, vous allez épouser avant longtemps, je gage, l'une de nos Montaigus, non point une Capulet ; et la triste fortune de Roméo ne saurait être vôtre. Vous serez heureux.

— Le très infortuné Roméo !

— Ne soyez pas ridicule, frère Pierre ; ainsi donc, ce matin, vous allez faire faire à Lucy cette longue promenade en voiture parmi les collines ? C'est une charmante fille, une délicieuse fille.

— Oui, c'est bien mon avis, sœur Mary. Par le ciel, mère, les cinq parties du monde ne contiennent point son égale ! — Dates ! Il est joliment long à m'apporter ce lait.

— Laissez-le. Ne soyez pas soupe-au-lait, Pierre !

— Ha ! Ma sœur est quelque peu satirique ce matin ? Je comprends.

— N'extravaguez pas, Pierre, et ne battez pas la campagne. Votre père ne fit jamais ni l'un ni l'autre ; Socrate non plus, à ce qu'on dit ; et c'étaient là deux hommes sages. Votre père fut profondément amoureux — cela, je le sais de source sûre —, mais je ne l'ai jamais entendu extravaguer à ce propos. Il était toujours excessivement gentilhomme ; et les gentilshommes n'extravaguent jamais. Les soupe-au-lait et les Muggletoniens [1] extravaguent, les gentilshommes point.

— Merci, sœur. Bien, Dates, mets-le là. Les chevaux sont-ils prêts ?

— Je crois qu'ils arrivent justement, monsieur.

— Eh ! bien, Pierre, dit sa mère en jetant un coup d'œil à la fenêtre, allez-vous donc à Santa Fe de Bogota dans cet énorme vieux phaéton ? Pourquoi sortir ce Djaggernat [2] ?

— Par humour, sœur, par humour ; je l'aime parce qu'il est démodé, et parce que son siège est un large sofa, et enfin parce qu'une jeune demoiselle du nom de Lucy Tartan le chérit particulièrement. Elle proteste qu'elle voudrait s'y marier.

1. Sectateurs de Lodowicke Muggleton, « prophète » anglais du XVIIe siècle qui prétendait révéler une nouvelle Alliance spirituelle. La secte existait encore du temps de Melville. *(N.d.T.)*

2. Ou Juggernaut : statue sacrée d'un avatar de Vishnou, vénérée chaque été dans la ville de Puri (golfe du Bengale). Par glissement, le tertre a fini par désigner l'énorme char sur lequel l'idole est traînée. *(N.d.T.)*

— Eh ! bien, Pierre, je ne vous dirai qu'une chose : assurez-vous que Christophe a bien mis dans le coffre le marteau, les clous et bon nombre de sangles et de vis. Vous feriez mieux aussi de lui demander de vous suivre dans une voiture de ferme avec un moyeu et quelques planches de rechange.

— N'ayez crainte, sœur, n'ayez crainte. Je prendrai le plus grand soin du vieux phaéton. Ses vieilles armoiries me rappellent toujours celui qui fut le premier à y monter.

— Je suis heureuse que vous gardiez ce souvenir, frère Pierre.

— Et celui à qui il échut *ensuite*.

— Soyez béni ! Que Dieu vous bénisse, mon cher fils ! Pensez toujours à lui, et jamais vous ne vous égarerez ; oui, pensez toujours à votre cher père, à votre père parfait, Pierre.

— Eh ! bien, embrassez-moi à présent, chère sœur, car je dois partir.

— Voilà ! Cette joue-ci est à moi, cette autre à Lucy. Maintenant que je les regarde toutes les deux, il me semble que la sienne est plus fleurie ; c'est sans doute que de plus douces rosées tombent sur elle.

Pierre éclata de rire et sortit en courant de la salle, car le vieux Christophe s'impatientait. Sa mère alla à la fenêtre :

— Un noble garçon, et docile, murmura-t-elle. Il a toute la vivacité de la jeunesse, sans en avoir l'étourderie. Et il n'est pas gonflé de vaniteuse science estudiantesque. Je rends grâces au ciel de ne point l'avoir envoyé au collège. Un noble et docile garçon. Un beau garçon, vigoureux, fier, aimant et docile. Plaise à Dieu qu'il ne change jamais à mon égard. Sa future petite femme ne l'éloignera pas de moi, elle est trop docile elle-même — belle, respectueuse et des plus dociles. J'ai rarement vu des yeux bleus comme les siens qui ne fussent point dociles et ne suivissent point deux hardis yeux noirs comme deux tendres brebis enrubannées de bleu suivent leur chef. Je suis bien heureuse que Pierre l'aime, et non point quelque hautaine fille aux yeux noirs avec laquelle je n'aurais jamais pu vivre en paix. Mais qui donc oserait dresser sa qualité de jeune épouse contre mon ancien veuvage, pour exiger toute la dévotion de mon garçon ? De mon beau, vigoureux, fier garçon, aimant et docile, si exquisément docile ! Voyez ses cheveux ! Ils illustrent en vérité ce beau dicton de son père : si les plus nobles poulains doivent ressembler à une belle femme par leur chevelure abondante, leur poitrine bombée, leur tendre docilité, ainsi doit-il en être d'un noble jeune homme. Eh ! bien, au revoir, Pierre, et joyeux matin pour toi !

Ce disant, elle traversa la chambre et son regard heureux et fier se fixa sur le vieux bâton du général que, la veille, dans un accès de gaieté, Pierre avait enlevé de sa place habituelle pour le mettre dans la salle ornée de bannières et de portraits. Elle leva ce bâton, et le balança distraitement de gauche à droite ; puis s'immobilisa, impérieuse. Ainsi armée, elle avait vraiment l'air, dans sa majestueuse beauté martiale, d'une fille de général, ce qu'elle était en vérité, car Pierre avait une ascendance doublement révolutionnaire : de part et d'autre, il était issu de héros.

— Ce symbole de commandement, voilà son héritage ! Cette pensée me gonfle d'orgueil. Et pourtant, je me réjouissais à l'idée que Pierre était si suavement docile ; voilà en vérité une étrange contradiction. Car la suave docilité n'est guère le fait d'un général. Ce bâton ne serait-il qu'une quenouille ? Il y a là quelque grave erreur Eh ! bien, je souhaiterais presque que Pierre ne fût ni doux ni docile à mon égard, car ce doit être chose malaisée pour un homme que de se comporter en héros et en chef, sans jamais froncer un sourcil domestique. Fasse le Ciel qu'il déploie son héroïsme sous le signe d'une douce fortune favorable et qu'il ne soit pas appelé à être le héros de quelque sombre espoir désespéré — un de ces sombres espoirs désespérés dont la cruauté fait de l'homme un sauvage. Donne-lui, ô Dieu, de bienfaisantes brises ! Qu'une inaltérable prospérité soit son lot ! Ainsi il demeurera entièrement docile à mon égard, tout en étant pour le monde un hautain héros !

LIVRE II

Amour, délice et alarme

I

La veille au soir, Pierre avait formé avec Lucy le projet d'une longue promenade sinueuse parmi les collines qui bordaient au sud les larges plaines des Prés-de-la-Selle.

Bien que le véhicule fût sexagénaire, les bêtes qui le tiraient étaient encore des poulains. Le vieux phaéton avait survécu à plusieurs générations de chevaux.

Pierre roula fougueusement sous les ormes du village et s'arrêta bientôt devant la porte de la petite maison blanche. Jetant ses rênes à terre, il entra.

Les deux poulains étaient ses amis personnels et intimes, nés sur la même terre que lui et nourris du même maïs, car Pierre en mangeait souvent au petit déjeuner sous forme de galettes. La même source qui fournissait l'eau des écuries alimentait par un autre bras la cruche de Pierre. C'étaient pour lui des sortes de cousins que ces chevaux, des cousins splendidement jeunes qui, malgré leurs noms redondants et leur allure puissante, ne montraient ni vanité ni arrogance. Ils reconnaissaient en Pierre le chef incontesté de la maison des Glendinning, sachant bien qu'ils appartenaient à une branche inférieure et sujette, liée par une perpétuelle allégeance féodale au représentant de la branche maîtresse. C'est pourquoi ces jeunes cousins ne se permettaient jamais d'échapper à Pierre ; ils étaient impatients d'allure, mais fort patients dans leurs haltes ; en outre, pleins de bonne humeur et doux comme de jeunes chats.

— Mon Dieu, comment pouvez-vous les laisser seuls ainsi ? s'écria Lucy tout en franchissant la porte de la maison avec Pierre, ce dernier chargé de châles, d'un parasol, d'un réticule et d'un petit panier.

— Attendez un instant, dit Pierre en déposant sa charge. Je vais vous montrer ce que sont mes poulains.

Il se mit à leur parler doucement tout en s'approchant d'eux pour les caresser. Les poulains hennirent, le plus proche quelque peu jalousement, comme si Pierre n'avait point distribué impartialement ses caresses. Alors, avec un sifflement bas, prolongé et presque imperceptible, Pierre se glissa entre les poulains, parmi les traits. Lucy tressaillit et poussa un faible cri, mais Pierre l'assura qu'elle pouvait être parfaitement tranquille et qu'il ne courait pas le moindre danger. Et Lucy se tint coite car, si elle ressentait toujours de l'émoi à voir Pierre exposé au moindre hasard, elle nourrissait au fond d'elle-même l'idée que sa vie était enchantée et que rien sur la terre ne pourrait le faire mourir ou le blesser tant qu'elle se trouvait dans un rayon de mille lieues.

Pierre, toujours entre les chevaux, monta sur le timon du phaéton, puis descendit et disparut indéfiniment, ou tout au moins resta à demi caché sous la vivante colonnade des huit pattes sveltes et luisantes. Entré d'un côté sous cette colonnade, il sortit de l'autre après mille détours ; exploit équestre pendant toute la durée duquel les deux poulains hennirent gaiement en secouant la tête de haut en bas avec bonne humeur et en se tournant de temps en temps vers Lucy comme pour dire : Nous comprenons notre jeune maître, nous le comprenons, mademoiselle ; ne craignez rien, belle jeune fille ; calmez votre délicieux petit cœur, nous avons joué avec Pierre avant vous.

— Avez-vous peur qu'ils ne s'enfuient à présent, Lucy ? demanda Pierre en revenant à elle.

— Certes non, Pierre. Les superbes bêtes ! Mais ils ont fait de vous un officier... Voyez ! (Et elle désigna deux flocons d'écume qui lui mettaient des épaulettes.) Encore bravissimo ! Je vous ai appelé ma recrue ce matin, quand vous avez quitté ma fenêtre ; vous voilà monté en grade.

— Très jolie pensée, Lucy ! Mais voyez ; vous n'admirez point leur robe ; ils ne portent que le plus beau velours de Gênes, Lucy. Avez-vous jamais vu des chevaux aussi bien accoutrés ?

— Jamais !

— Si nous les prenions comme garçons d'honneur, Lucy, qu'en dites-vous ? Ils en feraient de magnifiques, en vérité ! Ils nous mèneraient à l'église avec cent aunes de rubans blancs à la crinière et à la queue, et là, ils resteraient bien tranquilles, de blanches faveurs ruisselant comme à présent de leurs bouches. Je le jure, Lucy, ils seront mes garçons d'honneur. Quels majestueux cerfs, quels chiens folâtres, quels héros, Lucy ! Nous n'aurons pas de carillons, nous serons mariés au son martial des trompettes de Job[1] ! Écoutez, les voilà qui hennissent à cette idée.

— Ils hennissent à votre lyrisme, Pierre. Venez,

1. Cf. Job, XXXIX, 25. *(N.d.T.)*

il faut partir. Voici le châle, le parasol, le panier. Pourquoi les regarder ainsi ?

— Je songeais, Lucy, à ma triste condition. Voici six mois à peine, j'ai vu un pauvre garçon de fiancé, un vieux camarade à moi, qui cheminait avec sa Lucy Tartan, une montagne de paquets sous chaque bras ; et je me suis dit : Voilà une bête de somme ; le pauvre diable, il est amoureux ! Regardez-moi à présent. Allons, la vie est un fardeau, dit-on. Pourquoi ne pas l'endosser allégrement ? Mais écoutez bien, Lucy, je vais faire une déclaration solennelle avant que les choses n'aillent plus loin entre nous. Quand nous serons mariés, je ne porterai aucuns paquets, sauf en cas de réelle nécessité ; et bien plus, s'il se trouve aux alentours quelque jeune demoiselle de votre connaissance, j'entends ne pas être inutilement appelé à faire l'office de bête de somme pour son édification particulière.

— En vérité, Pierre, vous me fâchez ; c'est la première insinuation malveillante que je vous aie entendu prononcer. Dites-moi, y a-t-il ici aucune jeune demoiselle de ma connaissance ? J'aimerais bien le savoir.

— Six, juste devant nous. Mais elles se cachent derrière les rideaux. Je n'ai jamais eu confiance dans les rues de village désertes, Lucy. Des regards perçants derrière chaque volet, voilà ce qu'il en est.

— Alors, cher Pierre, partons, je vous en prie !

II

Tandis que Pierre et Lucy roulent sous les ormes, disons qui était Lucy Tartan. Il est inutile de déclarer qu'elle était belle, car les jouvenceaux aux cheveux châtains et aux joues éclatantes comme Pierre Glendinning ne tombent amoureux que d'une beauté.

Il y aura forcément dans les temps à venir, comme à présent et comme dans le passé, des hommes splendides et des femmes transcendantes ; or, comment pourrait-il donc y en avoir si de tout temps, çà et là, un beau jeune homme n'épousait parfois une belle jeune fille ?

Mais bien que le monde doive toujours contenir, grâce aux décrets de Dame Nature, de belles femmes, pourtant le monde ne verra jamais une autre Lucy Tartan. Ses joues étaient teintées du rose et du blanc les plus délicats, mais le blanc l'emportait ; ses yeux, quelque dieu les avait empruntés au ciel ; ses cheveux étaient semblables à ceux de Danaé aspergée par l'averse de Jupiter ; ses dents venaient des profondeurs du golfe Persique.

Si celui dont le regard s'est porté longtemps sur les êtres qui peinent dans les plus humbles voies de la vie, déformés par l'accablant fardeau du labeur et de la pauvreté, si cet homme a le bonheur de voir flotter devant son regard quelque belle et gracieuse fille des dieux, tout harmonie et lumière, venue des climats inconnus où règnent le charme et l'abondance, il sera pris de transports à l'idée que, dans un monde aussi plein de vices et de misère, peut encore briller cette céleste apparition. Car une femme exquise n'est point tout à fait de cette terre. Son propre sexe ne la regarde pas comme telle. Lorsqu'un groupe de femmes voient quelque beauté transcendante entrer dans une chambre, comme si un oiseau d'Arabie s'était posé sur le rebord de la fenêtre, quoi que l'on puisse dire, leur jalousie — si jalousie il y a — ne fait que succéder à la franche admiration. Les hommes envient-ils les dieux ? Les femmes pourraient-elles envier les déesses ? Une belle femme naît reine des hommes et des femmes, comme Mary Stuart naquit reine des Écossais, aussi bien hommes que femmes.

L'humanité tout entière, voilà son peuple, et ses clans fidèles sont aussi nombreux que les nations. Un vrai gentilhomme du Kentucky mourrait de bon cœur pour une belle femme de l'Hindoustan quand bien même il ne l'aurait jamais vue. Oui, il ferait ruisseler de son cœur de mortelles gouttes pour elle, il irait chez Pluton afin qu'elle pût aller au Paradis, il se ferait Turc plutôt que de renier une allégeance qui est l'héritage de tous les gentilshommes, depuis l'heure où leur grand maître Adam s'agenouilla le premier devant Ève.

Une reine d'Espagne laide ne connaît pas la moitié de la gloire d'une belle modiste. Ses soldats peuvent briser les têtes, mais Sa Majesté ne peut briser les cœurs, tandis que la belle modiste peut s'en faire des colliers. Assurément, la Beauté fit la première reine. Si jamais la succession de l'Empire Germanique venait à être contestée de nouveau, et si un malheureux homme de loi boiteux soutenait les droits de la première femme excellemment belle qu'il rencontrerait, elle serait élue à l'unanimité Impératrice du Saint Empire romain germanique — à supposer toutefois que tous les Allemands fussent de vrais gentilshommes magnanimes et francs de cœur, capables d'apprécier l'immensité d'un tel honneur.

Il est absurde de parler de la France comme du siège de toute civilité. Ces païens de Français n'ont-ils point eu une loi salique ? Trois des plus ensorcelantes créatures — fleurs immortelles de la maison de Valois — furent exclues du trône français par cet infâme règlement. La France, en vérité ! dont les millions de catholiques vénèrent encore Marie, la reine du ciel, alors qu'ils ont refusé pendant dix générations de s'agenouiller devant tant d'angéliques Maries, légitimes reines de France. C'est là un motif de guerre universelle. Voyez avec quelle vilenie les nations, comme les hommes, assument et portent sans contestation les titres les plus choisis, contre tout droit. Ce sont les Américains, non les Français, qui sont les modèles de chevalerie de ce monde. Notre loi salique veut qu'un universel hommage soit rendu à toutes les belles femmes. Les droits les plus solides d'un homme ne devront rien peser contre leurs fantaisies les plus folles. Si vous retenez la meilleure place dans une diligence pour aller consulter un médecin sur une question de vie ou de mort, vous abdiquerez joyeusement votre siège et vous en irez clopin-clopant, pour peu qu'une jolie voyageuse secoue une plume sur le seuil du relais.

Étant donné qu'après avoir commencé à parler de certaine jeune demoiselle en promenade avec certain jeune homme, nous nous trouvons tout à coup, après une joyeuse farandole, au seuil d'un relais, notre façon d'écrire pourra sembler quelque peu irrégulière ; et pourtant, où donc Lucy Tartan devait-elle nous mener, sinon parmi de puissantes reines ou toutes autres créatures de haut rang, avant de nous envoyer par le monde à la recherche d'une merveille digne de l'égaler ? Ne suis-je pas tenu par un usage immémorial de célébrer cette Lucy Tartan ? Qui m'arrêtera ? N'est-elle pas la propre fiancée de mon héros ? Que peut-on dire là contre ? Où donc, sous le baldaquin de la nuit, dort semblable beauté ?

Cependant, comme Lucy Tartan serait effarouchée d'un tel tapage ! Si on la vante, elle ne se vante pas. Jusqu'à présent, elle a flotté dans la vie sans faire plus de fracas que le duvet de chardon sur la prairie. Silencieuse en vérité, sinon avec Pierre ; et, même avec lui, elle connaît plus d'un silence pantelant. Oh ! ces accalmies amoureuses annoncent bien leur avenir ; car les accalmies précèdent les tremblements de terre et les plus terribles commotions ! Mais, pour le présent, que d'azur soit leur ciel, léger leur bavardage, folâtre leur humeur !

Jamais je n'achèverai ce maudit inventaire ! Peut-on s'en aller dans la nuit étoilée, armé d'un papier et d'un crayon pour inventorier le ciel ? Peut-on dénombrer les étoiles comme on fait les cuillers à thé ? Peut-on décrire les charmes de Lucy Tartan ?

Pour le reste, son origine, la fortune qu'elle pouvait posséder, le nombre des robes qu'elle avait dans ses armoires et des bagues qu'elle portait aux doigts, c'est de bon cœur que je m'en décharge sur les généalogistes, les percepteurs d'impôts et les fournisseurs. Mon domaine propre est le côté angélique de Lucy. Mais comme il règne en certains quartiers une sorte de préjugé contre les anges qui ne sont que des anges et rien de plus, je me ferai violence pour donner aux messieurs et aux dames qui pensent ainsi quelques détails sur l'histoire de Lucy Tartan.

C'était la fille d'un vieil et très cher ami du père de Pierre. Mais son propre père étant mort, elle résidait avec sa mère, dont elle était la fille unique, dans une fort belle maison de la ville. Si son habitat était à la ville, son cœur était deux fois l'an à la campagne. Elle n'aimait point du tout la ville ni ses manières vides, cérémonieuses et sans cœur. C'était un fait très singulier, mais aussi très éloquent et très caractéristique de sa nature angélique que, née parmi les briques et le mortier d'un port de mer, elle eût toujours la nostalgie de la terre crue et des herbages de l'intérieur. Ainsi le tendre linot, né en cage dans la chambre d'une dame, au bord de l'océan, ignore toute sa vie qu'il puisse exister d'autres lieux, mais, quand vient le printemps, il est saisi de frémissements et d'impatiences confuses ; ses impulsions irrépressibles l'empêchent de boire et de manger ; il sait, non point par expérience mais par inspiration divine, que le temps d'émigrer est venu. Lucy aspirait de même à la verdure ; à chaque printemps, ces frémissements irraisonnés la secouaient ; à chaque printemps, ce doux linot féminin émigrait à l'intérieur des terres. Oh ! Dieu veuille que ces autres frémissements indicibles, ceux-là qui plus tard agiteront le fond même de son âme lorsque toute vie lui sera à charge, Dieu veuille que ces frémissements plus profonds encore annoncent aussi son ultime émigration céleste loin de cette lourde terre.

Il était heureux pour Lucy que sa tante Llanyllin — une pensive veuve sans enfants, enturbannée de blanc — possédât et habitât une jolie maison proprette au village des Prés-de-la-Selle ; et plus heureux encore que cette excellente vieille tante eût un grand faible pour sa nièce et éprouvât toujours une joie paisible à sentir Lucy auprès d'elle, de sorte que la proprette maison de tante Llanyllin était en fait celle de Lucy. Depuis longtemps, celle-ci passait chaque année plusieurs mois aux Prés-de-la-Selle, et ce fut parmi les douces et pures exaltations de la campagne que Pierre ressentit pour la première fois la tendre passion qui, à présent, le vouait tout entier à elle.

Lucy avait deux frères, l'un son aîné de trois ans et l'autre son cadet de deux ans ; mais ces jeunes gens étaient officiers de marine et ne vivaient pas continuellement avec Lucy et sa mère.

Mme Tartan possédait une ample fortune. Elle était en outre parfaitement consciente de ce fait et quelque peu encline à le faire remarquer aux autres, même si cela ne les intéressait nullement. En d'autres termes, Mme Tartan, au lieu d'être vaine de sa fille, ce qui eût été tout naturel, était légèrement vaine de sa bourse, contre toute raison, attendu que le Grand

Mogol possédait sans doute une fortune beaucoup plus considérable que la sienne, pour ne point parler du Shah de Perse, du baron Rothschild et de mille autres millionnaires, tandis que le Grand Mogol et toutes les Majestés d'Europe, d'Asie et d'Afrique ne pouvaient se vanter d'avoir dans tous leurs États une fille aussi exquise que Lucy. Néanmoins, Mme Tartan était, selon les voies du monde, une excellente dame. Elle souscrivait à des associations charitables, possédait cinq prie-Dieu dans autant d'églises et s'efforçait d'assurer le bonheur général de l'univers en mariant tous les beaux jeunes gens de sa connaissance. Bref, c'était une marieuse, mais non point de l'espèce luciférienne[1], bien qu'à vrai dire il ne fût point impossible qu'elle eût allumé les feux de la mélancolie conjugale dans le sein de certains jeunes hommes insatisfaits qui avaient convolé sous ses auspices et sur ses conseils particuliers. Le bruit courait — mais les bruits sont toujours trompeurs — qu'une société secrète de jeunes maris mécontents faisait circuler des libelles parmi les jeunes étrangers célibataires pour les mettre en garde contre les avances insidieuses de Mme Tartan, se nommant et signant eux-mêmes en guise de référence. Mais cela ne pouvait guère être vrai, car Mme Tartan, éclairée par la lueur de mille mariages, qu'ils jetassent une flamme falote ou étincelante, naviguait sur l'océan du bon ton, faisait s'abaisser devant elle tous les pavillons et traînait en remorque des flottilles de jeunes filles pour lesquelles elle s'engageait à trouver les plus beaux ports matrimoniaux du monde.

Mais la manie des mariages, comme la charité, ne

1. Il y a ici un intraduisible jeu de mots sur *match-maker*, faiseuse de mariages, et *Lucifer match-maker*, fabricant d'allumettes Lucifer. *(N.d.T.)*

commence-t-elle point par s'exercer chez soi ? Pourquoi donc sa propre fille Lucy n'était-elle point pourvue ? Doucement ! Mme Tartan caressait depuis des années ce doux projet d'union entre Pierre et Lucy ; en l'occurrence, son programme se trouva coïncider, dans une certaine mesure, avec les desseins du Ciel, et c'est pour cette dernière raison seulement que Pierre Glendinning était l'heureux élu de Lucy Tartan. En outre, comme la chose la concernait tout particulièrement, Mme Tartan s'était, pour l'essentiel, montrée fort prudente et fort circonspecte dans ses manœuvres à l'égard de Pierre et de Lucy. Au demeurant, toute manœuvre était superflue. Ces deux moitiés platoniques, après avoir erré en quête l'une de l'autre depuis le temps de Saturne et d'Ops, étaient venues à se rencontrer sous les yeux de Mme Tartan. Que restait-il à faire à Mme Tartan pour les rendre à jamais une et indivisible ? Une fois, une fois seulement, Pierre avait eu, dans un éclair, le vague soupçon que Mme Tartan était une escamoteuse experte dans l'art de faire passer la muscade.

Un jour qu'au début de leur intimité il prenait le petit déjeuner à la ville avec Lucy et sa mère, Mme Tartan venait de verser la première tasse de café quand elle déclara qu'elle sentait des allumettes brûler dans la maison et qu'elle allait les éteindre. Elle refusa de se laisser accompagner et s'en fut à la recherche des allumettes, laissant les deux jeunes gens échanger en tête à tête les civilités qui accompagnent le café ; pour finir, elle leur fit dire de sa chambre que les allumettes, ou autre chose, lui avaient donné mal à la tête et qu'elle priait Lucy de lui faire monter du thé et des rôties, car elle prendrait le petit déjeuner dans sa chambre ce matin-là.

Là-dessus, Pierre regarda Lucy, puis ses propres souliers, et, relevant les yeux, il vit sur le sofa Anacréon d'un côté et les *Mélodies* de Moore de l'autre, du miel sur la table, un bout de satin blanc sur le plancher et une sorte de voile nuptial sur le chandelier.

Qu'importe ? pensa Pierre en fixant son regard sur Lucy, je veux bien être pris si l'appât est posé dans le Paradis et si cet appât est un ange. Mais comme il observait Lucy, il lui vit une expression de mécontentement intense, quoique contenu, et une pâleur inaccoutumée sur la joue. Bien volontiers eût-il alors baisé le délicieux appât qui détestait si gentiment d'être goûté dans la souricière. Mais, regardant autour de lui et voyant que la musique, rangée par Mme Tartan sur le piano sous prétexte d'ordre, formait à présent contre le mur une pile verticale dont la partition la plus en vue portait le titre : *L'Amour était jadis enfant*, et pensant que c'était là une coïncidence remarquable étant donné les circonstances, Pierre ne put réprimer un sourire amusé, encore que plein d'indulgence — sourire dont il se repentit immédiatement, car Lucy, qui l'avait vu et interprété, se leva vivement avec un indicible : « Monsieur Glendinning ? » aussi angélique et adorable qu'indigné et convaincant, et qui détruisit en lui jusqu'au plus léger soupçon : Lucy ne pouvait être complice des subterfuges de sa mère.

En fait, Mme Tartan, n'ayant à déployer aucun de ses artifices, aucune de ses finasseries dans les amours de Pierre et de Lucy, n'était rien moins qu'immensément gratuite et sacrilège dans sa conduite. Mme Tartan allait-elle apprendre aux lis à fleurir ? Mme Tartan allait-elle accoupler l'aimant et le fer ? Présomptueuse Mme Tartan ! Mais ce monde tout entier est présomptueux et renferme bien des présomptueux, en tête desquels était certes Mme Tartan, marieuse nationale.

La conduite de Mme Tartan était d'autant plus

absurde qu'elle n'ignorait point que Mme Glendinning désirait cette union. Et Lucy n'était-elle pas riche, très riche ? Ou du moins, ne devait-elle pas le devenir à la mort de sa mère (triste pensée que celle-là pour Mme Tartan) ? Et la famille de son propre mari n'était-elle pas des meilleures ? Et le père de Lucy n'avait-il pas été l'ami intime du père de Pierre ? Et, bien que Lucy pût trouver son digne pendant parmi les hommes, qui aurait pu prétendre à être son égale parmi les femmes ? Quelle n'était point la présomption de Mme Tartan ! Mais quand une femme comme Mme Tartan n'a rien de positivement utile à faire, elle fait précisément les choses présomptueuses que faisait Mme Tartan.

Cependant le temps passa et Pierre aima Lucy, et Lucy Pierre ; jusqu'au jour où les deux jeunes marins frères de Lucy firent irruption dans le salon de Mme Tartan au retour de leur première croisière — une croisière de trois ans dans la Méditerranée. Ils regardèrent Pierre assez fixement, le trouvant sur le sofa avec Lucy non loin de lui.

— Je vous en prie, asseyez-vous, messieurs, dit Pierre. Il y a de la place pour tout le monde.

— Mes frères chéris ! s'écria Lucy en les embrassant.

— Mes chers frères et sœur ! s'écria Pierre en les entourant de ses bras.

— Je vous prie, monsieur, au large ! dit le frère aîné qui avait été nommé midship deux semaines auparavant.

Le cadet fit un pas en arrière et mit la main sur la garde de son épée en disant :

— Monsieur, nous appartenons à l'escadre de la Méditerranée. Monsieur, permettez-moi de vous dire que ceci est décidément inconvenant. Qui donc êtes-vous, monsieur ?

— Je ne puis expliquer tant je suis heureux ! s'écria Pierre, qui les étreignit tous à nouveau en riant.

— Extraordinaire en vérité ! cria le frère aîné, qui se dégagea et rajusta avec véhémence le col de sa chemise.

— Dégainons ! s'écria intrépidement le cadet.

— Arrêtez, jeunes fous ! s'écria Lucy. C'est votre vieil ami Pierre Glendinning.

— Pierre ? Quoi, Pierre ? s'écrièrent les deux jeunes gens. Embrassons-nous encore à la ronde ! Mais tu as grandi d'une coudée ! Qui t'aurait reconnu ? Mais alors... Lucy ?... En vérité, Lucy, qu'y a-t-il là-dessous ? Hé ! hé ! Je crois qu'il y a un mariage dans l'air !

— Oh ! Lucy n'a rien de tel en tête ! s'écria Pierre. Venez, formons encore le rond !

Ils s'embrassèrent tous à nouveau, et ce soir-là les fiançailles de Pierre et de Lucy furent annoncées publiquement.

Sur quoi les jeunes officiers se permirent de penser — encore qu'ils se gardassent bien d'en souffler mot — qu'ils avaient fait évoluer de manière impérieuse, quoique indirecte, une situation ambiguë et fort peu recommandable en faisant deux fiancés de ces amoureux.

III

Au vigoureux bon vieux temps du grand-père de Pierre, un gentilhomme américain de constitution et de fortune robustes passait son temps assez différemment de cette fleur de serre qu'est un gentilhomme d'aujourd'hui. Le grand-père de Pierre mesurait six pieds quatre pouces ; lors d'un incendie à la vieille demeure manoriale, il avait abattu d'un coup de pied une porte de chêne pour recevoir les baquets d'eau des mains de ses esclaves nègres. Pierre avait souvent essayé son uniforme, relique familiale gardée aux Prés-de-la-Selle, mais les poches lui tombaient au-dessous du genou et l'on eût pu glisser sous la veste boutonnée un quartaut de bonne taille. Au cours d'une échauffourée nocturne dans la prairie, avant la Guerre d'Indépendance, ce grand-père avait anéanti deux Indiens sauvages en cognant leurs têtes l'une contre l'autre. Avec cela, le meilleur cœur et les yeux les plus bleus du monde ; car ce doux gentilhomme à cheveux blancs, qui révérait à la façon patriarcale de ce temps tous les dieux du foyer, était le plus tendre des maris comme le plus tendre des pères, le meilleur des maîtres pour ses esclaves, le fumeur de pipe digestive à l'humeur la plus sereine et la plus égale, le meilleur et le plus charitable des chrétiens, tout prêt qu'il était à pardonner les offenses, en bref, un divin vieillard aux yeux bleus, enfantin, joyeux et pur, dont l'âme douce et majestueuse unissait le lion et l'agneau : la digne image de son Dieu.

Pierre ne pouvait jamais regarder son beau portrait martial sans éprouver une nostalgie infinie de rencontrer sa forme vivante dans la vie réelle. En vérité, la majestueuse douceur de ce portrait faisait une impression prodigieuse sur tout jeune spectateur sensible et généreux. Car il possédait la persuasion céleste d'un verbe angélique ; un glorieux évangile pendait au mur dans son cadre pour annoncer à tous, comme sur la Montagne, que l'homme est un être noble, à l'image de Dieu, et plein de sucs rares ; une créature de force et de beauté.

Or, ce splendide vieux Pierre Glendinning avait été grand amateur de chevaux ; non point au sens moderne, car ce n'était point un jockey. Il avait pour ami intime un énorme cheval gris très fier et de manières étonnamment réservées : sa bête de selle ; il faisait tailler les mangeoires de ses chevaux, comme les vieux tranchoirs, à même des blocs d'érable, la clef du coffre à maïs était suspendue dans sa bibliothèque et il ne laissait à personne le soin de nourrir ses coursiers, à moins que son absence ne promût à cette honorable fonction Moyar, vieux Noir incorruptible et des plus exacts. Il disait qu'un homme n'aime point ses chevaux s'il ne les nourrit de ses propres mains et, à chaque Noël, leur donnait des rations débordantes : « Je fête Noël avec mes chevaux », disait le splendide vieux Pierre. Il se levait toujours à l'aube, lavait son visage et sa poitrine en plein air, retournait à son cabinet et, quand sa toilette était terminée, s'en allait visiter cérémonieusement les écuries afin de souhaiter un très joyeux bonjour à ses très honorables amis. Malheur à Cranz, à Kit, à Douw ou à quelque autre des esclaves de l'écurie, si le splendide vieux Pierre trouvait un cheval sans couverture ou une herbe dans le foin des râteliers. Non point qu'il eût jamais fait fouetter Cranz, Kit ou Douw — c'était là chose inconnue en ce temps et dans ces pays patriarcaux —, mais il refusait de leur dire comme d'habitude un mot plaisant, ce qui les remplissait de tristesse, car Cranz, Kit, Douw et tous les autres aimaient le splendide vieux Pierre comme ses bergers aimaient le vieil Abraham.

Quel est ce superbe et seigneurial coursier au poil gris ? Quel vieux Chaldéen le monte ? C'est le splendide vieux Pierre qui, chaque matin, avant le petit déjeuner, va se promener sur sa monture ; il ne l'enfourche point sans lui en avoir demandé la permission. Mais le temps passe, et le splendide vieux Pierre devient vieux ; la glorieuse grappe de sa vie s'alourdit ; il a le sentiment qu'il ne monte plus sa majestueuse bête avec la même puissante virilité. En outre, la noble bête elle-même devient vieille, et ses grands yeux ont un touchant regard pensif. La jambe de l'homme, jure le splendide vieux Pierre, ne pressera plus le flanc de mon cheval, le harnais ne le touchera plus ! Alors, à chaque printemps, il ensemence un champ de trèfle pour son cheval ; à la mi-été, il trie les herbes de ses prairies afin d'en extraire le meilleur foin pour l'hiver ; et il fait battre ce grain choisi avec un fléau dont le manche a jadis porté un drapeau dans une rude bataille où ce même cheval s'est pavané avec le splendide vieux Pierre, l'un secouant sa crinière, l'autre son épée !

À présent, le splendide vieux Pierre doit se promener en voiture le matin ; il ne chevauche plus le vieux coursier gris. Il se fait faire un phaéton digne d'un grand général, un phaéton au fond duquel trois hommes pourraient se cacher aisément. Doubles, triples sont les énormes ressorts de cuir en forme d'S ; les roues semblent dérobées à quelque moulin ; le siège à dais est comme un lit à baldaquin. De dessous le vieux portail, deux chevaux, non plus un, tirent chaque matin le vieux Pierre, comme les Chinois tirent une fois l'an leur gros dieu Gosh de son temple.

Mais le temps passe, et vient un matin où le phaéton ne sort plus ; les cours et les arrière-cours sont pleines de monde ; des casques s'alignent le long des allées ; des épées heurtent les degrés du perron ; des fusils sonnent dans les escaliers ; des mélodies martiales et funèbres retentissent dans les salles. Le splendide vieux Pierre est mort et cela, comme un héros d'anciennes batailles, à la veille d'une autre guerre : avant d'aller tirer sur l'ennemi, les canons tirent devant la tombe de leur chef. Le splendide vieux Pierre mourut en l'an de grâce 1812. Le tambour qui battit sa marche funèbre était une vieille timbale anglaise qui, jadis, avait battu l'orgueilleuse marche des trente mille futurs prisonniers que ce vantard de Burgoyne[1] conduisait vers une sûre captivité.

Le lendemain, le coursier gris refusa son grain. Voyez comme il se détourne et hennit vainement dans son étable. Il refuse à présent de se laisser caresser par la main flatteuse de Moyar ; aussi clairement qu'un cheval peut parler, le vieux coursier gris gémit : « Je ne sens plus la main accoutumée ; où est le splendide vieux Pierre ? Ne me nourrissez plus, ne m'étrillez plus. Où est le splendide vieux Pierre ? »

Il dort maintenant non loin de son maître ; sous le champ qu'il brouta, il s'est doucement étendu. Voici longtemps déjà que le splendide vieux Pierre et son coursier s'en sont allés de cette herbe vers la gloire.

Mais son phaéton, comme son corbillard empanaché, survit à la noble charge qu'il porta. Et les sombres coursiers bais qui avaient tiré le splendide vieux Pierre de son vivant et qui, selon son testament, le tirèrent mort, suivirent à leur tour le seigneurial coursier gris. Ces coursiers bai sombre existent encore, non point par eux-mêmes ou dans leur progéniture directe, mais dans les deux étalons dont ils sont les ancêtres ; car, sur les terres des Prés-de-la-Selle, l'homme et le cheval sont tous deux héritiers ; et, par ce matin radieux, Pierre Glendinning, petit-fils du splendide vieux Pierre, se promène en voiture avec Lucy Tartan, assis là où son propre ancêtre s'asseyait et menant les coursiers dont le splendide vieux Pierre avait conduit les trisaïeux.

Comme Pierre se sentait fier ! Il croyait voir ces chevaux fantômes en flèche devant la voiture :

1. Le général Burgoyne capitula à Saratoga en octobre 1777. *(N.d.T.)*

— Ceux-ci ne sont que les timoniers ! s'écria-t-il. Ce sont les générations qui mènent.

IV

Mais l'Amour se tourne plutôt vers sa postérité probable que vers les ancêtres à jamais défunts du passé. Et la rougeur d'orgueil familial de Pierre fit bientôt place à une teinte plus foncée quand Lucy eut fait éclore sur sa joue les couleurs de l'amour.

Cette matinée était la goutte la plus rare que le Temps eût dans son vase. D'ineffables distillations de suave délice flottaient par les champs et les collines. Un matin fatal, en vérité, pour des amoureux infiancés. « Confessez-vous ! » s'écriait-il. « Voyez nos amours aériennes. » Les oiseaux gazouillent dans les branches, les marins en mer ne font plus de nœuds de bouline — leurs doigts ont perdu leur adresse — et, qu'ils le veuillent ou non, l'Amour noue des lacs d'amour à chaque espar étincelant.

Oh ! Louange à la beauté de cette terre ; à la beauté, à la floraison, à la joie qu'elle engendre ! Le premier monde créé fut un monde hivernal ; le second fut un monde printanier ; le troisième, qui est aussi le dernier et le plus parfait, fut notre monde estival. Dans les froides sphères inférieures, les prédicateurs invoquent la Terre comme nous faisons le Paradis. Oh ! mes amis, disent-ils, il ont là-bas une saison qu'ils appellent dans leur langage l'été : alors, leurs champs se tissent de verts tapis, la neige et la glace ne couvrent plus le sol, un million de choses étranges, brillantes et parfumées parsèment le gazon, et des êtres à la taille élevée et majestueuse se dressent, muets et superbes, en étendant leurs dais verdoyants sur des anges joyeux — les hommes et les femmes —

qui aiment et s'unissent, qui dorment et rêvent, sous les regards approbateurs de leur dieu et de leur déesse visibles, le soleil au cœur allègre et la lune pensive !

Oh ! Louange à la beauté de cette terre ; à la beauté, à la floraison, à la joie qu'elle engendre ! Nous avons déjà vécu et nous vivrons à nouveau et, de même que nous mettons notre espoir en un monde plus beau, nous sommes venus d'un monde moins beau. De chaque monde successif, le démon Principe se voit banni de plus en plus à chaque émigration nouvelle, nous repoussons toujours plus loin cette entrave maudite du Chaos. Hosannah à ce monde ! Si beau lui-même, et vestibule d'un autre plus bel encore. De quelque Égypte passée, nous sommes venus dans ce nouveau Chanaan ; et, de ce nouveau Chanaan, nous allons vers quelque Circassie. Sans doute la Misère et le Malheur nous ont-ils suivis hors d'Égypte : ils mendient à présent dans les rues de Chanaan ; mais les portes de la Circassie ne les laisseront point entrer ; eux et leur père, le démon Principe, devront retourner au Chaos dont ils procèdent.

L'Amour fut engendré par la Joie et la Paix dans l'Éden, au temps de la Jeunesse du monde. L'homme opprimé par les soucis ne peut aimer ; l'homme assombri ne trouve point le dieu. Comme la Jeunesse ne connaît guère les soucis ni la tristesse, depuis le commencement des temps la Jeunesse appartient à l'Amour. L'Amour peut aboutir à la peine et à la vieillesse, à la souffrance et au besoin, l'Amour peut connaître finalement tous les maux humains ; mais l'Amour commence dans la Joie. Le premier soupir de l'Amour ne s'exhale jamais que l'Amour n'ait ri. L'Amour rit d'abord, puis il soupire. L'Amour n'a point de mains, mais des cymbales ; sa bouche est bâtie comme un bugle et le souffle spontané de la vie y fait sonner des notes de joie !

Ce matin-là, deux chevaux bais tiraient deux rires le long de la route qui mène des Prés-de-la-Selle aux collines. Ils étaient bien accordés, ces deux rires, le ténor viril de Pierre Glendinning et le soprano féminin de Lucy Tartan.

La blonde Lucy aux yeux bleus, au visage éclatant, aux cheveux d'or, était vêtue de nuances qui s'harmonisaient avec les cieux. « Que le bleu clair soit perpétuellement ta couleur, Lucy ; c'est le bleu clair qui te va le mieux » : tel était le conseil azuré de la mère de Lucy Tartan. De chaque côté de la route montait vers Pierre le parfum des trèfles en fleur des Prés-de-la-Selle, mais aussi, de la bouche et de la joue de Lucy, un frais parfum de violette.

— Sont-ce les fleurs, ou toi, que je respire ? s'écria Pierre.

— Je ne sais si je vois des lacs ou tes yeux ! s'écria Lucy, dont le regard plongeait dans l'âme de Pierre comme deux étoiles dans un étang.

Jamais mineur de Cornouailles ne creusa sous la mer plus avant que l'Amour ne s'enfonce sous les flots des regards. L'Amour perce à une profondeur de deux millions de brasses et ne s'arrête qu'ébloui par le fond de perles. L'œil est le verre magique de l'Amour, où glisse dans une lumière surnaturelle tout ce qui n'est point de la terre. Il n'est pas autant de poissons dans la mer que de douces images dans les yeux des amants. Parmi ces miraculeuses transparences nagent les étranges poissons volants de l'œil, qui, parfois, bondissent de joie ; alors, de moites ailes de poissons mouillent la joue de l'amant. Les yeux de l'Amour sont choses saintes ; là sont logés les mystères de la vie ; deux amants qui se regardent mutuellement dans les yeux voient l'ultime secret des mondes et, par des frémissements à jamais intraduisibles, éprouvent que l'Amour est dieu de tout.

L'homme ou la femme qui n'a jamais aimé ni jamais regardé dans les yeux d'un amant ne connaît pas la plus haute et la plus douce religion de cette terre. L'Amour est l'évangile du Créateur et du Sauveur, annoncé au genre humain : un volume au fermoir de violettes, relié en feuilles de rose et imprimé par des becs de colibris avec du suc de pêche sur des pétales de lis.

Infinie est la nomenclature de l'Amour. Le temps et l'espace ne sauraient contenir l'histoire de l'Amour. Tout ce qu'il est doux de voir, de goûter, de toucher et d'entendre, tout cela, et cela seulement, fut créé par l'Amour. L'Amour n'a point fait les zones arctiques, encore qu'il les assaille sans cesse. Ne voit-on pas disparaître de jour en jour, d'heure en heure, les créatures féroces de cette terre ? Où sont à présent les loups d'Angleterre, où la panthère et le guépard de Virginie ? Oh ! partout l'Amour est actif, partout il envoie ses missionnaires moraviens. Point de propagandiste pareil à l'Amour. Le vent du sud courtise le nord barbare ; sur maint rivage lointain, le doux vent d'ouest persuade l'est aride.

La Terre tout entière est fiancée à l'Amour ; c'est en vain que le démon Principe rugit pour arrêter les bans. Pourquoi la Terre porterait-elle en guise de ceinture une zone verdoyante et torride si elle ne se parait pour les rites ultimes ? Et pourquoi fournirait-elle des lis et des fleurs d'oranger si elle ne désirait que tous les jeunes hommes et toutes les vierges s'aimassent et s'épousassent ? Car chaque mariage entre deux vrais amants accélère la marche de l'Amour universel. Les mariées d'ici-bas seront les demoiselles d'honneur de l'Amour dans le monde de mariage à venir. Ainsi, de toutes parts, l'Amour séduit. Quel jeune homme peut se contenir à la vue des merveilles du splendide monde de la femme ? Là où se trouve une belle femme se trouve aussi toute l'Asie et ses bazars. L'Italie n'a pas de spectacle qui vaille la beauté d'une fille yankee, ni le Ciel de bénédiction qui outrepasse son amour terrestre. Les angéliques Lothaire[1] ne sont-ils point descendus ici-bas afin de goûter à l'amour et à la beauté des mortelles ? Dans le même temps, les frères de ces mêmes mortelles se languissaient sottement du Paradis qu'ils avaient quitté. Oui, ces anges jaloux descendirent, émigrèrent ; et pourquoi émigrer, sinon pour trouver meilleur lieu ?

L'Amour est le grand rédempteur et réformateur de ce monde et, comme toutes les femmes sont ses émissaires les plus choisis, l'Amour les a douées d'une force de persuasion magnétique à laquelle nul jeune homme ne saurait résister. Tout jeune homme voit dans l'élue de son cœur une insondable enchanteresse qui, par mille charmes concentriques, par mille incantations circulaires, se glisse autour de lui à mesure qu'il se tourne, murmurant des choses dont la signification dépasse la Terre, invoquant pour lui les esprits et les gnomes souterrains, et dépeuplant la mer de ses naïades pour qu'elles viennent nager auprès de lui, de telle sorte que des mystères sont évoqués, comme en exhalaisons, par cet Amour. Comment s'étonner dès lors que l'Amour ait toujours été mystique ?

V

Et, ce même matin, Pierre était très mystique ; non point continuellement, il est vrai, mais tantôt des

1. Cf. *Heaven and Earth, a mystery,* de Byron, inspiré par Genèse, VI, 2. *(N.d.T.)*

plus mystiques, tantôt débordant d'une folle gaieté débridée. Il avait l'air d'un jeune mage et, presque au même instant, d'un saltimbanque. Des improvisations chaldéennes jaillissaient de lui en courts vers dorés tout de suite après de plaisantes boutades. Le regard étincelant de Lucy, surtout, le transportait. À présent, sans se soucier de ses chevaux, il étreignait Lucy de ses deux bras et plongeait comme un pêcheur sicilien dans l'Adriatique de ses yeux pour en rapporter une royale coupe de fête. Les ondes des yeux de Lucy lui semblaient des vagues de joie infinie. Ils paraissaient refléter, comme de vraies mers, les irradiations de ce transparent matin azuré : toute la splendeur bleue du jour, toute la douceur du ciel insondable resplendissaient dans les yeux de Lucy. Car, assurément, l'œil bleu de la femme, comme la mer, ne laisse point d'être influencé par l'atmosphère. C'est seulement en plein air et par quelque divin jour d'été que vous verrez vraiment son outremer, son fluide lapis-lazuli. Alors, Pierre poussait une clameur de joie et les tigres rayés de ses yeux châtains sautaient dans leurs cages cillées avec une joie sauvage. Lucy s'écartait de lui dans l'excès de son amour ; car la cime de l'amour est la Crainte et l'Émerveillement.

Bientôt, les chevaux rapides eurent emmené ce beau dieu et cette belle déesse auprès des collines boisées dont les bleus lointains, changés maintenant en verts aux multiples nuances, se dressaient devant eux comme de vieilles murailles babyloniennes couvertes de verdure ; des pics s'élevaient çà et là à intervalles réguliers, telles des tours d'enceinte, et les bosquets de pins qui les surmontaient semblaient les archers altiers et les puissants veilleurs de la glorieuse cité babylonienne du Jour. À respirer l'air des collines, les chevaux caracolants hennirent, et leurs sabots allègres frappèrent le sol comme un rire. Ils sentaient l'éperon des légères délices du jour, car le jour débordait d'une folle joie : haut dans le ciel on entendait hennir les chevaux du soleil, et l'écume de leurs naseaux faisait flotter sur les collines une vapeur floconneuse.

La brume montait lentement des plaines, répugnant encore à quitter un si beau pâtis. Pierre arrêta ses coursiers sur la pente verdoyante, et bientôt les deux amants furent assis au bord de la route, leur regard errant au loin parmi les bois, parmi les lacs, parmi les hautes terres couronnées de maïs et les basses terres couvertes d'herbages, parmi les longues vallées sinueuses dont le vert vif révélait la suprême fertilité, car l'abondance la plus céleste gratifie surtout les lieux bas — emplissant de verdure et de gaieté maint cœur humble et laissant maint sommet hautain à son aridité solitaire.

Mais c'est la Peine, non la Joie, qui est moralisatrice, et Pierre tira de cette scène peu de moralisante sagesse. La main de Lucy dans la sienne, il en sentait doucement les doux frémissements comme un homme en communication directe avec des éclairs de chaleur, et, recevant une série de doux chocs, il avait l'avant-goût des délices les plus éthérées de la terre.

À présent, il tombe étendu sur l'herbe, fixant de ses yeux attentifs les yeux de Lucy :

— Tu es mon ciel, Lucy ; tu vois ici prostré ton roi-berger, épiant l'avènement de nouvelles étoiles dans ton regard. Ha ! Je vois passer Vénus ; ho ! voici une nouvelle planète — et, derrière tout cela, une infinie nébulosité étoilée, comme si ton être se détachait sur un voile pailleté de mystères.

Lucy est-elle sourde à ce délire d'un amour lyrique ? Pourquoi baisse-t-elle les yeux et vibre-t-elle ainsi ?

et pourquoi, de ses prunelles débordantes, pareilles larmes brûlantes s'échappent-elles ? Il n'y a plus de joie à présent dans les yeux de Lucy, et ses lèvres tremblent.

— Ah ! tu es trop ardent, trop impétueux, Pierre !

— Non pas, trop humide et trop changeant avril ! Ne sais-tu point que l'humide et changeant avril précède la joie sûre, heureuse et sans averses de juin ? Et ce jour-ci, Lucy, ne devrait-il pas être ton juin, comme il est le juin de la Terre ?

— Ah ! Pierre, ce n'est pas juin pour moi. Mais les douceurs de juin ne naissent-elles pas des larmes d'avril ?

— Si, mon amour ! Mais voici encore et encore des gouttes ; ce sont là des averses plus longues que celles d'avril, et juin non plus ne les connaît pas.

— Juin ! juin ! toi, le mois d'été des mariées, toi qui suis les douces assiduités du printemps auprès de la Terre, mon juin, mon juin est encore à venir !

— Encore à venir, mais déjà prescrit ! Aussi sûr, plus sûr encore que s'il était déjà venu.

— Alors, aucune des fleurs dont avril arrose les boutons, aucune de ces fleurs ne périt prématurément avant que juin ne l'épanouisse ? Peux-tu jurer cela, Pierre ?

— Les audacieuses immortalités du plus divin amour sont en moi ; et je te promets à présent toutes les éternités immuables de la joie dont femme pût rêver jamais en cette maison de rêve qu'est la Terre. Un dieu t'adjuge une félicité éternelle et me donne, en guise de fief inaliénable, la sûre possession de toi-même et de cette félicité. Déliré-je ? Regarde-moi, Lucy ; médite-moi, jeune fille.

— Tu es jeune et beau et fort ; une joyeuse virilité t'investit, Pierre, et ton cœur intrépide n'a jamais senti l'attouchement de la peur, mais...

— Mais quoi ?

— Ah ! très cher Pierre !

— Mes baisers arracheront ce secret à ta joue ! Mais quoi ?

— Hâtons-nous de rentrer, Pierre. J'éprouve l'étrange empire d'une tristesse, d'une défaillance sans nom. Je sens comme un avant-goût de mélancolie infinie. Dis-moi une fois encore l'histoire de ce visage, Pierre, de ce visage mystérieux, obsédant, qu'à trois reprises tu cherchas en vain à fuir. Le ciel est bleu, l'air est suave, Pierre ; mais dis-moi l'histoire du visage, du visage lumineux, implorant, endeuillé, du visage aux yeux sombres qui pâlissait et reculait si mystérieusement devant le tien. Ah ! Pierre, j'ai pensé parfois que je n'épouserais jamais mon très cher Pierre que l'énigme de ce visage ne fût déchiffrée. Dis-moi, dis-moi, Pierre. Tel un basilic aux yeux fixes et pleins d'une ardente tristesse, ce visage me fascine.

— Sorcellerie ! Sorcellerie ! Maudite soit l'heure où je crus que l'amour ne doit pas avoir de secrets ! Jamais je n'aurais dû te conter l'histoire de ce visage, Lucy. Je me suis ouvert trop entièrement à toi. Oh ! Jamais l'amour ne devrait tout connaître !

— Qui ne connaît point entièrement n'aime point entièrement, Pierre. Ne parle plus jamais ainsi. Écoute-moi, Pierre. À présent, à présent, dans cette inexplicable trépidation qui m'habite, je te conjure d'agir à l'avenir comme tu l'as fait jusqu'ici, car je veux connaître tout ce qui t'agite, fût-ce même la pensée la plus aérienne et la plus passagère qui puisse traverser ton être, venue de cette vaste atmosphère qui borde le monde mortel. Si je doutais de toi en ceci, si je venais à penser que ton cœur me cache un recoin intime, ce serait pour moi un jour de fatal désenchantement, mon Pierre. Je te le dis,

Pierre, et l'Amour lui-même parle à présent par ma bouche, ce n'est que dans une confiance sans limites et l'échange des plus subtils secrets que l'Amour peut subsister. L'Amour lui-même est un secret et se nourrit de secrets, Pierre. Si je savais seulement de toi ce que tout le monde en sait, que serais-tu pour moi ? Tu dois m'être un secret entièrement révélé, Pierre. L'Amour est vain et fier ; et si, en marchant dans les rues, je rencontre tes amis, je veux nourrir cette pensée narquoise : ils ne le connaissent point, je suis seule à connaître mon Pierre, moi et nulle autre sous le soleil. Jure-moi donc, cher Pierre, que tu ne me cacheras jamais un secret, jamais, jamais. Jure-le.

— Quelque chose s'empare de moi. Tes larmes inexplicables, en tombant sur mon cœur, l'ont pétrifié. J'éprouve un froid et une dureté de glace... Je ne jurerai pas !

— Pierre ! Pierre !

— Que Dieu t'aide et que Dieu m'aide, Lucy ! Je ne puis croire que dans cet air si doux et si suave, d'invisibles puissances complotent traîtreusement contre nos amours. Oh ! si vous nous entourez à présent, vous que je ne puis nommer, je vous l'ordonne par un nom qui ne saurait être inefficace, par le saint nom du Christ : éloignez-vous d'elle et de moi ; ne la touchez pas, démons aériens ; regagnez votre enfer ! Pourquoi venir rôder dans ces parages célestes ? Les chaînes de l'Amour tout-puissant ne vous retiennent-elles donc point, créatures infernales ?

— Est-ce là Pierre ? Ses yeux ont un éclat terrible. Je vois de plus en plus profond en lui, à présent. Il se retourne, il menace l'air, il l'insulte, comme si l'air le défiait. Malheur à moi, si l'enchantement de l'amour a jeté sur lui ce mauvais sort... Pierre !

— J'errais, égaré dans la nuit étouffante, à une

distance infinie de toi, Lucy ; mais ta voix a su m'atteindre jusque dans la zone boréale. Me voici à nouveau auprès de toi, en qui je trouve mon apaisement.

— Pierre, mon Pierre à moi ! Je pourrais me faire déchirer pour toi en dix trillions de lambeaux ; dans mon sein je te cacherais encore, et tu y trouverais la chaleur quand même je ne serais qu'un cadavre gelé étendu sur les champs de glace de l'Arctique. Pierre, mon Pierre très cher, mon Pierre béni ! Je pourrais me percer d'un poignard puisque mes sottes alarmes ont eu le pouvoir de t'émouvoir ainsi, de te peiner ainsi. Pardonne-moi, Pierre ; ton visage altéré a chassé l'autre visage ; la crainte que je ressens pour toi l'emporte sur toute autre crainte. Je ne suis plus hantée. Étreins ma main, regarde-moi bien, mon amour, afin que tout vestige de ce visage disparaisse... Je me sens presque redevenue moi-même... Il est parti tout à fait. Debout, mon Pierre, levons-nous et fuyons ces collines où le regard porte trop loin, je le crains. Fuyons dans la plaine. Écoute, tes chevaux hennissent : ils t'appellent. Vois, les nuages descendent vers la plaine. Ces collines à présent me paraissent toutes désolées, et toute verdure la plaine. Merci, Pierre. Vois, je quitte les collines la joue sèche ; je laisse toutes mes larmes derrière moi : elles seront aspirées par ces arbres toujours verts, emblèmes de l'amour immuable que ma propre tristesse nourrit en moi. Sort cruel en vérité que la plus belle verdure de l'amour se nourrisse ainsi de larmes !

Maintenant, ils dévalent rapidement la pente ; fuyant les collines élevées, ils se hâtent vers la plaine. Le nuage a quitté les yeux de Lucy ; l'oblique lueur livide a quitté le front de son amant. Dans la plaine, ils trouvent à nouveau la paix, l'amour et la joie.

— Ce n'était qu'une vaine vapeur errante, Lucy !

— Le vide écho, Pierre, d'un triste son depuis longtemps évanoui. Sois béni, mon Pierre!

— Que Dieu t'enveloppe à jamais, Lucy! Mais nous voici à la maison.

VI

Lorsque Pierre eut mené Lucy dans le plus riant salon de sa tante, lorsqu'elle se fut assise, non loin du chèvrefeuille qui voilait à demi la fenêtre, devant le chevalet autour duquel elle avait habilement fait pousser deux vignes graciles jaillies de deux pots de fleurs où s'inséraient les pieds du chevalet, lorsqu'il se fut assis auprès d'elle, s'efforçant de chasser par un bavardage plaisant et enjoué la dernière ombre de tristesse, et lorsque ce but lui eut paru pleinement atteint, il se leva pour appeler la bonne tante de Lucy auprès d'elle et prendre congé jusqu'au soir. Mais Lucy le rappela, le priant de lui apporter d'abord un portefeuille bleu qui se trouvait dans sa chambre, car elle désirait bannir le souvenir même de sa mélancolie — s'il en restait encore quelque trace — en détournant ses pensées, par un petit croquis au crayon, vers des scènes entièrement différentes des prés et des collines de la Selle.

Pierre monta l'escalier, mais s'arrêta au seuil de la porte ouverte. Il n'était jamais entré dans cette chambre sans éprouver un sentiment de merveilleuse vénération. Le tapis lui semblait un sol sacré. Chaque chaise paraissait sanctifiée par le souvenir de quelque saint disparu qui s'y fût assis jadis. Ici, son livre d'amour se réduisait à cette seule phrase : Prosterne-toi à présent, Pierre, prosterne-toi ! Mais cette extrême loyauté envers la piété de l'amour, éveillée en lui par semblables aperçus de son sanctuaire le plus secret, ne laissait point d'être accompagnée parfois de si violents battements de cœur qu'il lui semblait presser dans ses bras toute la beauté de l'univers, car tout son univers se résumait dans le meilleur de son amour pour Lucy.

Comme il traversait le silence magique de la chambre vide, il aperçut le lit d'une blancheur de neige reflété dans la glace de la toilette. Cette vision le cloua sur place; pendant un bref instant, il crut voir dans un seul regard deux lits séparés: le lit réel et le lit réfléchi; et spontanément un funeste pressentiment l'envahit... mais pour s'évanouir aussitôt. Pierre continua donc à avancer, et son œil, tombant avec une tendre et douce joie sur le lit immaculé, se fixa sur un rouleau neigeux qui reposait près de l'oreiller. Puis il tressaillit; Lucy ne venait-elle point? Non, ce n'était que le bout d'une petite mule qui pointait sous les courtines étroites du lit. Alors son regard se fixa à nouveau sur le mince rouleau neigeux et froissé; et il resta comme ensorcelé. Jamais précieux parchemin grec ne lui avait paru moitié aussi précieux; jamais savant tremblant ne brûla de dérouler quelque mystérieux vélin avec autant d'ardeur que Pierre cet objet neigeux et froissé. Mais ses mains ne touchèrent rien dans la chambre, si ce n'est le portefeuille qu'il était venu chercher.

— Voici le portefeuille bleu, Lucy. Voyez, la clef pend à son fermoir d'argent. Ne craigniez-vous pas que je l'ouvrisse? C'était tentant, je le confesse.

— Ouvre-le! dit Lucy. Mais oui, Pierre, ouvre-le. Quel secret ai-je à te cacher? Lis-moi d'un bout à l'autre. Je suis entièrement à toi. Vois!

Et, comme elle ouvrait le portefeuille, toutes sortes de roseurs flottèrent dans l'air avec le parfum exquis de quelque invisible essence.

— Ah! Lucy, mon saint ange!

— Pierre, tu es transfiguré ; tu as l'air d'un homme qui... qu'y a-t-il, Pierre ?

— D'un homme qui vient d'entrevoir le Paradis, Lucy, et...

— De nouveau, ton esprit vagabonde, Pierre ; allons, il faut me quitter à présent. Je me sens tout à fait reposée. Vite, appelle ma tante et laisse-moi. Ce soir, tu le sais bien, nous devons regarder ensemble ce livre de gravures. Viens tôt. Va maintenant, Pierre.

— Eh bien ! adieu jusqu'à ce soir, ô délice suprême !

VII

Comme Pierre roulait à travers le village silencieux sous les ombres verticales que jettent les arbres à midi, la douce scène de la chambre le quitta, et le visage mystérieux revint vers lui pour demeurer avec lui. Il arriva enfin au manoir et trouva sa mère absente ; alors, traversant tout droit le vaste vestibule central du manoir, il descendit les degrés de la terrasse qui flanquait l'autre côté et s'en alla rêver au bord de la rivière.

Là se dressait un pin antique heureusement épargné par les bûcherons qui avaient jadis défriché la prairie. Un jour que Pierre s'était avancé vers ce noble pin en venant d'un bosquet de sapins-ciguës qui s'élevait de l'autre côté de la rivière, il avait remarqué un fait significatif : le pin et le sapin-ciguë, pareils par la taille et la stature, ont un aspect général si semblable que les gens inaccoutumés aux forêts les confondent parfois, et tous deux ont la réputation d'être des arbres tristes, mais le sombre sapin-ciguë n'a point de musique dans ses ramures pensives, au contraire du gentil pin qui exhale une affliction mélodieuse.

Pierre s'assit auprès de ses racines de tristesse à demi dénudées, et son regard tomba sur l'une d'elles, particulièrement longue et massive, qui serpentait le long de la berge : sans doute les pluies et les tempêtes l'avaient-elles exhumée depuis de longues années.

— Jusqu'où ces puissantes racines ne doivent-elles pas s'étendre ! En vérité, ce pin prend un ferme appui sur cette belle terre ! Les fleurs éclatantes n'ont point de si profondes racines. Cet arbre a survécu à un siècle de générations de fleurs joyeuses, il survivra encore à un siècle de fleurs à venir. C'est là une triste chose. Ah ! j'entends à présent les plaintes ardentes et innombrables de ce pyramidal pin éolien ; le vent y souffle ; le vent, c'est-à-dire le souffle de Dieu ! Est-Il donc si triste ? Ô arbre ! si puissant, si altier et pourtant si triste ! Combien étrange ! Ah ! Comme je lève mon regard vers tes hauteurs secrètes, ô arbre, le visage, le visage me contemple ! « Es-tu Pierre ? Viens à moi ! » Oh ! toi, mystérieuse jeune fille, comme tu fais mal pendant à la douce Lucy, enclose elle aussi, et la première enclose, dans mon cœur ! Le chagrin est-il le pendant de la joie ? Le chagrin est-il un hôte impérieux qui force les entrées ? Pourtant, je ne t'ai jamais connu, Chagrin ; tu es une légende pour moi. J'ai connu d'ardents tumultes de glorieuse frénésie ; j'ai goûté souvent à la rêverie, d'où vient la méditation, d'où vient la tristesse, d'où viennent tous les délicieux pressentiments poétiques ; mais toi-même, Chagrin, tu es encore pour moi une histoire de fantôme ! Je ne te connais point. C'est à peine si je crois en toi. Non pas que j'aspire à me libérer des accès de tristesse qui m'étreignent parfois : je ne les ai pas assez cultivés ; mais Dieu me garde de toi, autre forme de noirceur infiniment plus profonde ! Je frissonne à ta pensée ! Le visage ! Le visage ! De tes hauteurs secrètes, ô arbre ! le visage descend sur moi. Mystérieuse jeune fille ! Qui es-tu ? À quel titre t'empares-tu ainsi de mes plus intimes pensées ? Retire tes minces doigts ; je suis fiancé, et non pas à toi. Laisse-moi ! Quel droit as-tu sur moi ? Assurément tu ne m'aimes point ? Ce serait un grand malheur pour toi, pour moi et pour Lucy. Ce ne peut être. Qu'es-tu ? Qui es-tu ? Oh ! cruelle incertitude, trop familière, et cependant inexplicable, inconnue, entièrement inconnue ! Il me semble m'engloutir dans cette perplexité. Tu parais savoir de moi quelque chose que je ne sais pas moi-même. Qu'est-ce donc ? Si tu gardes un secret dans tes yeux endeuillés de mystère, qu'il jaillisse ! Pierre l'exige. Qu'as-tu voilé en toi si imparfaitement qu'il me semble en saisir le mouvement, sinon la forme ? Je vois remuer cette chose dérobée derrière l'écran qui la cache. Jamais encore dans l'âme de Pierre ne s'est glissé rien d'aussi voilé ! Si elle contient quelque réalité, pouvoirs souverains qui revendiquez mes humbles adorations, je vous conjure de lever le voile ; il faut que je voie la chose face à face. Si je marche sur une mine, prévenez-moi ; si je m'avance vers un précipice, retenez-moi ; vous ne sauriez m'abandonner à une détresse inconnue qui me surprendrait soudain pour s'emparer de moi tout entier, ou bien la tendre foi que Pierre vous porte, cette foi intacte, encore nette, s'évanouirait tout aussi net pour faire place à un athéisme railleur. Ah ! le visage disparaît. Fasse le Ciel qu'il ne se soit pas seulement caché dans tes hauteurs secrètes, ô arbre ! Mais il a disparu, complètement disparu ; et je rends grâce à Dieu, et j'éprouve à nouveau la joie, la joie que je revendique comme un droit humain ; privé de joie, je sens que je livrerais de mortels combats à d'invisibles êtres. Ha ! Il me semble qu'une cotte de mailles pousse autour de moi et m'enserre ; et j'ai entendu dire par les fermiers qu'une épaisse enveloppe sur le maïs présage un hiver rigoureux ; mais voilà un sombre parallèle ; laissons ces analogies, douces dans la bouche de l'orateur, amères dans le sein du penseur. Je veux maintenant me redresser dans ma volonté de joie, et mon visage rayonnant chassera tous les fantômes : les voilà qui s'éloignent, Pierre est à nouveau tout à la Joie, tout à la Vie. Ô pin ! Je résisterai désormais à tes insinuations traîtresses. Je ne m'abriterai plus si souvent sous ton dais aérien pour méditer sur les sombres racines qui le retiennent au sol. Je te quitte à présent ; que la paix soit avec toi, pin ! Cette sérénité bénie, toujours présente au cœur de la tristesse — de la simple tristesse — et qui demeure quand tout le reste a disparu, ce doux sentiment est mien à présent et mien à peu de frais. Je ne regrette point d'avoir été triste, puisque j'éprouve maintenant une telle félicité. Très chère Lucy ! Quelle charmante soirée nous allons passer ce soir ; nous regarderons d'abord ce livre de gravures flamandes ; puis l'Homère de Flaxman[1], aux contours si nets, mais empreints d'une noblesse barbare et dépouillée. Puis le Dante de Flaxman... Dante ! Le poète de la nuit et de l'Enfer ! Non, nous n'ouvrirons pas Dante. Il me semble à présent que ce visage — le visage — me rappelle quelque peu celui, pensif et doux, de Francesca, ou plutôt celui de la fille de Francesca tel qu'il apparut, flottant sur le vent triste et sombre vers l'attentif Virgile et le torturé Florentin. Non, nous n'ouvrirons point le Dante de Flaxman. Le visage endeuillé de Francesca est idéal à présent pour moi. Flaxman

1. Sculpteur et dessinateur anglais, qui fut l'ami de Blake. *(N.d.T.)*

pourrait le rendre présent, l'évoquer tout entier par la magique détresse de ses traits. Non ! Je n'ouvrirai pas le Dante de Flaxman ! Maudite soit l'heure où je lus Dante ! Plus maudite encore celle où Paolo et Francesca lurent le fatal Lancelot !

LIVRE III

Le pressentiment et sa vérification

I

Le visage dont Pierre et Lucy parlaient si étrangement et si craintivement n'était point une magique apparition aérienne : Pierre avait vu vraiment ses traits mortels empreints de tristesse. Et ce n'est point en privé qu'il l'avait accosté, ni dans un sentier écarté, ni sous la lumière blanche du croissant lunaire, mais bien dans une salle joyeuse, illuminée aux bougies, où retentissaient les voix sonores d'une quarantaine de femmes. Cette ombre avait surgi du cœur même de la joie pour s'avancer vers lui. Environnée de bandeaux de lumière, elle l'avait inondé de ses rayons, vaguement rétrospective et prophétique, révélant quelque irrévocable péché passé, annonçant quelque inévitable malheur à venir. Ce visage était de ceux qui apparaissent de temps en temps à l'homme et qui, sans prononcer une parole, laissent entrevoir un redoutable évangile. Offrant des dehors naturels, mais éclairés d'une lumière surnaturelle, tangibles pour les sens, mais indéchiffrables pour l'âme et flottant toujours, à l'instant qu'ils nous font l'impression la plus forte, entre une misère tartaréenne et une paradisiaque beauté, ces visages où se marient le ciel et l'enfer bouleversent toutes nos certitudes et font de nous à nouveau des enfants inquiets en ce monde.

Le visage avait accosté Pierre quelques semaines avant sa promenade avec Lucy dans les collines voisines des Prés-de-la-Selle, alors que la jeune fille n'était point encore arrivée au village pour l'été ; en outre, il l'avait accosté dans un décor banal et familier, ce qui rendait le prodige plus grand encore.

Un jour que Pierre était allé régler une affaire avec un fermier éloigné, et comme il rentrait au manoir à la première heure d'un charmant soir de lune, Dates lui remit un message de sa mère : elle le priait de venir la chercher ce même soir vers sept heures et demie chez Mme Llanyllyn afin de l'accompagner chez les demoiselles Pennies[1]. À lire ce dernier nom, Pierre comprit ce qui l'attendait. Ces deux pieuses vieilles filles, douées du meilleur cœur du monde et privées de l'ouïe à l'âge mûr par la nature envieuse, semblaient avoir pris pour règle de leurs vies charitables cette maxime : puisque Dieu ne nous a point laissé la faculté d'entendre prêcher l'évangile du Christ, nous ferons de notre mieux pour le mettre en pratique. Aussi s'abstenaient-elles d'aller à l'église, considérant qu'elles n'y avaient plus que faire, et, tandis que l'assemblée des fidèles du Révérend Falsgrave, livres de prières en main, vénérait son Dieu selon la divine requête, les demoiselles Pennies faisaient courir leur aiguille pour le servir, cousant chemises et robes pour les pauvres de la paroisse. Pierre avait appris qu'elles s'étaient récemment mises en peine d'organiser une association régulière de femmes et de filles de fermiers ; cette association devait se réunir deux fois par mois chez elles pour coudre au béné-

1. On pourrait traduire : les demoiselles Oboles. *(N.d.T.)*

fice des émigrants indigents qui avaient dressé leurs campements populeux au bord de la rivière, en aval du village. Mais, encore que cette entreprise n'eût point été amorcée sans que Mme Glendinning en fût avertie — car les pieuses vieilles filles l'aimaient et l'honoraient fort — et sans que cette gracieuse châtelaine eût fermement promis son assistance, Pierre n'avait point entendu dire qu'elle eût été officiellement invitée à présider les réunions bimensuelles ou même simplement à y assister, bien qu'il ne doutât pas que sa mère, loin d'élever à cet égard la moindre objection, ne dût être très contente de s'associer ainsi avec les gens du village.

— Eh bien, frère Pierre, dit Mme Glendinning en quittant l'énorme fauteuil capitonné de Mme Llanyllyn, jetez mon fichu sur mes épaules et disons adieu à la tante de Lucy. Hâtons-nous, ou nous serions en retard.

Comme ils allaient de conserve, elle ajouta : « Pierre, je sais que vous êtes parfois un peu impatient de ces séances d'ouvroir ; mais n'ayez crainte, je ne veux qu'y jeter un coup d'œil pour me faire une idée de leurs projets et remplir mes promesses de bienfaisance à bon escient. Sans doute aurais-je pu demander à Dates de m'escorter, mais j'ai préféré que ce fût vous. Je désire que vous connaissiez les gens parmi lesquels vous vivez, et que vous sachiez de quelles belles jouvencelles et matrones naturellement raffinées vous serez un jour le châtelain. Je m'attends à voir un fier étalage de rouges pommettes villageoises. »

Encouragé par de si plaisantes perspectives, Pierre se trouva bientôt avec sa mère dans une salle pleine de visages. Dès qu'ils apparurent, une bonne vieille qui tricotait près de la porte s'écria d'une voix aiguë : « Ah ! Mesdames, mesdames, voici madame Glendinning ! Monsieur Pierre Glendinning ! »

À peine ces mots eurent-ils été prononcés qu'un cri féminin, prolongé, qu'on eût dit n'être pas de ce monde, partit soudain du fond de la longue salle double. Jamais voix humaine n'avait pareillement affecté Pierre. Bien qu'il ne vît point la personne qui avait crié et bien que la voix lui fût totalement étrangère, ce cri soudain parut transpercer son cœur et y laisser un abîme béant. Il resta un instant confondu, puis il tressaillit à la voix de sa mère (le bras de Mme Glendinning était encore sous le sien) : « Pourquoi me serrez-vous ainsi le bras, Pierre ? Vous me faites mal. Bah ! quelqu'un s'est évanoui, rien de plus. »

Pierre se ressaisit instantanément, affecta de rire de son propre émoi et s'avança dans la salle pour offrir ses services, s'il était nécessaire. Mais les matrones et les jeunes filles l'avaient devancé ; un courant d'air agita violemment les lumières, car on avait ouvert aussitôt la fenêtre près de l'endroit d'où le cri était parti. Bientôt le tumulte décrût, pour s'apaiser tout à fait lorsqu'on eut refermé la fenêtre. L'aînée des sœurs Pennies, s'avançant vers Mme Glendinning, lui apprit qu'une des jeunes couseuses du fond de la salle avait été prise brusquement d'une crise de nerfs, imputable sans doute à quelque désordre constitutionnel. Elle était complètement remise à présent. Chacun, faisant appel à cette bonne éducation naturelle qui n'est en vérité que de la délicatesse et de la charité, se garda de montrer la moindre curiosité ; la jeune fille ne fut point interrogée sur l'incident ; on parut la remarquer à peine ; et les aiguilles se remirent à courir.

Pierre laissa sa mère parler à qui elle l'entendait et régler ses affaires avec l'association ; cette assemblée si animée lui fit bientôt oublier tout malaise passé. Après quelques mots courtois aux demoiselles

Pennies — insinués dans leur entendement par le truchement d'une longue trompette recourbée que les vieilles filles laissaient pendre à leur ceinture comme une corne à poudre lorsqu'elles n'en faisaient point usage —, après avoir manifesté l'intérêt le plus profond et le plus compréhensif pour l'élaboration mystérieuse d'une énorme chaussette de laine confectionnée par une vieille dame à lunettes qu'il connaissait plus particulièrement, après avoir fait tout cela et d'autres menues choses dont le détail serait trop fastidieux, mais qui l'occupèrent pendant près d'une demi-heure, Pierre, rougissant légèrement, s'avança d'un pas imparfaitement assuré vers le groupe le plus éloigné des jeunes filles. Là, à la lueur de maintes bougies bien mouchées, réunissant leurs joues brillantes et serrées comme une épaisse corbeille de tulipes, se trouvaient les timides et jolies Marie, Marthe, Suzanne, Betty, Jenny, Nelly et quarante autres des belles nymphes qui écrémaient le lait et battaient le beurre des grasses fermes des Prés-de-la-Selle.

L'assurance entraîne l'assurance. Mais, là où règne l'embarras, il se communique aux plus dégagés. N'est-il point naturel qu'à la vue de ces rangs pressés de visages espiègles, à demi détournés et rougissants — hardis jusque dans la confusion —, n'est-il point naturel que Pierre rougisse légèrement lui aussi et perde quelque peu de son aisance ? La tendresse et la grâce de la jeunesse habitent son cœur, il a sur la langue les paroles les plus chaleureuses, et il reste immobile, offert en cible aux archers du regard.

Mais sa confusion se prolonge singulièrement ; sa joue rougissante pâlit. Sur quel étrange objet s'est donc posé le regard de Pierre Glendinning ? Derrière la première rangée de couseuses, sont assises par groupes de deux ou trois, à de toutes petites tables rondes ou à des guéridons très bas, quelques jeunes filles qui travaillent dans un isolement relatif. Ce sont, semble-t-il, les membres les moins marquants de l'association villageoise, à moins qu'elles n'aient choisi volontairement cet humble exil. Sur l'une des jeunes filles assises à l'un des guéridons les plus éloignés et les moins en vue s'est fixé, interdit, le regard de Pierre.

La jeune fille continue à coudre assidûment ; ni elle ni ses compagnes ne parlent. Ses yeux restent baissés la plupart du temps sur son ouvrage ; mais un observateur très attentif remarquerait qu'elle les lève parfois furtivement pour jeter à la dérobée un regard timide vers Pierre et, plus timidement ou plus furtivement encore, vers sa noble mère. Il semble parfois que son calme surnaturel ne serve qu'à celer l'agitation intense de son sein. Elle porte une modeste robe noire sans ornements, montante et fermée au cou par un simple ourlet de velours. Un regard perçant jugerait ce velours élastique : il se contracte et se détend comme sous une impulsion violente, étouffée, que la région du cœur ne pourrait plus contenir. Mais la joue foncée, olivâtre, ne trahit aucune rougeur, ne donne aucun signe d'inquiétude. Dans la mesure où cette jeune fille relève des apparences communes, une ineffable tranquillité l'investit. Cependant elle jette toujours de biais ce regard furtif et timide. Bientôt, comme cédant à l'irrésistible apogée de son émotion secrète, quelle que celle-ci puisse être, elle redresse sa forme merveilleuse à la lumière des bougies et, pour un bref instant, ce visage surnaturel regarde sans réserve celui de Pierre. Pierre voit à présent un charme prodigieux et un esseulement plus prodigieux encore le contempler avec d'inexplicables implorations dans ce visage dorénavant inoubliable ; et il semble y voir également un beau champ clos où l'Angoisse et la Beauté, après avoir en vain combattu, ont fini par s'étendre.

Surmontant enfin son émoi trop visible, Pierre se détourna pour reprendre conscience et possession de lui-même. Une curiosité effrénée, affolante, incompréhensible s'était emparée de lui : savoir quelque chose de défini de ce visage. À cette curiosité, il venait de s'abandonner momentanément tout entier, dans son impuissance à lutter contre elle ou à la raisonner si peu que ce fût. Dès qu'il eut senti qu'il avait repris son assurance extérieure, il décida de se frayer un passage à travers le rempart de joues et de regards brillants pour entendre, s'il était possible, à la faveur d'un prétexte quelconque, une syllabe venant de celle dont le simple aspect silencieux l'avait si violemment ému. Mais, comme il traversait à nouveau la salle à cette intention, il entendit la voix de sa mère qui l'appelait gaiement et, se retournant, la vit déjà parée de son écharpe et de son chapeau. Il ne pouvait plus décemment demeurer ; réprimant son agitation intérieure, il fit hâtivement un salut collectif à l'assemblée et sortit avec Mme Glendinning.

Ils marchaient depuis quelque temps dans un silence parfait quand sa mère parla :

— Eh ! bien, Pierre, quel est ce mystère ?

— Mon Dieu, mère, vous l'avez donc vue, vous aussi ?

— Mon fils ! s'écria Mme Glendinning qui s'arrêta instantanément, frappée de stupeur, et dénoua son bras d'avec celui de Pierre. Au nom du ciel, qu'avez-vous ? Je vous demandais en plaisantant à quoi vous pensiez si intensément, et vous me répondez par la question la plus étrange, d'une voix qui semble sortie de la tombe de votre arrière-grand-père ! Qu'est-ce que cela signifie, Pierre ? Pourquoi êtes-vous resté tellement silencieux et pourquoi répondez-vous maintenant si hors de propos ? Répondez-moi. Expliquez-moi tout cela. *Elle, elle*... à quelle *elle* pouvez-vous bien penser sinon à Lucy Tartan ? Prenez garde, Pierre, prenez garde ! Je vous croyais plus fermement fidèle à votre dame que votre bizarre conduite ne pourrait le laisser supposer. Répondez-moi, Pierre. Que veut dire tout cela ? Allons, je déteste les mystères. Parlez, mon fils.

Cette longue explosion de surprise de la part de Mme Glendinning permit heureusement à Pierre de se remettre de son double étonnement, causé d'abord par le fait qu'il avait cru sa mère frappée elle aussi par l'aspect étrange du visage, puis accru — une fois ce soupçon si violemment retourné contre lui-même — par l'alarme non feinte qu'éprouvait Mme Glendinning à trouver son fils dans une région de la pensée à laquelle elle n'avait aucunement accès.

— Ce n'est rien, rien du tout, sœur Mary ; je crois que je rêvais, que je dormais en marchant, ou quelque chose de ce genre... Il y avait là de bien jolies filles, ce soir, n'est-ce pas, sœur Mary ? Allons, venez à présent.

— Pierre, Pierre ! Je veux bien reprendre votre bras... mais n'avez-vous vraiment rien d'autre à dire ? Étiez-vous vraiment en train de battre la campagne, Pierre ?

— Je vous jure, ma très chère mère, que jamais dans toute mon existence mon esprit n'a aussi complètement battu la campagne qu'à ce moment même. Mais c'est tout à fait fini à présent.

Puis il ajouta, d'un ton moins sérieux et comme en plaisantant :

— Ma sœur, si vous avez pratiqué quelque peu les ouvrages de médecine, vous devez savoir que la meilleure façon de traiter les cas d'aberration momentanée aussi inoffensifs que celui-ci, est de les passer sous silence. N'en parlons donc plus. Cela me rappelle désagréablement ma folie, et qui sait si elle ne va pas me reprendre.

— Alors, mon cher garçon, plus un mot là-dessus. Mais c'est étrange en vérité, bien, bien étrange... Parlons de l'affaire de ce matin. Comment l'avez-vous réglée ? Contez-moi cela.

II

Pierre, saisissant avec joie un sujet de conversation si opportun, accompagna sa mère au logis sans plus lui donner de raisons de s'inquiéter ou de s'étonner. Mais son propre étonnement, sa propre inquiétude n'étaient pas aussi faciles à apaiser. Trop vraie, encore que destinée à produire un effet tout différent, trop vraie était la réponse qu'il avait faite à sa mère lorsqu'il avait protesté sérieusement que, dans toute son existence, il ne s'était jamais senti si profondément troublé. Le visage le hantait comme la face suppliante, magnifique et passionnée de quelque madone idéale hante l'artiste exalté dont la nostalgie morbide reste à jamais insatisfaite. Et, chaque fois que le visage mystérieux surgissait ainsi devant le regard de son esprit, un autre sens en lui se trouvait affecté : le cri féminin, le cri prolongé et surnaturel retentissait dans les profondeurs de son âme ; car il savait à présent que le cri appartenait au visage — un cri aussi delphique ne pouvait avoir d'autre source. Et pourquoi ce cri ? pensait Pierre. Présage-t-il un malheur pour le visage, pour moi, ou pour nous deux ? Il faut que quelque chose soit changé en moi, s'il suffit que j'apparaisse pour susciter une telle douleur. Mais c'était surtout le visage, le visage qui l'obsédait. Le cri semblait n'y être incorporé qu'incidemment.

Les émotions que Pierre éprouvait paraissaient s'être emparées des racines les plus profondes et des fibres les plus subtiles de son être. Et cette souterraineté même lui faisait sentir à quel point elles étaient impénétrables. Qu'était-ce donc pour lui qu'une fille inconnue, aux yeux tristes et qui criait ? Sans doute y avait-il bien des filles aux yeux tristes de par le monde : ce n'était là que l'une d'elles. Et que lui importait la plus belle des filles aux yeux tristes ? La tristesse pouvait être belle autant que la joie... Il se perdait à débrouiller cet écheveau. « Assez de cette folie ! » voulait-il clamer, mais, surgies de rayonnantes profondeurs aériennes, la divine beauté et les souffrances implorantes du visage venaient flotter devant son regard.

Jusqu'à présent, pensait Pierre, j'ai toujours pris légèrement les histoires de mystères fantomatiques au-dedans de l'homme ; ma foi en ce monde me fait croire à la chair belle, mais tangible, à l'haleine douce et parfumée, mais perceptible ; et j'ai cru seulement jusqu'ici à la chair tangible, à l'haleine perceptible. Mais maintenant ! Maintenant !... Et il se perdait à nouveau dans les considérations les plus troublantes et les plus surnaturelles qui déjouaient son ultime pouvoir d'introspection. Il s'échappait à lui-même. Il sentait que ce qu'il avait toujours considéré jusqu'ici comme le solide terrain de la réalité véritable, était à présent envahi audacieusement par des armées de spectres voilés que des flottilles de vaisseaux fantômes venaient déverser dans son âme.

Les terreurs que lui inspirait le visage n'étaient point celles d'une Gorgone ; il ne le frappait point par une repoussante hideur, il le séduisait magiquement par son indicible beauté, ses longues souffrances et son angoisse désespérée.

Mais Pierre avait le sentiment que cette influence générale avait aussi un caractère particulier ; le visage s'adressait en quelque mystérieuse sorte à ses affections privées et individuelles, et, le défiant au plus profond de son être moral par cet appel tyrannique et silencieux, appelait la Vérité, l'Amour, la Pitié, la Conscience à comparaître. Prodige des prodiges ! pensa Pierre ; et qui, en vérité, défait presque l'homme en moi. Échapper au visage, il ne le pouvait. S'il enfouissait le sien dans ses draps, l'autre demeurait visible. Fuir au soleil par les prairies se révélait aussi vain.

Mais plus miraculeuse encore était la vague impression d'avoir déjà vu quelque part la semblance de ce visage. Où, il n'eût pu le dire, ni même l'imaginer le moins du monde. Il n'était point sans savoir — pour en avoir fait une ou deux fois l'expérience — que parfois une personne croisée dans la rue vous frappe d'une façon irrésistible et magnétique comme étant totalement inconnue, mais pourtant comme vous rappelant étrangement un vague visage déjà rencontré en un temps imaginaire, et d'un intérêt considérable pour votre propre vie. Mais il n'en était pas de même à présent pour Pierre. Le visage ne l'avait pas troublé pendant quelques minutes de spéculation pour s'éloigner de lui et ne plus revenir : il demeurait auprès de lui ; Pierre ne parvenait à le bannir — et non pas invariablement — qu'en faisant appel à toute sa résolution et à toute sa volonté. En outre, l'enchantement général qui imprégnait ces étranges sensations semblait concentré en un point, ou plutôt en une pointe de javelot qui transperçait son cœur d'une douleur inexplicable chaque fois que l'émotion particulière — pour l'appeler ainsi — prenait possession de ses pensées et faisait flotter dans ses visions mille formes d'une époque révolue et maintes scènes de légende familiale qu'il avait entendu décrire par de vieux parents, morts depuis pour la plupart.

Pierre, cachant de son mieux ses rêveries insensées à sa mère et à toutes les autres personnes de la maisonnée, lutta pendant deux jours contre la hantise de son esprit ; il réussit enfin à le purger si radicalement de tout élément inquiétant et à reprendre si pleinement son empire sur lui-même, qu'il vécut quelque temps comme s'il n'avait jamais été si étrangement bouleversé. Une fois de plus, la douce pensée de Lucy, se glissant sans restriction dans son âme, en chassa tout fantôme. Une fois de plus, il monta à cheval, marcha, nagea, sauta, se jetant avec un plaisir renouvelé dans la pratique ardente de tous ces exercices virils qu'il aimait tant. Il lui semblait presque qu'avant de promettre de protéger Lucy pour toujours et de l'aimer éternellement, il devait d'abord se fortifier, se tanner, acquérir enfin une si noble virilité musculaire qu'il pourrait défendre sa Lucy contre l'univers.

Pourtant, et même avant que le visage ne lui fût apparu à nouveau, malgré toute l'ardeur qu'il mettait à rechercher des diversions physiques ou intellectuelles au-dedans comme au-dehors, dans la lecture comme dans l'escrime, Pierre ne laissait pas de garder sa perplexité et son inquiétude à certain égard : pour quelle raison avait-il non seulement caché à sa mère une circonstance particulière de sa vie (il sentait bien que ce n'était là qu'une faute vénielle dont son expérience passée, comme on le verra bientôt, offrait déjà un précédent), mais encore éludé d'une feinte une question explicitement posée par elle, et répondu par quelque chose qui ressemblait de façon alarmante à un mensonge ? Car c'est ainsi que son esprit scrupuleux considérait à présent certaine phase de la conversation qu'il avait eue avec sa mère au cours de cette nuit troublée. Il considérait, en outre, que sa réponse évasive n'avait point été une sorte d'explosion panthéiste qui se fût produite à la faveur d'un interrègne momentané de son empire sur lui-même. Non ; sa mère lui avait longuement parlé et, pendant le temps de ce discours, il se souvenait fort bien d'avoir débattu en esprit, méticuleusement malgré son agitation, du meilleur moyen de dépister un flair si inopportun et si indésirable. Pourquoi avait-il agi ainsi ? Était-ce là son habitude ? Quel indéchiffrable agent avait su faire de lui un imposteur — oui, un imposteur, en vérité — à l'égard d'une mère confiante et tendrement aimée ? Chose bien singulière et digne de ses plus profondes méditations éthiques ! Et cependant, s'il s'analysait attentivement, il sentait qu'il n'eût point voulu avoir agi autrement et qu'il n'entendait pas révéler cette affaire à sa mère. Pourquoi donc ? Était-ce là son habitude ? Le mystère surgissait à nouveau, et des ondes, des frémissements, des pressentiments confus commençaient à lui faire éprouver ce que tous les hommes mûrs, qui sont des mages, apprennent tôt ou tard avec plus ou moins de certitude : à savoir que nous ne sommes pas toujours les auteurs de nos actions. Mais cette idée était très obscure chez Pierre, et l'obscurité nous paraît toujours suspecte et répugnante ; c'est pourquoi il frissonnait d'horreur devant les catacombes infernales de pensée au fond desquelles son imagination fœtale l'avait plongé. Il n'était sûr, en secret, que d'une chose : pour rien au monde, il n'eût dévoilé à sa mère ses mystérieux sentiments.

Mais alors qu'il était sous l'empire de cette fascination indicible, pendant ces deux jours où le visage avait pris pleinement possession de lui, Pierre s'interdit-il dans sa perplexité de recourir à ce qui semblait être la ressource la plus naturelle, de retourner hardiment à la cause palpable, pour questionner enfin de la voix, du regard, ou même de la voix et du regard, la mystérieuse jeune fille ? Non, Pierre ne se l'interdit pas entièrement ; mais sa curiosité et son intérêt profond, aussi étrange que cela puisse paraître, semblaient s'incarner moins dans la personne endeuillée de la fille olivâtre que dans certaines radiations émanées d'elle et incorporées aux pensées confuses qui agitaient sa propre âme. C'est *là* que gisait le plus subtil secret ; c'est *cela* que Pierre avait en vain essayé d'exhumer. Aucune influence prodigieuse ne peut s'exercer sur nous de l'extérieur si elle ne correspond à quelque prodige intérieur. Si la voûte étoilée comble le cœur d'un émerveillement extatique, c'est que nous sommes nous-mêmes de plus grands miracles et de plus superbes trophées que toutes les étoiles de l'espace universel. Le prodige s'enclenche au prodige ; ensuite naît la stupeur. Nous n'avons aucune raison de croire qu'un cheval, un chien, un oiseau soient jamais figés de surprise sous le fardeau de la majesté du ciel. Mais les arches de nos âmes s'ajustent à la sienne, empêchant l'arche supérieure de tomber sur nous avec son intolérable impénétrabilité. « Expliquez-moi mon plus profond mystère », disait le roi-berger chaldéen, couché sur le dos dans la plaine et se frappant la poitrine, « alors je reporterai sur vous tous mes émerveillements, étoiles majestueuses ! » Ainsi, en quelque sorte, de Pierre. Explique-moi cet étrange sentiment qui fait partie intégrante de moi-même, pensait-il — se tournant vers le visage imaginaire —, et j'abdiquerai toute autre merveille pour te contempler, émerveillé. Mais as-tu suscité en moi des sortilèges plus profonds que leur auteur, plus profonds que toi-même, visage ? Tu m'as révélé une mystérieuse présence infinie, muette, implorante, sous-jacente à toutes les surfaces de temps et d'espace visibles.

Mais pendant ces deux jours d'asservissement insensé à ses sensations originelles, Pierre n'avait point laissé de connaître aussi des impulsions moins mystérieuses. Deux ou trois tentatives pour donner une explication très simple et très pratique à toutes ces folies — comme il voulait les appeler provisoirement — étaient venues interrompre à plusieurs reprises son état général de demi-démence. Une fois, il avait saisi son chapeau et, sans se soucier de sa canne ni de ses gants, s'était trouvé dans la rue, marchant d'un pas rapide vers la demeure des demoiselles Pennies. Mais où vas-tu donc ? s'était-il alors demandé d'un ton désenchanté. Où prétends-tu aller ? Je parierais un million contre un que les vieilles filles sourdes ne peuvent rien t'apprendre de ce que tu brûles de savoir. On ne choisit pas deux vieilles filles sourdes pour en faire les dépositaires de mystérieux secrets. Cependant, ne peuvent-elles point révéler son nom, l'endroit où elle habite, donner enfin quelques indications, fussent-elles fragmentaires et incomplètes, sur son identité, sur son origine ? Oui, mais alors, dix minutes après ton départ, toutes les maisons des Prés-de-la-Selle bourdonneront de la rumeur que Pierre Glendinning, fiancé à Lucy Tartan, court le pays de la façon la plus équivoque à la recherche d'étranges jeunes filles. Non, c'est impossible. Ne te souviens-tu pas d'avoir vu souvent les demoiselles Pennies, sans foulard ni chapeau, parcourir le village à la hâte, comme deux postiers, dans leur empressement à propager quelque précieux cancan ? Quelle proie pour elles, Pierre, si tu vas maintenant les trouver ! En vérité, leurs trompettes ne sont point faites seulement pour entendre, mais aussi pour proclamer. Bien que très sourdes, les demoiselles Pennies ne sont nullement muettes. Elles claironnent fort haut.

« Dites bien, n'est-ce pas, que ce sont les demoiselles Pennies qui ont apporté ces nouvelles. N'y manquez pas. Les demoiselles Pennies. Surtout n'oubliez pas de le dire à Mme Glendinning. » Pierre se souvenait, en riant à demi, d'avoir reçu ce message des deux sœurs, un soir qu'elles étaient venues apporter à sa mère ce présent de choix : un potin très piquant. La châtelaine étant sortie, elles l'avaient confié à son fils et s'étaient hâtées vers les maisons de moindre importance, dans leur crainte de se voir devancées.

J'aimerais mieux que ce fût toute autre maison que celle des demoiselles Pennies, oui, toute autre maison plutôt que la leur, et, sur mon âme, je crois que j'y serais allé. Mais chez elles, c'est vraiment impossible. Le bruit en reviendrait certainement aux oreilles de ma mère ; alors, elle rapprocherait ceci et cela... elle brasserait un peu le mélange... laisserait mijoter... et adieu pour toujours à l'idée solennelle qu'elle a de mon intégrité immaculée. Patience, Pierre. La population de ce pays n'est point si immense. Il n'y a pas aux Prés-de-la-Selle d'épaisses foules niniviennes pour confondre les identités personnelles. Patience ; tu *le* reverras bientôt ; tu *le* reverras bientôt passer dans quelque chemin verdoyant consacré à tes rêveries du soir. Celle à qui il appartient ne saurait habiter loin. Patience, Pierre. De tels mystères s'éclaircissent bien mieux et bien plus tôt d'eux-mêmes. Ou bien, si tu veux, retourne chercher tes gants et surtout ta canne, et commence ton expédition secrète. Ta canne, dis-je, car tu auras sans doute à fournir une marche fort longue et fort lassante ;

n'ai-je point dit pourtant qu'elle ne pouvait habiter loin ? Sans doute, mais, dans sa proximité même, elle peut être cachée. Allons, rentre chez toi, enlève ton chapeau et laisse ta canne tranquille, mon bon Pierre. Ne cherche pas à jouer au plus fin avec le mystère.

Ainsi, pendant ces tristes jours de profond tourment, Pierre essayait-il par intermittences de raisonner et d'argumenter avec lui-même, afin de confirmer par ses méditations ses impulsions spontanées. Sans doute était-il sage et juste d'agir ainsi ; sans doute, et pourtant, dans un monde aussi plein d'incertitudes, on ne peut être entièrement assuré qu'une personne étrangère, malgré toute sa conscience attentive et prudente, a su agir pour le mieux à tous les égards.

Mais quand les deux jours furent passés et que Pierre eut commencé à recouvrer son ancien moi revenu à lui de son mystérieux exil, l'idée de se lancer personnellement à la recherche de l'inconnue, soit en interrogeant les vieilles sœurs, soit en faisant le tour du pays à pied et en promenant partout un regard de lynx, tout en cachant l'objet de ses investigations comme un inquisiteur rusé — toute intention de cette sorte abandonna complètement Pierre.

Il s'appliquait maintenant de toutes ses forces à chasser pour toujours le fantôme. Il lui semblait que ce fantôme engendrait en lui un état des plus pénibles, essentiellement inadéquat à son être naturel et normal, qu'il y avait en lui quelque chose de malsain pour ainsi dire (car, dans son ignorance, Pierre ne pouvait trouver de meilleur terme) : un germe qui, si on ne l'extirpait aussitôt, pourrait insidieusement empoisonner et remplir d'amertume sa vie tout entière, cette vie choisie, cette vie exquise dont il avait fait à Lucy l'offrande pure et totale par un sacrifice délicieux.

Il n'échoua pas complètement dans ces tentatives.

Il éprouvait à présent qu'il exerçait un contrôle sur les apparitions et les disparitions du visage ; non point dans tous les cas, cependant : parfois, l'ancien pouvoir mystérieux le tyrannisait à nouveau, les longues boucles brunes et endeuillées se déversaient sur son âme avec leur mélancolie surnaturelle, les deux yeux au regard insistant, débordants de charme et d'angoisse, faisaient converger leurs rayons magiques sur son cœur, où il sentait bientôt brûler je ne sais quels feux mystérieux.

Une fois que ce sentiment s'était pleinement emparé de lui, Pierre vivait des heures dangereuses. Car, bien qu'il fût surnaturel ; bien qu'il fît appel à des choses d'au-delà des bornes de son âme, ce sentiment ne laissait pas de receler une tristesse exquise. Une fée vaporeuse nageait au-dessus de Pierre dans l'éther céleste, et déversait sur lui les plus délicieuses perles de pensive rêverie. Alors, une impulsion singulière l'incitait à révéler son secret à quelque autre être de ce Monde ; un seul suffirait, mais cette étrange plénitude ne pouvait rester toute en lui-même : il fallait qu'elle fût partagée. C'est en un tel instant que, venant à rencontrer Lucy (elle en qui plus qu'en tout autre il mettait sa confiance adorante), il lui conta l'histoire du visage. Elle ne dormit point de la nuit et pendant longtemps ne put libérer sa couche d'étranges mélodies lointaines, beethoveniennes, qui semblaient évoquer d'équivoques sabbats de fées sur la lande.

III

Ce récit va de l'avant et retourne en arrière selon l'occasion. À centre mouvant, il faut une circonférence élastique. Nous revenons maintenant à Pierre qui se dirige vers le manoir après ses rêveries sous le pin.

Son explosion d'impatience contre le sublime Dante, parce que ce poète lui avait révélé jadis pour la première fois les falaises et les gouffres infinis du mystère et du malheur humains — révélation qui avait pris d'ailleurs la forme d'une vision produite artificiellement plutôt que d'une intuition, d'une expérience ressentie, car jusqu'alors son regard n'avait pas vu aussi loin et aussi profond que Dante, et il était tout à fait incapable de suivre l'amer poète sur son propre terrain —, cette ignorante explosion de sa jeune impatience, qui procédait également de l'aversion à demi méprisante, voire de la haine égoïste, avec laquelle les esprits naturellement faibles ou insuffisamment développés regardent les sombres délires des plus sublimes poètes — car ces derniers sont toujours en désaccord avec les rêves inconsistants et superficiels de la jeunesse pusillanime ou extatique —, cette brusque explosion d'impatience du jeune Pierre semblait l'avoir délivré de toute autre sorte de mélancolie (si vraiment il s'agissait bien de mélancolie) et lui avoir rendu sa sérénité, le laissant prêt à recevoir des dieux quelque bienfait paisible. Il avait, en vérité, le tempérament de la jeunesse qui expédie sommairement la tristesse et accueille promptement la joie, prolongeant et gardant longtemps celle-ci une fois qu'elle s'est approchée.

Comme il entrait dans la salle à manger, il vit Dates sortir par une autre porte avec un plateau. Seule et pensive, sa mère, assise devant la table polie à demi découverte, prenait son dessert ; des paniers de fruits et un carafon étaient posés devant elle sur le bois nu, et, à l'autre bout de la table, la nappe repliée portait une assiette avec ses accessoires habituels.

— Asseyez-vous, Pierre. J'ai été surprise d'apprendre en rentrant que le phaéton était revenu si tôt; je vous ai attendu pour dîner, puis je me suis lassée. Mais allez donc à l'office et prenez-y ce que Dates vient d'y mettre pour vous. Ah! je le vois trop clairement, il n'y aura plus aux Prés-de-la-Selle d'heures régulières pour le déjeuner, le thé ou le dîner tant que leur jeune seigneur ne sera pas marié. Ceci me rappelle quelque chose, Pierre, mais je ne veux point en parler avant que vous n'ayez dîné. Savez-vous, Pierre, que si vous continuez ces repas irréguliers et me privez aussi complètement de votre compagnie, je courrai grand risque de devenir une terrible biberonneuse. Pouvez-vous me voir sans alarme assise toute seule, ici, devant ce carafon comme une vieille garde-malade, Pierre, comme une vieille garde solitaire, abandonnée par son dernier ami et réduite à embrasser la bouteille?

— Non, je n'ai pas été très alarmé, ma sœur, répondit Pierre en souriant, car j'ai fort bien vu que le carafon était plein jusqu'en haut.

— Peut-être n'est-ce qu'un nouveau carafon, Pierre.

Puis, changeant soudain de ton:

— Mais écoutez-moi, monsieur Pierre Glendinning!

— Je vous écoute, madame Mary Glendinning!

— Savez-vous, monsieur, que vous allez vous marier très bientôt, qu'il ne reste plus qu'à fixer un jour?

— Quoi! s'écria Pierre, aussi étonné que joyeux de ces nouvelles et du ton de gaieté dont elles étaient annoncées. Chère, chère mère, vous avez changé d'idée d'une façon surprenante.

— En effet, cher frère; d'ici un mois, j'espère avoir une petite sœur Tartan.

— Vous parlez bien étrangement, mère, repartit

Pierre avec vivacité. Je n'ai donc pas voix au chapitre ?

— Presque pas, Pierre ! En vérité, qu'auriez-vous à dire ? Qu'avez-vous à faire là-dedans, je vous le demande ? Allez-vous imaginer, jeune fou, que les hommes se marient jamais eux-mêmes ? C'est la Juxtaposition qui marie les hommes. Il n'y a qu'une marieuse en ce monde, Pierre, et c'est la très notoire Mme Juxtaposition !

— Voilà un discours bien singulier et bien décevant étant donné les circonstances, sœur Mary, dit Pierre en posant sa fourchette. Mme Juxtaposition, vraiment ! Selon vous, mère, cette belle passion se réduit à cela ?

— À cela seulement, Pierre ; mais écoutez bien : selon mon credo — qui pourtant, je dois l'avouer, n'est pas très net à cet égard — Mme Juxtaposition ne remue ses pions que si elle-même est mue par l'esprit.

— Ah ! cela remet les choses au point, dit Pierre en reprenant sa fourchette. Mon appétit revient. Mais ne disiez-vous pas que je devais me marier très bientôt ? ajouta-t-il en s'efforçant de prendre un air incrédule et détaché. Vous plaisantiez, je suppose. Il faut, sœur, que l'un de nous ait battu quelque peu la campagne. Avez-vous vraiment décidé cela ? Avez-vous vaincu de vous-même ces scrupules sagaces que, depuis si longtemps, je cherche en vain à réduire ? Eh bien ! je suis transporté de joie ; dites-moi vite ce qu'il en est !

— Voici, Pierre. Vous le savez fort bien, dès l'instant que vous m'avez appris, ou plutôt dès l'instant que j'ai commencé à soupçonner que vous aimiez Lucy, j'ai toujours approuvé cet amour. Lucy est une délicieuse fille : issue d'une famille honorable, bien élevée, riche, et le modèle même de tout ce que je considère comme aimable et séduisant chez une jeune fille de dix-sept ans.

— Bien, bien, bien, s'écria Pierre impétueusement, nous savons déjà tout cela.

— Bien, bien, bien, Pierre, répéta malicieusement sa mère.

— Ce n'est pas bien, bien, bien, mais mal, mal, mal, de me torturer ainsi, mère ; poursuivez, je vous en prie.

— Mais en dépit de l'approbation admirative que j'accordais à votre choix, Pierre, j'ai, comme vous le savez, résisté à vos supplications et refusé de consentir à un mariage hâtif, parce qu'il me semblait qu'une jeune fille de dix-sept ans à peine et un garçon d'à peine vingt ans ne devaient point être si pressés ; quelque délai, pensais-je, ne pouvait que leur être favorable.

— Permettez-moi de vous interrompre, mère. Quelque empressement que vous ayez pu discerner en moi, elle — je veux dire Lucy — n'a jamais été pressée de se marier. C'est tout ; mais je considère cela comme un lapsus de votre part.

— Un lapsus, sans aucun doute. Mais écoutez-moi. Je vous ai observés attentivement tous les deux ces derniers temps, et ceci m'a amenée à considérer la question plus à fond. Or donc, Pierre, si vous exerciez quelque profession, si vous participiez à quelque affaire ou si vous étiez le fils d'une femme de fermier et travailliez aux champs, alors vous et Lucy devriez encore patienter. Mais comme vous n'avez rien d'autre à faire qu'à penser à Lucy pendant le jour et à rêver d'elle pendant la nuit, comme elle est dans le même cas à votre égard, je suppose, et comme, en conséquence de tout cela, on commence à percevoir non seulement un léger amaigrissement sur votre joue, mais encore une dangereuse et très apparente fébrilité dans votre regard, de deux maux je choisis le moindre et vous donne la permission de vous marier dès qu'il sera possible de le faire décemment. J'ose dire que vous n'aurez pas d'objection à ce que les noces soient célébrées avant Noël, le présent mois étant le premier de l'été.

Pierre ne répondit rien ; mais, se levant d'un bond, il jeta ses deux bras autour de sa mère et la couvrit de baisers.

— Douce et éloquente réponse, Pierre ; mais asseyez-vous. Je voudrais vous parler à présent de choses moins agréables, quoique très nécessaires. Vous savez que, selon le testament de votre père, ces terres et...

— Mademoiselle Lucy, madame, dit Dates en ouvrant la porte.

Pierre bondit, mais, s'avisant soudain de la présence de sa mère, il prit un maintien plus calme, tout en continuant à aller vers la porte.

Lucy entra, portant un petit panier de fraises.

— Comment allez-vous, ma chère enfant ? dit Mme Glendinning d'un ton affectueux. C'est là un plaisir inattendu.

— Oui, et Pierre aussi doit être un peu surpris puisqu'il devait venir me voir ce soir. Mais l'envie m'a prise tout à coup de faire une promenade solitaire : l'après-midi était si délicieux ; et comme je suivais, tout à fait par hasard, le Sentier des Sauterelles qui mène chez vous, j'ai rencontré un drôle de petit gamin avec ce panier. « Oui, mademoiselle, achetez-les », m'a-t-il dit. « Où prends-tu que je veuille te les acheter ? » ai-je répondu. « Je ne veux pas les acheter. — Oh ! si, mademoiselle. Elles valent vingt sous et je n'en demande que treize. Allons, ne me faites pas attendre, je vous ai attendue assez longtemps comme ça. »

— Le malin petit diable ! dit Mme Glendinning en riant.

— L'impertinent petit fripon ! cria Pierre.

— Mais quelle sotte je fais de vous raconter aussi franchement mes aventures, reprit Lucy avec un sourire.

— Non, mais la plus céleste des innocentes, s'écria Pierre dans une rhapsodie de délice. Franchement s'ouvre la fleur qui n'a que pureté à montrer.

— Eh bien, ma chère petite Lucy, dit Mme Glendinning, donnez votre fichu à Pierre et restez avec nous pour le thé. Pierre a tant retardé le déjeuner que l'heure du thé viendra vite.

— Merci, je ne puis rester cette fois. Mais j'oubliais la raison de ma visite : j'ai acheté ces fraises pour vous, madame Glendinning, et pour Pierre... il les aime tant.

— J'avais eu l'audace de le penser, s'écria Pierre. Pour vous *et* pour moi, mère ; pour vous *et* pour moi, c'est une chose bien entendue, j'espère.

— Parfaitement, mon cher frère.

Lucy rougit.

— Comme il fait chaud, madame Glendinning.

— Très chaud, Lucy. Ainsi vous ne restez pas pour le thé ?

— Non, il faut que je parte. Je n'étais sortie que pour faire un petit tour. Au revoir ! Non, Pierre, ne m'accompagnez pas. Madame Glendinning, voulez-vous retenir Pierre ? Je sais que vous avez quelque chose à lui dire. Quand je suis entrée, vous parliez d'une affaire confidentielle : vous aviez tous les deux l'air si mystérieux.

— Vous n'êtes pas très loin de la vérité, Lucy, dit Mme Glendinning sans faire un geste pour la retenir.

— Oui, une affaire de la plus haute importance, dit Pierre en lançant un regard significatif à Lucy.

À cet instant, Lucy, sur le point de partir, se tenait auprès de la porte ; le soleil couchant qui ruisselait à travers la fenêtre baignait son corps d'une lumière exquise et dorée ; son teint clair de Galloise, d'une merveilleuse transparence, étincelait à présent comme une neige rosée. Sa blanche robe flottante à rubans bleus l'enveloppait comme d'une nuée floconneuse. Pierre pensa presque qu'elle pourrait aussi bien s'envoler par la fenêtre que franchir la porte. Toute sa personne lui parut empreinte d'une gaieté, d'un entrain, d'une fragilité indescriptibles et d'une céleste évanescence.

La jeunesse n'est point philosophe. Et la pensée ne vint pas au cœur de Pierre que, de même que la rose ne dure qu'un jour, le plein épanouissement de l'ensorcelante féminité aérienne quitte presque aussi vite la terre, absorbé par les éléments économes jaloux de réincorporer cette fleur féminine dans le premier bouton fraîchement ouvert. Pierre ne fut pas visité par cette pensée d'ultime tristesse touchant l'inévitable évanescence de tout charme terrestre, pensée qui fait des plus douces choses de la vie l'aliment d'une mélancolie dévorante et omnivore. Non sans liens avec celle-ci, mais tout autre était la pensée de Pierre.

Cette créature serait ma femme ? La femme d'un homme qui pesait l'autre jour cent cinquante livres ? Moi, épouser cette céleste nuée ? Mais une étreinte conjugale briserait sa substance aérienne et elle s'exhalerait vers ce firmament où sa forme a été condensée pour les regards mortels. Ce ne peut être ; je suis fait de lourde terre, elle de lumière aérienne. Par le ciel, le mariage est une chose impie !

Tandis que ces choses roulaient dans l'esprit de Pierre, Mme Glendinning avait, elle aussi, ses pensées.

— Un très beau tableau, s'écria-t-elle enfin en

inclinant artistiquement la tête ; très beau, en vérité ; ceci, je suppose, a été prévu pour mon divertissement. Orphée trouvant son Eurydice, ou Pluton ravissant Proserpine. Admirable ! Oui, ce pourrait être l'un ou l'autre.

— Non, dit Pierre gravement, le second mythe seulement. Pour la première fois, je lui trouve un sens. Oui, ajouta-t-il en lui-même, je suis Pluton ravissant Proserpine, comme tout prétendant agréé.

— Vous seriez très stupide, frère Pierre, si vous ne trouviez pas un sens à cela, dit sa mère, suivant toujours une ligne de pensée différente. Et le voici : Lucy m'a priée de vous retenir, mais en vérité elle désire que vous l'accompagniez. Eh ! bien, vous pouvez aller jusqu'au porche ; mais pour revenir aussitôt, car nous n'avons pas réglé notre affaire, vous le savez. Adieu, petite madame.

Il y avait toujours une nuance d'affectueuse protection dans les manières de la resplendissante Mme Glendinning envers la timide et délicate juvénilité de Lucy. Elle la traitait à peu près comme elle eût fait avec quelque enfant d'une beauté et d'une précocité remarquables, ce qu'était précisément Lucy. Regardant au-delà du présent, Mme Glendinning comprenait fort bien que, même dans la maturité, Lucy serait toujours une enfant pour elle ; pour elle qui, par sa robustesse intellectuelle, était essentiellement à l'opposé d'une jeune fille dont l'esprit et la personne si sensibles sortaient d'un moule prodigieusement fragile. En ceci, Mme Glendinning avait à la fois raison et tort. Quant à la différence qui la séparait de Lucy Tartan, elle avait raison. Mais dans la mesure — considérable — où elle croyait avoir une supériorité innée sur la jeune fille dans l'échelle absolue des êtres, elle s'abusait étrangement. Car cette qualité que l'on peut artistiquement définir comme l'angélisme est la plus haute essence compatible avec la créature, et l'angélisme ne comporte aucune vigueur vulgaire. Quant à celle qui incite le plus souvent à montrer de la vigueur, et qui n'est au fond, chez l'homme comme chez la femme, que de l'ambition, c'est chose purement terrestre et non angélique. Il est faux que des anges soient tombés par ambition ; les anges ne tombent jamais et n'ont jamais d'ambition. C'est pourquoi, ô madame Glendinning, malgré toute la bienveillance, toute l'affection, toute la sincérité avec lesquelles votre cœur se penche à présent vers la vaporeuse Lucy, vous commettez une triste erreur quand les dômes étincelants de votre fière poitrine se dilatent secrètement parce que vous pensez triompher de celle que vous appelez avec tant de douceur, mais aussi tant de supériorité protectrice, la petite Lucy.

Mais ignorante de ces vues profondes, la très superbe dame rêvait en attendant le retour de Pierre, assise dans une attitude fort matronale et les yeux fixés sur le carafon de vin ambré. Discernait-elle quelque secrète analogie dans ce petit carafon si svelte et si bien taillé qu'emplissait un vin léger et doré, nous ne saurions le dire. Mais son expression de bienveillance radieuse et complaisante, à la fois réminiscente et tournée vers le futur, donnait à croire qu'elle songeait : oui, c'est vraiment un charmant petit carafon de fille ; un ravissant petit carafon de xérès clair ; et moi je suis un magnum de... porto, de puissant porto ! Oui, le xérès pour les gamins et le porto pour les hommes, comme disent les hommes. Pierre n'est encore qu'un gamin ; mais quand son père m'épousa, il avait, lui, trente-cinq ans passés.

Bientôt, Mme Glendinning entendit la voix de Pierre. « Oui, Lucy, je viendrai ce soir avant huit heures. N'ayez crainte. » Puis la porte du vestibule claqua et Pierre revint auprès de sa mère.

Mais cette visite inattendue de Lucy avait privé son fils fantasque de toute aptitude aux affaires, en le plongeant dans un océan de plaisantes rêveries.

— Mon Dieu, une autre fois, sœur Mary.

— Ce n'est pas assurément pour cette fois, Pierre. Ma parole, il faudra que je fasse enlever Lucy afin de l'éloigner quelque temps du pays, et que je vous lie, vous, à une table, ou bien il ne sera pas question d'avoir un entretien préliminaire avec vous avant d'appeler les hommes de loi. Mais je saurai bien vous manœuvrer d'une façon ou d'une autre. Au revoir, Pierre : je vois que vous ne désirez pas ma présence pour l'instant. Je suppose que je ne vous reverrai plus d'ici demain matin. Heureusement, j'ai un livre fort intéressant à lire. Adieu !

Mais Pierre resta sur sa chaise, contemplant par-delà les prairies le paisible coucher de soleil et les lointaines collines dorées. C'était un soir superbe, doucement superbe et d'une grâce extrême, qui semblait dire clairement à toute l'humanité : « Je me couche dans la beauté pour me lever dans la joie ; l'Amour règne dans tous les mondes que le soleil visite. Le malheur n'existe pas, c'est une fable absurde. L'Amour tout-puissant tolérerait-il le malheur sur son domaine ? Le Dieu du Soleil voudrait-il les ténèbres de la tristesse ? Le monde est tout entier sans défaut, sans tache, sans impureté : joie dès à présent et à jamais ! »

Alors, le visage qui, du cœur radieux du soleil couchant, avait paru lui jeter des regards de reproche endeuillé, ce visage s'éloigna de lui et le laissa seul avec la joie de son âme. Il songea que, cette nuit même, il dirait à sa Lucy le mot magique de mariage, et il fut le plus heureux de tous les jeunes hommes qui suivirent des yeux le déclin du soleil de ce jour.

IV

Après ce matin de gaieté, ce midi de tragédie et ce soir si plein de songerie réprimée, Pierre régnait à présent sur son âme au sein de la douceur joyeuse et de la fermeté, sans éprouver aucunement cette angoisse du ravissement anticipé qui, chez les esprits plus faibles, chasse souvent de son nid le doux oiseau d'amour.

La nuit naissante était chaude, mais obscure — car la lune n'avait pas encore paru — et, lorsque Pierre s'engagea sous le dais oscillant formé par les longs bras des ormes pleureurs du village, des ténèbres quasi impénétrables l'enveloppèrent sans toutefois s'introduire dans les salles suavement illuminées de son cœur. Bientôt, il remarqua au loin une lumière qui s'avançait lentement à sa rencontre de l'autre côté de la route. Comme les villageois les plus âgés, et peut-être aussi les plus timides, avaient l'habitude de porter une lanterne lorsqu'ils sortaient par une nuit sombre, cette lumière ne lui fit pas une impression de nouveauté; et pourtant, à mesure qu'il avançait silencieusement vers elle, il éprouvait l'inexplicable pressentiment qu'elle allait à sa recherche. Alors qu'il était sur le point d'atteindre la porte du cottage, la lanterne traversa la route dans sa direction, et, lorsque sa main alerte se posa enfin sur le petit loquet qui devait lui donner accès à de nouvelles délices, une lourde main l'arrêta, cependant qu'une forme noire et encapuchonnée, dont il distinguait difficilement la silhouette à demi détournée, élevait la lanterne devant son visage et scrutait rapidement ses traits.

— J'ai une lettre pour Pierre Glendinning, dit l'étranger. C'est vous, je crois ?

Au même instant, il tira une lettre et chercha la main de Pierre.

— Pour moi ! s'écria Pierre, surpris par l'étrangeté de la rencontre. Il me semble que vous avez choisi une heure et un lieu singuliers pour me délivrer votre message. Qui êtes-vous ? Attendez !

Mais, sans attendre une réponse, le messager s'était déjà détourné et traversait la route à nouveau. Le premier mouvement de Pierre fut de s'élancer à sa poursuite ; mais, souriant de sa curiosité et de son agitation irraisonnées, il s'arrêta et retourna lentement la lettre dans sa main. Quel mystérieux correspondant est-ce là ? pensa-t-il en tâtant du pouce le cachet circulaire ; les seules lettres que je reçois viennent de loin et passent par la poste. Quant à Lucy, bah ! dès lors qu'elle est chez elle, elle ne ferait pas remettre un billet à sa propre porte. C'est étrange ! Je vais entrer et lire. Mais non ! Moi qui suis venu lire à nouveau dans son doux cœur la chère missive que le ciel m'envoie, je me laisserais absorber par cette impertinente lettre ? J'attendrai d'être rentré au logis.

Il franchit la clôture et posa la main sur le marteau de la porte. La froideur soudaine du métal lui causa un léger malaise. Dans l'humeur singulière où il était, le marteau parut lui dire : « N'entre pas ! Éloigne-toi et lis d'abord cette lettre. »

À demi alarmé et à demi riant de lui-même, il céda à ces obscurs commandements intérieurs, quitta à demi consciemment le seuil de la porte, passa de nouveau la clôture et se trouva bientôt sur le chemin du retour.

Il n'équivoquait plus avec lui-même ; les ténèbres

de la nuit avaient fait irruption dans son cœur et éteint sa lumière ; pour la première fois de sa vie, Pierre éprouvait les admonitions et les intuitions irrésistibles du Destin.

Il entra dans le vestibule sans être vu, monta à sa chambre, tira vivement le verrou dans l'obscurité et alluma sa lampe. Quand la flamme illumina la pièce, Pierre, qui se tenait devant la table ronde, la main posée sur le disque de cuivre pour régler la mèche, tressaillit soudain devant l'image que lui renvoyait le miroir. Cette image avait ses contours, mais elle offrait à sa vue des traits étrangement transformés, inhabituels, qui trahissaient une précipitation fiévreuse, de la crainte et d'indicibles pressentiments de malheur.

Il se jeta dans un fauteuil et s'efforça en vain de lutter contre le pouvoir incompréhensible qui le possédait. Puis il tira la lettre de son sein sans la regarder, en murmurant : « Fi, Pierre ! Comme tu te sentiras lâche, quand tu verras que cette terrible lettre n'est qu'une invitation à dîner pour demain soir ; allons, vite, imbécile, écris la réponse stéréotypée : M. Pierre Glendinning accepte avec grand plaisir la gracieuse invitation de Mlle Une Telle... »

Il tenait toujours la lettre hors du champ de son regard. Le messager l'avait accosté et s'était acquitté de sa mission si rapidement que Pierre n'avait pas même jeté un coup d'œil sur l'adresse de la lettre. Tout à coup, cette idée absurde lui traversa l'esprit : qu'adviendrait-il s'il détruisait délibérément la lettre sans même regarder l'écriture de son auteur ? À peine cette idée quasi insensée s'était-elle fait jour dans son âme qu'il prit conscience que ses deux mains se rejoignaient au milieu de la lettre déchirée ! Il bondit de son siège. « Par le Ciel ! » murmura-t-il, inexprimablement choqué de l'impulsion puissante qui lui avait fait commettre à son insu, pour la première fois de sa vie, un acte qui lui faisait honte. Bien que l'impulsion à laquelle il avait obéi ne fût point venue de sa volonté, il s'avisa bientôt qu'il avait peut-être contribué à la faire naître en s'abandonnant trop volontiers — par une faiblesse dont les esprits vigoureux ne sont pas toujours exempts — au mystère d'une émotion nouvelle. À de tels instants, quelque crainte que nous puissions ressentir, nous répugnons à rompre le charme qui semble nous introduire, tout étonnés, dans la vague antichambre des mondes spirituels.

Pierre crut alors sentir nettement en lui-même deux forces antagonistes, dont l'une venait à peine de parvenir à sa conscience, mais qui toutes deux se disputaient la suprématie et entre lesquelles il percevait confusément qu'il n'appartenait qu'à lui d'être arbitre. L'une l'enjoignait d'achever l'égoïste destruction de la lettre, dont la lecture, de quelque obscure façon, embrouillerait inextricablement l'écheveau de son destin ; l'autre lui ordonnait de bannir toute crainte, non seulement parce que ces craintes n'avaient aucun fondement, mais encore parce que c'était agir virilement que de les chasser, quoi qu'il pût advenir. Ce bon ange semblait dire suavement : Lis, Pierre, il se peut que tu t'embarrasses de mille liens, mais il se peut aussi que tu en délivres autrui. Lis, et ressens ce bienfait suprême qu'est le sentiment du devoir accompli et l'indifférence au bonheur. Le mauvais ange susurrait insidieusement : Ne lis pas, cher Pierre ; détruis cette lettre, et sois heureux. Puis, au cri indigné de son noble cœur, le mauvais ange s'évanouit et le bon ange qui lui apparaissait de plus en plus clairement, qui lui était de plus en plus proche, lui sourit tristement, mais avec bénignité ; cependant que, flottant à travers les espaces infinis, de merveilleuses harmonies venaient se glisser dans son cœur, en sorte que chacune de ses veines battait à l'unisson de quelque houle céleste.

V

« Le nom qui termine cette lettre te sera parfaitement étranger. Jusqu'alors mon existence a été entièrement inconnue de toi. Cette lettre te touchera et te peinera. Je voudrais bien t'épargner, mais je ne le puis. Mon cœur en est témoin, si je croyais que la souffrance que ces lignes te causeront se puisse comparer en rien à celle que j'ai endurée, je les retiendrais à jamais.

« Pierre Glendinning, tu n'es pas le seul enfant de ton père ; au regard du soleil, la main qui trace ceci est celle de ta sœur ; oui, Pierre, Isabelle te nomme son frère, son frère ! Oh ! le plus doux des mots que, si souvent, j'ai prononcé à part moi, mais en craignant presque que mes lèvres de paria ne le profanassent. Très cher Pierre, mon frère, le fils de mon propre père ! Es-tu un ange et sauras-tu transgresser d'un bond tous les usages et toutes les modes cruelles d'un monde qui se liguera contre toi pour te crier : fou, fou, fou ! et pour te maudire si tu cèdes à l'impulsion céleste qui, seule, peut t'inciter à répondre aux aspirations si longtemps tyrannisantes, mais aujourd'hui irrépressibles, d'un cœur qui éclate ? Ô mon frère !

« Mais, Pierre Glendinning, je me conduirai fièrement envers toi. Je ne laisserai point ma condition infortunée éteindre en moi la noblesse que j'ai héritée avec toi. Je ne te pousserai point, par mes larmes et par mon angoisse, à commettre un acte dont tu te repentirais en une heure plus calme. Ne lis pas davantage. Si cela te convient, brûle cette lettre : tu échapperas ainsi à une certitude qui, si elle te trouve à présent égoïste et froid, pourra plus tard, à l'heure de la maturité, du remords et du désespoir, t'inspirer un poignant regret. Je ne veux pas t'implorer et je ne t'implorerai pas... Oh ! mon frère, mon cher, cher Pierre, aide-moi, vole vers moi ! Vois, je me meurs sans toi. Pitié, pitié ! Je me sens glacée dans le vaste univers ; sans père, sans mère, sans sœur, sans frère ; il n'est point une seule créature revêtue de la belle forme humaine qui me chérisse. Je ne puis plus, cher Pierre, non, je ne puis plus supporter d'être une paria en ce monde pour lequel notre cher Sauveur est mort. Vole vers moi, Pierre ! Ah ! je pourrais déchirer ce que j'écris, comme j'ai déchiré tant d'autres feuillets noircis pour ton regard, mais qui ne t'ont jamais atteint parce que, dans mon égarement, je ne savais comment t'écrire, ni que te dire ; vois, je délire encore.

« Il suffit. Je n'en dirai pas plus ; le silence convient à cette tombe ; le mal dont mon cœur est atteint m'accable, Pierre, mon frère !

« C'est à peine si je sais ce que j'ai écrit. Pourtant, je t'écrirai la ligne fatale, et je laisserai tout le reste à tes soins, Pierre, mon frère... Celle que l'on nomme Isabelle Banford demeure dans la petite ferme rouge qu'on voit à trois milles du village, sur la pente qui descend vers le lac. Demain à la tombée de la nuit ; pas avant... pas le jour, pas le jour, Pierre.

« Ta sœur ISABELLE. »

VI

Cette lettre, écrite d'une main féminine mais irrégulière, et par endroits presque illisible, attestait clairement la condition de l'esprit qui l'avait dictée; tachée çà et là de larmes qui, sous l'action chimique de l'encre, avaient pris une étrange couleur rougeâtre comme si du sang, et non des larmes, fût tombé sur la feuille, et si complètement déchirée en deux par la main de Pierre qu'elle semblait bien, en vérité, la missive d'un cœur lui-même ensanglanté et déchiré, cette lettre stupéfiante priva Pierre pour un temps de toute pensée, de tout sentiment lucide et défini. Il resta sur sa chaise affalé, sans vie; sa main, crispée sur la lettre, pressait son cœur comme si quelque assassin l'eût poignardé avant de s'enfuir et que Pierre retînt la dague dans la plaie pour empêcher le sang de jaillir.

Oui, Pierre, tu as reçu une blessure qui ne sera jamais complètement guérie que dans le ciel; pour toi, la beauté morale du monde, cette beauté dont tu ne doutais point, s'est évanouie à jamais; pour toi, ce père sacré n'est plus un saint; les collines ont perdu tout éclat, les plaines toute paix; et maintenant, maintenant pour la première fois, Pierre, la vérité roule des flots noirs en ton âme! Ah! misérable créature à qui la vérité, dans ses premières marées, n'apporte que des débris de naufrage!

Les contours perceptibles des choses, les formes des pensées, les pulsations de la vie ne revinrent que lentement à Pierre. Et, comme le naufragé rejeté sur la plage doit faire d'immenses efforts pour éviter que la vague qui l'a porté là ne l'entraîne en se retirant, de même Pierre lutta longtemps, longtemps pour échapper au repli de cette angoisse qui l'avait vomi sur la plage de son évanouissement.

Mais l'homme n'a pas été créé pour succomber à l'odieux Malheur. Ce n'est pas en vain que la jeunesse est jeune, et qu'elle lutte. Pierre se leva en chancelant, les yeux grands ouverts, le regard fixe, et tremblant de tous ses membres.

« Du moins je demeure », murmura-t-il d'une voix lente, à demi étouffée. « Je t'affronterai avec moi-même ! Que toutes craintes m'abandonnent, que tous sortilèges me délient ! Désormais je ne veux connaître que la Vérité ; la joyeuse ou triste Vérité ; je saurai ce qui *est*, je ferai ce que mon ange le plus profond me dicte. La lettre !... Isabelle... sœur !... frère... moi... *moi*... mon père sacré... C'est un rêve maudit !... Cette lettre est un faux, l'œuvre de la bassesse et de la malignité, j'en jurerais... Tu as bien fait de me cacher ton visage, vil messager qui m'accostas sur le seuil de la Joie avec ce mensonger mandat du Malheur ! Est-ce que la Vérité se glisse furtivement dans le noir pour nous dépouiller et disparaître sans écouter nos appels ? Si la nuit qui enveloppe à présent mon âme est aussi réelle que celle qui enveloppe à présent cet hémisphère, alors, Destin, j'ai un joli compte à régler avec toi. Tu es un charlatan et un tricheur ; tu m'as conduit à l'abîme à travers de joyeux jardins. Oh ! guidé trompeusement aux jours de ma joie, suis-je maintenant guidé fidèlement dans cette nuit de mon chagrin ?... Je me conduirai en dément et rien ne m'arrêtera ! Je lèverai le poing dans ma rage d'avoir été frappé. J'exhalerai un souffle amer, car une coupe de fiel m'a été tendue. Noir chevalier à la visière baissée qui m'as affronté en me raillant, je veux transpercer ton heaume et voir ta face, fût-elle celle d'une Gorgone ! Laissez-moi, tendres affections ; que toute piété m'abandonne ; je veux être impie, car la piété s'est jouée de moi en m'apprenant à révérer ce que j'aurais dû mépriser. De toutes les idoles, je déchire tous les voiles ; désormais je veux voir les choses cachées et vivre au tréfonds de ma vie secrète ! Je vois à présent que seule la Vérité a pu m'émouvoir ainsi. Cette lettre n'est point un faux. Oh ! Isabelle, tu es ma sœur ; et je t'aimerai et je te protégerai et je te déclarerai mienne envers et contre tout. Ah ! pardonnez-moi, cieux, mes divagations ignorantes, et agréez ce vœu : je jure d'appartenir à Isabelle ! Oh ! pauvre paria qui, dans la solitude et l'angoisse, as dû respirer longtemps ce même air que j'inhalais dans le seul plaisir ; toi qui, maintenant encore, dois pleurer, pleurer, perdue dans un océan d'incertitude quant à ton destin, que le ciel a placé dans mes mains ! Chère Isabelle ! ne serais-je pas plus vil que le billon, plus dur et plus froid que la glace, si je restais insensible à tes revendications ? Tu te meus devant moi, dans les arcs-en-ciel que tissent tes larmes ! Je le vois, tu pleures depuis longtemps, Dieu exige de moi que je te réconforte ; eh ! bien, il te réconfortera, ce frère qui brûle de te reconnaître, ce frère que ton propre père nomma Pierre, il te réconfortera, il se tiendra à tes côtés et il combattra pour toi ! »

Il ne put rester dans sa chambre ; la maison se rétrécit autour de lui comme une coquille de noix ; les murs heurtèrent son front ; tête nue, il s'enfuit et ne trouva que dans l'air infini l'espace nécessaire à l'expansion sans limites de sa vie.

LIVRE IV

Rétrospection

I

Les causes précises des émotions les plus fortes et les plus ardentes de la vie défient, dans leur subtilité, toute pénétration analytique. Nous voyons le nuage, nous essuyons sa foudre, mais la météorologie ne discerne qu'en gros comment tel nuage fut chargé et pourquoi tel éclair aveugle comme il le fait. Les écrivains métaphysiques confessent que le phénomène le plus impressionnant, le plus soudain et le plus dévastateur, aussi bien que le phénomène le plus insignifiant, résulte d'une infinité de faits antérieurs infiniment complexes et insaisissables. Il en est ainsi de tout mouvement du cœur. Si cette joue s'enflamme d'un noble enthousiasme, si cette lèvre se plisse de dédain, ce n'est pas uniquement en vertu d'une cause apparente immédiate qui n'est qu'un maillon de la chaîne, mais bien d'une longue suite de déterminations dont les plus éloignées se perdent dans les régions suspendues de l'air impalpable.

Il serait donc vain de chercher à pénétrer par quelque voie sinueuse dans le cœur, la mémoire, la vie intime et la nature même de Pierre, afin de montrer comment une révélation qui, dans le cours naturel des choses, n'éveille chez d'aimables gentlemen, jeunes ou vieux, qu'un sentiment momentané de surprise suivi d'une certaine curiosité d'en savoir plus long, puis d'une complète indifférence — il serait vain, dis-je, de chercher à montrer pourquoi, dans le cas de Pierre, cette révélation envahit son âme comme une coulée de lave en fusion et y laissa une couche de désolation si profonde que tous ses efforts subséquents ne purent restaurer ses temples dilapidés ni ressusciter l'éclat premier de ses cultures ensevelies.

Néanmoins, quelques suggestions éparses parviendront peut-être à dépouiller en partie de son étrangeté l'humeur tumultueuse dans laquelle cette petite lettre avait suffi à le jeter.

Longtemps, le cœur au frais feuillage de Pierre avait abrité un sanctuaire auquel il accédait par les mille degrés commémoratifs du souvenir et qu'il ornait chaque année des nouvelles guirlandes d'une douce et pieuse affection. Transformé enfin en vert bocage par ces offrandes votives répétées, ce sanctuaire semblait être, et était vraiment, un lieu consacré à la célébration d'une chaste joie plutôt qu'à celle de rites mélancoliques. Mais, bien qu'enfoui sous ces guirlandes nombreuses, ce sanctuaire était de marbre ; il avait la forme d'un pilier creusé d'une niche, d'un pilier qu'on eût pu croire d'une solidité éternelle, et du sommet duquel rayonnaient les arches, les branches et les nervures innombrables qui soutenaient tout le temple de la vie morale de Pierre : ainsi voit-on, dans certains oratoires gothiques, un pilier central pareil à un tronc supporter la voûte à lui seul. Dans ce sanctuaire, dans la niche de ce pilier se dressait la parfaite statue de marbre du père défunt ; sans tache, sans nuage, blanche comme neige et sereine ; tendre personnification de la bonté et de la vertu parfaites. Devant ce sanctuaire, Pierre répandait en libations les pensées et les croyances les plus révérentes de sa jeune vie. Et il n'était jamais allé à Dieu dans son cœur sans avoir gravi les degrés de ce sanctuaire dont il faisait le vestibule de sa plus abstraite religion.

Il est béni et glorifié dans sa tombe plus encore que le roi Mausole, le mortel qui, après une vie honorable et pure, meurt et se voit enseveli dans cette rare fontaine qu'est le sein d'un fils au cœur tendre et à l'esprit appréciateur. Car, à cet âge, les intuitions salomoniennes n'ont pas encore déversé leurs troubles tributs dans le cours limpide de la vie enfantine. En outre, ces eaux célestes ont une rare vertu conservatrice, les doux souvenirs s'y transforment en marbre et les choses évanescentes y prennent une immuabilité éternelle : ainsi certaines eaux précieuses du comté de Derby pétrifient les nids d'oiseau. Mais si le destin garde le père en vie jusqu'à un âge plus avancé, trop souvent le culte filial est moins profond, la canonisation moins éthérée. Le jeune homme au regard élargi perçoit ou croit percevoir confusément de légères taches, de légers défauts chez le personnage auquel il vouait jadis une vénération si entière.

Pierre avait douze ans lorsque son père était mort, laissant dans la mémoire de tous une réputation intacte de gentilhomme et de chrétien, dans le cœur de son épouse le frais souvenir d'une heureuse vie conjugale sans nuages, et dans l'âme de Pierre l'impression d'une forme corporelle qui n'avait d'égale, pour la beauté virile et la bénignité, que le moule présumé parfait où ce cœur vertueux avait été façonné. Par les soirs pensifs, devant le grand feu hivernal, ou en été, sous la véranda méridionale, lorsque le mystérieux silence nocturne si particulier à la campagne évoquait dans l'esprit de Pierre et de sa mère de longues suites d'images du passé, la forme vénérée de leur père et mari disparu marchait d'un pas majestueux et sacré en tête de la procession spirituelle. Alors, leur conversation se faisait réminiscente et grave, mais pleine de douceur, et dans l'âme de Pierre s'imprimait de plus en plus profondément l'idée chérie que son vertueux père, si beau en ce monde, était à présent incorruptiblement sanctifié dans le ciel. Par le fait de son éducation choisie et, dans une certaine mesure, recluse, et bien qu'il eût atteint l'âge de dix-neuf ans, Pierre n'avait pas été initié encore à cet aspect plus sombre mais plus vrai de la réalité, qu'une résidence continue à la ville depuis la première enfance grave quasi inévitablement dans l'esprit de tout jeune homme observateur et réfléchi de cet âge. En sorte que, jusqu'alors, tout était demeuré intact en son sein et qu'à ses yeux le sanctuaire paternel paraissait aussi immaculé et aussi neuf que le marbre funéraire de Joseph d'Arimathie.

Jugez, dès lors, combien dévastatrice et flétrissante fut pour Pierre la rafale qui, en une nuit, dépouilla le sanctuaire sacré de toutes ses guirlandes et ensevelit la douce statue sainte sous les ruines du temple de son âme.

II

Comme la vigne fleurit, comme la grappe s'empourpre au long des murailles sous les canons de l'Ehrenbreitstein, ainsi croissent les plus douces joies de la vie dans les crocs mêmes du péril.

Mais la vie est-elle vraiment le lieu de toutes les légèretés infidèles, et nous, ses bénéficiaires mal inspirés, sommes-nous assez fous et assez sots pour ne point voir que notre plus puissant bastion de délices est à la merci du moindre incident : la chute d'une feuille, l'appel d'une voix ou la venue d'un petit bout de papier sur lequel une plume aiguisée a griffonné quelques caractères ? Sommes-nous en si grande insécurité que la cassette où nous avons enfermé notre joie suprême et sacrée derrière une serrure infiniment délicate, dont nous croyons être seuls à posséder la précieuse clef, peut être ouverte et profanée par le simple attouchement d'un étranger ?

Pierre ! tu es un sot ; reconstruis... mais non, ton sanctuaire est toujours debout : il est là, Pierre, solide et ferme ; ne sens-tu pas le parfum des fleurs qui toujours l'enveloppent ? Une lettre comme celle-ci s'écrit aisément, Pierre ; les imposteurs ne sont pas inconnus en cet étrange monde ; un romancier alerte te troussera cinquante lettres de cet acabit pour arracher des larmes à ses lecteurs ; il est vrai que ta lettre à toi ne fait que dessécher tes yeux virils, que les rendre vitreux et arides, Pierre... insensé !

Oh ! ne raillez point le cœur transpercé. L'homme poignardé connaît l'acier : n'allez pas lui dire que c'est là le chatouillement d'une plume. Ne sent-il point la blessure interne ? Que fait ce sang sur mes vêtements ? Que fait cette douleur en mon âme ?

Ici encore, nous pouvons invoquer avec quelque raison les Trois Sœurs Fatales qui tissent la trame de la Vie. À nouveau, nous pouvons leur demander : Quels fils, ô Sœurs Fatales, avez-vous filés dans les années passées, pour qu'à présent ils communiquent infailliblement à Pierre le pressentiment électrique que son malheur est bien un malheur, que son père n'est plus un saint et qu'Isabelle est vraiment sa sœur ?

Ah ! pères et mères du monde entier, soyez prudents, prenez garde ! Peut-être vos enfants ne comprennent-ils point encore la signification des mots et des signes sous lesquels vous pensez déguiser en leur innocente présence la chose sinistre à laquelle vous faites allusion. Pour l'instant, ils ne saisissent point ; la plupart des choses extérieures leur échappent ; mais si, plus tard, le Destin place entre leurs mains la clef chimique de l'énigme, avec quelle merveilleuse facilité ils liront les inscriptions les plus obscures et les plus oblitérées de leur mémoire ; avec quelle ardeur ils fouilleront en eux-mêmes pour y trouver de nouveaux graffiti. Oh ! les plus sombres leçons de la vie ont été lues ainsi ; alors, toute foi en la vertu est anéantie, et la jeunesse s'abandonne au dédain impie.

Si Pierre n'en était point tout à fait venu là, son cas présentait assez d'analogies avec celui dont nous avons parlé pour que l'avertissement ci-dessus ne soit pas déplacé.

Son père était mort d'une fièvre ; et, comme il est fréquent en de telles maladies, vers la fin il avait déliré par instants à voix basse. Les dévoués serviteurs de la famille, par des manœuvres discrètes et subtiles, avaient fait en sorte d'éloigner sa femme pendant les accès, mais sans prendre garde au petit Pierre, que son tendre amour filial ramenait sans cesse auprès du lit ; et un soir que, dans la chambre silencieuse, les ombres se confondaient avec les plis des rideaux, que les braises ardentes formaient dans l'âtre un merveilleux temple en ruine et que le petit Pierre distinguait vaguement le visage de son père, une voix basse, étrange, plaintive, infiniment pitoyable s'éleva du lit à baldaquin, et Pierre entendit : « Ma fille ! Ma fille !

— Il délire à nouveau, dit l'infirmière.

— Cher, cher père ! sanglota l'enfant, tu n'as pas de fille, mais voici ton petit Pierre. »

Mais la voix s'éleva à nouveau et, se muant soudain en plainte perçante : « Ma fille !... Dieu !... Dieu !... ma fille ! »

L'enfant saisit la main du mourant : elle répondit faiblement à son étreinte ; mais, de l'autre côté du lit, la seconde main se leva et fit le geste de se refermer sur des doigts enfantins. Puis les deux mains tombèrent sur le drap et, dans les ombres chatoyantes du soir, le petit Pierre crut voir que la main qu'il tenait avait une pâle rougeur fiévreuse, mais que l'autre main, la main vide, était blanche et cendreuse comme celle d'un lépreux.

— C'est passé, murmura l'infirmière, il ne délirera plus maintenant jusqu'à minuit ; c'est toujours ainsi.

Et, s'étonnant dans son cœur qu'un si parfait et si excellent gentilhomme fût pris d'un délire aussi singulier, elle trembla à la pensée de ce mystérieux élément de l'âme qui ne semble reconnaître aucune juridiction humaine, mais, malgré l'innocence de l'individu qu'il habite, rêve d'horribles rêves et murmure les plus interdites pensées. Dans l'âme enfantine frappée de terreur, se fit jour une idée parente, quoique plus nébuleuse encore ; mais elle appartenait aux sphères de l'éther impalpable : enfouie bientôt sous de plus doux souvenirs, elle finit par se confondre avec mille autres choses obscures, mille imaginations incertaines, et sembla perdre toute vie réelle en Pierre. Mais, bien que pendant maintes longues années la jusquiame ne germât point en son âme, la graine enfouie était là, et la lettre d'Isabelle la fit paraître au jour comme par magie. Alors, il entendit à nouveau la voix si longtemps étouffée, la voix plaintive et infiniment pitoyable : « Ma fille ! Ma fille ! » puis, avec l'accent du remords : « Dieu ! Dieu ! » Et Pierre, une fois encore, vit se dresser la main vide, une fois encore vit retomber la main cendreuse.

III

Dans les froides cours de justice, la lente raison requiert des serments et des preuves écrites; mais dans les chaudes sessions du cœur, la moindre étincelle de souvenir suffit à allumer un tel brasier de preuves que la conviction s'en trouve illuminée dans tous ses recoins, comme une ville à minuit par un édifice en feu qui projette de tous côtés ses brandons rougis.

Dans un cabinet fermé, aux vitres rondes, qui communiquait avec la chambre de Pierre — il s'y réfugiait toujours en ces heures précieuses et redoutables où l'esprit crie à l'esprit: « Viens avec moi dans la solitude, frère jumeau, viens; j'ai un secret; je veux te le souffler à l'oreille » —, en ce cabinet consacré aux retraites tadmoriennes[1] comme au repos du parfois solitaire Pierre, pendait à la corniche, retenu par de longs cordons, un petit portrait à l'huile devant lequel il était resté plus d'une fois fasciné. Si ce tableau avait été exposé dans quelque salon de peinture annuel, un critique l'eût sans doute décrit en ces termes: « Portrait impromptu d'un jeune et joyeux gentilhomme de bonne mine. Le sujet est assis de la façon la plus légère et la plus aérienne, ou plutôt il effleure à peine une chaise de jonc à l'ancienne mode. Un bras négligemment jeté sur le dos de la chaise, il tient d'une main son chapeau et sa canne, tout en jouant de l'autre avec sa chaîne de montre et sa clef. La tête aux tempes dégagées s'in-

1. Tadmor est l'ancien nom de Palmyre. *(N.d.T.)*

cline de côté avec une expression particulièrement enjouée, insouciante, matinale. Il semble qu'il vienne d'entrer chez un ami pour lui rendre visite. La peinture, pleine d'habileté et de brio, est empreinte d'une désinvolture charmante. C'est sans aucun doute un portrait réel, non point un personnage imaginaire et, pour hasarder une vague conjecture, l'ouvrage d'un amateur. »

Ce portrait si éclatant et si joyeux, si élégant et si jeune, si débordant de vie et de beauté, par quel subtil élément avait-il pu devenir indiciblement déplaisant et odieux à l'épouse de son modèle ? En effet, la mère de Pierre n'avait jamais pu supporter ce portrait qui, disait-elle, trahissait étrangement son mari. Les tendres souvenirs qu'elle avait gardés de l'époux disparu refusaient de suspendre à ce cadre une seule guirlande. Ce n'est pas lui, s'écriait-elle avec force et presque avec indignation lorsqu'on la pressait d'expliquer pourquoi elle se trouvait si déraisonnablement en contradiction sur ce point avec la plupart des parents et des amis du défunt. Le portrait qui, selon elle, rendait justice à son mari en restituant correctement le détail de ses traits comme son expression la plus belle, la plus noble et la plus vraie, ce portrait — une toile beaucoup plus vaste — occupait au mur la place d'honneur dans le grand salon du rez-de-chaussée.

Même aux yeux de Pierre, ces deux tableaux avaient toujours paru étrangement dissemblables. Dans le plus grand, peint de longues années après l'autre et rejoignant presque le temps de ses propres souvenirs d'enfance, il ne pouvait manquer de voir la représentation la plus vivante et la plus fidèle de son père, et la préférence de sa mère, quelque marquée qu'elle fût, ne le surprenait nullement, mais coïncidait plutôt avec la sienne. L'autre portrait, toutefois, ne devait pas être pour autant si résolument rejeté; il fallait tout d'abord considérer le changement d'époque, de costume, la grande différence de style des deux artistes et la grande différence des deux visages à demi imaginaires, idéalisés, qu'un artiste de tendances spirituelles, même en présence de l'original, préférera toujours à la seule représentation réaliste du visage charnel, quels qu'en soient l'éclat et la beauté. En outre, tandis que le grand portrait était celui d'un homme mûr, marié, et semblait refléter en conséquence ce je ne sais quoi de paisible et de corpulent qui découle de cet état s'il est couronné de bonheur, le petit portrait dépeignait un jeune célibataire alerte, sans attaches, libre de courir allégrement le monde, léger de cœur, un peu fat peut-être, et plein jusqu'aux lèvres de toute la fraîche plénitude matinale de la vie. Assurément, pour juger honnêtement et adéquatement de ces deux portraits, il fallait prendre tout cela en considération. Pierre aboutit irrésistiblement à cette conclusion quand il eut placé côte à côte deux portraits de lui-même, l'un datant de sa première enfance et représentant un petit garçon de quatre ans en robe, l'autre évoquant un jeune homme de seize ans; bien que quelque chose d'indestructible fût demeuré dans les yeux et aux tempes, Pierre avait peine à reconnaître l'enfant au rire éclatant dans le jeune homme au sourire pensif. Si quelques années ont pu amener en moi un tel changement, pourquoi n'en aurait-il pas été de même pour mon père ? pensa Pierre.

Enfin, Pierre prenait en considération l'histoire et, pour ainsi dire, la légende familiale du petit portrait. Il lui avait été donné dans sa quinzième année par une vieille tante célibataire qui résidait à la ville et qui chérissait la mémoire du père de Pierre avec toute la merveilleuse dévotion passionnée qu'une vieille fille voue au souvenir d'un jeune frère bien-aimé perdu sans retour. En sa qualité de fils unique de ce frère, Pierre était l'objet de l'attachement le plus ardent et le plus extravagant de la part de cette tante esseulée, qui croyait retrouver les traits et l'âme même de son frère dans le beau front qu'il avait légué à Pierre. Bien que le portrait dont nous parlons suscitât ses plus hautes louanges, le strict canon de son amour imaginatif et romanesque décréta finalement qu'il appartiendrait à Pierre — non seulement le fils unique, mais encore l'homonyme de son père — aussitôt qu'il serait en âge d'apprécier à sa juste valeur un trésor aussi inestimable et aussi sacré. Et le jour vint qu'elle le lui envoya en effet, enfermé dans une triple caisse que protégeait encore une toile imperméable; l'objet fut délivré tout exprès aux Prés-de-la-Selle par un messager de confiance, vieux monsieur oisif, jadis amoureux transi, mais à présent voisin satisfait et bavard de la vieille demoiselle. Ce fut désormais devant une miniature sur ivoire au cadre et au couvercle d'or — un cadeau fraternel — que tante Dorothée célébra ses rites du matin et du soir à la mémoire du plus noble et du plus beau des frères. Pourtant, une visite annuelle au lointain cabinet de Pierre — ce n'était point là une mince entreprise pour une personne chargée d'ans et d'infirmités — attestait à quel profond sentiment du devoir elle avait obéi, à quel pénible renoncement elle avait consenti en se séparant volontairement de la précieuse relique.

IV

— Dites-moi, tante, lui avait demandé un jour l'enfant Pierre longtemps avant que le portrait ne fût devenu sien, dites-moi, tante, comment ce portrait à la chaise, comme vous l'appelez, a-t-il été peint ? Qui l'a peint ? À qui appartenait la chaise ? Je ne la vois pas ici. Qu'est-ce donc que papa regarde si drôlement ? J'aimerais bien savoir à quoi il pensait. Chère tante, racontez-moi tout ce que vous savez de ce tableau, pour que je connaisse son histoire lorsqu'il sera à moi comme vous me l'avez promis.

— Assieds-toi, donc, et écoute-moi bien sagement, mon cher enfant, dit tante Dorothée, détournant un peu la tête et fouillant dans sa poche d'une main tremblante et maladroite jusqu'à ce que le petit Pierre s'écriât : « Tante, l'histoire serait-elle inscrite dans un livre que vous êtes en train de chercher pour me le lire ?

— Je cherche mon mouchoir, mon enfant.

— Mais, tante, il est là, tout près de votre coude ; là, sur la table. Tenez, le voici… Oh ! ne me dites plus rien du tableau ; je ne veux plus connaître son histoire.

— Reste tranquille, mon Pierre chéri, dit sa tante en prenant le mouchoir. Mais tire un peu le rideau, mon petit ; la lumière me fait mal aux yeux. À présent, va dans ma garde-robe et rapporte-moi mon châle noir ; prends ton temps… Là, merci, Pierre ; à présent, assieds-toi et je commencerai… Il y a bien longtemps que ce tableau fut peint, mon enfant ; tu n'étais pas né alors.

— Je n'étais pas né ? s'écria le petit Pierre.

— Non, dit sa tante.

— Eh ! bien, continuez, tante ; mais ne me dites pas qu'autrefois le petit Pierre n'existait pas et que mon père vivait. Mais continuez, tante, continuez !

— Comme tu t'agites, mon enfant ; patience. Je suis très vieille, Pierre, et les vieilles gens n'aiment pas qu'on les presse.

— Pardonnez-moi pour cette fois, ma chère tante Dorothée, et poursuivez votre histoire.

— Quand ton pauvre père était un tout jeune homme, mon enfant, et qu'il faisait en automne de longues visites à ses amis de la ville, il voyait souvent l'un de ses cousins, Ralph Winwood, qui avait à peu près son âge et avec qui il était très intime... Un beau jeune homme lui aussi, Pierre.

— Je ne l'ai jamais vu, tante ; dites-moi, où est-il maintenant ? demanda Pierre en l'interrompant. Est-ce qu'il vit à la campagne à présent, comme maman et moi ?

— Oui, mon enfant, mais dans une belle campagne très lointaine ; il est au ciel, sans nul doute.

— Mort, soupira le petit Pierre. Continuez, tante.

— Or donc, le cousin Ralph avait un vif penchant pour la peinture, mon enfant ; il passait de longues heures dans une chambre toute pleine de portraits et de paysages, où se trouvaient son chevalet et ses pinceaux, et il aimait beaucoup à peindre ses amis et à suspendre leurs visages au mur : ainsi, quand il était tout seul, il avait une nombreuse société d'amis qui le regardaient avec leur meilleure expression, sans jamais le froisser par un mouvement d'irritation ou d'aigreur, petit Pierre. Il avait souvent prié ton père de poser pour lui, disant que son cercle d'amis silencieux ne serait jamais complet tant que ton père n'aurait pas consenti à se joindre à eux. Mais à cette époque, mon enfant, ton père était toujours en mouvement. J'avais grand-peine à le faire tenir tranquille un moment pour lui nouer sa cravate — car il ne laissait ce soin à personne d'autre. Ainsi donc il remettait, remettait toujours le moment de poser devant le cousin Ralph. « Un autre jour, cousin, pas aujourd'hui... demain peut-être, ou la semaine prochaine. » Tant et si bien que le cousin Ralph commençait à désespérer. « Mais je finirai bien par l'attraper », s'écria-t-il malicieusement. Et il ne parla plus à ton père de le peindre, mais dès lors, chaque matin ensoleillé, il prépara son chevalet et ses pinceaux, de façon à être sous les armes si ton père arrivait chez lui à l'improviste après l'une de ses longues promenades, car ton père avait l'habitude de faire à Ralph de petites visites en coup de vent dans son atelier. Mais tu peux tirer le rideau à présent ; il commence à faire très sombre ici, me semble-t-il.

— C'est bien ce que je pensais aussi, dit le petit Pierre en obéissant, mais ne disiez-vous pas que la lumière vous faisait mal aux yeux ?

— Plus maintenant, petit Pierre.

— Bon, bon. Continuez, tante, vous ne pouvez savoir combien cela m'intéresse, dit le petit Pierre en attirant son tabouret auprès de la robe à ganse de satin piqué de sa bonne tante Dorothée.

— Oui, mon enfant. Mais je dois te dire d'abord que, vers ce temps-là, arriva au port un bateau plein d'émigrants français ; des gens de qualité, Pierre, mais aussi de pauvres gens obligés de quitter leur terre natale à cause des événements cruels et sanglants qui s'y passaient alors. Mais tu as lu tout cela dans la petite Histoire que je t'ai donnée voici longtemps déjà.

— Je sais très bien : la Révolution française, dit le petit Pierre.

— Quel fier petit savant tu fais, mon cher enfant, dit tante Dorothée avec un léger sourire. Parmi ces émigrants pauvres, mais nobles, se trouvait une jeune fille ravissante dont le triste sort fit plus tard grand bruit dans la ville et arracha des larmes à tous les yeux... des larmes vaines, car on n'entendit plus jamais parler d'elle.

— Comment, comment, tante ? Je ne comprends pas. Elle disparut, tante ?

— J'étais un peu en avance sur mon histoire, enfant. Oui, elle disparut et on n'entendit plus jamais parler d'elle ; mais cela arriva plus tard, un peu plus tard, mon enfant. J'en suis tout à fait sûre, j'en pourrais faire serment, Pierre.

— Mais comme vous parlez gravement, chère tante ! dit le petit Pierre. Votre voix devient si bizarre ; ne parlez pas ainsi : vous me faites peur, tante.

— Peut-être est-ce la faute de ce vilain rhume ; je suis un peu enrouée, je le crains. Mais j'essaierai de prendre une voix moins rauque. Eh ! bien, mon enfant, quelque temps avant la disparition de cette belle jeune demoiselle, et peu de temps après que les pauvres émigrants eurent débarqué, ton père fit sa connaissance. De concert avec d'autres messieurs généreux de la ville, il pourvut aux besoins des étrangers, car c'étaient de bien pauvres gens en vérité, on les avait dépouillés de tout, hormis de quelques bijoux sans valeur qui ne pouvaient leur être de grand secours. Finalement, les amis de ton père cherchèrent à le dissuader de rendre si souvent visite à ces émigrés ; ils craignaient que ton père ne fût tenté d'épouser la belle jeune demoiselle qui, disait-on, était quelque peu intrigante. Et ce n'eût pas été là un parti très sage, car, malgré la beauté et le bon cœur de la jeune demoiselle, personne ne connaissait son histoire de ce côté-ci de l'océan. C'était une étrangère, et elle n'eût pu être pour ton père une épouse aussi excellente que ta chère mère le fut dans la suite, mon enfant. Quant à moi, qui devinais toujours les intentions de ton père et recevais ses confidences, je n'ai jamais cru qu'il ferait la folie d'épouser la jeune demoiselle étrangère. En tout cas, il cessa un jour de rendre visite aux émigrés, et, peu de temps après, la jeune demoiselle disparut. Les uns dirent qu'elle était retournée secrètement dans son pays, les autres qu'elle avait été enlevée par des émissaires français, car, après sa disparition, le bruit courut qu'elle était de la plus haute naissance et alliée à la famille royale ; d'autres encore hochaient gravement la tête, en parlant de noyade et de toutes ces choses sinistres qu'on chuchote lorsque les gens disparaissent et échappent à toutes les recherches. Ton père et bien d'autres remuèrent ciel et terre pour retrouver sa trace, mais en vain : comme je te l'ai dit, mon enfant, on ne la revit jamais plus.

— La pauvre demoiselle française ! soupira le petit Pierre. Tante, j'ai peur qu'elle n'ait été assassinée.

— Pauvre demoiselle, nul ne le sait, dit la tante. Mais écoute, car je reviens au portrait. Au temps où ton père rendait si souvent visite aux émigrés, mon enfant, le cousin Ralph était de ceux qui pensaient que ton père faisait la cour à la jeune demoiselle ; il faut dire que le cousin Ralph, étant un jeune homme et un artiste, n'avait pas une idée très juste de ce qui est sage ou fou en ce vaste monde, et qu'il n'eût pas été mortifié le moins du monde si ton père avait vraiment épousé la jeune émigrée. Croyant à tort que ton père la courtisait, il songea que ce serait une belle chose que de le peindre en amoureux, c'est-à-dire juste au sortir de sa visite quotidienne aux émigrés. Ainsi donc, il guetta l'occasion propice, en préparant tout dans son atelier, comme je te l'ai dit ; et un matin, ton père arriva en effet de la promenade. Le cousin Ralph l'avait aperçu par la fenêtre et, lorsque ton père entra, la chaise destinée au modèle se trouvait en face du chevalet et le cousin Ralph faisait semblant de peindre. Il dit à ton père : « Heureux de te voir, cousin Pierre ; je suis en train de travailler; assieds-toi et dis-moi les nouvelles; je sortirai avec toi dans un instant. Et parle-moi un peu des émigrés, cousin Pierre», ajouta-t-il astucieusement, car il voulait que les pensées de ton père se portassent sur la jeune demoiselle qu'il était censé courtiser, afin que son visage prît une expression correspondante; comprends-tu, petit Pierre?

— Je ne sais pas si je comprends très bien, tante; mais continuez, cela m'intéresse tant; continuez, chère tante.

— Eh! bien, donc, grâce à toutes sortes de petites ruses, le cousin Ralph réussit à faire poser ton père sur la chaise: il restait là à bavarder, s'oubliant si bien qu'il ne songea pas un instant que, pendant ce temps, le cousin Ralph peignait, peignait aussi vite qu'il pouvait, tout en feignant de rire des saillies de ton père; bref, le cousin Ralph lui volait son portrait, mon enfant.

— Oh! j'espère qu'il ne volait pas vraiment, dit Pierre. Ç'aurait été très vilain.

— Eh! bien, alors, nous n'appellerons pas cela voler. Car le cousin Ralph restait toujours à distance de ton père et n'aurait pu, par conséquent, fouiller dans sa poche; pourtant, il est certain qu'il lui déroba habilement son portrait, si l'on peut dire. D'ailleurs, même si ce fut là une espèce de larcin, étant donné tout le réconfort que ce portrait m'a apporté, Pierre, je pense que nous devons pardonner de bon cœur au cousin Ralph.

— Oui, je le pense aussi, dit le petit Pierre en dévorant du regard le portrait en question, qui était suspendu au-dessus de la cheminée.

— Eh! bien, après avoir attrapé ainsi deux ou trois fois ton père, le cousin Ralph termina son tableau; il se proposait de l'encadrer après y avoir mis les dernières touches et de l'accrocher hardiment au mur parmi ses autres portraits pour faire une surprise à ton père; mais un matin, ton père arriva soudain chez lui (le portrait se trouvait justement sur la table, à l'envers toutefois, car le cousin Ralph était en train d'y attacher une corde) et il effraya le cousin Ralph en lui disant calmement que, maintenant qu'il y pensait, il craignait que le cousin Ralph ne lui eût joué un tour, quoiqu'il souhaitât encore de se tromper. « Que veux-tu dire ? » demanda le cousin Ralph, quelque peu décontenancé. « Tu n'as pas suspendu mon portrait ici, cousin Ralph ? dit ton père en inspectant les murs. Je suis content de ne pas le voir. C'est peut-être de ma part un caprice absurde, mais si tu as vraiment fait mon portrait récemment, je veux que tu le détruises; en tout cas, ne le montre à personne, cache-le. Qu'as-tu là, cousin Ralph ? »

Le cousin Ralph, de plus en plus troublé, ne savait que penser des étranges façons de ton père (à vrai dire, aujourd'hui encore, je suis presque dans le même cas), mais il se ressaisit pour dire :

— C'est là, cousin Pierre, un portrait secret. Tu dois bien penser que nous autres portraitistes sommes parfois amenés à en peindre. Je ne puis donc te le montrer ni t'en rien dire.

— As-tu fait mon portrait, oui ou non, cousin Ralph ? demanda brusquement ton père.

— Je n'ai rien fait qui te ressemble, répondit évasivement le cousin Ralph, en remarquant sur le visage de ton père une expression presque farouche qu'il ne lui avait jamais vue. Et ton père ne put rien lui tirer de plus.

— Et qu'arriva-t-il ensuite ? dit le petit Pierre.

— Ma foi, peu de chose, mon enfant, si ce n'est que ton père n'entrevit jamais ce portrait et qu'il ne fut jamais certain de son existence. Le cousin Ralph me le donna en secret, sachant quelle tendresse je portais à ton père, mais il me fit promettre solennellement de ne jamais l'exposer en un endroit où ton père pourrait le voir. J'ai tenu fidèlement ma promesse, et je ne l'ai suspendu dans ma chambre qu'après la mort de ton cher père. Voilà, Pierre, tu connais maintenant l'histoire du portrait à la chaise.

— C'est une histoire bien étrange, dit Pierre, et si intéressante que je ne l'oublierai jamais, tante.

— Je l'espère, mon enfant. Maintenant, tire la sonnette ; on va nous apporter un petit gâteau aux fruits, et je prendrai un verre de vin, Pierre. Entends-tu, mon enfant ? sonne... Eh bien, pourquoi ne bouges-tu pas, Pierre ?

— *Pourquoi* papa ne voulait-il pas que le cousin Ralph fît son portrait, tante ?

— Comme ces cervelles d'enfants travaillent ! s'écria la vieille tante Dorothée en regardant le petit Pierre avec stupéfaction. C'est là plus que je ne puis te dire, petit Pierre. Mais le cousin Ralph avait là-dessus une idée singulière. Il m'a conté qu'il avait remarqué dans la chambre de ton père, quelques jours après la dernière scène que je t'ai décrite, un extraordinaire traité de physiognomonie, comme on dit, où se trouvaient exposées les lois les plus bizarres et les plus mystérieuses pour découvrir les plus profonds secrets des gens par l'examen de leur visage. Et ce fou de cousin Ralph se persuada toujours que, si ton père ne voulait pas qu'on fît son portrait, c'est qu'il aimait secrètement la jeune demoiselle française et qu'il craignait que ce secret ne fût trahi par un portrait, l'extraordinaire traité de physiognomonie l'ayant mis en garde indirectement contre ce risque. Mais le cousin Ralph, étant un jeune homme solitaire et réservé, avait toujours des opinions bizarres. Pour ma part, je ne crois pas que ton père se soit fait des idées aussi ridicules à ce sujet. Assurément, je ne puis dire pourquoi il ne voulait pas qu'on fît son portrait, mais, quand tu seras aussi vieux que moi, petit Pierre, tu verras que nous tous, et même les meilleurs, nous agissons parfois de façon aussi étrange qu'inexplicable. En vérité, nous faisons certaines choses que nous ne pouvons pas nous expliquer à nous-mêmes. Mais tu apprendras tout cela peu à peu.

— Je l'espère, tante, dit le petit Pierre. Mais, chère tante, je croyais que Marten allait nous apporter du gâteau aux fruits ?

— Tire la sonnette, mon enfant.

— Oh ! j'avais oublié, dit le petit Pierre en obéissant.

Tandis que la tante sirotait son vin et que l'enfant mangeait son gâteau, leurs yeux à tous deux restaient fixés sur le portrait. Soudain le petit Pierre, approchant son tabouret du tableau, s'écria : « Dites-moi, tante, papa avait-il vraiment l'air exactement comme cela ? L'avez-vous jamais vu avec cette veste chamois et ce foulard à grands dessins ? Je me rappelle bien la chaîne de montre et la clef — la semaine dernière, j'ai vu maman les sortir d'un petit tiroir de sa garde-robe —, mais je ne me rappelle pas ces drôles de favoris, ni la veste chamois, ni l'énorme foulard à dessins blancs ; avez-vous jamais vu papa avec ce foulard, tante ?

— Mon enfant, c'est moi qui ai choisi l'étoffe de ce foulard, c'est moi qui l'ai ourlé et qui ai brodé P.G. dans un coin ; mais cela n'est pas dans le tableau. La ressemblance est parfaite, mon enfant, foulard et le reste : c'est ainsi qu'il était à cette époque. Parfois, petit Pierre, quand je suis assise ici toute seule, et que je regarde et regarde ce visage, il me semble que ton père me regarde lui aussi, qu'il me sourit et qu'il me fait signe de la tête en disant : « Dorothée ! Dorothée ! »

— Comme c'est bizarre, dit le petit Pierre. Je crois qu'il commence à me regarder, tante. Écoutez, tante, cette vieille chambre est tellement silencieuse qu'il me semble entendre un petit cliquetis dans le tableau, comme si la chaîne de montre tapait sur la clef. Écoutez, tante !

— Bonté divine, ne parle pas si étrangement, mon enfant.

— J'ai entendu maman dire une fois — mais à quelqu'un d'autre — qu'elle n'aimait pas le tableau de tante Dorothée. Il n'est pas ressemblant, disait-elle. Pourquoi maman n'aime-t-elle pas le tableau, tante ?

— Mon enfant, tu poses de bien singulières questions. Si ta maman n'aime pas le tableau, c'est pour une raison bien simple. Elle en a un beaucoup plus grand et beaucoup plus beau, qu'elle a fait peindre pour elle et qu'elle a payé je ne sais combien de centaines de dollars ; ce tableau-là aussi est très ressemblant. C'est là sans doute la raison, petit Pierre. »

Ainsi discouraient la vieille tante et l'enfant. Chacun trouvait l'autre bien singulier et le tableau plus singulier encore ; et le visage peint continuait à les regarder franchement et gaiement comme s'il n'avait rien à cacher, mais pourtant aussi avec une nuance d'ambiguïté moqueuse, comme s'il clignait malicieusement de l'œil à l'adresse d'un autre portrait, pour lui faire remarquer combien sa vieille toquée de sœur et son petit bêta de fils extravaguaient ridiculement à propos d'un grand foulard à dessins blancs, d'une veste chamois et d'une posture aussi aimable que distinguée.

Après cette scène, les fugitives années passèrent une à une jusqu'au jour où le petit enfant Pierre, devenu le grand Monsieur Pierre, eut le droit de dire que le tableau lui appartenait, et, dans le secret de son petit cabinet, put rester debout, assis ou couché devant lui à sa guise, et réfléchir, réfléchir, réfléchir jusqu'à ce que ses pensées devinssent confuses et, finalement, se perdissent.

Avant que le tableau ne lui eût été envoyé pour ses quinze ans, c'est seulement par l'inadvertance de sa mère, ou plutôt parce qu'il était entré à l'improviste dans un salon, que Pierre avait appris que Mme Glendinning ne donnait pas son approbation au portrait : celle-ci, en effet, considérant que Pierre était encore tout jeune, que le portrait était celui de son père et le bien chéri d'une excellente tante aussi affectionnée que tendrement aimée, s'était abstenue, dans sa délicatesse intuitive, d'exprimer son opinion en présence du petit Pierre. Et la délicatesse judicieuse, quoique à demi inconsciente, de la mère avait trouvé un écho singulier dans la délicatesse de l'enfant ; car les enfants naturellement raffinés et noblement élevés possèdent parfois à un degré extraordinaire et insoupçonné le sens de la bienséance, du tact et de la retenue, et cela en des matières que leurs aînés soi-disant plus fins estiment fort subtiles. Le petit Pierre ne révéla jamais à sa mère qu'il connaissait son sentiment sur le portrait de tante Dorothée ; il semblait savoir d'instinct que la nature des liens qui avaient uni les deux femmes à son père l'autorisait à se montrer plus curieux à son sujet avec sa tante qu'avec sa mère, particulièrement à propos du portrait à la chaise. D'ailleurs, les raisons par lesquelles tante Dorothée expliquait l'aversion de sa mère lui semblèrent longtemps satisfaisantes, ou du moins suffisamment probantes.

Quand le portrait arriva aux Prés-de-la-Selle, il se trouva que sa mère était en voyage. Pierre suspendit le tableau en silence dans son cabinet et, lorsque sa mère revint quelques jours plus tard, il ne lui en souffla mot ; car il goûtait avec une étrange intensité le doux mystère sacré qui enveloppait à présent le portrait, et craignait de le violer en provoquant une discussion avec sa mère au sujet du cadeau de tante Dorothée, ou en montrant une curiosité déplacée à l'égard des raisons qui motivaient l'opinion intime de sa mère. Cependant, lorsqu'il apprit que Mme Glendinning était entrée dans son cabinet — et ceci se produisit peu après l'arrivée du portrait —, il se prépara à entendre ce qu'elle allait dire spontanément de ce nouvel ornement mural ; mais elle s'abstint de toute allusion à ce propos, et c'est en vain qu'il guetta sur son visage quelques petits signes d'émotion : il n'en put discerner aucun. Comme toutes les délicatesses naturelles s'enchaînent les unes aux autres, cette tacite réserve respectueuse de la mère et du fils ne fut jamais enfreinte. Et ce fut entre eux un doux lien de plus, un lien sanctifié et sanctifiant. Car l'amour, quoi qu'en disent parfois certains amants, ne répugne point au secret comme on dit que la nature répugne au vide. L'amour est bâti sur des secrets, comme la charmante Venise sur d'invisibles et incorruptibles fondations cachées sous les eaux. Les secrets de l'amour, étant des mystères, appartiennent toujours au transcendant et à l'infini ; ils sont comme les passerelles aériennes par lesquelles nos ombres aventureuses passent dans la région des brumes et des exhalaisons dorées où toutes les pensées exquises et poétiques s'engendrent et tombent en nous, telles des perles chues d'un arc-en-ciel.

Avec les années, la chasteté et la pure virginité de cette réserve mutuelle ne firent que parer le portrait de charmes plus doux parce que plus mystérieux encore, et tresser autour de la mémoire vénérée du père une fraîche guirlande de thym et de romarin. Bien qu'en vérité, comme il a été dit plus haut, Pierre aimât à imaginer de temps en temps quelque clef pour le pénultième secret du portrait, c'est-à-dire pour l'aversion de sa mère, toutefois l'analyse pénétrante à laquelle le conduisait ce processus mental ne transgressait jamais volontairement cette frontière sacrée où la répugnance particulière de sa mère commençait à se perdre dans des considérations ambiguës touchant certaines possibilités inconnues du caractère et du passé lointain de son père. Non point qu'il eût radicalement interdit à son imagination de s'aventurer dans ces domaines, mais ses spéculations devaient rester tributaires de l'idée pure et exaltée qu'il s'était faite du défunt d'après les faits patents de sa vie.

V

Si, lorsque l'esprit parcourt les régions toujours élastiques de l'invention évanescente, n'importe quels traits, n'importe quelle forme peuvent être assignés aux structures qu'il crée en dissolvant incessamment ses créations antérieures, comment pourrions-nous saisir et définir la moins obscure des raisons qui s'offraient à Pierre au temps de son adolescence, chaque fois qu'il tentait de s'expliquer pourquoi le portrait inspirait à sa mère une aversion si remarquable ?

Néanmoins, nous nous hasarderons à l'esquisser.

Oui — pensait confusément Pierre —, qui sait si le cousin Ralph, après tout, n'était pas fort près de la vérité lorsqu'il supposait que mon père avait éprouvé jadis une passion passagère pour la belle jeune Française ? Si le portrait fut peint précisément à l'époque de cette passion, avec l'intention précise d'en perpétuer obscurément le témoignage par l'attitude du modèle, il est naturel que son expression ne soit pas familière à ma mère, qu'elle lui soit même antipathique et lui déplaise ; car non seulement mon père ne lui apparut jamais sous ces traits (puisqu'elle ne fit sa connaissance que plus tard), mais encore la féminité de la femme, ce que j'appellerais chez toute autre tendre jalousie ou pointilleux amour-propre, lui fait sentir que le regard du visage peint ne lui est pas dédié, qu'il est dédié à quelque autre objet inconnu ; voilà pourquoi elle le regarde avec hostilité et s'en détourne, dans sa répugnance naturelle à voir prêter à mon père un souvenir qui n'est point lié de quelque manière à celui qu'elle a gardé de lui.

Au contraire, le portrait du salon, plus grand, plus expansif, fait à la fleur de l'âge, aux jours les plus roses de leur mariage, sur le désir exprès de ma mère, par un artiste célèbre de son choix et dans un costume à son goût, ce portrait, considéré par tous ceux qui ont connu mon père comme singulièrement ressemblant — jugement que mes vagues souvenirs d'enfance confirment —, possède, en vertu même de toutes ces raisons, un charme inestimable aux yeux de ma mère : là, elle contemple vraiment son époux tel qu'il lui apparaissait jadis, non pas un fantôme étranger surgi des temps lointains, et pour elle presque fabuleux, de la vie de jeune homme de mon père. Là, ses yeux aimants voient illustrées les légendes et les histoires de son dévot amour conjugal. Oui, je crois saisir clairement pourquoi il doit en être ainsi, et pourquoi de nouvelles pensées ne cessent de sourdre en moi quand je regarde le portrait à la chaise ; bien qu'il me soit encore infiniment moins familier qu'il peut l'être à ma mère, il semble parfois me dire : « Pierre, ne crois pas le tableau du salon, ce n'est pas là ton père, ou du moins ce n'est pas là ton père tout entier. Débats en toi-même si tu ne peux faire de nous deux un seul portrait. Les épouses fidèles sont toujours férues d'une certaine image imaginaire de leur mari, et les veuves fidèles révèrent toujours un certain fantôme imaginé de cette même image imaginaire, Pierre. Regarde à nouveau, je suis ton père tel qu'il était vraiment. Dans la maturité, le monde étend sur nous son vernis, Pierre ; toutes les délicatesses polies, toutes les grimaces des convenances interviennent, Pierre ; alors, nous nous abdiquons nous-même, en quelque sorte, et assumons un autre moi ; dans la jeunesse, nous *sommes*, Pierre, mais dans l'âge mûr, nous *semblons*. Regarde à nouveau. Je suis vraiment ton père, et cela d'autant plus que tu ne me reconnais pas. Les pères n'ont pas coutume de se révéler entièrement à leurs enfants, Pierre. Il y a mille et une petites peccadilles de jeunesse que nous préférons ne pas leur divulguer, Pierre. Considère cet étrange sourire ambigu, Pierre ; observe de plus près cette bouche ; vois, quelle est, dans les yeux, cette lueur trop ardente, cette lueur que la chasteté ne saurait allumer ? Je suis ton père, enfant. Il était une fois une jeune Française, oh ! trop exquise, Pierre. La jeunesse est prompte à s'enflammer et la tentation est forte, Pierre ; il ne faut qu'un instant pour consommer irrévocablement les choses les plus décisives, Pierre. Le temps s'écoule et la chose consommée n'est pas toujours emportée par son flot : parfois, elle s'échoue sur la rive, beaucoup plus bas, en quelque fraîche et verdoyante contrée, Pierre. Regarde à nouveau. Ta mère me détesterait-elle sans motif ? Réfléchis. Toutes ses impulsions aimantes et spontanées ne tendent-elles pas à magnifier, à spiritualiser, à déifier la mémoire de son mari, Pierre ? Alors, pourquoi fait-elle de moi l'objet de son mépris ? Pourquoi ne te parle-t-elle jamais de moi ? Et pourquoi, devant elle, gardes-tu le silence à mon endroit, Pierre ? Réfléchis. N'y a-t-il pas là un petit mystère ? Jette un coup de sonde, Pierre. Ne crains rien, ne crains rien : qu'importe à ton père maintenant ? Vois, je souris d'un sourire immuable, comme j'ai souri depuis de longues années, Pierre. Oh ! C'est un sourire permanent ! Ainsi ai-je souri à ton cousin Ralph, ainsi ai-je souri dans le salon de ta chère vieille tante Dorothée, ainsi ai-je souri plus tard, caché dans le secrétaire de tante Dorothée, alors même que le corps vieilli de ton père souffrait peut-être, et ainsi sourirais-je si j'étais suspendu dans le plus profond donjon de l'Inquisition espagnole, Pierre ; ainsi sourirais-je de ce même sourire si j'étais suspendu au-dehors, dans les ténèbres, sans une âme auprès de moi. Réfléchis, car un sourire est le véhicule rêvé de toutes les ambiguïtés, Pierre. Quand nous voulons tromper, nous sourions ; quand nous méditons quelque petit artifice pour satisfaire nos petits appétits, Pierre, observe-nous, tu verras paraître l'étrange petit sourire. Il était une fois une charmante jeune Française, Pierre. As-tu attentivement, analytiquement, psychologiquement et métaphysiquement considéré toutes les circonstances qui l'entouraient, Pierre ? Oh ! C'est une singulière histoire, Pierre, que celle dont tante Dorothée t'a fait une fois le récit. J'ai connu jadis une bonne âme crédule, Pierre. Creuse, creuse un peu, vois, n'y a-t-il pas ici une petite fissure, Pierre ? Enfonce un coin, un coin ! Il sort toujours quelque chose d'une enquête persévérante, ce n'est pas en vain que nous déployons une curiosité si constante, Pierre ; ce n'est pas en vain que nous intriguons et que nous argumentons, comme d'habiles diplomates, avec notre propre esprit, Pierre ; ce n'est pas en vain que, pour suivre la piste des Indiens, nous quittons la plaine découverte et nous engageons avec effroi dans les sombres fourrés. Mais c'en est assez : un mot suffit aux sages.

Ainsi donc, dans la quiétude secrète des longues nuits campagnardes, lorsque les épaisses neiges de décembre ou l'immuable et blanc clair de lune d'août enveloppaient le manoir silencieux, dans la tranquillité hantée du vaste étage qu'il était seul à occuper, sentinelle de son propre cabinet montant la garde devant la tente mystérieuse du tableau et guettant sans cesse les lueurs significatives mais étrangement celées qui s'y mouvaient obscurément, Pierre se tenait parfois devant le portrait de son père, inconsciemment ouvert à toutes ces allusions, à toutes ces ambiguïtés ineffables, à toutes ces demi-suggestions indéfinies qui, de temps en temps, peuplent l'atmosphère de l'âme aussi drûment que les flocons d'une douce mais régulière chute de neige peuplent l'air. Pourtant, il tressaillait souvent au milieu de ses rêveries et de ses transes, et regagnait le ferme élément de la pensée consciemment suscitée qui se meut d'elle-même : alors, en un instant, l'air était clarifié, nul flocon ne tombait plus et Pierre, se reprochant de s'être laissé aller de la sorte, jurait de ne plus jamais rêver à minuit devant le portrait de son père. Au demeurant, le cours de ces rêveries ne semblait pas laisser dans son esprit de sédiments conscients : elles étaient si légères et si rapides qu'elles entraînaient avec elles leurs propres alluvions, et tous les canaux de la pensée de Pierre paraissaient aussi nets et aussi secs que si jamais aucun flot alluvial n'y eût coulé.

Aussi, dans ses souvenirs sobres et aimants, la béatification de son père demeurait-elle intacte, et toute l'étrangeté du portrait ne faisait-elle que tresser autour de sa mémoire une belle légende romanesque, faite essentiellement de ces mystères mêmes qui paraissaient en d'autres heures si subtilement et si malignement significatifs.

Mais à présent, *à présent!* La lettre d'Isabelle lue, dans un éclair plus rapide que la première lueur du soleil, Pierre vit toutes les ambiguïtés anciennes, tous les mystères déchirés par une épée acérée et vomissant une foule de ténébreux fantômes. À présent, ses plus lointains souvenirs d'enfance, le délire de son père, la main vide et cendreuse, l'étrange récit de tante Dorothée, les mystérieuses suggestions nocturnes du portrait lui-même, et surtout l'aversion intuitive de sa mère — toutes ces choses l'accablaient sous le poids de leurs témoignages concordants.

Et à présent, par d'irrésistibles intuitions, tout ce qui lui était resté inexplicablement mystérieux dans le portrait coïncidait de la façon la plus magique avec tout ce qui lui avait paru inexplicablement familier dans le visage, la gaieté de l'un s'harmonisant avec la tristesse de l'autre ; bien plus, par quelque ineffable corrélation, portrait et visage s'identifiaient, se mêlaient l'un à l'autre, et, dans leur interpénétration unifiante, offraient à son regard des traits plus surnaturels encore.

De toutes parts, le monde physique des objets solides se dérobait, et Pierre flottait dans un éther de visions. Il bondit sur ses pieds en serrant les poings et, fixant ses yeux dilatés sur le visage figé dans l'air, il cria les vers merveilleux par lesquels Dante décrit l'absorption mutuelle des deux formes dans l'Enfer :

> « ... *Hélas, Agnel, comme tu changes!*
> *Vois que, déjà, tu n'es ni deux ni un*[1]. »

1. C'est le passage du chant XXV où l'on voit Agnel (sans doute le Florentin Agnello Brunelleschi) étreint par un serpent. *(N.d.T.)*

LIVRE V

Appréhensions et préparatifs

I

Minuit était depuis longtemps passé quand Pierre revint au manoir. Il avait fui au-dehors dans ce complet abandon d'âme qui, pour les tempéraments aussi ardents que le sien, accompagne les premières phases d'une affliction soudaine et violente ; mais, à présent, il s'en revenait maître de lui, quoique blême, car le calme esprit de la nuit, la lune en train de se lever et les étoiles tardivement dévoilées formaient enfin pour lui une étrange et impérieuse mélodie, qu'il avait d'abord méprisée et foulée aux pieds, mais qui s'était peu à peu glissée dans les replis de son cœur pour répandre en lui sa quiétude. À présent, du haut de son propre calme, il contemplait avec fermeté le paysage calciné qui s'étendait au loin en lui-même : ainsi le bûcheron du Canada, contraint par l'incendie de fuir sa forêt, revient lorsque le feu s'est apaisé et promène un regard impassible sur les incommensurables champs de brandons qui rougeoient çà et là sous le vaste dais de fumée.

Nous l'avons dit déjà, lorsque Pierre cherchait la solitude dans l'abri matériel d'une enceinte fermée, il choisissait toujours pour refuge le cabinet attenant à sa chambre. Aussi, montant à son appartement, il prit la lampe qu'il avait laissée là et qui ne jetait plus qu'une faible lueur, entra instinctivement dans sa retraite et s'assit, les bras croisés et la tête penchée, sur la vieille chaise à pieds de dragons qui formait son siège habituel. Il resta ainsi, les jambes lourdes comme plomb, le cœur non plus glacé, mais plein d'une étrange indifférence, se laissant envahir par l'engourdissement, jusqu'au moment où, à l'instar du voyageur qui se repose dans les neiges, il commença à combattre cette inertie comme le plus traître et le plus mortel des symptômes. Il leva les yeux et se trouva face au portrait paternel qui, pour n'être plus entièrement énigmatique, souriait encore d'un sourire ambigu. Il recouvra aussitôt toute sa conscience et toute son angoisse, mais elles restèrent impuissantes contre le calme farouche qui avait pris possession de lui. Cependant, il ne put supporter le portrait et son sourire ; obéissant à une impulsion aussi irrésistible qu'indéfinissable, il se leva et, sans le décrocher, retourna le tableau contre le mur.

Ce geste révéla l'envers délabré et poussiéreux, dont un papier déchiqueté et ridé enveloppait les joints décollés. « Ô symbole de ta mémoire renversée dans mon âme ! gémit Pierre, tu ne resteras pas ainsi. Plutôt te bannir tout à fait que t'insulter de façon aussi flagrante. Je n'aurai plus de père. » Il décrocha le tableau, le tira du cabinet et l'enfouit dans un grand coffre couvert de perse bleue, qu'il verrouilla ; cependant, le cadre avait laissé sur le mur un carré légèrement décoloré, trace indistincte, mais vide et désolée. Pierre s'efforça alors d'effacer le moindre vestige de ce père changé, de crainte qu'à présent toute pensée à son sujet se montrât non seulement entièrement vaine, mais encore fatalement déconcertante et paralysante pour un esprit appelé non seulement à endurer une douleur insigne, mais à agir immédiatement à partir d'elle. Terrible et cruelle épreuve, pense toujours la jeunesse, mais à tort ; car l'expérience sait bien que cette nécessité d'agir, qui semble être une aggravation de la peine, en est, à vrai dire, le palliatif, encore qu'avant d'exercer son action salutaire elle provoque un surcroît de souffrance.

Bien que profondément conscient que tout son être moral avait été bouleversé et qu'il lui faudrait reconstruire la belle structure du monde — comment, il ne le savait pas encore, mais de toutes pièces et de fond en comble —, Pierre n'était pas tourmenté par la pensée de ce dernier désastre, ni ne s'inquiétait de savoir comment le lieu désolé pourrait refleurir. Il semblait éprouver qu'au tréfonds de son âme résidait une foi indéfinie mais puissante, qui saurait gouverner dans l'interrègne de toute croyance héréditaire et de toute conviction accidentelle ; son âme, il le sentait, n'était point entièrement en proie à l'anarchie. L'indéfinissable régent avait assumé le sceptre comme de plein droit, et Pierre n'était point complètement livré au pillage de sa douleur.

Si Pierre avait été doué d'un cœur moins enthousiaste, la première question qu'il se fût posée au sujet d'Isabelle eût été : « Que dois-je faire ? » Mais cette question ne se présenta jamais à son esprit, car la réponse spontanée de son être ne laissait pas l'ombre d'un doute quant au but direct à viser. Pourtant, si l'objectif apparaissait clairement, il n'en était pas de même de la route à suivre. « Comment dois-je faire ? » Au premier abord, le problème semblait insoluble. Mais Pierre, sans en avoir entièrement conscience, était de ces esprits qui finissent par trouver la plus sûre solution à leurs perplexités, en même temps que la plus éclatante maîtrise de comportement, non point en pesant sordidement les pour et les contre, mais en se soumettant impulsivement à la divine dictée des événements. Et, de même que, pour lui, la question: « Que dois-je faire ? » avait déjà reçu spontanément réponse de la difficulté en jeu, de même, pour le présent, il dépouillait inconsciemment son esprit de toute considération troublante touchant la question: « Comment dois-je faire ? » dans l'assurance que sa prochaine entrevue avec Isabelle ne manquerait pas de l'inspirer infailliblement à cet égard. Cependant, l'inspiration qui l'avait dirigé jusqu'alors n'était pas restée entièrement muette touchant maintes choses très amères que Pierre apercevait déjà dans le vaste océan d'inquiétudes où il était plongé.

Si c'est le privilège sacré et, comme le croient les sages, l'inestimable compensation des plus lourdes peines que de purger l'âme de ses joyeuses erreurs pour l'emplir d'une triste vérité, ce pieux office n'est point tant l'œuvre d'un souterrain raisonnement inductif engendré par une affliction particulière, que l'effet magique, au tréfonds de l'âme humaine, d'un élément entièrement inexplicable et jusqu'alors inéprouvé ; lequel, comme l'électricité jaillie soudain dans une atmosphère étouffante et obscure, répand de toutes parts les vifs rayons d'une lumière purificatrice qui, en un instant, débarrasse l'air de son inertie et lui communique une propriété éclairante ; en sorte que les objets qui, dans l'obscurité incertaine, assumaient des contours ombreux et romantiques, s'éclairent à présent dans leur réalité substantielle, et que, aux lueurs révélatrices du merveilleux foyer de la douleur, nous voyons toutes choses telles qu'elles sont ; et si, lorsque l'élément électrique a disparu, les ombres redescendent et les objets reprennent leurs profils trompeurs, ils n'ont plus le pouvoir de nous faire illusion, car désormais, devant les apparences les plus fallacieuses, nous gardons encore le souvenir des vrais contours immuables, bien qu'en vérité ils soient cachés à nouveau.

Ainsi de Pierre: au temps juvénile de la gaieté, avant que son grand chagrin ne se fût abattu sur lui, tous les objets qui l'entouraient s'étaient montrés perfidement dissimulateurs; à présent, non seulement l'arbre au vert feuillage de l'image paternelle longtemps caressée s'était changé à ses yeux en un tronc calciné, mais toutes les images auxquelles son esprit donnait accueil attestaient l'universalité de la lumière électrique qui avait jailli dans son âme. Même sa mère adorable, sa mère immaculée n'avait pas laissé d'être atteinte, altérée par le choc; lorsque son apparence transformée s'était offerte pour la première fois au regard de Pierre, il l'avait considérée avec épouvante; et, à présent que la tempête électrique était passée, il gardait encore à l'esprit, avec une infinie tristesse, cette image soudain révélée. Elle qui, sous son aspect le moins superbe mais le plus raffiné et le plus spirituel, était toujours apparue à Pierre non seulement comme une sainte radieuse digne de recevoir ses oraisons quotidiennes, mais comme une douce conseillère, un doux confesseur féminin exerçant son ministère dans le confessionnal tendu de satin de sa chambre vénérée — sa mère avait cessé d'être cette créature de toutes les séductions; jamais plus — il l'éprouvait avec trop d'acuité —, jamais plus il ne pourrait aller à sa mère comme à un être qui sympathisait entièrement avec lui, devant qui il pouvait décharger son cœur presque sans réserve, et qui savait lui désigner la vraie voie lorsqu'il était le plus égaré. Prodigieuse, en vérité, la fulgurance électrique avec laquelle le destin lui avait révélé le caractère vital de sa mère ! Elle eût pu résister à toute épreuve ordinaire, mais, lorsque Pierre appliqua en pensée à l'esprit maternel la pierre de touche de son immense perplexité, il ressentit la conviction profonde qu'à pareil contact elle se réduirait en poussière.

C'était une noble créature, mais formée principalement pour les prospérités dorées de la vie et habituée, surtout, à ses imperturbables sérénités. Après avoir été élevée, s'être développée à tous égards sous la seule influence de formes de vie et d'usages héréditaires, cette mère distinguée, raffinée, aimante, égale d'humeur ne pourrait supporter comme une héroïne céleste le choc d'une tribulation aussi extraordinaire et applaudir, à l'unisson du cœur de son fils, une résolution sublime dont l'accomplissement devait provoquer la stupeur et les huées du monde.

Ma mère ! Ma très chère mère ! Dieu m'a donné une sœur et t'a donné une fille sur laquelle il a accumulé toute l'infamie et tout l'opprobre de la société humaine, afin que moi et toi — oui, toi, ma mère —, nous puissions la reconnaître avec éclat pour nôtre et... Non, non, gémit Pierre, jamais, jamais elle ne pourrait tolérer un seul instant de telles syllabes. Et devant lui se dressa, comme une tour implacable, le prodigieux édifice de l'immense orgueil maternel : l'orgueil de sa naissance, l'orgueil de son opulence, l'orgueil de sa pureté, tout l'orgueil de sa vie de haute caste, de raffinement et de richesse, et tout l'orgueil sémiramien de sa féminité. Alors, Pierre retomba en chancelant sur lui-même, ne trouvant de soutien qu'en lui-même ; alors, il sentit que son âme recelait une divine irréductibilité qui ne reconnaissait aucun parent terrestre. Mais c'était là une impression d'infinie solitude, une impression d'orphelinage. Bien volontiers eût-il, alors, rappelé à lui pour un moment toutes les douces illusions de la vie, fût-ce au prix de la vérité de la vie, afin de ne plus se sentir chassé dans un désert comme l'enfant Ismaël, sans maternelle Agar pour l'accompagner et le réconforter.

Pourtant, ces émotions intimes ne portaient nul préjudice à son amour filial et n'éveillaient en lui, à l'égard de sa mère, ni la plus légère amertume, ni le mesquin dédain d'une vertueuse supériorité. Il voyait trop clairement que sa mère ne s'était pas formée elle-même, qu'elle avait été façonnée d'abord par un orgueil infini, puis modelée par un monde orgueilleux, puis parachevée par un orgueilleux rituel.

Prodigieuse, en vérité, nous le répétons, l'intuition électrique que Pierre avait eue du caractère de sa mère, car l'évocation de l'amour qu'elle lui prodiguait ne suffisait pas à ébranler sa conviction soudaine. Elle m'aime, pensa Pierre, mais de quelle façon ? M'aime-t-elle de l'amour qui passe tout entendement ? De cet amour qui, pour l'aimé, affronterait calmement toute haine, et dont l'hymne le plus triomphant ne peut se faire entendre qu'en couvrant les injures et les cris de mépris ? « Mère aimante, je veux reconnaître une sœur aimée, mais infâme au monde ; si tu m'aimes, mère, tu l'aimeras elle aussi et tu la mèneras d'autant plus fièrement par la main dans le plus fier salon. » Mais, tandis que Pierre conduisait ainsi en pensée Isabelle devant sa mère et qu'il sentait sa langue se coller à son palais devant le regard fixe, chargé d'une horreur incrédule et méprisante, qu'elle lui dardait, son cœur enthousiaste s'abîma de plus en plus profondément en lui-même : il ressentit pour la première fois, avec quelle poignance, les mornes insensibilités de la vie conventionnelle. Ô ! monde orgueilleux, glacial et sans cœur, pensa-t-il, comme je te hais, toi dont la griffe insatiable et tyrannique me dérobe jusqu'à ma mère à l'heure de mon plus cruel besoin, toi qui me laisses doublement orphelin, sans une tombe verdoyante à arroser de mes larmes. Des larmes, si j'en pouvais verser, c'est dans le désert que je devrais les répandre. Il en est à présent pour moi comme si mon père et ma mère étaient partis tous deux pour de lointains voyages et fussent morts en des mers inconnues.

Elle m'aime, oui, mais pourquoi ? Si j'avais été infirme, m'eût-elle aimé ? Je m'en souviens maintenant, de brillantes paillettes d'orgueil ont toujours étincelé dans son amour le plus caressant. Elle m'aime d'un amour orgueilleux ; elle croit voir en moi sa propre beauté hautaine et bouclée ; elle se mire en moi, prêtresse de l'orgueil, et c'est à son image, non à moi, qu'elle fait offrande de ses baisers. Oh ! je n'ai guère à te remercier, Déesse Favorable qui paras mes formes de toute la beauté d'un homme, afin de pouvoir me cacher toute la vérité d'un homme. Je crois à présent qu'un homme est emprisonné, aveuglé dans sa beauté comme un ver dans sa soie. Soyez les bienvenus, Laideur, Pauvreté, Infamie et vous tous, habiles ministres de la Vérité qui, sous les capuchons et les haillons des mendiants, cachez des ceintures et des couronnes de rois. Que toute beauté soit obscurcie, qui doit avouer son argile, que toute richesse, tout délice, toute prospérité annuelle de la terre soient obscurcis, qui ne font que dorer les mailles du mensonge et sertir de diamants ces chaînes et ces vils rivets. Oh ! il me semble que j'entrevois à présent pourquoi, jadis, les hommes de vérité allaient pieds nus, ceints d'une corde et comme sous un dais de deuil. Je me rappelle les premières paroles de sagesse que le Christ adressa aux hommes : « Bénis soient les pauvres d'esprit, bénis soient ceux qui souffrent. » Oh ! jusqu'ici je n'ai fait que collectionner des paroles, qu'acheter des livres et quelques petites expériences, que me bâtir des bibliothèques ; à présent seulement, je m'assois et je lis. Oh ! à présent je connais la nuit, je comprends les sortilèges de la lune et toutes les sombres influences qui naissent dans les orages et dans les vents. Oh ! la Joie s'enfuit bien vite quand la Vérité est venue, et le Chagrin ne se fait pas attendre. Cette tête peut bien tomber sur ma poitrine : elle contient trop de choses ! Ce cœur peut bien battre contre mes côtes en prisonnier impatient de ses barreaux ! Oh ! les hommes sont tous des geôliers, leurs propres geôliers ; dans ce monde livré à l'opinion, ils rendent le plus noble d'eux-mêmes captif du plus vil d'eux-mêmes comme le royal Charles déguisé [1], saisi par des paysans. Le cœur ! le cœur ! C'est l'oint du Seigneur ! Écoutons le cœur !

II

Mais, si le pressentiment que l'orgueil de sa mère devait être fanatiquement hostile aux nobles desseins qu'il nourrissait, si ce pressentiment éveillait chez Pierre une telle angoisse, que dire de l'hostilité plus profonde qu'il craignait de voir surgir des régions les plus spirituelles de l'âme maternelle ? Car l'orgueil de sa mère ne serait point si prompt à mépriser que sa mémoire conjugale à rejeter avec horreur l'indicible accusation impliquée par le simple fait de l'existence d'Isabelle. Dans quels dédales de conjectures, dans quelles horribles cavernes hantées de crapauds et de scorpions, une telle révélation la conduirait-elle ? Lorsque Pierre se représentait cela,

1. Charles II d'Angleterre, fugitif et déguisé en paysan après la défaite que Cromwell lui avait infligée à Worcester. *(N.d.T.)*

l'idée de divulguer à sa mère la moindre parcelle de son secret lui apparaissait non seulement comme une tentative débile et désespérée — destinée qu'elle était à se briser contre cette citadelle d'orgueil —, mais encore comme un acte de la dernière inhumanité qui torturerait sa mère dans ses plus doux souvenirs et profanerait l'autel le plus immaculé de son sanctuaire.

Bien que la conviction qu'il ne devait jamais révéler son secret à sa mère n'eût pas été originellement le fruit de la réflexion, mais celui de l'inspiration, Pierre considérait laborieusement le problème sous tous ses angles afin de n'en négliger aucun élément. Car déjà il éprouvait confusément que sur la dissimulation ou la révélation de son secret à sa mère reposait toute sa conduite future, tout son lot terrestre et celui d'Isabelle. Mais plus il y réfléchissait, plus s'affermissait sa conviction première. En effet, s'il se décidait à parler, sa mère, selon toute probabilité, repousserait avec mépris le plaidoyer qu'il élèverait pour qu'Isabelle fût honorablement reçue dans l'honorable manoir des Glendinning. En ce cas, pensa inconsciemment Pierre, j'aurais administré à ma mère le poison pénétrant d'une vérité fatale sans faire de bien à personne, mais en portant préjudice à tous. Alors, une pensée sinistre traversa l'esprit de Pierre : comment se peut-il que la vérité ne doive pas toujours être divulguée, comment se peut-il que le mensonge soit parfois céleste et la vérité infernale ? Filialement infernal, pensa Pierre, assurément je le serais si, d'un souffle de vérité scélérate, je flétrissais la mémoire bénie de mon père dans le sein de ma mère et plantais dans son âme la dague la plus acérée du chagrin. Non, je ne ferai pas cela !

Mais cette décision découvrait à sa vue des perspectives si sombres et si désolées qu'il s'efforça de la chasser de son esprit, de l'écarter jusqu'à ce que son entrevue avec Isabelle eût donné à ses desseins une forme plus précise. Car, lorsqu'un homme subit le choc soudain d'une révélation nouvelle et sans réplique dont il sent qu'elle bouleversera toutes les conditions de sa vie, son premier mouvement est toujours d'éviter que ses pensées et ses intentions ne prennent un caractère trop défini, assuré qu'il est que les frontières qui délimiteront sa présente misère, et par là même son chemin futur, ne sauraient être marquées que par des pieux pointus fichés au travers de son cœur.

III

La plus mélancolique de toutes les heures de la terre est cette longue heure grise que l'homme qui veille à la lueur de la lampe voit surgir entre la nuit et le jour ; cette heure où lampe et veilleur, surmenés l'un et l'autre, défaillent dans la lumière livide, et où le veilleur, ne voyant que rougeoiements criards dans cette aube dont il n'attend nulle joie, appelle la malédiction sur le jour indiscret qui envahit sa nuit de souffrances solitaires.

L'unique petite fenêtre du cabinet de Pierre donnait sur la prairie, sur la rivière et, par-delà, sur les cimes lointaines que les hauts faits des Glendinning avaient illustrées. Bien souvent, Pierre s'était approché de cette fenêtre avant le lever du soleil pour voir l'aube rouge sang enrouler sa bannière à ces collines pourpres. Mais, cette fois, le jour se leva dans le brouillard et la pluie, et tomba sur son cœur comme une bruine. Lorsqu'il reconnut les traits accoutumés de sa chambre à la faveur de cette lumière naturelle qui, jusqu'à présent, ne l'avait éclairée que pour sa joie, lorsque son malheur eut pour témoin le jour et non plus la nuit, alors, pour la première fois, il ressentit tout le poids de l'horrible réalité. Un affreux sentiment d'abandon, de faiblesse, d'impuissance, de désolation éternelle et infinie s'empara de lui. Non seulement mentalement, mais physiquement. Il ne pouvait se tenir debout et, quand il essaya de s'asseoir, ses bras retombèrent comme appesantis de liens de plomb. Traînant son boulet et sa chaîne, il s'affala sur son lit ; car, lorsque l'esprit est accablé, le corps ne peut se reposer, par sympathie, que dans la prostration, et c'est pourquoi le lit est souvent le premier refuge du chagrin. À demi stupéfié, comme ivre d'opium, il tomba dans un profond sommeil.

Il s'éveilla une heure après, et toute la nuit passée lui revint immédiatement à l'esprit. Il sentit qu'il avait repris quelques forces et resta couché ainsi, dans la tranquillité et le silence, presque sans conscience corporelle, mais l'âme claire et alerte ; alors, attentif à réprimer le moindre mouvement des membres et de la tête de crainte de rompre le charme, Pierre affronta avec fermeté sa douleur, plongea son regard dans les yeux de sa douleur : il la pénétra calmement, pleinement, totalement — du moins le crut-il —, et il pénétra ce qu'elle exigeait de lui, comment il devait agir dans l'immédiat, quelle ligne de conduite il devait adopter lorsqu'il rencontrerait sa mère au petit déjeuner, comme il était inévitable, et quel devait être présentement son plan à l'égard de Lucy. Sa méditation fut brève. Il se leva de son lit, resta un instant immobile pour reprendre son aplomb, alla à son pupitre et, d'une main d'abord irrésolue, puis plus ferme, traça la lettre qui suit :

« Je dois vous demander pardon, Lucy, pour mon étrange absence d'hier au soir. Mais vous me connaissez assez bien pour vous convaincre que je n'aurais pas agi de la sorte sans un motif très important. J'étais dans la rue, tout près de votre maison, lorsque je reçus un message qui m'appelait impérieusement. Il s'agit d'une affaire qui prendra tout mon temps et toute mon attention pendant deux ou trois jours peut-être. Je vous le dis dès maintenant afin que vous y soyez préparée. Je sais que, malgré tout le déplaisir que vous en pourrez éprouver, vous souffrirez cela pour moi, car en vérité, chère Lucy, je ne songerais pas une seconde à rester si longtemps loin de vous sans y être irrésistiblement contraint. Ne venez pas au manoir avant que je ne vienne vous voir, et ne trahissez aucune curiosité, aucune anxiété à mon sujet si, dans l'intervalle, vous venez à rencontrer ma mère. Faites ainsi, je vous en conjure, et adieu ! »

Il plia la lettre, mais, au moment de la cacheter, il hésita un instant et la déplia pour la relire. Cependant, un nuage soudain l'enveloppa, et il ne put comprendre sa propre écriture ; puis le nuage passa et, prenant sa plume, Pierre ajouta le post-scriptum suivant :

« Lucy, cette lettre peut paraître mystérieuse ; je ne l'ai pas voulue telle et je ne vois pas comment j'aurais pu éviter qu'elle le fût. Mais en voici la seule raison, Lucy : l'affaire à laquelle j'ai fait allusion est de telle nature que, pour le présent, je me sens virtuellement engagé à ne la révéler à personne qu'elle ne touche de la façon la plus directe. Or, lorsqu'on ne peut révéler une chose, on est contraint de recourir à des circonlocutions qui ne font qu'épaissir le mystère. Sachez donc que ma personne n'est nullement menacée et que je vous suis éternellement fidèle. Restez en repos jusqu'à ce que je vienne vous voir. »

Il cacheta la lettre, sonna et confia son message à un domestique, en lui ordonnant de le remettre aussitôt que possible et sans attendre une réponse. Mais, comme l'homme quittait la chambre, il le rappela, reprit la lettre cachetée et, la faisant bâiller dans sa main, griffonna au crayon à l'intérieur les mots suivants : « Ne m'écrivez pas, ne vous enquérez pas de moi. » Puis il la rendit au messager, qui partit, le laissant profondément absorbé dans ses pensées au milieu de sa chambre.

Cependant, il se ressaisit bientôt et sortit du manoir ; suivant le frais ruisseau du pré qui formait un bassin profond et ombreux, il se baigna ; puis, revigoré, il regagna sa chambre où il se changea entièrement, s'efforçant de chasser par les menus soins de sa toilette toute pensée du fardeau qui pesait sur son âme. Jamais il ne s'était vêtu avec plus de recherche. C'était l'un des caprices de la tendresse de sa mère que de parfumer le linge de son fils, et c'était l'un des petits traits féminins de Pierre — tels qu'il s'en rencontre parfois, assez curieusement, chez les hommes doués du corps le plus robuste et de l'âme la plus haute, Mahomet par exemple — que d'avoir un faible pour les senteurs agréables. Et, lorsqu'il sortit une fois encore pour rafraîchir à nouveau sa joue avant d'affronter le regard perçant de sa mère — puisque le secret de sa pâleur ne pouvait lui être révélé —, Pierre embaumait, mais, hélas ! son corps n'était que le suaire parfumé des cadavres qu'il portait en lui.

IV

Sa promenade fut plus longue qu'il ne l'avait voulu ; lorsque, après avoir remonté l'allée de tilleuls qui menait à la salle à manger et gravi les degrés de la véranda, il regarda par la vaste baie vitrée, il vit sa mère assise non loin de la table, le visage tourné vers lui, et s'entendit accuser par la voix joyeuse où sonnait un rire léger et bondissant d'avoir été, pour cette fois, le plus paresseux des deux. Dates s'affairait auprès d'un buffet parmi des cuillers et des serviettes.

Pierre s'efforça d'appeler sur son visage toute la gaieté possible et entra dans la pièce. Conscient de tout le soin qu'il avait apporté à sa toilette, et sachant qu'il n'est rien de tel pour fleurir une joue que l'air humide et frais d'un matin brumeux, il se persuada que sa longue nuit de veille n'avait guère laissé de traces perceptibles sur son visage.

— Bonjour, sœur, quelle fameuse promenade! J'ai été jusqu'à...

— Jusqu'où, grand Dieu? Jusqu'où pour avoir une telle mine? Pierre, Pierre, qu'as-tu donc? Dates, je sonnerai dans un instant.

Tandis que le bon serviteur fourrageait quelque temps parmi les serviettes comme s'il répugnait à interrompre aussi sommairement ses fonctions accoutumées, et non sans maugréer confusément en vieux serviteur éprouvé qui se voit exclure d'une affaire de famille, Mme Glendinning regardait fixement Pierre qui, sans remarquer que le petit déjeuner n'était pas tout à fait prêt, s'assit à la table et commença à prendre — assez nerveusement — de la crème et du sucre. Dès que la porte se fut refermée sur Dates, la mère bondit vers son fils et l'enlaça de ses bras; mais, dans cette étreinte, Pierre sentit douloureusement que leurs cœurs ne battaient plus autant à l'unisson.

— Quelle horreur te possède, mon fils? Ceci est incompréhensible; parle! Lucy? Ce n'est pas elle? Vous n'avez pas eu une querelle d'amoureux? Parle, parle, mon enfant chéri!

— Ma chère sœur..., commença Pierre.

— Ne m'appelle pas sœur à présent, Pierre ; je suis ta mère.

— Eh bien, ma chère mère, tu m'es aussi incompréhensible que je...

— Parle plus vite, Pierre, ton calme me glace. Parle-moi, car, sur mon âme, il faut qu'il te soit arrivé quelque chose d'extraordinaire. Tu es mon fils et je t'ordonne de parler. Ce n'est pas Lucy, c'est autre chose. Parle.

— Ma chère mère, dit Pierre en éloignant impulsivement sa chaise de la table, si tu veux bien me croire, sache que je n'ai vraiment rien à te dire. Tu sais que parfois, lorsque je me sens assez sottement d'humeur studieuse et philosophique, je veille fort tard dans ma chambre, après quoi, sans me soucier de l'heure, je me précipite dehors comme un fou pour faire une longue promenade dans les prés. Je me suis promené ainsi la nuit dernière, il ne m'est plus resté beaucoup de temps pour dormir, et le peu de sommeil que j'ai eu ne m'a guère rafraîchi. Mais je ne me conduirai plus aussi sottement ; ainsi donc, mère chérie, cesse de me regarder et déjeunons. Dates ! Veux-tu sonner, sœur ?

— Attends, Pierre ! Il y a une lourdeur dans cet instant. Je sens, je sais que tu me trompes. Peut-être ai-je tort de chercher à t'arracher ton secret ; mais, crois-moi, mon fils, je n'ai jamais imaginé que tu pusses avoir un secret pour moi, si ce n'est ton premier amour pour Lucy, et cela, ma propre féminité m'en convainc, était des plus pardonnables et des plus justes. Mais à présent, que peut-il y avoir ? Pierre, réfléchis bien avant de te résoudre à me retirer ta confiance. Je suis ta mère. C'est peut-être une décision fatale. Comment ceux qui se dérobent au regard d'une mère seraient-ils bons et vertueux,

Pierre ? Ne desserrons pas ainsi notre étreinte, Pierre ; si tu me retires ta confiance, je te retire la mienne. Et maintenant, sonnerai-je ?

Pierre, qui jusqu'alors avait cherché vainement à occuper ses mains avec sa tasse et sa cuiller, s'arrêta et jeta inconsciemment à sa mère un regard plein de tristesse. Il sentait à nouveau comment s'affirmerait le caractère nouvellement révélé de sa mère. Il prévoyait l'indignation de son orgueil blessé, puis le déclin de son affection ; il connaissait sa fermeté et sa conception exagérée de l'allégeance inaliénable d'un fils. Il tremblait à la pensée que le premier instant de sa douloureuse épreuve était venu. Mais, bien qu'il saisît toute la signification de l'attitude de sa mère — elle était debout, le regard fixé sur lui, une main sur la sonnette —, bien qu'il sentît que la porte qui allait livrer passage à Dates allait aussi laisser échapper à jamais toute la confiance qui avait régné entre lui et sa mère, et bien qu'il sût que cette pensée était aussi celle de sa mère, pourtant il resta lié par la résolution qu'il avait prise si mûrement.

— Pierre, Pierre ! Sonnerai-je ?

— Mère, arrête ! Oui, sœur, sonne.

La sonnette retentit ; sur quoi Dates entra et dit, en regardant Mme Glendinning d'un air significatif :

— Le Révérend Falsgrave est là, madame, il attend dans le salon de l'ouest.

— Faites entrer immédiatement M. Falsgrave et apportez le café. Ne vous ai-je pas dit que je l'attendais ce matin pour le petit déjeuner ?

— Oui, madame, mais j'ai pensé que... que... juste en ce moment...

Et son regard alarmé alla de la mère au fils.

— Oh ! mon bon Dates, il ne s'est rien passé, s'écria Mme Glendinning d'un ton léger, mais en jetant un regard vers son fils avec un sourire amer. Faites entrer M. Falsgrave. Pierre, comme je ne t'ai pas vu hier soir, je n'ai pu t'en prévenir, M. Falsgrave déjeune avec nous sur mon invitation. J'ai été le voir hier au presbytère pour lui parler de cette malheureuse histoire de Delly, et ce matin nous devons prendre une décision définitive à ce sujet. Mais en ce qui concerne Ned, mon parti est arrêté : cet endroit ne sera pas souillé par un pareil libertin... ni par l'ignominieuse Delly.

L'entrée soudaine du clergyman détourna heureusement son attention de la soudaine pâleur de Pierre, qui eut ainsi le temps de se ressaisir.

— Bonjour, madame... Bonjour, monsieur, dit M. Falsgrave d'une voix singulièrement douce et flûtée, en se tournant vers Mme Glendinning et son fils, celle-là le recevant avec cordialité, mais celui-ci trop embarrassé, alors, pour lui témoigner une égale politesse. Pendant le bref instant qu'il se tint debout devant eux avant de prendre la chaise que lui présentait Dates, il offrit un aspect éminemment séduisant.

Il y a, dans la vie de presque tout homme, certaines occasions chéries où toutes sortes de menues circonstances s'unissent pour lui faire oublier provisoirement la dureté et l'amertume de sa vie, en lui inspirant les dispositions les plus aimables et les plus enjouées. Si donc la scène et la compagnie qui frappent immédiatement son regard lui sont particulièrement agréables, et si, à de tels instants, il vient à prendre une attitude flatteuse, quelque passagère qu'elle soit, alors vous contemplerez la noble stature de son bon ange, alors vous aurez un divin aperçu de la divinité latente de l'homme. Ainsi, présentement, de M. Falsgrave. Il n'y avait pas à cinquante milles à la ronde une maison dont il franchît plus volontiers le seuil que le manoir des Prés-de-la-Selle ; et, si l'affaire qui l'amenait ce matin-là était rien moins que plaisante, elle avait quitté pour lors ses pensées. Devant lui se tenaient, réunies en une seule personne, la plus grande dame et la plus célèbre beauté du pays, ainsi que le jeune homme le plus beau, le plus intelligent et le plus sympathique qu'il connût. Devant lui se tenait la généreuse fondatrice et l'inlassable bienfaitrice de la superbe petite église de marbre que le bon évêque avait consacrée quatre ans plus tôt. Devant lui se tenait — bien que sous un anonymat modeste — la même infatigable donatrice dont il soupçonnait que la bourse fournissait la plus grande partie de son revenu. Il avait été invité au petit déjeuner, repas qui, dans une demeure campagnarde bien approvisionnée, est le plus réjouissant événement de la vie quotidienne ; il respirait toutes les épices de Java dans l'arôme qui s'échappait de la cafetière d'argent, et il n'ignorait pas quelles liquides délices elle allait bientôt répandre. En outre de tout ceci et de bien d'autres petits riens de cette sorte, il avait conscience que Mme Glendinning l'appréciait particulièrement (pas assez, cependant, pour l'épouser, comme son amère expérience le lui avait trop bien appris) et que Pierre ne lui marchandait pas son estime.

Et le clergyman le méritait bien. La nature avait été royalement prodigue à son égard. Dans ses meilleurs moments — comme à présent —, son visage rayonnait d'une courtoise et douce bienveillance ; toute sa personne était empreinte de noble robustesse et de dignité, et la remarquable petitesse de ses pieds, la délicatesse presque enfantine et la blancheur éclatante de ses mains, contrastaient de façon frappante avec sa puissante stature. Car dans les pays comme l'Amérique, où il n'existe aucune caste héréditaire de gentilshommes facticement perpétués à l'instar des pur-sang et des lords des pays monarchiques, et spécialement dans ces districts agricoles où, sur cent mains qui déposent un bulletin de vote pour la présidence, quatre-vingt-dix-neuf sont des plus brunes et des plus noueuses, pareille finesse de doigts, lorsqu'elle s'unit à une apparence de virilité générale, prend un caractère remarquable inconnu des nations européennes.

L'aspect imposant du clergyman n'était nullement altéré par ses manières polies et discrètes, particulièrement persuasives et aussi libres d'artifices que d'affectation. Le ciel lui avait donné cette belle forme corporelle aux touches d'argent afin qu'il en jouât en ce monde comme d'une flûte, et il en était parfaitement maître, ou presque. Ses gestes avaient la grâce ondulante de sons mélodieux. On croyait l'entendre plutôt que le voir. Il semblait par nature si parfaitement gentilhomme que, plus d'une fois, Mme Glendinning l'avait désigné à Pierre comme un splendide exemple du raffinement et de la distinction que l'influence du christianisme peut conférer à l'esprit et à l'allure : elle déclarait alors qu'aussi extravagante que la chose pût paraître, elle avait toujours partagé l'opinion de son père, qui voulait que nul ne pût être un parfait gentilhomme et présider avec dignité à sa propre table, s'il ne participait aux sacrements de l'Église. Dans le cas de M. Falsgrave, cette maxime n'était pas entièrement absurde : fils d'un pauvre fermier du Nord et d'une jolie cousette, le clergyman ne pouvait se targuer d'aucune lignée ancestrale qui eût expliqué sa belle prestance et sa distinction, celle-là étant le fait d'une préférence partiale de la nature et celle-ci la conséquence d'une vie d'étude tempérée par le goût d'une société féminine restreinte mais choisie, à son gré le plus grand délice de l'existence. Mais, si ses manières répondaient ainsi à ses traits physiques, son esprit, répondant à ses manières comme à ses traits, en formait la plus plaisante illustration. En outre de la persuasive éloquence dont il faisait preuve en chaire, de nombreuses pièces fugitives, inspirées par la nature, l'art ou la littérature, attestaient non seulement son affinité raffinée avec toutes les belles choses visibles ou invisibles, mais encore un don d'expression qui, avec un tempérament moins indolent et plus ambitieux, lui eût déjà acquis une belle réputation de poète. Car M. Falsgrave était dans la force de l'âge et venait d'atteindre le stade qui, chez un homme de cette espèce, est le plus suave et, aux yeux d'une femme mûre, le plus séduisant de toute la vie virile. Il n'avait pas entièrement perdu la beauté, la grâce et la force de la jeunesse, et il était encore exempt des décrépitudes de la vieillesse, bien qu'il en eût déjà les plus aimables prérogatives, la douceur et la sagesse étant venues les premières, comme des chambellans de parade précèdent la litière de quelque roi infirme.

Tel était ce M. Falsgrave qui, assis à la table de Mme Glendinning et la poitrine cachée sous les plis neigeux d'une des vastes serviettes de cette dame, semblait un prêtre sacré déjeunant en surplis.

— M. Falsgrave, dit Mme Glendinning, veuillez rompre ce pain et m'en donner un morceau.

Que ses expériences sacerdotales eussent raffiné et spiritualisé étrangement le geste si simple de rompre le pain, ou que l'aspect immaculé de ses mains en fût cause, il est certain que M. Falsgrave s'acquitta de ce petit mandat d'une telle manière qu'il eût été digne, ce faisant, d'inspirer le pinceau céleste de Léonard. Comme Pierre observait son attitude délicate et douce, l'image pure offerte par son front blanc, ses mains blanches et sa serviette sans tache, comme il sentait l'afflux des radiations humaines qui émanaient de la beauté virile et plantureuse du clergyman ; comme il se remémorait tout le bien qu'il savait personnellement de lui et tout le bien qu'il avait entendu dire de lui, sans pouvoir se rappeler un seul défaut de caractère ; et comme, dans le secret de son malheur et de son abandon, il contemplait la bienveillance candide et la foncière bonté de M. Falsgrave, il lui vint à l'esprit que, s'il était au monde un être humain capable de lui donner un conseil valable dans sa détresse, un être auquel il pût aller avec quelque semblant d'espoir et en toute bienséance chrétienne, cette personne se trouvait devant lui.

— M. Glendinning, dit plaisamment le clergyman, tandis que Pierre lui offrait silencieusement de la langue, je ne voudrais pas vous en priver : il semble que vous en ayez si peu vous-même ce matin. C'est là une exécrable plaisanterie, je le sais, ajouta-t-il en se tournant vers Mme Glendinning, mais lorsqu'on vous rend très heureux, vous avez tendance à dire des bêtises. Bonheur et bêtises, ah ! voilà une coïncidence suspecte.

— M. Falsgrave, dit l'hôtesse, votre tasse est vide. Dates ! — Nous parlions hier, M. Falsgrave, de ce scélérat de Ned.

— Oui, madame, répondit le clergyman avec une imperceptible gêne.

— Il ne restera pas sur mes terres. Ma décision est prise, monsieur. L'infâme ! Sa femme n'était-elle pas aussi belle et aussi vertueuse que le jour où il la reçut de mes mains à votre autel ? C'est là vraiment le plus flagrant, le plus inexcusable dévergondage.

Le clergyman acquiesça tristement de la tête.

— Les hommes de cette espèce, poursuivit Mme Glendinning, animée de la plus sincère indignation, sont à mon sens plus détestables que des meurtriers.

— C'est peut-être les juger un peu durement, chère madame, dit d'un ton indulgent M. Falsgrave.

— Ne pensez-vous pas de même, Pierre ? reprit Mme Glendinning en se tournant vers son fils. Un homme qui a péché comme ce Ned n'est-il pas pire qu'un meurtrier ? N'a-t-il pas entièrement sacrifié une femme et marqué l'autre — ou plutôt l'une et l'autre — d'infamie ? Si son propre fils légitime le prenait en haine, je ne pourrais guère le blâmer.

— Chère madame, dit le clergyman qui, ayant détourné son regard de Mme Glendinning pour le porter sur son fils et décelant chez ce dernier une agitation singulière, scrutait attentivement les signes d'émotion mal réprimés de Pierre, chère madame, dit-il en s'inclinant légèrement avec une majesté d'évêque, la vertu a peut-être en vous un champion trop ardent ; vous vous échauffez outre mesure ; mais M. Glendinning me semble bien froid. Je vous prie, faites-nous part de votre opinion, M. Glendinning.

— Je ne penserai pas pour l'instant à l'homme, dit lentement Pierre sans regarder ses deux auditeurs. Parlons de Delly et de son enfant — car je crois avoir entendu dire qu'elle a ou qu'elle avait un enfant ; leur condition est vraiment misérable.

— La mère le mérite, dit Mme Glendinning inflexible, et quant à l'enfant, quelles sont, monsieur, les paroles de la Bible ?

— Les péchés du père retomberont sur les enfants jusqu'à la troisième génération, dit M. Falsgrave d'un ton qui trahissait quelque répugnance. Mais, madame, ceci ne veut pas dire que la communauté doive se charger de flétrir ces enfants d'ignominie, qu'elle doive se considérer comme l'instrument conscient des impénétrables décrets de Dieu. S'il est dit que les conséquences infamantes du péché seront héréditaires, il ne s'ensuit pas que notre haine active et personnelle du péché doive descendre du pécheur à l'enfant innocent.

— Je vous entends, monsieur, dit Mme Glendinning en rougissant légèrement. Vous me trouvez trop sévère ; mais si nous oublions entièrement l'origine de l'enfant, si nous le traitons à tous égards comme nous ferions de tout autre, si nous n'attachons à sa personne aucune infamie, comment la malédiction de la Bible s'accomplira-t-elle ? N'y a-t-il pas quelque impiété à faire ainsi obstacle à son accomplissement ?

Ce fut au clergyman à rougir quelque peu et l'on vit trembler imperceptiblement sa lèvre inférieure.

— Pardonnez-moi, continua courtoisement Mme Glendinning, mais s'il y a quelque chose à reprendre dans le caractère du Révérend Falsgrave, c'est l'excès d'une bonté de cœur qui émousse en lui la sainte rigueur des doctrines de notre Église. Pour ma part, de même que je hais l'homme, je hais la femme et je n'ai aucun désir de voir jamais leur enfant.

Il se fit un silence pendant lequel — fort heureusement pour Pierre — le sortilège social qui joue en de telles occasions voulut que les trois interlocuteurs fixassent leurs regards sur la nappe, chacun d'eux perdu dans ses propres perplexités, et M. Falsgrave songeant que la scène devenait assez embarrassante.

Ce fut Pierre qui parla le premier ; comme la première fois, il détourna les yeux de ses auditeurs, mais, s'il ne regarda point sa mère, quelque chose dans le ton de sa voix montra qu'il s'adressait particulièrement à elle.

— Puisque nous semblons avoir été amenés assez étrangement à considérer l'aspect éthique de cette mélancolique affaire, dit-il, pourquoi ne pas nous y engager plus avant ? Permettez-moi de vous demander comment vous concevez les relations de l'enfant légitime et de l'enfant illégitime — enfants d'un même père —, une fois leur enfance terminée ?

Ici le clergyman leva vivement les yeux et regarda Pierre avec autant de surprise et de curiosité que la politesse le lui permettait.

— Sur ma foi, dit Mme Glendinning, partageant son étonnement et ne cherchant point à le dissimuler, vous posez là une question bien singulière. Vous avez prêté plus d'attention au sujet que je ne l'avais cru. Mais, que voulez-vous dire, Pierre ? Je ne vous comprends pas tout à fait.

— L'enfant légitime doit-il repousser l'enfant illégitime alors qu'ils ont le même père ? reprit Pierre, en courbant de plus en plus la tête sur son assiette.

Le clergyman contempla à nouveau la nappe et garda le silence, mais en tournant légèrement la tête vers son hôtesse comme s'il attendait qu'elle répondît à Pierre.

— Interrogez l'univers, Pierre, dit Mme Glendinning avec ardeur, et interrogez votre propre cœur.

— Mon cœur ? Je l'interrogerai, madame, dit Pierre en levant la tête avec un regard ferme. Mais que pensez-vous, M. Falsgrave ? ajouta-t-il en baissant de nouveau les yeux. L'enfant légitime doit-il repousser l'enfant illégitime ? Doit-il lui refuser sa plus haute sympathie, son plus parfait amour, même si ce dernier est abandonné de tout le reste du monde ? Quelles eussent été les pensées de notre Divin Sauveur à cet égard ? Et qu'a-t-il dit avec tant de douceur à la femme adultère ?

Une rougeur rapide colora le visage du clergyman et jusqu'à son large front ; il s'agita quelque peu sur sa chaise en regardant avec incertitude Pierre, puis sa mère. Il apparaissait comme un homme bienveillant et pénétrant, placé entre deux opinions opposées — de simples opinions — et qui, animé lui-même d'une conviction certaine en désaccord avec l'une et l'autre, se retient de l'exprimer dans sa répugnance irrésistible à manifester son dissentiment absolu à l'égard des convictions honnêtes de deux personnes qu'il estime socialement et moralement.

— Eh bien, que répondez-vous à mon fils ? dit enfin Mme Glendinning.

— Madame, et vous, monsieur, dit le clergyman en reprenant pleine possession de lui-même, l'un des inconvénients sociaux qui pèsent sur nous autres gens d'Église est que nous sommes censés en savoir plus long que quiconque sur les obligations morales de l'humanité ; mais un second inconvénient, plus grave encore pour le monde, est que les opinions irréfléchies que nous pouvons émettre dans la conversation sur les problèmes éthiques les plus complexes sont trop souvent considérées comme faisant loi parce qu'elles procèdent indirectement de l'Église elle-même. Or, rien n'est plus erroné ; et rien ne m'embarrasse davantage, rien ne me prive davantage de cette entière sérénité indispensable à l'expression de toute opinion valable sur un sujet moral, que de me voir poser soudain en public des questions de cette nature. Pardonnez ce long préambule, mais je n'ai pas grand-chose à ajouter. Il n'est pas toujours possible, M. Glendinning, de répondre consciencieusement par un oui ou par un non à une question, quelque directe qu'elle soit. Mille circonstances particulières modifient toutes les questions morales, en sorte que, si la conscience peut faire entendre librement sa voix dans un cas déterminé, toute tentative pour embrasser en une maxime l'ensemble des contingences morales me paraît insensée et vouée à la faillite.

À cet instant, la serviette, si pareille à un surplis, tomba de la poitrine du clergyman, découvrant une agrafe en camée, petite, mais exquisément taillée, qui représentait l'union allégorique de la colombe et du serpent : il l'avait reçue d'un ami de goût et il la portait parfois en des occasions profanes.

— Je suis d'accord avec vous, monsieur, dit Pierre en s'inclinant. Je suis pleinement d'accord avec vous. Et maintenant, madame, parlons d'autre chose.

— Vous me prodiguez bien cérémonieusement les « madame » ce matin, M. Glendinning, répondit sa mère, mi-souriante (avec quelque amertume) et mi-offensée, mais plus surprise encore de la froideur de Pierre.

— Tes père et mère honoreras, dit Pierre. Ton père comme ta mère, ajouta-t-il inconsciemment. Et, puisque nous sommes devenus aussi étrangement polémiques ce matin, M. Falsgrave, permettez-moi de remarquer que ce commandement (le seul, comme il est dit justement, qu'accompagne une promesse) semble ne faire la part d'aucune contingence dans son application. Il semblerait — n'est-ce pas, monsieur ? — que les plus trompeurs, les plus hypocrites des pères doivent être honorés par leurs fils à l'égal des plus purs ?

— Selon la lettre stricte du Décalogue, certainement, oui, certainement.

— Et pensez-vous, monsieur, que ce texte doive être ainsi interprété et appliqué dans la vie pratique ? Par exemple, dois-je honorer mon père si je sais qu'il est un séducteur ?

— Pierre ! Pierre ! dit sa mère, rougissant profondément et se levant à demi, ces suppositions sont superflues. Vous vous oubliez immensément ce matin.

— C'est seulement par intérêt pour l'aspect général du problème, madame, répondit froidement Pierre.

Je suis au regret. Si votre objection précédente ne joue point ici, M. Falsgrave, auriez-vous l'obligeance de répondre à ma question ?

— Nous y voilà, M. Glendinning, dit le clergyman, fort reconnaissant à Pierre de sa suggestion. C'est là encore un point de morale auquel on ne peut apporter une solution définitive universellement applicable.

À nouveau le surplis (ou plutôt la serviette) tomba.

— Me voici donc débouté une fois de plus, monsieur, dit lentement Pierre, mais peut-être avez-vous encore raison. Et maintenant, madame, puisque M. Falsgrave et vous-même avez à régler ensemble une petite affaire pour laquelle vous vous passerez fort bien de moi, au revoir, M. Falsgrave ; au revoir, madame, ajouta-t-il en regardant sa mère.

Quand la porte se fut refermée sur lui :

— M. Glendinning a l'air un peu pâle ce matin, dit le clergyman. A-t-il été malade ?

— Pas que je sache, répondit d'un air indifférent son hôtesse, mais avez-vous jamais vu un jeune homme aussi cérémonieux ? C'est extraordinaire, murmura-t-elle, que peut signifier ceci ? Madame... madame... Mais votre tasse est vide, monsieur.

Et elle étendit la main.

— Merci, merci, madame, dit le clergyman.

— Madame ? Je vous prie, ne m'appelez plus ainsi, M. Falsgrave. Je me suis prise d'une détestation soudaine pour ce titre.

— Dirai-je donc Votre Majesté ? demanda galamment le clergyman. L'on nomme ainsi les Reines de Mai et l'on devrait faire de même pour les Reines d'Octobre.

Mme Glendinning éclata de rire :

— Allons, dit-elle, passons dans une autre pièce et réglons enfin l'affaire de cet infâme Ned et de cette misérable Delly.

V

La marée soudaine et irrésistible dont le premier choc s'était montré si profondément accablant pour Pierre avait déversé dans son âme un flot tumultueux d'images et d'émotions entièrement nouvelles, en chassant presque complètement les images et les émotions qui l'habitaient précédemment. Tout ce qui avait trait directement au fait prégnant d'Isabelle prenait une réalité intense à ses yeux ; mais tout ce qui avait trait davantage à sa propre personne ou à sa propre condition, pour autant que celle-ci fût liée désormais à celle de sa sœur, était beaucoup moins net dans ses pensées. Le passé supposé d'Isabelle avait mystérieusement intégré son père, dont l'image tyrannisait son imagination ; et lorsqu'il songeait que l'avenir d'Isabelle dépendait d'une manière indirecte, mais essentielle, de la ligne de conduite que Mme Glendinning adopterait envers un fils à jamais changé pour elle, sa mère venait au premier rang de ses préoccupations.

Le ciel, après tout, montre quelque compassion à l'infortuné : le destin ne laisse pas de tempérer les plus terribles coups dont il accable la nature humaine. Lorsque, assaillie de tous côtés par des perspectives de désastre dont la fin ultime reste enveloppée d'un mystère redoutable, l'âme de l'homme — pénétrée de la conviction instinctive qu'elle ne peut combattre à la fois tous ses ennemis, ou providentiellement aveuglée et incapable d'embrasser toute l'étendue du cercle menaçant qui l'entoure —, l'âme, ainsi investie, ne confronte jamais consciemment la totalité de sa détresse. La drogue amère est divisée à son intention en lampées successives : il absorbe aujourd'hui un peu de son malheur, demain un peu encore, et ainsi de suite jusqu'à la dernière goutte.

Non que, sous l'empire despotique d'autres circonstances, la pensée de Lucy et de l'insondable souffrance dans laquelle elle allait sans doute être plongée bientôt, en raison de la menaçante incertitude quant à son propre avenir, maintenant dédié pour une grande part, quoi qu'il en coûtât, à Isabelle, non que cette pensée lui fût restée jusqu'alors étrangère ; reptilienne et glacée, elle avait rampé déjà au faîte de ses plus tremblantes représentations ; mais celles-ci, chaque fois, s'enflaient à nouveau pour le submerger, en sorte qu'elle échappait bientôt à l'appréhension concomitante de Pierre. Il était prêt désormais à regarder en face toutes les pensées qui touchaient à Isabelle ; mais, lorsque la pensée de Lucy surgissait tout à coup devant lui, il ne pouvait que cacher ses yeux égarés dans ses mains égarées, et cela non dans la lâcheté de l'égoïsme, mais dans la sensibilité infinie de son âme. Il pouvait supporter l'angoissante pensée d'Isabelle parce qu'il était immédiatement résolu à alléger sa peine, à secourir en elle son semblable, mais il ne pouvait pas supporter encore la pensée de Lucy, parce que la résolution même qui promettait un baume à Isabelle mettait obscurément en jeu la paix éternelle de Lucy et, par là, menaçait de la façon la plus grave une créature qui était pour lui plus que son semblable.

Il était heureux pour Pierre que ses pressentiments au sujet de Lucy n'évoquassent leurs torturantes images que pour les effacer aussitôt. Toute cette partie du vaste panorama qui se découvrait du haut de la montagne de son destin était enveloppée de nuages ; mais soudain les nuages s'écartaient, ou plutôt se déchiraient brusquement, pour révéler tout en bas — bien qu'à demi voilés encore dans la brume terrestre — les méandres tranquilles du val et du cours de l'heureuse vie passée de Lucy ; et Pierre apercevait, à travers la fugitive déchirure, l'angélique visage de Lucy en attente parmi le chèvrefeuille de sa fenêtre ; mais déjà se refermaient sur elle les pignons tempétueux des nuées, et à nouveau tout se perdait dans un tourbillon de vapeurs. Seule une inspiration inconsciente, émanant de puissances invisibles à l'homme, lui avait permis d'écrire à Lucy ce premier billet obscurément annonciateur, dont la fermeté, la douceur et le calme n'étaient que les avant-coureurs naturels, quoique insidieux, des coups stupéfiants et redoublés à venir.

Mais, bien que cachée ainsi pour une grande part à sa conscience et à sa vue, la condition de sa Lucy, sous l'empire des circonstances qui l'affectaient de manière si profonde, se dégagea de la brume terrestre et même des nuées supérieures pour se dessiner de plus en plus clairement. Car les éléments les plus subtils de l'homme, lorsqu'ils sont agités dans leur profondeur, ne se révèlent pas toujours au cours du brassage, mais bien plutôt, comme toute autre force à l'œuvre, dans leur aboutissement et leurs conséquences ultimes. Un farouche travail, redoutablement symétrique et réciproque, se faisait dans le sein chaotique de Pierre. De même que, dans ses déterminations conscientes, la triste Isabelle était arrachée à la captivité de son universel abandon, de même, dans les chambres les plus profondes et les plus secrètes de son âme confiante, la souriante Lucy, à présent d'une pâleur cendreuse, était gardée en otage pour servir de rançon à la libération d'Isabelle. Œil pour œil et dent pour dent. Le Destin indifférent et inexorable trafique sans s'émouvoir des joies et des peines des hommes.

Cette dissimulation générale et spontanée à ses propres yeux des intérêts les plus capitaux de son amour, pour autant qu'ils fussent inexplicablement liés à Isabelle et à la résolution qu'il allait prendre à son égard, cette dissimulation instinctive ne laissait pas d'être secondée en lui par l'incitation de son jugement conscient, aux rares instants où la tyrannie impérieuse de l'événement permettait à ce jugement de jouer. Pierre ne pouvait pas ne pas reconnaître que toute méditation à propos de Lucy était pour lors pis que vaine. Comment pouvait-il tracer à présent la carte de sa vie et celle de la vie de Lucy, alors que de crémeuses vagues les environnaient de toutes parts d'un blanc brouillard ? Bien plus : divinement dévoué comme il se sentait l'être, divinement mis en demeure de jouer auprès d'Isabelle le rôle d'ami et de champion à travers toutes les contingences possibles du temps et du hasard, comment pourrait-il se défendre contre les embûches insidieuses de l'intérêt personnel et garder intacte son abnégation magnanime, s'il permettait une seule fois que la pensée égarante de Lucy disputât à celle d'Isabelle la pleine possession de son âme ?

Et s'il était — bien qu'inconsciemment encore — presque surhumainement préparé à sacrifier ses biens les plus chers et à abdiquer tout espoir de bonheur qui pût contrarier son enthousiaste et grandiose résolution, s'il en était vraiment arrivé là, ne tenait-il pas toutes les communes obligations conventionnelles — son devoir héréditaire envers sa mère, sa foi et son honneur jurés envers sa fiancée — pour choses aussi légères que fils de la Vierge, aussi minces, aussi impalpables que la plus aérienne gaze ?

Non qu'à présent toutes ces pensées se présentassent ainsi à l'esprit de Pierre ; mais elles se formaient fœtalement en lui. Il avait été fécondé par de nobles enthousiasmes, et le fruit qui agitait son âme de si imprécises et si douloureuses vibrations, une fois arrivé à maturité et venu au jour en actes vivants, devait mépriser toute parenté personnelle et tenir pour rien les plus chers intérêts de son cœur.

C'est ainsi qu'engendré par le Ciel chez l'Enthousiaste du Devoir, naquit le Christ qui ne devait reconnaître nul parent mortel, qui devait mépriser et renier tout lien naturel.

VI

Pierre avait eu une nuit, un jour et une petite partie du soir suivant pour se préparer à sa cruciale entrevue avec Isabelle.

Grâce à Dieu, pensa Pierre, la nuit est passée, cette nuit de Chaos et de Fatalité. Il ne reste plus que le jour et la frange du soir. Puisse le Ciel gréer mon âme à neuf et confirmer en moi le sentiment chrétien que j'ai d'abord éprouvé. Puissé-je, en mes pensées les moins formées, agir selon la règle inflexible de la sainte justice. Que nulle lâche et vile tentation ne se mette aujourd'hui en travers de ma route ; que nulle médiocrité ne dresse des embûches sous mes pas. Je fuirai aujourd'hui les antres des hommes pour chercher les suffrages du divin peuple des arbres qui me semblent à présent d'une plus noble race. Leur feuillage élevé distillera sur moi une céleste essence. Le contact de leurs puissantes racines instillera en moi une vigueur immortelle. Guidez-moi, gardez-moi, ceignez-moi en ce jour, ô vous, puissances souveraines ! Liez-moi de liens que je ne saurais rompre ; éloignez de moi toute séduction sinistre, défigurez éternellement en moi les images détestées et distordues des mensonges et des subterfuges accommodants auxquels recourent les ondoyantes moralités de cette terre. Allumez en moi un feu qui les consume et m'emplissez tout entier de votre vouloir. Que nulle sirène de ce monde ne vienne, en ce jour, ébranler par ses chants mon intrépidité. Car je jette, en ce jour, mon dé éternel, ô puissances invisibles ! Sur ma ferme foi en vous, je risque, en ce jour, trois félicités et trois vies. Si vous m'abandonnez à présent, adieu la Foi, adieu la Vérité, adieu à Dieu lui-même ; exilé pour de bon et de Dieu et de l'homme, je me déclarerai leur égal en puissance, libre de faire la guerre à la Nuit et au Jour, à toutes les pensées et à toutes les choses de l'esprit et de la matière que les firmaments supérieurs et inférieurs embrassent !

VII

Mais Pierre, bien que chargé du feu de toute divinité, avait une enveloppe d'argile. Ah ! ces mousquets destinés par les dieux à contenir d'infinies combustions, pourquoi sont-ils d'argile ?

Délivrez-moi des liens qui me lient à présent à la Vérité, mon seigneur lige. Me faut-il donc pénétrer plus avant encore en Pierre et montrer que ce feu divin était entretenu en lui par de simples contingences, et qu'il ignorait ? Mais je suivrai le chemin sinueux et sans fin, la rivière qui coule dans la caverne de l'homme, où qu'elle me mène, en quelque lieu que je doive aborder.

Le visage n'était-il pas, malgré sa muette tristesse, d'une ensorcelante beauté ? Combien insondables ces merveilleuses prunelles emplies de surnaturelle lumière ! Dans ces profondeurs magiques, le Chagrin et la Beauté plongeaient ensemble. Si beau, si mystérieux, si fascinant, empreint d'une tristesse infiniment plus suave et plus attirante que toute gaieté, ce visage de radieuse souffrance, ce visage au charme touchant était celui de sa sœur, était celui d'Isabelle : Pierre l'avait vraiment contemplé, Pierre avait vraiment plongé son regard dans ces yeux surnaturels. Par là même, avant l'entrevue proposée, il était déjà assuré que c'était la beauté, la transcendante beauté féminine, et non la laideur féminine, qui l'invitait à se faire le champion du droit. Rien ne doit être tu dans ce livre de vérité sacrée. Que serait-il advenu si Pierre avait été accosté dans quelque ruelle sordide par une fille bossue, estropiée, hideuse, qui se fût cramponnée à l'ourlet de son habit en criant : « Sauve-moi, Pierre ! aide-moi, reconnais-moi pour tienne, mon frère ; je suis ta sœur ! » Ah ! si l'homme a été fait tout entier dans le ciel, pourquoi nous donne-t-il des aperçus de l'enfer ? Pourquoi, dans le plus noble pilier de marbre qui se dresse sous la voûte universelle, découvrons-nous toujours une veine sinistre ? Nous sommes par nature tout près de Dieu, et, bien que le ruisseau puisse venir à être corrompu par les berges qu'il baigne, pourtant au bord de la source, là où se tient l'humanité, le ruisseau proclame infailliblement son origine.

Que nul mot de blâme ne s'élève donc ici contre le mortel Pierre. Il eût été aisé pour moi de cacher sournoisement ces choses, de faire en sorte que mon héros parût aussi parfait, aussi immaculé qu'indépendant de l'inévitable nature et du lot commun des hommes. Je suis plus franc avec Pierre que les meilleurs des hommes ne le sont avec eux-mêmes, je suis toute spontanéité, toute magnanimité avec Pierre ; c'est pourquoi, et c'est pourquoi seulement, vous voyez sa faiblesse. C'est à force de réserves, non de révélations, que les hommes bâtissent d'imposants personnages. Quiconque est entièrement honnête, quand même il serait plus noble qu'Ethan Allen, se verra en butte au mépris des plus vils mortels.

LIVRE VI

Isabelle, et la première partie de l'histoire d'Isabelle

I

À demi désireux que l'heure vînt, et à demi frissonnant à la pensée qu'elle approchait de minute en minute, les yeux secs, mais le corps trempé par la pluie de ce sombre jour, Pierre sortit, à la tombée du soir, des forêts primitives où il avait erré longtemps et s'arrêta un instant sur leur lisière en pente.

Là courait un rude chemin forestier emprunté seulement des traîneaux par temps de neige, et les arbres en avant-poste formaient une arche étroite, une sorte de porte cochère donnant sur les vastes pâturages qui dévalaient au loin vers le lac. Par ce soir humide et brumeux, les ormes tremblants épars sur la prairie semblaient se dresser dans un monde inhospitalier, enracinés pourtant à leur place par quelque indéchiffrable sentiment du devoir. Là-bas s'étendait le lac, nappe de blancheur morne qu'aucune brise, aucun souffle n'agitaient, solidement ancrée au sol et trop inanimée pour refléter le plus petit rameau, mais offrant la réplique du ciel immobile. Il fallait la lumière du soleil pour que le lac accueillît de gaies images verdoyantes qui chassaient celle, muette, du firmament amorphe.

De part et d'autre, plus loin, et aussi bien au-delà de la rive opposée du lac tranquille, surgissaient les longues masses énigmatiques des montagnes hérissées de pins et de sapins-ciguës, mystérieusement enveloppées d'indéfinissables exhalaisons vaporeuses et, dans la pénombre du soir, enténébrées de lugubres noirceurs. À leur base s'étendaient, figées, les plus impénétrables forêts, et, de leurs profondes cavernes hantées par les chouettes, de leurs amoncellements de feuilles mortes, de leurs inépuisables réserves de bois pourrissant (réserves inexploitées, négligées, alors que, faute de quelques brindilles, plus d'un miséreux périssait en ce moment même sous d'autres climats), de l'inhumaine infinitude de ces forêts impénétrables s'élevait une rumeur plaintive, murmurante, grondeuse, une rumeur intermittente et changeante : détentes soudaines d'arbres engourdis secouant leur charge de pluie, glissements de roches minées, craquements ultimes de branches fendues et susurrements démoniaques des spectres de la forêt.

Mais plus près, là où la rive prochaine du lac tranquille formait une demi-lune évidée de champs de blé en pente, s'élevait la petite ferme rouge et basse, coiffée d'un ancien toit de mousses brillantes, et dont la face nord (le vent des mousses souffle du nord) était également incrustée de mousse, comme aussi celle de tous les érables voisins. Un bosquet enchevêtré demandait secours à l'un des pignons et s'acquittait de sa dette en déployant une verdure généreuse et en dardant parmi les cheminées de briques un onduleux paratonnerre. À l'autre pignon s'accotait la laiterie basse aux parois tapissées de vignes de Madère, et, si l'on eût été un peu plus près, l'on eût aperçu, à travers le réseau de vignes et les lattes de bois légères qui grillaient la petite embrasure d'une fenêtre, d'aimables captifs satisfaits : jattes de lait, neigeuses rangées de fromages de Hollande, mottes de beurre doré et cruches emplies d'une crème blanche comme lys. Trois tilleuls rigides et gigantesques gardaient ce lieu verdoyant ; très haut encore, presque au niveau du toit de la maison, ils ne montraient guère de feuillage, mais tout à coup, comme trois énormes ballons, ils suspendaient dans l'air leurs vastes cônes de verdure arrondis et renversés.

Dès que Pierre eut jeté les yeux sur la place, il fut saisi d'un tremblement. Non point seulement parce qu'Isabelle habitait là, mais aussi à cause de deux coïncidences singulières et liées entre elles, dont il avait fait l'expérience le jour même. Il était allé déjeuner avec sa mère, le cœur débordant de pressentiments à l'égard de l'attitude hautaine qu'elle prendrait sans doute si une créature comme Isabelle revendiquait son amour maternel ; mais voici que le clergyman était entré, que l'on avait discuté de Ned et de Delly, et que toute la question — celle-là même que Pierre avait désespéré de soumettre à sa mère avec toutes ses conséquences morales, afin de connaître exactement ses pensées et de vérifier par là ses propres conjectures — avait été pleinement débattue ; en sorte que, éclairé sur les opinions de sa mère grâce à cette curieuse coïncidence, il s'était vu dissuadé, comme par un avertissement du ciel, de lui rien révéler. Cela s'était passé le matin, et voici que, ce soir, il reconnaissait au premier coup d'œil dans la maison où demeurait Isabelle la ferme du vieux Walter Ulver, père de cette même Delly que les cruelles manœuvres de Ned avaient perdue à jamais.

Des sentiments étranges, presque surnaturels, se

glissèrent alors dans le cœur de Pierre. De telles coïncidences, si elles ne parviennent guère à toucher de crainte des âmes moins impressionnables, moins méditatives ou moins poétiques, emplissent toujours les tempéraments plus délicats, quelque fréquentes qu'elles puissent être, de sensations qui transcendent toute expression verbale. Elles s'emparent du problème le plus subtil de la vie. Rapide comme l'éclair, une question jaillit spontanément : le hasard ou Dieu ? Mais si l'esprit qu'elles influencent est aussi la proie d'un chagrin déterminé, alors la question s'amplifie de toutes parts et finit par embrasser toutes choses. C'est dans la souffrance que les âmes sincères s'interrogent le plus sur les causes finales. Le cœur, troublé jusque dans ses profondeurs, trouve une sympathie correspondante dans l'esprit, lui-même profondément ému. Devant les hommes en proie à la douleur, s'ils sont intellectuels par nature, tous les siècles du monde défilent comme une procession enchaînée, et leurs myriades d'anneaux tintent dans le mystère endeuillé.

Pierre marchait de long en large sous les ombres largement éployées de la haute futaie en attendant que l'heure vînt. Il s'efforçait, assez étrangement, de se représenter la scène qui allait se jouer ; mais en ceci son imagination échouait complètement : la réalité était pour lui trop réelle ; seul le visage, le visage seul le visitait à présent ; et Pierre était si accoutumé à le confondre avec les fantômes de l'air qu'il tremblait presque à la pensée que ce visage devait bientôt confronter le sien.

Mais les ténèbres s'épaississent ; l'endroit disparaît à sa vue ; seules le guident les trois silhouettes confuses des grands tilleuls tandis qu'il descend la colline, planant en quelque sorte au-dessus de la maison. À son insu, son cheminement méditatif est sinueux, comme si à ce moment même le cours de ses pensées, entravé par des doutes sur l'ultime validité pratique de son enthousiaste résolution, décrivait aussi des méandres. Son pas se fait plus lent à mesure qu'il approche et qu'il distingue une faible lumière indécise, une seule, à la rustique fenêtre à deux battants. Il sait qu'infailliblement ses propres pas l'entraînent à jamais loin des flambeaux éclatants du manoir des Prés-de-la-Selle pour l'associer aux misérables lumignons de la pauvreté et du malheur. Mais sa sublime intuition lui dépeint aussi les splendeurs solaires de la vérité et de la vertu divines, obscurcies le plus souvent par les épais brouillards de la terre, mais qu'on voit parfois resplendir soudain dans un ciel sans nuages et jeter une lumière révélatrice sur le trône de saphir de Dieu.

II

Il se tient devant la porte ; la maison est plongée dans le silence ; il frappe ; la lumière de la fenêtre vacille un instant, puis s'éloigne ; il entend une porte grincer sur ses gonds ; son cœur se met à battre violemment tandis que le loquet extérieur se lève ; et Isabelle paraît devant lui, tenant une lumière au-dessus de sa tête surnaturelle. C'est elle. Pas une parole n'est prononcée ; pas une autre âme n'est visible. Ils entrent dans la chambre où s'ouvre la fenêtre à deux battants et Pierre s'assoit, le corps défaillant, l'âme appesantie d'une crainte spirituelle. Il lève les yeux vers le regard empreint de solitude et d'exquise beauté ; alors une voix basse, suave, à demi sanglotante et d'une harmonie plus que terrestre se fait entendre :

— Ainsi donc, tu es mon frère. T'appellerai-je Pierre ?

Pierre considère fixement — première et dernière enquête fraternelle — la mystérieuse personne de la jeune fille et, au même instant, reconnaît dans le visage implorant non seulement les traits indiciblement touchants de la couseuse, mais aussi l'expression subtile du portrait de son père jeune, singulièrement transposée et intimement teintée d'une étrangère féminité jusqu'alors inconnue. Dans un éclair, la mémoire, la prophétie et l'intuition lui disent : « Pierre, ne fais pas de réserves ; ne garde pas le moindre doute : cette créature est ta sœur, tu contemples la chair de ton père. »

— Ainsi donc, tu es mon frère ? T'appellerai-je Pierre ?

Il bondit sur ses pieds et la saisit dans ses bras pleins de certitude.

— Tu es mon frère ! Mon frère !

Elle se débattit faiblement dans son étreinte, sa tête roula sur lui et le flot chatoyant de ses longs cheveux épars le baigna tout entier. Écartant les tresses, il contempla la beauté funèbre du visage et en reçut une immortelle tristesse. Elle était comme une morte, comme une victime étouffée, car telle est la mort qui respecte le mieux les tranquillités et les douceurs latentes de la physionomie humaine.

Il est sur le point d'appeler au secours ; mais les prunelles s'ouvrent lentement sur lui ; et lentement la pâmoison passe. Voici que la jeune fille reprend quelques forces et qu'à nouveau elle se débat faiblement dans ses bras, comme doutant qu'un mortel ait le droit de la tenir ainsi. Pierre se repent de son imprudent excès d'ardeur et se sent pénétré de respect. Il la mène tendrement vers un banc, devant la fenêtre à deux battants ; il s'assoit auprès d'elle ; et il attend en silence que, remise du premier choc de la rencontre, elle ait retrouvé son calme et soit mieux préparée à communier avec lui.

— Comment te sens-tu, maintenant, ma sœur ?

— Sois béni ! Sois béni !

À nouveau, l'harmonie étrange et suave de cette voix, où perce un semblant d'intonation étrangère, semble retentir de toutes parts dans l'âme de Pierre. Il se penche et baise le front d'Isabelle ; puis, sentant que sa main cherche la sienne, il saisit cette main sans mot dire.

Tout son être à présent est concentré dans la seule sensation de serrer cette main. Il la sent très petite et très lisse, mais singulièrement dure. Il comprend alors que, par son labeur solitaire, la fille de son père a gagné sa vie en un monde où lui-même, son propre frère, vivait si oisivement. Une fois encore, il baise respectueusement le front d'Isabelle et sa chaude haleine y murmure une prière au Ciel.

— Je n'ai pas de langue pour te parler, Pierre, mon frère. Tout mon être, toutes les pensées et toutes les aspirations de ma vie ont un retard infini envers toi ! Dès lors, comment pourrais-je te parler ? Si Dieu le voulait, Pierre, la plus grande bénédiction pour moi serait à présent de me coucher et de mourir. Alors je serais en paix. Sois patient avec moi, Pierre.

— Ainsi serai-je éternellement, ma bien-aimée Isabelle ! Ne me parle point encore si tu le préfères, si tu ne peux que te taire. Cette main qui m'étreint, ma sœur, voilà pour moi ton langage.

— Je ne sais par où commencer, Pierre ; et pourtant mon âme déborde.

— Du tréfonds de mon cœur, je t'aime, je te révère et je sympathise avec toi dans le passé et l'avenir, pour toute l'éternité !

— Oh ! Pierre, ne peux-tu me guérir de cette

impression de rêve, de cet égarement ? Ma pauvre tête tourne, tourne continuellement. Ma vie ne pourra durer longtemps ainsi. Je suis trop pleine et je ne puis me décharger. Conjure mes larmes, Pierre, de crainte que mon cœur n'éclate sous la pression du sentiment qui l'habite : il est plus meurtrier pour moi que toute ma peine passée !

— Cieux du soir par qui la soif est étanchée, brumes et rosées des collines, distillez ici votre humidité ! L'éclair a lui ; pourquoi l'averse ne vient-elle pas ? Faites-la pleurer !

La tête d'Isabelle chercha l'appui de Pierre et de grosses gouttes tombèrent sur lui ; puis Isabelle se redressa doucement et s'assit à son côté, dans une posture moins abandonnée.

— Si tu te sens infiniment en retard avec moi, ma sœur, j'ai le même sentiment envers toi. Moi aussi, je sais à peine ce que je dois te dire. Mais quand tu me regardes, ma sœur, tu contemples un être qui, dans son âme, a fait le vœu immuable d'être pour toi, à tous égards et jusqu'aux plus extrêmes limites des possibilités du destin, un frère, un protecteur, un champion !

— Ce ne sont pas des mots ordinaires, mais les sons intimes des plus profondes mélodies de mon cœur que tu devrais à présent percevoir. Tu parles à un être humain, mais c'est une réponse céleste qui devrait venir à toi ; oui, quelque flûte aérienne devrait te répondre ; car tes accents inouïs, Pierre, n'ont pas manqué d'être entendus là-haut, et des bénédictions que nulle imagination mortelle ne saurait concevoir vont descendre sur toi.

— Une bénédiction comme la tienne ne peut que retourner, pour le bénir, au cœur qui l'a prononcée. Je ne puis te bénir, ma sœur, comme tu t'es bénie toi-même en bénissant mon indignité ; mais, Isabelle, si nous gardons présent de la sorte le premier émerveillement de notre rencontre, nous allons amollir nos cœurs. Laisse-moi te dire ce qu'est Pierre, quelle vie il a menée jusqu'ici et quelle vie il mènera désormais : ainsi seras-tu préparée.

— Non, Pierre, c'est là mon rôle ; tu as le droit d'entendre le premier mon histoire ; ensuite, si tu le veux, tu me feras don de la tienne, quoique je n'y aie pas de titre. Écoute-moi maintenant. Les pouvoirs invisibles me donneront de la force. Je n'ai pas grand-chose, je n'ai rien de merveilleux à conter. Écoute. Je me sens assez calme pour parler.

Pendant les brèves pauses qui s'étaient produites au cours de l'entretien, Pierre avait entendu audessus de lui un bruit de pas lent, étouffé, triste et méditatif ; et, pendant les pauses fréquentes qui interrompirent l'étrange récit du chapitre suivant, le même bruit de pas lent, étouffé, triste, méditatif et profondément mélancolique retentit encore et encore dans la chambre silencieuse.

III

« Je n'ai jamais connu de mère en ce monde. Aussi loin que remontent les souvenirs de ma vie, je ne puis évoquer le moindre trait d'un tel visage. Si vraiment ma mère a vécu, elle est depuis longtemps partie, sans laisser aucune ombre sur le sol qu'elle foula. Pierre, les lèvres qui te parlent à présent n'ont jamais touché le sein d'une femme ; il ne semble pas que je sois née d'une femme. Les premières pensées confuses de ma vie se rassemblent autour d'une vieille maison à demi ruinée, dans une région que je ne puis maintenant trouver sur aucune carte ; si ce lieu exista réellement, il semble qu'il ait été retiré, lui aussi, du reste de la terre. C'était une maison étrange et sombre, plantée au centre d'un espace libre et circulaire fortement incliné, taillé au cœur de pinèdes profondes et rabougries. Le soir, je m'écartais en frissonnant de la fenêtre, de crainte de voir ces arbres fantomatiques se glisser près de moi et déployer leurs bras affreux pour m'engloutir dans leurs ombres hideuses. En été, la forêt bourdonnante retentissait sans cesse de voix mystérieuses d'oiseaux et de bêtes inconnues. En hiver, ses neiges profondes gardaient en pointillé, comme le papier d'une carte, les traces du passage nocturne de quadrupèdes que l'on ne voyait point, même à la lumière du soleil, et que nul n'aperçut jamais. La sombre maison s'élevait dans cet espace rond découvert, sans une feuille, sans un rameau vert pour l'abriter ; sans ombre et sans abri au cœur de l'ombre et de l'abri. Quelques-unes des fenêtres étaient grossièrement masquées de haut en bas par des planches clouées, et les pièces correspondantes, entièrement vides, n'étaient jamais visitées bien qu'elles n'eussent pas de portes. Souvent, en passant dans le corridor sonore, j'y plongeais mon regard avec crainte, car les grandes cheminées étaient toutes en ruine, les pierres consumées de l'âtre s'effritaient à la base, mêlant leur poudre blanche, et les briques noires qui les surmontaient, chues dans le foyer, s'amoncelaient çà et là avec la suie toujours tombante de feux éteints de longue date. Tous les foyers étaient fendus, tous les planchers s'affaissaient aux coins, et, au-dehors, les assises mêmes de la maison qui reposaient sur de basses fondations de pierres verdies montraient leurs seuils pourrissants, couverts d'une moisissure jaunâtre et terne. Il n'y avait dans cette maison aucun nom, aucune inscription, aucun document, aucun livre, aucun mémoire qui parlât de ses anciens occupants :

elle était muette comme la mort. Et l'on ne voyait auprès aucune pierre tombale, aucun tertre, aucun monticule qui trahît les funérailles anciennes d'un homme ou d'un enfant. De même que je ne possédais alors aucun indice de son histoire passée, de même à présent s'est évanouie, est morte en moi toute notion de l'endroit et du pays où s'élevait cette maison. Je n'en ai jamais vu aucune qui lui ressemblât. Une fois pourtant, des planches gravées qui représentaient l'extérieur de châteaux français me rappelèrent avec force son image confuse, surtout les deux rangées de fenêtres en saillie sur le versant du toit mansardé. Mais cette maison de mon enfance était de bois, et les maisons gravées, de pierre. Je pense parfois qu'elle ne s'élevait pas dans ce pays-ci, mais dans quelque contrée d'Europe, en France peut-être. Tout cela n'est pour moi qu'un sujet d'égarement; aussi ne t'étonne pas si je parle étrangement d'un thème aussi étrange.

« Dans cette maison, je n'ai jamais vu âme qui vive, si ce n'est un vieil homme et une vieille femme. Le visage du vieillard, noirci par l'âge, avait l'aspect d'une bourse ridée, et sa barbe chenue, toujours emmêlée, était parsemée de poussière et de parcelles de terre. Je pense qu'en été il travaillait un peu au jardin, car une sorte de jardin s'étendait, je crois, d'un côté de la maison. Ici toutes mes idées deviennent incertaines et confuses. Mais il semble que le vieil homme et la vieille femme se soient fixés de manière indélébile dans ma mémoire. S'ils eurent tant de prise sur moi, c'est, je suppose, parce qu'ils étaient les seuls êtres humains qui m'approchassent. Ils me parlaient rarement, mais parfois, pendant les sombres nuits venteuses, ils s'asseyaient devant le feu, me regardaient intensément, marmottaient quelques mots l'un à l'autre, puis me regardaient de nouveau. Ils ne me traitaient pas positivement avec méchanceté mais, je le répète, ils me parlaient rarement, ou peut-être jamais. De quelles paroles, de quel langage usaient-ils entre eux, je ne puis me le rappeler ; j'ai souvent désiré m'en souvenir, afin de savoir si la maison était située dans ce pays-ci ou quelque part au-delà des mers. Je dois dire que j'ai parfois le vague sentiment d'avoir balbutié en un temps — peu après l'époque dont je parle — deux langages enfantins, dont le premier s'effaçait à mesure que l'autre se développait. Mais j'y reviendrai. C'est la femme qui me donnait mes repas, car je mangeais seule. Un jour qu'ils s'étaient assis auprès du feu avec une miche de pain et une bouteille d'un vin clair et rougeâtre, je m'approchai pour leur demander de manger en leur compagnie, et touchai la miche de pain. Aussitôt, le vieil homme fit mine de me frapper, mais se retint, et la femme, fixant son regard sur moi, saisit la miche et la jeta dans le feu. Effrayée, je m'enfuis hors de la chambre et me mis en quête d'un chat que j'avais souvent cherché en vain à m'attacher par des caresses. Je me mis donc en quête de lui dans l'angoisse de ma solitude, et le trouvai en haut de l'escalier, en train de gratter doucement les décombres des foyers abandonnés pour en tirer quelque objet enfoui. Je l'appelai, n'osant entrer dans la chambre hantée ; mais il se contenta de me jeter de biais un regard incompréhensif, sans interrompre sa besogne silencieuse. Comme je l'appelais à nouveau, il se retourna et poussa un sifflement hostile ; je descendis l'escalier en courant, poursuivie par l'idée que je venais d'être chassée une fois de plus. Je ne savais où aller pour échapper à ma solitude ; je sortis enfin de la maison et m'assis sur une pierre, mais le froid de la pierre monta dans mon cœur, et je bondis sur mes pieds. Cependant, ma tête bourdonnait : je ne pouvais me tenir debout ; je tombai et perdis connaissance. Le lendemain matin, je me trouvai au lit dans ma chambre sans gaieté, avec du pain noir et une tasse d'eau auprès de moi.

« C'est par hasard que je t'ai raconté ce souvenir des premiers temps de ma vie dans cette maison. J'en pourrais trouver bien d'autres, mais c'en est assez pour montrer quelle sorte d'existence je menais à cette époque. Chaque jour, les choses que je voyais, les bruits que j'entendais devenaient pour moi plus étranges, plus effrayants. L'homme et la femme se comportaient à mon égard exactement comme le chat ; ni l'un ni l'autre ne me parlaient, ni l'un ni l'autre ne m'étaient intelligibles. Et l'homme, la femme et le chat étaient eux-mêmes exactement semblables aux pierres vertes des fondations. Je ne savais pas d'où ils venaient, ni pourquoi ils se trouvaient là. Je le répète, nulle âme humaine ne visitait cette maison, si ce n'est l'homme et la femme. Parfois, le vieil homme partait de bonne heure, gagnait une route qui menait dans les bois et rentrait à la nuit en rapportant le pain noir et le clair vin rougeâtre. Bien que l'entrée du bois ne fût pas fort éloignée de la porte, il allait pourtant d'une démarche si lente, en chancelant sous le poids de son faible fardeau, que d'interminables heures semblaient s'écouler entre le moment où je le découvrais pour la première fois parmi les arbres et celui où il franchissait le seuil fissuré.

« À présent, les vastes brumes vides de mon enfance s'épaississent dans mon esprit. Tout souvenir s'efface. Peut-être fus-je atteinte alors de quelque fièvre où je me perdis longtemps. Il se peut aussi, comme je l'ai entendu dire, qu'après nos souvenirs les plus lointains vienne un temps d'ignorance complète, auquel succèdent à nouveau les premières lueurs confuses d'une seconde mémoire qui embrasse plus ou moins distinctement tout notre passé, jusqu'à cette unique et lointaine lacune.

« Quoi qu'il en soit, je n'ai pas d'autres souvenirs de la maison sise dans la clairière, ni de la façon dont je vins à la quitter ; mais je devais être encore très petite à cette époque. J'ai l'impression incertaine et confuse de m'être trouvée finalement dans un autre espace rond et découvert, mais infiniment plus vaste que le premier, et non point entouré comme lui d'une ceinture de bois. Il me semble pourtant qu'il y avait alors, parfois, près de moi, trois choses hautes et droites, semblables à des pins, qui s'agitaient et craquaient terriblement comme font les vieux arbres des montagnes dans la tempête. Les planchers semblaient s'affaisser plus encore que ceux de l'autre maison, et cela si rapidement que je croyais les sentir céder sous mes pas.

« C'est à cette époque aussi, du moins je le pense parfois à présent, que je balbutiai pour la première et la dernière fois les deux langages enfantins dont j'ai parlé tout à l'heure. Des gens m'entouraient qui parlaient l'un ou l'autre de ces langages, mais je parlais les deux ; l'un, pourtant, moins couramment que l'autre, et seulement comme une débutante ; c'est ce dernier langage, cependant, qui prit graduellement la place du premier. Il m'apparaît parfois, comme dans un rêve, que les hommes qui grimpaient souvent sur les trois choses singulières et pareilles à des arbres — mais il faut que je rassemble mes pensées, si toutefois je puis avoir de réelles pensées au sujet de fantômes aussi inconsistants —, ces hommes parlaient le langage qui s'évanouissait peu à peu en moi. C'était une langue alerte, oh ! si gaie, si étincelante, si légère, me semble-t-il, une langue faite pour une enfant comme moi, si cette enfant n'eût toujours été aussi triste. C'était un pur langage d'enfant, Pierre, un babil, un gazouillis d'oiseau.

« Tu dois te rendre compte, à présent, que ces souvenirs imprécis évoquent vaguement un navire en mer. Mais tout m'est obscur et confus. À chaque instant, je me demande si ce sont là des choses réelles ou les plus irréels des rêves. En moi, toujours, les choses les plus réelles se réduisent en rêves et les rêves deviennent consistants. Jamais je ne me suis entièrement libérée de l'influence de mon étrange vie première. C'est elle qui maintenant encore — en ce moment même — enveloppe ta forme visible, mon frère, d'une brume mystérieuse, en sorte qu'un second visage, un troisième visage, un quatrième visage, du fond du tien, me regardent. Comment sommes-nous venus à nous rencontrer, toi et moi, cela devient à chaque instant plus incertain en moi-même. Là encore, je vais à tâtons parmi toutes sortes de formes qui s'écartent de moi, et il me semble que j'avance à travers ces formes. Pourtant, les formes ont des yeux qui me regardent : je me retourne et elles me regardent ; je fais un pas en avant et elles me regardent... Laisse-moi faire silence à présent ; ne me parle pas. »

IV

Empli d'indicibles étonnements devant cette créature étrange, Pierre restait muet sur sa chaise et contemplait intensément la silhouette à demi détournée. Les immenses tresses soyeuses de ses cheveux de jais retombaient sur son corps et le voilaient en partie, comme un rideau à demi tiré devant la châsse d'une sainte. Il semblait à Pierre qu'elle n'était pas tout à fait de ce monde, mais cette étrangeté qui faisait son mystère n'avait rien de menaçant ni de rebutant. Et les sourds accents de sa voix intérieure et lointaine emplissaient la chambre de doux échos, foulés et pressés comme des grappes ruisselantes par les pas invisibles et réguliers qui résonnaient sur le plancher au-dessus de leur tête.

Elle sortit de son immobilité et, après quelques instants d'insolites divagations, reprit avec plus de cohérence.

« Le premier souvenir que je puisse évoquer ensuite avec quelque assurance est celui d'une autre maison, située elle aussi loin des habitations humaines, au cœur d'un pays qui n'était pas entièrement silencieux. À travers ce pays, et près de la maison, serpentait une rivière paresseuse et verte. Cette maison-là s'élevait sans doute dans la plaine, car la première maison dont j'ai parlé se trouvait, il me semble, quelque part dans les montagnes ou près des montagnes... Le bruit des chutes d'eau lointaines, je crois l'entendre à présent. Mais cette autre maison, la seconde ou la troisième, je ne sais, était, je le répète, dans la plaine. Il n'y avait point de pins autour d'elle ; il n'y avait guère d'arbres d'aucune sorte ; le sol ne s'inclinait pas abruptement comme auprès de la première maison. On voyait alentour des champs cultivés et, plus loin, des fermes, des cabanes, des troupeaux, des volailles et mille autres objets familiers. Je suis sûre que cette maison se trouvait de ce côté-ci de la mer. C'était une maison très vaste et très peuplée ; mais ses habitants vivaient pour la plupart séparément. Il y avait là des vieillards, des jeunes hommes, des jeunes femmes, quelques-unes très belles, et aussi des enfants. Pour certains, il semblait que ce fût là un endroit heureux — un grand nombre d'entre eux riaient sans cesse —, mais ce n'était pas un endroit heureux pour moi.

« En ceci, pourtant, je puis me tromper, car je suis incapable d'identifier consciemment — dans toute la vie passée dont j'ai gardé souvenir —, d'identifier, dis-je, ce qu'on appelle le bonheur ; ce bonheur dont l'indice est un rire, un sourire, ou une sérénité silencieuse des lèvres. Je puis avoir été heureuse, mais je n'en ai point le souvenir conscient. Cependant, je n'ai pas non plus la nostalgie de ce bonheur comme si je ne l'avais jamais possédé ; mon esprit cherche un aliment différent, et je crois soupçonner ce qu'il est. J'ai misérablement souffert, mais non point de l'absence de bonheur, non point en faisant des vœux pour trouver le bonheur. Je fais des vœux pour la paix, pour l'immobilité, pour absorber la vie sans la chercher, comme une plante, et pour exister sans sensations individuelles. Je sens qu'il ne peut y avoir de paix parfaite dans l'individualité. C'est pourquoi j'espère un jour me dissoudre dans l'esprit qui anime toutes choses. Je me sens en exil ici. Je continue à errer. Oui, songes-tu, dans tes paroles... Mais laisse-moi faire silence à nouveau. Ne me réponds pas. Quand je reprendrai, je ne divaguerai point de la sorte et je terminerai brièvement. »

Respectueusement résolu à n'apporter aucune entrave à ce récit singulier, mais à recevoir passivement en son âme ce ruissellement merveilleux, quelque longues que pussent être les pauses, et, pour évoquer des soucis plus terre à terre, persuadé qu'en agissant ainsi, il recueillerait l'histoire d'Isabelle de la façon la moins nébuleuse et la moins imparfaite possible, Pierre attendit qu'elle reprît la parole, les yeux fixés sur l'oreille merveilleusement belle qu'il apercevait au travers des abondantes tresses, nichée dans leur noirceur comme une transparente coquille de nacre.

La jeune fille fit un mouvement et, après quelques

étranges divagations, reprit avec plus de cohérence, cependant que le bruit de pas au-dessus de leurs têtes semblait cesser.

« J'ai parlé du second ou plutôt du troisième site de ma vie passée, tel qu'il m'est apparu pour la première fois ; je veux dire que j'ai parlé des habitants de la maison selon mes souvenirs les plus lointains. Mais je demeurai dans cette maison plusieurs années — cinq, six, ou peut-être sept années —, et pendant ce temps toutes les choses changèrent à mes yeux, parce que je les compris peu à peu, bien que toujours confusément. Certains de ses habitants partaient, certains changeaient leurs rires en larmes, certains se désolaient tout le long du jour, certains devenaient sauvages et furieux, et des hommes muets les emportaient alors dans les profondeurs de la maison, en des lieux dont je ne savais rien, mais d'où j'entendais monter des gémissements lugubres et des cliquetis métalliques qui semblaient produits par la chute d'objets en fer sur de la paille. De temps en temps, je voyais apporter en plein midi des cercueils qui entraient dans la maison pour en ressortir cinq minutes après, plus lourds, semblait-il, mais je ne savais pas ce qu'ils renfermaient. Je vis un jour un cercueil de dimensions gigantesques, que trois hommes poussaient sans mot dire à travers une fenêtre basse ; ils le sortirent ainsi de la maison, le chargèrent sur une voiture et l'emportèrent. Mais les personnes invisibles qui quittaient de la sorte la maison étaient remplacées par d'autres personnes invisibles qui arrivaient en voiture fermée. Certains, déguenillés et loqueteux, venaient à pied, ou, pour mieux dire, on les traînait. J'entendis une fois des cris horribles et, regardant à ma fenêtre, je vis un homme robuste, mais sordide et distordu — sans doute un paysan —, lié de quatre longues cordes qui permettaient à quatre hommes, quatre rustres, de tenir cette créature sauvage comme par des guides et de la mener à coups de fouet vers la maison. Alors retentirent des claquements de mains, des cris, des hurlements, des rires, des bénédictions, des prières, des jurons, des hymnes et mille clameurs confuses issues de toutes les pièces de la maison.

« On voyait parfois entrer dans la maison — mais seulement pour un instant, car ils partaient dans l'heure même de leur arrivée — des individus dont l'aspect me semblait alors remarquable. Leur contenance était très calme : ils ne riaient pas, ne gémissaient pas, ne pleuraient pas, ne faisaient pas d'étranges grimaces, ne paraissaient pas d'une lassitude infinie, n'étaient pas vêtus d'une façon singulière ou fantastique, en bref ne ressemblaient aucunement à ceux que j'avais vus jusqu'alors, si ce n'est peut-être au petit nombre de personnes qui, dans la maison, semblaient avoir de l'autorité sur les autres. Ces individus dont l'aspect me semblait remarquable, je les croyais étrangement déments ; calmes dans leur maintien, mais d'esprit égaré, calmes dans leur âme, mais de gestes délirants : étrangement déments.

« Peu à peu, la maison parut changer encore, ou bien mon esprit comprit mieux et modifia ses impressions premières. J'étais logée en haut, dans une petite chambre presque entièrement dépourvue de meubles. Parfois je voulais sortir, mais la porte était fermée. Parfois des gens entraient, qui m'emmenaient hors de la chambre pour me conduire dans une salle plus grande et très longue, où je voyais réunis la plupart des habitants de la maison, qui semblaient venir eux aussi de chambres lointaines et séparées. Ils erraient distraitement dans cette longue salle et échangeaient des propos vides. Les uns étaient immobiles au milieu de la pièce et regardaient fixement le plancher pendant des heures. D'autres s'accroupissaient dans un coin, repliés sur eux-mêmes, et restaient là sans rien faire. D'autres encore tenaient leurs mains serrées sur leur cœur et se promenaient lentement de long en large, gémissant et gémissant en eux-mêmes. L'un disait à l'autre : "Touche-moi là, mets ta main dans la fissure." Un autre murmurait : "Brisé, brisé, brisé" et ne murmurait rien que ce seul mot : *brisé*. Mais la plupart étaient muets et ne pouvaient pas ou ne voulaient pas parler, à moins qu'ils n'eussent oublié comment on parle. Presque tous étaient pâles, et certains avaient les cheveux blancs comme neige, bien que tout jeunes encore. Les uns invoquaient sans cesse l'Enfer, l'Éternité et Dieu ; les autres parlaient de toutes choses comme si elles eussent été fixées par un décret ; d'autres encore y contredisaient, et ils se mettaient à discuter, quoique sans grande conviction de part et d'autre. Un jour, presque toutes les personnes présentes — même les muets, les hébétés et les apathiques accroupis dans les coins — se mirent à rire lorsque, après avoir ergoté à haute voix toute une journée, deux de ces disputeurs en matière de prédestination se dirent l'un à l'autre : "Ami, tu m'as convaincu, et moi je t'ai convaincu dans l'autre sens, nous sommes quittes ; reprenons maintenant notre discussion ; car, bien que tous deux convertis, nous sommes toujours en désaccord." Certains haranguaient les murs ; certains apostrophaient le vide ; certains huaient le vide ; certains tiraient la langue au vide ; certains frappaient le vide ; certains faisaient des gestes comme pour lutter avec le vide et tombaient dans les bras du vide, pantelants sous une invisible étreinte.

« Tu dois avoir deviné, cette fois encore, quelle sorte d'endroit était cette seconde ou cette troisième maison dans laquelle j'ai vécu. Mais ne prononce pas le mot, il n'a jamais franchi mes lèvres ; à présent encore, quand je l'entends, je m'enfuis ; quand je le vois imprimé dans un livre, je fuis le livre. Le mot m'est absolument insupportable. Qui m'amena dans la maison, comment j'y vins, je ne le sais. J'y vécus longtemps, cela seul je le sais. Je dis que je le sais, mais j'en suis toujours incertaine ; toujours, Pierre, toujours la rêverie, l'égarement... oh ! jamais ils ne me quittent tout à fait. Laisse-moi me taire à nouveau. »

Elle s'écarta de lui, porta à son front sa main petite et ferme, puis abaissa très lentement cette main sur ses yeux et la laissa là, sans autre geste, tranquille comme la mort. Puis elle s'anima derechef et reprit son vague récit de terreur.

« Il faut que je sois plus brève ; je ne voulais pas me perdre dans les détours de mon histoire, mais la rêverie que j'ai dite m'entraîne parfois, et j'obéis, comme impuissante, aux suggestions du rêve. Sois patient avec moi ; je serai plus concise à présent.

« En fin de compte, une discussion s'éleva à mon sujet dans la maison, une discussion dont je n'eus connaissance que plus tard, par la rumeur qu'elle fit naître. Des étrangers arrivèrent ; peut-être, mandés à la maison, étaient-ils venus en hâte. Le lendemain, ils m'habillèrent de vêtements neufs et plaisants, bien que simples, me firent descendre les escaliers, sortir de la maison et monter dans une voiture où se trouvait une femme de physionomie agréable, que je ne connaissais pas. Ils me firent parcourir une grande distance, car nous voyageâmes pendant près de deux jours, nous arrêtant la nuit tombée ; et, le soir du second jour, nous atteignîmes une autre maison où nous entrâmes pour y demeurer.

« Cette maison était beaucoup plus petite que l'autre

et me parut délicieusement tranquille après elle. Un splendide petit enfant s'y trouvait, et ce splendide petit enfant qui me souriait sans cesse avec une espièglerie innocente, qui, dans son singulier attachement, me faisait signe de venir jouer avec lui et folâtrer avec lui sans autre souci que d'être joyeuse et gaie, ce splendide petit enfant fut le premier à me rendre consciente de moi-même en quelque sorte, à me faire sentir que j'étais un être différent des pierres, des arbres, des chats, à détruire en moi la pensée que tous les gens étaient semblables aux pierres, aux arbres, aux chats, m'emplit de la douce idée de l'humanité, me fit éprouver la miséricorde, la tendresse et la magnificence infinies de l'humanité, et ce splendide enfant me donna pour la première fois la notion confuse de la Beauté, et aussi, dans le même temps, le sentiment de la Tristesse, de l'immortelle et universelle Tristesse. J'éprouve à présent que, sans lui, je serais bientôt devenue… mais arrête-moi ; ne me laisse pas prendre cette voie. Je dois tout à ce splendide petit enfant. Oh ! comme je l'enviais, couché sur le sein de son heureuse mère, puisant la vie, la joie et de perpétuels sourires à ce sein blanc et souriant. Ce petit enfant me sauva, tout en m'inspirant de vagues nostalgies. Je me mis à réfléchir pour la première fois ; j'essayai de me rappeler les choses passées, mais en dépit de tous mes efforts, je ne pouvais guère évoquer que l'égarement et la stupeur et la torpeur et la confusion et le vide et le vertige de l'égarement. Laisse-moi me taire à nouveau. »

Au-dessus d'eux, le bruit de pas reprit.

V

« Je devais avoir neuf, dix ou onze ans lorsque la femme de physionomie agréable me fit sortir de la grande maison. C'était la femme d'un fermier ; et dès lors, la ferme fut ma résidence. On m'apprit à coudre, à travailler la laine, à filer la laine ; j'étais presque toujours occupée. Et ce fut aussi sans doute le fait d'être occupée qui me donna peu à peu conscience d'être une créature humaine. Je commençais à éprouver d'étranges différences. Quand je voyais un serpent ramper dans l'herbe et brandir son dard enflammé, je me disais : cette créature n'est pas humaine, mais moi je suis humaine. Quand l'éclair jaillissant frappait un bel arbre et le laissait à pourrir dans sa frondaison, je me disais : cet éclair n'est pas humain, mais moi je suis humaine. Et ainsi de toutes choses. Je ne puis m'exprimer avec cohérence en ceci, mais je sentais, en quelque sorte, que toutes les femmes, que tous les hommes bons et inoffensifs étaient placés par contraste dans un monde de serpents et d'éclairs, dans un monde de choses inhumaines, horribles et impénétrables. Je n'ai reçu aucune éducation. Toutes mes pensées prennent leur source en moi-même ; je ne sais si elles procèdent de mes égarements anciens, mais elles sont telles qu'elles sont et je ne puis les changer ; lorsque je parle, ma pensée jaillit de ma langue, la parole précédant parfois la pensée ; aussi ma propre langue m'apprend-elle souvent des choses nouvelles.

« Je n'avais encore jamais demandé à la femme, à son mari ou à leurs filles pourquoi l'on m'avait amenée dans cette maison et combien de temps j'y devais rester. J'étais là, exactement comme j'étais au monde. J'étais là. Il m'eût paru aussi étrange de demander pourquoi l'on m'avait amenée dans cette maison que de chercher à savoir pourquoi l'on m'avait mise au monde. Je ne savais rien de moi-même, rien qui se rapportât à moi-même ; je sentais mon pouls, ma pensée, mais je ne savais rien, sinon que j'éprouvais le sentiment général de mon humanité parmi des objets inhumains. Pourtant, en grandissant, mon esprit s'élargit. Je commençai à saisir des choses extérieures à moi-même, à faire des distinctions plus singulières et plus subtiles encore. J'appelais la femme : mère, et ainsi faisaient les autres filles. Pourtant la femme les embrassait souvent et m'embrassait rarement ; à table, elle les servait toujours en premier ; le fermier me parlait à peine. Cependant, les mois, les années passèrent, et les jeunes filles commencèrent à me regarder fixement. Alors l'égarement dans lequel m'avaient plongée, naguère, les regards du vieil homme et de la vieille femme solitaires auprès de l'âtre craquelé de la vieille maison désolée qui s'élevait dans l'espace rond et désolé, cet égarement ancien m'envahit à nouveau ; les regards glauques, les sifflements de serpent du chat hostile revinrent à ma mémoire, et l'infinie désolation de ma vie déferla sur moi. Mais la femme était très bonne pour moi ; elle apprit à ses filles à n'être point cruelles envers moi ; elle m'appelait à elle et me parlait gaiement, et je remerciais — non pas Dieu, car on ne m'avait enseigné aucun Dieu — je remerciais le brillant, l'humain été et le joyeux, l'humain soleil de m'avoir donné cette femme. Parfois, je me glissais dans l'herbe luxuriante pour adorer l'été et le soleil dans leur bonté, et souvent, je répétais en moi-même ces doux mots : l'été, le soleil.

« Les semaines et les années passèrent encore, et mes cheveux commencèrent à m'envelopper dans la richesse de leurs longues tresses ; à présent, j'entendais souvent prononcer le mot "belle" en parlant de ma chevelure, et encore le mot "belle" en parlant de moi-même. On ne me le disait point ouvertement, mais je l'entendais chuchoter par hasard, et son humanité m'emplissait de joie ; on avait tort de ne point prononcer le mot devant moi, car, si l'on m'avait dit franchement que j'étais belle, ma joie n'en aurait été que plus franche et j'aurais débordé de bonté envers tous. Il y avait quelques mois que j'entendais ainsi murmurer le mot "belle" lorsqu'un nouveau personnage arriva dans la maison ; on l'appelait : le "monsieur". Son visage me parut merveilleux. J'avais déjà vu un visage étrangement semblable et pourtant dissemblable, mais où, je n'aurais su le dire. Un jour cependant, comme je regardais derrière la maison le miroir tranquille de l'eau, je vis un visage qui ressemblait au sien, un visage étrangement semblable et pourtant dissemblable. Ce spectacle m'emplit de trouble. Le nouveau venu, le "monsieur" fut très gracieux pour moi ; il parut étonné, confondu devant moi ; il me regarda, puis regarda une très petite peinture ronde — pour autant que je pus la voir — qu'il tira de sa poche tout en la dérobant à mes yeux. Puis il m'embrassa, me contempla tendrement et tristement, et je sentis une larme tomber sur moi. Alors, il murmura un mot à mon oreille ; "père" fut le mot qu'il murmura : le nom même que les jeunes filles donnaient au fermier. Je compris alors que c'était un mot de bonté et de baisers. Et j'embrassai le monsieur.

« Quand il quitta la maison, je pleurai pour qu'il revînt. Et il revint en effet. Chacun, à présent, parlait de lui comme de mon père. Il vint d'abord me voir tous les mois ou tous les deux mois. Puis il ne vint plus, et, comme je pleurais en le réclamant, on me dit le mot : "mort". Alors, l'égarement que m'avait inspiré le va-et-vient des cercueils dans la grande maison populeuse, cet égarement me saisit à nouveau. Qu'était-ce qu'être mort ? Qu'était-ce qu'être vivant ? En quoi consistait la différence entre les mots "mort" et "vie" ? Avais-je jamais été morte ? Étais-je vivante ? Laisse-moi me taire à nouveau. Ne me parle pas. »

Au-dessus d'eux, les pas reprirent.

« Des mois passèrent, et j'appris, d'une façon ou d'une autre, que jusqu'alors mon père avait envoyé de l'argent à la femme pour me garder chez elle, mais qu'elle n'avait plus rien reçu depuis sa mort et que les sommes précédentes étaient épuisées jusqu'au dernier sou. Maintenant, la femme du fermier me regardait d'un air troublé et douloureux ; et le fermier me regardait d'un air irrité et malveillant. Je sentis qu'il y avait quelque chose qui n'allait pas ; je compris que j'étais de trop et qu'il me fallait quitter l'heureuse maison. Alors, toute la solitude et tout l'abandon de ma vie abandonnée et solitaire m'accablèrent à nouveau ; l'égarement et l'effroi anciens m'envahirent ; je sortis de la maison et m'assis, sans pouvoir pleurer.

« Cependant j'étais forte et j'étais une grande fille à présent. Je dis à mon hôtesse : "Faites-moi travailler dur ; faites-moi travailler tout le temps et laissez-moi rester avec vous." Mais les autres filles suffisaient à l'ouvrage ; on n'avait pas besoin de moi. Le fermier me regardait, et son regard disait clairement : "Nous ne voulons pas de toi ; va-t'en, tu es de trop, tu es plus que de trop." Alors je dis à la femme : "Louez-moi à quelqu'un. Faites-moi travailler pour quelqu'un." Mais j'allonge trop ma pauvre histoire. Il faut que j'achève.

« La femme m'écouta et, par ses soins, j'allai vivre dans une autre maison où je reçus des gages. Je trayais les vaches, je barattais le beurre, je filais la laine, je tissais des tapis faits de lambeaux d'étoffe. Un jour, un colporteur survint ; dans sa charrette se trouvait une guitare, une vieille guitare, très jolie encore, mais aux cordes brisées, qu'il avait obtenue par un troc habile des domestiques d'une grande maison située à quelque distance de là. En dépit des cordes brisées, l'objet me parut plein de grâce et de beauté, et je sus qu'il recelait une mélodie secrète bien que je n'eusse jamais vu de guitare et qu'on ne m'en eût jamais parlé : mon cœur était plein d'une étrange résonance qui semblait prophétiser la résonance de la guitare. Je savais par intuition que les cordes n'étaient pas comme elles devaient être. Je dis à l'homme : "Je t'achèterai cet objet que tu appelles une guitare, mais tu dois y mettre de nouvelles cordes." Il alla chercher des cordes, répara la guitare et l'accorda. J'achetai la guitare sur mes gages et, la portant aussitôt dans ma petite mansarde, je la posai doucement sur mon lit. Puis je me mis à fredonner ; je chantai et fredonnai pour elle très bas, tout doucement ; je m'entendais moi-même à peine ; et je changeai les modulations de mes chants et de mes murmures ; et je continuai à chanter très bas, tout doucement, encore et encore ; soudain j'entendis un son, un son bas et doux au-delà de toute expression. Je battis des mains : la guitare me parlait, la guitare inanimée chantait pour moi, la guitare murmurait et chantait pour moi. Alors, je chantai et murmurai pour elle avec une modulation différente et, une fois encore, elle me répondit avec une corde différente, une fois encore elle murmura et répondit avec une corde différente. La guitare était humaine, la guitare m'apprenait le secret de la guitare, la guitare m'apprenait à jouer de la guitare. Je n'ai jamais eu d'autre maître de musique que la guitare. J'ai fait d'elle une amie aimante, une amie de cœur. Elle chante pour moi comme je chante pour elle. Un amour réciproque nous unit. Toutes les merveilles inconcevables et indicibles, toutes les merveilles sont traduites par la mélodie mystérieuse de la guitare. Elle connaît toute mon histoire passée ; parfois, elle me chante les visions étranges de la grande demeure pleine de confusion que je ne nomme jamais ; parfois, elle m'apporte le ramage des oiseaux de l'air, et parfois, elle éveille en moi les palpitations délirantes de délices légendaires éternellement inéprouvées et inconnues de moi. Donne-moi la guitare. »

VI

Ravi, perdu, stupéfait, et comme errant, ébloui, parmi d'innombrables lumières dansantes, Pierre avait écouté, immobile, la mystérieuse jeune fille à la chevelure luxuriante et aux grands yeux.

— Donne-moi la guitare !

Secouant le charme, Pierre regarda tout autour de la chambre et vit un instrument appuyé contre le mur, dans un coin. Il l'apporta silencieusement à la jeune fille et reprit silencieusement sa place.

— Écoute à présent la guitare, et la guitare te chantera la suite de mon histoire, qui ne peut être exprimée par des paroles. Ainsi donc, écoute la guitare.

Aussitôt, la chambre se peupla de sons mélodieux, tristes et merveilleux, la chambre s'emplit de sons inintelligibles, mais délicieux. Les sons semblaient valser dans la chambre, les sons restaient suspendus comme des glaçons étincelants aux quatre coins de la chambre, puis tombaient sur Pierre avec un bruit argentin, puis remontaient au plafond où ils restaient de nouveau suspendus pour retomber avec le bruit argentin. Les sons semblaient pleins de bourdonnantes lucioles ; ils semblaient receler des éclairs de chaleur intenses, mais doux.

L'étrange jeune fille jouait toujours, et la sombre averse de ses longues boucles tombait sur la guitare et la voilait ; et sans cesse, à travers le voile, s'élançait le doux essaim, complètement inintelligible mais infiniment significatif, des sons de la guitare.

— Jeune fille au mystère ensorcelant ! s'écria Pierre. Parle-moi, ma sœur, si vraiment tu es un être mortel... parle-moi, si tu es Isabelle.

Mystère ! Mystère !
Mystère d'Isabelle !
Mystère ! Mystère !
Isabelle et Mystère !

Parmi les tourbillons, les essaims, la pluie de sons, Pierre entendait à présent des notes plus élevées qui, subtilement insinuantes, s'entrelaçaient aux mille ondulations de la mélodie ; respectueuses des lois de l'instrument, mais merveilleusement libres et hardies dans leur abandon, elles bondissaient et rebondissaient comme renvoyées par de multiples murailles, cependant qu'à chaque syllabe la forme d'Isabelle, enfouie dans sa chevelure, se balançait de-ci de-là, aussi abandonnée, aussi rapide, aussi libre ; et cela ne semblait point être un chant, ne semblait point formé par des lèvres, mais venait de sous le voile qui cachait la guitare.

Cependant, le front de Pierre brûlait d'une chaleur ardente et singulière ; il y porta la main. Aussitôt, la musique changea ; s'affaiblit et changea ; changea, changea encore ; et, tout en changeant, comme à regret s'éloigna, pour s'évanouir enfin tout à fait.

Pierre fut le premier à rompre le silence.

— Isabelle, tu m'as empli d'étonnements indicibles ; tu m'as si bien égaré que je ne puis me rappeler à présent ce que je voulais te dire en arrivant ; je le sens, il y a quelque chose que tu n'as pas dit encore et que tu révéleras plus tard. Mais, pour le présent, je ne puis rester plus longtemps près de toi. Sache que je suis ton frère éternellement aimant, respectueux, émerveillé, qui ne t'abandonnera jamais, Isabelle. Laisse-moi maintenant t'embrasser et te quitter jusqu'à demain soir ; alors je te dirai toutes mes pensées et tous les projets que je forme pour toi et pour moi. Laisse-moi t'embrasser, et adieu !

Comme animée à son égard d'une foi inébranlable et sans réserve, la jeune fille l'écouta jusqu'au bout, immobile. Puis, se levant silencieusement, elle tourna vers lui un front chargé d'une confiance sans borne. Il le baisa trois fois et, sans ajouter une syllabe, quitta la place.

LIVRE VII

Intermède entre les deux rencontres de Pierre et d'Isabelle à la ferme

I

Ce ne fut pas tout de suite, ce ne fut pas avant un long temps que Pierre prit pleinement, ou même approximativement, conscience de la scène à laquelle il venait d'assister. Mais il était hanté à présent par la vague révélation que le monde visible, qui naguère lui semblait pour une grande part trop banal et trop prosaïque — que ce monde, avec toutes les choses apparemment banales et prosaïques qu'il contenait, était plongé dans l'abîme insondable d'un mystère à jamais insoluble. Tout d'abord, l'énigmatique récit de la jeune fille, sa profonde sincérité et pourtant le brouillard, l'obscurité et l'atmosphère presque miraculeuse qui l'enveloppaient — ce récit extraordinaire avait chassé toute banalité et tout prosaïsme de son âme. Ensuite, l'inexplicable magie de la guitare et les subtils appels mélodieux des quelques brèves paroles chantées par Isabelle, tout cela l'avait enchanté, ensorcelé au point de le clouer à son siège, penché en avant, comme un visiteur surpris et transformé en arbre d'une espèce inconnue dans le jardin de quelque nécromancien.

Mais, maintenant qu'arraché à ces sortilèges il se hâtait sur la grand-route, il s'efforça de dissiper cette impression de mystère ou, tout au moins, de l'écarter jusqu'au moment où il aurait le loisir de soustraire son corps et son âme aux plus immédiates conséquences du jeûne et des vagabondages prolongés de ce jour, ainsi que de l'inoubliable scène de la nuit. Il s'appliqua donc à bannir de son esprit toute préoccupation étrangère à ses présents besoins corporels.

Comme il traversait le village silencieux, il entendit l'horloge sonner minuit. Pressant le pas, il entra au manoir par une porte privée dont la clef était pendue dans une cachette extérieure. Puis il se jeta sur son lit sans se déshabiller, mais se releva aussitôt pour mettre son réveille-matin à cinq heures ; après quoi il se recoucha et, chassant toute pensée soucieuse pour s'abandonner résolument au repos, il tomba peu à peu dans les bras d'abord réticents, mais enfin accueillants du sommeil. À cinq heures, il se leva et vit à l'orient les premières lances de l'avant-garde du jour.

Il avait voulu sortir à cette heure matinale pour éviter toute rencontre avec les habitants du manoir et passer la journée à errer à nouveau dans les bois, seul prélude approprié à son entrevue prochaine avec une créature aussi mystérieuse que cette sœur nouvellement trouvée. Mais le spectacle familier de sa chambre exerça sur lui une étrange influence. Pendant quelques instants, il fut presque sur le point de renvoyer Isabelle par le pouvoir magique de la prière dans le monde surnaturel d'où elle avait si subrepticement émergé. Pendant quelques instants, les yeux aimants, azurés et limpides de Lucy remplacèrent le regard aussi tendre, mais sombre, triste et indéchiffrable d'Isabelle. Il semblait que, placé entre elles, Pierre dût choisir l'une ou l'autre. Puis toutes deux lui parurent siennes ; mais dans les yeux de Lucy se glissa la moitié de la mélancolie des yeux d'Isabelle, sans que les yeux d'Isabelle s'en éclairassent davantage.

À nouveau une faiblesse, une lassitude infinie envahirent ses membres. Il quitta le manoir et offrit son front nu au vent rafraîchissant. Puis il rentra au manoir, mit le réveil à sept heures et s'étendit sur son lit. Mais cette fois il ne put dormir. À sept heures, il se changea et, à huit heures et demie, il descendit dans la salle à manger pour retrouver sa mère dont il avait déjà entendu le pas dans l'escalier.

II

Il la salua ; mais elle lui jeta un regard plein de gravité et d'inquiétude où brilla soudain une lueur d'épouvante mal réprimée. Il comprit alors qu'il devait être prodigieusement changé. Cependant, Mme Glendinning ne lui parla point, sinon pour lui retourner son bonjour. Il vit qu'elle était profondément offensée à maints égards et confusément effrayée à son sujet, mais que son orgueil blessé l'emportait sur toutes ses appréhensions, et il connaissait assez bien sa mère pour être assuré qu'elle ne lui montrerait verbalement aucun intérêt et ne lui demanderait aucune explication, quand bien même il déroulerait devant elle un parchemin magique. Il ne put néanmoins se retenir de mettre son pouvoir de réserve à l'épreuve.

— J'ai joué les absents, sœur Mary, dit-il avec un enjouement mal feint.

— Oui, Pierre. Comment trouvez-vous le café ce matin ? C'est un nouveau café.

— Très bon ; très capiteux et très parfumé, sœur Mary.

— J'en suis heureuse, Pierre.

— Pourquoi ne m'appelles-tu pas frère Pierre ?

— Ne l'ai-je pas fait ? Eh ! bien donc, frère Pierre... Est-ce mieux ainsi ?

— Pourquoi me regardes-tu d'un air si indifférent et si glacial, sœur Mary ?

— Est-il vrai que je vous regarde d'un air si indifférent et si glacial ? Eh ! bien, j'essaierai de vous regarder autrement. Donnez-moi ce toast, Pierre.

— Vous êtes profondément offensée, ma chère mère.

— Pas le moins du monde, Pierre. Avez-vous vu Lucy récemment ?

— Non, mère.

— Ah ! Un peu de saumon, Pierre ?

— Vous êtes trop fière pour me laisser voir ce que vous ressentez présentement, mère.

Mme Glendinning se leva lentement et le domina de toute sa stature majestueuse et superbe.

— Cesse de me tenter, Pierre. Je ne te demanderai pas tes secrets, nos relations seront de libre volonté, comme toujours, comme hier encore, ou bien il n'y aura plus rien entre nous. Il n'est personne au monde que tu aies plus de raisons de craindre, si tu continues quelque temps encore d'en user ainsi avec moi.

Elle s'assit et se tut. Pierre garda le silence et, après avoir avalé distraitement quelques bouchées, quitta silencieusement la table, la pièce et le manoir.

III

Quand la porte de la salle à manger se fut refermée sur Pierre, Mme Glendinning se leva en gardant inconsciemment sa fourchette dans sa main. Comme elle arpentait la pièce, plongée dans une méditation rapide et profonde, elle s'aperçut qu'elle tenait un objet étranger et, sans le regarder, le jeta impulsivement au loin. Un bruit mat, puis une tremblante vibration se firent entendre : elle se retourna et vit, à côté du portrait de Pierre, son propre portrait souriant transpercé par la fourchette, dont les dents d'argent, fichées dans la poitrine peinte, vibraient encore dans la blessure.

Elle s'élança vers le tableau et le regarda intrépidement.

— Oui, tu es poignardée ! Mais non point par la bonne main. C'est toi qui aurais dû assener ce coup argentin ! (Et elle se tourna vers le portrait de Pierre.) Pierre, Pierre, tu m'as frappée d'une pointe empoisonnée. Mon sang se transforme chimiquement en moi. Moi, la mère du seul Glendinning, j'ai à présent l'impression que j'ai porté l'ultime rejeton d'une race vouée à une prompte extinction ; car rapidement s'éteint une race dont le dernier héritier ne songe qu'à commettre une action honteuse. Et quelque action honteuse, quelque chose de douteux, de ténébreux habite ton âme, ou bien c'est un spectre trompeur au front chargé de souci et de honte qui était assis là tout à l'heure ! Qu'y a-t-il, qu'y a-t-il, Pierre ? Épanche-toi ! Ne souris pas si légèrement devant ma lourde peine. Réponds, qu'y a-t-il ? Se peut-il que... non... oui... sûrement... ce ne peut être ! Mais il n'est pas allé chez Lucy hier, elle non plus n'est pas venue ici, et elle a refusé de me voir quand j'ai été chez elle. Qu'est-ce que tout ceci présage ? Une simple brouille, une de ces brouilles d'amoureux bientôt effacée par de joyeuses larmes, ne saurait briser de la sorte mon cœur orgueilleux. Si c'est cela en partie, ce n'est pas seulement cela... Mais non, non, non, ce ne peut être. Il ne voudrait pas, il ne pourrait pas faire une chose aussi impie. C'était en vérité un visage fort étrange, bien que j'aie fait mine de ne pas m'en apercevoir. Mais non, non, non, ce ne peut être. Tant de distinction logée dans tant d'humilité ne saurait avoir une honnête origine. Les lis ne poussent pas sur les mauvaises herbes bien qu'on les voie parfois, souillés, se commettre avec elles. Elle doit être à la fois pauvre et vile : c'est le rejeton de quelque splendide et indigne vaurien qui lui a légué, par contagion, sa vilenie et sa beauté. Non, je ne croirai pas cela de Pierre. Mais alors ? J'ai craint parfois que mon orgueil ne me préparât quelque inguérissable malheur en scellant mes lèvres et en roidissant mon front, lorsque je devrais être toute douceur et toute supplication. Mais qui pourrait atteindre à son propre cœur pour l'amender ? On obtient parfois justice d'un autre, mais lorsque cet autre est soi-même, on se heurte à la barrière de ses propres côtes. Je garderai jusqu'au bout ma nature. Je m'en tiendrai à mon orgueil. Je ne bougerai pas. Quoi qu'il advienne, je ne courrai pas au-devant pour lutter contre. Une mère devrait-elle s'abaisser devant son freluquet de fils ? Qu'il me parle de lui-même, ou je l'abandonne à sa perte !

IV

Pierre s'enfonça profondément dans les bois et ne s'arrêta point qu'il n'eût parcouru plusieurs milles et ne fût arrivé devant une roche remarquable, dont la masse lisse, aussi grosse qu'une grange, était couchée dans un espace nu, mais surmontée pourtant d'une arche de hêtres et de châtaigniers.

Cette pierre avait un peu la forme d'un œuf allongé, quoique plus aplatie et, aux deux bouts, plus pointue, encore qu'elle ne fût pas vraiment pointue, mais irrégulièrement amenuisée. Vers le milieu de sa face inférieure courait une arête longitudinale reposant, par une saillie obscure, sur une seconde roche effilée qui s'élevait légèrement au-dessus du sol. Hormis cet obscur et minuscule point d'appui, l'énorme et pesante masse ne touchait rien dans le vaste monde terraqué. C'était un spectacle à couper le souffle. L'une des extrémités, large et massive, planait à un pouce du sol, qu'elle semblait sur le point d'effleurer, sans toutefois l'atteindre. À plusieurs pieds de là, sous l'extrémité opposée — toute couturée et fendue à demi — s'ouvrait un espace considérablement plus grand, où un homme eût pu ramper à l'aise; mais sans doute nul mortel n'avait-il eu le cœur assez intrépide pour l'oser.

Ce phénomène eût pu faire à bon droit l'émerveillement de toute la contrée avoisinante. Mais, chose étrange, bien qu'elle fût environnée de centaines de foyers où, pendant les longs soirs d'hiver, les vieillards fumaient la pipe et les jeunes gens décortiquaient le grain, le jeune Pierre avait été le premier à proclamer la découverte de la roche, qu'il avait baptisée par fantaisie Roche de Memnon. Toutefois, si ce bloc singulier était resté sans héraut dans le monde, ce n'était peut-être point tant du fait qu'on ne l'avait jamais trouvé — bien qu'en vérité, ceint et coiffé par la dense et profonde luxuriance de la forêt originelle, il dormît là comme la coque engloutie du Capitaine Kidd dans la gorge de l'Hudson, sa cime enfouie par huit brasses de fond au-dessous du niveau de la marée haute du feuillage lors de la grande équinoxe du printemps, et que les paysans n'eussent aucune raison spéciale de visiter son voisinage immédiat, car ils empruntaient leur bois de charpente et leur bois de chauffage à des régions plus accessibles —, ce n'était peut-être pas tant, disais-je, qu'on ne l'avait jamais trouvé, mais plutôt que, si quelqu'un de ces braves gens l'avait par hasard découvert, il n'avait pas su reconnaître son caractère merveilleux ni songé à publier la trouvaille; de sorte qu'on pouvait bien l'avoir vu, mais avoir oublié ensuite une circonstance aussi insignifiante. En bref, cette prodigieuse Roche de Memnon n'était pas pour les paysans une Pierre de Memnon, mais seulement une pierre d'achoppement, un déplorable obstacle en perspective si l'on venait à tracer une commode petite route de traverse dans cette région sauvage des terres manoriales.

Or, un jour qu'étendu auprès de la paroi rocheuse et les yeux fixés sur elle, Pierre s'étonnait qu'il eût été la première personne de quelque discernement à tomber sur une si considérable curiosité naturelle dans un pays colonisé depuis si longtemps, il vint à gratter plusieurs couches d'une vieille mousse grisonnante, drue et touffue, et, à sa grande surprise, découvrit au-dessous, grossièrement taillées dans la pierre et à demi effacées, les initiales: «S. le S.» Il comprit alors que, si toute la contrée semblait ignorer la Roche depuis des temps immémoriaux, il n'était pas pour cela la première créature humaine à contempler ce spectacle merveilleux et menaçant, mais que jadis, en un autre âge, la Roche avait été contemplée et son caractère prodigieux pleinement apprécié — comme en semblaient témoigner les laborieuses initiales — par un homme aujourd'hui disparu, lequel, s'il avait vécu jusqu'à ce jour, eût porté peut-être une barbe aussi ancienne que le plus vénérable chêne centenaire. Mais qui donc, au nom de Mathusalem, qui donc avait pu être ce «S. le S.»? Pierre s'interrogea longtemps, mais en vain, car la facture ancienne des initiales semblait accuser une époque antérieure à la découverte de l'hémisphère par Colomb. Il mentionna cette étrange circonstance à l'un de ses parents de la ville, vieux monsieur chenu qui, à la suite d'une longue existence malheureuse quoique richement variée, avait enfin trouvé sa grande consolation dans l'Ancien Testament, qu'il étudiait continuellement avec une admiration toujours croissante ; ce vieux parent chenu, après s'être renseigné sur toutes les particularités de la Roche — son volume, sa hauteur, l'angle exact de son inclinaison critique, etc. —, après maintes réflexions, maints longs soupirs, maints regards chargés d'expérience et de signification, et plusieurs citations de l'Ecclésiaste, après tous ces préliminaires fastidieux, le vieux parent chenu qui n'entendait pas se presser, posant sa main tremblante sur la jeune et ferme épaule de Pierre, avait murmuré lentement : « Mon garçon, c'est Salomon le Sage. » Pierre, riant malgré lui de bon cœur, avait mis cette idée si bizarre, si saugrenue et si divertissante sur le compte du gâtisme de son vénérable parent ; ce dernier n'avait-il pas soutenu naguère que l'ancien Ophir de l'Écriture devait se situer quelque part sur la côte de l'Amérique du Nord ? Il était dès lors tout naturel que le vieux monsieur s'imaginât à présent que le roi Salomon avait pris passage — comme une espèce de subrécargue amateur — à bord de quelque navire parti de Tyr ou de Sidon chargé d'or, et qu'il était tombé sur la Roche de Memnon en chassant la perdrix avec un arc et des flèches.

Mais Pierre n'avait pas coutume de s'abandonner à la gaieté lorsqu'il songeait à cette roche, et bien moins encore lorsque, assis au milieu des bois, il admirait son merveilleux suspens dans le silence si lourd de signification de la forêt profonde. Il avait pensé souvent qu'il n'était pas de pierre tombale qu'il pût préférer pour lui-même à cet imposant monument funéraire, d'où parfois semblait s'exhaler, lorsque les feuilles se balançaient doucement alentour, le gémissement plaintif et mélancolique de quelque doux adolescent des temps antédiluviens.

La Roche eût pu faire non seulement l'admiration de la rustique contrée environnante, mais encore sa terreur. Parfois, saisi d'un sentiment mystique à force de contempler cette masse indéchiffrable, notre héros l'avait nommée la Roche de la Terreur. Peu d'hommes se fussent risqués à escalader sa hauteur vertigineuse et à ramper jusqu'à l'extrémité de son surplomb aérien. Il semblait qu'une herbe tombée du bec du plus petit oiseau dût faire basculer l'énorme bloc parmi les arbres fracassés.

C'était pour Pierre un objet très familier ; il l'avait souvent escaladée, en calant contre elle de longues perches et en s'élevant ainsi jusqu'au point où sa paroi inclinée formait de petites marches croulantes, ou encore en grimpant dans les hêtres voisins pour se laisser tomber sur la cime frontale à l'aide des souples branches. Mais jamais il n'avait eu le courage, ou plutôt la téméraire folie, de ramper sur le sol dans l'espace vide situé au-dessous de la partie la plus élevée, l'endroit le plus menacé par la Roche de la Terreur si elle venait jamais à basculer.

V

Cette fois, s'avançant d'un pas ferme, comme sous l'empire d'une prédétermination intérieure, et regardant le bloc sans sourciller, il se jeta à terre sur les feuilles de l'année précédente, se glissa dans l'horrible interstice et resta couché là, comme mort. Il ne parlait point, car des pensées sans mots l'habitaient. Peu à peu, toutefois, celles-ci se firent moins indicibles ; et sous la voûte menaçante du Roc de la Terreur retentirent enfin ces paroles de Pierre :

— Si le fatal pouvoir des choses irrévélables qui m'habitent me désarçonne jamais de ma virilité ; si, pour me vouer tout entier à la Vertu et à la Vérité, je fais de moi un esclave tremblant qui n'éveille que la méfiance ; si la Vie doit être un fardeau que je ne pourrai supporter sans d'ignominieuses récriminations ; si vraiment nos actions sont toutes préordonnées et si nous sommes les serfs du Destin ; si d'invisibles démons nous harcèlent quand nous nous livrons aux plus nobles efforts ; si la Vie est un rêve trompeur, si la Vertu est aussi dénuée de signification, aussi peu chargée de bénédictions que la joyeuse ivresse nocturne ; si, lorsque je me sacrifie au nom du Devoir, ma propre mère me re-sacrifie ; si le Devoir lui-même n'est qu'un épouvantail ; si tout est permis à l'homme et demeure impuni ; alors, Muette Massiveté, tombe sur moi ! Tu as attendu pendant des siècles ; s'il en est ainsi, n'attends plus ; qui donc voudrais-tu écraser, sinon celui qui est couché là et qui t'invoque ?

Un oiseau chanteur descendit du ciel, se posa légèrement sur la masse immobile et éternellement immuable du Roc de la Terreur, et se mit à gazouiller joyeusement. Les branchages, émus soudain par une brise embaumée, s'inclinèrent et saluèrent les herbes ; alors Pierre rampa lentement hors de sa prison et, se redressant avec fierté comme un homme qui ne doit rien à personne, s'en fut pensivement.

VI

Lorsque, au cours des ruminations rêveuses de sa prime jeunesse, Pierre avait baptisé la roche prodigieuse du vieux nom sonore de Memnon, il n'avait fait qu'obéir aux associations éveillées en lui par le souvenir de cette merveille égyptienne dont parlent tous les voyageurs de l'Orient. Et, lorsque la pensée fugitive lui était venue qu'il aimerait à avoir cette roche pour monument funéraire, il n'avait fait que céder à l'une de ces innombrables notions imaginaires, empreintes de rêveuse et indolore mélancolie, qui se présentent souvent à l'esprit d'un jeune homme poétique. Mais plus tard, lorsque, placé dans des conditions de vie bien différentes de celles qu'il avait connues aux Prés-de-la-Selle, Pierre médita sur la roche, sur les juvéniles pensées qu'elle lui avait inspirées et sur l'impulsion désespérée qui l'avait fait ramper sous elle, elle revêtit à ses yeux une importance immense, et les anciens mouvements inconscients de son cœur lui semblèrent prophétiques, parce que allégoriquement vérifiés par les événements subséquents.

En effet, pour ne rien dire des significations plus subtiles qui se cachent derrière les hanches colossales de cette Roche de la Terreur au suspens si menaçant — cette roche inconnue de tous les villageois, mais à lui seul révélée —, considérez-la seulement en tant que Roche de Memnon. Memnon était cet adolescent vermeil, fils de l'Aurore et roi d'Égypte par droit de naissance, qui, s'étant jeté avec une ardeur enthousiaste dans une juste querelle pour le bien d'autrui, combattit corps à corps avec trop forte partie et trouva, sous les murs de Troie, une mort précoce et douloureuse. Ses sujets éplorés élevèrent en Égypte un monument pour commémorer son trépas prématuré. Caressée par l'haleine de l'Aurore endeuillée, cette statue émettait au lever du jour des accents plaintifs et brisés, comme une corde de harpe qui se rompt soudain pour avoir été pincée trop violemment.

Il y a là un monde d'incalculable peine. Car, dans cette fable plaintive, nous trouvons incarné le hamletisme du monde antique, le hamletisme d'il y a trois mille ans : « La fleur de vertu moissonnée par trop rare infortune. » Et la tragédie anglaise n'est que l'Égyptien Memnon, montaignisé et modernisé ; car Shakespeare, n'étant qu'un mortel, avait aussi ses pères.

Or, de même que la statue de Memnon a survécu jusqu'à ce jour, de même ce personnage de noble entreprise mais d'éternelle détresse survit chez quelques jeunes princes (car Memnon et Hamlet étaient tous deux fils de roi), dont cette statue est l'emblème mélancolique. Mais les malheurs sculptés de Memnon résonnaient mélodieusement. À présent, tout est muet. Digne symbole du fait que, jadis, la poésie présidait à la consécration et aux funérailles des vies humaines infortunées, mais que, dans un âge frivole, stérile, prosaïque et sans cœur, la plainte harmonieuse d'Aurore se perd parmi nos sables mouvants, où s'engloutissent à la fois mausolée et chant funèbre.

VII

À mesure que Pierre s'enfonçait dans les bois, toute pensée étrangère à Isabelle désertait son esprit. Il s'efforça de condenser le mystérieux brouillard de son récit pour lui donner une forme définie et saisissable ; car il ne pouvait se dissimuler que le sentiment d'égarement dont elle s'était si souvent plainte au cours de leur entretien lui avait fait perdre continuellement le fil de l'histoire et l'avait amenée à terminer abruptement dans une obscurité énigmatique. Mais il éprouvait la certitude que c'était là une circonstance tout involontaire dont elle-même à présent devait avoir regret; leur seconde entrevue ne manquerait pas de dissiper pour une grande part le mystère, d'autant plus que, dans l'intervalle, Isabelle aurait le temps de reprendre son calme et se préparerait à montrer moins d'émoi en présence de Pierre. Aussi ne se reprocha-t-il pas outre mesure d'avoir étourdiment désigné une heure si tardive, bien qu'en vérité la journée naissante lui parût dérouler une perspective interminable. Il ne pouvait se résoudre à affronter un visage humain ou une maison; un champ labouré, le moindre vestige de culture, le tronc pourri d'un pin abattu de longue date, la moindre trace du passage de l'homme, lui étaient antipathiques et insupportables. De même, dans son esprit, tous les souvenirs et toutes les idées qui avaient quelque rapport avec la communauté humaine en général lui étaient devenus étrangement odieux. Mais, bien qu'il prît ainsi en haine tout ce qui était commun dans les deux mondes — le monde extérieur et le monde intérieur —, Pierre n'en était pas moins incapable de trouver, fût-ce dans la région la plus subtile, la plus retirée et la plus essentielle de son cerveau, le moindre rameau de pensée verdoyante où son âme lasse se pût percher.

La plupart des hommes souffrent rarement de ce complet dénuement d'esprit. Si Dieu ne les a gratifiés d'une incurable frivolité, tout au moins ont-ils quelque secret motif de vanité ou de vertueuse satisfaction, tout au moins peuvent-ils évoquer le souvenir de quelque petit sacrifice. Ainsi donc, dans les heures de lassitude et de découragement qui assaillent de temps à autre presque tout être humain civilisé, les hommes se tournent aussitôt vers les deux ou trois petits sacrifices qu'ils peuvent avoir à leur actif pour y puiser un répit, une consolation et plus ou moins de délectation compensatrice. Mais chez les hommes portés au dédain d'eux-mêmes, dans l'âme choisie desquels le ciel a implanté, par une persuasion innée, non dogmatique, la très véridique doctrine chrétienne du néant complet des bonnes œuvres, le souvenir éventuel de leurs actions bienfaisantes ne distille pas le moindre réconfort, de même que (conformément à la doctrine corrélative de l'Écriture) l'évocation de leurs erreurs et de leurs mauvaises actions passées n'éveille pas l'ombre d'un remords.

Bien que l'indéchiffrable mystère du récit d'Isabelle revêtît aux yeux de Pierre, dans sa présente disposition d'esprit, un caractère rebutant, il faut bien que l'âme de l'homme soit occupée par quelque chose, et rien ne lui était plus proche qu'Isabelle, et c'est à Isabelle qu'il se mit à penser ; d'abord avec un pénible sentiment de malaise, mais bientôt (car le ciel récompense parfois le penseur droit et résolu) avec de moins en moins de répugnance, et enfin avec de plus en plus de sympathie et de bienveillance. Il se remémora les premières impressions qu'il avait éprouvées çà et là pendant l'extraordinaire récit ; il se remémora les brèves, mais intuitives corroborations de son esprit et de sa mémoire qui, en jetant sur le récit une nouvelle lumière vacillante, n'avaient fait qu'accroître son mystère tout en le confirmant de façon remarquable.

Le premier souvenir qu'Isabelle pût évoquer était celui d'un vieux château désert situé dans un pays qui pouvait être la France, et que son imagination plaçait confusément au-delà de l'océan. Ceci ne s'accordait-il pas de façon surprenante avec la disparition de la jeune femme française dans l'histoire de la tante Dorothée, ou du moins avec les déductions qu'on en pouvait naturellement tirer ? Oui, la disparition de la jeune femme française de ce côté-ci de l'eau coïncidait avec sa réapparition sur l'autre bord ; et Pierre frissonna en se représentant, sous les couleurs les plus sombres, la suite possible de la vie de cette femme, l'enfant arraché à ses bras et sa claustration dans la farouche solitude des montagnes.

Mais Isabelle avait aussi la vague impression d'avoir traversé la mer ; de l'avoir *re*traversée, se dit Pierre, obéissant à l'idée spontanée que, la première fois, elle l'avait sans doute traversée inconsciemment et clandestinement, cachée dans le sein douloureux de sa mère. Mais, en cherchant à tirer des déductions de ce qu'il avait lui-même appris jadis, afin de recouper ou d'élucider l'hypothèse qu'Isabelle avait franchi la mer à un âge si tendre, Pierre sentit combien son propre savoir joint à celui d'Isabelle était impuissant à dissiper le profond mystère des premières années de la jeune fille. Il s'inclina devant la certitude de cette obscurité irrévocable et s'efforça de bannir le problème de son esprit, l'ayant jugé désespérément insoluble. De même, il s'efforça de ne point penser à cette réminiscence d'une vaste maison au nom interdit, d'où la femme au visage bienveillant avait finalement emmené l'enfant. Cet épisode de la vie d'Isabelle lui était, entre tous, cruellement suggestif, car il lui donnait à penser que son père avait pu participer à un acte devant lequel il défaillait de stupéfaction et d'horreur au plus profond de son âme. Ici, la futilité d'espérer aucun éclaircissement ultérieur et l'éternelle impossibilité d'exonérer logiquement son défunt père, dans son propre cœur, de tout lien avec cette dernière circonstance et avec les mille noirceurs incidentes qui se présentaient insidieusement à son esprit, ces notions l'assaillirent avec une si infernale frénésie qu'elles ne pouvaient procéder que du Malin lui-même. Mais quelque perfidement et quelque subtilement que ces idées s'insinuassent en lui, Pierre les repoussait tout aussi subtilement et les pourchassait du haro de son âme indignée jusqu'au Tartare qui les avait vomies.

Plus il retournait dans son esprit l'histoire d'Isabelle, plus il cessait de croire que son obscurité se dissiperait sensiblement au cours d'une seconde entrevue. Il voyait, ou croyait voir, que ce n'était pas tant Isabelle qui, par sa propre étrangeté, avait enveloppé son récit de mystère, mais bien l'essentiel, l'inévitable mystère de l'histoire elle-même qui avait enveloppé Isabelle de si prodigieuses énigmes.

VIII

L'issue de ces reconsidérations fut la conviction que tout ce qu'il pouvait raisonnablement attendre d'Isabelle en matière de nouveaux éclaircissements, c'était l'énoncé de quelques faits supplémentaires qui prolongeraient le récit jusqu'à l'instant présent et qui, peut-être, compléteraient la dernière partie de ses révélations. Il ne se flattait point, au demeurant, qu'elle eût encore beaucoup à dire, sa narration ne comportant pas autant de digressions ni d'omissions qu'il l'avait cru tout d'abord. En vérité, que pouvait-elle lui révéler à présent, sinon les étranges circonstances qui lui avaient permis de découvrir son frère, les mornes étapes de ses luttes avec le dénuement et la détresse, et la suite des lieux où elle avait travaillé et pris refuge avant que d'atteindre cette ferme des Ulver où il la trouvait à présent dans une condition d'humble servitude ? Se peut-il, pensa Pierre, qu'il existe en ce monde banal de chaque jour une créature humaine dont l'histoire tout entière — pour pouvoir être dite en moins de quarante mots — contienne pourtant, dans son exiguïté, une source d'inépuisable mystère ? Se peut-il, après tout, qu'en dépit des briques et des visages rasés, ce monde où nous vivons déborde de prodiges, et que moi-même et toute l'humanité cachions, sous nos dehors vulgaires, des énigmes que les étoiles mêmes et peut-être les plus grands séraphins ne sauraient résoudre ?

Le fait qu'Isabelle était sa sœur, fait corroboré par son intuition sinon par une preuve positive, formait un maillon par lequel il se sentait lié à une chaîne — jusqu'alors inimaginée — d'émerveillements sans fin. Son sang même lui semblait couler dans ses artères avec une fluidité inaccoutumée, lorsqu'il songeait qu'un flot pareil baignait les veines mystérieuses d'Isabelle. Tous ses doutes intermittents quant à la donnée fondamentale — la réalité de la parenté physique — l'assaillirent à nouveau avec leur tribut d'intime certitude, mais aussi d'insolubilité.

C'est ma sœur, la fille de mon propre père. Pourquoi donc est-ce que je crois cela ? Voici quelques jours, je n'avais pas le plus léger soupçon de son existence ; et qu'est-il arrivé depuis lors pour opérer ce changement en moi ? Quels gages nouveaux, incontestables ai-je eus entre les mains ? Aucuns. Mais je l'ai vue. Bon ; je l'accorde ; j'aurais pu voir pour la première fois mille jeunes filles sans reconnaître l'une d'elles pour ma sœur. Cependant, le portrait, le portrait à la chaise, Pierre ? Songes-y. Mais ce portrait fut peint avant la naissance d'Isabelle ; qu'a-t-il à faire avec Isabelle ? Ce n'est pas le portrait d'Isabelle, c'est le portrait de mon père ; et pourtant, ma mère jure que ce n'est pas là mon père.

Sensible comme il l'était à présent aux suggestions problématiques des plus menus faits qui eussent quelque rapport avec le sujet, et pourtant convaincu, inébranlablement convaincu qu'en dépit de tout Isabelle était vraiment sa sœur, comment Pierre, avec son tempérament poétique et, par conséquent, sa pénétration naturelle, aurait-il pu manquer de reconnaître l'existence de cette force mystérieuse qui prévaut sur toutes choses et qui imprègne toutes choses, que le commun des hommes, quand il vient à la détecter de manière imparfaite et fragmentaire, dénomme, d'une manière significative, le Doigt de Dieu ? Mais ce n'est pas seulement le Doigt, c'est la Main de Dieu tout entière étendue ; l'Écriture n'intime-t-elle pas, en effet, qu'Il nous tient tous dans le creux de Sa main ? Un puissant creux, en vérité !

Comme il errait encore à travers la forêt dont son regard fouillait les perspectives ombreuses et toujours changeantes, loin des antres et de tout vestige visible de cette race étrangement têtue qui, dans ses sordides trafics de terre et de boue, cherche sans cesse à dépayser la divinité naturelle de son âme, l'esprit de Pierre s'emplit de pensées et d'images, de celles qui ne naissent jamais dans l'enceinte d'une ville, mais dans la seule atmosphère des forêts originelles, unique objet, avec l'éternel océan, qui s'offre inchangé à notre vue tel qu'il s'offrit au regard d'Adam. Car les éléments terrestres qui semblent les plus susceptibles de s'enflammer et de s'évaporer, à savoir le bois et l'eau, sont de beaucoup les plus durables.

Toutes ses méditations, quelque vagabondes qu'elles fussent, décrivaient un cercle autour d'Isabelle et, après chaque révolution, revenaient à elle pour y puiser de nouveaux motifs d'émerveillement.

La question du temps se présenta à l'esprit de Pierre. Quel âge avait Isabelle ? Selon ce qu'on pouvait raisonnablement inférer des circonstances présumées de sa vie, elle était certainement, quoique d'un nombre incertain d'années, son aînée, et pourtant il y avait dans toute sa personne quelque chose d'enfantin. Non seulement Pierre éprouvait à son égard un sentiment de supériorité musculaire qui lui inspirait le constant désir de la protéger comme une cadette, non seulement il avait l'impression de l'emporter sur elle pour la connaissance du monde et la culture, mais encore, indépendamment de toutes considérations rationnelles, il sentait qu'il était, du point de vue du temps, l'aîné d'Isabelle, l'aîné de cette enfant d'éternelle jeunesse. Cette conviction mystérieuse, singulière, mais puissante, tirait sans doute son origine lointaine et insoupçonnée des dévotes méditations de Pierre sur un visage qui, bien que profondément douloureux dans son expression générale, resplendissait d'enfantine innocence. Ainsi voit-on parfois, très tôt, dans la physionomie des vrais enfants les signes d'une intense, d'une infinie tristesse. Mais ce n'était pas la tristesse, ni même, à proprement parler, le caractère enfantin du visage d'Isabelle qui donnait à Pierre l'impression d'une jeunesse originelle et immuable ; c'était autre chose encore, et qui lui échappait entièrement.

Lorsque l'humanité les exalte imaginativement jusqu'à les placer en des sphères plus hautes et plus pures que celles où les hommes demeurent, les femmes belles — celles, du moins, qui le sont par l'âme comme par le corps — semblent pour un long temps, et en dépit de l'implacable loi de fugacité qui gouverne les choses terrestres, mystérieusement exemptes des incantations du déclin ; car, à mesure que le charme extérieur disparaît trait par trait, la beauté intérieure remplace cet éclat évanescent par des attraits qui, n'étant point de la terre, sont aussi peu effaçables que les étoiles. Sinon, pourquoi, à l'âge de soixante ans, certaines femmes auraient-elles retenu étroitement dans les liens de l'amour et de la fidélité des hommes assez jeunes pour être leurs petits-fils ? Et pourquoi la toute séduisante Ninon aurait-elle, sans le vouloir, brisé des cœurs par vingtaines à soixante-dix ans ? Le secret est dans la pérennité du charme féminin.

Sur le visage puéril bien qu'éternellement mélancolique d'Isabelle, éclatait aux yeux de Pierre cette enfance angélique dont Notre Sauveur déclare qu'elle est l'unique investiture des âmes émigrées ; car c'est de telles âmes — y compris celles de petits enfants — qu'est fait l'autre monde.

Incessantes comme les fleuves merveilleux qui baignèrent jadis les pieds des générations premières, et qui coulent aujourd'hui encore le long des tombes des générations successives et le long des lits des vivants, incessantes et toujours jaillissantes, toujours renouvelées, couraient dans l'âme de Pierre des pensées vouées à Isabelle. Mais plus coulait la rivière de ses pensées, plus elle charriait vers lui de mystère, avec la certitude que ce mystère était irréductible. Il y avait dans la vie d'Isabelle une énigme qui, Pierre le sentait, demeurerait à jamais indéchiffrée pour lui. Il n'avait pas le moindre espoir de voir les ténèbres désolées d'Isabelle se transformer en plaisantes atmosphères de lumière et de gaieté. Comme tous les jeunes gens, Pierre n'était pas demeuré insensible aux leçons des romans ; il avait lu plus de romans que la plupart des garçons de son âge ; mais leurs fausses tentatives pour remonter le courant et systématiser des éléments à jamais insystématisables, leurs efforts impudents, indiscrets et impuissants pour démêler et classifier les fils, plus fins que fils de la Vierge, qui composent la toile complexe de la vie, n'avaient plus aucun pouvoir sur Pierre. Il pénétrait leur misérable insignifiance, et l'unique vérité qu'il éprouvait en lui-même transperçait comme des insectes tous les mensonges de leurs spéculations. Il voyait que la vie humaine sort vraiment de *cela* que tous les hommes s'accordent à nommer du nom de *Dieu*, et qu'elle participe de l'irréductible inscrutabilité de Dieu. Il voyait, par un pressentiment infaillible, que la détresse qui marque le commencement d'une vie ne se résout pas toujours en bonheur, que les cloches nuptiales ne tintent pas toujours à la dernière scène du cinquième acte de l'existence, que, si la foule innombrable des romans communs tisse de laborieux voiles de mystère à seule fin de les dissiper complaisamment, et si la foule innombrable des drames communs fait de même, en revanche les plus profondes émanations de l'esprit humain, celles qui ont pour objet d'illustrer tout ce que l'on peut humainement connaître de la vie humaine, jamais ne débrouillent leurs propres écheveaux et jamais vraiment ne s'achèvent, mais se hâtent à travers des conclusions imparfaites, inattendues et décevantes (tels des moignons mutilés), pour s'engloutir abruptement dans les flots éternels du temps et du destin.

Pierre répudiait donc toute espérance de voir un jour la lanterne sourde d'Isabelle s'illuminer pour lui. Un couvercle cachait cette lumière, un couvercle cadenassé. Il n'en éprouvait, toutefois, aucun serrement de cœur. Quand bien même, en faisant le tour des souvenirs de sa famille et en interrogeant habilement tels de ses parents paternels qui vivaient encore, il parviendrait à glaner quelques parcelles d'information, elles garderaient toujours un caractère de doute et d'insuffisance, et ne serviraient qu'à entraver désespérément ses décisions pratiques. Pierre résolut donc de ne plus s'immiscer dans le problème sacré. Pour lui, le mystère d'Isabelle possédait maintenant toute la magie de la mystérieuse voûte nocturne, dont la noirceur même évoque la sorcellerie.

Le fleuve des pensées continuait à couler en lui, et voici que le flot lui porta un nouvel élément.

Bien que la lettre d'Isabelle débordât de tous les transports sacrés d'une sœur impatiente d'embrasser son frère, bien qu'elle peignît dans les termes les plus abandonnés l'angoisse de sa longue séparation d'avec lui, bien qu'elle protestât que, sans la jouissance continue de l'amour et de la compassion de Pierre, sa vie n'était plus bonne qu'à être jetée dans la première mare ou dans le premier torrent venu, pourtant, quand le frère et la sœur s'étaient rencontrés, aucune de ces démonstrations passionnées ne s'était répétée. Isabelle avait, par trois fois et davantage encore, remercié Dieu et très gravement béni Pierre pour être venu ainsi vers elle dans sa solitude ; mais aucun geste de commune et ordinaire affection fraternelle n'avait été ébauché. Bien plus, Isabelle ne s'était-elle pas débattue dans son étreinte ? Elle ne l'avait pas embrassé et il ne l'avait pas embrassée une seule fois, sauf à l'instant qu'il avait requis d'elle le salut d'adieu.

Pierre, à présent, commençait à distinguer des mystères entremêlés de mystères, et des mystères fuyant devant des mystères. Il commençait à entrevoir le caractère imaginaire du principe réputé le plus solide de l'association humaine. Le Destin avait fait cela pour eux. Le Destin avait séparé le frère et la sœur, jusqu'à ce qu'ils ne parussent point, en quelque sorte, être tels. Les sœurs ne reculent point devant les baisers de leurs frères. Or Pierre sentait que jamais, jamais il ne pourrait embrasser Isabelle dans un simple embrassement fraternel ; cependant que la pensée de toute autre caresse, de toute caresse qui revêtît un caractère conjugal, était entièrement absente de son âme incontaminée, où jamais rien de tel n'avait consciemment pénétré.

Ainsi donc, à jamais privée de sa qualité de sœur par le coup du Destin et — apparemment — à jamais étrangère à cet amour qui avait entraîné Pierre vers sa Lucy, mais pourtant l'objet des plus ardentes et des plus profondes émotions de son âme, Isabelle, à ses yeux, échappait entièrement au domaine de l'humanité mortelle et se transfigurait dans le plus sublime ciel d'amour incorrompu.

LIVRE VIII

Seconde entrevue à la ferme et seconde partie de l'histoire d'Isabelle. — Leur effet impulsif immédiat sur Pierre

I

La seconde entrevue de Pierre avec Isabelle fut plus satisfaisante, mais non moins bouleversante et mystérieuse que la première, bien qu'au début elle se révélât, à sa grande surprise, bien plus étrange et bien plus embarrassante encore.

Comme la première fois, Isabelle le fit entrer elle-même dans la ferme et ne lui dit pas un mot avant qu'ils n'eussent tous deux pris place dans la chambre pourvue d'une fenêtre à deux battants et que Pierre ne lui eût adressé la parole. S'il avait prévu en aucune manière le comportement qu'il adopterait à cet instant, c'était dans le dessein de donner à sa sœur quelque témoignage extérieur de l'affection la plus extrême ; mais le silence extatique d'Isabelle et l'atmosphère surnaturelle dont elle était enveloppée le figeaient à présent sur son siège ; ses bras refusaient de s'ouvrir, ses lèvres refusaient d'aller à la rencontre du baiser fraternel, bien que son cœur débordât du plus profond amour et bien qu'il sût que la jeune fille lui était indiciblement reconnaissante de sa présence. Jamais l'amour et le respect ne se mêlèrent si intimement ; jamais la pitié ne s'unit de telle sorte à l'émerveillement pour jeter un charme sur les mouvements d'un corps et l'asservir à son commandement.

Après quelques mots embarrassés de Pierre auxquels il fut brièvement répondu, il se fit un silence, pendant lequel non seulement le pas lent et étouffé devint nettement perceptible, comme il l'était devenu parfois la nuit précédente, mais encore quelques légers bruits domestiques leur parvinrent de la chambre contiguë ; sur quoi Isabelle, lisant sur le visage de Pierre une interrogation involontaire, lui parla en ces termes :

— Je sens, mon frère, que tu reconnais la singularité et le mystère de ma vie et de ma personne, et je ne crains pas que tu interprètes faussement aucune de mes actions. Seuls ceux qui refusent d'admettre l'étrangeté de certaines personnes et des circonstances qui les entourent nourrissent des idées erronées à leur endroit et se scandalisent. Mon frère, si jamais je te semble trop réservée, trop peu démonstrative envers toi, tu ne dois jamais retirer ta confiance au cœur d'Isabelle, ni laisser aucun doute t'assaillir à cet égard. Mon frère, les bruits que tu viens d'entendre dans la chambre voisine t'ont suggéré de pressantes questions à mon endroit. Ne parle pas. Je te comprends de toute ma ferveur. Je te dirai dans quelles conditions j'ai vécu ici, et comment il se fait qu'une personne à gages puisse te recevoir dans cette apparente intimité. En fait, comme tu peux bien l'imaginer, cette pièce ne m'appartient pas, et ceci me rappelle que j'ai encore quelques petites choses à te dire au sujet des circonstances qui ont fini par me gratifier d'un frère si angélique.

— Je ne puis garder ce mot pour moi, dit Pierre d'un ton grave et bas, en s'approchant encore d'Isabelle. De droit, il n'appartient qu'à toi seule.

— Mon frère, je vais poursuivre mon récit et te

dire tout ce que tu peux désirer savoir en outre de ce que j'ai si confusément relaté la nuit dernière. Voici trois mois environ, les habitants de la ferme écartée où je demeurais dispersèrent les cendres de leur âtre et partirent pour quelque territoire de l'Ouest. Il ne s'offrit d'abord à moi aucun endroit où l'on eût besoin de mes services, mais je fus reçue hospitalièrement au foyer d'un vieux voisin, qui m'invita aimablement à rester chez lui jusqu'à ce qu'on m'eût proposé quelque emploi. Cependant, je n'attendis pas que le hasard me secourût ; au terme de mes recherches, j'appris la triste histoire de Delly Ulver et qu'en conséquence de son infortune, ses vieux parents étaient non seulement plongés dans le plus poignant chagrin, mais encore privés du secours domestique de leur fille unique, situation dont l'extrême incommodité peut difficilement être comprise de ceux qui ont toujours été entourés de serviteurs. Bien qu'en vérité mon tempérament naturel, si je puis m'exprimer ainsi faute d'un meilleur terme, fût étrangement affecté à l'idée que le malheur de Delly pouvait être pour moi une source de bénéfice, cela n'eut aucun effet pratique sur moi : mes pensées les plus intimes et les plus vraies en ont rarement. Je vins ici, et mes mains témoignent que je ne restai pas sans rien faire. Mais, mon frère, hier, après ton départ, je me suis fort étonnée que tu n'aies pas cherché à savoir comment j'ai pu apprendre que les Glendinning m'étaient si étroitement alliés et qu'ils avaient pour résidence familiale les Prés-de-la-Selle ; pourquoi je résolus de m'adresser à toi, Pierre, et à nul autre ; et quelle fut l'origine de la très mémorable scène qui s'est déroulée à l'ouvroir des demoiselles Pennies.

— Je me suis étonné moi-même que toutes ces choses aient pu déserter aussi complètement mon esprit, répondit Pierre, mais en vérité, Isabelle, quand ta chevelure ruisselle sur moi dans son abondance plénière, elle exerce un charme qui éloigne toute considération ordinaire et ne me laisse sensible qu'au pouvoir nubien de tes yeux. Cependant, continue, dis-moi tout. Je désire tout savoir, Isabelle, mais rien pourtant que tu ne veuilles me révéler de ton plein gré. Je le sens, je sais déjà l'essentiel ; ce que j'éprouve pour toi atteint déjà les limites du possible, et tout ce qu'il te reste à dire ne pourra que le corroborer et le confirmer. Ainsi donc poursuis, ma très chère, mon unique sœur.

Isabelle fixa sur lui ses merveilleuses prunelles en un long regard passionné ; puis elle se leva soudain, et s'avança vivement vers lui ; mais, plus soudainement encore, elle s'arrêta, se rassit et resta quelque temps silencieuse, appuyant sur sa main son visage détourné et contemplant les doux éclairs de chaleur qui flamboyaient parfois dans le cadre de la fenêtre ouverte.

Bientôt, elle reprit son récit.

II

« Mon frère, tu te rappelles ce passage de mon récit qui fit apparaître, dans les premières années d'une enfance vécue loin d'ici, un monsieur, mon... oui, *notre* père, Pierre. Je ne puis t'expliquer, car en vérité je ne le sais pas moi-même, comment il put se faire — bien qu'à cette époque je l'appelasse parfois *père*, et bien que les habitants de la maison l'appelassent eux-mêmes ainsi lorsqu'ils me parlaient de lui — comment il put se faire que je n'associasse pas dans mon esprit au mot père — mais peut-être fut-ce, en partie, à cause de l'extraordinaire réclusion de ma vie antérieure — tout ce que cette appellation inspire habituellement aux enfants. Le mot *père* m'apparaissait comme un terme général d'amour et de tendresse, sans plus ; il ne me semblait impliquer de part et d'autre aucune prérogative. Je ne demandai pas le nom de mon père, car le seul motif qui me l'eût fait demander eût été d'individualiser la personne qui me témoignait une bonté si particulière ; or, individualisée, elle l'était déjà puisque nous l'appelions généralement *le monsieur*, et parfois *mon père.* Comme je n'ai aucune raison de supposer que les habitants de la maison m'auraient révélé le nom que mon père portait dans le monde si j'étais venue à le demander, comme je suis convaincue, au contraire, qu'ils étaient à cet égard astreints au secret, je ne crois pas que j'aurais jamais su le nom de mon père — et, par conséquent, que j'aurais jamais rien su de toi, Pierre, ni d'aucun des tiens — si un petit accident ne me l'avait révélé fort tôt, en un temps où j'ignorais la valeur de cette révélation. La dernière fois que mon père fit visite à la ferme, il oublia par hasard son mouchoir. Ce fut la femme du fermier qui le découvrit. Elle le ramassa, le retourna quelques instants dans ses mains comme pour en examiner rapidement les coins, puis me le jeta en disant : "Tiens, Isabelle, voici le mouchoir du bon monsieur ; garde-le pour lui jusqu'à ce qu'il revienne voir la petite Belle." Tout heureuse, je pris le mouchoir et le mis dans mon sein. Il était blanc et je vis en le scrutant avec attention, qu'il portait en son milieu une brève inscription jaunâtre et fanée. En ce temps, je ne savais lire ni les caractères d'imprimerie ni l'écriture, aussi ne m'en trouvai-je pas plus avancée ; mais quelque instinct secret m'avertit que la femme ne m'eût pas donné le mouchoir avec pareille libéralité si elle avait su qu'il portait une inscription. Je me gardai de la questionner à ce sujet ; j'attendis le retour de mon père pour l'interroger secrètement. Le mouchoir était devenu poussiéreux au contact du plancher nu. Je le portai à la rivière, le lavai et l'étendis sur le gazon en un lieu infréquenté ; puis je le repassai sous mon petit tablier, afin que personne ne fût tenté de l'inspecter à nouveau. Mais mon père ne revint jamais, et, dans mon chagrin, le mouchoir me devint de plus en plus cher ; il absorba maintes larmes secrètes versées en mémoire du cher ami disparu que, dans mon ignorance enfantine, j'appelais tantôt *mon père* et tantôt *le monsieur*. Mais lorsque le sentiment de sa mort se fut définitivement implanté en moi, je lavai, séchai et repassai à nouveau la précieuse relique, et la mis dans une cachette où nul autre que moi ne pouvait la trouver ; je résolus de ne la souiller jamais plus de mes larmes ; enfin, je la pliai de telle manière que le nom fût enfoui en son cœur et qu'il me fallût l'ouvrir et tourner ses pages blanches comme un livre avant de parvenir à l'inscription mystérieuse que je savais devoir lire un jour sans l'aide directe de quiconque. C'est alors que je pris le parti d'apprendre mes lettres, afin de pouvoir connaître par moi-même la signification de ces caractères fanés. Je n'eus pas d'autre dessein en apprenant à lire. Il me fut aisé de décider la femme à me donner quelques petites leçons et, comme je comprenais vite et que j'étais impatiente d'apprendre, je sus bientôt l'alphabet, puis épeler, puis lire, et je pus enfin déchiffrer entièrement le mot magique : *Glendinning*. J'étais encore très ignorante. *Glendinning*, pensai-je, qu'est-ce que cela ? Cela sonne un peu comme *gentleman*, et cela commence par la même lettre ; oui, ce mot doit signifier *mon père*. Je penserai désormais à lui sous ce nom. Je ne penserai plus au *monsieur*, mais à *Glendinning*. Lorsque j'eus quitté cette maison pour une autre, puis pour une autre encore, lorsque je fus devenue plus grande et plus capable de réflexion, ce mot ne cessa point de bourdonner dans ma tête et je compris qu'il devait me mener à d'autres découvertes. Mais je réprimai en moi toute curiosité indue, si pareil sentiment a jamais habité ma poitrine. Je résolus de ne demander à personne quel était celui qui avait porté le nom de Glendinning, où il avait vécu et si jamais quelque autre enfant, garçon ou fille, l'avait appelé *père* comme moi. Je décidai d'attendre patiemment, dans la certitude mystique que le Destin finirait par me révéler de lui-même, en temps opportun, ce qu'il jugerait bon que je susse. Mais à présent, mon frère, je vais m'écarter un instant. — Donne-moi la guitare. »

Surpris et heureux de la nouveauté inattendue, comme de la douce et simple clarté du récit d'Isabelle, par contraste avec les révélations obscures et prodigieuses de la veille, et désireux qu'elle poursuivît son récit avec la même limpidité, mais se rappelant dans quel état de tumulte surnaturel les mélodies de la guitare l'avaient précédemment jeté, Pierre, en tendant l'instrument à Isabelle, ne put réprimer tout à fait un regard de demi-regret, accompagné assez étrangement d'un demi-sourire de gentille contrariété. Ce regard ne passa pas inaperçu de sa sœur : en prenant la guitare, elle leva les yeux vers lui avec une expression qui eût été presque espiègle et enjouée, sans les ombres toujours présentes que sa chevelure innombrable projetait dans ses yeux insondés, et que ceux-ci reflétaient à nouveau.

— Ne t'alarme pas, mon frère, et ne souris pas de moi ; je ne te jouerai point le Mystère d'Isabelle ce soir. Rapproche-toi. Et tiens la lumière près de moi.

Ce disant, elle desserra quelques clefs d'ivoire de la guitare afin de ménager une ouverture par laquelle le regard pût pénétrer à l'intérieur de la caisse.

— À présent, tiens-la comme ceci, mon frère, comme ceci, et regarde ; mais attends un instant que je tienne la lampe.

Pierre étendit la guitare devant lui de la façon indiquée, Isabelle tenant la lampe de telle sorte que la lumière tombât, à travers l'ouverture circulaire, au cœur même de la guitare.

— Regarde, Pierre, regarde !

Pierre s'empressa d'obéir et éprouva aussitôt quelque désappointement, mêlé pourtant de surprise, car il voyait le mot *Isabelle* inscrit en lettres d'or fanées, mais lisibles, à l'intérieur de la caisse, sur l'une des parois curvilignes.

— Tu as choisi là un curieux endroit, Isabelle, pour y faire graver ton nom. Comment a-t-on pu y parvenir, je me le demande.

La jeune fille le considéra un moment avec surprise ; elle lui prit l'instrument des mains pour l'observer à son tour, puis le déposa sur le sol et poursuivit :

— Je vois, mon frère, que tu ne comprends pas. Lorsqu'on connaît tout d'un objet, on est trop enclin à supposer que la plus légère allusion suffira à le rendre également familier à autrui. Ce n'est pas moi qui ai fait dorer le nom à l'intérieur, mon frère.

— Comment ? s'écria Pierre.

— Le nom était là quand je suis entrée en possession de la guitare, bien que je ne m'en sois pas aperçue tout de suite. La guitare a dû être faite tout exprès pour une femme du nom d'Isabelle, car le nom n'a pu être inscrit une fois la guitare achevée.

— Continue, hâte-toi, dit Pierre.

— Je la possédais depuis longtemps déjà lorsqu'un jour une étrange fantaisie me vint. Tu sais qu'il n'est pas rare que les enfants brisent leurs jouets les plus chers dans le désir insensé de découvrir ce qu'ils recèlent au tréfonds d'eux-mêmes. Il en est donc ainsi des enfants, et, Pierre, j'ai toujours été et je sens que je serai toujours une enfant, quand bien même je vivrais jusqu'à soixante-dix ans. Saisie de ce soudain caprice, je dévissai la pièce que je t'ai montrée, regardai à l'intérieur de la guitare et vis *Isabelle.* Mais je ne t'ai pas dit encore qu'aussi loin que mes souvenirs remontent, on m'a toujours donné le nom de Belle. Or, au temps dont je parle, j'étais suffisamment avertie pour comprendre fort bien que Belle n'était qu'un diminutif d'Isabella ou d'Isabelle. Il n'est donc pas étonnant, étant donné l'âge que j'avais alors et certaines circonstances connexes de cette époque, que j'associasse instinctivement le mot Isabelle trouvé dans la guitare à mon propre nom abrégé, et que je fusse par là même amenée à toutes sortes de rêveries. Voici qu'elles m'assaillent à nouveau. Ne me parle pas.

Elle se détourna de lui, tout comme la nuit précédente, pour regarder la fenêtre illuminée par intermittences, et, pendant quelques instants, sembla lutter contre un étrange égarement. Mais soudain, elle se retourna vers Pierre, et son merveilleux et surprenant visage, à nouveau, lui fit face.

— Je suis femme et tu es homme, Pierre. Mais il n'y a en ceci ni homme, ni femme. Pourquoi ne te parlerais-je pas ouvertement ? Il n'y a pas de sexe dans notre pureté immaculée. Pierre, le nom secret de la guitare me bouleverse de part en part. Réfléchis, réfléchis, Pierre ! Oh ! ne peux-tu pas comprendre ? Voir ce que je veux dire, Pierre ? Le nom secret de la guitare me transporte, me transporte ; me donne le vertige, le vertige ; si secret, si parfaitement caché et pourtant toujours présent ; inaperçu, insoupçonné et vibrant toujours parmi les cordes cachées du cœur, parmi les cordes brisées du cœur ; oh ! ma mère, ma mère, ma mère !

Les plaintes délirantes d'Isabelle, en le perçant au cœur, lui apportèrent la première intimation de l'extraordinaire idée que ses paroles, jusque-là entièrement inintelligibles, avaient suggérée de façon confuse et craintive.

Elle leva vers lui ses yeux secs et brûlants, ce double feu ourlé de longues franges.

— Pierre, je n'en ai pas la moindre preuve, mais la guitare était à *elle*, je le sais, je le sens. Dis-moi, ne t'ai-je pas conté la nuit dernière comment la guitare chanta pour moi sur mon lit, comment elle me répondit sans que je la touchasse une seule fois, et comment, depuis lors, elle a toujours chanté pour moi, comment elle m'a toujours répondu, apaisée, aimée ? Écoute à présent ; tu vas entendre l'esprit de ma mère.

Isabelle essaya la guitare en l'accordant soigneusement ; puis elle la posa sur le rebord de la fenêtre, s'agenouilla devant elle et, sur de basses, douces et changeantes modulations, si peu audibles que Pierre se pencha pour les saisir, elle murmura le mot *mère, mère, mère !* Pour un temps régna un profond silence ; puis soudain, à la note la plus basse et la plus imperceptible, la guitare magique, intouchée, répondit par une vive étincelle de mélodie, qui vibra et tinta longtemps à travers la chambre silencieuse, tandis qu'à son émerveillement croissant Pierre voyait à présent trembler le long des cordes métalliques de menues scintillations nées, semblait-il, du contact de l'instrument avec la fenêtre illuminée.

La jeune fille restait toujours agenouillée ; mais une expression tout inhabituelle s'étendit soudain sur ses traits. Elle lança un regard rapide à Pierre ;

puis, d'un seul mouvement de main, elle fit ruisseler ses boucles autour d'elle, de telle sorte qu'elles enveloppèrent comme d'une tente sa forme agenouillée, balayant le plancher de leur redondance effrénée. Jamais *saya* de Liméenne, lors d'une obscure messe en la cathédrale Saint-Dominique, ne voila aussi complètement forme humaine. Aux yeux de Pierre, la profonde embrasure de chêne de la double croisée devant laquelle Isabelle était agenouillée apparaissait comme le vestibule immédiat de quelque redoutable sanctuaire mystérieusement révélé par la fenêtre ouverte et ténébreuse, toujours illuminée d'instant en instant par les doux éclairs de chaleur, qui tissaient leurs prodiges dans l'ébène insondable de cette chaude et combien silencieuse nuit d'été.

Quelque irrépressible parole était déjà sur les lèvres de Pierre, mais une voix surgie soudain du voile l'exhorta au silence :

— Mère... mère... mère !

À nouveau, après un prélude de silence, la guitare répondit aussi magiquement que la première fois, les étincelles frissonnèrent le long des cordes, et à nouveau Pierre sentit comme la présence immédiate de l'esprit.

— Dois-je, mère ?... Es-tu prête ? Me diras-tu ?... À présent ? À présent ?

Ces mots furent murmurés d'une voix basse et douce et sur des modulations changeantes, comme l'avait été le mot *mère* ; au dernier *à présent*, la guitare magique répondit à nouveau et la jeune fille l'attira à elle sous la sombre tente de sa chevelure. Ce faisant, les longues boucles balayèrent les cordes de l'instrument, et les étranges étincelles qu'on y voyait toujours frémir s'élancèrent sur les tresses ; toute l'embrasure de la fenêtre parut soudain zébrée de lueurs, puis redevint obscure ; alors, dans la pénombre, chaque vague, chaque onde des tresses éparses d'Isabelle se mit à briller çà et là, comme à minuit la mer phosphorescente ; simultanément, les quatre vents du monde de la mélodie se déchaînèrent comme la nuit précédente, mais d'une façon plus subtile et parfaitement inexplicable ; Pierre se sentit environné d'une multitude d'esprits et de gnomes, et son âme tout entière fut bercée et ballottée par des flots surnaturels. Cependant qu'à nouveau retentissaient les accents merveilleux et rebondissants :

Mystère ! Mystère !
Mystère d'Isabelle !
Mystère ! Mystère !
Isabelle et Mystère !
Mystère !

III

À demi privé de conscience par le charme que lui avait jeté l'extraordinaire jeune fille, Pierre regardait loin d'elle, dans le vide ; et lorsque la chambre fut enfin retombée dans le silence — sauf le bruit de pas —, lorsque, ayant repris possession de lui-même, Pierre jeta les yeux autour de lui pour reconnaître où il se trouvait, il fut surpris de voir Isabelle assise sur le banc dans une attitude sereine, bien que détournée de lui, les tresses les plus longues et les plus pleines de sa chevelure, maintenant sans étincelles, rejetées en arrière, et la guitare tranquillement appuyée dans un coin.

Il était sur le point de lui poser quelque question inconsidérée quand elle l'arrêta à mi-chemin, en le priant d'une voix basse, mais presque impérieuse, de ne faire aucune allusion au spectale dont il venait d'être témoin.

Il se tut, méditant profondément en lui-même, et se convainquit que la scène tout entière, depuis la première invocation musicale de la guitare, avait procédé non pas de quelque dessein préconçu chez la jeune fille, mais d'une impulsion soudaine, inspirée par l'état d'âme particulier dans lequel la conversation précédente, et particulièrement le jeu de la guitare, l'avaient irrésistiblement jetée.

Mais ce je ne sais quoi de surnaturel qui avait flotté dans l'air et dont il ne pouvait libérer son esprit, la réponse spontanée et quasi intelligente de la guitare, l'étrange scintillation des cordes, la soudaine transfiguration de la tête d'Isabelle, toutes ces choses, à l'instant qu'elles s'étaient produites, n'avaient point semblé dues à des causes accoutumées ou naturelles. Pour les sens dilatés de Pierre, Isabelle avait nagé dans un fluide électrique, et l'étincelant bouclier de son front était apparu comme une plaque magnétique. Pour la première fois cette nuit-là, Pierre prit conscience de ce qu'il ne pouvait s'empêcher de définir, dans la superstition de son enthousiasme extatique, comme un extraordinaire magnétisme chez Isabelle. Mais, quand il lui eut attribué cette merveilleuse faculté, il commença à éprouver confusément que la jeune fille exerçait sur lui, sur ses pensées et ses impulsions les plus intimes, un pouvoir plus merveilleux encore, un pouvoir qui planait de telle sorte aux confins du monde invisible qu'il paraissait incliner vers ce dernier plutôt que vers le monde visible, un pouvoir qui semblait non seulement l'attirer (lui, Pierre) vers Isabelle avec une force irrésistible, mais encore, sous le couvert de cette attraction, l'entraîner loin d'un autre domaine, et cela impétueusement bien qu'en toute ignorance, bien qu'en toute absence d'intentions et de visées ultérieures. Car au-dessus de toutes ces choses flottait, intimement mêlée à l'électricité étincelante dans laquelle Isabelle semblait nager, une brume d'ambiguïtés qui s'amoncelait et se condensait sans cesse. Bien souvent dans la suite, Pierre évoqua auprès d'elle cette première nuit magnétique, conscient, peut-être, qu'elle l'avait alors lié à elle par un extraordinaire sortilège atmosphérique — à la fois physique et spirituel — qu'il avait été désormais incapable de dénouer, et dont il n'avait reconnu toute la puissance que longtemps après qu'il se fut habitué à le subir. Ce sortilège semblait ne faire qu'un avec ce maître charme panthéiste qui enferme éternellement l'univers subjugué dans le mystère et le mutisme, et le fluide électrique d'Isabelle semblait correspondre aux éclairs de chaleur parmi lesquels il s'était révélé à Pierre pour la première fois. On l'eût dit faite de feu et d'air, et vivifiée à la pile voltaïque d'orageux nuages d'août amoncelés au couchant.

La douce simplicité, l'innocence et l'humilité de son récit, sa mine franche et souvent sereine, sa tristesse profonde, mais généralement tranquille et discrète, la qualité touchante de son expression et de sa voix, tout cela rendait d'autant plus remarquable, et rehaussait par contraste, son côté secret, subtil et mystérieux. Pierre l'éprouva particulièrement lorsque, après un nouvel intervalle de silence, elle reprit son histoire d'une manière si gentiment confiante, si entièrement dépourvue d'artifices, si paysanne, presque, dans sa candeur, et relatant des détails si peu sublimes qu'on avait peine à croire que cette jeune fille sans prétentions était la sombre et royale créature qui avait enjoint le silence à Pierre d'un ton impérieux, et dont les tempes prodigieuses s'étaient nimbées d'une étrange gloire électrique. Cependant, tandis qu'elle poursuivait son récit de cette innocente façon, elle ne tarda pas à émettre, parfois, comme de faibles éclairs de fluide électrique, mais pour faire montre aussitôt de traits si féminins, si humains, si attendrissants qu'ils amenaient un flot de douces larmes enthousiastes dans les yeux émus, quoique non humides encore, de Pierre.

IV

— Tu t'en souviens, mon frère, je t'ai conté la nuit dernière comment la... la... tu sais ce que je veux dire... (et elle désignait la guitare en se détournant)... je t'ai conté comment elle vint en ma possession ; mais peut-être ne t'ai-je pas dit que le colporteur la tenait des serviteurs d'une grande maison située à quelque distance de l'endroit où je résidais alors.

Pierre signifia son acquiescement et Isabelle continua :

— Or cet homme, que son métier menait dans les petites villes et les villages, passait régulièrement, quoique à de longs intervalles, devant la ferme. Lorsque j'eus découvert l'inscription dorée de la guitare, je le guettai ; car, bien qu'intimement persuadée que le Destin ne révèle ses secrets qu'à son heure, je l'étais également qu'en certains cas il nous livre un petit indice dont il invite notre esprit à suivre la piste, afin que nous puissions parvenir de nous-mêmes au grand secret qu'il tient pour nous en réserve. Ainsi donc, je guettai diligemment le colporteur, et, la première fois qu'il s'arrêta, je parvins à lui extorquer, sans lui laisser deviner mes motifs, le nom de la grande maison d'où venait la guitare. Mon frère, c'était le manoir des Prés-de-la-Selle.

Pierre tressaillit, et la jeune fille poursuivit :

— Oui, mon frère, les Prés-de-la-Selle. « C'est la maison du général Glendinning, dit-il, mais il y a longtemps que le vieux héros n'est plus de ce monde ; et pareillement le jeune général, son fils ; mais il reste un petit-fils du général ; cette famille-là conserve toujours le titre et le nom ; oui, même le prénom : Pierre. Pierre Glendinning était le nom du vieux général à cheveux blancs qui combattit dans les anciennes guerres françaises et indiennes, et Pierre Glendinning est le nom de son jeune petit-fils. » Tu peux bien me regarder ainsi, mon frère ; oui, il parlait de toi, de toi, mon frère.

— Mais la guitare, la guitare ! s'écria Pierre. Comment la guitare a-t-elle pu venir ouvertement aux Prés-de-la-Selle, et comment les servantes ont-elles pu la troquer ? Dis-moi cela, Isabelle !

— Ne m'interroge pas si impétueusement, Pierre, sans quoi tu pourrais rappeler sur moi l'ancien — peut-être le mauvais — sortilège. Je ne puis te répondre d'une façon précise et certaine. Je pourrais supposer, mais que valent les suppositions ? Oh ! Pierre, les mystères sont mille fois meilleurs et plus doux que les suppositions : le mystère est insondable, mais c'est l'insondabilité de la plénitude ; tandis que la supposition est superficielle et vaine.

— Mais c'est là le plus inexplicable. Dis-moi, Isabelle, assurément tu as pensé quelque chose.

— J'ai pensé beaucoup, Pierre, beaucoup, mais comme on pense à un mystère... pas autrement. Je refuserais aujourd'hui d'apprendre, si je le pouvais, comment la guitare arriva aux Prés-de-la-Selle et comment elle fut troquée par des serviteurs des Prés-de-la-Selle. Il suffit qu'elle m'ait trouvée, qu'elle soit venue à moi, qu'elle m'ait parlé et chanté, qu'elle m'ait calmée, qu'elle ait été tout pour moi.

Elle s'arrêta un moment, tandis que Pierre retournait confusément en son moi secret ces étranges révélations ; mais il se fit à nouveau tout attention, car Isabelle reprit :

— Je tenais la clef dans la main de mon esprit, mon frère. Mais de cette clef je ne me servis pas immédiatement. Il me suffisait, dans ma solitude, de savoir où se trouvait la famille de mon père. Jusqu'alors je n'avais jamais songé à révéler mon existence à cette famille. Et, dans l'assurance où j'étais que, pour des raisons évidentes, aucun de ses membres ne pourrait reconnaître en moi, quand bien même il me verrait, qui j'étais réellement, j'éprouvais une entière sécurité à l'endroit d'une rencontre éventuelle. Cependant, mes migrations et mes déplacements inévitables d'une maison à l'autre m'amenèrent enfin à quelque douze milles des Prés-de-la-Selle. Je ressentis une nostalgie grandissante, mais aussi, dans le même temps, une fierté qui luttait contre elle ; oui, une fierté, Pierre ; mes yeux lancent-ils des éclairs ? Ils me trahissent, s'ils ne le font. Mais ce n'est pas là une fierté vulgaire, Pierre ; de quoi Isabelle pourrait-elle être fière en ce monde ? C'est la fierté de... de... d'un cœur trop nostalgique, trop aimant, Pierre... c'est la fierté d'une souffrance et d'un chagrin prolongés, mon frère ! Oui, j'ai vaincu ma grande nostalgie avec l'aide d'une fierté plus puissante encore, Pierre ; et je ne serais pas aujourd'hui dans cette chambre, et tu n'aurais pas reçu une ligne de moi et, selon toute probabilité, tu n'aurais jamais entendu parler de celle que l'on nomme Isabelle Banford, si l'on ne m'avait dit que chez Walter Ulver, à trois milles seulement du manoir des Prés-de-la-Selle, la pauvre Belle trouverait des gens assez bons pour lui donner salaire de son travail. Sens ma main, mon frère.

— Chère et divine jeune fille, ma sublime Isabelle ! s'écria Pierre en saisissant la main offerte avec une émotion insurmontable, comme il est choquant de voir cette étrange rudesse et cette petitesse plus étrange encore réunies dans une main humaine ! Mais, rude et petite, elle suggère par contraste le cœur doux et grand qui rendit cette main si rude par sa soumission céleste à son lot immérité de martyre. Que ne puis-je, Isabelle, imprimer ces baisers non sur ta main, mais sur ton cœur, pour y semer les graines de la joie et du réconfort éternels !

Il bondit sur ses pieds et se tint devant elle avec une si chaleureuse et si divine majesté d'amour et de tendresse que la jeune fille le regarda comme s'il eût été l'unique étoile bienfaisante de sa nuit ténébreuse.

— Isabelle, s'écria Pierre, je souffre cette douce pénitence pour mon père, et toi pour ta mère. Par nos actes terrestres, nous opérerons la rédemption bienheureuse de leurs destins éternels ; nous nous aimerons de l'amour pur et parfait des anges. Si jamais je viens à te manquer, chère Isabelle, puisse Pierre manquer à lui-même et tomber pour toujours dans la vacuité du néant et de la nuit !

— Mon frère, mon frère, ne me parle pas ainsi. C'est trop. Inaccoutumée que je suis à tout amour, le tien, si céleste et si immense, m'écrase ! Un tel amour est presque aussi difficile à supporter que la haine. Reste tranquille. Ne me parle pas.

Ils demeurèrent silencieux quelques instants ; puis elle reprit :

— Oui, mon frère, le Destin m'avait menée à trois milles de toi, et... mais irai-je droit devant moi et te dirai-je tout, Pierre ? Tout ? Absolument ? Es-tu d'essence si divine que je puisse parler ainsi impulsivement, et dire toutes mes pensées, sans prendre garde où elles m'entraînent, ni me soucier des épaves qu'elles peuvent faire flotter vers moi ?

— Va droit devant toi et sans crainte, dit Pierre.

— Je vis par hasard ta mère, Pierre, et en des circonstances telles que je *sus* qu'elle était ta mère ; et... mais continuerai-je ?

— Va tout droit, mon Isabelle ; tu vis ma mère... Eh bien ?

— Quand je la vis, bien que je ne lui parlasse pas et qu'elle ne me parlât pas, mon cœur sut aussitôt qu'elle ne m'aimerait point.

— Ton cœur a dit vrai, murmura Pierre en lui-même. Continue.

— Je fis à nouveau serment de ne jamais me faire connaître de ta mère.

— Serment prêté justement, murmura-t-il encore. Continue.

— Mais je te vis, Pierre, et plus que jamais ma mère se souleva, déborda en moi vers ton père, Pierre. Je compris aussitôt que si jamais je venais à être connue de toi, ton généreux amour s'ouvrirait à moi.

— Ton cœur disait vrai à nouveau, murmura-t-il. Continue. Et juras-tu encore ?

— Non, Pierre ; mais si, en vérité. Je jurai que tu étais mon frère ; avec amour et fierté, je jurai que le jeune et noble Pierre Glendinning était mon frère !

— Et cela seulement ?

— Rien de plus, Pierre ; je n'ai jamais songé à me révéler, pas même à toi.

— Comment cela ? Tu m'es révélée.

— Oui, mais c'est l'œuvre du Dieu Puissant, Pierre, non de la pauvre Belle. Suis-moi. Je me sentais bien mélancolique ici ; la pauvre chère Delly... tu dois avoir eu vent de son histoire... c'est une bien triste maison, Pierre. Écoute ! C'est son pas, son pas presque incessant, que tu entends là-haut. Elle continue ainsi à marcher, à marcher, à marcher ; sous son pas, le tapis de sa chambre s'est usé jusqu'à la corde, Pierre. Son père refuse de la regarder ; sa mère lui a jeté sa malédiction au visage. Depuis plus de quatre semaines, Pierre, Delly n'est pas sortie de cette chambre ni ne s'est couchée (il y a cinq semaines que son lit n'a été défait) ; elle marche, marche, marche jusqu'à minuit passé, puis s'assoit, hébétée, sur sa chaise. Souvent, je vais à elle pour la réconforter, mais elle me crie : « Non, non, non » à travers la porte, elle crie : « Non, non, non » et rien que « non » à travers la porte verrouillée ; verrouillée depuis trois semaines — depuis le jour où je lui dérobai par ruse le cadavre de son bébé, où, seule, la nuit, je creusai une tombe de mes doigts et, secondant le coup charitable du Ciel, j'enterrai loin du pied brutal de l'homme ce menu symbole d'une honte qui n'était point impardonnable —, oui, verrouillée depuis trois semaines et pas une seule fois ouverte depuis lors ; je dois lui jeter sa nourriture par la petite lucarne. Pierre, elle n'a pas mangé deux bouchées en une semaine.

— Que cent malédictions s'abattent comme des guêpes sur ce scélérat de Ned pour le piquer à mort ! s'écria Pierre, bouleversé par cette pitoyable histoire. Que peut-on pour elle, chère Isabelle ? Pierre peut-il quelque chose ?

— Si toi ou moi ne faisons pas quelque chose, la tombe hospitalière lui servira bientôt de refuge, Pierre. Son père et sa mère sont pis que morts pour elle. Ils l'auraient jetée à la porte, je crois, si je ne les avais poursuivis incessamment de mes pauvres supplications.

La profonde compassion de Pierre fit place momentanément à une expression de bienveillante intelligence :

— Isabelle, une idée vient de me traverser l'esprit pour le bien de Delly; mais je ne sais pas encore comment la mettre au mieux à exécution. Je suis cependant résolu à secourir cette malheureuse. Fais en sorte, par tes douces prières, qu'elle reste quelque temps ici, pour permettre à mes plans de mûrir. Maintenant, poursuis ton histoire et distrais-moi de ce bruit de pas; car chacun d'eux retentit dans mon âme!

— Ton noble cœur a maintes salles diverses, Pierre; tes richesses, je le vois, ne sont pas toutes inscrites dans le pauvre livre d'Isabelle, mon frère. Tu es un gage visible, Pierre, des êtres angéliques dont nous doutons parfois à nos heures les plus sombres. L'évangile de tes actes va très loin, mon frère. Si tous les hommes étaient comme toi, il n'y aurait plus d'hommes: le genre humain ne serait plus que séraphins!

— Les louanges, ma sœur, sont faites pour amener subtilement les hommes vils à la belle vertu, en feignant d'ignorer le mal qui est en eux et en leur imputant le bien qui leur est étranger. Ainsi donc, ne me fais pas baisser la tête, chère Isabelle. Ne me loue pas. Poursuis à présent ton récit.

— Je t'ai dit, mon frère, combien j'avais trouvé cette maison lugubre, et cela dès le début. J'avais été accoutumée toute ma vie à la tristesse, mais il régnait ici une telle intensité de malheur, une telle désolation, un tel manque d'espoir de jamais trouver le moindre remède, que la pauvre Belle elle-même l'eût malaisément supporté si elle ne se fût évadée parfois vers des scènes toutes différentes. J'allai donc en des lieux de joie afin de revenir plus forte vers le lieu du malheur, car, à vivre continuellement ici, la stupeur du désespoir vous gagne et vous rend comme morte. Je sortis de temps en temps pour aller visiter les maisons du voisinage, celles que les enfants emplissent de leur babil, et où nulle place ne reste vide à la table joyeuse. C'est ainsi que j'entendis parler de l'ouvroir des demoiselles Pennies et du souci qu'elles avaient de faire profiter toutes les jeunes filles des alentours de leur bienveillante charité. On me pressa, en de nombreuses maisons, de me joindre à cet ouvroir, et je finis par me laisser persuader. On n'aurait pas eu besoin de me prier de la sorte, si je n'avais d'abord appréhendé d'y rencontrer quelqu'un des Glendinning, perspective qui m'était insupportable au-delà de toute expression. J'appris cependant, après de furtives enquêtes, que la maîtresse du manoir ne viendrait pas ce jour-là ; l'information devait se révéler fausse, mais j'allai à l'ouvroir, et tu sais tout le reste.

— Oui, chère Isabelle, mais conte-le-moi pourtant ; ainsi que toutes les émotions que tu as éprouvées là.

V

— Bien qu'un seul jour se soit écoulé, mon frère, depuis notre première rencontre en cette vie, le céleste aimant que tu portes en toi attire à toi toute mon âme. Je poursuis. J'avais dû attendre la charrette d'un voisin et j'arrivai tard à l'ouvroir. Quand j'entrai, les deux salles contiguës étaient très pleines. Je les traversai en compagnie des filles du fermier, mes voisines, pour gagner le recoin où tu m'as vue ; quelques têtes se retournèrent à mon passage, et j'entendis chuchoter : « C'est la nouvelle servante du pauvre Walter Ulver... Quelle étrange fille ils ont trouvée là... je suis sûre qu'elle se croit d'une beauté merveilleuse... Une vraie sainte nitouche... quant à la vertu, mystère... n'est-ce pas une autre Delly qui a fauté et s'est enfuie... friponne... » C'était la première fois que la pauvre Belle se trouvait en si nombreuse compagnie ; et, dans mon ignorance quasi totale de ces choses, j'avais cru que des paroles contraires à la charité ne pourraient trouver place dans une assemblée tenue pour l'amour d'elle. Sans doute tout cela avait-il été dit étourdiment et sans malice. Pourtant, mon cœur s'en attrista douloureusement, car je ressentis alors avec acuité l'affreuse suspicion dont les yeux du vulgaire enveloppent un chagrin étrange et solitaire, comme si le chagrin ne suffisait pas, comme si l'innocence n'était nullement une armure, et qu'il fallût encore endurer le mépris et l'opprobre glacial ! J'éprouvai misérablement — et cela au milieu de fraîches jeunes filles en fleur et de femmes épanouies —, j'éprouvai à nouveau la dévastatrice impression d'inhumanité dont j'ai parlé à propos des premiers temps de ma vie. Mais Pierre, mon Pierre béni, ne me jette pas ces regards de tristesse et presque de reproche ! Quelque solitaire et perdue que j'aie pu être, j'aime mes semblables, je ressens une pitié charitable et compréhensive pour ceux dont le manque de charité et l'incompréhension me repoussent. Et toi, *toi*, frère béni, tu as illuminé maintes régions obscures de mon âme et tu m'as enseigné, une fois pour toutes, que mes semblables sont capables de choses qui feraient la gloire des anges. Ainsi donc, détourne les yeux de moi, cher Pierre, tant que tu ne leur auras pas appris à jeter de plus ordinaires regards.

— Chère Isabelle, c'est donc qu'ils sont pour moi de vils messagers trompeurs. Ce qu'était mon regard, je ne puis le dire, mais mon cœur n'était assombri que de reproches mal contenus à l'adresse d'un Ciel qui peut voir souffrir sans remords une innocence comme la tienne. Poursuis ta trop touchante histoire.

— Je cousais tranquillement, trop timide pour lever les yeux et remerciant ma bonne étoile de m'avoir conduite en un coin si retiré ; je cousais tranquillement une chemise de flanelle, priant Dieu à chaque point qu'elle tînt bien chaud au cœur qu'elle envelopperait et qu'elle le préservât de cette froidure que j'éprouvais moi-même et qu'aucune flanelle, aucune épaisse fourrure, aucun feu n'eussent alors éloignée de moi ; je cousais tranquillement, quand j'entendis annoncer : « Ah ! mesdames, mesdames, voici madame Glendinning, voici monsieur Pierre Glendinning ! » Instantanément, mon aiguille acérée s'enfonça dans mon côté et me perça le cœur ; la flanelle tomba de ma main ; tu entendis mon cri. Mais de bonnes âmes me transportèrent auprès de la fenêtre et l'ouvrirent toute grande ; l'haleine de Dieu souffla sur moi et je repris connaissance. J'invoquai une simple crise passagère : c'était tout à fait fini... j'y étais accoutumée... je les remerciai de tout mon cœur... mais il valait mieux me laisser à présent... j'allais reprendre mon ouvrage. Ainsi l'accès vint et passa. Je m'étais remise à coudre la flanelle, tout en espérant que les visiteurs inattendus s'en iraient bientôt ou qu'un esprit m'emporterait au loin, je cousais à nouveau lorsque... Pierre ! Pierre !... sans lever les yeux... (en vérité, je n'ai pas osé les lever une seule fois, ce soir-là)... sans lever les yeux, et sans avoir conscience d'autre chose que de la flanelle sur mon genou et de l'aiguille dans mon cœur, je sentis, Pierre, je *sentis* un regard magnétique se poser sur moi. Longtemps je m'efforçai, frissonnante, de tourner la tête pour le rencontrer, mais en vain ; quelque esprit secourable s'empara enfin de moi, je te fis face et toute mon âme te regarda. C'en fut assez. Le Destin habita cet instant. Toute la solitude de ma vie, toutes les aspirations réprimées de mon âme m'assaillirent sans que je pusse y échapper. C'est alors que je ressentis pour la première fois toute la disgrâce de mon déplorable état : tandis que toi, mon frère, tu avais une mère et une foule de tantes, de cousins et d'amis à la ville et à la campagne, moi, moi, Isabelle, la propre fille de ton père, jetée à la porte de tous les cœurs, je grelottais dans le froid de l'hiver. Mais cela n'était encore que la moindre des choses. La pauvre Belle ne saurait te dire tout ce qu'éprouva la pauvre Belle. C'était comme un tourbillon d'anciens et de nouveaux égarements d'esprit, obliquement mêlés de rafales de folie. Mais la douce expression interrogatrice, le bienveillant intérêt que je lisais sur ton visage étrangement pareil à celui de ton père — le seul être que j'eusse aimé —, cela, surtout, grossit la tempête qui faisait rage en moi, cela, surtout, m'emplit de l'immense nostalgie d'un être de mon sang qui me connaîtrait, qui, ne fût-ce qu'une fois, me déclarerait sienne, avant de s'en aller. Ô ! mon cher frère ! Pierre ! Pierre ! Si tu pouvais prendre mon cœur et le regarder dans ta main, tu le trouverais gravé, zébré, surchargé en tous sens de nostalgies qui n'ont trouvé leur terme qu'en t'appelant soudain. « Appelle-le ! Appelle-le ! Il viendra », me cria cette nuit-là mon cœur, me crièrent cette nuit-là les feuilles et les étoiles, comme je revenais au logis. Mais l'orgueil se dressa — l'orgueil même de ma nostalgie — et il lutta contre cette impulsion. C'est pourquoi je me suis tenue tranquille, c'est pourquoi je ne t'ai pas appelé. Mais le Destin est le Destin, et cela était prédestiné. Dès que j'eus rencontré ton regard plein d'attentive sollicitude, dès que j'eus contemplé la plénitude de ton angélisme, mon âme tout entière fut défaite par toi ; mon orgueil, coupé à la racine, montra bientôt une flétrissure qui s'étendit au plus profond de mon être ; et je sus qu'il me faudrait languir et mourir, si l'orgueil ne me laissait libre de souffler dans la petite trompette d'une plume les accents les plus perçants de mon cœur et d'appeler à moi mon cher Pierre. Mon âme débordait ; et, tandis que mon encre implorante écrivait sur la page, mes larmes elles aussi se mirent de la partie et composèrent un étrange alliage. Combien je me félicitais que l'amer mélange — ce tréfonds ultime de mon angoisse — ne dût point t'apparaître, puisqu'il sécherait sur la page et que tout serait rentré dans l'ordre avant que la lettre noyée de pleurs ne rencontrât ton regard.

— Ah ! Tu t'es trompée en cela, pauvre Isabelle, s'écria Pierre impulsivement. Tes larmes n'ont pas séché sans traces ; elles ont séché rouge, presque couleur de sang ; et rien ne m'a ému au fond de l'âme comme ce tragique spectacle.

— Quoi ? Quoi ? Pierre, mon frère ? Ont-elles séché rouge ? Oh ! horreur ! Prodige inouï !

— Non, c'est l'encre, l'encre ! Quelque élément chimique en elle a changé les vraies larmes en faux sang ; ce n'est que cela, ma sœur.

— Oh ! Pierre ! Il faut donc — du moins il me semble — que, par quelque miracle, nos cœurs ne connaissent jamais l'extrémité de leurs propres souffrances ; nous pleurons du sang en croyant que ce sang n'est que de l'eau. De nos souffrances comme de nos talents, ce sont les autres parfois qui sont les meilleurs juges. Mais arrête-moi ! Ramène-moi à mon récit ! Et pourtant, il me semble qu'à présent tu sais tout... mais non, pas tout à fait : tu ne sais pas dans quel dessein bien arrêté et mûrement pesé je t'ai écrit ; et la pauvre Belle non plus ne le sait pas ; car la pauvre Belle était alors trop en délire pour nourrir des desseins bien arrêtés et mûrement pesés. C'est une impulsion en moi qui t'a appelé, Pierre, non la pauvre Belle. C'est Dieu qui t'a appelé, Pierre, non la pauvre Belle. Même à présent qu'une nuit s'est écoulée depuis que je t'ai vu et que je me suis abreuvée de ton amour et de ta bonté, même à présent, je suis comme frappée de stupeur et je me demande ce qui va m'advenir pour t'avoir si témérairement revendiqué comme mien. Pierre, *à présent*, en cet instant même, une vague angoisse m'envahit. Dis-moi, m'aimer, me reconnaître pour tienne, publiquement ou secrètement, dis-moi, cela n'implique-t-il pour toi aucune blessure vitale ? Parle sans réserve, parle honnêtement, comme je le fais. Parle à présent, Pierre, et dis-moi tout !

— L'amour est-il un mal ? La vérité peut-elle nous livrer traîtreusement à la douleur ? Chère Isabelle, comment pourrait-on être blessé sur le sentier de Dieu ? Maintenant que je te connais toute, pourrais-je manquer de te déclarer mienne et de t'aimer à la face du monde endurci... le pourrais-je ? C'est alors que tu aurais raison de me poser cette question et de me demander : « Dis-moi, Pierre, le fait d'étouffer dans ton cœur les droits sacrés de la pauvre Isabelle ne te cause-t-il pas une incessante misère ? » Et mon âme sincère répondrait en écho : « Incessante misère ! Non, non, non. Tu es ma sœur et je suis ton frère ; et cette part du monde qui me connaît te reconnaîtra, ou, par le ciel, je lui ferai ployer les genoux devant toi, ma tendre Isabelle ! »

— Les menaces de tes yeux me sont de chères délices ; je grandis à la mesure de ta glorieuse stature ; et en toi, mon frère, je vois l'ambassadeur indigné de Dieu qui me dit : « Debout, debout, Isabelle, n'accepte pas les conditions du monde vulgaire, dicte-lui les tiennes, arrache-lui tes droits ! » Ta contagieuse noblesse me déféminise, mon frère ; et je sais désormais qu'en ses moments les plus sublimes, la femme ne sent plus la douceur jumelle de ses seins, mais une cotte de mailles palpitante.

Son attitude de magnifique audace, sa longue chevelure qui laissait traîner, dédaigneuse, une bannière éparse, ses merveilleuses prunelles transfigurées où semblaient se jouer des météores, tout en elle paraissait à Pierre l'ouvrage d'un invisible enchanteur. Elle se tenait devant lui, transformée, et Pierre, s'inclinant très bas devant elle, rendit hommage à cette indépendante et fulgurante majesté de l'humanité qui peut être aussi majestueuse et menaçante chez la femme que chez l'homme.

Mais Isabelle retrouva enfin la suavité de son sexe ; et elle s'assit en silence dans l'embrasure de la fenêtre, en contemplant les doux éclairs de chaleur de l'électrique nuit d'été.

VI

Souriant tristement, Pierre rompit le silence :

— Ma sœur, tu es si riche que je veux te demander l'aumône ; je suis affamé ; j'ai oublié de manger depuis le petit déjeuner ; apporte-moi du pain et un verre d'eau avant que je ne parte. La nuit dernière, j'ai dévalisé l'office comme un voleur ; mais, cette nuit, nous souperons ensemble, Isabelle ; puisque nous devons désormais lier nos vies, commençons dès maintenant à manger de compagnie.

Isabelle le regarda avec une émotion soudaine et profonde, puis avec une douceur tout acquiesçante, et quitta silencieusement la pièce.

Quand elle revint, Pierre dit, en levant les yeux au plafond :

— Elle est tranquille à présent, les pas ont entièrement cessé.

— Son pied s'est arrêté, mais non point son cœur palpitant. Non, mon frère, elle n'est pas tranquille à présent. Toute tranquillité a fui loin d'elle, et le silence tournoyant de la nuit n'est encore pour elle que tumultueux désarroi.

— Donne-moi une plume ou un crayon, et du papier, Isabelle.

Déposant le pain, l'assiette et le couteau qu'elle tenait à la main, Isabelle alla chercher une plume, de l'encre et du papier.

Pierre prit la plume.

— Était-ce celle-ci, chère Isabelle ?

— Celle-là même, mon frère ; il n'y en a pas d'autre dans cette pauvre chaumière.

Il regarda fixement la plume. Puis, se tournant vers la table, il écrivit d'une main ferme le billet suivant :

« Pour Delly Ulver, avec la profonde et sincère sympathie de Pierre Glendinning.

« Votre triste histoire, que je connaissais déjà en partie, vient de m'être relatée plus complètement par quelqu'un qui compatit sincèrement à vos peines et qui m'a fait partager ses sentiments. Vous désirez quitter ce voisinage, vivre en paix au loin et trouver un emploi retiré qui convienne à votre sexe et à votre âge. De ceci je me charge et me porte garant bien volontiers, tout au moins dans la mesure de mes forces. Ainsi donc, si votre chagrin ne méprise pas toute consolation comme le veut trop souvent l'égarement du malheur, deux vrais amis vous supplient de reprendre courage, de penser que votre vie n'est pas achevée, que le baume continu du temps est le plus sûr guérisseur. Patientez encore quelque peu, afin que nous puissions régler de notre mieux votre sort futur ; et tenez-nous, Isabelle et moi, pour des amis dévoués, fidèles et vrais. »

Il tendit la lettre à Isabelle. Elle la lut silencieusement, la déposa pour étendre ses deux mains sur Pierre, et, d'un seul geste, leva les yeux vers Delly et vers Dieu.

— Tu crois que cette lettre ne la fera pas souffrir, Isabelle ? Tu sais cela mieux que moi. J'ai pensé qu'avant de lui venir en aide, nous pourrions, en nous y engageant, lui apporter quelque réconfort. Mais garde la lettre et fais comme tu le jugeras préférable.

— Alors je vais la donner à l'instant, mon frère, dit Isabelle en le quittant.

Cependant, une torpeur figeante lançait un long rivet à travers la nuit pour la clouer solidement à cette face du monde. Laissé seul à nouveau, Pierre ne pouvait en une telle heure que prêter l'oreille. Il entendit le pas d'Isabelle monter l'escalier, puis retentir au-dessus de lui et, après un heurt discret, crut percevoir le bruit d'un papier que l'on glisse sous une porte. Alors, un autre pas s'avança en tremblant à la rencontre du pas d'Isabelle, puis les deux pas se séparèrent et bientôt Isabelle revint vers lui.

— Tu as frappé et tu as glissé la lettre sous la porte.

— Oui, elle est maintenant entre ses mains. Écoute... Un sanglot ! Dieu merci, son long chagrin aride a trouvé enfin des larmes. La pitié, la sympathie ont fait cela. Pierre, pour ta chère action, tu es sanctifié avant ta mort.

— Les saints ont-ils faim, Isabelle ? demanda Pierre, cherchant à détourner ses pensées. Viens, donne-moi le pain ; mais non, sers-moi, ma sœur. Merci. Ah ! ce pain est deux fois délectable. Est-ce toi qui l'as fait, Isabelle ?

— Moi-même, mon frère.

— Donne-moi la tasse ; tends-la-moi de ta propre main. Ainsi... Isabelle, mon cœur et mon âme débordent à présent du plus profond respect ; mais j'ose appeler ce repas le vrai sacrement de la Cène. Mange avec moi.

Ils mangèrent tous deux sans un mot ; puis, sans un mot, Pierre se leva, baisa le front pur et sans tache, et partit.

VII

Nous ne savons point quelles furent les pensées de Pierre Glendinning lorsqu'en regagnant le village il s'engagea sous le couvert intermittent des arbres. Aucune lumière humaine, aucun bruit humain ne venaient jusqu'à lui : il apercevait seulement à ses pieds, par intervalles, les feux Saint-Elme qui se jouaient comme des serpents parmi les brins d'herbe ; il distinguait, entre les arbres, la lueur lointaine et confuse du ciel ; il entendait l'immense murmure unanime qu'exhale, en respirant, la terre endormie.

Il s'arrêta devant une maison isolée et plaisante, entourée de bosquets. Il gravit le perron et frappa distinctement à la porte, au moment précis où l'horloge du village sonnait une heure. Il frappa, mais sans recevoir de réponse. Il frappa encore ; bientôt, une fenêtre s'ouvrit au second étage et une voix étonnée demanda qui était là.

— C'est Pierre Glendinning, qui désire un instant d'entretien avec le Révérend Falsgrave.

— Est-il possible ?... Au nom du Ciel, de quoi s'agit-il, jeune homme ?

— Il s'agit de tout ; il s'agit de l'univers. Voulez-vous me recevoir, monsieur ?

— Certainement... mais, je vous en prie... non, attendez, je vais vous recevoir.

La porte fut ouverte à Pierre plus rapidement qu'on n'eût pu s'y attendre par M. Falsgrave en personne, enveloppé dans une très seyante robe de chambre en plaid écossais, et tenant une chandelle à la main.

— Pour l'amour du Ciel, de quoi s'agit-il, M. Glendinning ?

— Il s'agit du ciel et de la terre, monsieur ! Monterons-nous dans votre cabinet ?

— Certainement... mais... mais...

— Eh ! bien, allons.

Ils montèrent l'escalier et se trouvèrent bientôt dans le cabinet du clergyman, où ils s'assirent tous deux, l'hôte stupéfait tenant toujours la chandelle et fixant Pierre avec une expression de crainte.

— Vous êtes, je crois, un homme de Dieu, monsieur ?

— Moi ? Moi ? Moi ? Sur ma parole, M. Glendinning !

— Oui, monsieur, le monde vous appelle un homme de Dieu. Mais qu'as-tu décidé avec ma mère, homme de Dieu, au sujet de Delly Ulver ?

— Delly Ulver ! Comment, comment... qu'entendez-vous par cette folie ?

— J'entends vous demander, monsieur, ce que vous avez décidé, vous et ma mère, au sujet de Delly Ulver.

— Elle ?... Delly Ulver ? Elle doit quitter le pays. Ses propres parents ne veulent pas d'elle.

— *Comment* doit-elle partir ? *Qui* doit la recevoir ? Est-ce *toi* qui la recevras ? *Où* ira-t-elle ? *Qui* subviendra à ses besoins ? *Comment* sera-t-elle préservée de la pollution à laquelle ses pareilles sont poussées chaque jour par le détestable manque de charité et de cœur dont le monde fait preuve ?

— M. Glendinning, dit le clergyman, déposant calmement la chandelle et s'enveloppant dignement dans sa robe de chambre, M. Glendinning, je ne ferai pas mention, pour le présent, de l'étonnement bien naturel que m'inspire une visite aussi singulière et aussi intempestive. Vous m'avez demandé une information sur un point particulier, et je vous l'ai donnée dans la mesure de mes moyens. Quant aux questions accessoires que vous m'avez posées ensuite, je préfère n'y point répondre. Je serais très heureux de vous voir à une autre heure, mais pour l'instant veuillez m'excuser. Bonne nuit, monsieur.

Pierre demeura parfaitement immobile, et le clergyman dut, lui aussi, demeurer immobile.

— Je comprends parfaitement, monsieur. On envoie Delly Ulver mourir de faim ou pourrir, et cela avec l'approbation d'un homme de Dieu. M. Falsgrave, la question de Delly, quelque profond intérêt qu'elle puisse avoir pour moi, n'est que le prélude d'une autre question qui m'intéresse bien plus encore, et au sujet de laquelle je nourrissais quelque espoir de recevoir de vous, étant donné votre caractère chrétien, un conseil sincère et honnête. Mais le Ciel me confirme à présent que vous ne sauriez me donner un conseil sérieux et dépouillé de tout souci mondain. Il me faut le demander directement à Dieu lui-même, qui, je le sais maintenant, ne délègue jamais ses très saints avertissements. Mais je ne vous blâme point ; je commence à comprendre que votre profession est inévitablement entravée par des liens matériels et qu'elle ne peut s'exercer avec une divine liberté dans un monde de bénéfices. Je suis plus triste qu'indigné. Pardonnez-moi l'incivilité de ma visite et soyez assuré que je ne suis pas votre ennemi. Bonne nuit, monsieur.

LIVRE IX

Plus de lumière,
et l'ombre de cette lumière.
— Plus d'ombre,
et la lumière de cette ombre

I

Dans ces régions hyperboréennes où la sincérité, la gravité fervente et l'indépendance mènent invariablement un esprit formé par nature pour la méditation profonde et libre de crainte, tous les objets se montrent dans une lumière douteuse, incertaine et réfractée. À travers cette atmosphère raréfiée, les maximes humaines les plus immémorialement admises commencent à glisser, à fluctuer et finissent par s'inverser, les cieux mêmes n'étant point innocents de cette confusion, puisque c'est surtout dans les cieux que se déroulent ces prodigieux mirages.

Mais l'exemple de maints esprits perdus à jamais parmi ces régions traîtresses comme d'introuvables explorateurs arctiques, cet exemple nous enseigne que l'homme ne saurait suivre aussi loin la piste de la vérité sans perdre entièrement la boussole directrice de son esprit; car, une fois parvenue au pôle désertique qu'elle désigne, l'aiguille se tourne indifféremment vers tous les points de l'horizon.

Mais les zones de pensée plus accessibles ne laissent pas non plus d'être sujettes à de singulières introversions. Tout homme sincère doué d'un pouvoir de réflexion moyen et accoutumé si peu que ce soit à l'exercer, doit avoir été frappé par l'idée qu'après tout, lorsque les personnes optimistes applaudissent avec tant d'enthousiasme ce qu'elles appellent la marche de l'esprit vers la Vérité — c'est-à-dire l'irruption de la Vérité dans l'Erreur —, la regardant comme le plus grand, le plus fondamental, le plus universel bienfait que l'on puisse demander dans ses prières — presque tout homme pensant, donc, doit avoir été frappé, à un moment ou à un autre, par l'idée qu'une méprise formidable doit se cacher là-dessous, étant donné que tout le monde ne s'avance pas en troupeau vers la Vérité, mais çà et là seulement quelques individus ; lesquels, ce faisant, laissent les autres par-derrière, s'éloignant à jamais de leur sympathie et s'exposant à devenir des objets de méfiance, d'aversion, souvent même — quoique plus secrètement — de crainte et de haine. Comment s'étonner, dès lors, que ces esprits avancés, qui, en dépit de leur avance, restent encore mal réglés, comment s'étonner qu'ils soient incités par les provocations qu'ils subissent à se retourner, en se livrant à des actes d'agression inconsidérés, contre des sentiments et des opinions qu'ils ont une fois pour toutes laissés derrière eux ? Il est certain que, dans les premiers stades du progrès, particulièrement chez les esprits juvéniles qui n'ont pas encore accepté le monde tel qu'il est inévitablement et tel qu'il sera éternellement, cette agressivité se manifeste presque toujours, pour ensuite, presque toujours, faire l'objet de leurs regrets.

Cette prodigieuse rafale de vérité pratique qui, en quelques jours, n'avait point tant porté en avant que magiquement transplanté l'esprit juvénile de Pierre, par-delà tout commun discernement, cette rafale n'avait point soufflé sans amener avec elle la déplorable arrière-garde d'agressivité que nous avons essayé de dépeindre. Cédant à une impulsion injustifiable, il avait fait irruption chez le Révérend Falsgrave à l'heure où celui-ci dormait du plus profond sommeil, et bataillé de la façon la plus discourtoise contre cette aimable et estimable personne. Mais, de même que, sous l'influence de circonstances singulièrement impérieuses, ses progrès en intuition avaient été extraordinairement rapides, de même à présent il allait à grands pas vers une certaine sagesse, vers la charité, et les dernières paroles qu'il avait adressées à M. Falsgrave montrent suffisamment qu'avant même de quitter le cabinet de ce monsieur, il s'était déjà repenti de sa visite.

Comme il poursuivait sa marche, plongé dans les profondes méditations que l'heure éveillait en lui et bouleversé dans tout son être intime par le feu d'un enthousiasme toujours créateur, il prit nettement conscience de maintes considérations palliatrices qui, si elles s'étaient présentées plus tôt à son esprit, auraient péremptoirement interdit son impulsive intrusion chez le respectable clergyman.

Mais l'influence maligne de cette atmosphère terrestre veut que l'homme mortel ne puisse souvent atteindre à la Raison qu'après s'être rendu coupable de Folie. Et cette pensée devrait à jamais retenir sur nos lèvres les imprécations hâtives que nous arrachent nos retours de Folie ; car, bien que la Folie soit notre maîtresse, c'est la Raison qu'elle nous enseigne, et, si la Folie nous quittait pour toujours, elle entraînerait avec elle toute Raison ultérieure, nous abandonnant à mi-chemin de la sagesse. Seule, en effet, la miraculeuse vanité de l'homme peut lui donner à croire qu'il soit possible, fût-ce pour l'esprit le plus richement doué, de jamais connaître en ce monde une heure où l'on ait vraiment le droit de se dire : je suis parvenu au Terme Suprême de la Spéculation Humaine ; désormais j'en resterai là. De soudaines charges de vérité nouvelle l'assailliront et le balaieront comme les Tartares la Chine, car toutes les murailles de Chine que l'homme peut élever en son âme ne sauraient arrêter de façon permanente l'invasion de ces hordes barbares que la Vérité engendre sans cesse dans les entrailles de son Septentrion glacé mais fécond ; en sorte que l'Empire de la Connaissance Humaine est impuissant à maintenir une dynastie, puisque la Vérité donne toujours de nouveaux Empereurs à la terre.

Mais les pensées que nous prêtons à Pierre doivent être soigneusement distinguées de celles que nous émettons à son sujet. Dénué alors de toute idée concernant ici l'influence réciproque de la Folie et de la Raison dans le développement intellectuel et moral de l'esprit, Pierre se reprochait sévèrement sa conduite irréfléchie, et son âme ébranlée se prenait à éprouver autant de méfiance à l'égard de la transformation radicale de sentiments qui l'avait poussé à commettre une inconvenance et une folie criantes, qu'à l'égard de lui-même. Mais cette dernière méfiance — la plus désespérée de toutes — ne s'adressait pas à son cœur ; car le Ciel même, il le sentait, avait sanctifié celui-ci de sa bénédiction ; elle s'adressait à son esprit qui, tout en épousant d'une manière indisciplinée la cause enthousiaste et virile de son cœur, semblait jeter le blâme sur cette cause même.

Mais, bien qu'un cœur sincère ait toujours en réserve un baume éventuel pour la plus déplorable erreur du cerveau, dans l'intervalle l'homme ne connaît guère d'allégement à sa peine et s'abîme dans une mélancolie sans nom. Alors, les résolutions les plus magnanimes et les plus vertueuses semblent n'avoir visé qu'à nous procurer de belles émotions spirituelles et non à préparer leur mise en acte, puisqu'en essayant de leur donner corps, nous nous sommes révélés de misérables gaffeurs et nous sommes attiré une honte ignominieuse. Alors, les armées jamais entièrement défaites de la Banalité, de la Convention et de la Prudence Mondaine reviennent à la charge, pressent vivement l'âme défaillante et dénoncent sa noblesse avec d'inhumaines huées, comme une simple excentricité que la sagesse et l'expérience guériront. L'homme se sent saisi aux bras et aux jambes, convulsivement écartelé par ses propres indécisions et ses doutes. Puis, le désespoir brandissant sa bannière sur ce conflit cruel, il s'affaisse et s'évanouit sous ses plis ténébreux.

Tel était précisément l'état d'esprit de Pierre lorsque, la tête basse, il franchit vers deux heures du matin le seuil manorial des Prés-de-la-Selle.

II

Au cœur profondément silencieux d'une maison pleine de serviteurs endormis, Pierre était assis devant sa table ronde, jonchée encore des livres et des papiers qu'il avait brusquement quittés trois jours plus tôt pour un nouvel et plus absorbant objet. En haut de la pile de livres se trouvaient, bien en vue, l'*Enfer* de Dante et le *Hamlet* de Shakespeare.

Son esprit errait dans le vague; son bras errait dans le vague. Bientôt il trouva l'*Enfer* ouvert dans sa main, et son regard rencontra les vers suivants, allégoriquement inscrits sur l'arche que les mortels franchissent en quittant le sein de la vie humaine:

Par moi va-t-on dans la cité dolente,
Par moi va-t-on dans l'éterne douleur
Par moi va-t-on emmi la gent perdue.
. . . .
Vous qui entrez, laissez toute espérance!

Le volume fatal tomba de sa main. Sa tête frappée par la fatalité tomba sur sa poitrine.

Son esprit errait dans le vague; son bras errait dans le vague. Quelques instants s'écoulèrent, et il trouva *Hamlet* ouvert dans sa main, et son regard rencontra les vers suivants:

Le siècle est détraqué. Ô sort maudit
Qui veut que je sois né pour le remettre en ordre!

Le volume trop vrai tomba de sa main; son cœur pétrifié tomba dans la caverne de son âme comme un caillou dans le puits de Carisbrooke[1].

III

L'homme Dante Alighieri reçut du monde des insultes et des affronts impardonnables; et le poète Dante Alighieri appela sur le monde son immortel anathème dans la sublime malédiction de l'*Enfer*. La langue flamboyante dont les dards politiques lui avaient fait perdre les douceurs de ce monde trouva sa contrepartie maligne chez cette muse de feu qui refusait pour toujours à la plus grande part de l'humanité toute douceur dans les mondes à venir. Heu-

1. Puits particulièrement profond d'un château de l'île de Wight. Melville a pu songer à Charles Ier, qui fut emprisonné là peu de temps avant de passer en jugement. *(N.d.T.)*

reusement pour le dilettante littéraire, les horribles significations allégoriques de l'*Enfer* n'apparaissent pas à la surface ; mais, malheureusement pour les jeunes et ardents investigateurs de la vérité et de la réalité, ces horribles significations, la première fois qu'on les découvre, infusent leur poison dans une région de l'organisme que ne protège point le sentiment de son inébranlable sécurité, antidote souverain dont les âmes les plus avancées et les plus profondes ont seules l'apanage.

Jugez donc, ô esprits judicieux, de l'état d'âme de Pierre, selon la mesure où le passage de Dante le toucha.

Si, parmi les plus profondes leçons d'un texte continûment indéfini — leçons sagement cachées à tous sauf à de très rares adeptes — la prégnante tragédie de *Hamlet* exprime une morale particulière dont l'homme peut faire couramment usage, c'est celle-ci : toute méditation est sans valeur, qui n'invite pas à l'action ; l'homme ne doit pas rester à tergiverser, en se laissant ballotter par des impulsions diverses et contradictoires ; dès l'instant qu'il est convaincu, il doit frapper, et, si possible, avec la force et la précision de l'éclair.

Pierre avait toujours été un admiratif lecteur de *Hamlet* ; mais ni son âge, ni son expérience intellectuelle ne lui avaient permis jusqu'alors de saisir des lueurs initiatrices dans les ténèbres désespérées du contenu intime de l'œuvre, non plus que de tirer de l'ensemble de la légende ces enseignements superficiels et purement accessoires sur lesquels le moraliste s'étend si complaisamment.

La plus intense lumière de raison et de révélation combinées ne projette point sur les réalités profondes de l'homme d'aussi éclatantes divulgations que celles qui procèdent alors, parfois, de ses propres ténèbres abyssales. La complète obscurité devient sa lumière, et, comme un chat, il voit distinctement tous les objets dans un milieu où la vision commune reste aveugle. Pourquoi les Ténèbres et la Douleur ont-elles été célébrées de tout temps comme les meilleurs chambellans de la connaissance ? Comment se peut-il qu'ignorer les Ténèbres et la Douleur soit ignorer tout ce qu'un homme héroïque doit apprendre ?

À la lumière de ces ténèbres, Pierre retournait dans sa main l'âme de Hamlet. Il ne savait pas alors — ou du moins ne sentait pas — que Hamlet, bien que doué de vie, n'était après tout qu'une créature insubstantielle, évoquée par la magie arbitraire d'une main créatrice et, pour finir, tout aussi arbitrairement congédiée sous les voûtes sans fin de l'enfer et de la nuit.

C'est le privilège, conféré non sans partialité, des intuitions les plus finales qu'à l'instant où elles révèlent des abîmes, elles révèlent aussi parfois — quoique moins distinctement — des hauteurs correspondantes. Mais, lorsque l'explorateur est plongé à mi-chemin dans l'abîme, les déchirures rocheuses lui dérobent entièrement les arches supérieures, et il n'a conscience que d'un golfe de ténèbres verticales.

Jugez donc, ô esprits judicieux, de l'état d'âme de Pierre, selon la mesure où le passage de *Hamlet* le toucha.

IV

Déchirées en mille morceaux, les pages imprimées de l'*Enfer* et de *Hamlet* gisaient à terre, piétinées, et les couvertures vides raillaient Pierre de leurs vains titres. Dante l'avait rendu furieux, mais *Hamlet* insinuait qu'il n'y avait personne à frapper. Dante lui avait appris qu'il possédait une amère raison de combattre, mais *Hamlet* lui inspirait la crainte de faillir dans la lutte. Il se reprit à maudire son destin, car il commençait à comprendre qu'après tout il n'avait fait que finasser avec lui-même, tergiverser et perdre en méditations sentimentales des instants qu'il eût dû consacrer à l'action immédiate.

Quarante-huit heures et plus s'étaient écoulées. Isabelle était-elle reconnue à la face du monde ? Avait-elle paru en public à son bras ? Qui la connaissait, hormis Pierre ? Comme un vil poltron, il avait erré dans les bois pendant le jour, et, comme un vil poltron, il s'était glissé chez elle pendant la nuit ! Comme un voleur, il s'était mis à bégayer et à pâlir devant sa mère ! Lui qui avait épousé la cause de la Justice Sacrée, il avait permis à une femme de se dresser impérieusement devant lui ! Ah ! il est aisé pour l'homme de penser en héros, mais il est difficile pour l'homme d'agir en héros. Toutes les audaces imaginables pénètrent dans son âme, mais peu en sortent hardiment.

Voulait-il ou ne voulait-il pas de façon vitale accomplir ce qu'il avait résolu ? L'étoffe considérable qu'il fallait pour cela, la possédait-il ou ne la possédait-il pas ? Pourquoi différer ? Pourquoi remettre ? Son parti était pris, pourquoi ne pas agir ? Que lui restait-il à apprendre ? Relativement à la reconnaissance publique d'Isabelle, que lui était-il resté d'essentiel à apprendre depuis qu'il avait jeté un regard sur sa première lettre ? Des doutes sur son identité étaient-ils venus l'arrêter ? Point du tout. Sur la muraille épaisse et ténébreuse du mystère d'Isabelle éclatait le fait brûlant, comme tracé par quelque doigt phosphorescent, qu'Isabelle était sa sœur. Eh bien, alors, que signifiait cette entière dérobade devant les actes ? Se laissait-il ébranler par la pensée que, dès qu'il aurait parlé à sa mère d'Isabelle et de sa résolution de la déclarer sienne hardiment et tendrement, la fière Mme Glendinning, repoussant cette atteinte à la mémoire de son mari, repousserait également Pierre et Isabelle, et les dénoncerait l'un et l'autre à sa haine comme des complices dénaturés, acharnés à souiller le nom du plus pur des époux et des pères ? Nullement. Cette pensée ne le hantait point. N'avait-il pas arrêté déjà que sa mère ne saurait rien de la naissance d'Isabelle ? Mais alors, comment pourrait-il reconnaître Isabelle à la face du monde, si sa mère ne devait rien savoir de cette reconnaissance ? Misérable équivoqueur, pitoyable barguigneur à courte vue, quel grotesque jeu de dupe n'as-tu pas joué avec toi-même ! Imbécile et lâche ! Lâche et imbécile ! Déchire ta poitrine pour y lire l'histoire confondante de ton aveugle sottise ! Tes deux grandes résolutions — la reconnaissance publique d'Isabelle et la dissimulation de son existence à ta propre mère — sont inconciliables. Et de même, ta résolution magnanime de garder de tout reproche l'honorable mémoire de ton père et ta résolution de revendiquer ouvertement le lien de fraternité qui t'attache à Isabelle sont également inconciliables. Qu'un seul individu ait pu former ces quatre résolutions sans s'apercevoir qu'elles s'excluaient l'une l'autre, c'est là une folie indicible, Pierre, qui imprime au fer rouge sur ton front la marque de ton indicible présomption !

Tu peux bien perdre foi en toi-même, et te maudire, et déchirer ton *Hamlet* et ton *Enfer* ! Oh ! imbécile, aveugle imbécile, âne bâté ! Va, va, pauvre et faible créature ! Les hauts faits ne sont pas pour les larves aveugles comme toi ! Quitte Isabelle et retourne à Lucy ! Demande humblement pardon à ta mère et conduis-toi désormais en fils docile. Pierre, Pierre, Pierre... présomptueux !

Il serait impossible d'exprimer toute la confusion qui s'empara de l'âme de Pierre dès qu'il eut pris conscience des contradictions absurdes qui l'habitaient. Volontiers eût-il répudié la mémoire et l'esprit coupables de lui représenter l'outrageuse violence qu'il avait infligée à son sens commun. Tous les flots ardents de l'*Enfer* et toutes les houleuses ténèbres de *Hamlet* le suffoquèrent à la fois de flammes et de fumées. Les parois de son âme s'écroulèrent en lui ; dans l'aveugle rage de sa folie furieuse, il se précipita contre le mur et tomba dans la vomissure de son identité haïe.

LIVRE X

La résolution finale et sans précédent de Pierre

I

Que soit glorifiée la gracieuse mémoire de celui qui a dit pour la première fois : les plus profondes ténèbres précèdent le jour. Nous ne nous soucions pas de savoir si cette parole demeure vraie aux extrêmes limites des choses ; il nous suffit qu'elle le soit parfois dans les bornes de la finitude terrestre.

Le lendemain matin, Pierre se leva du plancher de sa chambre, hagard et le corps rompu par la détresse totale de la nuit passée, mais stoïquement serein, équilibré en son âme, et non sans l'avant-goût de ce qui lui apparaissait alors comme un avenir préconçu et parfait. Il croyait savoir à présent que la tempête qui avait éclaté sur lui de si terrible manière s'était déchaînée pour son bien : car la place qu'en son incipience insoupçonnée la tempête avait obscurément occupée dans son âme lui apparaissait maintenant comme un ciel limpide, et il semblait commander distinctement tout son horizon.

Sa résolution était étrange et extraordinaire ; mais elle n'en répondait que mieux à un événement étrange et extraordinaire. Et elle n'était pas seulement étrange et extraordinaire par la nouveauté de son aspect, mais aussi par le renoncement sans égal qu'elle impliquait.

Déterminé, dès le premier instant, à garder intacte envers et contre tout la bonne renommée de son père, quoi qu'il fît pour protéger Isabelle et pour étendre jusqu'à elle la dévotion et l'amour suprêmes d'un frère ; également déterminé à ne point troubler durablement la paix de sa mère en lui révélant inutilement de pénibles faits ; jurant néanmoins, au plus profond de son âme, d'embrasser Isabelle devant le monde et de lui dispenser la constante consolation de son affectueuse présence ; et ne trouvant aucun moyen d'accorder tout cela sans commettre une pieuse et très singulière imposture — que le Ciel, pensait-il, serait unanime à ratifier puisqu'elle exigeait qu'il fût lui-même la grande victime renonçante —, il avait pris la décision ferme et irrévocable de feindre aux yeux du monde que, par des rites secrets, Pierre Glendinning était déjà devenu l'époux d'Isabelle Banford. Ce titre prétendu lui permettrait d'habiter avec elle, de la présenter comme son égale partout où le monde accepterait de la recevoir, et, dans le même temps, couperait court à toute curiosité malvenue concernant la mémoire de son défunt père, mémoire à laquelle la paix de sa mère était indissolublement liée. Pierre prévoyait déjà, il est vrai, qu'inévitablement, quoique indirectement, l'extraordinaire résolution qu'il avait prise percerait d'un trait douloureux le cœur de sa mère ; mais cette douleur lui semblait faire partie du prix immense qu'il fallait nécessairement payer pour son enthousiaste vertu, et, dans ces conditions, il préférait infliger privément à sa mère vivante une blessure peut-être guérissable, plutôt que de jeter un déshonneur universel et irrémédiable — ainsi du moins lui semblait-il — sur son père mort.

Sans doute, toute autre créature qu'Isabelle eût-elle été incapable de produire sur Pierre des impressions assez puissantes pour l'amener à une résolution finale aussi unique. Mais la merveilleuse musique du chagrin de la jeune fille avait touché le secret monocorde de son sein par une apparente magie, précisément semblable à celle qui avait incité les cordes de la guitare à répondre aux plaintes mélancoliques qu'exhalaient les fibres intimes de sa maîtresse. La voix profonde de l'être d'Isabelle l'appelait des lointaines immensités du ciel et de l'air, et il semblait qu'aucun veto terrestre ne pût s'opposer à ses revendications célestes.

Pendant les trois jours qu'il l'avait personnellement connue et qu'il s'était trouvé en contact magnétique avec elle, d'autres convictions et d'autres influences embusquées dans ses yeux troublants et dans son merveilleux récit avaient laissé sur lui leur empreinte ineffaçable et joué, peut-être à son insu, un rôle prédominant dans la genèse de sa résolution. Isabelle lui apparaissait comme la glorieuse enfant de la Fierté et du Chagrin, car il retrouvait sur son visage les plus divins traits de ces deux parents : la Fierté lui donnait sa noblesse sans nom, le Chagrin teintait cette noblesse d'une douceur angélique, et cette douceur était baignée à son tour d'une très charitable humilité, fondation de sa plus haute excellence.

Ni en parole ni en écrit, Isabelle n'avait laissé paraître la moindre trace de ces soucis et désirs plus vulgaires qu'on eût été en droit d'attendre d'une personne placée dans des conditions comme les siennes. Bien que presque entièrement dépourvue d'argent, elle n'avait point invoqué la générosité pécuniaire de Pierre ; et bien qu'elle eût gardé un silence complet à cet égard, Pierre n'avait pas laissé de sentir qu'elle dédaignait de dépendre volontairement de la générosité d'autrui, fût-ce d'un frère. En outre, bien qu'elle eût montré de mille façons inexprimables qu'elle avait conscience d'être entourée de créatures inférieures, pour la société desquelles n'était point faite assurément la descendante d'une race généreuse qui méritait le compagnonnage des âmes les plus raffinées du monde, elle n'avait point demandé à Pierre de la revêtir de brocart et de l'introduire dans le cénacle choisi des opulentes châtelaines de la contrée. Mais, si elle avait prouvé ainsi sa distinction et sa noblesse instinctives par sa complète indépendance à l'égard de tous mobiles sordides, elle n'avait pas davantage noyé son affection consanguine pour le frère qu'elle avait si soudainement découvert dans des effusions maladives qui, venant d'une femme moins séduisante, auraient pu être franchement désagréables à Pierre. Non. Cette intense, cette indescriptible nostalgie, que l'incohérence même de sa lettre traduisait si bien, n'avait point une origine basse, vaniteuse ou vulgaire : c'était l'irrépressible, l'indubitable cri de la divinité qui retentissait dans son âme, pour ordonner à Pierre de voler vers elle et d'accomplir son devoir le plus haut et le plus glorieux.

Ce devoir, désormais, ne semblait plus consister aux yeux de Pierre à heurter opiniâtrement de front le marbre du passé ni à tenter d'abolir le décret qui privait à jamais Isabelle de tous les privilèges d'une fille légitime. Il était convaincu, à présent, qu'en l'occurrence cela serait à la fois déraisonnable et cruel tant pour les vivants que pour les morts ; et que, d'ailleurs, rien de tel n'était désiré par Isabelle qui, encore qu'elle eût cédé une fois à un accès momentané d'enthousiasme agressif, ne trahissait dans son habituelle douceur mélancolique nul égarement dans la révolte. Il était convaincu également qu'Isabelle serait heureuse de vivre sans que fût révélée sa filiation, dès lors qu'elle pourrait apaiser sa profonde nostalgie de l'amour, de la sympathie et du contact domestique d'une créature de son sang. En sorte que Pierre n'avait pas la moindre crainte qu'une fois mise au fait de son projet, elle ne le jugeât fatal à ses espérances naturelles. Quant à l'apparente étrangeté dudit projet — étrangeté qui eût été sans doute insurmontable pour une femme pusillanime et routinière —, là encore, Pierre n'attendait aucun obstacle de la part d'Isabelle, car son passé tout entier était étrange, et c'est l'étrangeté qui semblait convenir le mieux à son avenir.

Mais, si Pierre avait relu le premier paragraphe de la lettre d'Isabelle, il aurait peut-être prévu de la part de sa sœur une puissante objection, que son propre désintéressement dérobait à son regard. Bien que Pierre eût toute raison de croire qu'en conséquence de sa vie humble et retirée Isabelle ignorait entièrement le lien précis qui unissait son frère à Lucy Tartan — ignorance dont la première manifestation inconsciente et indirecte chez Isabelle avait été pour lui inexprimablement bienvenue —, et encore qu'il se fût abstenu, par sage bienveillance, de la renseigner sur ce point ; cependant, était-il possible qu'une jeune fille aussi noble et aussi droite de cœur qu'Isabelle voulût participer à un acte qui éloignerait à jamais du bienfait béni de l'amour conjugal un être aussi jeune et généreux que Pierre, pour l'engager éternellement dans une alliance fictive qui, malgré sa réalité illusoire, aurait dans ses effets la dureté d'un mur de fer ? Car le même puissant motif qui avait inspiré cette alliance, empêchant toujours dans la suite l'aveu, même tacite, de son caractère fictif, interdirait dorénavant sa rupture publique et les noces réelles de Pierre avec toute autre femme pendant la vie d'Isabelle.

Mais c'est le don des dieux souverains à l'homme, don gracieux ou maléfique selon le point de vue que l'on adopte, qu'au seuil de toute entreprise altruiste entièrement nouvelle et décisive, les mille complications et les mille hasards auxquels elle doit nous conduire ultérieurement soient d'abord cachés pour la plupart à notre vue, en sorte que le Chevalier de la Fortune chevauche à travers ces solitudes toujours vierges, aussi ignorant des palais que des embûches qu'elles recèlent. Surprenants et quasi incroyables sont les oublis et les inconséquences étranges que la méditation enthousiaste, contemplant des partis uniques et extrêmes, engendre parfois au sein des âmes juvéniles et pleines d'ardeur. Cette vision enveloppante, unifiante, cette calme représentation par lesquelles un ferme esprit philosophique atteint et attire à lui, dans leur totalité collective, les objets de sa contemplation, le jeune enthousiaste les ignore. Sa précipitation lui montre les objets dans une fausse perspective, l'intensité de son désir lui fait considérer isolément chacun d'entre eux, de sorte qu'essentiellement et relativement, il voit tout de travers. Nous avons déjà signalé chez Pierre cette absurdité passagère, due à la cause que nous venons d'essayer de dépeindre, et qui l'avait induit à nourrir pour un temps quatre desseins contradictoires. À présent, nous voyons ce malheureux jeune homme s'embrouiller lui-même dans un écheveau si inextricable que la dextérité même des trois Parques ne pourra guère l'en dégager s'il tisse ces nœuds complexes autour de lui et d'Isabelle.

Ah ! jeune téméraire ! N'est-il point de célestes courriers pour te détourner de ces voies périlleuses, pour désigner à ton regard ces labyrinthes crétois auxquels te mène le fil de ta vie ? Où sont maintenant les grâces d'en haut ? Où donc ont fui les doux anges qui ont pour mission de garder l'homme ?

Non point que l'impulsif Pierre fût entièrement aveugle à tout ce qui le menaçait dans l'avenir s'il mettait en acte son très exceptionnel projet, mais, sous-estimées par son impatiente ardeur, ces menaces ne prenaient pas leur vraie taille à ses yeux ; d'ailleurs, quand bien même elles se fussent étalées à sa vue, sa détermination était à présent si bien enracinée qu'il n'eût point pour cela renoncé à son renoncement. Quant aux choses qui dépendaient plus immédiatement de sa résolution centrale, sans doute il les prévoyait et les saisissait dans une certaine mesure. Du moins semblait-il parfaitement prévoir et saisir que tout espoir de posséder Lucy Tartan devait être banni de son être ; qu'elle en ressentirait une douleur terrible qui, par contrecoup, viendrait redoubler la sienne propre ; que son héroïsme restant également inexpliqué et insoupçonné pour le monde, le monde le dénoncerait comme un infâme traître envers sa fiancée, comme un scélérat irrespectueux des serments humains les plus contraignants, comme le séducteur et l'épouseur secret d'une fille énigmatique et inconnue, comme le contempteur des plus sages conseils d'une mère aimante, comme un homme qui avait terni à jamais un nom honorable et s'était sottement exilé lui-même d'une maison prospère et d'une fortune considérable ; qu'enfin sa vie entière, aux yeux de la vaste humanité, se couvrirait toute d'une brume d'incurable noirceur qui, peut-être, ne se dissiperait même pas à l'heure de la mort.

Tels, ô fils de l'homme, sont les périls et les malheurs que tu appelles sur toi lorsque tu t'écartes — fût-ce pour une cause vertueuse — de ces lignes de conduite arbitraires dont le monde vulgaire, quelque bas et quelque lâche qu'il soit, t'environne pour ton bien terrestre.

Il est parfois bien surprenant de remonter à la source des choses les plus rares et les plus profondes et de trouver leur origine probable dans un élément extrêmement commun ou banal. Cependant, l'âme humaine est si étrange et si complexe, elle est susceptible d'engendrer d'elle-même, confusément, tant de choses, elle reçoit de l'extérieur des apports si considérables et si variés, et il est si impossible de distinguer entre ces deux sources, que l'homme le plus sage ferait acte de témérité en assignant positivement une cause première précise à ses pensées et à ses actes finaux. Car, pour autant que nous puissions en juger, taupes aveugles que nous sommes, la vie de l'homme semble résulter de mystérieuses suggestions : il nous est, en quelque sorte, suggéré de faire ceci ou cela. Assurément, tout simple mortel qui est quelque peu descendu en lui-même ne prétendra jamais que le moindre de ses actes ou de ses pensées trouve sa seule origine dans sa propre identité bien définie. Ce préambule ne semble pas entièrement inutile pour introduire l'étrange notion selon laquelle l'extraordinaire façon dont Pierre se proposait d'exécuter son extraordinaire dessein — à savoir la conversion nominale d'une sœur en épouse — se trouvait peut-être déjà en germe dans la conversion verbale d'une mère en sœur ; car il avait habitué par là sa voix et ses gestes à user d'une certaine fiction dans l'une des plus étroites relations domestiques de la vie ; et, comme la texture morale de l'homme est très poreuse et que les choses qu'il porte à la surface finissent par y pénétrer, cette accoutumance extérieure à la fiction susdite avait insensiblement disposé son esprit à l'admettre, quoique innocemment encore et par jeu. Si vraiment ce processus fut tel dans son ensemble, les heures de jeu furent pour Pierre aussi prégnantes que les heures de gravité, et, dans le jeu, il apprit le langage du malheur.

II

Si, outre sa volonté de porter fraternellement secours à Isabelle, Pierre nourrissait encore une résolution absolument inflexible et participant du caractère sacré et indissoluble du serment le plus solennel, c'était la décision enthousiaste, et en apparence toute surérogatoire, de garder intacte la mémoire de son père, et de ne révéler à qui que ce fût la paternité d'Isabelle. Irrévocablement disparu du monde vivant et replongé dans l'impuissance totale, au moins touchant ce monde, son père défunt semblait faire appel à la piété et à la miséricorde de Pierre en des termes beaucoup plus émouvants que s'ils eussent procédé de sa bouche mortelle. Se pouvait-il, non du fait du péché du fils, mais du fait du péché du père, que la bonne renommée du père se trouvât maintenant à la merci du fils et ne pût rester inviolée que par le libre renoncement de ce fils à toute félicité terrestre ? Cette pensée faisait vibrer une corde plus haute encore dans le sein du fils et l'emplissait de magnanimités infinies. Jamais le généreux Pierre n'avait eu l'idée païenne que, même dans la vie ordinaire, le Péché est fait pour être étendu sur les cruels chevalets d'une Vertu pleine de complaisance pour elle-même, afin que ladite Vertu puisse nourrir sa pâleur hépatique de l'angoisse livide du Péché. Car la Vertu parfaite ne réclame pas plus à grands cris notre approbation que le Péché repenti n'exige notre tendresse et le meilleur de notre sollicitude. Plus immense est la Vertu, plus immense doit être notre approbation ; de même, plus immense le Péché, plus infinie notre pitié. En un certain sens, le Péché a quelque chose de sacré et quelque chose de saint. Le grand Péché exige plus de magnanimité que la petite Vertu. Quel est l'homme, s'il est un homme, qui ne se sente point ému plus vivement et plus généreusement par le grand dieu du Péché, Satan, que par le mercier du coin, simple pécheur dans l'exercice d'un petit métier parfaitement honorable ?

Bien que Pierre frissonnât au plus profond de lui-même devant la noirceur impénétrable, mais significative, des nuées dont l'extraordinaire récit d'Isabelle enveloppait le passé lointain de son père, pourtant, lorsqu'il évoquait la muette angoisse de la main vide et cendreuse levée en invocation sur le lit de mort, il avait le sentiment intense que, de sa faute — quelque nuance inconnue qu'elle eût pu revêtir —, son père, à l'heure dernière, s'était repenti amèrement, et d'autant plus désespérément que le secret consumait son âme. Quoi que sa famille eût pu dire pour pallier les choses, n'était-il pas mort dans le délire ? Pourquoi ce délire, après une vie si prospère ? Pourquoi, sinon à cause des plus douloureux remords ?

Pénétré de ces pensées, tous ses muscles et tous ses nerfs tendus dans la volonté de garder intacte la mémoire de son père, Pierre tourna son visage sans peur vers Lucy Tartan et jura en silence que même à elle il ne dirait pas tout ; qu'il ne lui dirait rien.

Il y a une cruauté inévitable dans l'héroïsme le plus élevé. Ce n'est pas être héroïque que de rester inébranlable à l'heure de la souffrance ; mais c'est être héroïque que de rester inébranlable lorsque nous voyons une créature aimée souffrir en même temps que nous d'une souffrance à laquelle nous pourrions mettre fin instantanément, si nous renoncions à la cause glorieuse pour laquelle nous saignons nous-même et pour laquelle saigne notre bien-aimée. S'il se refusait à révéler la honte de son père à un monde dont Pierre méprisait à présent les suffrages, comment pourrait-il la révéler à la femme qu'il adorait ? Comment pourrait-il ouvrir devant elle le sépulcre de son père et offrir à son regard les viles souillures dont lui-même était issu ? Pierre se détourna et lia Lucy au bûcher qui devait le porter, car il voyait trop clairement que leurs deux cœurs devaient nécessairement être consumés.

Oui, la résolution qu'il avait prise touchant la mémoire de son père impliquait la nécessité de feindre, même aux yeux de Lucy, qu'il avait épousé Isabelle. L'impuissance dans laquelle il se trouvait de s'expliquer en ceci, même à elle, était faite pour aggraver la cruelle douleur de la séparation, en éveillant dans l'esprit de la jeune fille un soupçon qui, bien que dénué de tout fondement, contaminerait, de la façon la plus déplorable, l'idée qu'elle se faisait de Pierre. Mais, sur ce point, il caressait toujours l'espoir de dissiper par quelques allusions significatives, et sans porter aucune atteinte à son devoir filial, les sombres illusions qui pourraient se glisser dans l'esprit de Lucy, se flattant, puisqu'il ne pouvait lui découvrir toute la vérité, de l'empêcher du moins de s'égarer complètement.

À l'égard de sa mère, Pierre était mieux préparé. Il considérait que, par un décret impénétrable qu'il eût été fou de chercher à éluder, à fuir ou à nier, puisqu'il en sentait la pression puissante au fin fond de son âme, la famille des Glendinning était impérieusement appelée à offrir une victime, une victime de choix, pour le moins, aux dieux du malheur, et que cette victime de choix devait être sa mère ou lui-même. S'il dévoilait son secret au monde, c'était sa mère qui serait la victime ; si, envers et contre tous, il le gardait pour lui-même, c'était lui-même qui serait la victime : une victime par rapport à sa mère, puisque le maintien du secret voulait que Pierre restât entièrement incompris d'elle et marqué d'infamie à ses yeux. Mais cela, il l'acceptait avec soumission.

Il y avait encore une chose — qui vient ici en dernier lieu parce qu'elle tenait la toute dernière place dans la pensée de Pierre —, il y avait encore une chose qui le menaçait d'un désastre complet. Bien qu'à peine pressentie encore, cette menace dut exercer sur Pierre une puissante influence en le préparant au pire.

Son père avait été surpris soudainement par la maladie finale. L'égarement d'esprit — égarement probable, bien que dissimulé par la famille — à la faveur duquel le passé avait surgi à nouveau en cette heure fatale, et le délire qui s'était alors emparé de lui, l'avaient empêché d'annuler par un nouveau testament celui qu'il avait rédigé peu après son mariage et avant la naissance de Pierre. Aux termes du testament ancien — qui n'avait pas encore été traîné devant les tribunaux et que Mme Glendinning, confiante dans l'avenir de ses tendres relations avec son fils, n'avait proposé qu'une seule fois, et en passant, de discuter, dans le dessein de faire face, par un règlement plus approprié, aux circonstances nouvelles qui avaient surgi depuis la rédaction de l'acte —, aux termes de ce testament, tout le patrimoine des Glendinning appartenait à la mère de Pierre.

Pénétré de ces intuitions et de ces pressentiments qui lui dépeignaient par avance l'attitude hautaine d'une mère offensée comme devant être tout amertume et tout mépris pour un fils qui, jadis l'objet de sa joie la plus fière, était devenu un profond opprobre tant par sa rébellion contre elle que par son déshonneur flagrant aux yeux du monde, Pierre prévoyait clairement qu'elle ne permettrait jamais à Isabelle Banford de franchir son seuil en sa vraie qualité; bien plus, qu'elle ne permettrait jamais à Isabelle Banford de franchir son seuil en quelque qualité d'emprunt que ce fût, ni, à plus forte raison, en celle de la jeune fille insidieuse et inconnue dont les pernicieux artifices avaient entraîné son fils unique de l'honneur à l'infamie. Mais, ne pas admettre Isabelle, c'était à présent exclure Pierre, à moins que Mme Glendinning n'allât, dans son exaspération contre lui, jusqu'à le jeter dehors.

En outre, les mêmes prémonitions qui lui représentaient le comportement de sa mère ne laissaient pas de lui montrer ce cœur hautain comme si inexorablement dressé contre lui que, non seulement elle lui fermerait sa porte ainsi qu'à son épouse fictive, mais encore ne contribuerait pas d'un centime au soutien d'une union qui lui était parfaitement odieuse. Or, bien que Pierre ne fût pas assez versé en droit pour bien savoir comment un tribunal, appelé à connaître des clauses du testament de son père, se prononcerait sur les droits d'un fils à partager avec sa mère le patrimoine familial, il éprouvait par avance une répugnance invincible à traîner l'écriture et le cachet de son défunt père en justice et à batailler contre sa mère au nom d'un vil motif mercenaire. En effet, ses pressentiments infaillibles lui dépeignaient si nettement le caractère de sa mère sous ces traits farouches — traits jusqu'alors maintenus dans l'ombre par un heureux concours de circonstances — qu'il avait la conviction qu'elle irait, dans son exaspération contre lui, jusqu'à affronter l'épreuve d'un procès public touchant le patrimoine des Glendinning. Car il y avait dans le caractère de sa mère des réserves de force et de virilité dont, sur ce point comme sur les autres, Pierre avait tout à craindre. En outre, qu'il le voulût ou non, Pierre ne devait pas atteindre sa majorité avant deux ans, durant lesquels il resterait, aux yeux de la loi, un mineur incapable d'intenter personnellement aucune action légale, et, s'il pouvait en faire intenter une par son ami le plus proche, qui donc consentirait à être son ami le plus proche lorsque l'accomplissement de sa grande résolution aurait, pour lui, dépeuplé d'amis l'univers ?

À toutes ces choses, et à bien d'autres encore, l'âme de ce jeune enthousiaste présomptueux semblait enchaînée.

III

Certains cœurs humains recèlent un mystère sombre et insensé qui, parfois, sous l'empire d'une humeur usurpatrice, les conduit à rejeter impatiemment le lien le plus cher, comme un obstacle à la réalisation de la fin transcendantale que cette humeur usurpatrice leur suggère tyranniquement. Alors, ce lien si cher ne semble plus nous rattacher à un bien essentiel ; élevés sur les cimes altières, nous pouvons nous passer de la vallée ; nous méprisons les caresses ; les baisers nous apparaissent comme des pustules ; abandonnant les formes palpitantes de l'amour mortel, nous étreignons l'air sans limite et sans corps ; nous cessons de nous considérer comme des humains, nous devenons pareils à d'immortels célibataires, à des dieux. Mais bientôt, comme les dieux grecs eux-mêmes, nous aspirons de nouveau à descendre sur la terre, heureux de retourner une fois de plus vers la femme, heureux de cacher nos têtes divines dans leurs seins faits d'une trop séduisante argile.

Las de la terre invariable, le marin impatient s'arrache aux bras qui le retiennent et, prenant la mer au plus fort de la tempête, s'éloigne rapidement du rivage. Mais pendant les longs quarts nocturnes aux antipodes, comme les ténèbres océanes lui semblent peser lourdement sur le pont ! Il pense qu'à ce moment même, dans son hameau délaissé, le soleil familier brille haut dans le ciel, et que mainte fille aux yeux étincelants est, comme le soleil, au méridien. Il maudit le Destin, il se maudit lui-même et maudit sa folie insensée qui est une part de lui-même. Car quiconque a connu cette douceur et l'a fuie, le rêve vengeur vient à lui dans l'absence.

Pierre était à présent ce dieu vulnérable, ce marin torturé par le regret, ce rêveur du rêve vengeur. À certains égards, il avait eu la force de se dessiller les yeux et de voir les choses en face, mais au sujet de Lucy il n'était pas encore absolument sincère avec lui-même. Son extraordinaire projet était lié si intimement à elle qu'il doit sembler impossible que Pierre ait pu ébaucher le moindre plan d'avenir sans y comprendre en quelque manière son amour. Mais, ne sachant quelle quantité lui attribuer ou craignant de l'évaluer, il avait, comme un algébriste, substitué à la vraie Lucy, dans la conception de ses projets, un simple signe, quelque *x* vide de sens, et c'était cet *x*, non point la vraie Lucy, qui figurait encore dans la solution finale du problème.

Mais à présent, comme Pierre, allongé sur le plancher de la chambre, se relevait de son attitude prostrée et de la prostration plus grande encore de son âme, en pensant qu'il commandait tout l'horizon de son sombre destin puisque ses plans étaient nettement définis et immuablement arrêtés, à ce moment même, pour couronner le tout, la forme vivante et palpitante de Lucy se glissa au fond de son cœur. Ses poumons se contractèrent, ses prunelles devinrent fixes ; car la douce forme évoquée, si longtemps enterrée vivante en lui-même, semblait maintenant flotter vers lui hors de la tombe, et sa claire chevelure enveloppait son linceul.

Alors, pour un temps, tous les facteurs secondaires s'évanouirent en lui : sa mère, Isabelle, le monde entier ; une seule chose demeura pour lui, cette interrogation suprême : Lucy ou Dieu ?

Mais ici nous tirons un voile. Certaines luttes innommables de l'âme ne sauraient être peintes, certaines douleurs ne sauraient être dites. Que la suite ambiguë des événements révèle leur propre ambiguïté.

LIVRE XI

Il franchit le Rubicon

I

Aspiré par le maelström, il faut que l'homme tourbillonne avec lui. Frappez l'extrémité d'une longue rangée de boules de billard placées l'une contre l'autre, la boule la plus éloignée se mettra en mouvement tandis que les autres demeureront immobiles, et pourtant cette dernière boule n'a point été frappée. De même, à travers de longues générations antérieures de naissances ou de pensées, le Destin frappe l'homme présent. Celui-ci nie sottement l'effet du coup, parce qu'il n'a point senti le coup, parce qu'en vérité il n'a point reçu de coup. Mais Pierre ne disputait pas en lui-même de la Prédestination et du Libre Arbitre ; c'étaient la Prédestination et le Libre Arbitre qui se le disputaient, et la Prédestination l'emportait.

Les influences particulières qui avaient déterminé Pierre à prendre sa résolution finale pendant la nuit et l'aube consécutives à sa dernière entrevue avec Isabelle, ces mêmes influences l'incitaient maintenant, de façon irrésistible, à agir immédiatement, en dépit de ses longues hésitations antérieures.

Sans y tendre consciemment, Pierre désirait prévenir toute objection d'Isabelle au projet d'un mariage entre lui et elle ; et c'est ainsi qu'il fut impétueusement entraîné à commettre un acte qui eût la vertu efficace d'une intention réalisée, bien que le motif correspondant fît défaut. Parce que sa résolution primitive concernait, malheureusement, Lucy, l'image de sa fiancée était alors au premier plan de son esprit, et, parce qu'il se sentait impatient de ne point la tenir plus longtemps en suspens, mais, par une sorte de charité dans la cruauté, de lui signifier aussitôt son destin, l'une de ses premières pensées décisives, ce matin-là, fut d'aller chez Lucy. Et sans doute le fait insignifiant que celle-ci se trouvait géographiquement plus près de lui qu'Isabelle, ne laissa-t-il pas d'avoir aussi quelque influence inconsciente sur son esprit alors imprégné de fatalisme.

Au cours des jours d'irrésolution qu'il venait de traverser, Pierre avait fait tous ses efforts pour cacher à sa mère l'agitation de son âme par le soin et la recherche de sa mise. Mais à présent, puisque son âme même était obligée de porter un masque, pourquoi recourir à de vains palliatifs pour déguiser son corps ? Il alla chez Lucy les vêtements en désordre et le visage hagard.

II

Elle n'était pas encore levée. Dans sa précipitation impérieuse, il alla droit à la porte de sa chambre et, d'une voix douce mais irrésistible, demanda qu'on le reçût immédiatement, car l'affaire était urgente.

Déjà indiciblement préoccupée et inquiète d'un fiancé qu'une raison mystérieuse et incommunicable avait tenu absent depuis quarante-huit heures, Lucy, devant cette surprenante requête, sentit une terreur soudaine l'envahir; elle oublia les convenances les plus élémentaires et acquiesça immédiatement au désir de Pierre.

Ouvrant la porte, il s'avança lentement et délibérément vers elle; lorsque Lucy aperçut son visage pâle et résolu, elle poussa un cri d'angoisse aveugle, sans savoir encore pourquoi elle criait, et se dressa sur son lit en tremblant, mais sans prononcer un seul mot.

Pierre s'assit à son chevet, et ses yeux se fixèrent sur sa forme virginale et terrifiée.

— Parée d'une blancheur de neige et les joues pâles, te voici prête en vérité pour l'autel; mais non pour celui que ton cœur aimant avait rêvé: ô victime si belle!

— Pierre!

— C'est la cruauté suprême des tyrans que de faire s'entre-tuer leurs ennemis.

— Mon cœur! Mon cœur!

— Lucy, je suis marié.

La jeune fille n'était plus pâle, mais blanche comme une lépreuse; les draps étaient agités par le tremblement caché de tous ses membres; elle demeura un instant immobile, regardant avec égarement les yeux hagards de Pierre, puis elle s'affaissa vers lui, pâmée.

Une folie soudaine envahit le cerveau de Pierre. Tout le passé lui apparut comme un rêve et tout le présent comme une incompréhensible horreur. Il souleva Lucy, étendit sa forme inanimée sur le lit et frappa du pied pour appeler au secours. La servante Martha accourut; à la vue de ces deux silhouettes inexplicables, elle poussa un cri et se détourna avec effroi. Mais, aux exclamations répétées de Pierre, elle se ressaisit et, se précipitant hors de la chambre, revint avec un puissant cordial qui ramena enfin Lucy à la vie.

— Martha ! Martha ! murmura Lucy d'une voix imperceptible, et elle frissonna dans les bras tremblants de la servante. Vite, vite ; viens à moi ; chasse ce rêve ! éveille-moi ! éveille-moi !

— Non, prie Dieu de dormir encore, s'écria Martha qui se pencha vers elle et l'embrassa en se retournant à demi vers Pierre, avec un regard d'indignation et de haine. Au nom du Ciel, monsieur, qu'y a-t-il ? Comment êtes-vous entré ici ? Maudit !

— Maudit ? C'est bien. Est-elle revenue à elle, Martha ?

— Tu l'as tuée. Comment pourrait-elle revenir à elle ? Ma chère maîtresse, ô ma jeune maîtresse ! Parlez-moi ! Parlez-moi ! dit-elle penchée sur Lucy.

Pierre, s'avançant alors vers le lit, fit signe à la servante de les laisser ; mais dès que Lucy aperçut à nouveau son visage hagard, elle murmura plaintivement : « Martha, Martha, chasse ce rêve ! là, là ! lui, lui ! » et ferma convulsivement les yeux en étendant les bras avec horreur.

— Monstre ! incroyable démon ! cria la servante à nouveau frappée d'épouvante. Pars ! Vois, elle meurt de te revoir ! Va-t'en ! Veux-tu donc la tuer ? Va-t'en !

Raidi et glacé par sa propre émotion, Pierre se tourna en silence et quitta la chambre ; il descendit lourdement l'escalier et suivit non moins lourdement, comme un homme chargé d'un pesant fardeau, le long corridor étroit qui menait vers une autre aile. Frappant à la porte de Mme Llanyllyn, il l'envoya vers Lucy qui, dit-il brièvement, s'était évanouie. Puis, sans attendre la réponse, il quitta la maison et rentra directement au manoir.

III

— Ma mère est-elle levée ? demanda-t-il à Dates, qu'il rencontra dans le hall.

— Pas encore, monsieur ; mon Dieu, monsieur ! êtes-vous malade ?

— À en mourir ! Laisse-moi passer.

Comme il montait à la chambre de sa mère, il entendit son pas et la rencontra sur le grand palier central de l'escalier, devant la vaste niche du groupe de marbre qui représentait le profanateur Laocoon et ses deux enfants innocents, enlacés d'inextricables nœuds de serpents et tordus en d'éternels tourments.

— Mère, retourne avec moi dans ta chambre.

Elle considéra cette apparition soudaine en dissimulant un noir pressentiment et, se redressant dans un geste de recul hautain, dit d'une lèvre tremblante :

— Pierre, tu m'as refusé ta confiance et tu ne regagneras pas la mienne si aisément. Parle ! Qu'est-ce qui se dresse à présent entre toi et moi ?

— Je suis marié, mère.

— Grand Dieu ! À qui ?

— Point à Lucy Tartan, mère.

— Si tu dis seulement « point à Lucy » au lieu d'avouer à qui tu es marié, c'est qu'il s'agit d'une vile créature. Lucy connaît-elle ton mariage ?

— Je sors de chez Lucy.

Les membres crispés de Mme Glendinning s'étaient lentement détendus. À cet instant, elle se cramponna à la rampe et demeura quelque temps ployée en deux, à trembler. Puis elle se redressa de toute sa hauteur devant Pierre, dans son mépris et son chagrin incurieux, inapaisables.

— Mon âme sombre prophétisait de sombres événements. Si tu n'as point encore trouvé d'autre toit et d'autre table, va tout droit les chercher. Sous mon toit et à ma table, celui qui fut Pierre Glendinning ne paraîtra jamais plus.

Elle se détourna, gravit d'un pas chancelant l'escalier tournant et disparut; cependant que Pierre, qui tenait la rampe, sentait courir jusqu'à lui le frémissement engendré par l'étreinte convulsive de sa mère.

Il jeta autour de lui un regard vide et tituba jusqu'au rez-de-chaussée pour quitter, muet, la maison; mais, comme il franchissait le seuil, son pied buta contre un rebord. Il trébucha sur le porche de pierre et tomba en avant. Il semblait avoir été railleusement chassé de sous son propre toit ancestral.

IV

Pierre franchit la large grille de la cour, et la ferma derrière lui. Puis, se retournant et s'appuyant à elle, il fixa son regard sur la grande cheminée centrale du manoir d'où une légère fumée bleue montait doucement dans l'air matinal.

— L'âtre dont tu t'élèves, jamais plus, je le sens, ces pieds ne le fouleront. Ô Dieu, quel nom donnes-tu à ce qui a fait de Pierre un vagabond?

Il s'éloigna lentement et, comme il passait sous les fenêtres de Lucy, il vit les rideaux blancs strictement tirés, la maison blanche profondément tranquille, et un cheval de selle blanc attaché devant la grille.

— Si j'entrais, ses gémissements pleins d'horreur s'élèveraient à nouveau. Que pourrais-je dire ou faire pour elle? Je ne puis rien expliquer. Elle sait tout ce que j'avais l'intention de lui révéler. Oui, mais tu l'as surprise par ta soudaineté cruelle ; ton impétuosité, ta brusquerie l'ont tuée, Pierre ! Et qui donc peut annoncer avec douceur de cruelles nouvelles ? S'il est inévitable de poignarder, que la dague frappe comme l'éclair ! Ces rideaux sont soigneusement fermés sur elle ; je fermerai de même sur sa douce image les rideaux de mon âme. Dors, dors, dors, angélique créature ! Ne t'éveille plus ni à Pierre, ni à toi-même, ma Lucy !

Comme il poursuivait son chemin avec une hâte aveugle, il heurta un passant qui venait en sens contraire. L'homme s'arrêta, stupéfait, et Pierre, levant les yeux, reconnut un domestique du manoir. La précipitation qui lui dictait désormais tous ses gestes le gouverna à nouveau. Sans prendre garde à l'expression de l'homme, ahuri de rencontrer ainsi son jeune maître, Pierre lui ordonna de le suivre. Allant droit au « Cygne Noir », la petite auberge du village, il entra dans la première chambre vide, fit asseoir le domestique et commanda du papier et de l'encre.

Si l'occasion s'en présente à l'heure d'une affliction exceptionnelle, les hommes d'un certain tempérament trouvent un soulagement étrange et hystérique dans une sorte d'humour sauvage et pervers — d'autant plus capiteux qu'il est moins adapté à la situation —, humour qu'ils manifestent toutefois rarement à l'égard des individus immédiatement impliqués dans la cause ou dans l'effet de leurs souffrances. La froide censure du philosophe taxerait une telle conduite de folie passagère ; et peut-être, en effet, est-ce là de la folie, puisque aux yeux inexorables et inhumains de la pure raison sans mélange, tout chagrin, qu'il soit ressenti pour son propre compte ou pour le compte d'autrui, n'est que déraison et insanité.

Le billet qui fut écrit alors était le suivant :

« Pour ce bon vieux Dates.

« Dates, mon vieux brave, mets-toi en branle. Monte à ma chambre, Dates, et descends-moi mon coffre d'acajou, celui-là même qui est recouvert de percale bleue ; encorde-le bien soigneusement, mon bon Dates, car il pèse son poids, et pose-le juste en dehors de la grille. Puis retourne-t'en à ma chambre et fais de même pour mon pupitre. Puis retourne-t'en à nouveau, descends-moi le vieux lit de camp (veille à ce qu'il n'y manque rien) et attaches-en bien la cage. Puis, fouille dans le petit tiroir gauche de ma garde-robe ; tu y trouveras mes cartes de visite. Cloue-m'en une sur le coffre, une autre sur le pupitre, une troisième sur la cage du lit. Puis rassemble tous mes vêtements et mets-les dans des malles (sans oublier les deux vieux manteaux militaires), et là aussi cloue des cartes, mon bon Dates. Puis tourne trois fois sur toi-même, mon bon Dates, et essuie un peu la sueur qui perle à ton front. Ensuite... voyons... que me faut-il encore, mon bon Dates ? Ah ! ceci : ramasse tous les papiers qui peuvent traîner dans ma chambre et brûle-les. Ensuite, fais atteler le vieux Sabot-Blanc à la carriole la plus légère et envoie-moi coffre, pupitre, lit de camp et malles au « Cygne Noir », où je les réclamerai quand je serai prêt, et pas avant, mon bon Dates. Là-dessus, Dieu te bénisse, mon brave, mon vieux, mon imperturbable Dates, et adieu !

« Ton vieux jeune maître

PIERRE.

« *Nota bene.* — Note bien ceci, Dates : si par hasard ma mère venait à t'interrompre, dis-lui que ce sont mes ordres et fais mention des objets que j'ai demandés ; mais en aucun cas ne montre ce billet à ta maîtresse, m'entends-tu ?

Derechef, PIERRE. »

Pierre plia grotesquement le message et ordonna au domestique de le porter sur-le-champ à Dates. Comme l'homme hésitait, perplexe, et retournait le billet dans sa main, Pierre lui enjoignit violemment de partir ; pris de panique, il s'élança rapidement vers la porte, mais Pierre le rappela et rétracta ses paroles brutales. Sur quoi, le serviteur s'attardant à nouveau et cherchant peut-être à se prévaloir du repentir de Pierre pour lui dire un mot de sympathie ou de remontrance, Pierre frappa le sol du pied et lui ordonna avec une violence accrue de décamper.

Informant le vieil aubergiste — fort perplexe lui aussi — qu'on déposerait dans l'après-midi à l'auberge certaines choses à son intention, et ajoutant qu'il désirait qu'on lui préparât avant la nuit une chambre pour lui et sa femme, une seconde chambre qui communiquât avec la première et une troisième chambre pour la servante, il quitta la place, laissant le vieil aubergiste ébahi se demander avec stupeur quel horrible événement avait pu troubler la cervelle de Maître Pierre, son jeune préféré et son vieux camarade de chasse.

Bientôt, le vieil homme trapu sortit tête nue sous le porche de son auberge et, descendant l'unique degré, s'avança au milieu de la route pour suivre Pierre des yeux. Et ce ne fut que lorsque Pierre eut tourné dans un sentier éloigné que sa sollicitude et sa stupeur trouvèrent enfin leur expression :

— Je lui ai appris à tirer... oui, mon vieux Casks, et c'est le meilleur fusil du pays ; Dieu veuille qu'il ne fasse pas mouche en lui-même. Marié ? Marié ? Et il vient ici ? Voilà qui est étrange !

LIVRE XII

Isabelle, Mme Glendinning, le portrait et Lucy

I

Si, pour la première entrevue, Isabelle avait désigné le début de la nuit — obéissant sans doute en cela à quelque légitime motif personnel —, la dernière fois que Pierre avait quitté la ferme des Ulver, aucune heure du jour ou de la nuit, aucun instant particulier n'avait été choisi, on s'en souvient, pour une entrevue subséquente.

Le soleil était haut dans le ciel lorsqu'en approchant de la ferme Pierre aperçut devant la petite laiterie Isabelle en train d'aligner verticalement, sur une sorte d'étagère, une quantité de jattes de lait étincelantes comme des boucliers, pour les exposer au contact purifiant du soleil. Elle lui tournait le dos. Pierre franchit la barrière ouverte, traversa le gazon bref, doux et vert en étouffant inconsciemment le bruit de ses pas et arriva tout près de sa sœur : alors, il lui toucha l'épaule et resta immobile.

Elle tressaillit, se mit à trembler et se retourna vivement vers lui en poussant une exclamation étrange et sourde ; puis elle fixa sur lui un regard implorant.

— J'ai l'air un peu bizarre, n'est-ce pas, chère Isabelle ? dit enfin Pierre avec un sourire forcé et douloureux.

— Mon frère ! mon frère béni ! Parle... dis-moi... qu'est-il arrivé ?... Qu'as-tu fait ? Oh ! Oh ! J'aurais dû te mettre en garde, Pierre, Pierre ! C'est ma faute, ma faute !

— Qu'est-ce qui est ta faute, chère Isabelle ?

— Tu as révélé Isabelle à ta mère, Pierre.

— Non, Isabelle. Mme Glendinning ne sait rien de ton secret.

— Mme Glendinning ?... C'est... c'est ta propre mère, Pierre ! Au nom du ciel, mon frère, explique-toi. Elle ignore mon secret, et pourtant tu apparais ici si soudainement et avec un air si fatal. Viens, viens avec moi dans la maison. Vite, Pierre, pourquoi ne bouges-tu pas ? Oh ! mon Dieu ! Folle que je suis parfois moi-même, si je dois rendre fou celui qui m'aime le mieux et qui, je le crains, s'est perdu pour moi, je ne veux plus rester debout sur cette terre, je veux m'abîmer en elle pour me cacher ! Dis-moi, s'écria-t-elle en saisissant les bras de Pierre dans ses deux mains frénétiques, dis-moi, ai-je un regard maléfique ? ai-je une face de Gorgone ?

— Non pas, chère Isabelle ; ton visage a un pouvoir plus souverain ; celui de la Gorgone pétrifiait, le tien changerait le marbre blanc en lait maternel.

— Viens avec moi... viens vite.

Ils entrèrent dans la laiterie et s'assirent sur un banc auprès de la croisée garnie de chèvrefeuille.

— Pierre, à jamais funeste et maudit soit le jour où mon cœur nostalgique t'a appelé à moi, si à présent, au printemps de notre amour fraternel, tu cherches à jouer un jeu trompeur avec moi, quand bien même tu croirais le faire pour mon bien. Parle-moi ; oh ! parle-moi, mon frère !

— Tu parles de tromper quelqu'un pour son bien. Mais à supposer, chère Isabelle, qu'en aucun cas je ne veuille te tromper positivement — en aucun cas —, consentirais-tu à tromper pieusement les autres pour leur bien comme pour le nôtre? Tu ne dis rien. C'est mon tour à présent, chère Isabelle, de te dire: parle-moi, oh! parle-moi!

— Cette révélation inconnue qui vient à moi ne peut être qu'un mal, mon frère, puisque des hérauts si peu francs la précèdent. Oh! Pierre, cher, cher Pierre, sois très prudent avec moi! Cet amour étrange, mystérieux, sans exemple qui nous lie me rend toute malléable dans ta main. Sois très prudent avec moi. Je ne connais presque rien en dehors de moi-même. Le monde m'apparaît comme une Inde inconnue. Lève les yeux, regarde-moi, Pierre; dis maintenant que tu seras très prudent, dis-le, dis-le, Pierre!

— Si l'artisan manie prudemment le plus exquis, le plus fragile filigrane de Gênes, si la nature sacrée enveloppe, réchauffe et couve avec des soins inouïs ses minuscules et merveilleux embryons, alors, Isabelle, moi aussi je te couve avec une prudence et une tendresse extrême, toi ma très chère, et ton destin! Hormis le Très-Grand, Isabelle, nul ne sera plus prudent, plus infiniment circonspect et délicat envers toi.

— Au plus profond de mon cœur, je te crois, Pierre. Mais tu pourrais te montrer très délicat sur un point où la délicatesse ne serait pas essentielle et, dans un instant de vivacité impulsive, oublier quelque peu ton attentive sollicitude là où la moindre imprudence serait fatale. Oui, oui, mon frère. Soleil, rends ces boucles blanches comme neige, si je songe à te rien reprocher, Pierre, ou si je trahis aucune défiance à ton égard. Mais l'ardeur doit sembler parfois soupçonneuse, sans quoi elle ne serait pas. Pierre, Pierre, toute ta personne parle éloquemment d'une résolution déjà accomplie, née dans la soudaineté. Depuis que je t'ai vu, Pierre, tu as commis un acte irrévocable. Mon âme se raidit à cette idée; dis-moi, qu'est-ce?

— Toi, moi et Delly Ulver, nous quitterons demain matin le pays et gagnerons la ville lointaine... voilà.

— Il n'y a rien de plus?

— N'est-ce pas assez?

— Il y a quelque chose de plus, Pierre.

— Tu n'as pas encore répondu à la question que je t'ai posée tout à l'heure. Réfléchis, Isabelle. Consentirais-tu à tromper autrui de concert avec moi, pour le bien d'autrui et notre bien, à propos d'une chose qui nous concerne exclusivement?

— Je consentirai à tout ce qui ne tendra pas à compromettre de manière durable tes chances de bonheur, Pierre. Que voudrais-tu me voir faire de concert avec toi? J'attends. J'attends!

— Gagnons la chambre à la double fenêtre, ma sœur, dit Pierre en se levant.

— Non pas; si la chose ne peut être dite ici, je ne la ferai jamais, mon frère, car elle te nuirait.

— Enfant! s'écria Pierre sur un ton de reproche. Si pour toi j'ai perdu...

Mais il s'interrompit.

— Perdu? Pour moi? Les pires ténèbres tombent sur moi, Pierre! Pierre!

— J'ai dit une sottise en cherchant à t'effrayer, ma sœur. Une grande sottise. Poursuis ton innocente besogne et je reviendrai dans quelques heures. Laisse-moi partir pour l'instant.

Comme il se détournait, Isabelle s'élança vers lui, l'entoura de ses deux bras et l'étreignit si convulsivement que les longs cheveux ruisselèrent sur lui et le cachèrent à demi.

— Pierre, si vraiment mon âme a jeté sur toi la même ombre noire que celle dont ma chevelure t'enveloppe à présent, si tu as perdu quelque chose pour moi, alors Isabelle est à jamais perdue pour Isabelle, Isabelle ne survivra pas à cette nuit. Si vraiment je suis une créature maléfique, je ne jouerai pas le rôle qui m'est dévolu, je tricherai avec l'air et je mourrai. Vois, je te laisse aller, de crainte de distiller sur toi quelque poison à mon insu.

Elle s'affaissa lentement et s'écarta de lui en frissonnant. Mais Pierre la saisit et la soutint.

— Insensée ! Insensée ! Vois, dès que tu desserres ton étreinte, tu chancelles et tu tombes... symbole de l'indispensable soutien que je suis pour ton cœur, ma chère, chère Isabelle ! Ne parle donc pas de séparation.

— Qu'as-tu perdu pour moi ? Dis-le-moi !

— Il s'agit d'une perte féconde, ma sœur !

— Pure rhétorique ! Qu'as-tu perdu ?

— Rien qu'au plus profond de mon cœur je veuille à présent recouvrer. Quel que soit le prix dont j'ai payé l'amour et la gloire cachés, je ne révoquerai pas le marché.

— L'amour est-il donc glacé, la gloire livide ? Ta joue est de neige, Pierre.

— Ainsi doit-elle être, car je crois devant Dieu que je suis pur, quoi qu'en puisse penser le monde.

— Qu'as-tu perdu ?

— Non pas toi, ni l'orgueil et la gloire de t'aimer à jamais et d'être toujours un frère pour toi, ma très chère sœur. Mais pourquoi détournes-tu ton visage ?

— Il m'égare, il me leurre de belles paroles pour me cacher quelque secret. Va, va Pierre ; reviens à moi quand tu voudras. Je suis trempée, maintenant, pour le pire et à jamais. Je le répète, je ferai tout, oui, tout ce que Pierre ordonne, car, j'en suis sûre, quand bien même le malheur s'abattrait sur nous du dehors, au fond de toi-même tu seras toujours prudent, très prudent avec moi, n'est-ce pas, Pierre ?

— Tu es faite de cette fine étoffe impartagée dont Dieu fit ses séraphins. Mais ta divine dévotion à mon égard rencontre en moi une égale dévotion. En vérité, tu peux te fier à moi, Isabelle ; et, quelque étrange proposition que je puisse te faire, tu ne me retireras pas l'appui de ta confiance, n'est-ce pas ? Assurément, tu n'hésiteras pas à plonger là où je plonge le premier... et déjà j'ai plongé ! À présent, tu ne peux pas rester sur la rive. Écoute, écoute-moi. Je ne cherche pas à obtenir ton assentiment pour une chose qui n'est point encore faite ; je te conjure, Isabelle, des profondeurs d'un acte accompli, de ratifier cet acte par ton consentement. Ne me regarde pas si fixement. Écoute. Je te dirai tout. Isabelle, bien que tu appréhendes de tout ton être de blesser aucune créature vivante, et surtout ton frère, pourtant, ton cœur sincère ne saurait prévoir les liens et les intrications innombrables de l'humanité, les enchevêtrements infinis des choses sociales, qui veulent qu'un simple fil ne se puisse détacher du reste de l'écheveau sans se déchirer lui-même et déchirer les autres. Écoute. Tout ce qui est arrivé jusqu'à ce moment et tout ce qui peut arriver encore, une inspiration soudaine m'en assure aujourd'hui, procède inévitablement de l'instant où je t'ai vue pour la première fois. Il ne pouvait pas, il ne peut en être autrement. Et c'est pourquoi je me sens de la patience. Écoute. Quels que soient les biens extérieurs dont je pourrais jouir, les bienfaits apparemment éclatants qui pourraient m'échoir, à présent, vivre sans t'aimer et te soutenir, Isabelle, vivre dans un foyer dont tu te trouverais écartée et ne venir à toi comme un frère que furtivement, grâce à la mesquine complicité de la nuit, cela serait, cela est indiciblement impossible : je sentirais toujours dans mon cœur la vipère secrète du remords et de la honte. Écoute. Cependant, sans déshonorer une mémoire qui — à tort ou à raison — m'est à jamais sacrée et inviolable, je ne puis être publiquement ton frère, Isabelle. Or tu ne désires point cette publicité, car tu n'aspires pas à un titre vide, mais à une réalité vitale. Ce que tu veux, ce ne sont point les témoignages extérieurs de mon amour fraternel, mais la certitude de sa possession domestique et continue. N'est-ce point là le langage de ton cœur, Isabelle ? Eh bien ! alors, écoute-moi. Pour atteindre à cela, une seule voie est possible ; une très étrange voie, Isabelle ; à l'égard du monde qui n'a jamais palpité d'amour pour toi, une voie très trompeuse, mais à l'égard de tous, une voie inoffensive, si inoffensive en son essence, Isabelle, que Pierre a consulté le Ciel à son sujet et que le Ciel même n'a pas répondu non. Écoute-moi ; retiens mes paroles. De même que tu languirais et mourrais sans moi, ainsi ferais-je sans toi. En cela nous sommes égaux ; et cela aussi, retiens-le, Isabelle. Je ne m'abaisse pas devant toi, ni toi devant moi ; nous nous élevons ensemble vers un glorieux idéal ! Or, la continuité, le secret et pourtant la toujours présente familiarité de notre amour, comment les pouvons-nous obtenir sans bafouer la mémoire à jamais sacrée que j'ai invoquée ? Il est une voie, une seule voie ! Une voie étrange, mais des plus pures. Écoute. Sois forte : viens, laisse-moi te saisir à présent et te murmurer quelle est cette voie, Isabelle. Viens ; si je te tiens, tu ne peux tomber.

Il la tint, toute tremblante ; elle s'inclina vers lui ; sa bouche humecta l'oreille de la jeune fille ; et il murmura quelque chose.

Isabelle ne bougea pas ; elle cessa de trembler, se

pencha plus près de lui dans l'inexprimable étrangeté d'un amour intense, nouveau, inexplicable. Une terrible révélation intérieure envahit soudain le visage de Pierre ; il imprima sur Isabelle des baisers brûlants et répétés, serra sa main avec force et retint son corps, suavement et redoutablement abandonné.

Puis ils furent changés ; ils s'étreignirent et demeurèrent enlacés, muets.

II

Mme Glendinning arpentait sa chambre, sa robe défaite.

— Penser que cette bassesse maudite procède de moi ! Maintenant toutes les langues vont dire : « Quel scélérat que le fils de Mary Glendinning ! » Trompeur ! chargé de péché, alors que je le croyais toute candeur et toute docilité envers moi. Ce ne peut être ! Il ne fait pas jour ! S'il en était vraiment ainsi, je serais folle, enfermée, je ne marcherais pas dans cette chambre dont toutes les portes me sont ouvertes. Mon fils, mon fils unique, marié à une... créature inconnue ! Mon fils, mon fils unique, traître à son vœu public et sacré, et le monde entier le sait ! Il porte mon nom : Glendinning. Je le renierai, ce nom ; si je pouvais le rejeter comme cette robe, je l'arracherais, je le brûlerais, je le verrais se crisper dans la flamme ! Pierre ! Pierre ! reviens, reviens, et jure qu'il n'en est pas ainsi ! Ce ne peut être ! Attends : je vais sonner et je verrai s'il en est ainsi.

Elle sonna violemment et bientôt l'on frappa à la porte.

— Entre !... Qu'as-tu à hésiter ? (elle jeta un châle sur ses épaules). Entre. Dis-moi, si tu l'oses, que mon fils était dans cette maison ce matin et qu'il m'a rencontrée dans l'escalier. Oses-tu dire cela ?

Dates la regarda, confondu de son extraordinaire aspect.

— Dis-le ! Trouve ta langue ! Ou bien j'arracherai la mienne pour te la jeter. Dis-le !

— Ma chère maîtresse !

— Je ne suis pas ta maîtresse ! C'est toi qui es mon maître ; car si tu dis cela, tu me livres à la folie... Oh ! vil individu ! va-t'en !

Elle verrouilla la porte derrière lui et reprit sa marche rapide, égarée, par la chambre. Puis elle s'arrêta et, tirant brusquement les rideaux sur les deux fenêtres, voila le soleil.

Un coup nouveau, inattendu cette fois, retentit à la porte. Elle ouvrit.

— Madame, le Révérend Falsgrave est en bas. Je ne voulais pas vous déranger, mais il a insisté.

— Qu'il monte.

— Ici ? Immédiatement ?

— M'as-tu entendue ? Fais monter M. Falsgrave.

Comme s'il eût été averti par Dates de l'humeur indomptable de Mme Glendinning, le clergyman franchit la porte ouverte avec une répugnance désapprobatrice, quoique polie, et une vague appréhension.

— Asseyez-vous, monsieur ; mais d'abord, fermez et verrouillez la porte.

— Madame !

— Je le ferai donc. Asseyez-vous. L'avez-vous vu ?

— Qui, madame ? Monsieur Pierre ?

— Lui-même ! Vite !

— C'est pour parler de lui que je suis venu, madame. Il m'a fait une visite extraordinaire la nuit dernière... à minuit.

— Et vous l'avez marié ? Dieu vous damne !

— Non, non, non, madame ; il y a ici quelque chose que j'ignore... Je suis venu vous donner des nouvelles, mais c'est vous qui avez des choses bouleversantes à me révéler.

— Je ne demande jamais pardon, mais je puis être au regret. M. Falsgrave, mon fils, publiquement fiancé à Lucy Tartan, a secrètement épousé une autre fille... Quelque traînée !

— Impossible !

— Aussi vrai que tu es ici. Tu n'en sais donc rien ?

— Rien, rien... Absolument rien jusqu'à cette heure. Qui a-t-il épousé ?

— Quelque *traînée*, te dis-je ! Je ne suis pas une dame en ce moment, mais quelque chose de plus profond, une femme ! Une femme outragée, empoisonnée dans son honneur !

Elle se détourna vivement et reprit sa marche frénétique, sans prêter la moindre attention à la présence du pasteur. Après avoir attendu en vain qu'elle s'arrêtât, M. Falsgrave s'avança lentement vers elle et, avec une déférence profonde, presque rampante, lui dit :

— Cette heure est pour toi une heure d'affliction, et je confesse que mon habit n'a point de consolation à t'offrir présentement. Permets-moi de me retirer. Je ferai les plus ferventes prières pour que tu viennes à connaître quelque paix avant que le soleil, dont ces rideaux voilent la course, n'ait disparu à l'horizon. Envoie-moi chercher à quelque heure que tu le désires. Puis-je partir à présent ?

— Va-t'en ! Cesse de me faire entendre cette voix douceâtre et maniérée qui est une honte pour un homme ! Va-t'en, pitoyable, insecourable créature !

Elle reprit sa marche rapide en murmurant :

— Ah ! maintenant, maintenant, je vois la chose

plus clairement, oui, clair comme le jour ! Mes premiers soupçons étaient justes ! Trop justes ! Oui... l'ouvroir ! Ce fut à l'ouvroir ! Le cri !... J'ai vu Pierre : il est resté immobile à la regarder fixement. Sur le chemin du retour, il s'est tu ; et quand je lui ai reproché son silence, il m'a donné le change par des mensonges, des mensonges, des mensonges ! Oui, oui, c'est elle qu'il a épousée, c'est elle ! Peut-être était-ce déjà fait alors. Et pourtant, et pourtant, comment se peut-il ? Lucy, Lucy... il l'a regardée après cela — je l'ai vu — comme s'il eût été heureux de mourir pour elle, d'aller en enfer pour elle, et c'est bien là, en effet, qu'il mérite d'aller ! Oh ! Oh ! Oh ! Trancher ainsi, dans un accès de sensualité grossière, la belle lignée d'une race honorable ! Mêler à du vin de choix l'eau fangeuse de la mare plébéienne pour le noyer dans la fétidité ! Oh ! misère ! Si je te portais en moi à présent, je commettrais d'un coup un suicide et un meurtre !

On frappa pour la troisième fois à la porte. Elle l'ouvrit.

— Madame, je craignais de vous déranger... Vu que c'est juste au-dessus, je n'ai rien remué encore.

— Assez de ce charabia. Qu'y a-t-il ?

— Excusez-moi, madame, j'ai cru que vous saviez, mais vous ne pouvez savoir.

— Quel est ce papier froissé dans ta main ? Donne-le-moi.

— J'ai promis à mon jeune maître de ne pas le montrer, madame.

— Je te l'arracherai donc pour te laisser sans blâme. Quoi ? Quoi ? Quoi ? Il est fou, assurément ! « Pour ce bon vieux Dates. » Quoi ? Quoi ? Fou et joyeux ! Son coffre ? Ses habits ? Ses malles ? Il les veut ? Précipite-les par la fenêtre et, s'il est en dessous, tant mieux ! Dénude toute la chambre. Arrache le tapis. Je jure qu'il ne laissera pas le plus petit vestige dans cette maison. Ici, ici même où je suis, il s'est tenu peut-être... Oui, il m'a noué mon lacet ici ; le sol se dérobe ! Dates !

— Ma maîtresse ?

— Fais ce qu'il demande. Il m'a déshonorée par contrecoup aux yeux du monde et je le déshonorerai à mon tour. Écoute, et ne t'imagine pas que je suis folle. Monte à sa chambre. (Elle désigna le plafond du doigt.) Enlève tout ce qui s'y trouve, tout, et porte-le là où il t'a dit de mettre le coffre et les malles.

— C'est devant la maison... devant cette maison.

— Je le sais bien et c'est pourquoi je te l'ordonne, imbécile ! Je voudrais que le monde entier sût que je le désavoue et le méprise ! Fais ce que je te dis !... Attends ! Laisse la chambre comme elle est, et porte-lui seulement ce qu'il demande.

— Oui, madame.

Comme Dates quittait la chambre, Mme Glendinning reprit sa marche rapide en murmurant : « Si j'étais une femme moins forte et moins fière, l'accès serait déjà passé ; mais les volcans profonds brûlent longtemps avant de s'éteindre... Oh ! que le monde n'est-il fait d'une substance assez malléable pour que nous puissions satisfaire sans hésiter le plus impétueux désir de notre cœur ! Maudites soient les quatre syllabes qui forment le vil mot de « convenances ». C'est un boulet à traîner... à traîner ? Mais quel est ce bruit ? On traîne justement ses malles, on traîne dehors les malles du voyageur. Oh ! que ne puis-je traîner ainsi mon cœur, comme les pêcheurs draguent les noyés, afin de ramener à la surface mon bonheur englouti. Fils ! Fils ! C'est pire que si on me l'avait apporté ruisselant et noyé... Mais n'est-il pas noyé dans une glaciale infamie ! Oh ! Oh ! Oh ! »

Elle se jeta sur le lit, couvrit son visage de ses mains et demeura immobile. Puis elle se leva soudain et sonna précipitamment.

— Ouvre le secrétaire et donne-moi l'écritoire. Attends, tu porteras ceci à mademoiselle Lucy.

Elle traça rapidement ces lignes au crayon : « Mon cœur saigne pour toi, douce Lucy. Je ne puis dire... Je sais tout. Tu me verras dès que j'aurai repris possession de moi-même. »

Puis elle se jeta de nouveau sur le lit et resta immobile.

III

Ce même jour, au crépuscule, dans l'une des trois chambres retenues à l'auberge du Cygne Noir, Pierre se tenait devant le pupitre et le coffre à percale bleue. Ses mains fouillaient fiévreusement ses poches.

— La clef ! La clef ! Il va falloir que je force ce meuble. C'est de mauvais augure. Heureux pourtant les banquiers qui parviennent à pénétrer dans leurs caves par effraction, quand tout autre moyen se montre inefficace. Il n'en est pas toujours ainsi. Voyons... Oui, ces pincettes là-bas ! Et maintenant, que l'or et l'argent paraissent pour ma joie. Je ne les ai jamais aimés jusqu'à ce jour. Il y a bien longtemps qu'ils ont été thésaurisés, ces petits présents commémoratifs reçus jadis de mes tantes, de mes oncles, de mes innombrables cousins et de... Mais dorénavant je ne parlerai pas d'eux, ils sont morts pour moi ! Assurément cet or ancien fera prime. Il y a là quelques grosses pièces qu'on a données à mon... je ne le nommerai pas... voici près d'un demi-siècle. Je n'avais jamais songé à les remettre sordidement en circulation ; mais si elles doivent être dépensées, c'est, à présent, en cette nécessité extrême et pour cette cause sacrée. Quelles aveugles, quelles stupides pincettes ! Hardi ! Voilà ! Et maintenant... Nid de serpent !

Le couvercle brusquement rabattu lui révélait soudain le portrait qu'il avait enfermé dans le coffre quelques jours auparavant. Couchée sur un amas d'objets, la face peinte lui souriait d'un sourire silencieux à jamais indéfinissable, ambigu et immuable. Sa répugnance première s'accrut sous l'empire d'une émotion entièrement nouvelle : ce trait du visage qui, par un étrange transfert, se retrouvait, bien que mêlé à d'autres caractéristiques combien plus aimables et plus nobles, chez Isabelle, ce trait incertain du visage peint inspirait maintenant à Pierre une aversion, une horreur indicibles. Il ne débattait pas en lui-même pourquoi, il se bornait à l'éprouver et cela de la façon la plus intense.

Sans vouloir explorer plus subtilement le dédale complexe de ce thème, il suffira peut-être de suggérer que cette aversion nouvelle pour le portrait trouvait sans doute — en partie, du moins — son origine première et inconsciente dans l'une de ces idées profondes qui s'insinuent parfois, pour ainsi dire atmosphériquement, chez les esprits les plus ordinaires. Dans cet étrange rapport de parenté, de réciprocité, de transmission entre le portrait du père depuis longtemps défunt et le visage de la fille vivante, Pierre ne voyait-il pas reflétée, selon un symbolisme manifeste et irrécusable, la tyrannie du Temps et du Destin ? Peint avant que sa fille ne fût conçue ou née, le portrait, comme un mage muet, semblait désigner d'un doigt prophétique l'espace vide d'où Isabelle devait finalement surgir. Il semblait qu'il y eût dans ce tableau comme une intelligence et une vie mystérieuses : en effet, puisque Pierre distinguait vaguement dans le portrait le trait particulier transmis à Isabelle, trait que ne lui avait pas révélé le souvenir direct de son père, ce n'était point en vérité le père de Pierre, le père de sa mémoire, mais le *moi* du portrait peint qui semblait être le vrai père d'Isabelle ; celle-ci n'ayant, tout au moins de manière perceptible pour les sens, hérité que de lui.

Comme Pierre cherchait maintenant à bannir de son esprit la très amère présence de son père, et qu'Isabelle était devenue pour lui un objet d'amour intense et sacré, il lui était odieux de reconnaître dans le portrait souriant et ambigu la douce image mélancolique de sa sœur, sinistrement déformée, adultérée et mutilée.

Après le premier choc et la pause qui suivit, il leva le portrait des deux mains et le tint détourné de lui.

— Il ne vivra pas. Jusqu'alors, j'ai thésaurisé les mémentos et les monuments du passé ; j'ai vénéré toutes les reliques ; j'ai dévotement conservé les lettres, les boucles de cheveux, les bouts de ruban, les fleurs et les mille riens que l'amour et le souvenir croient sanctifier… mais c'est fini à jamais ! Dorénavant, si quelque mémoire m'est chère, je ne veux pas la momifier en une relique visible sur laquelle ne cessera de s'accumuler la poussière que chaque mendiant soulève à son passage. Le musée de l'Amour est aussi vain et aussi sot que ces catacombes où l'on voit embaumés des singes grimaçants et d'abjects lézards auxquels on prêtait quelque vertu magique. Il n'évoque que le déclin et la mort, rien de plus, le déclin et la mort d'innombrables générations ; il réduit le monde à un amas de moisissure. Comment ce qui est sans vie pourrait-il commémorer dignement la vie ? Et voilà pour les plus chères reliques ! Quant aux autres, je sais à présent que, chez les plus communes d'entre elles, le fait crépusculaire de la mort révèle pour la première fois, selon quelque processus secret, toutes les ambiguïtés de la chose ou de la personne défunte par des allusions obliques et des insinuations infamantes qu'il est à jamais impossible de tirer au clair. Le Dieu tout-puissant a décrété que la Mort devait être la dernière scène ou le dernier acte de la parade humaine et que celle-ci, même si elle commençait dans la farce ou la comédie, aurait toujours un dénouement tragique, le rideau tombant inévitablement sur un cadavre. C'est pourquoi jamais plus je ne jouerai au vil pygmée, jamais plus je ne tenterai d'enfreindre le décret de la Mort en cherchant à perpétuer par de petites reliques posthumes l'image d'un disparu. Que tout meure et rentre dans le jeu ! Quant à ceci... ceci ! pourquoi le garderais-je plus longtemps ? Pourquoi conserver ce qu'on ne peut contempler patiemment ? Si je suis résolu à maintenir sa mémoire publiquement inviolée, je dois détruire ce portrait, car c'est l'unique preuve, la grande preuve condamnatrice et incorrompue dont le pouvoir mystérieux me rend à demi fou. Au temps des anciens Grecs, avant que le cerveau de l'homme ne tombât dans un radotage servile, avant que ses quatre membres blanchis et battus par des moulins à foulon baconiens ne perdissent leur hâle et leur beauté barbares, alors que le monde circulaire était frais, rosé et savoureux comme une pomme nouvellement cueillie (tout est flétri à présent !) — en ces temps hardis, les grands morts n'étaient pas couchés sur des plats comme des dindons et descendus tout garnis dans la terre pour rassasier le cannibalisme du Cyclope maudit, mais la Vie noblement jalouse frustrait le ver glouton et brûlait superbement le cadavre ; en sorte que l'esprit pointait vers le haut et s'élançait visiblement au ciel !

— Ainsi vais-je à présent te traiter. Bien que la substance solide dont tu n'es que l'insubstantielle réplique ait vu depuis longtemps son compte hideusement réglé dans le cimetière, et bien que ce règlement — Dieu le sait ! — ait pu être, pour une part de toi, un juste apurement, je célébrerai une seconde fois tes obsèques et, en te brûlant, te commettrai à la grande urne de l'air ! Allons !

Le feu de bois que l'on avait allumé dans l'âtre pour purifier la chambre longtemps close n'était plus qu'un petit tas pointu de braises rougeoyantes. Libérant et démembrant le cadre doré mais terni, Pierre posa sur les charbons les quatre morceaux de bois sec, qui attirèrent bientôt les étincelles ; puis il roula la toile retournée, la lia et l'offrit au crépitement bruyant des flammes. Pierre voyait d'un œil impassible le rouleau peint se crisper au feu et noircir, mais tout à coup il tressaillit, car le portrait, échappant à la ficelle brûlée qui le retenait, se déroula soudain, et, pendant un bref instant, à travers la flamme et la fumée, le fixa avec une expression torturée d'horreur suppliante, puis, s'enveloppant d'une nappe de feu huileuse, disparut pour toujours.

Cédant à une impulsion soudaine et irrésistible, Pierre lança sa main dans les flammes pour sauver le visage implorant, mais la retira aussitôt, vide et meurtrie.

Sans prêter attention à ses doigts brûlés et noircis, il courut au coffre, y prit d'innombrables paquets de lettres familiales et toutes sortes de reliques épistolaires, et les jeta l'une après l'autre dans le feu.

— Voilà, voilà et voilà ! À tes mânes, je sacrifie de fraîches dépouilles ; je répands tous mes souvenirs dans cette seule libation ! Ainsi, ainsi, ainsi ! Réduisez-vous à rien, disparaissez ! Désormais, Pierre, rejeté du monde, n'a plus ni paternité, ni passé ; et puisque l'avenir est pour chacun un grand vide, Pierre, deux fois déshérité, dresse ici son moi inentravé, son moi toujours présent ! Libre d'aller, selon sa volonté et son humeur du moment, vers n'importe quel but !

IV

Ce même crépuscule, Lucy reposait dans sa chambre. On frappa à la porte ; Martha alla ouvrir et se trouva en présence de Mme Glendinning, dont le visage résolu avait retrouvé toute sa fermeté.

— Comment va votre jeune maîtresse, Martha ? Puis-je entrer ?

Mais, sans attendre la réponse, elle passa au même instant devant la servante et entra délibérément dans la chambre.

Elle s'assit au chevet du lit et rencontra l'œil ouvert, mais aussi la bouche close et livide de Lucy. Elle considéra fixement la jeune fille, puis lança vers Martha un regard rapide et plein d'effroi, comme pour chercher confirmation d'une épouvantable pensée.

— Mademoiselle Lucy, dit Martha, c'est votre... c'est madame Glendinning. Parlez-lui, mademoiselle Lucy.

Lucy, qu'un dernier spasme de douleur avait laissée dans une attitude d'extrême détresse, n'était pas couchée dans la posture habituelle, mais gisait à demi en travers du lit ; un seul drap couvrait sa forme incolore, soutenue par les pâles oreillers comme si son corps blanc eût été incapable de supporter le moindre fardeau, tant était lourd le poids qui pesait sur son cœur. Comme dans une neigeuse statue de marbre, le drap mince collait à ses membres et dessinait ses formes : on eût dit d'une noyée.

— C'est madame Glendinning. Voulez-vous lui parler, mademoiselle Lucy ?

Les lèvres minces remuèrent et tremblèrent un instant, puis reprirent leur immobilité, et une pâleur accrue enveloppa la jeune fille de son suaire.

Martha apporta un cordial ; puis, Lucy ayant recouvré son état premier, la servante fit signe à madame Glendinning de partir, en murmurant à voix basse : « Elle ne veut parler à personne ; elle ne me parle pas. Le docteur vient de s'en aller ; il est venu cinq fois depuis ce matin ; il dit qu'elle doit rester dans un calme absolu. » Et, désignant l'étagère, elle ajouta : « Vous voyez ce qu'il nous a laissé : rien que des fortifiants. Le calme est à présent sa meilleure médecine, a-t-il dit. Du calme, du calme, du calme ! Oh ! doux calme, reviendras-tu jamais ? »

— A-t-on écrit à madame Tartan ? murmura Mme Glendinning.

Et, Martha faisant signe que oui, elle se dirigea vers la porte en annonçant qu'elle ferait prendre des nouvelles de Lucy toutes les deux heures.

— Mais où est donc sa tante, Martha ? s'exclama-t-elle à voix basse, s'arrêtant à la porte et jetant soudain autour d'elle un regard étonné. Assurément, madame Llanyllyn...

— Pauvre, pauvre vieille dame, répondit Martha d'une voix plaintive, le chagrin de la douce Lucy l'a gagnée. Elle a accouru ici, lancé un coup d'œil sur le lit et puis elle est tombée comme morte. Le docteur a deux malades à présent, madame.

Et elle posa tendrement la main sur le sein de Lucy pour voir s'il palpitait encore.

— Hélas ! Hélas ! Oh ! le reptile ! le reptile ! Mordre un sein si charmant ! Le feu serait trop froid pour lui... le maudit !

— Que ta propre langue infecte ton palais ! cria

Mme Glendinning dans une imprécation étouffée. Ce n'est pas à toi, mercenaire, de déblatérer contre mon fils, quand bien même il serait Lucifer bouillant en Enfer ! Surveille tes manières, péronnelle !

Et elle quitta la chambre, dilatée d'invincible orgueil, laissant Martha interdite de voir tant de venin dans tant de beauté.

LIVRE XIII

Ils quittent les Prés-de-la-Selle

I

Le soir tombait lorsque Pierre s'approcha de la ferme des Ulver dans une voiture de l'auberge du Cygne Noir. Sur le porche, il rencontra Isabelle qui portait un châle et un bonnet.

— Eh bien ! Isabelle, tout est-il prêt ? Où est Delly ? Je vois deux insignifiantes petites valises. Où est donc le coffre qui contient les biens des désavoués ? La voiture attend, Isabelle. Tout est-il prêt ? N'as-tu rien laissé ?

— Rien, Pierre ; à moins qu'en partant d'ici... mais je ne veux pas penser à cela. Tout est réglé par le destin.

— Delly ! Où est-elle ? Rentrons la chercher, dit Pierre prenant Isabelle par la main et l'entraînant vers le petit vestibule illuminé. Comme il lâchait la main de sa sœur pour tourner le bouton de la porte, Isabelle lui saisit le bras, sans doute pour le retenir un instant et lui donner quelque avertissement au sujet de Delly, mais soudain elle tressaillit et, désignant vivement la main droite de Pierre, s'écarta de lui avec un frisson.

— Ce n'est rien. Je ne suis pas blessé, c'est une légère brûlure que je me suis faite accidentellement ce matin. Mais qu'est ceci ? ajouta-t-il en levant la main. De la fumée ! De la suie ! C'est que je suis venu dans le noir ; au soleil, je m'en serais aperçu. Je ne t'ai pas touchée, Isabelle ?

Isabelle leva sa main et désigna les marques que Pierre y avait laissées.

— Mais elles viennent de toi, mon frère, et je serais heureuse d'attraper la peste à ton contact afin de partager quelque chose avec toi. Essuie ta main. Ne te soucie pas de la mienne.

— Delly ! Delly ! cria Pierre. Pourquoi ne puis-je aller la chercher ?

Mettant son doigt sur ses lèvres, Isabelle ouvrit doucement la porte et lui montra l'objet de sa recherche assis sur une chaise, le visage voilé et détourné.

— Ne lui parle pas, mon frère, chuchota Isabelle, et ne cherche pas encore à voir son visage. Cela ne tardera pas à passer, je l'espère. Partons-nous à présent ? Emmène Delly dehors, mais ne lui parle pas. J'ai dit adieu à tous ; les vieux parents sont là, dans la chambre du fond ; je suis heureuse qu'ils n'aient pas voulu assister à notre départ. Viens, sois rapide, Pierre ; c'est là une heure que je n'aime pas ; qu'elle soit vite derrière nous.

Ils arrivèrent bientôt tous trois à l'auberge. Pierre commanda des flambeaux, puis il monta l'escalier avec ses deux compagnes et les introduisit dans l'une des deux chambres les plus retirées d'entre les trois qui avaient été préparées pour eux.

— Vois, dit-il à la forme muette et toujours détournée de Delly, voici ta chambre ; Isabelle t'a tout dit ; tu sais notre mariage, secret jusqu'à ce jour ; elle va rester avec toi pendant que je fais une petite course dans la rue. Demain, nous prenons la poste très tôt. Peut-être ne te verrai-je pas d'ici là; ainsi donc, sois ferme, retrouve quelque semblant de gaieté et bonne nuit. Tout ira bien.

II

Le lendemain, à l'aube, les quatre heures rapides du matin s'incarnèrent en quatre chevaux impatients qui secouaient leur harnachement sous les fenêtres de l'auberge. Trois formes humaines, émergeant dans l'air froid et gris, prirent place dans la voiture.

Le vieil aubergiste serra silencieusement et tristement la main de Pierre; le cocher, orgueilleusement juché sur son siège, ajusta les quatre rênes à ses doigts gantés de daim; l'habituelle petite troupe de garçons d'écurie admirateurs et de curieux matinaux fit cercle autour du porche; et Pierre, soucieux d'épargner tout vain délai à ses compagnes en cet instant pénible et critique, ordonna impétueusement de démarrer. Aussitôt, les jeunes chevaux nourris d'herbe des prés bondirent avec une généreuse ardeur et les quatre roues se mirent à rouler bon train en réponse, tandis que le conducteur exalté traçait du fouet, en arrière, d'amples fioritures, comme un héros bravache inscrivant dans le vide son ostentatoire paraphe d'adieu. C'est ainsi qu'à travers le crépuscule de l'aube, où retentissaient les claquements de défi du long fouet, les trois voyageurs quittèrent pour toujours les doux champs des Prés-de-la-Selle.

Le vieil aubergiste trapu suivit quelque temps des yeux la voiture; puis, rentrant à l'auberge, il caressa sa barbe grise et murmura en lui-même: « Depuis trente-trois ans que je tiens cette maison, j'ai vu passer bien des noces; la bande joyeuse, secouée de rires, arrivait dans une longue file de charrettes, de breaks, de bogheis, de cabriolets ; une fois, ils sont venus en chars à bœufs, tout parés de guirlandes, et, une autre fois, la joyeuse mariée était couchée sur une charge de trèfle odorant fraîchement coupé. Mais une noce comme celle de ce matin, eh bien ! c'est aussi triste que des funérailles. Et c'est ce brave maître Pierre Glendinning qui est le marié ! Ma foi, il y a des prodiges dans l'air. J'ai cru que j'en avais fini avec l'étonnement quand j'ai eu passé cinquante ans, mais non, je m'étonne toujours. J'ai l'impression que je viens de mettre un vieux copain en terre et que je sens encore la marque cuisante des cordes sur mes paumes. Il est tôt, mais je m'en vais boire un coup. Voyons, du cidre, un pichet de cidre... c'est émoustillant et ça vous fouette le sang ; le cidre, il n'y a rien de tel pour le cafard. Oh ! Seigneur ! pourquoi faut-il que les gros hommes aient la peau si délicate et qu'ils souffrent par compassion pour leur prochain ? Un homme maigre ne souffre pas autant malgré sa peau fine, parce que cette peau n'a pas autant de substance à couvrir. Ah ! d'entre toutes les coliques, préservez-moi de la mélancolique ! »

LIVRE XIV

Le voyage et la brochure

I

Toutes les choses profondes et toutes les émotions qu'elles éveillent sont précédées et escortées par le Silence. Quel n'est pas le silence de la pâle mariée avant que de répondre *oui* à la question solennelle du prêtre : *Veux-tu prendre cet homme pour époux ?* En silence, aussi, les mains unies s'étreignent. Et c'est dans le silence que l'enfant Christ naquit au monde. Le silence est la consécration générale de l'univers. Le silence est l'invisible imposition des mains du Divin Pontife sur le monde. Le silence est tout ensemble la chose la plus inoffensive et la plus redoutable de toute la nature. Il suggère les forces en réserve du Destin. Le silence est la seule Voix de notre Dieu.

Mais ce Silence si auguste n'est pas le privilège des choses touchantes ou grandes. Comme l'air, le Silence imprègne toutes choses ; il exerce aujourd'hui son influence magique sur le cœur du voyageur solitaire à l'instant de son premier départ, comme il régnait en ce temps inconcevable d'avant le monde où il flottait rêveusement sur les eaux.

Pas un mot ne fut prononcé lorsque la voiture qui emportait notre jeune Enthousiaste et ses compagnes mornes s'élança à travers l'aube incertaine, dans la mi-nuit profonde qui occupait, encore invaincue, le cœur des anciens bois où la route sinueuse s'engageait au sortir du village.

En montant dans la voiture, Pierre avait appuyé sa main sur le siège capitonné, et ses doigts, rencontrant quelques feuillets de papier froissé, s'étaient instinctivement refermés sur eux. Cette même propension étrange à *saisir* lui fit retenir le papier froissé dans sa main pendant une heure et plus de cet intense et merveilleux silence que la rapide voiture emportait à travers le silence des champs et des bois dans l'immobilité générale du matin.

Ses pensées étaient sombres et égarées ; pendant un temps, la rébellion, l'horrible anarchie et l'impiété régnèrent dans son âme. Cette disposition temporaire peut être comparée à celle qui envahit un jour le cœur d'un excellent prêtre, si l'on en croit une singulière histoire rapportée en chaire par un révérend homme de Dieu. Au milieu d'une solennelle cathédrale, par un nuageux après-midi de dimanche, ce prêtre administrait publiquement le pain en célébrant le saint sacrement de la Cène, quand le Malin lui suggéra soudain que la religion chrétienne n'était peut-être qu'un pur mirage. Pierre se trouvait dans une disposition d'esprit exactement semblable ; le Malin lui suggérait que tout son enthousiasme de renoncement n'était peut-être qu'un pur mirage ; le Malin le raillait et le traitait d'imbécile. Par une prière instante et profonde, les deux yeux fermés et tenant toujours des deux mains le pain sacramentel, le dévot prêtre avait vaincu le Démon impie. Il n'en était pas de même pour Pierre. L'impérissable monument de sa Sainte Église Catholique, l'impérissable témoignage de sa Sainte Bible, l'impérissable intuition de la vérité innée du Christianisme, telles étaient les ancres indestructibles par lesquelles le prêtre s'était cramponné au ferme roc de sa foi, lorsque la soudaine tempête soulevée par le Malin l'avait assailli. Mais Pierre, où pouvait-il trouver l'Église, le monument, la Bible qui lui eussent dit sans équivoque : « Poursuis ; tu es dans la Justice. Je sanctionne entièrement tes voies. Poursuis. » La différence entre le prêtre et Pierre consistait en ceci que, pour le prêtre, il s'agissait de savoir si certaines idées incorporelles étaient vraies ou non, tandis que, pour Pierre, c'était la justice ou l'injustice de certaines de ses actions vitales qui se trouvait mise en question. Dans cette coquille de noix est contenue en germe la solution possible de troublants problèmes, ainsi que la découverte d'autres problèmes plus profonds encore, découlant de la solution des précédents. Et ce dernier point est si vrai que certains hommes se refusent à résoudre aucun problème présent dans la crainte de s'attirer ainsi plus de besogne.

Pierre songeait maintenant à la magique et douloureuse lettre d'Isabelle, il évoquait la divine inspiration de cette heure où avaient jailli de son cœur les mots héroïques : « Ton frère te reconnaît pour sienne avec transport ! Il te réconfortera, il se tiendra à tes côtés, il combattra pour toi ! » Ces souvenirs se déroulèrent en fières exaltations dans son âme ; et, devant ces glorieuses bannières de la Vertu, le Malin au pied bot s'éloigna, confondu, en claudiquant. Mais alors le terrible, le fatal regard que sa mère lui avait jeté en partant lui revint en mémoire ; de nouveau, il entendit les paroles proscriptrices : « Sous mon toit et à ma table, celui qui fut jadis Pierre Glendinning jamais plus ne paraîtra ! » ; de nouveau, il vit Lucy, défaillante dans son lit blanc comme neige et enveloppée des échos répétés de son cri d'agonie : « Mon cœur ! Mon cœur ! » Mais aussitôt, il revint à Isabelle, à l'effroi sans nom de l'ardeur incipiente, nouvelle-née, imparfaitement consciente encore, qui l'entraînait vers cette mystérieuse créature. « Voilà que je laisse des cadavres partout où je passe ! » gémit Pierre en lui-même. « Dès lors, se peut-il que ma conduite soit juste ? Ma conduite semble appeler sur moi la menace d'un péché anomalique et maudit, si anomalique qu'il pourrait bien être celui dont l'Écriture dit qu'il ne saurait être pardonné. Avec des cadavres derrière moi et le péché suprême devant, comment ma conduite pourrait-elle être juste ? »

C'est dans cette disposition que le silence l'accompagna ; puis que les premiers rayons du soleil levant le trouvèrent et le saluèrent. L'excitation, la nuit sans sommeil qu'elles venaient de traverser, l'étrange narcotique d'une angoisse calme et constante, la douce quiétude de l'air et le bercement monotone de la voiture sur une route durcie et aplanie par la fraîcheur d'une averse nocturne, tout cela avait eu son effet accoutumé sur Isabelle et Delly : le visage caché, elles dormaient profondément devant Pierre. Profondément endormies et de ce fait inconscientes, ô chère Isabelle, ô infortunée Delly, je porte vos rapides destinées dans la mienne !

Soudain, comme ses yeux tristes, abandonnant la contemplation de leur magique immobilité, s'abaissaient de plus en plus, son regard rencontra sa main qui reposait sur son genou. Un papier émergeait du poing serré. Comment avait-il pu venir là, Pierre lui-même n'en savait rien, bien qu'il eût refermé la main sur lui. Il leva cette main, desserra lentement les doigts, libéra le papier, le déroula et le lissa soigneusement pour voir ce que ce pouvait être.

Le mince chiffon haillonneux couleur de poisson

sec et imprimé avec une encre brouillée sur un mauvais papier de chandelle, semblait constituer les premières pages d'une vieille brochure en loques contenant un chapitre ou deux de quelque très volumineux essai. La conclusion avait disparu. Sans doute un voyageur avait-il accidentellement perdu cette brochure, peut-être en la tirant à son insu de sa poche avec son mouchoir.

Il y a chez la plupart des hommes une singulière manie qui les pousse à leurs moments perdus, dans l'intervalle de leurs occupations régulières et lorsqu'ils se trouvent seuls en quelque coin tranquille, à s'attacher avec une tendresse inexplicable au moindre bout de papier imprimé — peut-être quelque lambeau d'une réclame périmée de longue date — et à le lire, à l'étudier, à le relire, à le dévorer, à se mettre enfin dans tous leurs états à propos de ce misérable chiffon de mauvais papier qu'en tout autre temps ou qu'en tout autre lieu ils eussent à peine touché du bout des longues pincettes de saint Dunstan[1]. Ainsi, dans une certaine mesure, en fut-il alors de Pierre. Mais encore qu'il participât, comme la plupart des humains, à l'étrange hallucination susdite, pourtant, dès qu'il entrevit le titre de ce chiffon couleur de poisson sec, il fut presque tenté de le jeter par la portière. En effet, quel mortel ordinaire et sensé aurait la patience, en quelque humeur qu'il se trouve, de tenir sciemment dans sa main consciente, pour un temps appréciable, un document imprimé (et cela de la façon la plus confuse quant à l'encre, et la plus vile quant au papier) portant un titre aussi métaphysique et aussi insupportable que « Chronométrique et Horologique » ?

1. Saint Dunstan, forgeron de son état, pinçait ainsi à distance le nez des apparitions lascives suscitées par le Démon. *(N.d.T.)*

Assurément, c'était là quelque chose d'extrêmement profond ; mais il est à remarquer que, lorsqu'un homme se trouve dans une disposition d'âme vraiment profonde, toutes les profondeurs verbales ou écrites lui sont inexprimablement odieuses et lui paraissent parfaitement enfantines. Cependant, le silence se prolongeait ; la route courait à travers une région quasi inculte et déserte ; les dormeuses dormaient toujours et les noires pensées de Pierre menaçaient de devenir intolérables ; aussi, plutôt pour détourner son esprit des sombres réalités que pour tout autre motif, s'efforça-t-il finalement de se plonger dans la brochure.

II

Tôt ou tard en cette vie, le jeune homme grave ou enthousiaste vient à connaître — et apprécie plus ou moins — cet étonnant solécisme : bien que le Christianisme propose à tous les hommes de renoncer au monde et fasse de ce renoncement la condition primordiale de leur allégeance à Dieu, pourtant les plus mammoniennes contrées de ce monde — l'Europe et l'Amérique — sont la propriété de nations chrétiennes qui tirent gloire de leur possession, et cela avec quelque apparence de raison.

Une fois ce solécisme appréhendé clairement, vient la relecture sérieuse des Évangiles, l'ardent abandon au plus grand miracle réel de toutes les religions, le Sermon sur la Montagne. De ce divin Mont, pour tous les jeunes hommes fervents, coule dans l'âme un inépuisable flot de tendresse et de chaleureuse bonté ; ils bondissent d'exultation à la pensée que le fondateur de leur sainte religion a prononcé des phrases aussi infiniment suaves et apaisantes, des phrases contenant tout l'amour qui fut dans le passé et tout l'amour qui se puisse imaginer en tout futur concevable. Aux émotions que ce Sermon éveille dans un cœur enthousiaste, tous les jeunes cœurs se refusent à attribuer une humaine origine. Ceci est de Dieu ! s'écrie le cœur, et dans ce cri cesse toute recherche. Cependant, le Sermon fraîchement lu présent à son âme, le jeune homme considère à nouveau le monde. Aussitôt — et le précédent solécisme s'en trouve aggravé —, il est irrésistiblement pénétré de l'évidente fausseté du monde. Le monde lui apparaît imprégné, saturé de mensonge. Si accablante est cette impression que, d'abord, le jeune homme est tenté de rejeter le témoignage de ses sens, tout comme il rejette le témoignage de ses yeux lorsque ceux-ci lui montrent clairement que le Soleil fait le tour de la Terre, pour croire selon d'autres autorités — les astronomes coperniciens, qu'il n'a jamais vus —, que c'est la Terre qui tourne autour du Soleil. D'ailleurs, il entend des hommes bons et sages dire sincèrement : « Ce monde *semble* être imprégné et saturé de mensonge ; mais, *en réalité*, il ne l'est pas ; à côté de quelques mensonges, il y a beaucoup de vérité en ce monde. » Mais il se réfère de nouveau à la Bible et y découvre, de façon plus explicite, que le monde est inconditionnellement dépravé et maudit, et que l'homme y doit renoncer à tout prix. Mais pourquoi y renoncer, si c'est un monde véridique et non un monde mensonger ? Il faut donc que ce monde soit un mensonge.

Là-dessus, dans l'âme du jeune enthousiaste, deux armées s'affrontent, et, à moins qu'il ne se révèle un mécréant ou un gobeur, ou à moins qu'il ne parvienne à trouver le talisman secret grâce auquel il réconciliera le monde avec son âme, il n'y a plus pour lui de paix, il n'y a plus pour lui la moindre trêve en cette vie. Or il est certain que le talisman secret n'a pas encore été découvert, et la nature des choses humaines semble impliquer qu'il ne saurait l'être. Certains philosophes ont parfois prétendu l'avoir trouvé, mais, s'ils ne finissent pas par reconnaître eux-mêmes leur erreur, les autres la reconnaissent pour eux, en sorte que ces philosophes et leur vaine philosophie tombent bientôt pratiquement dans l'oubli. Platon, et Spinoza, et Goethe, et bien d'autres encore appartiennent à cette guilde d'imposteurs à l'égard d'eux-mêmes, ainsi qu'un incohérent ramassis d'Écossais et de Yankees muggletoniens[1], dont le vil charabia ne fait qu'embrouiller encore le fatras composite de leurs modèles néo-platoniciens grecs ou allemands. De ce profond Silence, de cette unique Voix de notre Dieu dont je parlais, ces philosophes imposteurs prétendent avoir, en quelque sorte, reçu réponse, ce qui est aussi absurde que s'ils disaient avoir fait jaillir l'eau de la pierre ; comment, en effet, un homme pourrait-il faire jaillir une Voix du Silence ?

Chacun admettra assurément que, s'il fut jamais un homme pour qui le problème de la réconciliation de ce monde avec nos âmes possédait un intérêt particulier et puissant, cet homme était Pierre Glendinning à l'époque dont nous parlons. Car, pour obéir à la plus haute requête de son âme, il avait accompli certains actes vitaux qui, déjà, lui avaient fait perdre sa félicité terrestre et qui, il le sentait, devaient être finalement les artisans indirects de quelque redoutable surcroît de malheur.

Aussi, lorsque Pierre, ayant surmonté son premier mouvement d'antipathie pour le titre abscons de la

1. Sectateurs de Lodowicke Muggleton et de John Reeve qui, vers le milieu du XVIIe siècle, se donnaient pour « les deux témoins » d'Apocalyse XI, 3-6. Le coup de patte pourrait être à l'adresse de Carlyle et d'Emerson. *(N.d.T.)*

méchante brochure en loques, eut poursuivi quelque temps une lecture qu'il n'avait entreprise que pour s'y noyer, et lorsqu'il commença à entrevoir enfin le dessein profond de l'auteur, il sentit s'éveiller en lui un grand intérêt. À mesure qu'il lisait et relisait, cet intérêt croissait, mais aussi son impuissance à comprendre l'auteur. Il lui semblait bien tirer de là une vague suggestion générale, mais la pensée centrale refusait de se révéler clairement à lui. Pourquoi, il n'est pas aisé de le dire, étant donné que le cœur et l'esprit humain où les raisons s'engendrent sont des choses organiques difficilement définissables. Nous aventurerons pourtant, à cet égard, quelques éclaircissements plus ou moins adéquats.

Si un homme éprouve un doute vague et latent à l'endroit de la justesse et de l'excellence intrinsèques de sa théorie de la vie et de ses règles de conduite pratique, et si cet homme tombe sur quelque autre homme ou sur quelque petit traité ou sermon qui, involontairement mais très palpablement, illustre à son usage la non-justesse et la non-excellence aussi bien de sa théorie que de sa pratique de la vie, alors cet homme s'efforcera — plus ou moins inconsciemment — de se dérober à la compréhension et à l'admission intime d'une vérité qui le condamne. Car, en l'occurrence, comprendre est se condamner soi-même, circonstance éminemment incommode et déplaisante. En outre, si un homme entend dire quelque chose d'entièrement nouveau, il lui est parfaitement impossible — à l'instant que cette chose lui est communiquée pour la première fois — de la comprendre. Car — quelque absurde que cela puisse paraître — les hommes ne sont faits pour comprendre que les choses qu'ils ont déjà comprises (bien que seulement en germe). Il est impossible de leur faire comprendre des choses nouvelles simplement en discourant à leur sujet. Il est vrai qu'ils prétendent parfois comprendre ; que, dans leur cœur ils croient vraiment avoir compris ; qu'ils paraissent avoir compris ; qu'ils branlent leur chef broussailleux avec l'air de qui a compris ; mais, en dépit de tout cela, ils ne comprennent pas. Peut-être en viendront-ils plus tard à inhaler d'eux-mêmes cette nouvelle idée dans l'atmosphère ambiante et, ainsi, à la comprendre ; autrement, bernique ! On remarquera que nous n'appliquons pas positivement à Pierre, dans ses rapports avec la brochure en loques, les deux points des spéculations précédentes. Peut-être l'un et l'autre pourraient-ils lui être appliqués, peut-être ni l'un ni l'autre. Il est certain, néanmoins, qu'en cet instant il éprouvait confusément dans son cœur qu'il ne saisissait pas pleinement l'idée de l'étrange écrivain avec toutes ses conséquences. Pourtant, cette idée était apparemment des plus simples et si naturelle qu'un enfant aurait presque pu la trouver ; mais elle était également si profonde que Jugglarius[1] lui-même n'aurait pu en être l'auteur, quoique (encore une fois) si parfaitement banale que le plus petit enfant de Jugglarius aurait pu en avoir honte.

Étant donné que Pierre fut tant intrigué par ce chiffon de papier, que sa conduite ne laissera pas d'en être influencée plus tard, lorsque, par d'autres voies sans doute, il arrivera à le comprendre ou à s'apercevoir qu'il l'avait compris dès l'abord ; étant donné aussi que l'auteur de cette brochure viendra à être connu de lui, tout au moins de réputation, et exercera une étrange fascination sur Pierre sans que Pierre lui parle jamais, mais dès l'instant que Pierre l'aura aperçu de loin — toutes ces raisons formeront,

1. Prototype du jongleur (*juggler*). Ce nom revient plus loin, dans un contexte qui donne à penser que Melville entend par là désigner Dieu. *(N.d.T.)*

j'espère, une excuse suffisante pour que j'insère dans le chapitre suivant les pages initiales de ce qui m'apparaît comme une conférence plus fantaisiste et mystique que philosophique, et de laquelle, je le confesse, je ne puis moi-même tirer aucune conclusion qui satisfasse de façon définitive ces mouvements de mon âme auxquels elle semble plus particulièrement s'adresser. Car, à mon sens, on y voit exposer de façon excellemment illustrative, plutôt que résoudre, un problème. Mais comme les simples illustrations de cette sorte sont presque universellement tenues pour des solutions (peut-être sont-elles, en effet, les seules solutions humaines), cet écrit a quelque chance de contribuer à assurer temporairement la tranquillité de l'esprit chercheur et ne restera donc point entièrement inutile. Au pire, chacun peut sauter le passage, ou bien lire et se moquer à part soi.

III

EI
par
PLOTINUS PLINLIMMON
(en trois cent trente-trois conférences)

CONFÉRENCE PREMIÈRE

CHRONOMÉTRIQUE ET HOROLOGIQUE

(Laquelle n'est point tant le Portail qu'une partie de l'Échafaudage temporaire menant au Portail de cette nouvelle Philosophie)

Peu d'entre nous, messieurs, mettent en doute que la vie humaine sur cette terre ne soit pas autre chose qu'un état probatoire, ce qui implique, entre autres, que nous autres mortels n'avons affaire ici-bas qu'à des choses provisoires. Je tiens, en conséquence, que toute notre prétendue sagesse n'est également que provisoire.

Ce préambule posé, je commence.

Il m'apparaît, dans mes visions, qu'il est certaines âmes humaines d'un ordre très rare, qui, si elles sont portées avec soin dans le corps, énoncent presque toujours et presque partout la Vérité du Ciel, à quelques menues variations près. Car, procédant tout spécialement de Dieu, seule source de cette vérité céleste, colline et tour de Greenwich à partir desquelles les méridiens universels sont computés à l'infini, de telles âmes apparaissent comme des chronomètres de bord londoniens (en grec : dénombreurs de temps) qui, lorsque le navire flotte sur la Tamise devant Greenwich, sont réglés avec précision sur le temps de Greenwich, et qui, si on les entretient soigneusement, indiquent toujours le même temps, fussent-ils transportés aux Açores. Il est vrai que, dans la plupart des cas, au cours de voyages prolongés et lointains — en Chine, par exemple —, les chronomètres les mieux faits et les plus méticuleusement entretenus s'écartent peu à peu du temps de Greenwich, sans qu'il soit possible de corriger leurs erreurs par une comparaison directe avec leur grand étalon ; mais l'observation experte et dévote des étoiles à l'aide du sextant parvient à réduire pratiquement de telles erreurs. D'autre part, un chronomètre se règle, c'est-à-dire qu'une fois connu son degré d'imprécision organique, quelque faible qu'il soit, dans tous les calculs subséquents cette avance ou ce retard prévu peut être aisément ajouté ou retranché, selon le cas. En outre, pendant les longues traversées, on peut aussi rectifier le chronomètre en le comparant au chronomètre de quelque autre navire parti depuis moins longtemps de son port d'attache.

Or, dans un monde artificiel comme le nôtre, l'âme de l'homme est plus éloignée de son Dieu et de la Vérité Céleste que le chronomètre emporté en Chine ne l'est de Greenwich. Et, de même que ce chronomètre, s'il a quelque précision, marquera midi lorsque les montres locales marqueront minuit, de même l'âme chronométrique, fidèle en ce monde à son grand Greenwich de l'autre monde, sera toujours, dans ses intuitions du bien et du mal, en contradiction avec les étalons locaux et les cerveaux d'horloger de cette terre.

Le cerveau de Bacon n'était qu'un cerveau d'horloger; mais le Christ était un chronomètre: le chronomètre le plus exact, le plus exquisement ajusté, le moins affecté par les perturbations terrestres de tous ceux qui sont jamais venus à nous. Or la raison pour laquelle ses enseignements semblaient folie aux Juifs, était qu'il portait le temps du Ciel à Jérusalem, alors que les Juifs y portaient le temps de Jérusalem. N'a-t-il pas dit expressément: « Ma sagesse (mon temps) n'est pas de ce monde » ? Mais ce qui est vraiment essentiel dans la sagesse du Christ semble aujourd'hui tout aussi fou que voici 1 850 années. C'est que, à travers cet intervalle, le chronomètre qu'il nous légua a gardé son temps céleste et que la Jérusalem générale de ce monde a, de même, gardé soigneusement le sien.

Mais, si le chronomètre transporté de Greenwich en Chine doit fidèlement marquer en Chine à tout moment le temps de Greenwich et, par conséquent, contredire le temps de la Chine, il ne s'ensuit pas nécessairement que, par rapport à la Chine, les montres chinoises soient toutes dans l'erreur. C'est précisément l'inverse: le fait de cette différence donne à penser, au contraire, que, par rapport à la Chine, les montres chinoises ont raison. Et, si les montres chinoises ont raison par rapport à la Chine, les chronomètres de Greenwich doivent avoir tort par rapport à la Chine. En outre, de quelle utilité un chronomètre de Greenwich, marquant le temps de Greenwich, pourrait-il être à un Chinois ? Si le Chinois se réglait sur lui pour ses actes quotidiens, il se rendrait coupable de toutes sortes d'absurdités, se couchant à midi, par exemple, lorsque ses voisins se mettraient à table. De même, bien que la sagesse terrestre de l'homme soit céleste folie pour Dieu, réciproquement la sagesse divine de Dieu est terrestre folie pour l'homme. Il en est littéralement ainsi. Et le Dieu du céleste Greenwich n'attend pas du commun des hommes qu'ils pratiquent la sagesse de Greenwich en ce lointain monde chinois qu'est le nôtre ; car ils n'en tireraient aucun profit, et ce serait là en vérité une falsification de Lui-Même, d'autant plus qu'en ce cas le temps de la Chine deviendrait identique au temps de Greenwich et, de ce fait, rendrait faux le temps de Greenwich.

Mais alors, pourquoi Dieu envoie-t-il de temps à autre, en ce monde, un chronomètre céleste (telle une pierre météorique), quelque inutile qu'il puisse paraître de donner un démenti à tous les horlogers de la Terre ? C'est qu'Il veut que l'homme ne soit pas sans recevoir, occasionnellement, un témoignage de la vérité suivante : à savoir que, si les notions chinoises que l'homme a des choses suffisent ici-bas, elles ne sont pas universellement applicables, et que le Greenwich central dans lequel Il demeure suit une méthode quelque peu différente de celle de ce monde. Il ne s'ensuit pas, cependant, que la vérité de Dieu soit une chose et la vérité de l'homme une autre, mais que — comme on l'a suggéré plus haut et comme on le développera plus loin dans des conférences subséquentes — elles coïncident dans leurs contradictions mêmes.

Par inférence, il s'ensuit également que quiconque trouve en lui-même une âme chronométrique et cherche à imposer pratiquement le temps céleste à la terre, ne pourra jamais réussir dans cette entreprise de façon essentielle et absolue. Et quant à lui-même, s'il cherche à régler sa conduite sur le temps céleste, il ne fera que liguer contre lui tous les horlogers terrestres, entraînant son malheur et sa mort. Ces deux points sont clairement mis en valeur dans le caractère et la destinée du Christ, ainsi que dans la condition passée et présente de la religion qu'il enseigna. Mais ici une chose est à remarquer particulièrement : bien que le Christ ait rencontré le malheur sur son chemin dans l'enseignement comme dans la mise en pratique de sa chronométrique, pourtant il demeura, du commencement jusqu'à la fin, entièrement exempt de folie et de péché. Tandis que, presque invariablement, les êtres inférieurs qui font l'effort absolu de vivre en ce monde selon la lettre stricte de la chronométrique, se perdent en des folies ou des péchés étranges, uniques, insoupçonnés. C'est l'histoire de la matrone d'Éphèse, prise allégoriquement.

Tout homme sérieux et pénétrant trouvera dans la contemplation attentive des idées concernant la Chronométrique et l'Horologique l'éclaircissement provisoire de quelques-uns des problèmes les plus obscurs qui ont, de tout temps, tourmenté les hommes de pensée honnête. Quel est l'homme doté d'une âme céleste qui n'a gémi en éprouvant qu'à moins de commettre une sorte de suicide par rapport aux choses pratiques de ce monde, il ne pouvait nourrir l'espoir de régler sa conduite terrestre sur cette même âme céleste ? Et pourtant, un instinct infaillible lui dit que ce moniteur ne saurait, en soi, avoir tort.

Où est donc, messieurs, le philosophe sérieux et juste qui, regardant à droite et à gauche et de haut en bas, à travers tous les âges du monde, le présent âge inclus, où est l'homme qui n'a pas été mille fois frappé par cette idée hérétique que, si Dieu est le Seigneur d'autres mondes, Il n'est point le Seigneur de celui-ci ; sans quoi cette Terre semblerait lui donner un démenti, tant ses voies paraissent en complète contradiction avec celles que l'on prête instinctivement au Ciel. Mais il n'en est pas, et ne saurait en être, ainsi ; et quiconque considère sous un angle approprié ce concept chronométrique sera à jamais libéré de cette horrible idée. Car il verra, ou semblera voir, que l'apparente incompatibilité de ce monde avec Dieu résulte absolument de sa correspondance méridienne avec Lui.

***

Ce concept chronométrique n'implique aucunement la justification de tous les actes que les hommes pervers peuvent accomplir. Car, dans leur perversité, les hommes vraiment pervers pèchent autant contre leurs propres horloges que contre le chronomètre céleste : leur tendance spontanée au remords le prouve clairement. Non, ce concept montre seulement que, pour la masse des hommes, la plus haute justice abstraite du ciel est non seulement impossible, mais serait entièrement déplacée et positivement fausse dans un monde comme celui-ci. Tendre la joue gauche quand on vous frappe la droite est chronométrique ; aussi nul mortel ordinaire ne l'a-t-il jamais fait. Donner tout ce que l'on possède aux pauvres, cela aussi est chronométrique ; aussi nul mortel ordinaire ne l'a-t-il jamais fait. Néanmoins, si un homme donne aux pauvres avec une certaine générosité dûment considérée ; s'il s'abstient de nuire vraiment à son prochain ; s'il fait de son mieux pour être utile en général au genre humain, s'il est plein d'amour et de sollicitude pour sa femme, ses enfants, ses parents et ses amis ; s'il se montre parfaitement tolérant pour toutes les opinions d'autrui, quelles qu'elles puissent être ; s'il est honnête marchand, honnête citoyen, etc., et, plus particulièrement, s'il croit qu'il y a un Dieu pour les infidèles aussi bien que pour les croyants et agit en conséquence — cet homme, bien que restant infiniment en deçà de l'étalon chronométrique, bien que toutes ses actions soient entièrement horologiques, ne doit pas désespérer s'il se rend parfois coupable de quelque menue faute, comme d'être trop vif en paroles, de retourner impulsivement un coup, d'avoir des accès de pétulance domestique, de jouir égoïstement d'un verre de vin alors qu'il sait qu'autour de lui des hommes manquent de pain ; il ne doit pas désespérer, dis-je, à cause de sa perpétuelle tendance à tomber dans ces sortes de faiblesses, car, pour n'y point tomber, il faudrait être un ange, un chronomètre, alors qu'il est un homme, une horloge.

Pourtant, l'horloge elle-même enseigne que l'homme doit tendre à réprimer toutes ces faiblesses, bien qu'assurément il soit impossible de les extirper radicalement. L'homme doit tendre à les réprimer parce que, s'il leur laissait complètement libre cours, elles aboutiraient à l'égoïsme total et au démonisme humain, lesquels, comme on l'a dit plus haut, ne sont nullement justifiés par l'horloge.

En bref, ce concept chronométrique et horologique semble enseigner que, dans les choses terrestres (horologiques), un homme ne doit pas être gouverné par des idées célestes (chronométriques) ; que, si le seul instinct de son bien-être général de tous les jours lui dicte certains renoncements mineurs en cette vie, il ne doit en aucune façon faire le sacrifice total et inconditionné de lui-même pour aucun être, aucune cause ou aucune idée, quels qu'ils soient. Car il n'est rien ni personne qui se sacrifie totalement et inconditionnellement pour lui. Le soleil de Dieu ne diminue pas son ardeur d'un iota en juillet, bien que vous défailliez de chaleur ; et, s'il diminuait son ardeur à cause de vous, le seigle et le froment ne mûriraient point, et toute une population souffrirait pour le bénéfice accidentel d'un seul.

Un comportement sensé et vertueux, voilà donc, semble-t-il, la plus haute excellence terrestre à laquelle la masse des hommes puisse désirer atteindre, et la seule excellence terrestre que le Créateur ait prévue pour eux. Une fois au ciel, il en sera tout autrement. Là, ils pourront tendre librement la joue gauche parce que leur joue droite ne sera jamais frappée ; là, ils pourront donner librement aux pauvres, parce qu'il n'y aura point de pauvres à qui donner. La juste appréciation de cette vérité serait salutaire à l'homme. Car jusqu'à ce jour, ayant appris de ses maîtres dogmatiques qu'il devait viser le ciel, et même l'atteindre, dans tous ses actes terrestres, sous peine d'encourir la colère éternelle, et découvrant par l'expérience que c'est là chose parfaitement impossible, il est trop enclin à se jeter, par désespoir, dans toutes sortes de débauches, de tromperies et d'hypocrisies (voilées cependant, pour la plupart, sous les dehors d'une respectable dévotion), ou à se précipiter franchement, comme un chien enragé, dans l'athéisme. Qu'au contraire on enseigne aux hommes cette Chronométrique et cette Horologique, que l'on continue à les inciter raisonnablement à une vertu praticable et désirable, et que l'on affermisse ces encouragements par la conscience qu'ils ont le pouvoir d'atteindre le but, alors ils ne connaîtront plus le fatal désespoir de jamais parvenir à aucun bien — désespoir si favorable au vice et qu'ont trop souvent engendré dans maint esprit humain les théories chronométriques non diluées. Si quelqu'un prétend que la doctrine que je propose est fausse et impie, je le renverrai charitablement à l'histoire de la chrétienté depuis mille huit cents ans, et je lui demanderai si, en dépit de toutes les maximes du Christ, cette histoire n'est pas aussi pleine de sang, de violences, d'abus et d'iniquités de toutes sortes qu'aucune époque antérieure de l'histoire du monde. Il s'ensuit, par conséquent, qu'en ce qui concerne les résultats pratiques — considérés sous un angle purement terrestre —, la seule grande doctrine morale du christianisme qui ait quelque originalité (celle qui invite l'homme à rendre chronométriquement et horologiquement le bien pour le mal, alors que les philosophes païens n'enseignaient que l'horologique pardon des injures) a été reconnue (horologiquement) fausse ; puisque, après avoir été prêchée pendant mille huit cents ans du haut de milliers et de milliers de chaires, elle s'est montrée entièrement impraticable.

Je ne fais donc que proposer ce que les meilleurs d'entre les mortels pratiquent journellement et ce dont tout homme vraiment méchant est fort éloigné. J'offre une consolation à l'homme zélé qui, parmi ses faiblesses humaines, est toujours désespérément conscient de la beauté de l'excellence chronométrique. Je propose une vertu pratique au vicieux ; et je ne contreviens pas à cette éternelle vérité que, tôt ou tard, dans tous les cas, le vice absolu est malheur absolu.

Bien plus, si...

Mais ici la brochure, déchirée, s'achevait d'une manière peu décorative.

LIVRE XV

Les cousins

I

Bien que résolu à faire face jusqu'au bout à toute éventualité, si graves qu'en fussent les dangers, Pierre n'était pas parti pour la ville sans quelque plan raisonnable quant à ses conditions d'existence immédiates et futures.

Il avait un cousin qui résidait à la ville : Glendinning Stanly, plus connu dans l'ensemble de la famille sous le nom de Glen Stanly, et que Pierre appelait cousin Glen. Fils unique comme Pierre, il avait perdu ses parents dans sa petite enfance. Après un séjour prolongé en Europe, il venait de rentrer en Amérique à l'âge de vingt et un ans, pour prendre possession d'un noble bien incontesté qui s'était largement accru entre les mains de ses fidèles tuteurs.

Pendant leur enfance et leur première adolescence, Pierre et Glen avaient ressenti l'un pour l'autre un attachement bien plus que familial. À l'âge de dix ans, ils offraient un exemple du fait que l'amitié de deux garçons au cœur noble et généreux, nourris au sein d'un bien-être et d'une élégance propices aux sentiments romanesques, transcende parfois les limites de la pure puérilité et atteint, pour un temps, à l'empyrée d'un amour qui ne le cède que d'un degré au plus doux sentiment qui puisse lier les deux sexes. Les amours de jeunes garçons ne sont pas sans connaître les querelles et les brouilles occasionnelles qui, par un refroidissement apparent, rehaussent les permanentes délices des amants plus avancés, aimant sous le ceste de Vénus. Des jalousies naissent. La vue d'un autre garçon en commerce trop intime avec l'objet chéri inspire à l'ami des émotions comparables à celles d'Othello ; le moindre soupçon de relâchement dans les gages de ferveur échangés chaque jour lui dicte d'amères paroles de récrimination et de reproche, ou bien le plonge dans une tristesse qui trouve son seul refuge dans une farouche solitude.

De même, les lettres des sectateurs d'Aphrodite ne sont pas plus débordantes de vœux et de protestations sans limites, plus chargées et surchargées de sentimentalités discursives, plus fidèles à leur régularité bi-hebdomadaire ou quotidienne que les missives d'amoureuse amitié des jeunes garçons. Parmi ces liasses de papiers que Pierre, en une heure funeste, avait si frénétiquement détruites dans la chambre d'auberge, se trouvaient deux gros paquets de lettres rédigées d'une écriture compacte et souvent annotées en sens contraire à l'encre rouge, en sorte que l'amour, en ces lettres, avait deux couches de profondeur, et qu'une seule plume, une seule nuance n'avaient pas suffi pour le dépeindre. Le premier paquet contenait les lettres de Glen à Pierre, le second celles de Pierre à Glen ; Pierre, en effet, lui avait demandé ces dernières afin de les relire en son absence et de se fortifier dans sa propre affection par une référence revivifiante aux jeunes heures ardentes de ses premières manifestations.

Mais comme le fruit expulse, en germant, la fleur

magnifique, ainsi, bien souvent, l'amour pour l'autre sexe bannit à jamais cette préliminaire amitié amoureuse des jeunes garçons. Les dehors de l'amitié peuvent survivre dans une certaine mesure — plus ou moins grande —, mais au-dedans l'amour particulier s'est flétri.

Si vraiment il est possible, selon la réalité et la vérité les plus strictes, que le cœur terrestre de l'homme s'attache jamais à une seule femme, lui vouant désormais une dévotion éternelle, une foi que ne trouble pas le plus léger doute, et trouvant en elle l'incarnation parfaite de son idéal féminin le plus beau et le plus sublime, s'il en est vraiment ainsi — et fasse le ciel qu'il en soit ainsi ! —, néanmoins, dans les villes, l'amour du plus exclusif des amants n'est presque toujours que la fixation définitive d'innombrables regards vagabonds sur quelque unique objet spécifique, comme si ledit amant se fût avisé qu'à se laisser trop longtemps ballotter sur les flots merveilleusement divers de la beauté féminine, il finissait par perdre tout pouvoir de sélection. Le célibataire endurci, du moins en Amérique, est tout aussi souvent la victime d'une trop profonde appréciation du charme infini de la femme, qu'un homme voué pour la vie à la solitude par l'empire légitime d'un tempérament froid et insensible.

Avant que les tendres aspirations nostalgiques propres à son âge eussent enfin trouvé leur réponse radieuse dans le sein de Lucy, Pierre n'était pas resté insensible aux incitations variées de la passion, en sorte qu'avant même qu'il fût devenu un amant déclaré, l'Amour avait fait de lui son sectateur, et que s'était graduellement refroidi le sentiment ardent qu'il avait nourri pour Glen dans ses premières années.

Le monde guette l'homme de toutes parts comme un tirailleur en embuscade, pour assassiner les superbes illusions de la jeunesse sous l'impitoyable feu roulant des réalités de l'âge. Tandis que l'amour que Pierre éprouvait pour les femmes avait sensiblement modifié chez lui le sentiment particulier qu'il éprouvait pour Glen, les mille fascinations des paradis — si brillants alors — de la France et de l'Italie n'avaient pas manqué d'exercer leur influence séductrice sur les sentiments de Glen. Car, de même que les plus grands avantages de la vie ne laissent pas d'avoir leurs inconvénients perfides, l'une des conséquences fatales des voyages prolongés à l'étranger est de déraciner, chez les âmes jeunes et mal assurées, certains des plus beaux sentiments qu'elles avaient nourris sur leur sol natal, pour les remplacer par une dédaigneuse arrogance, assez semblable à ce fédéralisme bigot du temps jadis qui refusait — selon une légende politique — de moudre son café quotidien dans tout autre moulin que de fabrique européenne, et qui fut satiriquement accusé de vouloir importer de l'air européen pour son usage domestique. Les lettres de Pierre et de Glen, de part et d'autre écourtées, longtemps différées et enfin complètement interrompues, étaient les mélancoliques attestations d'un état de fait qu'aucun des deux ne prit peut-être sérieusement à cœur, puisque aucun des deux n'en fit remontrance à l'autre.

Dans les premiers temps de cette singulière transition de la fougue généreuse de la jeunesse à la prudente circonspection de l'âge, survient généralement un bref intervalle de déplaisant réexamen, pendant lequel l'âme, se trouvant très loin de son ancien moi spontané, hésite à s'abandonner toute à l'égoïsme et regrette amèrement ses vagabondages ; mais ceci n'est que passager et, de nouveau emporté par le rapide courant de la vie, le jeune garçon au cœur impulsif disparaît presque entièrement chez l'homme mûr, très lent à sentir, réfléchi jusque dans l'amour et calculateur jusque dans la piété. Pendant cette période particulière, le jeune homme fait encore de laborieux efforts pour recouvrer la spontanéité qui le quitte ; mais ses tentatives sont tellement teintées d'égoïsme naissant qu'il ferait mieux de s'en abstenir ; car elles n'apparaissent trop souvent que comme des démonstrations vides et illusoires ou, pis encore, comme de pures feintes hypocrites.

Au retour de Glen, la plus commune courtoisie, pour ne rien dire du lien de parenté qui les unissait, poussa Pierre à lui souhaiter la bienvenue dans une lettre point trop longue ni trop enthousiaste, mais où s'exprimaient cependant — avec toute la franchise et toute la gentillesse naturelles qui lui appartenaient alors — son bon vouloir et son affection de cousin. À ceci le léger Glen, à présent européanisé, avait répondu par une lettre empreinte d'une suavité soudaine, déplorant, avec des accents d'artistique naïveté, l'apparent déclin de leur amitié, et exprimant sa confiante certitude qu'en dépit de leur longue séparation elle renaîtrait avec une sincérité accrue. Cependant, lorsque Pierre fixa accidentellement son regard sur la salutation par laquelle s'ouvrait la délicate missive, il crut distinguer, à certains signes chirographiques imparfaitement dissimulables, que le « Mon très cher Pierre » avait été originellement un « Cher Pierre », mais que, la lettre achevée et signée, Glen s'était décidé après réflexion à lui adjoindre un ardent « Mon très » ; et cette supposition, quoique incertaine et peut-être sans fondement, eut pour effet d'entraver chez Pierre tout élan chaleureux, en lui faisant craindre que sa flamme généreuse ne brûlât pour une vaine illusion. Son impression ne laissa pas d'être quelque peu confirmée lorsqu'il constata, en recevant de Glen une seconde lettre — d'affaires, pour une part; presque toute sa correspondance subséquente devait appartenir à ce genre hybride — que la formule « Mon très cher Pierre » avait battu en retraite, se réduisant à « Mon cher Pierre »; puis, dans une troisième lettre, à « Cher Pierre »; et qu'enfin, dans une quatrième, une vigoureuse marche forcée l'avait menée jusqu'à « Pierre, mon très cher ». Toutes ces fluctuations ne faisaient augurer rien de bon quant à la fermeté d'une affection qui, bien qu'immensément dévouée à une seule cause, naviguait sous les couleurs de toutes les nations; et Pierre ne put, dans ces conditions, qu'applaudir à une dernière lettre de Glen qui, abruptement et presque impoliment, entonnait son chant d'amitié sans aucune salutation préliminaire, comme si Glen, désespérant, dans son infinie délicatesse, de définir de façon précise la nature de leur mystique amour, préférait laisser le soin de cette définition au cœur et à l'imagination sympathiques de Pierre, se réservant de célébrer le lien général qui les unissait par maintes expressions sucrées de dévotion multiforme. C'était chose curieuse et sardoniquement divertissante que de comparer les manœuvres savantes, mais indécises et assez inefficaces, de l'incomparable Glen, au torrent continu des « Mon bien-aimé Pierre », qui non seulement s'épanchaient dans la marge supérieure de toutes ses premières lettres, mais encore jaillissaient çà et là de leur nappe souterraine au cours des lignes suivantes. Et le souvenir de ces vacillations n'avait pas été fait pour retenir la main impétueuse de Pierre lorsqu'il avait jeté tout le paquet de lettres — les anciennes comme les nouvelles — dans cet élément, le plus honnête et le plus sommaire de tous, qui ne se soucie pas davantage de respecter les personnes que de critiquer les écrits qu'il brûle, mais, pareil à la Vérité ultime dont il est l'éloquent symbole, consume tout et ne fait que consumer.

Lorsque les fiançailles de Pierre et de Lucy eurent été publiquement déclarées, le courtisanesque Glen, en outre des félicitations usuelles, ne laissa point passer une si bonne occasion d'offrir de nouveau à son cousin toutes ses jarres de miel et de mélasse, auxquelles il adjoignit encore des boîtes de fruits confits. Pierre le remercia gentiment; mais, à la faveur de certaines petites ambiguïtés malignes, se déclara encombré et lui demanda la permission de lui retourner la plus grande partie de son présent — dont le manque de substance trouvait son allégorie dans le fait que la lettre censée le contenir n'était affranchie qu'au taux habituel.

L'affection véritable, chacun le sait, supporte maintes rebuffades, fussent-elles insultantes. Mais nous ne débattrons pas si, en l'occurrence, ce fut l'affection ou la politesse de Glen qui resta invincible. Toujours est-il que Glen, loin de se laisser abattre, revint noblement à la charge et, dans une réponse aussi prompte qu'inattendue, offrit à Pierre tous les charmes de la ville et toutes les aménités de cinq pièces somptueuses que lui-même et son luxueux entourage occupaient dans le plus select hôtel particulier d'une très opulente cité. Et Glen ne s'en tint pas là; comme Napoléon, il parut vouloir gagner la bataille en lançant tous ses régiments à l'attaque sur un seul point pour s'en emparer à tout prix. Le bruit ayant couru dans la famille que la date du mariage de Pierre avait été arrêtée, Glen passa en revue tous ses buvards parisiens pour en extraire le feuillet le plus rose et, s'armant d'une plume d'or et d'une encre parfumée, rédigea la lettre la plus chatoyante et la plus embaumée, appelant toutes les bénédictions d'Apollon, de Vénus, des Neuf Muses et des Vertus Cardinales sur l'événement à venir, et concluant par un gage d'amitié vraiment superbe.

Selon sa lettre, au nombre des biens immobiliers qu'il avait hérités dans la ville se trouvait une très charmante vieille petite maison, entièrement meublée dans le style du siècle dernier et sise en un quartier tranquille et retiré qui, pour avoir perdu son éclat d'antan, offrait pourtant de grands attraits aux tendres roucoulades d'une lune de miel. Il demandait en vérité la permission de la baptiser à présent La Roucoulerie, et si, après son voyage de noces, Pierre daignait résider à la ville avec sa femme pendant un mois ou deux, La Roucoulerie ne serait que trop heureuse de lui donner asile. Son cher cousin n'avait rien à craindre : faute de postulants adéquats, la maison était restée depuis longtemps sans locataires, ou, du moins, sans autre locataire qu'un ancien vieux commis célibataire, jadis homme de confiance de son père qui, contre un loyer insignifiant et surtout pour garder la maison, suspendait son chapeau bien fourbi dans le vestibule; ce vieux commis accommodant décrocherait son castor dès qu'il serait question de nouveaux occupants. Glen se chargerait lui-même de munir d'avance la maison d'un personnel convenable; des feux seraient allumés dans les salles que nul n'occupait depuis si longtemps; les meubles d'acajou, les marbres, les miroirs et les boiseries, tout ce vieil attirail vénérable et baroque serait épousseté et astiqué, la cuisine ne manquerait pas d'être amplement pourvue; les caisses d'argenterie qui appartenaient à la maison depuis un temps immémorial sortiraient des caves de la banque voisine ; ce serait chose aisée que de déballer les paniers de porcelaine toujours entreposés dans la maison; en sorte qu'argenterie et vaisselle seraient bientôt rangés dans leurs buffets appropriés; enfin, il n'y aurait qu'à tourner un robinet dans la cave pour qu'au soir de leur arrivée la meilleure eau de la ville apportât son concours à la mixtion d'un verre de négus.

La délicatesse exagérée de certains esprits morbidement critiques, ainsi que la pusillanimité morale de certains autres, les empêchent souvent d'accepter des faveurs substantielles de personnes auxquelles ils ont peut-être montré antérieurement quelque froideur ou quelque indifférence, et dont l'offre a été dictée par des mobiles pour le moins peu clairs. Mais quand une telle faveur paraît vraiment désirable et commode pour l'une des parties, tout en n'entraînant aucun empêchement sérieux pour l'autre, il n'y a, semble-t-il, aucun inconvénient palpable à accepter sur-le-champ ; et lorsque l'acceptant se trouve être par le rang et la fortune l'égal, et peut-être le supérieur de l'offrant — en sorte que cette politesse reçue pourra être amplement retournée dans la suite naturelle des circonstances —, les motifs de refus se réduisent pratiquement à rien. Quant aux mille finasseries de petits pour ou contre touchant des bienséances, des opportunités et des convenances imaginaires, grâce au ciel, au temps de la santé du cœur, aucunes tergiversations de cette sorte n'ont jamais entravé la marche d'un homme qui y va rondement. Il prend le monde comme il est, s'accommode avec insouciance de ses sautes d'humeur et n'éprouve aucune componction à recevoir les plus grandes faveurs de ceux qui sont parfaitement capables et libres de les octroyer ; de plus, comme il en octroie lui-même à l'occasion, la commune charité l'incline à considérer toute offre d'un regard favorable, puisque son acceptation ne fera que lui permettre indirectement de dispenser de nouvelles et plus grandes bienfaisances.

Quant à ceux qui, devant eux-mêmes, ne prétendent nullement régler leur comportement par des considérations de pure bienveillance, lorsqu'ils reçoivent d'hypocrites propositions courtoises de personnes qu'ils soupçonnent d'être leurs secrets ennemis, non seulement leur tactique mondaine leur interdit d'opposer à ces offres un refus péremptoire et incivil, mais, s'ils ont, secrètement, autant de malice que de sang-froid, ou s'ils sont capables de jouir du sentiment de leur supériorité et de leur maîtrise cachées (ce qui est le privilège d'un bien petit nombre), ils prendront un plaisir extrême à *utiliser* élégamment leurs ennemis sous couleur de céder purement et simplement à leurs instances. En effet, à quoi servent les ennemis, sinon à être utilisés ? Aux âges barbares, les hommes chassaient et javelinaient le tigre parce qu'ils le haïssaient pour sa férocité ; mais à notre époque éclairée, bien que nous n'aimions pas davantage le tigre, nous le chassons surtout pour sa peau. Un homme avisé *portera* son tigre ; chaque matin, il revêtira son tigre afin que le tigre lui tienne chaud et le pare. De ce point de vue, les ennemis sont plus désirables que les amis : qui donc, en effet, chasserait et tuerait son chien affectueux et fidèle pour se servir de sa peau ? Et une peau de chien a-t-elle autant de prix qu'une peau de tigre ? En certains cas, il est sérieusement recommandable de convertir en ennemis, par des procédés directs, les gens qui vous veulent du bien. Il est faux qu'un homme doive avoir pour politique de ne jamais se faire d'ennemis. En tant que partisans zélés, certains hommes peuvent non seulement ne vous être d'aucun secours, mais encore nuire positivement à vos desseins particuliers ; mais en tant qu'ennemis, vous pouvez les cimenter accessoirement dans l'ensemble de vos desseins.

Pierre, cependant, n'était pas encore initié à ces raffinements de froide politique toscane[1], ses expé-

1. Allusion probable à Machiavel. *(N.d.T.)*

riences n'ayant point été jusqu'alors assez variées et assez mûres pour cela; en outre, un sang trop généreux coulait dans son cœur. Néanmoins, dans la suite, en un temps de plus grande maturité, s'il n'eut jamais le goût de mettre en pratique les maximes susdites, pourtant il en saisit fort bien l'utilité. Tel n'est pas toujours le cas: généralement, selon la sagesse du monde, les hommes refusent toute pénétration à ceux qui n'en donnent point de preuves pratiques dans la vie extérieure de chaque jour. C'est une erreur très commune chez les êtres sans scrupules, sans foi, sans altruisme, sans principes ou parfaitement scélérats, de supposer que les hommes croyants, bienveillants ou bons n'en savent pas assez long pour être des égoïstes et des coquins sans scrupules. Et c'est ainsi — grâce au monde! — qu'il se trouve dans le camp du monde de nombreux espions que l'on prend pour des innocents égarés. Lesquels semblent se conformer au principe qui veut qu'en certaines circonstances nous apprenions moins en nous montrant avertis qu'en passant pour ignorants. Ici, nous atteignons aux frontières de cette sorte de sagesse qu'il est très bien de posséder, mais dont il est peu habile de montrer qu'on la possède. Il y a pourtant des hommes qui, pour en avoir fini avec le monde, éprouvent tant d'indifférence à l'égard de ce qu'il a à offrir qu'ils n'ont cure de se rendre coupables d'une quelconque imprudence mondaine.

Or, si ce ne furent pas précisément des considérations conscientes comme celles — bienveillantes ou neutres — dont il a été question plus haut, ce furent certainement des mobiles de cet ordre qui incitèrent Pierre à accepter franchement, virilement et sans réserves la maison que lui offrait son cousin; il le remercia abondamment de ses obligeantes propositions à l'égard des serviteurs, de l'argenterie, de la vaisselle, etc., mais il lui rappela qu'il avait omis de faire mention des vins et le pria de pourvoir la cave de quelques très bons crus. Il lui demanda en outre d'être assez aimable pour acheter en personne chez certain épicier fameux un petit sac d'authentique moka, mais sans le faire torréfier ni moudre, car Pierre préférait que ces deux opérations, si importantes et si décisives pour le parfum du breuvage, fussent accomplies immédiatement avant sa confection finale. Il n'ajouta point qu'il payerait les vins et le moka, se contentant de signaler l'oubli à son cousin et de lui indiquer la meilleure façon d'y remédier.

Il conclut sa lettre en intimant que, si le bruit qui voulait qu'une date — et même une date prochaine — eût été fixée pour son mariage était malheureusement erroné, il ne considérait pas l'offre généreuse de Glen comme simplement fondée sur cette croyance et tombant par conséquent avec elle, mais qu'au contraire il la tenait pour parfaitement valable à quelque époque que Pierre voulût s'en prévaloir. Il était fiancé à Lucy envers et contre tous et comptait bien se marier avant sa mort. Dans l'intervalle, Glen l'obligerait grandement en signifiant son congé à l'homme de confiance.

Bien que stupéfait tout d'abord de cette lettre — car, en vérité, son offre avait peut-être été dictée surtout par l'ostentation, et il ne s'était pas attendu un instant à une acceptation si nette —, le cousin de Pierre était, dans sa jeune précocité, trop homme du monde pour ne pas prendre la chose de façon amicale, humoristique et pourtant pratique ; ce qu'il fit, en effet, dans une réponse beaucoup plus sincère et qui, à tous égards, faisait en apparence beaucoup plus honneur à son intelligence et à son cœur, que toutes celles qu'il avait écrites à Pierre depuis le temps de leur enfance. Ainsi, du fait de la franchise et de l'absence de componction de Pierre, ce très artificiel jeune homme se trouva bel et bien amené à commettre un acte de pure gentillesse, forcé qu'il était de dépouiller le masque vide de l'ostentation pour montrer les traits consistants et humains d'un vrai visage. Ainsi voit-on parfois en ce monde une plaisanterie contraindre certaines gens à faire le bien, là où toute réserve, toute froideur, tout ressentiment et tout sermon solennel fussent restés sans effet.

II

Mais l'on ne saisirait guère les relations particulières de Pierre et de Glen — relations qui entraînèrent finalement les plus graves conséquences — si le compte rendu plein d'équivoques que nous en avons donné n'était complété à présent par l'énoncé d'une nouvelle et plus vaste équivoque, susceptible d'absorber en elle-même toutes les précédentes et d'expliquer par une ambiguïté majeure toutes les ambiguïtés accessoires.

Pierre avait eu longtemps l'impression qu'avant l'époque de sa propre dévotion pour Lucy le splendide Glen n'était pas resté entièrement insensible aux charmes surprenants de la jeune fille. Cette impression toutefois, il ne savait comment la justifier. Assurément, son cousin ne s'était jamais trahi le moins du monde à cet égard; quant à Lucy, la même finesse intuitive qui retenait Pierre de l'interroger sur ce point fermait également ses lèvres. Entre Pierre et Lucy, la délicatesse apposait sur la cassette du secret un sceau sacré qui, de même que la cire des scellés légaux, pour pouvoir être aisément fondue par la petite bougie, n'en possédait pas moins aux yeux du respect les vertus prohibitives de barres ou de verrous inexorables.

Lorsque Pierre observait en surface le comportement de Glen envers lui, il n'y trouvait aucun indice propre à confirmer son soupçon. La jalousie sourit-elle si bénignement et offre-t-elle sa maison à la mariée ? D'autre part, lorsque Pierre perçait la surface de ce comportement pour pénétrer sous son vêtement de brocart, il croyait parfois apercevoir la blessure ancienne, mais toujours béante, d'un amoureux éconduit, d'un amoureux animé d'une haine d'autant plus ardente contre le rival qui l'a supplanté qu'une amitié ancienne et les liens indestructibles du sang l'attachent à lui. Or, considérées à la lumière de cette solution maîtresse, toutes les énigmes singulières de Glen, son inconséquence en matière épistolaire, les « Cher Pierre » et les « Très cher Pierre », la chute mercurielle de sa chaude cordialité au zéro de l'indifférence, puis son retour subit à la chaude cordialité, et, par-dessus tout, son emphatique redoublement d'affection dès que les noces de Pierre avaient paru sur le point d'être célébrées, toutes ces énigmes, ainsi déchiffrées, semblaient recevoir leur solution subtile. Certains hommes, en effet, plus ils éprouvent un sentiment secret et poignant, plus ils l'enfouissent sous de multiples couches trompeuses. Le comportement amical de Glen devait donc être considéré comme directement proportionnel à sa haine cachée, et l'apogée de cette haine se manifestait dans le geste d'ouvrir toutes grandes les portes de sa maison à la mariée. Mais si la haine était la cause lointaine, elle ne pouvait être le mobile immédiat de la conduite de Glen. La haine est-elle si hospitalière ? Le mobile immédiat de Glen devait donc être l'intense désir de dissimuler à l'univers un fait qui infligeait une humiliation indicible à son âme hautaine et chamarrée d'or, le fait que, dans la plus profonde aspiration de son cœur, Pierre l'avait victorieusement supplanté. Pourtant, ce fut ce très habile comportement de Glen, ce comportement dicté par une feinte si profonde et relevant d'un art si consommé, qui fit naître pour la première fois chez Pierre le soupçon dont son cousin, par cette méthode même, s'efforçait si anxieusement d'empêcher l'éveil. De même qu'il est extrêmement difficile pour tout être humain de cacher longtemps dans son cœur le secret d'une forte émotion, de même c'est l'entreprise la plus vaine du monde que de feindre à l'égard d'autrui l'émotion diamétralement opposée. En conséquence, la sagesse ultime décrète que, si l'on veut garder un secret pour soi, le mieux est de se conduire en quiétiste, sans rien faire ni rien dire à ce sujet, car, de toutes les pauvres chances, celle-ci est la moins pauvre. Les artifices et les tentatives pour donner le change sont le recours des écoliers en science du monde; de laquelle, sur son propre terrain, lord Chesterfield[1] est le plus médiocre professeur possible. Le plus précoce instinct de l'enfant et la plus mûre expérience de l'âge s'accordent pour affirmer que la simplicité est le rôle le plus vrai et le plus profond que l'homme puisse jouer. De même, cette simplicité est si universelle et si complète en tant que règle de vie que le scélérat le plus subtil, l'homme de bien le plus pur et le sage le plus profond l'arborent également sur cette face qu'ils présentent socialement au monde inquisiteur et sans scrupules.

1. On sait que les *Lettres de lord Chesterfield à son fils* (1774) composent un art de réussir empreint de grâce cynique. *(N.d.T.)*

III

Comme on l'a vu, la question de la maison était restée pendante jusqu'à la grande révolution que la lettre d'Isabelle avait apportée dans la vie de Pierre. Bien que Pierre ne laissât pas d'hésiter à faire usage de l'habitation dans des circonstances aussi changées, et bien que les plus fortes objections que puissent dicter l'indépendance personnelle, l'orgueil et le dédain protestassent d'abord avec véhémence contre cette façon d'agir, pourtant la même absence de componction, la même aisance de manières qui avaient entraîné naguère son acceptation la lui firent finalement maintenir. Toutes tribulations immédiates impliquées par la recherche du vivre et du couvert lui seraient épargnées de ce fait, l'abri dont il pouvait disposer pour un temps indéfini lui permettant de regarder autour de lui et de délibérer sur les mesures à prendre pour assurer un bien-être permanent à ceux que le destin avait confiés à sa charge.

Il pensa avec indignation (sans, peut-être, que cette pensée procédât de l'éveil général de son être profond, éveil conséquent aux épreuves extraordinaires qu'il venait de subir coup sur coup) — il pensa que le monde devait être en vérité bien méprisable s'il professait qu'une offre acceptée à l'heure de l'abondance devrait être rejetée à l'heure du plus pressant besoin. Et, sans prêter à son cousin une générosité particulière, il ne douta pas un instant que Glen feignît tout au moins de l'accueillir avec un empressement redoublé, à présent que cette simple affaire d'apparente courtoisie revêtait un caractère positif d'urgente nécessité. En outre, lorsque Pierre considéra qu'il s'agissait en l'occurrence non seulement de lui-même, mais encore de deux créatures en détresse dont l'une, attachée à lui dès l'origine par les liens les plus sacrés, lui inspirait une émotion qui passait tout précédent humain par son contenu complexe et mystérieux, ces considérations supplémentaires abolirent complètement chez lui toutes les réticences qu'une vague fierté ou qu'un faux sentiment d'indépendance auraient pu lui inspirer.

Après s'être résolu à gagner la ville avec ses compagnes, Pierre avait écrit à son cousin afin de l'en avertir — bien qu'il n'eût pas le temps de recevoir de Glen avant son départ une réponse qu'il était d'ailleurs trop avisé pour attendre —, ne doutant pas qu'en fin de compte cette manière d'agir ne dût se révéler circonspecte.

Pour les hommes doués d'un esprit naturellement ferme, quelque jeunes et inexpérimentés qu'ils puissent être à certains égards, les grands événements soudains qui jettent dans l'égarement les timides et les faibles ne servent qu'à révéler leurs généreuses qualités latentes et à leur enseigner, comme par inspiration, d'extraordinaires maximes de conduite dont l'équivalent ne résulte chez les autres hommes que d'une longue vie d'épreuves et d'efforts. L'une de ces maximes veut que, si nous passons soudain de l'opulence au besoin et d'une bonne réputation au décri, et s'il nous est impossible d'y contredire — de contredire tout au moins à la teneur de l'imputation — lorsque nous nous adressons à une personne qui nous a montré précédemment une haute considération conventionnelle, et de qui nous sollicitons à présent quelque bon office, toute explication, toute palliation doivent être dédaignées ; une promptitude, une hardiesse de gladiateur et une défiante absence d'humilité doivent marquer chaque syllabe que nous prononçons, chaque ligne que nous traçons.

La lettre préparatoire de Pierre à Glen plongea

aussitôt au cœur de la question et fut peut-être la lettre la plus brève qu'il lui eût jamais écrite. Bien qu'il ne faille pas juger invariablement de l'humeur prédominante ou de la disposition générale d'un homme par son écriture (puisque des éléments aussi accidentels qu'un doigt engourdi, une mauvaise plume, une encre médiocre, un papier détestable ou un pupitre branlant y peuvent apporter toutes sortes de modifications), pourtant, dans le présent cas, l'écriture de Pierre attestait et corroborait clairement l'esprit de sa lettre. La feuille était grande ; mais les mots s'y trouvaient placardés de telle manière que six ou huit lignes seulement, d'une main appuyée bien que rapide, l'emplissaient. Et, de même que le valet de pied d'un visiteur hautain — quelque comte ou quelque duc — annonce la voiture de son maître en tonnant du poing contre le portail, de même Pierre annonça à Glen par l'écriture large, fulgurante, prodigieuse de sa lettre, quelle sorte d'homme était en route.

Sous l'empire d'un sentiment puissant, un merveilleux pouvoir de condensation aiguise la langue et la plume ; en sorte que des idées dont l'énoncé exige un temps considérable en une heure plus calme où rien ne les stimule, claquent, précises et rapides comme un fusil à répétition.

Nous ne pouvons donner ici le contenu précis de la lettre de Pierre sans tomber dans une tautologie qui serait préjudiciable aux idées mêmes. Or, bien que la crainte de la tautologie soit en vérité le tourment continuel, et par conséquent la faiblesse, de maint grave esprit, bien que nul homme avisé ne puisse s'étonner que Virgile ait voulu, à l'instant de sa mort, brûler son *Énéide* comme un monstrueux fatras d'inefficaces superfluités, il est impossible de ne pas redouter la tautologie sans appartenir à cette classe d'enviables crétins auxquels la faveur divine a dispensé, de par toute la terre, d'inépuisables trésors de vanité, de folie et d'aveugle suffisance.

Le bruit de ses fiançailles rompues, de son mariage avec une pauvre orpheline sans amis, du reniement consécutif prononcé par sa mère, toutes ces rumeurs, écrivait Pierre à son cousin, avaient très probablement précédé son arrivée dans la ville en se répandant dans les salons de ses parents et de ses amis. Mais, s'abstenant à ce sujet de tout commentaire, il poursuivait en disant simplement que, de par la fortune de la vie — qui n'était autre que la capricieuse fortune de la guerre —, il se trouvait présentement livré à ses seules ressources et ne devait compter que sur lui-même pour subvenir à ses besoins, à ceux de sa femme et, provisoirement, à l'entretien d'une jeune fille qu'il avait prise précédemment sous sa protection pour d'excellentes raisons. Il se proposait de résider de façon permanente à la ville et n'était pas sans avoir formé des plans, presque entièrement arrêtés déjà, quant aux moyens d'acquérir des revenus convenables qui le dispenseraient de recourir à aucun membre de leur riche et très nombreuse famille. La maison que Glen lui avait si noblement offert d'occuper temporairement était à présent doublement, triplement désirable. Mais les serviteurs, la vaisselle et l'argenterie anciennes, les vieux vins et le moka étaient devenus parfaitement superflus. Pierre prendrait simplement — pour un bref laps de temps — la place du vieil homme de confiance et jouerait le rôle de gardien de la maison jusqu'à ce que ses plans eussent mûri. Naguère, son cousin avait très généreusement offert d'accueillir l'épouse présumée de Pierre : bien qu'une autre femme eût pris la place de celle-ci à l'autel, Pierre regardait l'offre de Glen comme impersonnelle à cet égard et s'appliquant indistinctement à toute femme qui pourrait se targuer d'être son épouse.

Étant donné qu'aucun critère universel ne pouvait jouer en la matière, Glen considérerait peut-être sur des bases purement mondaines que la vraie Mme Glendinning n'était pas pour Pierre un parti aussi convenable que l'eût pu être mainte autre jeune fille ; néanmoins, Glen la trouverait prête à lui témoigner en retour tout l'intérêt attentionné d'une cousine. Il ajoutait, en manière de conclusion, que lui et ses compagnes avaient l'intention de partir immédiatement et arriveraient probablement à la ville quarante-huit heures après l'envoi de la présente lettre. Il priait donc Glen de veiller à ce que les accessoires domestiques les plus indispensables fussent préparés pour leur arrivée, de faire aérer et éclairer les chambres, et d'avertir l'homme de confiance qu'il aurait à partir prochainement. Puis, sans aucune cascade de « Très sincèrement et très fidèlement à toi, mon cher cousin Glen », il termina sa lettre sur la signature abrupte et isolée de « PIERRE ».

LIVRE XVI

La première nuit de leur arrivée à la ville

I

La voiture fut surprise par la nuit.

La route de campagne qu'elle suivait pénétrait dans la ville par une rue remarquablement large et sinueuse, une grande artère réservée aux moins riches d'entre ses habitants. Il n'y avait pas de lune et peu d'étoiles. C'était l'heure crépusculaire où les boutiques sont en train de fermer et où chaque passant, comme il traverse la lumière inégale projetée par les fenêtres, témoigne par son allure qu'il ne s'éloigne pas de chez lui, mais qu'il y retourne. Bien que la rue fût sinueuse, aucune de ses courbes n'entravait sérieusement son long et imposant tracé ; aussi, lorsque la voiture atteignit le sommet de la pente qui menait lentement et très progressivement au cœur obscur de la ville, lorsque apparut la perspective scintillante de deux longues rangées parallèles de réverbères — qui semblaient moins destinés à dissiper l'obscurité générale qu'à jalonner un sombre parcours menant sans doute vers un lieu de ténèbres plus profondes encore —, lorsque la voiture atteignit ce point critique, le vaste triangle de la ville tout entière sembla capituler avec découragement et se rendre confusément au regard.

Cependant, avant qu'on ne s'engageât sur la pente déclinante, et au faîte même de la montée, des cahots nombreux, violents et pénibles, ainsi que l'allure traînante et lourde que prend tout à coup la voiture, apprennent aux voyageurs que le caractère de la route vient de subir un grand changement. La voiture semble rouler sur des boulets de canon de tous calibres. Étreignant le bras de Pierre, Isabelle demande vivement d'une voix anxieuse quelle est la cause de cette transition singulière et déplaisante.

— Les pavés, Isabelle. C'est la ville.

Isabelle se tut.

Mais, pour la première fois depuis des semaines, Delly parla spontanément :

— Ce n'est pas aussi doux que le gazon des prairies, monsieur Pierre.

— Non, mademoiselle Ulver, dit Pierre très amèrement. Peut-être les cœurs des citoyens défunts sont-ils montés à la surface.

— Monsieur ? dit Delly.

— Ont-ils donc le cœur si dur ici ? demanda Isabelle.

— Interroge ces pavés, Isabelle. Le lait qui s'échappe des pots du laitier en décembre ne gèle pas plus vite sur ces pierres que ne le fait l'innocence immaculée si, dans sa pauvreté, elle vient à tomber dans ces rues.

— Alors, que Dieu me vienne en aide, monsieur Pierre, sanglota Delly. Pourquoi avez-vous traîné ici une pauvre réprouvée comme moi ?

— Pardonnez-moi, mademoiselle Ulver, s'écria Pierre avec une chaleur soudaine, mais aussi avec le respect le plus marqué, pardonnez-moi ; jamais encore je ne suis entré dans cette ville à la nuit, et cela me rend à la fois amer et triste. Allons, soyons gais, nous serons bientôt confortablement logés et seuls avec nous-mêmes ; le vieux gardien dont je vous ai parlé est sans doute en train de décrocher tristement son chapeau. Allons, courage, Isabelle ; c'est un long voyage, mais il touche à sa fin et, nous, nous recevrons bientôt l'accueil qui nous attend.

— J'entends des cliquetis et des grincements étranges, dit Delly avec un frisson.

— On dirait qu'il fait tout à coup plus sombre, ajouta Isabelle.

— Oui, répondit Pierre, ce sont les volets des boutiques que l'on assujettit ; c'est le bruit des portes et des fenêtres que l'on ferme, que l'on barricade, que l'on verrouille ; les gens de la ville se préparent à prendre du repos.

— Plaise à Dieu qu'ils le trouvent ! soupira Delly.

— Ils s'enferment et se barricadent lorsqu'ils se reposent, Pierre ? dit Isabelle.

— Oui, et tu te disais que cela ne fait rien augurer de bon pour l'accueil dont je parlais tout à l'heure.

— Tu lis tout dans mon âme ; oui, je pensais cela. Mais où mènent ces longues trouées étroites, sinistres et ténébreuses que nous croisons de temps en temps ? Que sont-elles ? Elles paraissent terriblement silencieuses. Je n'y aperçois presque personne... en voici une encore... Vois l'aspect hagard de ces réverbères qui s'échelonnent en zigzag de loin en loin. Que sont ces rues ténébreuses, cher Pierre ; où mènent-elles ?

— Ce sont les humbles affluents, douce Isabelle, de cet Orénoque qu'est la grande artère où nous nous trouvons ; comme de vrais affluents, elles viennent de régions lointaines et secrètes, elles sortent des repaires menaçants et sombres que forment le mortier et la pierre, elles ont traversé les vastes prairies marécageuses de la scélératesse, elles ont côtoyé ces arbres transplantés auxquels plus d'un malheureux s'est pendu.

— Je ne sais rien de ces choses, Pierre. Mais je n'aime pas la ville. Crois-tu, Pierre, que le temps viendra où toute la terre sera pavée ?

— Dieu merci, cela ne sera jamais !

— Ces muettes trouées de ténèbres sont horribles... regarde ! Pour rien au monde, je ne voudrais m'y engager.

À ce moment, la roue de devant grinça sous le corps de la voiture.

— Courage ! s'écria Pierre, nous y sommes ! D'ailleurs, ce n'est pas si désert : voici un passant.

— Ah ! qu'est ceci ? dit Delly. Quel est ce bruit perçant et métallique qui vient de retentir près de nous ?

— C'est un voyageur, dit Pierre, qui a des plaques d'acier aux talons de ses bottes ; quelque fils aîné au cœur tendre, je suppose.

— Pierre, dit Isabelle, ce silence surnaturel m'effraie. Les forêts ne sont jamais aussi muettes.

— C'est que la brique et le mortier recèlent des secrets plus profonds que la forêt et la montagne, chère Isabelle. Mais nous tournons à nouveau. Si je devine juste, encore deux tournants et nous serons devant la porte. Courage ! tout ira bien. Sans doute nous a-t-il préparé un fameux souper. Courage, Isabelle. Allons, sera-ce du thé ou du café ? Du pain ordinaire ou un toast croustillant ? Nous aurons aussi des œufs et du poulet froid, peut-être.

Ici, il murmura en lui-même : « Non, pas de collations froides ! Cela ressemble trop à ces pavés des rues qu'on offre en collation aux mendiants affamés. Non, je ne veux point de poulet froid. » Puis tout haut :

— Mais nous tournons encore comme je le pensais. Holà, cocher ! (Il passa sa tête par la portière.) À droite ! À droite ! Ce doit être à droite ! La première maison éclairée à droite.

— Il n'y a pas d'autre lumière que celle des réverbères, répondit la voix revêche du cocher.

— C'est stupide ! Il l'a dépassée, oui, oui, il l'a dépassée. Arrêtez ; retournez. N'avez-vous point passé devant des fenêtres éclairées ?

— Pas d'autre lumière que celle des réverbères, fut la rude réponse. Quel est le numéro ? Le numéro ? Ne me faites pas battre la campagne toute la nuit ! Le numéro !

— Je ne le connais pas, répondit Pierre, mais je connais bien la maison ; vous devez l'avoir dépassée, je le répète. Retournez. Vous avez sûrement aperçu des fenêtres éclairées ?

— C'étaient des lumières noires, alors. Y a pas de fenêtres éclairées dans la rue ; j'connais la ville : c'est des vieilles filles qu'habitent ici, et elles sont toutes au lit ; le reste, c'est des entrepôts.

— Allez-vous, oui ou non, arrêter la voiture ? cria Pierre, irrité de l'entêtement bourru avec lequel le cocher continuait à avancer.

— J'obéis à la consigne : la première maison éclairée ; m'est avis — mais, pour sûr, je n'connais rien d'la ville où j'suis né et où j'ai passé toute ma vie — qu'la première lumière de cette rue sera l'poste de police... oui, le v'là... eh bien, vous avez loué un logement bon marché : rien à payer, et nourris.

Pour certains tempéraments, surtout lorsqu'ils viennent d'être troublés par quelque impression profonde, il n'est peut-être rien de plus exaspérant et de plus insupportable que l'insolence grossière et railleuse d'un portier, d'un postillon ou d'un cocher. Accoutumés à véhiculer la pire tourbe de la ville, familiers par profession des repaires les plus dissolus, ils exercent au cœur de la misère l'un des plus mercenaires de tous les trafics du péché. Ils paressent et somnolent sur leur siège pendant le jour, mais, la nuit, ces félins ouvrent leurs yeux de chat. Habitués des rues nocturnes où ne se glissent guère que les voleurs, les libertins et les débauchés ; jouant parfois le rôle de proxénètes pour les plus répugnants cloaques, lorsqu'ils rencontrent un client dans la nuit, ils espèrent et ils présument que ce passant est un débauché ou un fripon. Cette hideuse tribu d'ogres, ces passeurs charonesques qui mènent à la corruption et à la mort, ont naturellement adopté à l'égard de l'humanité le point de vue le plus pratiquement calviniste et considèrent que tout homme est digne, au fond, des obscénités et des railleries les plus grossières. Seuls les beaux habits et les poches pleines peuvent maintenir à coups de fouet ces chiens galeux dans la décence. La moindre impatience, le moindre emportement, un mot de remontrance un peu vif de la part d'un client qui trahit sa pauvreté par un habit râpé ou par quelque autre indice, si minime ou si indirect soit-il (car, sur le chapitre de l'argent, ils jugent l'humanité de la façon la plus pénétrante et la plus infaillible), provoquent presque à coup sûr, de leur part, les marques de dédain les plus insupportables.

Peut-être fut-ce l'application inconsciente au cocher de quelques idées de ce genre qui poussa Pierre, dans sa vive indignation, à un acte dont sa raison l'eût détourné en une heure plus calme.

Il ne vit pas la lumière dont le cocher venait de parler et ne remarqua pas, dans sa rage soudaine, que la voiture ralentissait. Avant qu'Isabelle eût pu l'en empêcher, il ouvrit brusquement la portière, sauta sur la chaussée et bondit devant les chevaux qu'il saisit au mors et fit reculer violemment. Le cocher prit son fouet avec une bordée de jurons ; et il allait frapper Pierre de la longue mèche sinueuse, lorsque son bras fut arrêté par un agent de police qui, sautant tout à coup sur la voiture arrêtée, enjoignit à cet homme de se tenir tranquille.

— Parlez ! Qu'y a-t-il ? Rassurez-vous, mesdames, il ne s'est rien passé de grave. Expliquez-vous !

— Pierre, Pierre ! cria Isabelle, alarmée.

En un instant, Pierre fut à ses côtés près de la portière ; puis, se tournant vers l'agent, il lui expliqua que le cocher avait persisté à dépasser la maison devant laquelle il lui avait ordonné de s'arrêter.

— En ce cas, il va faire demi-tour avec vous, monsieur — et à toute vitesse, entendez-vous ? Je les connais, les canailles de votre espèce. Allons, faites demi-tour et menez monsieur à l'endroit qu'il vous a indiqué.

Le cocher, dompté, se lança dans une longue suite d'explications et de récriminations ; mais l'agent de police, se tournant vers Pierre, le pria calmement de réintégrer la voiture et déclara qu'il voulait l'accompagner lui-même à destination ; puis, s'asseyant sur le siège à côté du cocher, il lui demanda à quel numéro il devait aller.

— Mais il n'sait pas le numéro, j'vous l'ai déjà dit. Y a d'quoi vous rendre fou !

Et se tournant vers Pierre :

— Monsieur, où voulez-vous aller ?

— Je ne connais pas le numéro, mais la maison se trouve dans cette rue ; nous l'avons dépassée ; c'est, je crois, la quatrième ou la cinquième. Elle doit être éclairée. C'est une petite maison à l'ancienne mode, avec des têtes de lion en pierre au-dessus des fenêtres. Mais si vous ordonnez à ce cocher de rebrousser chemin et de conduire lentement, je la désignerai bientôt.

— Peux pas voir les lions dans le noir, grommela le cocher. Des lions, ha ! ha ! des bourriques, plutôt.

— Prenez garde, s'écria l'agent de police. Je vais vous mettre au bloc, moi, mon bonhomme, si vous n'arrêtez pas cette chanson. Monsieur, ajouta-t-il en se tournant de nouveau vers Pierre, je suis sûr que vous faites erreur. Je connais parfaitement la maison dont vous parlez. J'ai passé devant il y a une demi-heure : elle était aussi tranquille que d'habitude. Personne n'y habite, je crois, je n'y ai jamais vu de lumière. Vous devez vous tromper.

Pierre, perplexe et inquiet, hésita. Se pouvait-il que Glen, volontairement, n'eût tenu aucun compte de sa lettre ? Certes non. Mais peut-être ne lui était-elle point parvenue ; les courriers ont parfois du retard. Il n'était pas non plus tout à fait impossible que la maison fût prête à les recevoir bien qu'elle n'en donnât aucun signe extérieur. Mais cela était improbable. Quoi qu'il en fût, comme le cocher protestait que ses quatre chevaux et son lourd véhicule ne pouvaient tourner dans la rue et que, s'il devait revenir en arrière, il lui faudrait contourner le bloc de maisons pour reprendre sa direction primitive ; comme, d'autre part, une déception définitive à l'égard de la maison eût paru justifier, au moins dans une certaine mesure, la grossièreté du cocher ; comme Pierre, enfin, abhorrait ce coquin, afin de ne point courir de tels risques, il prit une décision soudaine.

— Mon ami, je vous suis très obligé pour votre assistance opportune, dit-il à l'agent. À parler franc, ce que vous venez de dire me rend assez perplexe à l'endroit de la maison où je voulais m'arrêter. N'y a-t-il pas dans le voisinage un hôtel où je puisse laisser ces dames pendant que j'irai chercher mon ami ?

Habitué à toutes sortes de tromperies, et fatalement enclin de par sa profession à se méfier des apparences les plus spécieuses comme des plus honnêtes, l'agent de police, malgré sa réelle bienveillance, commença à dévisager Pierre, dans la lumière indécise, avec l'insistance la plus désagréable ; il cessa de lui donner du « Monsieur » et le ton de sa voix changea sensiblement quand il répondit :

— Il n'y a pas d'hôtel par ici ; c'est un quartier trop retiré.

— Allons ! Allons ! s'écria le cocher qui s'enhardissait de nouveau, si vous êtes un agent, moi j'suis un citoyen. Vous n'avez pas l' droit d' m'empêcher de m' coucher à c't'heure-ci. Y sait pas où y veut aller pasqu'il a nulle part où aller. J' vais tout bonnement l'déposer ici, et pour sûr que vous m'en empêcherez pas.

— Ne soyez pas insolent, dit l'agent, mais d'un ton moins sévère.

— J' sais bien quel est mon droit, je vous l' dis. Lâchez mon bras. Sacredieu, allez-vous descendre du siège ! J'ai la loi pour moi. Quant à vous, m'sieur l' chemineau, v'là vos bagages.

Et, ce disant, il attira à lui une malle légère qui se trouvait sur le toit de la voiture.

— Parlez poliment, dit l'agent, et ne soyez pas si pressé.

Puis, s'adressant à Pierre qui était descendu de nouveau :

— Allons, ça ne peut pas continuer ; que voulez-vous faire ?

— En tout cas, je ne poursuivrai pas ma route avec cet homme, dit Pierre. Je m'arrêterai ici pour l'instant.

— Ah ! ah ! ricana le cocher, ah ! ah ! On d'vient accommodant. On s' cramponne maintenant. Juste devant l' poste ! Ah ! ah ! En voilà une joyeuse !

— Déchargez les bagages, cocher, dit l'agent. Descendez la petite malle, et puis détachez-moi ces valises-là derrière.

Pendant toute cette scène, Delly, tremblant dans sa rustique alarme, était restée parfaitement silencieuse, tandis qu'Isabelle avait crié en vain à Pierre de lui donner quelque explication. Mais si leur complète ignorance de la vie citadine leur avait fait assister à cette scène avec trop d'agitation, lorsque, dans l'obscurité de la nuit et au cœur d'une ville étrangère, Pierre leur tendit la main pour les aider à descendre dans la rue déserte, et qu'elles virent leurs bagages empilés tout près de la lumière blanche du poste de police, cette même ignorance produisit sur elles, en quelque sorte, un effet contraire ; car elles étaient loin de soupçonner en quelles conditions insolites et misérables elles abordaient pour la première fois les pavés de la ville.

Comme la voiture démarrait lourdement et s'enfonçait dans les vastes ténèbres, Pierre parla à l'agent.

— C'est là un incident assez singulier, mon ami, je l'avoue ; mais les incidents singuliers arrivent parfois.

— Dans les meilleures familles, répondit l'autre avec quelque ironie.

Il ne faut point que je me querelle avec cet homme, se dit Pierre, piqué par le ton de l'agent. Et il demanda :

— Y a-t-il quelqu'un dans votre... bureau ?

— Pas encore... Il n'est pas assez tard.

— Alors, voulez-vous avoir la bonté d'héberger ces dames un instant, tandis que je me hâterai de leur trouver un meilleur logement ? Conduisez-nous, je vous prie.

L'homme sembla hésiter un moment, mais finit par acquiescer ; ils passèrent bientôt sous la lumière blanche et pénétrèrent dans une vaste pièce nue de l'aspect le plus rebutant, où l'on voyait, rangés contre les murs, des bancs de bois tailladés et des couchettes et, dans un coin, un bureau devant lequel courait une balustrade en fer. Le gardien qui assurait la permanence du poste lisait tranquillement un journal à la lueur du long bec papillon à double flamme suspendu au centre de la pièce, et trois agents hors de service somnolaient sur un banc.

— Le logement n'est pas très confortable, dit tranquillement le premier agent, et la compagnie pas toujours très choisie. Mais nous faisons de notre mieux pour être polis. Asseyez-vous, mesdames.

Et il tira poliment un petit banc vers elles.

— Hé là ! mes amis, dit Pierre, s'approchant des trois hommes assoupis et les frappant sur l'épaule. Hé là ! Voulez-vous me faire une petite faveur ? Aidez-moi à porter ici les malles qui sont dans la rue. Je vous payerai votre dérangement et resterai votre obligé.

Instantanément, les trois dormeurs, habitués aux réveils soudains, ouvrirent les yeux et regardèrent fixement autour d'eux ; puis, après avoir reçu des éclaircissements du bec papillon et du premier agent, ils apportèrent promptement les bagages comme on les en priait.

Pierre vint s'asseoir hâtivement auprès d'Isabelle et lui donna à entendre en peu de mots qu'elle était à présent dans un endroit parfaitement sûr, sinon engageant, et que les policiers prendraient soin d'elle pendant qu'il courrait le plus vite possible à la maison, afin de tirer les choses au clair : il comptait être revenu en moins de dix minutes avec de bonnes nouvelles. Il expliqua son intention au premier agent et le pria de veiller sur les deux femmes jusqu'à son retour, puis il s'élança dans la rue. Il arriva bientôt devant la maison, qu'il identifia immédiatement, mais tout était profondément sombre et silencieux. Il sonna, sans obtenir de réponse ; il attendit assez longtemps pour avoir la certitude que la maison était déserte ou que le vieux gardien était, soit profondément endormi, soit absent. En tout cas, on n'avait pas fait les moindres préparatifs pour leur arrivée. Amèrement déçu, Pierre revint vers Isabelle avec ces déplaisantes nouvelles.

Cependant il fallait agir, et rapidement. Se tournant vers l'un des agents, il le pria d'aller chercher un fiacre, afin qu'ils pussent gagner tous trois quelque abri respectable. Mais l'homme et ses camarades déclinèrent la course en disant qu'il n'y avait point de station de fiacres sur le parcours de la ronde, parcours dont ils ne pouvaient s'écarter en aucun cas. Pierre ne devait compter que sur lui-même. Il lui répugnait fort de laisser à nouveau Isabelle et Delly pour s'engager dans une expédition qui pouvait être assez longue, mais il n'y avait pas d'autre ressource et le temps pressait. Aussi, communiquant son intention à Isabelle, il pria l'agent de police de lui rendre le même service personnel que devant, non sans lui promettre une récompense, et partit derechef. Il regarda d'un bout à l'autre de la rue et prêta l'oreille. Mais aucun véhicule ne se faisait entendre. Il se mit à courir et, tournant le premier coin, dirigea ses pas rapides vers l'avenue la plus large et la plus centrale de la ville, assuré que là au moins, il trouverait ce qu'il cherchait ; cette avenue était assez éloignée et Pierre espérait rencontrer un fiacre vide avant de l'atteindre. Mais les quelques voitures qu'il croisa avaient leur compteur encapuchonné. Il poursuivit sa route et déboucha enfin dans l'avenue. Peu accoutumé à un tel spectacle, Pierre demeura un instant surpris de se trouver soudain précipité, au sortir de la petite rue sombre, étroite et d'un silence de mort, dans la vie nocturne éclatante, tumultueuse, désordonnée d'une grande artère, populeuse et encombrée pendant le jour, et qui, même à cette heure tardive, étincelait de lumières et retentissait de pas nombreux et de roulements rapides.

II

— Eh ! dis donc, le joli gosse ! Tu es bien pressé, mon amour. Allons, viens, chéri ! Ah ! le voilà qui s'arrête !

Pierre se retourna ; sous les feux éclatants, sinistres et maléfiques d'une boutique de droguiste, son regard rencontra une femme extrêmement belle, habillée de la façon la plus voyante et aux joues écarlates. Les rayons verts et jaunes du droguiste jetaient une lumière hideuse sur cette créature dont toute la personne était empreinte d'une grâce naturelle, mais d'une vivacité artificielle.

— Mon Dieu ! frissonna Pierre en pressant le pas, le premier accueil de la ville à la jeunesse !

Il était sur le point de traverser la rue pour atteindre une file de fiacres rangés le long du trottoir opposé, quand son regard s'arrêta sur une brève inscription en lettres dorées, qui dénommait avec une discrétion aristocratique une vaste et très élégante maison dont le second étage était abondamment illuminé. Il leva les yeux et se convainquit que là se trouvait l'appartement de Glen. Obéissant à une impulsion soudaine, il monta l'unique degré qui menait à la porte d'entrée et sonna. Un Noir fort déférent apparut bientôt.

Comme la porte s'ouvrait, Pierre entendit le bruit lointain d'une musique de danse et d'une fête.

— M. Stanly est-il là ?

— M. Stanly ? Oui, mais il est occupé.

— Comment cela ?

— Il est dans un des salons. Ma maîtresse donne une soirée aux locataires de la maison.

— Vraiment ? Dites à M. Stanly que je désire le voir un moment, s'il vous plaît ; un moment seulement.

— Je n'oserais pas le déranger, monsieur. Il m'a dit que quelqu'un le demanderait peut-être cette nuit — on demande chaque nuit M. Stanly —, mais que je ne devais recevoir personne à cause de la soirée.

Un amer et sombre soupçon traversa l'esprit de Pierre. Incapable d'y résister et résolu de le confirmer ou de le dissiper sans délai, il dit au Noir :

— Mon affaire est pressante. Il faut que je voie M. Stanly.

— Je regrette, monsieur, mais les ordres sont les ordres. Je suis son domestique particulier, il me donne un pourboire à chaque jour de fête et je ne peux pas lui désobéir. Permettez-moi de fermer la porte, monsieur, car il m'est impossible de vous laisser entrer.

— Les salons sont au second étage, n'est-ce pas ? demanda Pierre tranquillement.

— Oui, dit le Noir qui s'arrêta, surpris, en tenant la porte.

— L'escalier est par ici, je crois ?

— Par là, monsieur ; mais votre place est dehors !

Et le nègre, qui commençait à se méfier, allait refermer violemment la porte quand Pierre le jeta brusquement de côté. S'élançant dans le long escalier, il se trouva bientôt en face d'une porte ouverte par laquelle s'échappait un torrent de clarté et de mélodie doublement fait pour confondre un homme qui arrivait tout droit de la rue. Il se sentit momentanément étourdi, égaré, mais il entra hardiment, stupéfiant la compagnie assemblée par son chapeau mou toujours sur sa tête, sa joue pâle, ses vêtements souillés par la poussière du voyage et sa mine féroce.

— M. Stanly ! Où est M. Stanly ? cria-t-il, en s'avançant tout droit à travers un quadrille figé, tandis que la musique s'arrêtait et que tous les regards se fixaient sur lui avec une vague frayeur.

— M. Stanly ! M. Stanly ! crièrent plusieurs voix désinvoltes à l'extrémité d'un second salon dans lequel s'ouvrait largement le premier. Il y a là un singulier garçon qui vous demande. Qui diable est-il ?

— Je crois que je le vois, répondit une voix étrangement froide et posée, traînante, mais argentine et sans doute fort résolue, au fond. Je crois que je le vois. Écartez-vous, mon ami, voulez-vous. Écartez-vous, mesdames ; laissez, s'il vous plaît, le champ libre entre ce chapeau là-bas et moi.

Les invités ainsi interpellés reculèrent poliment et révélèrent aux yeux de Pierre, qui continuait à avancer, la silhouette grande et robuste d'un jeune homme à barbe brune, remarquablement beau, et vêtu avec une simplicité presque austère qui ne laissait pas de surprendre en une telle occasion, encore qu'on ne la remarquât point du premier coup tant l'étoffe de l'habit était fine et sa coupe admirable. Négligemment renversé sur un large sofa et à demi détourné, il venait d'être interrompu, semblait-il, dans une conversation fort agréable avec une petite brune piquante assise à l'autre bout. Le dandy et l'homme, la force et la féminité, la hardiesse et l'indolence se mêlaient si singulièrement chez ce jouvenceau au regard superbe qu'il était impossible de déterminer à première vue s'il était ou non de bonne trempe.

Les années qui s'étaient écoulées depuis la dernière rencontre des cousins étaient précisément de celles qui apportent les plus grandes transformations dans l'aspect général des êtres humains. Néanmoins, le regard change rarement: dès que leurs yeux se rencontrèrent, ils se reconnurent mutuellement, mais sans trahir tous deux qu'il en était ainsi.

— Glen! s'écria Pierre en s'arrêtant à quelques pas de lui.

Cependant, le jeune homme à la prunelle superbe ne fit qu'accentuer l'indolence de son attitude et, tirant de la poche de son gilet un petit monocle fort simple et sans ruban, considéra Pierre fixement, mais d'une manière qui n'était pas entièrement insultante, en dépit des circonstances. Puis, laissant tomber le verre, il se tourna vers les messieurs qui l'entouraient en disant de la même voix particulière, complexe et musicale:

— Je ne le connais pas; c'est une erreur absolue; pourquoi les domestiques ne l'emmènent-ils pas dehors? Que la musique reprenne!... Comme je le disais, mademoiselle Clara, les statues que vous avez vues au Louvre ne sauraient être comparées à celles de Florence et de Rome. Prenez par exemple ce chef-d'œuvre tant vanté, le *Gladiateur combattant* du Louvre...

— Gladiateur combattant? Oui, vraiment! rugit Pierre en s'élançant sur lui comme Spartacus.

Mais son impulsion sauvage fut arrêtée par les cris éperdus des femmes et les gestes désordonnés que l'on faisait autour de lui. Comme il hésitait, plusieurs hommes cherchèrent à le saisir; mais il les secoua violemment, fit le vide autour de lui, et se redressant de toute sa taille, il fixa son regard sur son cousin apparemment indifférent et toujours renversé sur le sofa, puis parla ainsi:

— Glendinning Stanly, tu renies Pierre avec moins d'exécration que Pierre ne te renie. Par le ciel, si j'avais un couteau, je pourrais te clouer sur la place, libérer le sang que tu tiens des Glendinning et recoudre les vils lambeaux de ton corps ! Chien ! Honteux opprobre de l'humanité tout entière !

— Ceci est très extraordinaire : un remarquable cas d'imposture et de folie tout ensemble. Mais où sont les domestiques ? Que fait donc ce Noir ? Mets-le dehors, mon bon Doc, mets-le dehors. Doucement, doucement ! Tiens (et il mit la main à sa poche). Tiens, prends ceci et emmène ce pauvre garçon.

Maîtrisant une colère à laquelle il ne pouvait laisser libre cours en un tel lieu, Pierre se retourna, s'élança dans l'escalier et s'enfuit.

III

— Une voiture, monsieur ? Une voiture, monsieur ? Une voiture, monsieur ?

— Un fiacre, monsieur ? Un fiacre, monsieur ? Un fiacre, monsieur ?

— Par ici, monsieur ! Par ici, monsieur ! Par ici, monsieur !

— C'est un chenapan ! Ne le chargez pas ! C'est un chenapan !

Pierre fut entouré d'une foule de cochers de fiacre qui se bousculaient en brandissant leurs longs fouets ; plus loin, d'autres encore essayaient d'appeler son attention du haut des sièges où ils trônaient entre deux lanternes, comme de minables saints au rebut. Les manches de fouet s'épaissirent autour de lui et plusieurs mèches claquèrent vivement à ses oreilles. Au sortir d'une scène aussi exaspérante que celle de son entrevue avec le dédaigneux Glen dans le salon éblouissant, ce tourbillon tumultueux et soudain de manches et de mèches de fouet apparut à Pierre comme la ruée des Furies se précipitant sur Oreste pour le châtier. Mais il s'échappa, saisit la poignée de portière la plus proche, sauta dans le fiacre et cria au cocher de monter sur son siège et de rouler dans une direction qu'il indiqua.

Après avoir descendu pendant quelques instants la grande avenue, le cocher arrêta son véhicule et demanda :

— Par où, maintenant ?

— Au poste de police ! cria Pierre.

— Hi ! Hi ! On va se donner, hein ? ricana l'homme à part lui. Eh bien ! j'ai vu plus malhonnête. Vlan ! hue, hue dia ! Vlan !

Le spectacle et les bruits qui accueillirent Pierre lorsqu'il pénétra dans le poste de police l'emplirent d'une horreur et d'une rage inexprimables. L'endroit, naguère décent et endormi, était maintenant envahi par les créatures les plus louches. Il était impossible de concevoir pourquoi et comment l'on avait pu réunir une compagnie aussi vile pendant l'absence relativement courte de Pierre. Dans un désordre indescriptible, des hommes et des femmes de toutes les couleurs, malsains d'aspect et frénétiques, habillés de vêtements voyants, immodestes, grotesques ou déguenillés, bondissaient, hurlaient et juraient à qui mieux mieux autour de lui. Les madras déchirés des négresses et les robes rouges qui pendaient en lambeaux de la poitrine nue des femmes jaunes se mêlaient aux vêtements défaits des blanches outrageusement fardées, ainsi qu'aux costumes fendus, aux gilets à carreaux et aux chemises bouffantes d'individus de toutes nationalités, ornés de moustaches ou de favoris, ou livides ou hagards, dont les uns semblaient avoir été tirés de leur lit et les autres arrêtés au milieu de quelque danse impudique et folle. De tous côtés retentissaient des voix masculines et féminines, anglaises, françaises, espagnoles et portugaises, entrecoupées de temps en temps par le plus bas de tous les langages humains, ce dialecte de péché et de mort connu sous le nom de langue verte ou d'argot.

Les policiers, courant parmi cette Babel de races et de voix, s'efforçaient en vain d'apaiser le tumulte ou de passer les menottes aux plus furieux; çà et là de misérables enragés, hommes et femmes, livraient franchement bataille aux agents; et d'autres les frappaient encore de leurs poings déjà enchaînés. Cependant, des syllabes obscènes et maudites, des mots et des phrases imprononçables à la lumière de Dieu et dont les gens honnêtes de la ville n'avaient jamais soupçonné, même en rêve, l'existence, étaient lancés sur un ton qui prouvait clairement que ces individus les proféraient comme ils respiraient. Les repaires de voleurs, les lupanars, les hospices d'incurables, et les infirmeries et les bas-fonds de l'enfer semblaient s'être concertés pour faire une sortie ensemble et se déverser sur la terre par l'infâme vomitoire de quelque innommable cave.

Bien que le caractère accidentel et imparfait des expériences citadines de Pierre ne lui permît guère de saisir toute la signification de ce terrifiant spectacle, il connaissait assez par ouï-dire la vie des bas-fonds de la ville pour imaginer d'où venaient et qui étaient les individus qui se trouvaient devant lui. Mais toute son attention fut absorbée par l'horrible idée qu'Isabelle et Delly étaient forcées de contempler un tableau à peine supportable pour lui-même ou que, noyées peut-être dans le chahut, elles se trouvaient en contact étroit et intime avec l'infamie. Se précipitant dans la mêlée au mépris des coups et des injures, il chercha éperdument Isabelle et la découvrit bientôt: elle luttait contre l'étreinte délirante d'un gaillard à favoris, demi-nu et titubant. D'un gigantesque coup de poing, Pierre envoya rouler à terre le gredin et, saisissant Isabelle, cria à deux agents qui se trouvaient à sa portée de lui frayer un chemin jusqu'à la porte. Ils le firent et, quelques minutes plus tard, la pantelante Isabelle se vit saine et sauve à l'air libre. Pierre eût voulu rester près d'elle, mais elle le conjura d'aller chercher Delly, exposée à de pires insultes qu'elle-même. Comme un groupe d'agents de renfort s'approchait, Pierre la confia aux soins de l'un d'eux, enjoignit à deux autres de l'accompagner et pénétra à nouveau dans la salle. Il aperçut, au fond, Delly en butte aux attaques de deux femmes aux yeux chassieux et injectés de sang, qui tournaient en dérision sa robe montante avec des grimaces diaboliques et lui arrachaient déjà son fichu. Delly poussa un cri de joie angoissé à la vue de Pierre, qui réussit bientôt à l'emmener auprès d'Isabelle.

Pendant l'absence de Pierre, comme Isabelle et Delly attendaient tranquillement son retour, la porte s'était ouverte brusquement : un détachement de police avait poussé dans le poste la foule bigarrée des clients nocturnes d'un lieu de débauche notoire, brusquement surpris au milieu de quelque monstrueuse orgie. Dès que ces derniers, reconnaissant l'intérieur du poste, s'étaient vus si prestement coffrés entre les quatre murs nus, ils s'étaient tout à coup rués frénétiquement sur les agents qui, oublieux de toute autre considération, avaient consacré toutes leurs forces à réprimer la révolte intérieure ; et c'est ainsi qu'abandonnées à elles-mêmes, Isabelle et Delly avaient été provisoirement livrées à la merci de la canaille déchaînée.

Pierre jugea inopportun d'exprimer son indignation à l'agent qui avait trahi sa promesse à l'égard du précieux dépôt confié à ses soins : d'ailleurs, il n'eût sans doute point trouvé cet homme. Il ne se soucia pas davantage des bagages qui étaient restés à l'intérieur du poste. Laissant tout cela, il jeta les deux femmes effarées et à demi inanimées dans le fiacre qui, sur son ordre, retourna à la station où il l'avait pris.

Quand le fiacre se fut éloigné du tumulte, Pierre l'arrêta et dit au cocher qu'il désirait être conduit au plus proche hôtel ou à la plus proche pension de famille convenable. L'homme, qui avait pris un malin plaisir à la scène précédente, répondit par quelque boutade ambiguë et grossière. Mais Pierre, averti par sa récente querelle avec le premier cocher, n'en tint pas compte et répéta ses ordres d'une voix posée, calme et résolue.

Après d'assez longs détours, ils arrivèrent finalement dans une petite rue écartée, mais fort respectable, et devant une grande maison d'aspect également fort respectable, qu'éclairaient deux grandes lanternes blanches suspendues de chaque côté du porche. Pierre fut heureux de voir que cette maison n'était point entièrement silencieuse, en dépit de l'heure relativement tardive. Un homme nu-tête, proprement vêtu, au visage très perspicace, et tenant à la main une brosse à habits, commença par dévisager Pierre avec insistance, mais son expression se fit plus respectueuse — tout en restant légèrement perplexe — à mesure que celui-ci s'avançait dans la lumière, et il invita les voyageurs à entrer dans le salon adjacent, dont les chaises en désordre et l'aspect poussiéreux témoignaient qu'après une journée d'activité il attendait les offices matinaux des servantes.

— Les bagages, monsieur ?

— J'ai laissé mes bagages ailleurs, dit Pierre. Je les enverrai chercher demain.

— Ah ! s'écria d'un ton incertain l'homme au visage perspicace. Faut-il payer le fiacre ?

— Laissez, dit Pierre, songeant qu'il valait mieux que l'homme ignorât d'où ils venaient. Je vais le payer moi-même, merci.

Et, retournant sur le trottoir, il paya sans discuter un prix exorbitant au cocher qui, soucieux de s'approprier définitivement un gain aussi illégal, monta rapidement sur son siège et s'en fut au galop.

— Voulez-vous venir au bureau, monsieur ? demanda l'homme en faisant avec sa brosse un geste d'introduction pompeux. Par ici, monsieur, s'il vous plaît.

Pierre le suivit dans une pièce nue et confusément éclairée, où se trouvait un bureau. L'homme passa derrière le bureau, posa devant Pierre un grand registre rempli de noms, puis lui tendit une plume après l'avoir trempée dans l'encre.

Pour satisfaire à cette requête, Pierre, bien que secrètement irrité par les manières de l'homme, attira le livre à lui et inscrivit d'une main ferme au bas de la dernière colonne :

« M. et Mme Pierre Glendinning, et Mlle Ulver. »

L'homme regarda d'un air inquisiteur, et dit :

— L'autre colonne, monsieur. Venant de...

— Parfaitement, dit Pierre.

Et il écrivit : les Prés-de-la-Selle.

L'homme au visage perspicace examina la page à nouveau, puis, caressant lentement son menton rasé de son pouce et de ses quatre doigts réunis en fourchette, demanda doucement dans un murmure :

— C'est quelque part à la campagne, monsieur ?

— Oui, à la campagne, répondit Pierre d'un ton évasif en surmontant sa colère. Mais à présent, montrez-moi deux chambres, s'il vous plaît. L'une d'elles — c'est pour moi-même et ma femme — doit donner dans une troisième pièce, dont la grandeur importe peu ; mais je désire avoir un cabinet de toilette.

— Un cabinet de toilette, répéta l'homme d'une voix ironiquement songeuse. Un cabinet de toilette... Hum ! Alors, vous désirez qu'on transporte vos bagages dans le cabinet de toilette, je suppose ? Oh ! j'oubliais : vos bagages ne sont pas encore arrivés. Ah ! oui, oui, oui, les bagages arrivent demain. Oh ! oui, oui... certainement... demain... naturellement. À propos, monsieur, je serais désolé de paraître incivil et je suis sûr que vous ne vous en offenserez pas, mais...

— Eh bien ? dit Pierre, appelant à lui tout son sang-froid pour faire face à l'impertinence attendue.

— Quand des étrangers arrivent dans cette maison sans bagages, nous nous croyons obligés de demander à ces messieurs de payer leur note d'avance, monsieur. C'est tout, monsieur.

— De toute façon, je passerai ici la nuit et la journée de demain, dit Pierre, heureux que ce fût là tout. Combien vous dois-je ?

Et il tira sa bourse.

Les yeux de l'homme se fixèrent vivement sur la bourse, puis sur le visage de son possesseur ; il parut hésiter un instant ; après quoi, ses traits s'éclairèrent et il dit avec une soudaine suavité :

— Ne vous donnez pas la peine, monsieur, ne vous donnez pas la peine. Les filous ont parfois l'air de messieurs, mais les vrais messieurs ne voyagent jamais sans leurs diplômes ; leurs diplômes sont leurs amis ; et leurs seuls amis sont leurs dollars ; vous avez une bourse pleine d'amis. Nous avons des chambres qui, j'en suis sûr, vous conviendront parfaitement, monsieur. Je vais vous les montrer sur-le-champ.

Ce disant, l'homme au visage perspicace déposa

sa brosse, alluma une lampe et, saisissant encore de l'autre main deux lampes éteintes, ouvrit la marche le long du couloir ombreux à feuilles de plomb, suivi de Pierre, d'Isabelle et de Delly.

LIVRE XVII

La jeune Amérique littéraire

I

Parmi les diverses façons d'écrire l'histoire, on peut distinguer pratiquement, semble-t-il, deux grandes catégories de méthodes où tous les types subsidiaires trouveront leur place. La première consiste à rapporter contemporainement tous les faits, circonstances et événements contemporains ; la seconde, à ne consigner lesdits faits, circonstances et événements qu'en obéissant au courant général du récit, car des choses simultanées peuvent être entièrement indépendantes les unes des autres. Je n'opte pour aucune des deux méthodes ; elles ont toutes deux leurs mérites particuliers ; j'écris précisément comme il me plaît.

Dans les premiers chapitres de ce volume, il a été suggéré quelque part en passant que Pierre non seulement lisait les poètes et d'autres beaux écrivains, mais aussi — et c'est là chose toute différente — qu'il saisissait parfaitement leur langage allégorique et communiait profondément avec eux ; en d'autres termes, que Pierre avait lui-même une nature poétique ; qu'il possédait d'une manière absolue, bien que latente et flottante, toute la richesse imaginative qu'il admirait tant lorsqu'il la voyait systématisée sur une page de livre au prix d'immenses peines et d'affres sans récompense. Non point que sa jeune âme eût été déjà accostée par les merveilleuses Muses et menée à travers les vastes salles de la Vérité silencieuse au Sanhédrin secret, éternellement inviolable, où les Poètes Mages discutent, dans leur glorieux charabia, l'Alpha et l'Oméga de l'Univers. Mais parmi les belles conceptions des poètes du second et du troisième degré, il évoluait librement et magistralement.

Il reste encore à dire que Pierre avait écrit lui-même de nombreuses pièces fugitives qui lui avaient valu, outre la plus haute considération et les plus grands compliments de ses connaissances immédiates, les applaudissements moins partiaux du public, toujours si intelligent et si plein de discrimination. En bref, Pierre avait fréquemment fait ce que font tant de jeunes gens : il avait publié. Non sous la forme imposante d'un livre, mais sous la forme plus modeste et plus appropriée de contributions occasionnelles à des revues et à d'autres périodiques policés. Il était entré magnifiquement et victorieusement dans la lice avec ce délicieux sonnet d'amour intitulé « L'Été tropical ». Non seulement le public avait applaudi à ses petits joyaux de pensée et de fantaisie, qu'ils fussent en vers ou en prose, mais le puissant clan des journalistes lui avait généreusement prodigué les lauriers dont ils avaient vu au premier regard qu'ils lui étaient dus, louant hautement son étonnante maîtrise de langage, protestant de leur admiration pour la construction euphonique de ses phrases et de leur respect pour l'harmonie générale de son style. Transcendant même cette remarquable pénétration des profonds mérites de Pierre, ils avaient été infiniment plus loin, et confessé leur impuissance complète à refréner leur extrême admiration pour la grâce et la délicatesse si judicieuses des sentiments et des idées exprimés.

« Cet écrivain », disait l'un dans une irrépressible explosion de frénésie extatique, « se distingue continuellement par un goût parfait ». Un autre citait cette sage maxime du docteur Goldsmith qui veut que tout ce qui est nouveau soit faux, et, l'appliquant aux excellentes productions qu'il avait devant lui, concluait par ces mots : « Transportant l'homme du monde des salons sur le plan des lettres, il ne se permet jamais d'étonner et se garde de toute grossièreté comme de toute nouveauté, assuré que tout ce qui étonne est vulgaire, tout ce qui est nouveau forcément grossier. Oui, le titre de gloire de cet admirable jeune auteur est que la vulgarité et la vigueur — deux éléments inséparables — lui sont également étrangers. » Un troisième terminait une longue critique superbement rédigée par cette déclaration surprenante et hardie : « Ledit écrivain est, sans aucun doute, un jeune homme hautement respectable. »

En outre, les rédacteurs de divers périodiques moraux et religieux n'avaient pas manqué d'apporter le tribut de leur plus rigoureuse appréciation et de leurs plus enviables, parce que plus rares, applaudissements. Le directeur d'un hebdomadaire de cette sorte, un philologue savant et renommé que sa connaissance surprenante du grec, de l'hébreu et du chaldéen, auxquels il avait consacré la plus grande partie de sa vie, rendait particulièrement apte à porter des jugements infaillibles sur les œuvres littéraires de langue anglaise, avait déclaré sans hésiter : « Sa morale est sans reproche et parfaitement inoffensive. » Un autre avait recommandé ses productions au cercle de famille. Un troisième avait affirmé sans réserves que la fin et le but prédominants de cet auteur étaient la piété évangélique.

Un esprit moins rigoureux par nature que celui de Pierre eût fort bien pu se gonfler de fatuité en recevant de tels éloges, et cela d'autant plus que le verdict primitif prononcé par les publicistes était de toute évidence irréversible, sauf le cas extrêmement improbable où l'avènement prochain du millénium établirait une différente dynastie de goût en expulsant les publicistes. Il est vrai qu'en considération du caractère vague de ces panégyriques et du fait qu'ils se ressemblaient tous par leur prudente indécision, n'étant que des panégyriques et rien que des panégyriques sans un grain d'analyse, un ami de Pierre, doué d'un penchant pour la littérature et l'aîné de notre héros, avait été assez hardi pour lui dire :

— Pierre, ce sont là de bien grands éloges, et tu es bien jeune pour les recevoir ; mais je ne vois encore aucunes critiques.

— Des critiques ? s'écria Pierre stupéfait. Mais monsieur, ce sont toutes des critiques. Je suis l'idole de la Critique.

— Ah ! soupira l'ami d'expérience, comme s'il se fût tout à coup souvenu que la chose, après tout, était vraie. Ah !

Et il s'en alla, en fumant un cigare d'un air inoffensif et détaché.

Néanmoins, telle fut enfin, grâce aux critiques, l'enthousiaste popularité littéraire de Pierre, que deux jeunes gens qui venaient d'abandonner l'ignoble métier de tailleur pour la fonction plus honorable d'éditeur (sans doute en vue d'utiliser, après les avoir soumis à l'action de la presse, les lambeaux de toile et de coton échappés aux ciseaux du coupeur) lui avaient adressé, sur le papier le plus délicat et le mieux dentelé, de l'écriture la plus nette et la plus fignolée, une lettre conçue dans les termes suivants, et dont le style général prouvera suffisamment que si — grâce à la presse — leurs lambeaux de toile et de coton avaient été radicalement transformés en papier, la transformation des coupeurs eux-mêmes n'était pas encore tout à fait achevée :

« Honoré Monsieur,

« La belle coupe, la facture judicieuse de vos productions nous emplissent d'étonnement. Le matériel est excellent, c'est le plus fin drap du génie. Nous venons de monter une entreprise. Vos pantalons — productions, voulons-nous dire — n'ont pas encore été réunies. Elles devraient être publiées sous forme de livre. Les tailleurs — nous voulons dire les libraires — l'exigent. Votre gloire est à présent dans son plus bel éclat : il faut agir avant qu'elle n'ait perdu son lustre. Nous avons reçu récemment un envoi de chamois — du cuir de Russie. — L'habit du livre doit être un habit durable. Nous vous offrons respectueusement de revêtir vos étonnantes productions d'un habit livresque. Avec votre consentement, nous vous transmettons un échantillon du drap — nous voulons dire un spécimen de page —, ainsi qu'un échantillon du cuir. Nous sommes prêts à vous consentir un dixième des profits (moins la remise), contre le privilège de donner un habit livresque à vos merveilleuses productions. Il est entendu que vous acquitterez les factures des couturières — nous voulons dire des imprimeurs et des relieurs — le jour de la publication. Nous vous serions très obligés de bien vouloir nous répondre dans le plus bref délai et de nous croire, Monsieur, vos très obséquieux serviteurs,

MERVEILLE ET GOITRE.

« P.-S. — Nous vous soumettons respectueusement l'échantillon — la page ci-jointe — pour vous prouver notre intention de faire en votre faveur tout ce qu'une firme peut accomplir dans le métier.

« N. B. — Si la liste suivante ne comprend pas toute votre illustre garde-robe — toutes vos œuvres, voulons-nous dire — nous en serons au regret. Nous avons cherché dans tous les tiroirs — entendez : magazines.

« Spécimen d'un complet — d'une page de titre — pour les œuvres de Glendinning :

LES ŒUVRES COMPLÈTES
DE GLENDINNING

Auteur de ces productions universellement renommées :

« L'ÉTÉ TROPICAL », sonnet ; « LE TEMPS », pensée ; « LA VIE », impromptu ; « LE DÉFUNT RÉVÉREND MARK GRACEMAN », obituaire ; « L'HONNEUR », strophe ; « BEAUTÉ », acrostiche ; « EDGAR », anagramme ; « LE PÉPIN », paragraphe.

& . & . & . & .
& . & . & .
& . & .
& »

D'un dessinateur, Pierre avait reçu la lettre suivante :

« Monsieur,

« C'est avec le plus sincère émoi que j'approche votre personne, car, si vous êtes jeune par les années, vous êtes vieux par l'accomplissement et la renommée. Je ne saurais exprimer mon ardente admiration pour vos ouvrages et mon profond regret de voir que des productions d'une aussi grande puissance descriptive ont manqué jusqu'à ce jour de l'auxiliaire que les humbles travaux des illustrateurs pourraient leur apporter. Mes services à cet égard sont entièrement à votre disposition. Je n'ai pas besoin de dire combien je serais fier si ma suggestion présomptueuse obtenait de vous une réponse sur laquelle je pourrais fonder l'espoir d'exécuter, pour mon plus grand honneur et celui de ma profession, quelques dessins destinés à illustrer les œuvres du glorieux Glendinning. Mais votre nom, mentionné en passant, m'emplit d'un si tumultueux émoi que je n'en puis dire plus long. J'ajouterai seulement que, n'étant nullement en rapport avec les entreprises d'édition, je me vois malheureusement obligé d'encaisser comptant à la remise de chaque dessin. Mais, dans la noblesse de votre âme, vous dédaignerez de supposer que cette sordide nécessité d'ordre purement matériel pourra jamais altérer l'admiration et la vénération profonde

« qu'en dehors de toutes considérations mercenaires

« porte au grand et bon Glendinning

« votre très humble serviteur

« PIERRE GROS-SOU. »

II

C'étaient là de bien émouvantes lettres. La publication en volume ! Une édition illustrée ! Le cœur de Pierre se gonfla dans sa poitrine.

Malheureusement, il lui vint à l'esprit que non seulement ses écrits étaient des plus fugitifs, mais encore que, mis ensemble, ils rempliraient tout au plus un très petit in-douze: une édition de bibliothèque semblait donc un peu prématurée, et peut-être même légèrement prétentieuse. D'autre part, comme ils consistaient surtout en sonnets, en brefs poèmes méditatifs et en essais moraux, la matière à illustrer courait le risque d'être fort maigre. Pierre ignorait, dans son inexpérience, que l'art des dessinateurs était parvenu à un si haut degré d'invention que certains de ces messieurs avaient fait des ouvertures à une firme renommée en vue d'illustrer les *Commentaires sur Littleton* de Coke. Même l'annuaire de la ville était illustré d'exquises gravures de briques, de pincettes et de fers à repasser.

Quant au projet pour la page liminaire, il faut avouer qu'à voir l'imposante énumération de ses titres, aussi longs et aussi magnifiques que ceux qui précèdent les proclamations de certains princes allemands (« Seigneur Héréditaire de l'Arrière-Cour de Crantz Jacobi, Propriétaire par saisie de la Literie de la Défunte Veuve Van Lorn, Héritier Présomptif de la Boulangerie Faillie de Fletz et Flitz, Légataire Universel du Domaine Confisqué de la Défunte Douairière Dunker, etc., etc. »), Pierre ne put réprimer un mouvement de joie orgueilleuse et, se sentant l'auteur d'une si considérable littérature, ploya très bas sous la charge de sa propre pesanteur. Il ressentit toutefois quelques légers doutes quand il considéra que, dès sa dix-huitième année, la page de titre de ses œuvres surpassait considérablement par ses volumineuses statistiques celle qui, dans l'édition de son père, précédait les vastes spéculations de Platon. Il se rasséréna néanmoins en songeant que, de même qu'il ne pouvait empêcher les placardeurs du *Gazelle*

Magazine de couvrir chaque mois les murs de la ville de gigantesques affiches où son nom apparaissait parmi ceux des autres collaborateurs de la revue, de même il ne pouvait à présent — au cas extrêmement improbable où il accepterait l'offre de Messieurs Merveille et Goitre — s'immiscer dans leurs placardages de titres, car il était clair qu'une page de titre n'était pour eux qu'un mur sans fenêtres, préférable aux autres murs en ceci qu'aucun rival n'oserait y apposer ses propres affiches. Cependant, tout résolu qu'il était à ne pas s'occuper de ces questions de publicité, il ne pouvait se défendre d'éprouver une timide préférence pour la modeste méthode de certains auteurs délicats qui, méprisant la vulgarité d'une parade retentissante, se contentaient d'inscrire leur nom en tête de leurs ouvrages, comme s'ils estimaient que c'était là une garantie suffisante pour éveiller l'attention de tous les gens de goût. Si le menu fretin des princes allemands faisait sonner indéfiniment la fanfare de ses dignités, le Czar de Russie se contentait de mettre le simple mot NICOLAS sur ses plus hauts décrets.

Cette suite de pensées s'acheva en considérations variées sur l'anonymat dans les lettres. Il regretta de n'avoir point commencé sa carrière d'écrivain sous ce masque. À présent, il était peut-être trop tard : déjà le monde entier le connaissait ; c'était en vain qu'il chercherait à voiler ses traits. Mais lorsqu'il considérait la noblesse essentielle et la parfaite convenance de l'inviolable anonymat, il ne laissait pas d'éprouver la plus sincère sympathie pour ces malheureux qui, non seulement ennemis par nature de toute sorte de publicité, mais encore de plus en plus honteux de leurs propres productions — écrites surtout pour gagner quelque argent — se voient cruellement contraints par la note du boulanger, la note du boucher et autres considérations financières de s'exhiber sur de retentissantes pages de titre qui favorisent indubitablement la vente de l'éditeur.

Mais peut-être la raison dominante, quoique à demi inconsciente, pour laquelle Pierre déclina finalement — comme il le fit — les offres de service de Messieurs Merveille et Goitre, ces postulants empressés à répandre et à consolider sa réputation, peut-être cette raison fut-elle qu'étant donné son âge tendre il pouvait espérer que ses futures productions égaleraient ou même surpasseraient quelque peu celles qu'il avait déjà données au monde. Il résolut de ne point se laisser canoniser littérairement qu'il n'eût tout au moins échappé à l'insinuation estudiantine de la loi qui, avec une singulière affectation de bénignité, le déclarait mineur. Sa modestie lui dissimula le fait que les plus grandes célébrités de son temps avaient, par le divin pouvoir du génie, reçu leurs diplômes de l'Université de la Gloire à l'âge où le Code les forçait à demander des sous à leurs mamans pour s'approvisionner en cacahuètes.

À maintes reprises, la tranquillité sociale de Pierre fut troublée par les requêtes polies de jeunes demoiselles désireuses qu'il gratifiât leur album de quelque jolie petite chanson. Nous disons qu'en de telles circonstances sa tranquillité sociale était troublée, car le vrai charme de la vie mondaine est de vous faire perdre votre individualité en vous plongeant délicieusement dans ce doux panthéisme social, cette fusion vermeille de tous en un qui prévaut dans les salons. C'était chose embarrassante pour Pierre que de refuser d'écrire dans les albums, mais il lui eût été plus pénible encore d'accepter, car il avait pour cet exercice une répugnance particulière qu'on eût pu taxer, avec une égale justesse, de faiblesse ou d'idiosyncrasie. Il faisait appel à toute sa suavité et refusait. Et le refus de Pierre — selon Miss Angelica Amabilia d'Ambleside — était plus doux que l'acquiescement d'un autre. Il est vrai qu'avant la scène de l'album Pierre avait, par une fantaisie galante et de son propre mouvement, gravé les initiales de Miss Angelica en sa présence sur l'écorce d'un magnifique érable d'un bosquet d'Ambleside. Mais les jeunes demoiselles ne sont pas toutes des Miss Angelica. Doucement déboutées dans un salon, elles le poursuivaient jusque dans son cabinet en lui envoyant leur album sous une exquise enveloppe, sans omettre de parfumer d'une goutte d'essence de rose la paume du domestique chargé de l'apporter. Tandis que Pierre, acculé au mur de sa galanterie, demeurait hésitant, les albums se multipliaient autour de lui, monopolisant peu à peu une étagère entière de sa chambre. Et, si la combinaison de leurs reliures variées réjouissait son regard, leurs senteurs trop capiteuses le faisaient presque défaillir, malgré son goût particulier pour les parfums lorsqu'ils étaient dispensés avec modération ; en sorte que, par des après-midi vraiment glacials, il se voyait obligé d'ouvrir sa fenêtre de quelques pouces.

C'est la chose la plus simple du monde que d'écrire dans l'album d'une dame. Mais *cui bono ?* Sommes-nous donc en telle disette de textes imprimés que les livres des dames doivent être manuscrits comme au temps des moines ? Comment Pierre eût-il pu, sur l'amour ou sur tout autre sujet, surpasser ce que le divin Hafiz écrivit voici tant de siècles ? N'avons-nous pas aussi Anacréon, Catulle, Ovide, tous traduits et facilement accessibles ? Et les chères créatures auraient-elles oublié Tom Moore ? Mais c'est l'écriture, Pierre, elles veulent voir des phrases tracées de ta main. Eh bien ! pensa Pierre, la sensation directe vaut toujours mieux que la sensation transmise par le regard. Je leur ferai sentir ma main tant qu'elles voudront, ou plutôt mes lèvres, ce qui est mieux encore ; qu'elles m'envoient leurs doux visages et j'imprimerai sur eux tous les *labiographes* du monde. C'était là une fort heureuse idée. Il appela Dates et lui fit porter tout un panier d'albums dans la salle à manger. Là, il les ouvrit, les déploya sur la table à rallonges et, suivant l'exemple du Pape qui bénit collectivement de longues rangées de rosaires, il lança un baiser fervent aux albums. Puis il chargea trois domestiques de les rapporter à leurs propriétaires avec ses meilleurs compliments, en joignant à chaque album un de ces bonbons qu'on nomme *baise-bouche*, enveloppé dans le plus éthéré des papiers de soie.

De divers quartiers, aussi bien citadins que campagnards, et surtout pendant la préliminaire saison automnale, Pierre recevait de nombreuses et pressantes invitations à tenir des conférences au sein d'Institutions, d'Associations de Jeunes Gens et autres Sociétés Littéraires et Scientifiques. Les lettres qui transmettaient ces invitations avaient l'aspect le plus imposant et le plus flatteur pour le regard non averti de Pierre. L'une d'elles était ainsi conçue :

> « Club Urquhartien pour l'Extension Immédiate des Limites de Toutes Connaissances, tant Humaines que Divines.

Zadockprattsville, le 11 juin 18...

« À l'auteur de *L'Été tropical*, etc.

« Cher et Honoré Monsieur,

« Le devoir professionnel et l'inclination personnelle s'accordent dans le cas présent le plus délicieusement du monde. Ce qui était l'ardent désir de mon cœur m'est imposé comme un ordre par notre Comité des Conférences. En qualité de Président du Comité des Conférences, je viens solliciter le privilège de vous supplier de faire à notre Société l'honneur de tenir devant elle une conférence sur un sujet de votre choix et tel jour qu'il vous plaira. Nous suggérons respectueusement le sujet de la Destinée Humaine, mais sans vouloir forcer aucunement vos préférences particulières.

« Si vous nous faites l'honneur d'accepter cette invitation, soyez assuré, Monsieur, que le Comité des Conférences vous entourera de tous ses soins et s'efforcera de rendre aussi agréable que possible votre séjour à Zadockprattsville. Une voiture vous attendra au bureau des diligences et vous mènera à l'hôtel avec vos bagages sous l'escorte du Comité des Conférences au grand complet, le Président en tête.

« Permettez-moi de joindre mon hommage personnel

« À la haute considération professionnelle que je vous porte,

« Et de me déclarer

« Votre très humble serviteur.

« DONALD DUNDONALD. »

III

Mais c'étaient surtout les invitations de vénérables et chenues sociétés métropolitaines, rédigées par de vénérables et chenus secrétaires, qui emplissaient Pierre, non point d'une joie orgueilleuse, mais de la plus sincère humilité. Une conférence ? Une conférence ? Un blanc-bec comme moi faire une conférence devant cinquante rangées de banquettes, à raison de dix têtes grises par banquette, soit cinq cents têtes grises en tout ? Ma pauvre cervelle sans expérience prétendra-t-elle faire la loi à cinq cents jugements mûris par la vie ? L'idée même semblait trop absurde. Et pourtant les cinq cents têtes grises, par l'intermédiaire de leur porte-parole, lui avaient bel et bien transmis cette invitation. Comment Pierre eût-il pu se défendre d'un Timonisme naissant, lorsqu'il se représentait les déplorables conséquences qui pouvaient résulter d'un tel événement ? Il se rappelait que, lors d'une de ses visites à la ville, on avait dû faire appel à la police pour apaiser une émeute inquiétante, provoquée par les disputes d'une foule avide de se procurer des places à la première conférence d'un illustre jeune homme de dix-neuf ans, auteur d'« Une semaine à Coney Island ».

Il va sans dire que Pierre déclina le plus consciencieusement et le plus respectueusement du monde toute ouverture de cette sorte.

Certaines autres manifestations de sa gloire littéraire perdaient également de leur attrait quand il les soumettait à l'examen de son jugement le plus froid. Les demandes d'autographes pleuvaient sur lui ; mais, lorsqu'il faisait droit en souriant aux plus pressantes requêtes de ces singuliers amateurs, Pierre ne pouvait s'empêcher de regretter que son écriture juvénile fût loin d'être formée et que sa signature ne possédât point cette inflexible uniformité qui — ne serait-ce que pour de simples raisons de prudence — doit toujours marquer l'écriture des hommes illustres. Son cœur frémissait de pitié pour la postérité, en songeant qu'elle resterait désespérément perplexe devant tant de signatures contradictoires d'un même nom glorieux. Hélas ! la postérité conclurait sûrement qu'il n'y avait là que des faux, qu'aucune relique chirographique du sublime poète Glendinning ne s'était perpétuée jusqu'à leur misérable époque.

Des directeurs de revue dont ses effusions avaient honoré les pages, il reçut de très pressantes lettres sollicitant l'emprunt de son portrait à l'huile, afin d'exécuter d'après ce modèle une gravure qui formerait le frontispice de leurs périodiques. Mais, ici encore, les considérations les plus mélancoliques surgirent dans l'esprit de Pierre. Il avait toujours eu l'ambition d'arborer une barbe ondoyante, qu'il considérait comme le plus bel emblème corporel de l'homme et particulièrement de l'écrivain illustre. Or il était imberbe ; et le plus efficace onguent de chez Rowland et Fils eût été impuissant à faire pousser une barbe de bonne taille à temps pour le frontispice. En outre, ses traits adolescents et sa physionomie tout entière changeaient de jour en jour. Prêterait-il son autorité à une imposture sans scrupule et qui s'exercerait aux dépens de la postérité ? L'honneur s'y opposait.

Ces pétitions épistolaires étaient généralement couchées dans un style élaboré et respectueux qui laissait entendre qu'on manierait le portrait avec la plus grande révérence, tout en le soumettant à la discipline indispensable pour obtenir la copie gravée que l'on désirait. Une ou deux personnes cependant lui firent oralement la même requête sans paraître avoir conscience de la considération dûe au portrait de tout homme et, à plus forte raison, à celui d'un génie aussi illustre que Pierre. Elles semblaient même oublier qu'un portrait inspire généralement plus de respect que l'original, et cela à juste titre, car si l'on tape familièrement sur l'épaule d'un ami célèbre, on ne lui tire pas le nez sur son portrait. D'où l'on peut inférer que le portrait est plus digne d'égard que l'homme, d'autant plus qu'on ne saurait prêter au portrait ces petits traits diminuants qu'on prête inévitablement à l'homme.

Un jour, Pierre, rencontrant soudain au coin d'une rue une connaissance littéraire — un des rédacteurs de la *Revue Mensuelle du Capitaine Kidd* — fut brièvement interpellé en ces termes : « Bonjour, bonjour... j'ai justement besoin de vous... Venez donc avec moi : nous allons prendre votre daguerréotype. Je le ferai graver en un rien de temps... il me le faut pour mon prochain numéro. »

Ce disant, le quartier-maître du Capitaine Kidd saisit Pierre par le bras. Il l'entraînait de la façon la plus vigoureuse, comme un agent de police un pickpocket, quand Pierre lui dit poliment : « Arrêtez, monsieur, je vous prie. Je ne ferai rien de tel. » — « Allons, Allons... il le faut... Vous êtes propriété publique... venez, c'est à deux portes d'ici. » — « Propriété publique ! » répondit Pierre. « Cela va bien pour la *Revue Mensuelle du Capitaine Kidd*, l'expression est très kiddienne, mais je vous répète que je n'ai pas l'intention de céder. » — « Vraiment ! » s'écria l'autre, en regardant Pierre avec stupéfaction. « Mais mon propre portrait a été publié... publié depuis longtemps ! » — « Je n'y peux rien », dit Pierre. — « Allons, allons ! », et le quartier-maître le saisit à nouveau par le bras avec la plus indiscrète familiarité. Si Pierre se montrait le meilleur garçon du monde lorsqu'on le traitait décemment, il sentait parfois un vilain démon s'éveiller en lui devant la grossièreté des individus de l'école littéraire du Capitaine Kidd. « Écoutez-moi, mon gaillard », dit-il en offrant deux poings résolus à l'inspection impartiale du quartier-maître, « lâchez mon bras... ou je vous assomme. Allez au diable, vous et votre daguerréotype ! »

Cet incident, déjà suggestif à l'instant où il se produisit, exerça dans la suite une influence surprenante sur Pierre. En effet, considérant avec quelle facilité infinie chacun, grâce au daguerréotype, peut faire faire aujourd'hui son portrait, alors que jadis un portrait fidèle était le privilège exclusif des riches ou des aristocrates de l'esprit, il en conclut naturellement qu'au lieu d'immortaliser les génies le portrait ne servait à présent qu'à *quotidianiser* les imbéciles. En outre, lorsque tout le monde publie son portrait, la vraie distinction consiste à ne pas publier le sien, car si vous êtes publié aux côtés de Pierre ou Paul avec un habit de même coupe, en quoi vous distinguez-vous de Pierre et de Paul ? Ainsi donc, même un motif aussi misérable que la pure vanité personnelle ne laissa pas de jouer son rôle chez Pierre en l'occurrence.

De zélés sectateurs de la littérature contemporaine, admirateurs déclarés du grand génie de Pierre, lui demandaient fréquemment des matériaux pour composer sa biographie. Ils l'assuraient que la vie est la chose du monde la plus incertaine ; sans doute Pierre avait-il encore bien des années devant lui, mais, dans l'éventualité d'une maladie soudaine et fatale, quelle ne serait pas l'amertume de ses derniers instants s'il se sentait disparaître à jamais sans avoir informé l'univers de l'étoffe et de la nuance exacte des premières culottes qu'il avait portées. Ces représentations le touchaient assurément en un endroit très sensible qui n'était pas resté entièrement inconnu de son maître d'école. Mais lorsque Pierre considérait que, du fait de son extrême jeunesse, ses souvenirs du passé se perdaient vite dans une région de demi-souvenirs et de nébulosité générale, il ne pouvait se résoudre, en son âme et conscience, à offrir de tels matériaux à ses impatients biographes, et cela d'autant moins que la principale autorité à laquelle il eût pu demander des précisions sur sa carrière passée (son excellente nourrice Clarissa, morte depuis plus de quatre ans) restait éternellement inaccessible à tout appel humain. C'est en vain qu'un jeune ami littéraire, auteur bien connu de deux index et d'un poème épique, épousa chaudement la cause des biographes en détresse, déclarant qu'il fallait payer le prix de la célébrité, quelque ennui qu'on en pût éprouver, puisqu'il ne servait à rien de reculer ; et ce disant, il sortait de la coiffe de son chapeau les épreuves de sa propre biographie qui, par égard pour les masses, devait être publiée sous peu en brochure, au prix d'un shilling.

Pierre éprouvait encore plus de perplexité et de regret lorsque d'autres postulants moins délicats lui envoyaient leurs *Circulaires sollicito-biographiques* avec son nom écrit à l'encre, en le priant de les honorer, et d'honorer par là même l'univers, d'un compte rendu de sa vie et de critiques de ses propres ouvrages, la circulaire imprimée protestant à tort qu'assurément il connaissait sa vie mieux que quiconque et que seul l'homme qui avait écrit les grandes œuvres de Glendinning était qualifié pour les analyser et pour porter un jugement définitif sur leur remarquable construction.

Lorsque des requêtes de cette sorte venaient le tracasser et l'humilier, lorsqu'il se trouvait ainsi assailli par les éditeurs, les graveurs, les rédacteurs, les critiques, les collectionneurs d'autographes, les amateurs de portraits, les biographes et les amis littéraires solliciteurs ou exhortateurs, alors se glissait dans l'âme juvénile de Pierre le mélancolique pressentiment que toute gloire humaine était profondément insatisfaisante, puisqu'il se voyait obligé de décliner les propositions les plus ardentes, de repousser les plus martyrisantes démonstrations.

Et l'on croira sans peine qu'après la prodigieuse et vitale révélation qu'il avait eue du monde aux Prés-de-la-Selle — révélation qui, par moments et à certains égards, faisait de lui un vrai Timon —, il n'avait pas manqué de saisir, avec la précipitation nerveuse de la haine et du mépris, le volumineux paquet de lettres de ses correspondants biographiques et autres, lettres qu'en une heure moins farouche il avait mises de côté à titre de curiosités.

Lorsqu'il vit cette liasse dérisoire se réduire en cendres, il eut un rire presque infernal et sentit s'anéantir à jamais dans son âme le dernier germe de la méprisable vanité à laquelle ces absurdes correspondants avaient pensé faire appel.

LIVRE XVIII

Pierre reconsidéré en tant qu'écrivain juvénile

I

Nous avons laissé entendre à plusieurs reprises que Pierre était doué par nature d'un génie peu commun, et le lecteur a pu s'étonner que de simples papiers envoyés aux revues eussent été, jusqu'à ce jour, les seules productions de son esprit. Est-il besoin d'ajouter que ces papiers ne contenaient rien d'exceptionnel, qu'en vérité — pour laisser là toute ironie, si nous nous sommes jamais permis rien de tel — ces pièces fugitives de Maître Pierre étaient des plus banales.

Il est vrai, comme je l'ai dit voici longtemps, que la Nature aux Prés-de-la-Selle avait été très tôt comme une bénédiction pour Pierre, faisant résonner pour lui ses pipeaux sur les collines bleues et murmurant de secrètes mélodies à son oreille par la voix des ruisseaux et des bois. Mais lorsque la Nature nous nourrit ainsi très précocement et très généreusement, elle ne nous apprend que très tard à régler méthodiquement notre régime ; ou, pour changer de métaphore, voici d'immenses carrières du plus beau marbre, mais comment extraire la pierre, comment la tailler, comment construire un temple ? Le jeune homme doit donc quitter la carrière pour un temps, non seulement afin de se procurer des outils, mais encore afin d'étudier consciencieusement l'architecture. Le découvreur de carrières vient longtemps avant le tailleur de pierre, et le tailleur de pierre vient longtemps avant l'architecte, et l'architecte vient longtemps avant le temple ; car le temple est le pinacle du monde.

Oui ; Pierre, en ce temps, était non seulement fort peu architecte, mais encore vraiment très jeune. Or il est à remarquer que bien souvent, de même que la recherche des métaux précieux exige que l'on remue et que l'on rejette à grand-peine une énorme quantité de terre, de même, si l'on creuse au fond de son âme pour y trouver l'or fin du génie, on ramène d'abord à la lumière un amas de matières ternes et banales. L'homme serait mieux pourvu s'il possédait en lui-même un réceptacle où mettre ses déchets, mais il est semblable au citadin qui, au lieu d'enfermer ses ordures dans sa cave, les dépose dans la rue devant sa porte et laisse aux services publics le soin de les faire disparaître. On ne se débarrasse jamais effectivement de la banalité si l'on ne s'en décharge dans un livre ; car, une fois que la banalité a passé dans le livre, le livre peut être jeté au feu, et tout est dit. Toutefois, les livres de cette sorte ne sont pas toujours jetés au feu, et c'est ce qui explique pourquoi la grande majorité des publications est si misérable. D'autre part, tout auteur sincère avouera qu'il lui est difficile de définir la période précise à laquelle il s'est complètement débarrassé du rebut pour atteindre à l'or de la mine. Il demeure vrai que, dans tous les cas, plus un homme est sage, plus il a de doutes sur certains points.

C'est chose bien connue que les meilleures productions des meilleurs esprits humains sont généralement regardées par ces esprits mêmes comme de simples exercices d'écolier, sans autre utilité que de leur permettre d'entrer après la mort dans la grande Université de Dieu. Il est certain que les hommes du plus grand mérite, autant qu'on en peut juger par l'observation de leur vie privée, non seulement considèrent leurs plus beaux ouvrages — ceux-là mêmes dont le monde tire sottement gloire — comme de pauvres productions sans conséquence, mais encore les prennent en dégoût : ils préfèrent que le livre ne soit pas sous leurs yeux. Chez les esprits relativement inférieurs, inférieurs du moins aux précédents, ces considérations désenchantées prennent un caractère si déconcertant et si attristant qu'ils deviennent indifférents à ce qu'ils écrivent : prenant la plume à contrecœur, ils ne poursuivent leur tâche, victimes de la migraine et du mal d'échine, que sous la dure contrainte de quelque nécessité sociale. Les œuvres qu'ils composent dans ces conditions leur semblent aussi insignifiantes que méprisables, nées qu'elles sont d'un mauvais vouloir et d'une note de boulanger, rejetons boiteux d'un père indifférent à la vie et sans souci du germe de vie qu'il porte. Que le monde myope n'aille pas imaginer pour un instant que la moindre vanité puisse habiter de tels esprits : payés pour paraître sur la scène et loin de solliciter volontairement l'attention du public, leur entrain, leur ardeur vermeille n'est qu'un fard qu'ils enlèvent dans la solitude avec les larmes les plus amères ; leur rire ne résonne que parce qu'il est creux ; et celui qu'ils suscitent en écho est à cent lieues de les égayer.

Il n'est rien d'aussi perfidement captieux que la tristesse ; nous y tombons tout d'abord parce que nous n'avons rien de particulièrement passionnant à faire ; et puis nous y demeurons, parce que nous avons enfin trouvé en elle un lit moelleux. De même, il est possible qu'étant parvenu à ce tranquille petit épisode rétrospectif de la carrière de mon héros — ce Tappan Zee peu profond et largement étalé d'un Hudson roulant par ailleurs des eaux impétueuses —, je commence moi aussi à m'étaler paresseusement et à tomber dans une tristesse inoffensive et sentimentale.

Ce que nous avons dit — à propos de Pierre — des banalités qui, dans certains cas, sont inévitablement les premiers fruits du génie, n'est nullement contredit par le fait que les premiers ouvrages publiés de maints auteurs méritoires portent la marque d'un génie mûr, car nous ne connaissons pas tous ceux qu'ils ont d'abord livrés aux flammes, ou publiés privément dans leur cervelle et supprimés aussitôt. Quant au cas de succès littéraire immédiat chez de très jeunes écrivains, on observera presque invariablement qu'il est dû surtout à l'intégration d'une expérience de vie particulièrement riche et rare dans un livre qui, étant tenu de ce fait pour original, entraîne la réputation d'originalité de son auteur[1]; et c'est ainsi que des livres très originaux sont le produit d'esprits fort peu originaux. En vérité, il suffit à l'homme d'être un tout petit peu circonspect pour voir s'envoler son dernier vestige de vanité. Les gens parlent sans cesse d'originalité; mais il n'y eut jamais d'homme original au sens habituel du mot; le premier homme lui-même — qui, selon les rabbins, fut aussi le premier auteur — ne fut pas original; le seul auteur original est Dieu. Si Milton avait eu le sort de Gaspard Hauser, il eût été aussi vide que lui. Car, si l'âme nue de l'homme contient assurément un élément latent de productivité intel-

1. Allusion manifeste à *Taïpi*, le premier livre de Melville. *(N.d.T.)*

lectuelle, on n'a jamais vu un enfant naître d'un unique parent ; le monde visible de l'expérience est cette force procréatrice qui imprègne les Muses ; les hermaphrodites susceptibles de se féconder eux-mêmes n'existent que dans la fable.

Il court de par ce monde d'innombrables sottises sur tout cela ; ne me blâmez donc point si j'y apporte ma modeste contribution. Il est impossible de parler ou d'écrire sans s'exposer de la plus dangereuse façon ; le Chevalier Invulnérable garde sa visière baissée. Pourtant, il est agréable de discourir ; cela fait passer le temps avant d'aller au lit et nous ne bavardons que mieux si, comme les improvisateurs vagabonds d'Italie, nous sommes payés pour notre peine — trop heureux quand les bâillements de l'auditoire nous congédient avec les quelques ducats que nous avons gagnés.

II

Sans doute a-t-on déjà inféré que Pierre comptait sur ses capacités littéraires pour gagner sa vie à la ville. Que pouvait-il faire d'autre en effet ? Il n'avait aucune profession, aucun métier. Peut-être se fût-il estimé heureux si le destin avait fait de lui un forgeron, non pas un monsieur, un Glendinning et un génie. Mais en cela il eût été impardonnable, puisque sa propre expérience lui enseignait qu'il n'est pas absolument impossible pour qui collabore aux revues de la jeune Amérique littéraire de recevoir quelques sous en échange de ses chansons. De tels faits ont été impérissablement consignés : ce serait faire œuvre de folie et d'ingratitude que de les nier.

Mais, étant donné que l'éminente position sociale et le noble patrimoine de Pierre l'avaient jusqu'alors exempté du besoin de gagner un centime en ce monde par le travail de ses mains ou de son cerveau, il peut sembler désirable de fournir en chemin quelques explications à ce sujet. Ainsi ferons-nous, sans perdre de vue ce préambule.

Il arrive parfois que toute maxime, toute pensée semble ancienne ; mais la plus ancienne de toutes est peut-être celle qui veut que l'homme, en quelque situation qu'il soit, quelque prospère et heureux qu'il puisse être, se sente toujours mécontent et cherche toujours à atteindre ce qui n'est pas à sa portée. Alors que maints pauvres galériens de l'encrier, de ceux qui manient la plume comme une lourde rame pour gagner de quoi satisfaire aux exigences de la nature, et qui, dans leurs instants de morbide dégoût d'eux-mêmes, regardent leurs mesquins salaires comme une disgrâce inévitable ; alors que ces malheureux galériens des lettres eussent bondi de joie — oubliant la fragilité de leur pantalon — à la perspective, si lointaine fût-elle, d'hériter les vastes fermes des Prés-de-la-Selle et un revenu suffisant pour préserver à tout jamais leurs mains des marbrures pestilentielles de l'indigence — c'est-à-dire des taches d'encre —, Pierre lui-même, réel possesseur de toutes les richesses nostalgiquement et désespérément imaginées par ces pauvres diables, avait pour ambition ultime en ce monde d'écrire des ouvrages dans lesquels les éditeurs vissent une source de profit et qu'ils rémunérassent comme tels. Quelque faible et quelque sot que cela puisse paraître chez Pierre, poursuivons notre examen préambulatoire et voyons s'il en était bien ainsi.

Pierre était orgueilleux, et un homme orgueilleux — du moins de la sorte d'orgueil que nous entendons ici — fait toujours peu de cas des choses qu'il n'a pas acquises de lui-même, quelque bénéfiques qu'elles soient. Si cet orgueil était poussé à l'extrême, l'homme ne mangerait pas d'autre pain que celui dont il aurait lui-même planté les semences, non sans ressentir une certaine humiliation à la pensée que ces dernières ont dû être empruntées à un précédent cultivateur. Un homme orgueilleux aime à s'éprouver lui-même en lui-même, non pas en se reflétant chez autrui. Il aime à être non seulement son Alpha et son Oméga, mais encore chacune des gradations intermédiaires, et à se prolonger de part et d'autre dans l'éther impalpable et infini. Quel triomphe pour Pierre que de faire tinter dans ses deux mains de gentilhomme le premier salaire de son labeur ! On a beau parler de tambours et de fifres, la chanson de l'argent gagné est plus exaltante que toutes les trompettes de Sparte. Avec quel dédain Pierre regardait à présent la somptuosité de ses salles héréditaires, les tentures, les tableaux, les fières armoiries et les bannières où se lisait la gloire des Glendinning ! Il savait à présent que, s'il tombait dans la nécessité, il ne serait pas forcé de dérober à la tombe de chef indien de son grand-père l'épée et le bouclier ancestraux pour les porter ignominieusement au clou ! Il pourrait vivre par ses propres moyens. Oh ! doublement heureux était Pierre depuis qu'il avait confiance en ses ressources pratiques.

L'ouvrier, le journalier n'a qu'un moyen de vivre : son corps doit subvenir aux besoins de son corps. Mais Pierre pouvait aussi laisser son corps paresser au logis et envoyer son âme au travail : son âme reviendrait fidèlement payer son salaire à son corps. Ainsi, les gentilshommes de notre aristocratique Sud, qui possèdent des esclaves, permettent à ceux-ci de s'en aller chercher du travail et de revenir chaque soir avec leurs gages, lesquels constituent le revenu desdits gentilshommes oisifs. Ambidextre et quadrumane est l'homme qui, dans un corps de journalier, porte une âme besogneuse. Mais qu'il ne s'abandonne pas outre mesure à la confiance : notre Dieu est un Dieu jaloux ; il ne veut pas qu'un homme possède de façon permanente fût-ce l'ombre de ses attributs universels. Si vous mettez l'âme et le corps sous le même joug et les attelez à la charrue, l'un ou l'autre finira par tomber dans le sillon. Si donc votre corps est efféminé pour le travail, gardez votre âme laborieusement robuste ; et si votre âme est efféminée pour le travail, gardez votre corps laborieusement robuste. Choisissez ! Ils ne sauraient supporter tous deux le même joug. Ainsi, le nuage de la Vérité s'abat sur les idées les plus vigoureuses et les plus exaltantes ; ainsi retombe finalement sur le sol le boulet d'une pièce de soixante-deux pointée vers le ciel, car, malgré tous nos efforts, nous ne pouvons dépasser l'orbite de la Terre pour subir l'attraction des autres planètes ; la force de gravité terrestre s'étend bien au-delà de sa propre atmosphère.

Selon l'opinion qui règne en ce monde, quiconque est déjà pleinement pourvu du nécessaire recevra davantage encore, mais quiconque est déplorablement privé du nécessaire se verra enlever le peu qu'il a. Et pourtant, le monde prétend être un monde simple, franc, positif, laborieux et humain. Gouverné par les principes les plus simples, il méprise toute ambiguïté, toute transcendantalité, toute jonglerie. Certains hommes doués d'une imagination hétérodoxe se font souvent reprocher de renverser volontairement les notions du sens commun et d'invoquer des principes aussi absurdes que transcendants, qui veulent que trois égalent quatre et que deux et deux font dix. Mais si l'éminent Jugglarius lui-même se fit jamais, en paroles, l'avocat d'une doctrine qui contînt seulement la millième partie du ridicule et de l'absurdité pratique de celle que le monde applique réellement et éternellement — à savoir, de donner plus encore à celui qui a déjà en abondance et d'enlever à l'indigent le peu qu'il possède —, alors le livre le plus véridique du monde n'est que mensonge.

Nous voyons par là que les Transcendantalistes ne sont pas les seuls à se mouvoir dans le Transcendantal. Il semble au contraire que les hommes ordinaires, ces Utilitaristes, transcendent de loin les Transcendantalistes par leurs incompréhensibles maximes terrestres. Mieux encore, les principes Transcendantaux des premiers ne sont que théoriques et non actifs, donc inoffensifs, tandis que ceux des seconds sont bel et bien traduits en actes.

Cette doctrine et cet usage si déconcertants du monde avaient joué jusqu'à un certain degré dans le cas de Pierre. Il possédait virtuellement le revenu de plusieurs centaines de fermes éparpillées sur deux comtés adjacents, et voici que le directeur de ce périodique populaire, le *Gazelle Magazine,* lui envoyait plusieurs dollars supplémentaires pour ses sonnets. Ce directeur (en vérité, il ne lisait jamais les sonnets, mais les soumettait à un conseiller professionnel ; et telle était son ignorance qu'avant le lancement de la revue il avait insisté pour que l'on écrivît *Gazelle* avec un *g* au lieu d'un *z* : *Gagelle,* affirmant que le *z* était un usurpateur et que le *g* sonnait bien plus doux, car il s'y connaissait en fait de douceur et pouvait parler par expérience), ce directeur était assurément un Transcendantaliste : ne se comportait-il pas en effet selon la doctrine Transcendantale exposée plus haut ?

Pierre, cependant, investissait toujours en cigares les cinq dollars obtenus par ses chants ; en sorte que les bouffées d'inspiration qui lui rapportaient indirectement ses dollars lui étaient retournées en bouffées odoriférantes, en bouffées parfumées au plus suave tabac de La Havane. Et ce célèbre Pierre d'universelle renommée, ce grand écrivain dont le monde ignorait le visage (n'avait-il pas refusé maintes fois de publier son portrait ?), ce fameux poète et philosophe, auteur de « L'Été tropical » : sonnet, contre la vie duquel conspiraient ténébreusement plusieurs desperados (les biographes n'avaient-ils pas juré qu'ils finiraient par s'emparer de lui ?), cette célébrité monumentale fumait, fumait dans son fauteuil, enveloppé de doux festons comme une vaporeuse montagne. Il y avait là une interaction réciproque, mais fort satisfaisante. Ses cigares étaient allumés de deux façons : d'abord par la vente des sonnets, puis par les sonnets imprimés.

Car, même en ces premiers temps de sa carrière d'auteur, Pierre, quelque vanité qu'il tirât de sa gloire, n'était nullement fier de ses écrits. Non seulement il faisait des allumettes de ses sonnets publiés, mais encore il traitait avec la plus grande insouciance ses manuscrits refusés qui traînaient partout dans la maison, donnaient un surcroît de travail au balai des servantes et finissaient par servir à allumer le feu, s'ils ne s'envolaient par la fenêtre ou sous la porte au nez des gens qui passaient devant le manoir. C'était là une manière de publication indifférente et désinvolte, et les admirateurs familiers de Pierre lui reprochaient souvent son irrévérence pour la forme première de ses immortelles productions, protestant que tout ce qui avait été effleuré par le bec de sa puissante plume était désormais aussi sacré que les lèvres qui avaient baisé le grand orteil du Pape. Si endurci qu'il fût à l'endroit de ces amicaux reproches, Pierre ne repoussa pas cet ardent admirateur de « La Larme » qui, trouvant un petit fragment du manuscrit original avec, sur un *i*[1] un point en forme de larme, considéra l'événement comme providentiel, implora la faveur insigne de porter ledit fragment en épingle et bannit un camée à l'effigie d'Homère pour le remplacer par ce joyau plus inappréciable encore. Il fut inconsolable quand la larme, prise par la pluie, disparut de l'*i*, le caractère étrange et merveilleux du sonnet se révélant encore en ceci qu'un de ses fragments pouvait pleurer par temps de sécheresse, mais qu'il devenait sans larmes sous l'averse.

Mais cet amateur indifférent, dédaigneux et sourd à l'admiration du monde, l'auteur renommé et mystérieusement joyeux de « La Larme », la gloire du *Gazelle Magazine* sur la couverture duquel son nom paraissait en tête de tous les collaborateurs (qui, pourtant, n'étaient pas du menu fretin, car chacun d'eux écrivait fraternellement la biographie de son voisin ; car ils formaient un club ; car ils avaient tous fait faire et publié leurs portraits, qu'on pouvait acheter dans la même boutique) — ce prestigieux Pierre, dont la popularité et l'importance futures transparaissaient dans ses écrits avec tant d'éclat que certains spéculateurs étaient venus évaluer son débit aux Prés-de-la-Selle, en vue de créer tout exprès pour le grand écrivain un moulin à papier et de monopoliser ainsi ses productions ; cet homme considérable dont les jeunes aspirants à la gloire ne parlaient qu'avec une terreur sacrée ; ce Pierre neutraliseur des années, devant lequel un vieux monsieur de soixante-cinq ans, ancien bibliothécaire au Congrès, s'était dévotement découvert lorsque les éditeurs du *Magazine* l'avaient présenté au grand poète, préférant rester debout, le chapeau à la main, bien que Pierre fût

1. Il y a ici un jeu de mots intraduisible sur *i* et *eye* (œil) qui se prononcent de manière identique. *(N.d.T.)*

assis et gardât son couvre-chef sur la tête ; ce génie hautain et merveilleux — qui n'était encore qu'un amateur dans la vie — va bientôt nous apparaître sous un jour tout différent. Il va apprendre, et combien amèrement, que si le monde vénère la Médiocrité et la Banalité, il s'attaque par le feu et par le glaive à toute Grandeur contemporaine ; que, s'il prétend combattre farouchement l'Hypocrisie, il ne prête pas toujours l'oreille à la Sincérité.

Et bien que cet état de choses, joint au flot toujours croissant de nouveaux livres, semble annoncer inévitablement la venue d'un temps où la grande masse des hommes sera réduite à l'imbécillité, où les auteurs seront aussi rares qu'aujourd'hui les alchimistes et où la presse d'imprimerie sera considérée comme une invention mineure, même avec l'avant-goût de cet avenir, berçons-nous de l'illusion, ô mon Aurèle, que si l'ère des écrivains est en train de passer, les heures de sincérité demeureront !

LIVRE XIX

L'église des Apôtres

I

Dans les quartiers sud anciens de la ville, dans une rue étroite — presque une venelle — jalonnée jadis de demeures discrètes, mais à présent occupée surtout par les immenses et hauts entrepôts d'importateurs étrangers, et non loin de l'endroit où cette venelle croisait une artère très importante, mais resserrée, qu'empruntaient les marchands, leurs employés, leurs charretiers et leurs commissionnaires, s'élevait à cette époque un vieil édifice assez singulier, relique d'un temps plus primitif. Ses murs de pierre grisâtre grossièrement taillée étaient d'une épaisseur et d'une robustesse surprenantes ; deux d'entre eux — les murs latéraux — présentaient une double rangée de fenêtres cintrées d'un aspect imposant. Une vaste tour carrée, complètement dépourvue d'ornements et percée, sur trois de ses côtés, de petites ouvertures étroites, se dressait par-devant, atteignant deux fois la hauteur du corps de l'église. L'aspect extérieur de l'édifice, à présent âgé de plus d'un siècle, attestait donc suffisamment pour quelle fin il avait été originellement fondé. Au second plan s'élevait un bâtiment de briques unies, haut et vaste, dont la façade donnait sur la rue de derrière, mais présentant le dos à celui de l'église, tout en laissant entre eux un petit espace quadrangulaire et pavé. Sur les côtés de ce quadrilatère, trois étages de galeries à colonnades en briques quelconques établissaient des communications couvertes entre l'ancienne église et son plus récent appendice. La vieille grille de fer rouillée, démantelée et hors d'usage qui clôturait une petite cour du bâtiment profane, semblait indiquer que celui-ci avait usurpé un emplacement vide jadis sacré : le cimetière de l'ancienne église. Construite en un temps où cette partie de la ville était occupée par des résidences privées et non point, comme à présent, par des entrepôts ou des bureaux, la vieille église des Apôtres avait eu ses jours de sanctification et de grâce. Mais le flot du changement et du progrès, balayant sa nef centrale et ses nefs latérales, avait rejeté la majeure partie de ses fidèles à deux ou trois milles de là, dans la ville haute. Quelques vieux marchands et comptables obstinés s'attardaient encore parfois sur ses bancs poudreux pour écouter les exhortations d'un vieux pasteur loyalement demeuré à son poste malgré l'exode de ses ouailles, et qui dressait dans la chaire son corps à demi paralysé, en frappant occasionnellement — quoique à présent d'une main moins vigoureuse — l'étoffe mangée aux vers du pupitre. Mais ce bon vieux pasteur vint à mourir ; et lorsque les marchands et les comptables à tête grise ou chauve sortirent de la grand-nef en suivant son cercueil pour le voir décemment enterrer, les murs du vieil édifice virent se disperser pour la dernière fois une véritable assemblée de fidèles. Les vénérables marchands et comptables tinrent conseil et prirent finalement la résolution suivante : vu qu'il était vain de se dissimuler le fait affligeant et pénible que l'édifice ne pouvait plus être efficacement consacré à sa destination première, on le diviserait en magasins, on le morcèlerait en bureaux et on l'offrirait en perchoir à l'essaim des hommes de loi. Ce projet fut mis à exécution, et l'on fit même des bureaux tout en haut de la tour ; l'affaire réussit si bien que le cimetière fut finalement envahi par un édifice supplémentaire destiné à être loué entièrement à la gent juridique. Mais ce nouvel édifice dépassait considérablement la hauteur du corps de l'église. Il avait quelque sept étages, et cet effrayant amoncellement de briques titanesques dressait son toit de tuiles presque au niveau du sommet de la tour sacrée.

Dans cette ambitieuse construction, les propriétaires allèrent quelques pas ou plutôt quelques étages trop loin ; car, étant donné que les gens engageraient rarement des disputes légales si les hommes de loi n'étaient toujours fort empressés de les y pousser, c'est une chose importante pour ces derniers que d'avoir leurs bureaux aussi près que possible de la rue, au rez-de-chaussée s'il se peut, sans même une marche à monter, mais non point, en tout cas, au septième étage d'une maison, de crainte que les clients ne renoncent à recourir à leurs bons offices s'ils sont obligés de gravir l'un après l'autre sept longs étages coupés par de très brefs paliers, à seule fin de verser une provision préalable. Aussi, quelque temps après qu'ils eurent été offerts au public, vit-on les étages supérieurs de la récente annexe rester presque tous inoccupés ; et sans doute les échos désolés qui retentissaient, dans leurs étendues désertes, juste au-dessus de la tête de messieurs les hommes de loi, durent-ils suggérer, du moins à quelques-uns d'entre eux, de déplaisantes comparaisons entre leurs soubassements — c'est-à-dire leurs poches — si bien peuplés, et la mélancolique condition de leurs greniers — c'est-à-dire leurs têtes — si vides. Cependant, ce triste état de choses se trouva fort amélioré lorsque les chambres vides du haut s'emplirent peu à peu d'une foule variée de ces aventuriers crève-la-faim, de ces créatures inclassables à profession ambiguë, revêtues d'habits noirs fort distingués mais râpés, et de ces indéfinissables étrangers à lunettes bleues, qui viennent, on ne sait de quels coins du monde, se percher comme des cigognes de Hollande sur les toits et dans les greniers des vieilles maisons hautes de la plupart des grands ports de mer. Là, ils s'assoient et bavardent comme des pies ; ou, s'ils descendent de leur perchoir pour se mettre en quête d'improbables dîners, on les voit rangés sur le trottoir devant les restaurants, comme de maigres files de pélicans au cœur brisé sur une plage, leurs poches ballantes et flasques pendant comme celles de cet oiseau quand le poisson ne se laisse pas prendre. Mais ces pauvres diables sans le sou s'efforcent de compenser leur disgrâce matérielle en festoyant résolument à la table des béatitudes idéales.

Ce sont pour la plupart des artistes de toutes sortes ; peintres, sculpteurs, étudiants indigents, professeurs de langues, poètes, politiciens français fugitifs, philosophes allemands. Leurs tendances intellectuelles, quelque hétérodoxes qu'elles puissent être, sont pourtant dans leur ensemble très belles et très éthérées ; car l'inexistence de leurs biens les incite à rejeter le matérialisme grossier de Hobbes pour les exaltations aériennes de la philosophie de Berkeley. Comme ils fouillent souvent en vain dans leurs poches, ils ne peuvent guère ne pas donner dans les tourbillons de Descartes ; mais les abondants loisirs de leurs greniers (au propre et au figuré) s'unissent à ceux de leurs estomacs pour les gratifier à un degré éminent de cette attention sans mélange indispensable à la bonne digestion des sublimes catégories de Kant, seules substantielles *kantités* de leurs vies généralement insubstantielles. De ces glorieux pauvres, je veux apprendre les mystères les plus profonds ; car leur existence même, au milieu d'une si terrible précarité des moyens d'existence les plus nécessaires, propose un problème auquel maint casse-noisettes spéculatif s'est attaqué en vain. Je veux ici offrir trois mèches de mes cheveux à la mémoire de tous les glorieux pauvres qui ont vécu et sont morts en ce monde. En toute sincérité, je les honore ; au fond, ce sont souvent des êtres nobles ; et, pour cette raison même, je me permets de les plaisanter quelque peu, car la noblesse essentielle, à laquelle est due un hommage essentiel, ne se sent point atteinte par la plaisanterie : les imbéciles et les charlatans de l'humanité, les imposteurs et les babouins d'entre les dieux, ceux-là seulement s'offensent des railleries ; les dieux et les hommes qui ont de sûrs titres à l'éminence se soucient rarement des bavardages séditieux des vieilles commères et des quolibets des petits gamins des rues.

Quand la substance est partie, les hommes se cramponnent à l'ombre. Les lieux jadis consacrés à des fins élevées retiennent nominalement un peu de cette grandeur, même lorsqu'ils sont affectés aux fonctions les plus simples. Il semble que, contraints par un destin impérieux d'abdiquer un romantisme et une grandeur réels, les gens recourent à un compromis et s'efforcent d'en conserver des traces purement imaginaires. Les curieux effets de cette tendance se remarquent souvent dans les vénérables pays du vieux monde transatlantique : c'est ainsi qu'un pont de la Tamise garde encore le nom monastique de Frères Noirs, bien que depuis les jours de la reine Elizabeth ces berges n'aient vu aucun frère noir, mais bon nombre de pickpockets ; d'innombrables anomalies historiques rappellent doucement et tristement à l'homme présent la merveilleuse procession qui précéda la génération moderne. Et, bien que notre établissement relativement récent sur ces rivages colombiens exclue toute participation importante à ces séduisantes anomalies, pourtant nous ne laissons point, tout au moins dans nos plus anciennes cités, d'en offrir çà et là quelque exemple. Il en était ainsi de l'ex-église des Apôtres — plus connue, même dans les premiers temps, sous le vocable abrégé « Les Apôtres » — qui, après avoir changé radicalement de destination, gardait néanmoins son nom majestueux. L'homme de loi ou l'artiste qui occupait ses chambres, soit dans le nouveau bâtiment, soit dans l'ancien, répondait invariablement, lorsqu'on lui demandait où il logeait : « Aux Apôtres. » Mais comme, au cours des innombrables transplantations que les corps de profession subissent dans une ville prospère et qui ne cesse de se développer, ce vénérable endroit avait cessé d'offrir aux hommes de loi les mêmes avantages qu'auparavant, et que d'étranges et indéfinissables créatures, aventuriers, artistes, ou philosophes indigents de toutes sortes, y affluaient en grand nombre à mesure que les premiers partaient — par allusion à la singularité métaphysique de ces curieux habitants, et parce que certains d'entre eux étaient des théoriciens téléologiques et des réformateurs sociaux avérés, ou encore les propagandistes politiques de toutes espèces de doctrines hétérodoxes, aussi, peut-être, par une légère moquerie du public, l'appellation populaire qui avait été de tout temps celle de l'ancienne église se transmit à ses habitants. Et c'est ainsi que l'on prit l'habitude d'appeler familièrement quiconque avait un logement dans la vieille église, un *Apôtre*.

Mais comme tout effet n'est que la cause d'un second effet subséquent, il se trouva que les habitants de la vénérable église, se voyant ainsi dénommés collectivement et assez heureusement, commencèrent à entrer en plus grande communion sociale du fond de leurs antres variés, attirés les uns vers les autres par leur commune appellation. Puis ils allèrent plus loin et en vinrent insensiblement à former une société particulière d'un caractère extrêmement réservé, qui était bien loin de se faire remarquer par ses démonstrations publiques, mais que l'on soupçonna toujours secrètement d'avoir quelque mystérieux objectif plus ou moins lié au bouleversement complet de l'Église et de l'État, ainsi qu'à l'avènement rapide et prématuré de quelque grand millénium politique ou religieux. Pourtant, bien que certains conservateurs et moralistes zélés eussent à plusieurs reprises engagé la police à surveiller la vieille église, et bien que l'on vît parfois un agent lever les yeux d'un air inquisiteur vers les suspectes petites fenêtres de la haute tour, l'endroit était, selon toute apparence, aussi tranquille que convenable, et ses habitants composaient un groupe de gens inoffensifs auxquels on ne pouvait guère reprocher que leurs habits efflorescents et leurs chapeaux à calotte fendue qui s'épanouissaient au soleil.

Bien qu'au milieu du jour une quantité de ballots et de caisses fussent transportés le long des entrepôts qui s'élevaient devant les Apôtres, et bien que l'on pût voir, de temps en temps, les marchands se hâter sur le trottoir, d'une si critique étroitesse, afin de toucher leurs chèques avant la fermeture des banques, cependant, comme la rue était consacrée à l'entreposage des marchandises et n'exerçait pas les fonctions d'une grande artère, c'était à toute heure un endroit fort retiré et fort silencieux. Mais une heure ou deux avant la tombée de la nuit, elle devenait, jusqu'à dix ou onze heures du matin, remarquablement silencieuse et déserte, hormis pour la présence des Apôtres. Enfin, tous les dimanches, elle revêtait une tranquillité vraiment surprenante, car elle n'offrait de chaque côté qu'une longue perspective de six ou sept étages d'inexorables volets de fer. Il en était à peu près de même pour l'autre rue qui, comme on l'a dit, coupait la ruelle des entrepôts non loin des Apôtres. Cette rue était en vérité assez différente de la première, car elle était occupée par des restaurants bon marché à l'usage des employés, par des cabarets étrangers et d'autres établissements à clientèle commerciale ; mais elle ne s'emplissait d'une rumeur active qu'à l'heure des affaires ; la nuit, elle n'avait d'autres occupants que les becs de gaz, et le dimanche, l'on eût dit, à descendre cette rue, que l'on marchait entre deux rangées de sphinx.

Telle était donc la condition présente de l'ancienne église des Apôtres ; en bas, bourdonnante de quelques immuables et équivoques hommes de loi ; en haut, peuplée de toutes sortes de poètes, de peintres, de crève-la-faim et de philosophes. Un mystérieux professeur de flûte perchait dans l'un des étages les plus élevés de la tour, et souvent, par les silencieuses nuits de lune, il modulait ses notes hautes et mélodieuses par-dessus les toits des dix mille entrepôts qui l'environnaient — comme la cloche avait carillonné jadis par-dessus les foyers d'une génération depuis longtemps défunte.

II

Trois jours après l'arrivée des voyageurs à la ville, Pierre était assis au crépuscule devant une fenêtre élevée de l'édifice annexe des Apôtres. La chambre était d'une médiocrité qui touchait à la misère. Il n'y avait point de tapis sur le plancher, point de tableaux aux murs, mais, pour tout mobilier, un singulier lit à une personne, long, bas et fait pour servir de grabat à un célibataire indigent, un grand coffre bleu recouvert de perse, une très vieille chaise d'acajou boiteuse et rhumatisante, et une large planche du plus robuste chêne vert, longue de six pieds environ, posée sur deux barils de farine vides et chargée d'une grande bouteille d'encre, d'un paquet de plumes non délié, d'un canif, d'une chemise et d'une rame de papier écolier non défaite, significativement étiquetée : « Réglé. Bleu. »

Le troisième soir, au crépuscule, Pierre était assis devant cette fenêtre élevée d'une chambre misérable, dans le bâtiment annexe des Apôtres. Il était, en apparence, entièrement inoccupé ; il n'avait rien dans la main, mais peut-être avait-il quelque chose sur le cœur. De temps à autre, il regardait fixement le vieux lit rouillé, si singulier d'aspect, qui lui apparaissait comme un symbole, et cela à juste titre, car c'était l'ancien lit de camp démontable et portatif de son grand-père, le hardi défenseur du Fort, le vaillant guerrier de maintes campagnes victorieuses. Sur ce lit de camp, le glorieux général au doux regard et au cœur valeureux avait dormi sous la tente, ne s'éveillant que pour ceindre son épée, cette épée qui armait chevalier, car c'était mourir en noble chevalier que de tomber sous les coups du grand Pierre et, dans l'autre monde, les ombres de ses ennemis se vantaient d'avoir reçu de sa main leur viatique.

Cette dure couche guerrière est-elle échue en héritage à la molle paix ? En ce temps paisible où les granges regorgent, où l'on entend au loin le bruit du paisible fléau et le murmure du paisible commerce, le petit-fils de deux généraux est-il lui aussi un guerrier ? Oh ! ce n'est pas pour rien qu'en ce temps d'apparente paix, Pierre se trouve avoir deux ancêtres guerriers ! Car Pierre est un guerrier lui aussi. La vie est sa campagne et trois farouches alliés, le Malheur, le Mépris et le Besoin sont ses ennemis. Le vaste monde s'est ligué contre lui, car il brandit l'étendard de la Justice et jure par l'Éternel et le Vrai ! Mais ah ! Pierre, Pierre, quand tu gagnes ce lit, n'es-tu pas humilié de voir que ton corps, étendu de toute sa longueur, ne mesure pas les six pieds quatre pouces de ton grand Jean de Gand d'ancêtre ? La stature du guerrier est à la mesure de la gloire tronquée qu'il tirera du combat. Car c'est chose plus glorieuse d'abattre un vaillant ennemi sur un véritable champ de bataille, que de poursuivre, dans les conflits d'une âme noble avec un monde lâche, un vil adversaire qui se dérobe sans cesse.

Donc, le troisième soir, au crépuscule, devant la fenêtre élevée de cette chambre misérable, Pierre est assis dans l'édifice annexe des Apôtres. Il regarde à présent par la fenêtre. Mais hormis la vieille tour grise aux allures de donjon, son regard n'embrasse apparemment que ce désert de tuiles, d'ardoises, de bardeaux et de tôles, par lequel nous autres modernes Babyloniens remplaçons les beaux jardins suspendus de ces temps anciens de l'Asie où régnait l'excellent Nabuchodonosor.

Il est assis là, plante exotique bizarre, arraché aux alcôves délectables de la vieille demeure manoriale et implanté dans ce sol ingrat. La douce brise pourpre des collines qui entouraient les vertes prairies des Prés-de-la-Selle ne vient plus éventer ni revivifier son visage. Il ressent le changement comme une fleur; les couleurs ont déserté ses joues; ses joues sont pâles et flétries.

Par la fenêtre élevée de cette chambre misérable, qu'est-ce donc que Pierre regarde si fixement? Il n'y a point de rue à ses pieds; l'espace quadrangulaire bée devant lui comme un gouffre profond et noir. Mais au-delà, à l'extrémité du toit abrupt de l'ancienne église, se dessine la vieille tour grise et fière: pour Pierre, c'est l'emblème d'une vertu inébranlable, profondément enracinée au cœur de la terre et défiant toutes les insultes de l'air.

Dans la chambre de Pierre, une porte fait face à la fenêtre; voici à présent qu'on gratte discrètement à cette porte et qu'une voix douce demande la permission d'entrer.

— Oui, toujours, chère Isabelle, répond Pierre qui se lève et s'approche de la porte. Tirons à nous ce vieux lit de camp en guise de sofa; viens, assois-toi, ma sœur, et imaginons que nous sommes où il te plaira.

— Alors, mon frère, imaginons que nous sommes au royaume du crépuscule et de la paix éternels, là où ne se lève nul brillant soleil, puisque le soleil est toujours suivi de la sombre nuit. Le crépuscule et la paix, mon frère, le crépuscule et la paix!

— C'est le crépuscule à présent, ma sœur; et, en vérité, cette partie de la ville, du moins, semble paisible.

— Le crépuscule à présent, mais la nuit bientôt; puis un bref soleil, puis une autre longue nuit. La paix à présent, mais bientôt le sommeil et le néant, puis le dur labeur pour toi, mon frère, jusqu'au retour du doux crépuscule.

— Allumons une chandelle, ma sœur; l'obscurité s'épaissit.

— Pourquoi allumer une chandelle, cher Pierre? Viens contre moi, mon frère.

Il se rapprocha d'elle et son bras l'enlaça; la douce tête d'Isabelle tomba sur la poitrine de Pierre, et chacun sentit battre le cœur de l'autre.

— Ô mon cher Pierre, pourquoi aspirons-nous sans cesse à la paix et pourquoi la souffrons-nous impatiemment quand elle vient? Dis-moi, mon frère, voici deux heures à peine tu désirais le crépuscule, et à présent tu veux une chandelle pour en chasser les dernières lueurs.

Mais Pierre ne parut pas l'entendre. Son bras la serra plus étroitement; son corps tout entier trembla visiblement. Puis soudain, il murmura tout bas, sur un ton d'une extraordinaire intensité:

— Isabelle! Isabelle!

Elle mit son bras autour de lui, comme il avait mis son bras autour d'elle; le tremblement courut de lui à elle; tous deux restèrent muets.

Il se leva et marcha dans la chambre.

— Eh bien! Pierre, tu es venu ici pour mettre de l'ordre dans tes affaires, disais-tu. Qu'as-tu fait? Allons, allumons une chandelle.

La chandelle fut allumée et la conversation reprit.

— Et les papiers, mon frère? Tout est-il en ordre? As-tu décidé ce que tu allais publier en premier lieu, tout en écrivant le nouveau livre dont tu m'as parlé?

— Regarde ce coffre, ma sœur. Ne vois-tu pas que ses cordes n'ont point été dénouées?

— Tu ne l'as donc pas exploré encore?

— Non, Isabelle. En dix jours, j'ai vécu dix mille ans. Je sais que ce coffre ne contient rien qui vaille et je n'ai pas le cœur de l'ouvrir. Déchets ! Poussières ! Ordures !

— Pierre ! Pierre ! quel changement est-ce là ? Ne m'as-tu pas dit, avant notre départ, que ton coffre contenait non seulement de l'or et de l'argent, mais aussi des choses infiniment plus précieuses et toutes prêtes à être converties en or et en argent ? Ah ! Pierre, tu as juré que nous n'avions rien à craindre !

— Si je t'ai volontairement trompée, Isabelle, que les dieux me trahissent et qu'ils fassent alliance avec les démons pour s'acharner contre moi ! Mais si, dans mon ignorance, je t'ai trompée et me suis trompé moi-même, Isabelle, ah ! c'est là chose bien différente ! Quel escamoteur, quel vil tricheur que l'homme ! Isabelle, ce coffre contient des choses dont j'ai cru, à l'heure où je les composais, que leur beauté et leur puissance laisseraient les cieux étonnés. Puis, quelques jours après, je les reprenais pour les scruter de sang-froid et quelques doutes commençaient à se glisser en moi ; mais lorsque, à l'air libre, j'évoquais les images fraîches et non écrites de tout ce fatras d'écritures, je me sentais à nouveau transporté et triomphant, comme si, par le fait même de cette évocation idéale, j'avais transmis l'idéal parfait au misérable écrit qui s'efforçait de l'incarner. Cette illusion demeura. Et c'est ainsi que je pus, dans la suite, te parler des choses merveilleuses que j'avais faites, de la mine d'or et d'argent que j'avais depuis longtemps creusée pour toi et pour moi, en t'assurant que nous ne serions jamais dans le besoin matériellement ni spirituellement. J'avais bien, au fond de moi-même, comme le soupçon latent de ma folie, mais je lui fermais la porte de mon âme. À présent, dix mille révélations inscrivent sur mon front ma sottise ! Et comme des traites protestées à la banque, tous mes écrits sont mis en pièces par le marteau de la Vérité ! Oh ! je suis écœuré, écœuré, écœuré !

— Laisse ces bras qui n'ont jamais étreint que toi te bercer, Pierre, dans la paix du crépuscule, fût-il des plus ténébreux !

Isabelle souffla la lumière et attira Pierre à elle ; leurs mains se joignirent.

— Dis-moi, tes tourments n'ont-ils pas disparu, mon frère ?

— Mais ils font place à... Oh ! Dieu, Isabelle, lâche-moi ! cria Pierre en se levant brusquement. Cieux qui vous cachez sous le manteau noir de la nuit, je vous invoque ! Si, après avoir suivi la voie de la Vertu aussi loin qu'il est possible, là où les âmes vulgaires n'atteignent jamais, j'aboutis à l'Enfer, et si l'ultime Vertu apparaît, en fin de compte, comme la complice sournoise du vice le plus monstrueux, refermez-vous sur moi pour m'écraser, murs de pierre, et que tout croule dans l'abîme !

— Mon frère ! Quel est cet incompréhensible délire ? s'écria Isabelle en jetant ses bras autour de lui. Mon frère, mon frère !

— Écoute le fond de ton âme, dit Pierre d'une voix implacable et frémissante. Ne m'appelle plus frère ! Comment sais-tu que je suis ton frère ? Ta mère te l'a-t-elle dit ? Mon père me l'a-t-il dit ? — Je suis Pierre, tu es Isabelle, nous sommes frère et sœur en la commune humanité, rien de plus. Pour le reste, que les dieux surveillent leurs explosifs ; s'ils ont mis en moi des poudrières, qu'ils y veillent ! Qu'ils y veillent ! Ah ! j'aperçois des lueurs, j'entrevois à présent que l'idéal suprême de la perfection morale, chez l'homme, est bien loin du but. Les demi-dieux foulent des déchets, et Vice et Vertu ne sont que des déchets ! Isabelle, j'écrirai cela... J'évangéliserai le monde à neuf, je lui montrerai des secrets plus profonds que ceux de l'Apocalypse! Oui, j'écrirai cela, j'écrirai cela!

— Pierre, je suis une pauvre fille née au sein du mystère, élevée dans le mystère, vivant encore dans le mystère. Si mystérieuse moi-même, l'air et le ciel sont pour moi indicibles; je n'ai pas de mots pour les exprimer. Tels sont les mystères qui m'entourent; mais tes paroles, tes pensées m'ouvrent d'autres mondes de prodiges où je craindrais de m'engager seule. Pourtant, aie confiance en moi, Pierre. Avec toi, avec toi, je nagerais hardiment dans une mer sans étoiles afin de te servir de bouée si toi-même, puissant nageur, tu venais à faiblir. Pierre, tu parles de la Vertu et du Vice; Isabelle, qui a passé sa vie dans la retraite, ne sait rien de l'un ni de l'autre, sinon par ouï-dire. Que sont-ils vraiment, Pierre? Dis-moi d'abord ce qu'est la Vertu. Va!

— Si sur ce point les dieux sont muets, un pygmée parlera-t-il? Demande à l'air!

— Alors la Vertu n'est rien.

— Non, elle n'est pas cela!

— Et le Vice?

— Regarde: c'est la substance qui est un rien. Elle jette une ombre d'un côté, puis une ombre de l'autre. Deux ombres projetées par un rien, voilà ce que sont à mes yeux le Vice et la Vertu.

— Alors, pourquoi te tourmenter ainsi, très cher Pierre?

— C'est la loi.

— Comment cela?

— Qu'un rien tourmente un rien. Car je suis un rien. Tout est un rêve. Nous rêvons que nous avons rêvé que nous rêvions.

— Pierre, quand tu hésitais sur le bord, tu étais pour moi une énigme; et à présent que tu plonges profondément dans l'abîme de ton âme, à présent que tu semblerais fou aux hommes sages, la pauvre ignorante Isabelle commence à te comprendre. Il y a longtemps que je ressens de telles choses, Pierre. La longue solitude et l'angoisse m'ont révélé des prodiges. Oui, tout est un rêve !

Il la prit vivement dans ses bras.

— Rien n'engendre rien, Isabelle ! Comment pourrait-on pécher en rêve ?

— D'abord, qu'est-ce que le Péché, Pierre ?

— Un autre nom pour l'autre nom, Isabelle.

— Pour la Vertu, Pierre ?

— Non, pour le Vice.

— Asseyons-nous de nouveau, mon frère.

— Je suis Pierre.

— Asseyons-nous de nouveau, Pierre ; viens contre moi ; ton bras !

Et le troisième jour, la nuit tombée, la lampe éteinte, devant la fenêtre élevée de cette chambre misérable, Pierre et Isabelle restèrent assis l'un près de l'autre en silence.

LIVRE XX

Charlie Millthorpe

I

Pierre avait loué des chambres aux Apôtres sur le conseil de l'un d'eux : une vieille connaissance et un natif des Prés-de-la-Selle.

Millthorpe était le fils d'un très respectable fermier — maintenant défunt — d'une intelligence peu commune, dont les épaules voûtées et le corps humblement vêtu avaient porté une tête digne d'un philosophe grec, une tête aux traits si beaux et si réguliers qu'elle n'eût point déparé quelque opulent gentilhomme. Les nivellements et les mélanges politiques et sociaux qui brassent en Amérique tant d'éléments humains divers y produisent souvent de frappantes anomalies individuelles, inconnues ailleurs. Pierre se souvenait fort bien du vieux fermier Millthorpe comme d'un superbe vieillard mélancolique, paisible et silencieux, doué par la nature d'une noblesse raffinée, mais rudement tanné et amaigri par maintes longues journées de travail aux champs. En lui s'unissaient étrangement la beauté classique et la rusticité : son profil délicat annonçait la plus haute aristocratie ; ses mains noueuses et osseuses étaient des mains de mendiant.

Bien que depuis des générations les Millthorpe eussent vécu sur les terres des Glendinning, ils faisaient remonter leur origine — sans ostentation aucune — à un chevalier anglais émigré qui avait traversé l'océan au temps du vieux Charles. Mais le seul héritage que le chevalier eût laissé à la quatrième ou cinquième génération de ses descendants déchus était cette même indigence qui l'avait poussé à quitter sa courtoise patrie pour une terre sauvage et farouche. Lorsque Pierre avait fait la connaissance de l'intéressant vieillard, celui-ci venait d'abandonner un vaste domaine dont il ne pouvait payer le fermage, pour occuper un lopin très pauvre et très réduit sur lequel s'élevait une petite maison à demi ruinée. Il s'était retiré là avec sa femme — une créature pleine de distinction et de réserve —, ses trois petites filles et son fils unique, un garçon de l'âge de Pierre. La beauté héréditaire et l'éclat juvénile de l'adolescent, sa douceur de caractère et un certain raffinement naturel, qui contrastait chez lui avec la grossièreté, voire la sordidité de ses voisins, avaient attiré très tôt la sympathie et l'amitié spontanée de Pierre. Les deux garçons se promenaient souvent ensemble et Mme Glendinning elle-même, si sévèrement critique et circonspecte à l'endroit des compagnons de Pierre, n'avait jamais exprimé d'objections à l'intimité de son fils avec un paysan aussi beau et aussi avenant que Charles.

Les jeunes garçons sont souvent très prompts et pénétrants dans leur façon de juger un type humain. Il ne fallut pas longtemps à Pierre pour conclure que le jeune Millthorpe, malgré son joli visage et sa douceur de caractère, était dépourvu de toute vigueur d'esprit ; qu'en outre il possédait par constitution une certaine présomption et un certain égotisme d'apprenti étudiant ; lesquels, d'ailleurs, n'ayant d'autre aliment (pour ne rien dire des pommes de terre paternelles) qu'un tempérament essentiellement timide et sensible, ne formaient qu'un trait anomalique — amusant et inoffensif, bien qu'incurable — de sa personnalité. Au demeurant, cette constatation n'altéra nullement la bienveillance amicale de Pierre qui, même dans son adolescence, avait assez de charité pour ne prêter aucune attention aux petits défauts de ceux qui lui étaient inférieurs par la fortune ou par l'esprit, se montrant satisfait et heureux d'embrasser ce qui était bon, toutes les fois que ledit bon s'offrait à lui, à quelques éléments qu'il s'alliât. Ainsi, dans notre jeune âge, agissons-nous inconsciemment selon ces principes particuliers qui, devenus maximes conscientes, régleront systématiquement notre vie d'homme mûr, et c'est là un fait qui illustre péremptoirement la dépendance nécessaire de notre vie et sa subordination, non à nous-mêmes, mais au Destin.

Si l'homme de goût saisit le pittoresque d'un paysage naturel, il sait aussi discerner ce que nous pourrions définir assez adéquatement comme le *paupéresque* du paysage social. Pour un tel amateur, la petite chaumière démantelée d'une toile de Gainsborough n'est pas plus pittoresque que le mendiant aux mèches emmêlées par le temps et clairsemées par le besoin dont s'ornent *paupéresquement* ces coquets petits tableaux de genre qui, vernis et encadrés de la manière la plus exquise, sont suspendus dans le salon mental des plus distingués philanthropes et des aimables philosophes de l'école « compensatrice » ou « optimiste ». Ces individus prétendent qu'il n'y a point de misère en ce monde, sinon juste ce qu'il en faut pour jeter une jolie note *paupéresque* dans le tableau général. Allez ! Dieu a déposé des lingots dans la banque soumise à notre ordre élégant ; il a généreusement gratifié notre monde d'un tapis de verdure estivale. Cache-toi, Héraclite ! Les lamentations de la pluie ne servent qu'à faire nos arcs-en-ciel !

Nous ne voulons point ici faire allusion à Pierre par une référence équivoque au *paupéresque* vieux fermier Millthorpe. Cependant, l'homme ne saurait échapper entièrement à son milieu. Mme Glendinning avait toujours été, inconsciemment, du nombre de ces curieux optimistes et, dans son enfance, Pierre n'avait pas été sans subir la contagion maternelle. Pourtant, lorsque, par quelque matinée d'hiver, il se rendait de bonne heure chez le vieux fermier pour chercher Charles et qu'il se trouvait en présence du visage maigre, affaibli, péniblement embarrassé de Mme Millthorpe, lorsqu'il rencontrait le regard tristement inquisiteur et à demi envieux des trois petites filles et que, du seuil de la porte, il entendait sortir, d'un renfoncement caché à son regard, de sourds gémissements de vieillesse et de lassitude, alors Pierre, dans sa conscience adolescente, percevait quelque chose de plus que le simple *paupéresque* de la pauvreté ; alors, il avait quelque aperçu de ce que cela pouvait signifier que d'être vieux, pauvre, usé, perclus de rhumatismes, tout proche des frissons de la mort, et éprouver la vie même comme insipide et glaciale ; de ce que cela pouvait signifier, pour lui qui sautait impatiemment à bas du lit pour rencontrer les premiers rayons du soleil sans perdre une suave goutte de vie, que de haïr les rayons jadis tant aimés, de se retourner contre le mur pour les éviter, différant un lever qui ne peut ramener que la vue d'un jour affreux où le soleil n'est pas doré, mais cuivreux, où le ciel n'est pas bleu, mais gris, où le sang que la mort a trop tardé à boire surit dans les veines comme un vin du Rhin !

Pierre n'avait pas oublié qu'en ce temps les clients cancaniers du cabaret du Cygne Noir attribuaient gravement l'indigence croissante des Millthorpe à la prétendue inconduite du fermier. « Le vieux lève trop souvent le coude », dit un jour, devant Pierre, un soiffard chenu qui était précisément en train de vider son verre. Mais si le vieux Millthorpe était un homme brisé, son apparence, quelque triste et amaigrie qu'elle fût, n'offrait pas le moindre symptôme d'ivrognerie passée ou présente. On ne l'avait jamais vu fréquenter l'auberge et il ne quittait guère les quelques acres de terrain qu'il cultivait avec son fils. En outre, malgré sa pauvreté qui, hélas ! était grande, il payait toujours ponctuellement ses petites dettes chez l'épicier. Or, bien qu'assurément il ne fût point en peine d'employer le peu d'argent qu'il pouvait gagner, Pierre se souvenait qu'une fois le vieillard avait attendu le milieu de l'hiver pour venir toucher au manoir le prix d'une truie qui lui avait été achetée l'automne précédent à l'intention de l'office, et, qu'en saisissant l'argent de ses doigts tremblants, il avait dit d'une voix chevrotante : « Je n'en ai que faire pour le moment ; on aurait pu tout aussi bien remettre la chose à plus tard. » Mme Glendinning, entendant par hasard ces mots, avait regardé le vieillard avec bonté, dans son bienveillant intérêt pour le *paupéresque,* et murmuré : « Ah ! le sang du vieux chevalier anglais coule toujours dans ses veines. Bravo, vieillard ! »

Un jour, neuf formes silencieuses sortirent devant Pierre de la maison du vieux Millthorpe ; un cercueil fut chargé sur la charrette d'un voisin, une procession, longue de quelque trente pieds en comprenant le timon allongé et le coffre de la charrette, se déroula par les Prés-de-la-Selle pour gagner la colline, et là, le vieux Millthorpe fut enfin couché dans un lit où les rayons du soleil levant ne devaient plus lui faire affront. Oh ! la terre maternelle est bien la plus douce et la plus délicate des toiles de Hollande ! Là, sous le dais sublime du ciel infini, dorment en grand apparat, comme des rois et des empereurs, les mendiants et les pauvres de la terre ! Il me plaît que la Mort soit aussi démocratique ; et, désespérant de toute autre démocratie réelle et permanente, je chéris du moins la pensée que si, durant la vie, certaines têtes sont couronnées d'or et certaines autres d'épines, pourtant, de quelque façon qu'on les cisèle, les pierres tombales sont toutes semblables.

Cette description assez poussée du père du jeune Millthorpe fera ressortir plus nettement le caractère et la position plus évolués du fils qui devait, à présent, subvenir à l'entretien de sa mère et de ses sœurs. Mais, bien que fils de fermier, Charles avait une aversion particulière pour le travail forcé. Peut-être, en se livrant résolument audit travail forcé, eût-il pu assurer à sa famille une situation beaucoup plus aisée que celle dans laquelle il l'avait toujours vue. Mais le destin ne le voulut point ainsi ; l'État, dans sa bienveillante et profonde sagesse, en décida autrement.

Le village des Prés-de-la-Selle possédait une institution, mi-école communale, mi-académie privée, que l'État dirigeait et subventionnait pour une grande part. On y enseignait non seulement les rudiments d'une instruction anglaise, mais aussi quelque peu les belles-lettres, la dissertation et — bastion de l'enseignement américain — l'insipide diction ; sur les tréteaux de l'Académie des Prés-de-la-Selle, les fils des plus pauvres journaliers ânonnaient l'ardente rhétorique révolutionnaire de Patrick Henry ou chantaient impétueusement, avec force gestes, les douces cadences de « La Fée coupable » de Drake. Comment s'étonner, dès lors, que le samedi, lorsqu'ils étaient privés de diction et de poésie, ces enfants regardassent avec une mélancolie dédaigneuse les lourds manches des fourches à fumier et des houes ?

À l'âge de quinze ans, l'ambition de Charles Millthorpe était de devenir soit orateur, soit poète ; en tout cas, de se révéler comme un grand génie. Il évoquait l'ancêtre chevalier et se détournait avec un mépris indigné de la charrue. Le vieux Millthorpe, découvrant chez lui le premier germe de cette inclination, le raisonna fort sérieusement et le mit en garde contre les dangers de son ambition vagabonde : cette sorte d'ambition était bonne pour les génies indubitables, pour les garçons riches ou pour les garçons pauvres qui étaient seuls au monde et n'avaient personne à soutenir. Charles ferait mieux de réfléchir sur son propre cas : il avait un père vieux et infirme qui ne pouvait plus vivre bien longtemps et qui ne laisserait derrière lui que sa charrue et sa houe ; une mère malade ; des sœurs pâles et délicates ; la vie, enfin, était une réalité, et dans leur région sévissaient des hivers excessivement longs et rigoureux : sept mois sur douze ; les pâturages ne donnaient rien et il fallait nourrir le bétail dans les granges. Mais Charles était un enfant ; les conseils sont bien souvent de l'haleine dépensée en pure perte ; l'homme ne veut point faire confiance à la sagesse, et peut-être est-ce bien ainsi, car cette sagesse est sans valeur : il nous faut trouver nous-mêmes le vrai joyau et tâtonner, tâtonner sans cesse pendant des jours et des jours.

Pourtant, Charles Millthorpe était le fils le plus affectionné et le plus dévoué qu'on pût voir ; s'il se vantait de son intelligence, il ne savait pas qu'il possédait une chose beaucoup plus excellente et angélique : un cœur. Son père mourut ; il résolut d'être pour sa famille un second père et un ferme soutien, non pas en travaillant durement de ses mains, mais en exerçant les dons plus délicats de son esprit. Il avait lu déjà bien des livres : histoire, poésie, romans, essais, etc. La bibliothèque du manoir avait été souvent honorée de ses visites sous la direction bienveillante de Pierre. Pour être bref, Charles vendit à dix-sept ans le cheval, la vache, le cochon, la charrue, la houe et presque tous les biens meubles de la maisonnée ; puis, convertissant tout cela en espèces, il partit avec sa mère et ses sœurs pour la ville, fondant principalement ses espérances de succès sur les vagues représentations d'un parent apothicaire qui y demeurait. Comment ils se débattirent, lui, sa mère et ses sœurs ; comment, pour un temps, ils faillirent mourir de faim ; comment les femmes se mirent à la couture et Charles à la copie ; comment leurs travaux suffirent à peine à les faire vivre, on l'imaginera aisément. Cependant, la bienveillance du destin à son égard avait non seulement épargné à Charles l'hospice des pauvres, mais encore amélioré, jusqu'à un certain point, sa fortune. En tout cas, l'inoffensive présomption et l'innocent égotisme qui entraient, comme nous l'avons vu, dans la composition de son caractère, ne l'avaient pas le moins du monde entravé, car les hommes les plus superficiels sont souvent les derniers à perdre courage. C'est le privilège de la vessie, que rien ne peut la submerger ; c'est l'inconvénient du coffre plein d'or qu'une fois jeté à l'eau, il coule.

II

Lorsque Pierre, en arrivant à la ville, constata le cruel abandon de Glen, il se demanda à qui il pourrait s'adresser dans cette mauvaise passe. Il se souvint alors de Charlie Millthorpe, se mit à la recherche de son vieux camarade d'enfance et finit par le retrouver. C'était à présent un grand jeune homme de vingt-deux ans, maigre et pâle, mais d'une beauté frappante; il occupait une petite étude poussiéreuse au troisième étage de la partie la plus ancienne des Apôtres, et prétendait traiter des affaires considérables qui affluaient d'heure en heure, en face de casiers vides et d'une bouteille d'encre cachetée. Sa mère et ses sœurs vivaient dans une chambre au-dessus; quant à lui, non seulement il exerçait le métier d'homme de loi pour subvenir aux besoins du corps, mais il participait aux secrètes visées théologico-politico-sociales de l'ordre maçonnique râpé des Apôtres, et s'adonnait à quelque rudimentaire philosophie transcendantale, aussi bien pour l'accroissement de ses revenus que pour sa propre nourriture intellectuelle.

Pierre fut d'abord quelque peu surpris par la franchise et la familiarité extrêmes de ses manières; la déférence manoriale qu'il lui avait montrée jadis s'était complètement évanouie, et pourtant Charlie ne pouvait savoir, dès le premier choc de la rencontre, que Pierre était un homme déshérité.

— Ah! Pierre, je suis heureux de te voir, mon vieux! Écoute-moi bien: le mois prochain, je vais faire une conférence devant l'Ordre Oméga des Apôtres. Le grand maître Plinlimmon sera là. Je tiens de source sûre qu'il a dit un jour, en parlant de moi: « Ce garçon a les Catégories Premières dans le sang ; il est destiné à étonner le monde. » Avec cela, les rédacteurs du *Spinoziste* m'ont offert de collaborer chaque semaine à leur revue, et tu sais qu'il n'y a pas beaucoup de gens qui comprennent le *Spinoziste* : on n'y accepte que des choses purement transcendantales. Mais écoute ce que je vais te dire à l'oreille : je songe à rejeter le déguisement apostolique et à me montrer au grand jour, Pierre ! Je songe à haranguer le pays et à prêcher notre philosophie aux masses. Depuis quand es-tu en ville ?

En dépit de toutes ses tribulations, Pierre ne put réprimer un sourire devant une réception aussi comique ; mais il connaissait trop bien Charlie pour déduire de cette explosion d'enthousiaste égotisme que son cœur s'était aucunement corrodé, car l'égotisme est une chose et l'égoïsme en est une autre. Dès que Pierre lui eut exposé sa situation, Charlie se montra tout empressement et toute gentillesse pratique ; il lui recommanda les Apôtres comme le meilleur logement qui pût lui convenir : bon marché, confortable, relativement central ; il s'offrit à lui procurer une charrette et à veiller lui-même au transport de ses bagages ; et finalement, il jugea préférable de monter l'escalier avec lui pour lui montrer les chambres disponibles. Mais lorsque celles-ci eurent été arrêtées et que Charlie, débordant de bonne humeur et d'alacrité, partit avec Pierre dans la direction de l'hôtel pour l'aider à déménager ses affaires, il lui prit le bras dès le seuil de la grande porte ogivale qui s'ouvrait sous la tour des Apôtres et retomba aussitôt dans ses divertissantes palabres, sans plus les interrompre jusqu'au moment où ils se trouvèrent en vue des malles.

— Seigneur ! Je suis débordé ! Je vais être obligé de renvoyer quelques-uns de mes clients. J'ai besoin de prendre de l'exercice, et je n'en ai plus le temps avec toutes ces affaires qui s'accumulent. En outre, je me dois à la cause sublime de l'humanité ; il faut que j'enlève quelques dossiers pour faire de la place à mes traités métaphysiques. Je ne puis gaspiller toute ma substance dans ces histoires d'obligations et d'hypothèques... Tu disais que tu étais marié, je crois ?

Mais il poursuivit sans attendre la réponse :

— Ma foi, c'est peut-être sage après tout. J'ai entendu dire que cela vous posait, que cela vous fixait et vous affermissait un homme... Mais non je ne l'ai pas entendu dire : c'est une idée qui m'est venue par hasard... Oui, le mariage rend le monde plus défini à vos yeux ; il détruit la subjectivité morbide et il objective toutes choses ; neuf petits enfants par exemple, voilà ce qu'on peut considérer comme objectif. Le mariage, oui, c'est une belle chose, sans doute, sans doute : une jolie chose domestique, plaisante à tous égards. Mais je me dois au monde, mon garçon ! En me mariant, je pourrais élever le niveau de la population, mais non pas celui de l'esprit. Les grands hommes sont toujours célibataires, tu le sais. Leur famille, c'est l'univers ; je dirais que la planète Saturne est leur fille aînée et Platon leur oncle... Ainsi donc, tu es marié ?

Mais à nouveau Charlie continua, sans se soucier de la réponse :

— Pierre, j'ai une idée pour toi, mon garçon ! Tu ne dis pas positivement, mais tu laisses entendre que ta bourse est plate. Eh bien, je t'aiderai à la remplir ! Harangue l'État entier sur la philosophie kantienne ! À raison d'un dollar par tête. Passe ton feutre à la ronde, et il sera bientôt plein. J'ai toute confiance en la pénétration et en la magnanimité du public ! Pierre, un mot à l'oreille : mon opinion est que le monde va tout de travers, qu'il est entièrement dans l'erreur.

La Société, mon garçon, demande un Avatar, un Curtius qui se jetterait dans l'abîme enflammé et périrait pour sauver l'empire des hommes ! Pierre, j'ai renoncé depuis longtemps aux séductions de la vie et de la mode. Regarde mon habit, et vois combien je les dédaigne Pierre ! Mais attends, as-tu un shilling ? Faisons une petite halte ici ; ce n'est pas cher et j'y vais de temps en temps. Viens, entrons.

LIVRE XXI

Pierre entreprend immaturément une œuvre de maturité. Des nouvelles des Prés-de-la-Selle. Plinlimmon

I

Désormais, nous verrons Pierre logé de façon permanente dans trois chambres contiguës des Apôtres. Faisons un léger saut dans le temps, en glissant sur les mille détails domestiques de leur installation ; disons seulement que la pauvre Delly, dont la douleur s'était quelque peu assourdie, trouvait dans ses occupations de servante et de compagne familière d'Isabelle le seul dérivatif possible aux souvenirs de son misérable passé ; qu'Isabelle elle-même passait une partie de son temps à déchiffrer les incohérences chirographiques des manuscrits de Pierre, afin de présenter une copie lisible à l'imprimeur, ou bien descendait chez les Millthorpe et puisait dans l'aimable et modeste société des trois jeunes filles et de leur excellente mère quelque consolation à l'absence momentanée de Pierre, ou encore s'asseyait auprès de lui dans la lumière crépusculaire quand il avait terminé sa journée de travail, et jouait de sa mystérieuse guitare jusqu'à ce que Pierre sentît maints et maints chapitres naître de sa merveilleuse éloquence à jamais intraduisible en paroles, hélas ! car là où cessent les mots les plus profonds, commencent les suggestions suprasensuelles et confondantes de la musique.

Désavouant toutes ses productions antérieures, sans même épargner ces beaux fruits d'une imagination libre de soucis, les écrits qu'il avait composés aux Prés-de-la-Selle au doux temps légendaire de Lucy et de son amour, et qu'il avait gardés jalousement pour lui comme trop vrais et trop bons pour être publiés; reniant entièrement son moi de jadis, Pierre entreprit un ouvrage tout ensemble vaste et ramassé, qui devait être achevé rapidement pour deux raisons primordiales: d'une part le brûlant désir de publier ce qu'il croyait être une vérité neuve, ou tout au moins une vérité misérablement négligée par le monde, et d'autre part la perspective menaçante de se trouver absolument sans le sou s'il ne parvenait pas à tirer quelque argent de la vente de son livre. Enclin à embrasser par la pensée l'universel sous l'influence explosive des profonds événements survenus dans sa vie et de la situation toute nouvelle dans laquelle il se trouvait, pressentant d'ailleurs que la plupart des grandes productions de l'esprit humain s'édifient selon un cercle, à l'instar des atolls (ces îlots de corail qui, s'élevant du fond des mers les plus abyssales, montent comme une cheminée jusqu'à la surface des eaux, où ils forment un anneau de roc blanc dont l'extérieur est battu des flots de toutes parts, mais dont la tranquille lagune intérieure reste à l'abri des tempêtes), pressentant, disais-je, que la plupart des grandes productions de l'esprit humain s'édifient selon un cercle qui inclut tout ce que l'on peut connaître ou rêver, Pierre était résolu à donner au monde un livre qui fît son étonnement et ses délices. Des lectures variées dont ses amis ne soupçonnaient guère l'étendue — et qu'il avait menées d'une manière quelque peu désordonnée, mais avec un regard pénétrant, au hasard de ces multiples rencontres bibliographiques qui sont le lot de presque tout jeune chercheur civilisé de la vérité — contribuaient considérablement à alimenter cette source insondable de pensée originale que les circonstances et le temps avaient fait jaillir en lui. Il se félicitait à présent de ces acquisitions précipitées, ne sachant point qu'en réalité, pour un esprit qui s'applique à créer une œuvre d'absolue vérité, les simples lectures ne sont qu'un obstacle difficile à surmonter, et non point un adjuvant actif.

Tandis que Pierre se croyait entièrement transplanté dans un nouvel et merveilleux élément de beauté et de puissance, il n'était en fait qu'à l'un des stades de la transition. Lorsque nous avons vraiment conquis cet élément suprême, notre âme n'a plus besoin de ces bouées que sont les livres, nous nous soutenons par la vertu de nos propres membres et flottons sur tous les abîmes avec une rieuse impunité. Il ne voyait pas — ou, s'il le voyait, c'était sans en saisir le vrai pourquoi — que déjà, dans son œuvre naissante, le facteur pesant et non malléable des connaissances purement livresques refusait de se mêler intimement à la large fluidité et à la légèreté éthérée de la pensée créatrice spontanée. Il se lançait à l'assaut du Parnasse avec une pile d'in-folio sur le dos. Il ne voyait pas que les écrits des autres hommes n'avaient aucun prix pour lui ; que si Platon était en vérité un génie transcendant, il devait cesser de l'être pour lui, Pierre, dès lors qu'il visait lui aussi, Pierre, à la transcendance. Il ne voyait pas qu'il n'est point d'étalon pour l'esprit créateur, que l'esprit créateur ne doit jamais donner son adhésion à tel grand livre en particulier ni se laisser dominer par lui ; que toutes les grandes œuvres doivent s'agréger dans son imagination et former à ses yeux un Tout panthéiste ; qu'ainsi, au lieu de tyranniser ou d'influencer indûment ses pensées, elles ne seront plus pour lui qu'un excitant salutaire. Il ne voyait pas que, même réunies de la sorte, elles n'étaient encore qu'un atome auprès de l'infinité, de l'inexhaustibilité latentes en lui-même ; que tous les grands livres du monde ne sont que les ombres mutilées des images invisibles et éternellement inincarnées de l'âme ; ne sont que les miroirs qui nous renvoient les reflets déformés de nos propres éléments ; et que — quel que puisse être ce miroir — si nous voulons voir l'objet, nous devons regarder l'objet lui-même, non son reflet.

Mais de même qu'au hardi voyageur qui parcourt la Suisse, les Alpes ne révèlent jamais d'un seul coup leur ampleur redoutable, leurs terrifiants entassements de pics, d'éperons, de chaînes, leurs prodigieux déploiements de puissance, de même le ciel a sagement prescrit qu'en entrant dans la Suisse de son âme, l'homme ne saisirait pas d'un seul coup son effrayante immensité, de crainte que son esprit mal préparé à semblable rencontre ne s'enfonce et ne périsse dans la profondeur des neiges. Ce n'est que par degrés, judicieusement prévus par Dieu, que l'homme atteint enfin son Mont-Blanc et, du haut de cet observatoire, découvre les Alpes. Mais, même alors, il ne voit pas le dixième de la Terre : par-delà l'invisible Atlantique, se dressent, cachées à sa vue, les Montagnes Rocheuses et les Andes. Terrifiante est l'âme humaine ! Mieux vaudrait être précipité dans l'espace, en dehors de l'orbite solaire, que de se sentir flotter en soi-même.

Mais, pour interrompre ces considérations anticipées, Pierre, bien qu'éveillé de la façon la plus étrange et la plus nouvelle à la conscience de maints prodiges jusqu'alors inaperçus dans l'univers, n'avait pas encore trouvé cette baguette magique de l'âme qui n'a qu'à toucher les plus humbles expériences de la vie pour attirer aussitôt mille prunelles où l'on peut lire d'infinies significations. Il n'avait pas encore jeté sa ligne dans le puits de son enfance, pour savoir quel poisson s'y cachait : qui donc, en effet, songerait à chercher du poisson dans un puits ? Assurément, c'est dans la rivière du monde extérieur que nagent la tanche et la perche dorée. Il y avait encore des millions et des millions de choses qui ne s'étaient pas révélées à Pierre. La vieille momie est enfouie sous de multiples bandelettes ; il faut du temps pour démailloter ce roi égyptien. Parce que Pierre commençait à percer du regard la première couche superficielle du monde, il s'imaginait, dans sa folie, qu'il avait atteint à la substance non stratifiée. Mais, si loin que les géologues soient descendus dans les profondeurs de la Terre, ils n'ont trouvé que strates sur strates. Car, jusqu'à son axe, le monde n'est que surfaces superposées. Au prix d'immenses efforts, nous nous frayons une voie souterraine dans la pyramide ; au prix d'horribles tâtonnements, nous parvenons dans la chambre centrale ; à notre grande joie, nous découvrons le sarcophage ; nous levons le couvercle et... il n'y a personne ! L'âme de l'homme est un vide immense et terrifiant.

II

Pierre travaillait depuis quelques semaines à son livre, évitant tout contact avec ses amis ou ses parents de la ville — qui d'ailleurs, depuis sa déchéance sociale, s'étaient bien gardés de se mettre à sa recherche —, s'abstenant même d'aller à la poste bien qu'elle fût au coin de la prochaine rue, car, n'ayant envoyé aucune lettre, il n'en attendait aucune. Il avait passé ainsi quelques semaines isolé du monde et absorbé par son labeur littéraire, lorsqu'il reçut l'annonce verbale de trois événements considérables.

Premièrement, sa mère était morte.

Secondement, la totalité des Prés-de-la-Selle était devenue la propriété de Glen Stanly.

Troisièmement, le bruit courait que Glen Stanly prétendait à la main de Lucy qui, entrée en convalescence à la suite d'une maladie presque mortelle, habitait présentement à la ville avec sa mère.

Le premier de ces événements, surtout, éveilla chez Pierre la plus lancinante angoisse. Aucune lettre ne lui était parvenue ; il n'avait pas reçu le moindre anneau, la moindre relique, son nom n'avait pas même été mentionné dans le testament ; et pourtant, l'on disait qu'un chagrin inconsolable était à l'origine de la maladie fatale qui avait conduit Mme Glendinning à la folie, puis soudain à la mort. Lorsque la nouvelle lui parvint, le corps glacé de sa mère était en terre depuis vingt-cinq jours.

Comme tout cela disait clairement l'immense orgueil et l'immense chagrin d'une mère naguère si superbe, comme tout cela révélait d'atroce manière son amour mortellement blessé pour un fils unique et bien-aimé ! C'est en vain que Pierre se raisonnait, se chapitrait, c'est en vain qu'il déployait tous ses arguments stoïques pour repousser les assauts d'une douleur naturelle. La Nature l'emportait ; avec des larmes brûlantes et corrosives, avec l'égarement du désespoir, il pleurait amèrement la perte de celle dont les yeux avaient été fermés par une main étrangère et mercenaire, mais dont le cœur avait été brisé, la raison ruinée par la main de son fils.

Il sembla d'abord que son propre cœur dût se briser, que sa propre raison dût sombrer. Intolérable est le chagrin de l'homme lorsque c'est la Mort elle-même qui assène le coup de poignard en dérobant tout espoir de réconfort. Car dans la tombe il n'est point de secours ; nulle prière n'y pénètre, nul pardon ne s'en échappe, en sorte que le pénitent dont la triste victime gît sous la terre est condamné au remords éternel ; désormais, alors même que toute la chrétienté fête le Jour de Noël, chaque jour pour lui est le Jour de l'Enfer, et un vautour lui ronge incessamment le foie.

Avec quelle précision, avec quelle exactitude merveilleuses Pierre évoquait à présent les plus menus détails de l'heureuse vie qu'il avait menée jadis avec sa mère aux Prés-de-la-Selle. D'abord sa toilette matinale ; puis sa promenade aux champs ; puis son joyeux retour et sa visite à la chambre de sa mère ; puis le petit déjeuner si gai — et ainsi de suite tout au long de la suave journée, jusqu'à l'heure où mère et fils s'embrassaient et se séparaient pour la nuit d'un cœur léger et aimant, afin de se préparer à une nouvelle journée d'affectueuses délices. Évoquer ainsi l'innocence et la joie à l'heure du remords et de la peine, c'est chauffer à blanc les pinces qui nous déchirent. Mais dans le délire de son âme, Pierre ne pouvait distinguer la frontière qui sépare le chagrin naturel causé par la perte d'un parent, du chagrin qu'engendre le remords. Il faisait tous ses efforts pour tracer cette ligne de démarcation, mais en vain. Il essaya de se persuader que sa peine était entièrement naturelle ou que, si quelque autre angoisse s'y mêlait, cette dernière provenait non pas de la conscience d'avoir fait le mal, mais des terribles déchirements au prix desquels l'homme atteint aux plus hautes vertus. Il n'échoua pas entièrement dans cette entreprise. Finalement, il rejeta le souvenir de sa mère dans ce profond caveau où déjà reposait la forme pâmée de sa Lucy. Mais de même que, parfois, l'on prend pour morts et l'on enterre des hommes en état de catalepsie, de même il est possible d'ensevelir dans l'âme un chagrin figé dont on croit à tort qu'il a perdu toute capacité de souffrance. Or seules les choses immortelles peuvent engendrer l'immortalité. C'est presque une preuve de la durée illimitée de l'âme humaine que cette impossibilité dans le temps et dans l'espace de tuer tout remords né d'une cruelle offense infligée à son semblable défunt.

Avant de commettre finalement sa mère au plus profond caveau de son âme, il eût bien voulu tirer quelque réconfort d'une circonstance qui, cependant, considérée d'un œil impartial, semblait également susceptible d'apaiser ou d'accroître son chagrin. Le testament de sa mère qui, sans mentionner aucunement le nom de son fils, conférait plusieurs legs à ses amis, et concluait en laissant les Prés-de-la-Selle et tous leurs revenus à Glendinning Stanly, avait été écrit le lendemain du jour où, sur le palier de l'escalier, Pierre avait fait l'annonce fatale de son prétendu mariage avec Isabelle. Il lui semblait plausible — étant donné que tous les témoignages qui tendaient à prouver que sa mère était morte sans lui pardonner avaient un caractère négatif, et que le seul témoignage positif, pour ainsi dire, de cette négativité même était le testament dont Pierre restait absent —, il lui semblait plausible et raisonnable de conclure que ce testament, qui portait une date si significative, avait été dicté dans les premiers transports de l'indignation. Toutefois, c'était là pour lui une consolation bien minime lorsqu'il songeait à la folie ultime de sa mère ; car cette folie n'avait pu naître que de la douleur d'une haine inextinguible, comme celle de son père, de la douleur d'un irréparable péché. En outre, cette remarquable coïncidence dans le destin de ses parents ne laissa pas d'inspirer à Pierre le pressentiment de sa propre tendance héréditaire à la folie. Je dis : pressentiment ; mais qu'est-ce qu'un pressentiment ? Comment peut-on définir le pressentiment de façon tant soit peu cohérente et lucide, sinon comme un jugement déguisé ? Mais si ce jugement déguisé possède le caractère surnaturel d'une prophétie, comment échapper à la conclusion fatale que nous sommes impuissants dans la main des trois Sœurs ? En effet, nous redoutons notre destin et, dans le même temps, nous le prévoyons : comment pourrions-nous à la fois redouter et prévoir si, à cet apparent divin pouvoir de prescience, ne se mêlait une réelle et gluante impuissance à se défendre ?

Le fait que son cousin Glen Stanly avait été désigné par sa mère comme l'héritier du domaine des Prés-de-la-Selle ne surprit point Pierre outre mesure. Non seulement Glen avait toujours été en faveur auprès d'elle, en raison de sa superbe allure et de la similitude de leurs vues mondaines, mais encore il était, après Pierre, son plus proche parent et portait pour prénom les syllabes héréditaires. En sorte que, si les Prés-de-la-Selle ne devaient point revenir à Pierre, Glen semblait en être l'héritier tout désigné.

Mais ce n'est pas chose naturelle pour un homme, quel qu'il soit, que de voir un noble patrimoine qui lui appartient de droit s'en aller à quelqu'un d'autre, surtout si ce quelqu'un, naguère son rival amoureux, et aujourd'hui son ennemi cruel et méprisant — car Pierre ne pouvait considérer Glen sous un autre jour —, ce n'est pas chose naturelle pour un homme que d'assister à cela sans en ressentir une douleur et une haine intenses. Mais cette douleur et cette haine, le bruit selon lequel Glen avait renouvelé ses assiduités auprès de Lucy n'était pas fait pour les apaiser en Pierre, car il y a dans le sein de presque tout homme quelque chose qui se révolte à la pensée qu'un autre homme courtise une femme à l'amour conjugal de laquelle il a pu renoncer lui-même, et l'on est enclin à s'approprier égoïstement tous les cœurs qui se sont jamais déclarés vôtres. En outre, dans le cas de Pierre, ce ressentiment était accru par la façon hypocrite dont Glen s'était conduit à son égard. À présent, en effet, tous ses soupçons semblaient abondamment confirmés et, comparant les dates, il inféra que la visite de Glen en Europe avait été entreprise uniquement pour tromper son chagrin de se voir tacitement éconduit par Lucy lorsque celle-ci n'avait pas nié ses fiançailles avec Pierre.

Mais à présent, sous le masque d'une profonde sympathie — muée en amour avec le temps — pour une jeune fille si belle et si criminellement abandonnée par son fiancé, Glen pouvait se permettre de courtiser Lucy ouvertement sans révéler au monde son ancienne blessure. Ainsi, du moins, en jugeait Pierre. En outre, Glen pouvait désormais approcher Lucy sous les plus favorables auspices. Il pouvait l'approcher sous les dehors d'un ami profondément sympathisant et tout désireux d'apaiser sa douleur, sans rien dire d'abord de ses propres intentions matrimoniales ; s'il jouait ce rôle prudent et modeste, le seul spectacle d'une dévotion si tranquille, si désintéressée et si indestructible tout ensemble ne manquerait point de suggérer naturellement à Lucy des comparaisons entre Glen et Pierre, nécessairement désastreuses pour ce dernier. Enfin, aucune femme — du moins, à ce qu'il semble parfois — aucune femme n'est absolument indifférente au rang social d'un prétendant princier, surtout si celui-ci est jeune et beau, et Glen se présenterait à elle comme le maître de deux immenses fortunes et l'héritier — par élection volontaire aussi bien que par le sang — de la glorieuse demeure ancestrale et des vastes prairies manoriales des Glendinning. Ainsi donc, l'esprit de la propre mère de Pierre semblerait appuyer la requête amoureuse de Glen. En vérité dans sa présente position, Glen semblerait résumer les qualités les plus éclatantes de Pierre sans la honte infamante de Pierre, semblerait presque être Pierre lui-même, être ce que Pierre avait été jadis pour Lucy. Or, de même qu'un homme qui a perdu une femme aimée, après s'être refusé longtemps à la moindre consolation trouve peu à peu un réconfort singulier dans la compagnie de sa belle-sœur parce que celle-ci ressemble à la défunte, et finit par la demander en mariage sous l'influence magique de telles associations, de même il n'était pas déraisonnable de supposer que la grande beauté virile de Glen, par sa forte ressemblance familiale avec celle de Pierre, susciterait dans le cœur de Lucy des associations qui la conduiraient à chercher — sinon à trouver — une consolation à la perte de celui qu'elle pouvait regarder comme mort et disparu à jamais dans la dévotion d'un homme qui apparaissait presque comme l'image de ce mort ressuscité.

Profond, profond et toujours plus profond devons-nous descendre, si nous voulons découvrir le cœur humain : oui, il nous faut descendre comme dans l'escalier tournant d'un puits sans fin, et là même où cette infinitude est cachée au regard par la spire et par les ténèbres.

Lorsque Pierre évoquait ce fantôme de Glen trompeusement paré de sa semblance, lorsqu'il le voyait s'approcher de Lucy et lui baiser dévotement la main, une fureur et une haine irrépressibles s'emparaient de lui. Mille émotions mêlées concouraient à provoquer cette tempête. Mais ce qui jouait le plus en l'occurrence, c'était un sentiment étrangement semblable à cette indéfinissable détestation que l'on éprouve pour un imposteur qui a osé emprunter votre nom et votre personnalité dans quelque affaire équivoque ou déshonorante, détestation d'autant plus intense lorsque l'imposteur vous est connu comme étant un fieffé scélérat et comme un homme dont la nature a fait, en quelque sorte, votre sosie. Toutes ces représentations, et bien d'autres encore, inondaient le cœur de Pierre de détresse et de ressentiment. Tous les ouvrages de défense qu'avaient élevés sa foi, son enthousiasme, son stoïcisme et sa philosophie se trouvaient balayés par cette soudaine tempête de la nature en son âme. Car il n'est point de foi, point de stoïcisme, point de philosophie qui puissent résister à l'épreuve suprême d'un véritable assaut de la Vie et de la Souffrance. Alors, tous les prestiges de la philosophie et de la foi que l'homme peut faire surgir du brouillard se dispersent et s'évanouissent comme des fantômes au chant du coq. Car la foi et la philosophie ne sont que du vent, mais les événements sont d'airain. Parmi les grises philosophies de l'homme, la Vie éclate tout à coup à sa vue comme une aube.

Pierre, cependant, s'insultait, se traitait de scélérat sans cœur et d'idiot fieffé ; scélérat sans cœur, en tant que meurtrier de sa mère ; idiot fieffé, parce qu'il avait rejeté loin de lui tout son bonheur, parce qu'il avait lui-même, en quelque sorte, cédé son droit d'aînesse à un rusé parent contre un plat de lentilles qui, maintenant, se changeait en cendres dans sa bouche.

Résolu de celer à Isabelle et ce qu'il considérait comme d'indignes tourments intimes et leur cause, il quitta sa chambre afin d'errer longuement dans les faubourgs de la ville et d'émousser son chagrin avant de s'exposer aux regards de sa sœur.

III

Comme Pierre, fuyant à présent sa chambre, parcourait rapidement l'une des hautes colonnades de briques qui reliaient l'ancien bâtiment au nouveau, il vit s'avancer vers lui une fort ordinaire silhouette, virile et calme, au visage empreint d'une certaine pâleur, mais clair et sans rides. Alors que le front et la barbe, aussi bien que le port de tête assuré et le pas ferme, annonçaient l'âge mûr, les yeux bleus et brillants, bien que paisibles, formaient un contraste frappant avec les autres traits de la physionomie. Dans ces yeux, le jeune et gai Apollon semblait enchâssé, tandis que sur le trône d'ivoire de ce front le vieux Saturne semblait assis, jambes croisées. Toute la contenance, toute l'allure, toute l'expression de cet homme exprimaient un joyeux contentement. Joyeux est l'épithète adéquate, car c'était là le contraire de la morosité ; contentement — peut-être acquiescement — est le substantif adéquat, car il ne s'agissait point là de bonheur ou de plaisir. Mais si l'apparence et l'expression de cet homme séduisaient, il y avait aussi chez lui quelque chose qui provoquait l'aversion. Ce quelque chose peut être défini comme de la non-bienveillance ; non-bienveillance semble être le meilleur mot, car il n'y avait en lui aucune méchanceté, aucun mauvais vouloir, mais seulement quelque chose de passif. Pour couronner le tout, une certaine atmosphère semblait envelopper cet homme et l'accompagner dans sa marche. Je ne saurais rendre cette atmosphère autrement que par le mot « impénétrabilité ». Bien que les habits de cet homme fussent en conformité parfaite avec le style vestimentaire habituel, pourtant ses habits semblaient déguiser cet homme. On aurait été tenté de dire que son visage même, que le regard apparemment naturel de ses yeux déguisaient cet homme.

Or, lorsqu'il passa d'un pas décidé à côté de Pierre, il souleva son chapeau, s'inclina gracieusement, sourit avec gentillesse et poursuivit son chemin. Mais Pierre se montra plein de confusion ; rougissant, jetant au passant un regard de biais, cherchant son chapeau d'une main maladroite pour rendre le salut courtois, il semblait profondément troublé par le seul aspect de cet homme si poli, si gracieux, si souriant, si miraculeusement maître de lui et dépourvu de bienveillance.

Quel était donc cet homme ? Cet homme était Plotinus Plinlimmon. Pierre avait lu un traité de lui tout en roulant vers la ville, et bien souvent Millthorpe et d'autres lui avaient parlé de lui comme du Grand Maître de certaine mystérieuse Société des Apôtres. D'où venait-il, nul ne pouvait le dire. Il avait un nom gallois, mais était natif du Tennessee. Il semblait n'avoir point de famille, aucun lien du sang. On ne l'avait jamais vu travailler de ses mains, écrire de ses mains (pas même une lettre), ni ouvrir un livre. Il n'y avait pas de livres dans sa chambre. Sans doute en avait-il lu jadis, mais ce temps semblait révolu. Quant aux ouvrages qui paraissaient sous son nom, ils n'étaient que le reflet de ses propos recueillis au vol et ordonnés tant bien que mal par ses jeunes disciples.

Un jour, un riche aristocrate étranger, venant rendre visite à Plinlimmon et le trouvant démuni de livres, de plumes et de papier, lui envoya tout un jeu de papeterie, ainsi qu'un bel assortiment de volumes : Cardan, Épictète, le Livre des Mormons, Abraham Tucker, Condorcet et le Zend-Avesta. Mais le lendemain, lorsque le noble étranger revint le voir — escomptant sans doute quelques remerciements pour sa grande obligeance —, il resta atterré à la vue de son propre ballot déposé sur le palier devant la porte de Plinlimmon, toutes ficelles intactes.

— L'envoi est malheureux, dit placidement Plotinus Plinlimmon. Si j'avais aimé à recevoir quelque chose d'un gentilhomme tel que vous, c'eût été un curaçao de choix. Je serais très heureux, mon cher comte, d'accepter quelques bouteilles d'un curaçao de choix.

— Je croyais que la société dont vous êtes le chef excluait pareilles choses, répondit le comte.

— Certainement, mon cher comte; mais Mahomet a sa propre dispense.

— Ah! je vois, dit finement le noble étranger.

— Je crains que vous ne voyiez pas du tout, mon cher comte, dit Plinlimmon, et aussitôt, aux yeux du comte, une brume impénétrable enveloppa ce Plotinus Plinlimmon.

Cette rencontre en coup de vent dans le corridor permettait pour la première fois à Pierre de voir sans obstacle interposé la forme et le visage de Plinlimmon. Peu de temps après son installation aux Apôtres, il avait été frappé par la présence d'un observateur attentif, au bleu regard, à l'une des plus hautes fenêtres de la vieille tour grise qui s'élevait devant sa chambre, de l'autre côté de l'espace quadrangulaire. Jusqu'alors, Pierre n'avait contemplé qu'à travers deux vitres — la sienne et celle de l'étranger — ce remarquable visage empreint de repos, d'un repos qui n'était ni divin, ni humain, ni composé de quoi que ce fût de divin ou d'humain, d'un repos qui était une chose séparée et indépendante, un repos isolé sous forme de visage. Un observateur philosophique n'avait qu'à jeter un regard sur ce visage pour acquérir la notion de quelque chose qui faisait défaut jusqu'alors à son système de l'univers.

Or, de même que le doux soleil transmet sa lumière et sa vie à travers le verre, de même, à travers la vitre de Pierre, le visage de la tour transmettait son étrange mystère.

De plus en plus intéressé par ce visage, il questionna Millthorpe à son sujet. « Dieu te bénisse », répondit Millthorpe, « c'est Plotinus Plinlimmon. C'est notre Grand Maître Plotinus Plinlimmon. Sur ma foi, il faut que tu apprennes à connaître Plotinus à fond, comme je le connais moi-même depuis longtemps. Viens avec moi, je vais te présenter à l'instant à Plotinus Plinlimmon. »

Mais Pierre refusa. Et il ne put s'empêcher de penser que si, selon toute probabilité, Plotinus comprenait fort bien Millthorpe, il était beaucoup plus incertain que Millthorpe eût réussi à percer Plotinus, bien qu'en vérité Plotinus, qui était capable de prendre parfois l'air le plus dégagé, le plus ouvert, le plus naïf et le plus simple du monde, pût, pour des raisons connues de lui, laisser croire à Millthorpe que celui-ci avait pénétré au tréfonds de son âme.

Souvent, un homme qui reçoit un livre le jette négligemment dans le premier coin venu dès que le donateur a tourné le dos. Mais désignez-lui la personne de l'auteur, neuf fois sur dix il retournera au livre, essuiera la couverture et lira soigneusement ce précieux ouvrage. On ne croit vraiment en un homme que si on l'a vu de ses deux yeux. Si donc, sous l'influence de circonstances particulières, Pierre avait été amené à lire attentivement, dans la voiture de poste, *Chronométrique et Horologique*, son intérêt premier s'accrut considérablement lorsqu'il en entrevit l'auteur.

À la première lecture, il n'avait pas été capable – du moins le pensait-il — de saisir l'idée centrale de l'opuscule, et comme toute idée incomprise est non seulement une source de perplexité mais un reproche lancinant pour l'esprit, il en avait détourné son regard et ne s'en était plus préoccupé consciemment pendant le reste du voyage. S'avisant à présent qu'il avait pu garder la brochure sur lui à son insu, il fouilla toutes les poches de ses costumes, mais en vain. Il demanda alors à Millthorpe de faire de son mieux pour lui procurer un autre exemplaire ; mais la chose se révéla impossible. Plotinus lui-même s'en trouvait démuni.

Peu à peu, le visage au regard bleu, le visage de mystérieuse douceur qui se montrait à la plus haute fenêtre de la vieille tour grise prit un remarquable ascendant sur Pierre. En ses instants de dépression et de désespoir les plus intenses, alors que les plus lugubres pensées touchant sa misérable condition l'envahissaient, que les plus sombres doutes sur l'intégrité de la ligne de conduite sans précédent qu'il avait adoptée se présentaient malignement à son esprit, que le sentiment soudain de la vanité de son profond ouvrage s'insinuait en lui — si, en ces instants, Pierre apercevait par la fenêtre de son cabinet le visage de mystérieuse douceur, il ressentait une impression surprenante qu'aucuns mots ne sauraient adéquatement exprimer.

« Vanité ! Vanité ! Vanité ! » lui disait le visage. « Fou ! Fou ! Fou ! » lui disait le visage. « Renonce ! Renonce ! Renonce ! » lui disait le visage. Mais quand Pierre lui demandait mentalement pourquoi il avait dit par trois fois : « Vanité ! Fou ! Renonce ! », il ne recevait pas de réponse. Car ce visage ne répondait à rien. N'ai-je pas dit déjà que ce visage était une chose séparée et à part, un visage isolé ? Or une chose, séparée, à part, isolée, ne donne jamais de réponse à rien. Si c'est épandre son moi isolé que d'affirmer, et si c'est contracter son moi isolé que de nier, toute réponse est une suspension de l'isolement. Malgré la limpidité et la suavité du visage de la tour, bien que le jeune et joyeux Apollon parût enchâssé dans sa prunelle et le vieux Saturne paternel assis jambes croisées sur son front d'ivoire, il semblait finalement à Pierre que le visage le regardait avec une expression de malice railleuse. Sans doute les Kantiens diront-ils que cette malice railleuse était subjective, étant en Pierre, mais en tout cas le visage semblait regarder Pierre malicieusement. Et voici qu'il lui criait : « Âne ! Âne ! Âne ! » Cette expression était insupportable. Pierre se procura de la mousseline pour la fenêtre de son cabinet, voilant ainsi le visage comme un portrait. Mais la grimace railleuse n'en fut point amendée. Pierre savait que le visage grimaçait derrière la mousseline. Le plus terrible était l'idée que, par quelque moyen magique, le visage avait saisi son secret. « Oui », se disait Pierre en frissonnant, « le visage sait qu'Isabelle n'est pas ma femme : voilà pourquoi il grimace. »

Alors, toutes sortes de visions désordonnées flottaient à travers son âme, et des phrases détachées du traité s'imposaient à son esprit, des phrases d'abord imparfaitement comprises, mais qui jetaient à présent un jour étrange, sinistre sur sa condition particulière et la dénonçaient emphatiquement. Il chercha encore à se procurer l'opuscule, afin de le lire avec le commentaire du visage de mystérieuse douceur ; il fouilla de nouveau ses poches dans l'espoir de retrouver l'exemplaire de la voiture de poste, mais en vain.

Aussi, lorsque — au moment critique où il quitta sa chambre ce matin-là, après avoir reçu les nouvelles fatales — le visage lui-même, l'homme lui-même, l'indéchiffrable Plotinus Plinlimmon lui-même passa réellement auprès de lui dans le corridor de briques, lorsque toute l'agitation qu'il avait ressentie en voyant le visage de mystérieuse douceur à la fenêtre de la tour redoubla en lui et que, comme nous l'avons dit, il se mit à rougir, à regarder de biais, à chercher son chapeau d'une main maladroite, il fut plus que jamais dévoré du désir de se procurer l'opuscule. « Quelle malédiction de l'avoir perdu ainsi ! » s'écria-t-il. « Quelle malédiction, surtout, d'avoir été assez niais pour ne pas le comprendre lorsque je l'avais dans la main et le lisais ; et maintenant, c'est trop tard ! »

Cependant — pour anticiper — lorsque, quelques années après, le pardessus de Pierre tomba d'une façon ou d'une autre entre les mains d'un fripier juif, les doigts sagaces du vieillard sentirent un corps étranger entre le drap et le lourd bombasin ouaté de la doublure. Il décousit le pan et trouva de vieilles pages imprimées presque réduites en charpie, mais assez lisibles encore pour qu'on en pût déchiffrer le titre : *Chronométrique et Horologique*. Pierre avait dû fourrer la brochure dans sa poche, et, passant à travers une déchirure, elle était allée grossir la bourre ; en sorte que Pierre, tout le temps qu'il la cherchait, la portait sur lui. Lorsqu'il croisa Plinlimmon dans le corridor de briques et qu'il éprouva à nouveau l'intense désir de posséder la brochure, sa main droite n'en était pas à deux pouces.

Peut-être ce curieux détail servira-t-il à illustrer sa prétendue incompréhension de l'opuscule lorsqu'il l'avait lu pour la première fois dans la voiture de poste. Se pourrait-il qu'il eût, de même, porté à son insu, dans son esprit, la pleine intelligence du livre ? Je crois que, regardée sous ce jour, la carrière ultime de Pierre tendra à prouver qu'il avait en vérité compris le livre. Et à ce propos, nous pouvons suggérer incidemment, en manière de bagatelle, que certaines choses que les hommes croient ne pas connaître sont pourtant pleinement comprises par eux, encore que ces mêmes choses, contenues en quelque sorte en eux-mêmes, restent pour eux-mêmes un secret. L'idée de la Mort semble être l'une d'elles.

LIVRE XXII

Où l'on lève le rideau de fleurs qui cachait un auteur tropical et où l'on aventure quelques remarques sur la philosophie transcendantale de la brosse à friction

I

Quelques jours ont passé depuis les fatales nouvelles des Prés-de-la-Selle, et Pierre, enfin quelque peu maître de ses émotions, est à nouveau attablé dans son cabinet ; car, quelle que puisse être sa peine, il lui faut travailler. Les jours, les semaines se succèdent, et Pierre est toujours à son poste. Les longues rangées de briques refroidies qui l'environnent n'accusent guère le changement des saisons, mais loin des champs plantureux de son manoir ancestral, l'été s'est envolé comme une hirondelle de passage ; ce perfide malandrin, l'automne, s'est glissé dans les bosquets de l'érable, puis, sous prétexte de les habiller de rouge et d'or, il les a dépouillés de leur dernier haillon et s'est enfui en riant ; des glaçons prophétiques pendent aux berceaux de verdure qui entourent la vieille demeure manoriale, aujourd'hui close et abandonnée ; la petite table de marbre du kiosque enlacé de vignes où, par les matinées de juillet, Pierre bavardait joyeusement avec sa mère en buvant du négus, la petite table ronde est couverte à présent d'une nappe de gel ; une croûte de grésil a préparé la tombe de cette mère naguère si joyeuse à l'ensevelissement final sous les tombées de neige successives ; les vents hurlent sauvagement dans les bois : c'est l'hiver. Le doux été est passé et l'automne est passé, mais le livre, comme le cruel hiver, n'est pas encore achevé.

Le blé de la saison est depuis longtemps engrangé, Pierre ; les pommes et les raisins mûrs sont à l'abri ; plus d'épis, plus de plantes, plus de fruits qui ne soient rentrés ; toute la récolte est faite. Oh ! malheur à la plante tardive que l'été n'a pu faire mûrir et que l'hiver surprend ! Les neiges tourbillonnantes la terrasseront. Réfléchis, Pierre, ta propre plante n'appartient-elle pas à quelque climat tropical ? Transplanté dans le nordique Maine, l'oranger de Floride arborera des feuilles et même quelques promesses de fruits dans ce parcimonieux été, mais Novembre ne trouvera sur lui nuls globes dorés et Décembre, ce vieux bûcheron passionné, épluchera l'arbre tout entier, l'arrachera du sol et l'enverra à quelque four à chaux. Ah ! Pierre, Pierre, hâte-toi ! hâte-toi ! force tes fruits, de crainte que l'hiver ne te force.

Observez ce bambin chancelant, voyez comme il lui faut du temps pour apprendre à se tenir debout : d'abord il geint, il implore, il refuse même de se dresser sur ses pieds si son père et sa mère ne le soutiennent, puis il s'enhardit quelque peu, mais il a encore besoin de sentir la main d'un de ses parents, sinon il recommencera à crier et à trembler ; ce n'est qu'après un long temps que l'enfant parvient, par degrés, à se tenir debout sans appui. Et pourtant, devenu homme, il quittera la mère qui l'a porté, le père qui l'a engendré, il traversera les mers, peut-être, ou s'établira dans le lointain Oregon. Maintenant, considérez l'âme. Quand elle est encore en germe, le monde l'enserre étroitement de toutes parts comme l'enveloppe du plus tendre fruit; puis elle sort de l'enveloppe du monde, mais elle continue à s'y cramponner, elle réclame toujours le soutien du monde et de la déité, ses père et mère. Elle apprendra pourtant à être indépendante au prix de maintes larmes amères, de mainte chute misérable.

Cette heure de la vie d'un homme où, pour la première fois, il voit l'aide de l'humanité lui faire défaut, où il apprend que, dans son obscurité et son indigence, l'humanité le tient pour un chien, non pour un homme, cette heure est dure, mais la plus dure est encore à venir : celle où le temps vient lui apprendre que, dans sa petitesse et sa misère relativement infinies, les dieux eux aussi le méprisent et le tiennent pour étranger à leur clan. La divinité et l'humanité semblent décidées à ne pas faire un geste pour l'empêcher de mourir de faim dans la rue. Son père et sa mère ont cruellement lâché sa main, vous entendez la petite âme chancelante crier, gémir et bien souvent tomber.

Lorsque, aux Prés-de-la-Selle, en ces premières heures de détresse, d'hésitation et de tremblement qui suivirent la lecture de la lettre d'Isabelle, l'humanité avait lâché sa main, Pierre avait crié ; mais lorsque, rompu à l'épreuve, Pierre s'assit à sa table de travail en consentant à ce que l'humanité l'abandonnât aussi longtemps qu'il se sentirait soutenu par une force plus haute, il ne tarda pas à éprouver que cet autre soutien, lui aussi, l'abandonnait entièrement ; oui, les dieux paternels eux-mêmes abandonnaient maintenant Pierre ; le bambin chancelant chancelait entièrement seul, et non sans gémissements.

Si l'homme doit lutter, peut-être vaut-il mieux que ce soit sur la plaine la plus nue.

Les trois pièces de Pierre aux Apôtres communiquaient entre elles. La première — pourvue d'une petite alcôve où dormait Delly — servait aux besognes domestiques et faisait office de salle à manger ; la seconde était la chambre d'Isabelle ; la troisième, le cabinet de Pierre. Dans la première pièce se trouvait un poêle qui chauffait l'eau du café et du thé, et sur lequel Delly préparait de légers repas. C'était là leur seul feu ; car Pierre, soucieux d'économiser à l'extrême, n'avait pas osé acquérir d'autre appareil de chauffage. Mais, avec de la prudence, un tout petit peu de chaleur peut aller très loin. Dans le cas présent, elle s'en allait à quarante pieds au moins. Un tuyau horizontal, après avoir fait un coude au-dessus du poêle de la salle à manger, perçait la cloison, traversait la chambre d'Isabelle, surgissait dans un coin du cabinet de Pierre et disparaissait brusquement dans le mur où les dernières calories — s'il en restait encore — montaient par la cheminée et se répandaient dans l'air pour réchauffer le soleil de décembre. Or la grande distance que le courant calorifique avait à parcourir avant d'atteindre chez Pierre diminuait tristement son efficacité : à peine gardait-il un semblant de chaleur ; il n'eût relevé que d'une façon imperceptible les esprits accablés du plus sensible thermomètre et, assurément, ne ranimait guère ceux de Pierre. En outre, ce courant calorifique, si insignifiant déjà, ne traversait pas sa chambre : il entrait pour ressortir aussitôt, à la manière dont les jeunes coquettes font visite à un cœur, et cela dans le coin le plus éloigné du seul endroit où les tonneaux et la planche qui servaient de table à Pierre pouvaient être placés judicieusement par rapport à la lumière. Isabelle insistait souvent pour qu'il eût son propre poêle ; mais Pierre ne voulait pas en entendre parler. Elle lui offrait alors sa chambre, protestant qu'elle n'en avait pas besoin dans la journée et qu'elle pouvait fort bien se tenir dans la salle à manger; mais Pierre ne voulait pas non plus en entendre parler; il se refusait à la priver de tout lieu de retraite; en outre, il avait pris l'habitude de sa chambre, et sa fenêtre était la seule devant laquelle il pût travailler. Alors, Isabelle insistait pour que la porte qui reliait leurs chambres restât ouverte pendant que Pierre était à sa table, afin que la chaleur passât d'une pièce à l'autre; mais Pierre ne voulait pas davantage en entendre parler, car il lui fallait s'enfermer religieusement pour écrire, tout amour et toute haine extérieurs exclus. Isabelle avait beau assurer qu'elle ne ferait pas le plus léger bruit, qu'elle irait jusqu'à emmitoufler la pointe de son aiguille, toutes ses supplications demeuraient vaines. Pierre, sur ce point, restait inflexible.

Oui, il était résolu à batailler jusqu'au bout dans sa chambre solitaire; et cela en dépit d'une idée étrange et transcendantale répandue par le plus excentrique et le moins conformiste des Apôtres qui, absorbé présentement dans la composition d'un profond ouvrage, refusait de manger à sa suffisance pour entretenir dans sa chambre un feu abondant; en dépit, disais-je, de l'idée étrange, accidentellement communiquée à Pierre que, la chaleur étant dans tous les royaumes de la Nature la grande productrice et la grande vivificatrice, on ne pouvait l'exclure sans imprudence lorsqu'on était en train de créer quelque grand livre: en conséquence, l'Apôtre en question était personnellement décidé à mettre sa tête dans un bain d'air chaud afin de forcer son cerveau à germer, à bourgeonner et à produire victorieusement sa fleur suprême; mais, bien que Pierre ne laissât pas d'être quelque peu ébranlé par la vérité analogique de cette conception, il n'avait qu'à songer à sa bourse pour la bannir entièrement de son esprit et raffermir sa résolution antérieure.

Quelque sublimes et quelque magnifiques que soient les mouvements des astres, quelque célestes que soient les mélodies qu'ils peuvent ainsi engendrer, les astronomes nous assurent qu'ils sont strictement méthodiques. Une vieille ménagère n'apporte pas à sa tournée domestique de chaque jour le millionième de la précision avec laquelle la grande planète Jupiter effectue ses révolutions déterminées et inaltérables. Elle a trouvé son orbite et elle y demeure ; elle s'est fixé des périodes et elle s'y conforme. Ainsi, dans une certaine mesure, en était-il de Pierre, qui évoluait à présent dans l'orbite troublée de son livre.

Pierre se levait modérément tôt ; pour mieux s'immuniser contre le froid permanent de sa chambre, pour défier et braver en face le froid plus cruel encore du dehors, il ouvrait — derrière le rideau — le châssis supérieur de sa fenêtre à guillotine et, sur un carré de vieille toile peinte qui avait servi à envelopper quelque ballot de marchandises, il soumettait ses membres, par ces froids matins de décembre, à une copieuse ablution d'eau épaissie de glace naissante. D'ailleurs, lorsqu'il accomplissait cette stoïque performance, il ne manquait pas de compagnie, une compagnie non présente, mais contiguë et sympathisante ; car il n'était guère d'Apôtre, dans ces douzaines et ces douzaines de chambres, qui ne prît régulièrement son bain quotidien de décembre. Pierre n avait qu'à promener son regard sur les murs aux mille fenêtres de la cour quadrangulaire pour saisir maints lambeaux de maigres et philosophiques nudités occupées à rafraîchir leurs pauvres os à l'aide d'une serviette de grosse toile et d'eau glacée. Leur devise était : « Faisons vite, jouons prestement des coudes et démenons agilement nos minceurs. » Oh !

ces tristes raclements de brosses à friction sur de malheureuses côtes dépouillées ! Oh ! ces éclaboussements d'eau glacée sur des têtes fiévreuses coutumières de migraines ! Oh ! ces craquements de jointures rouillées au défi de l'air de décembre ! Car toutes les vitres givrées étaient ouvertes, toutes les maigres nudités s'offraient au zéphyr !

Parmi tous les obstacles innés et sardoniques qui s'opposent à l'acceptation d'une forme définie de foi spirituelle, pure et archétypique, il n'est rien de si puissant, dans ses incitations sceptiques, que l'inévitable ridicule par lequel sont si souvent défigurées les aspirations essentiellement belles et nobles de ceux qui, dégoûtés des charlataneries communes et conventionnelles, s'efforcent, dans les entraves de leur humanité terrestre, vers des idéaux imparfaitement déterminés, quoique célestes : des idéaux non seulement imparfaitement déterminés, mais dont la voie est si peu reconnaissable que deux esprits ne sauraient s'accorder tout à fait à son sujet.

Point d'apôtre d'une lumière nouvelle qui, en outre du système révolutionnaire par lequel il veut bouleverser les esprits et les philosophies des hommes, ne nourrisse certaines idées hétérodoxes et absurdes sur l'économie de son corps. Son âme, introduite par les dieux obligeants dans la société céleste, rejette pratiquement cette maxime fort sensée des gens du monde qui, s'ils viennent à conquérir l'amitié de quelque grand personnage, ne s'en prévalent point pour lui faire faire par surcroît la connaissance de leur ami intime, lequel est peut-être un misérable benêt. L'adage « Aime-moi, aime mon chien » n'est bon que pour les vieilles paysannes qui embrassent affectueusement leurs vaches. Les dieux aiment l'âme de l'homme ; parfois, ils l'accostent franchement ; mais ils abominent son corps et lui battent toujours froid en ce monde et dans l'autre. Ainsi donc, si tu veux aller vers les dieux, laisse ton chien de corps derrière toi. C'est en vain que tu t'efforces, avec tes bains froids purificateurs et tes diligents étrillages à la brosse, de l'apprêter dignement pour l'offrir sur leur autel. Toutes les cures pythagoriciennes et shelleyennes d'épluchures de pommes, de pruneaux secs et de miettes de biscuits d'avoine n'éduqueront jamais ton corps pour le ciel. Nourris toutes choses de la nourriture qui leur convient, du moins si tu peux te la procurer. La nourriture de ton âme, c'est la lumière et l'espace ; nourris-la donc de lumière et d'espace. Mais la nourriture de ton corps, c'est le champagne et les huîtres ; nourris-le donc de champagne et d'huîtres : il méritera ainsi une joyeuse résurrection, à supposer qu'elle vienne jamais. Voudrais-tu ressusciter les joues creuses et les genoux boiteux ? Ressuscite avec de bons muscles et une royale corpulence : ainsi recevras-tu en ce jour une respectueuse attention. Sache que les jeûneurs chlorotiques ont donné au monde les pires flatulences littéraires, tandis que les auteurs doués d'un bon appétit ont proféré la plus sublime sagesse, créé les formes les moins grossières et les plus éthérées. Quant aux hommes de muscles et d'action, considère l'épitaphe vraiment royale que le grand Cyrus a fait graver sur sa tombe : « J'étais capable de boire beaucoup de vin et cela me faisait grand bien. » Ah ! Quelle sottise de croire qu'en affamant le corps tu engraisseras ton âme ! Ce bœuf engraisse-t-il parce que ce maigre renard crève de faim au bois hivernal ? Et ne parle pas de mépriser ton corps tout en brandissant ta brosse à friction ! Les plus belles maisons, c'est à l'intérieur surtout qu'elles sont soignées ; on abandonne les murs extérieurs à la poussière et à la suie. Absorbe de la venaison et tu rendras de l'esprit par tous les pores. Ce que l'on met dans le moulin est une chose, ce qui tombe dans le sac en est une autre.

C'était l'exemple continuel et quadrangulaire des malheureux Apôtres qui, en cette période de semi-développements et de transitions, avait converti Pierre à cette Philosophie de la Brosse à Friction et presque à cette Dialectique des Épluchures de Pomme. Car toutes les salles, tous les couloirs et toutes les chambres des Apôtres étaient jonchés de queues de pomme, de noyaux de pruneau et de coques de cacahuète. Ils allaient, marmonnant d'une voix enrouée les Catégories kantiennes avec des lèvres plus desséchées et plus poussiéreuses que celles d'un meunier, de par l'effet des biscuits Graham. Un gobelet d'eau froide, tel était le seul breuvage qu'ils vous offrissent au cours de leurs réceptions ; et, au grand sanhédrin présidé par l'un des députés de Plotinus Plinlimmon, une énorme cruche de bière et un boisseau de biscuits formaient tout le buffet. Des bribes de fromage tombaient continuellement de leurs poches et, chaque fois qu'ils sortaient un manuscrit pour vous le lire, ils exhibaient à leur insu de vieilles épluchures de pomme toutes luisantes. Certains prenaient grand intérêt aux crus d'eau et, posant devant vous trois flacons de Fairmount, de Croton et de Cochituate, affirmaient que l'eau de Croton était la plus forte, celle de Fairmount la plus gentiment tonique et celle de Cochituate la plus bénigne et la moins enivrante de toutes. Encore un peu de Croton, cher monsieur ! Prenez donc du Fairmount ! Craindriez-vous le Cochituate ? Voilà le porto, le xérès et le bordeaux qui circulaient sur leurs tables philosophiques.

D'autres, plus avancés, considéraient l'eau comme un élément trop grossier pour le bain et exposaient chaque matin leurs maigres côtes à la vapeur. Les fumées qui s'échappaient de leur tête et se répandaient sur leurs pages étaient préfigurées par les buées qu'on voyait sortir sous leurs portes et par leurs fenêtres. Certains ne pouvaient se mettre au travail le matin qu'ils n'eussent soumis leur extérieur à la vapeur et rincé leur intérieur avec cinq tasses de Croton froid. Ils étaient comme des seaux à incendie remplis d'eau et, s'ils avaient pu se tenir en file et se déverser l'un dans l'autre au moyen d'une pompe, le grand incendie de 1835 eût été bien moins désastreux.

Ah ! pauvres émaciés, pauvres inondés, pauvres vaporisés, vos destins dérisoires ne vous ont-ils pas suffisamment rincés, suffisamment ratatinés, que vous deviez encore manier la lance d'arrosage et répandre du froid Croton sur vous-mêmes et sur le monde ? Ah ! vissez votre lance d'arrosage sur quelque bonne vieille bouteille de Madère ! Déversez quelque vin pétillant sur le monde ! Voyez, voyez, déjà, de toute éternité, les deux tiers en ont été misérablement trempés !

II

Les joues pâles et les lèvres bleues, Pierre s'assoit devant sa planche.

Mais Pierre a-t-il donc pris place ce matin dans la diligence de Saint-Pétersbourg ? Par-dessus ses souliers, il porte des mocassins et, par-dessus son habit, son surtout, lui-même surmonté d'un manteau d'Isabelle. Le voilà arrimé à sa planche et, sur sa demande, l'affectueuse Isabelle pousse sa chaise tout contre le bois, car il est emmitouflé de telle sorte qu'il ne peut plus bouger. Delly entre, apportant des briques chauffées dans le poêle, et les deux femmes, avec une dévote sollicitude, enfouissent ces briques réconfortantes dans les plis d'une vieille cape bleue (le manteau militaire du grand-père de Pierre) qu'elles lui enroulent tendrement autour des pieds. Puis Delly apporte une nouvelle brique et la pose sous l'encrier pour empêcher l'encre d'épaissir. Puis Isabelle attire auprès de Pierre le lit de camp sur lequel se trouvent les deux ou trois livres qu'il consultera peut-être ce matin-là, ainsi que quelques biscuits, de l'eau, une serviette propre et une cuvette. Puis elle appuie contre la planche, non loin du coude de Pierre, un bâton au manche recourbé. Pierre est-il donc un berger, un évêque ou un estropié ? Non, mais il a fini par se réduire en fait à ce dernier état. Si Pierre — incapable de se lever sans déranger gravement la disposition de ses multiples retranchements et sans y laisser pénétrer la froidure — si Pierre étant seul, vient à vouloir quelque objet hors de portée de son bras, il l'attire à lui à l'aide du bâton crochu.

Pierre regarde lentement autour de lui ; tout paraît en bon ordre. Il lève les yeux vers Isabelle avec une satisfaction reconnaissante et mélancolique ; une larme mouille la paupière de la jeune fille : pour la cacher, elle vient tout près de Pierre, se penche sur lui et le baise au front. Cette chaude humidité, dit-elle, ce sont ses lèvres qui la déposent et non ses larmes.

— Je suppose que je dois partir à présent, Pierre. Oh ! ne sois pas si long aujourd'hui. Je t'appellerai à quatre heures et demie. Il ne faut pas que tu te fatigues les yeux au crépuscule.

— Nous *verrons* cela, dit Pierre, hasardant un triste jeu de mots qui passe inaperçu. Allons, il faut partir ; laisse-moi.

Et Isabelle s'en va.

Pierre est jeune. Le ciel lui a donné la forme

humaine la plus divine, la plus fraîche. Il a octroyé du feu à son regard, de l'ardeur à son sang, de la vigueur à son bras ; il a répandu dans tout son être une vie joyeuse, jubilante, bouillonnante, exubérante, universelle. Maintenant, jetez les yeux sur sa misérable chambre, observez sa misérable occupation, et dites si c'est là le lieu, si c'est là le métier pour lesquels Dieu l'avait fait. Une chaise branlante, deux tonneaux vides, une planche, du papier, des plumes, une encre d'un noir infernal, quatre murs d'un blanc sale et lépreux, pas de tapis, une tasse d'eau et quelques biscuits secs. Oh ! j'entends le Comanche du Texas qui, à ce moment même, bondit comme un daim à travers la brousse, j'entends son cri triomphant, son cri débordant d'une santé indomptable et farouche, et puis je regarde Pierre. Si c'est la déraison physique et pratique qui fait le sauvage, auquel des deux donner ce nom ? Civilisation, Philosophie, Vertu Idéale, contemplez votre victime !

III

Quelques heures s'écoulent. Regardons par-dessus l'épaule de Pierre et voyons ce qu'il écrit dans ce très mélancolique cabinet. Voici, couronnant la pile à son côté, le dernier feuillet qui se soit échappé de sa main : l'encre frénétique n'est pas encore tout à fait sèche. Nous avons là ce qu'il nous faut, car sur ce feuillet Pierre semble avoir plagié directement ses propres expériences pour donner substance à son héros-écrivain, Vivia, qui soliloque en ces termes : « Une profonde, une indicible tristesse m'habite. Je rejette à présent tous les déguisements de l'humour ou de l'indifférence, tous les faux semblants philosophiques. Je me déclare frère de l'argile, enfant des Ténèbres originelles. La désespérance et le désespoir me couvrent de leurs deux linceuls. Arrière, Spinoza et Platon, écoliers, singes bavards qui, naguère, m'avez fait croire que la nuit était le jour, que la douleur n'était que chatouillement. Expliquer cette noirceur, exorciser ce démon, vous en êtes bien incapables. Goethe, inconcevable crétin, ne me dis pas que l'univers ne saurait se passer de toi et de ton immortalité aussi longtemps que tu te montres "généralement utile" comme une bonne à tout faire. Déjà l'univers continue son chemin sans toi. Il pourrait se passer non seulement de toi, mais d'un million de gaillards du même acabit. Les sociétés commerciales n'ont pas d'âme, et qu'était-ce donc que ton panthéisme ? Tu n'as été qu'un morceau d'homme prétentieux et sans cœur. Vois ! Je te tiens dans cette main et je t'écrase comme un œuf vide. »

Voici un feuillet tombé sur le plancher :

« D'où viennent les harmonies louangeuses qui précèdent la marche de ces héros ? Tout simplement d'un cuivre éclatant et d'une cymbale retentissante ! »

En voici un second :

« Jette les yeux sur Vivia ; dis-moi pourquoi ces quatre membres doivent être enfermés dans une horrible geôle jour après jour, semaine après semaine, mois après mois, et pourquoi il consent à être son propre geôlier. Est-ce là la fin suprême de la philosophie ? Est-ce là un mode de vie plus vaste, plus spirituel ? Est-ce là votre empyrée tant vanté ? Est-ce pour cela que l'homme doit cultiver la sagesse en reniant sa folie très excellente et calomniée ? »

En voici un troisième :

« Jette les yeux sur Vivia ; lui qui, dans la recherche de la plus haute santé — celle de la vertu et de la vérité — ne montre qu'une joue pallide ! Goethe, virtuose chamarré d'or, soupèse ce cœur dans ta main et dis-moi s'il ne l'emporte pas sur le poids de ton cœur médiocre ! »

En voici un quatrième :

« Oh ! Dieu, pourquoi faut-il que l'homme se gâte et pourrisse sur la tige, pourquoi faut-il que l'homme soit flétri et battu au fléau avant le temps des moissons ? Oh ! Dieu, pourquoi faut-il que des hommes qui se déclarent des hommes persistent à rire ? Je hais le monde ; je pourrais fouler aux pieds, comme des raisins, tous les poumons de l'humanité pour en exprimer le souffle, lorsque je pense au malheur et à l'hypocrisie, lorsque je pense à la Vérité et au Mensonge ! Oh ! béni soit le 21 décembre et maudit soit le 21 juin ! »

Il semblerait, d'après ces quelques feuillets épars, que Pierre ait pleinement conscience de la présence, en son destin, de bien des choses anomaliquement dures et amères, de la présence, en son âme, de bien des choses noires et terrifiantes. Mais le fait de connaître sa condition fatale ne lui permet nullement de la changer ou de l'améliorer. Et c'est là la preuve concluante qu'il n'a aucun pouvoir sur elle ; car, dans les cas désespérés, les âmes humaines sont comme les hommes qui se noient : ils savent bien qu'ils sont en péril, ils connaissent bien les causes de ce péril, mais la mer est la mer et il faut que ces hommes se noient.

IV

De huit heures du matin à quatre heures et demie du soir, Pierre est assis là dans sa chambre : huit heures et demie !

Les clochettes des traîneaux tintinnabulent sur

l'encolure et le ventre palpitants des chevaux joyeux ; mais Pierre est assis dans sa chambre ; le Jour des Actions de Grâces arrive, avec ses heureux mercis et ses dindons croustillants, mais Pierre est assis dans sa chambre ; le gai Noël s'avance à pas feutrés sur la neige dans ses mocassins colorés, mais Pierre est assis dans sa chambre ; voici le Nouvel An et, tel un grand flacon, la vaste cité déborde de jubilation sur tous les trottoirs, sur tous les quais, sur toutes les jetées du port, mais Pierre est assis dans sa chambre : point de clochettes de traîneaux tintinnabulant sur l'encolure et le ventre palpitants des chevaux, point d'Actions de Grâces, point de croustillants dindons, point de gai Noël marchant à pas feutrés sur la neige, point de trottoirs, de quais et de jetées débordant de jubilation à la Nouvelle Année ; point de cloches, point d'heureux Jour des Actions de Grâces, point de joyeux Noël, point d'heureux Jour de l'An : rien de tout cela n'est pour Pierre. Au milieu des fêtes qu'accompagnent les mutations du Temps, Pierre s'est enfermé avec le chagrin de l'Éternité. Pierre est un pic immuable au cœur du Temps : pareil à l'insulaire Pico Alto, il se dresse, inexpugnable, au milieu des flots.

Il ne veut pas qu'on l'appelle, il ne veut pas qu'on le dérange. Dans la chambre voisine, l'oreille attentive d'Isabelle perçoit tantôt le silence et tantôt le grincement solitaire et prolongé de sa plume. C'est comme si elle entendait la griffe laborieuse de quelque taupe dans la terre, à minuit. Parfois encore, elle perçoit une toux basse ou le frottement de la canne crochue.

Or cette prodigieuse tranquillité de huit heures et demie se répète jour après jour. Au cœur d'un tel silence, quelque chose assurément s'élabore. Est-ce création ou destruction ? Pierre construit-il le noble monde d'un nouveau livre? Ou bien la Lividité Hagarde détruit-elle en lui ses poumons et sa vie? Quelle chose incroyable qu'un homme puisse vivre ainsi!

Lorsque, à l'heure éclatante de midi, nous évoquons le noir sommet de la nuit, alors la nuit nous semble impossible: ce soleil jamais ne déclinera. Oh! pourquoi le souvenir de ces profondes ténèbres, de ces ténèbres déjà bues jusqu'à la lie, ne vous arme-t-il point contre leur retour? Tel peut se sentir passablement bien aujourd'hui qui, demain, soupera de brouet noir avec Pluton.

Tout ce travail est-il donc pour un seul livre qui sera lu en quelques heures et, plus souvent encore, mis de côté en une seconde, pour un livre qui finalement, quel qu'il puisse être, sera sans nul doute la proie des vers?

Non. Ce qui absorbe à présent le temps et la vie de Pierre, ce n'est pas le livre, c'est l'élaboration première de l'étrange substance qui, dès l'instant qu'il a entrepris ce livre, a jailli et s'est répandue dans son âme. Deux livres sont en cours, et le monde n'en verra qu'un: le raté. L'autre, plus volumineux et infiniment meilleur, est pour la bibliothèque privée de Pierre. C'est ce dernier qui, par ses exigences insondables, boit son sang; le premier ne demande que son encre. Mais les circonstances veulent que l'un ne puisse être mis sur le papier qu'à mesure que l'autre s'inscrit dans son âme. Or le livre de l'âme est d'une pesanteur d'éléphant et se meut avec une lenteur extrême. Pierre est sucé par deux sangsues: comment sa vie peut-elle se maintenir de la sorte? Il est en train de s'équiper pour la vie la plus haute, en s'appauvrissant le sang et en s'exténuant le cœur. Il apprend à vivre, en répétant le rôle de la mort.

Qui dira toutes les pensées et tous les sentiments

qui assaillirent Pierre dans cette chambre glaciale et désolée lorsque, enfin, jaillit dans son esprit l'idée que, plus il gagnerait en sagesse et en profondeur, plus il diminuerait ses chances de gagner son pain ; que, s'il pouvait jeter maintenant son profond livre par la fenêtre, bâcler en un mois un roman insignifiant, il aurait plus de raisons d'escompter quelque succès et quelque argent. Mais les abîmes dévorants qui béent en lui consument toutes ses forces ; quand bien même il le voudrait, il serait incapable d'écrire un roman gai, transparent, agréablement et lucrativement superficiel. C'est qu'il voit à présent que, chaque fois que le divin personnel accède à lui, quelque grand pan de terre du divin général ambiant se détache de lui et s'écroule avec fracas. N'ai-je pas dit que les dieux aussi bien que l'humanité avaient lâché la main de Pierre ? Maintenant, vous voyez en lui le bébé chancelant dont j'ai parlé, forcé de se tenir debout et de chanceler tout seul.

De temps à autre, il se tourne vers le lit de camp et, mouillant sa serviette dans la cuvette, l'applique à son front. Puis il se laisse aller en arrière sur sa chaise, comme s'il renonçait ; puis, à nouveau, il se penche en avant et besogne.

Le crépuscule tombe ; Isabelle vient l'appeler sur le seuil de la porte ; le pauvre voyageur aux lèvres bleues et à l'âme grelottante, le pauvre voyageur glacé de la malle de Saint-Pétersbourg est déballé ; pendant un instant, il se tient chancelant sur le plancher. Puis il prend son chapeau, sa canne et sort à l'air frais. Quelle promenade trébuchante et désolée ! Les gens le regardent passer comme ils regarderaient un malade imprudemment sorti de son lit. S'il rencontre une personne de connaissance prête à lui glisser à l'oreille quelque ragot plaisant, cette personne se détourne, offensée par la dureté de son attitude discourtoise et glaciale. « Un méchant cœur », murmure l'homme, et il poursuit son chemin.

Pierre revient chez lui et s'assoit devant la table proprette de Delly. Isabelle l'enveloppe d'un regard apaisant et le presse de s'alimenter pour prendre des forces. Mais il est de ces affamés qui ont dégoût de tout aliment. Il ne peut manger qu'en se forçant. Il a assassiné le jour naturel : comment aurait-il de l'appétit ? S'il se couche, il ne peut dormir. Il a éveillé en lui un éveil infini : comment pourrait-il s'assoupir ? Son livre, vaste planète pesante, tourne dans sa tête endolorie : il ne peut la forcer à sortir de son orbite. Il se décapiterait volontiers pour gagner une nuit de repos. Pourtant, les lourdes heures s'écoulent ; terrassé enfin par l'épuisement, il trouve l'immobilité — non point le sommeil des enfants ou des journaliers, mais quelque répit à ses palpitations, et, pendant ce temps, il tient le bec du vautour dans le fourreau de sa main pour l'empêcher de s'enfoncer dans son cœur.

Le matin vient, avec, à nouveau, le châssis ouvert, l'eau glacée, la brosse à friction, le petit déjeuner, les briques chaudes, l'encre, la plume, le huit-heures-à-quatre-heures-et-demie et tout l'enfer de la veille.

Ah ! ce malheureux qui grelotte jour après jour dans ses manteaux et ses châles, est-ce bien le jeune homme ardent qui chanta naguère au monde « L'Été tropical » ?

LIVRE XXIII

Une lettre pour Pierre. *— Isabelle.* *— Le chevalet et les malles* *de Lucy arrivent aux Apôtres*

I

Si un homme de la frontière est pris par des Indiens sauvages, emmené au fin fond du désert et tenu en captivité sans le moindre espoir de délivrance, le plus sage pour cet homme est de bannir de sa mémoire, par toutes les méthodes possibles, les moindres images des objets chéris dont il est privé pour toujours. Car leur évocation sera d'autant plus suppliciante que leur possession était naguère plus délicieuse. Et bien qu'un homme fort puisse parfois réussir à étouffer ces souvenirs torturants, s'il ne les repousse dès les premiers instants, il tombera finalement dans l'hébétude. Séparé par un continent et un océan — et cela pour de longues années — d'une femme à laquelle il voue une dévotion passionnée, un mari, s'il est doué d'une âme particulièrement sensible et nostalgique, fera sagement d'oublier sa bien-aimée jusqu'à ce qu'il la tienne à nouveau dans ses bras ; fera sagement de ne jamais évoquer son souvenir s'il apprend sa mort. Et, bien que pareils oublis complets, qui ressemblent à des suicides, se révèlent pratiquement impossibles, seules les affections superficielles et ostentatoires s'affairent dans la célébration des souvenirs funèbres. *L'amour profond comme la mort*, que signifient ces cinq mots, sinon qu'un tel amour ne peut vivre en se souvenant continuellement que l'aimée n'est plus ? S'il en est ainsi dans les cas où nul remords ne s'attache à l'évocation de l'aimé absent, quelle torture intolérable ne sera pas celle de l'amant qui vient à apprendre que l'aimée est plongée dans des souffrances dont il croit pouvoir s'accuser d'être l'instrument, fût-ce involontaire ? Il semble qu'il n'y ait d'autre sain recours, pour des tempéraments inquiets assaillis par de telles représentations, que de les fuir éperdument, quoi qu'il puisse advenir.

Si rien ou presque rien n'a été dit jusqu'à présent de Lucy Tartan relativement à la condition de Pierre après son départ des Prés-de-la-Selle, c'est seulement parce que l'âme de Pierre ne donnait pas volontairement accueil à l'image de la jeune fille. Il avait fait tout son possible pour l'en bannir, et une fois seulement — lorsqu'il avait appris que Glen renouvelait ses assiduités auprès d'elle — il s'était relâché de ses efforts, ou plutôt avait éprouvé leur impuissance en cette heure de détresse multiple et accablante.

Non que la pâle forme de Lucy pâmée sur son lit neigeux, non que l'inexprimable angoisse du cri « Mon cœur ! Mon cœur ! » ne s'imposassent parfois à lui et ne fissent frémir tout son être d'une épouvante et d'une terreur sans nom. Mais l'horrifiant pouvoir du fantôme, justement, lui faisait rallier tout le reste de ses forces pour le chasser.

En outre, d'autres influences, infiniment plus prodigieuses bien qu'obscurément conscientes, s'agitaient dans le sein de Pierre pour repousser la forme implorante. Sans parler du fait que le thème suprêmement exigeant de son livre le dévorait, il était habité par des préoccupations sinistres d'une nature plus subtile et plus effroyable encore, auxquelles il a déjà été fait quelque peu allusion.

Un matin qu'il était assis, solitaire, dans sa chambre, ses esprits accablés cherchant un répit momentané, sa tête inclinée de côté suivant du regard les rainures du plancher nu qui, comme des fils conducteurs, allaient de sa chaise à la porte et disparaissaient dans la chambre d'Isabelle, Pierre tressaillit en entendant frapper à cette même porte. Une voix douce et basse, la voix accoutumée dit :

— Pierre ! Une lettre pour toi... entends-tu ? une lettre... Puis-je entrer ?

Il eut aussitôt un mouvement de surprise et d'appréhension ; car il était dans une situation telle à l'égard du monde extérieur qu'il ne pouvait attendre raisonnablement que des nouvelles désastreuses ou tout au moins malvenues. Il répondit ; et Isabelle entra, le billet à la main.

— C'est la lettre d'une femme, Pierre ; qui peut-elle être ? Ce n'est pas ta mère, de cela je suis certaine ; l'expression de son visage, tel que je l'ai vu, ne répond nullement à l'expression de cette écriture.

— Ma mère ? Une lettre de ma mère ? murmura Pierre avec égarement. Non, non ! ce ne peut pas être d'elle... Oh ! Elle n'écrit plus même sur ses propres tablettes à présent ! La Mort a dérobé le dernier feuillet pour en gommer les caractères et y inscrire son ineffaçable *hic jacet* !

— Pierre ! s'écria Isabelle, saisie de frayeur.

— Donne-la-moi ! cria-t-il avec véhémence en étendant la main. Pardonne-moi, douce, douce Isabelle, je délirais ; ce livre me rend fou. La voici donc dans ma main. (Ceci sur un ton d'indifférence.) À présent, laisse-moi seul. C'est de quelque jolie tante ou de quelque jolie cousine, je suppose, ajouta-t-il en balançant négligemment la lettre.

Isabelle quitta la chambre ; dès que la porte se fut refermée sur elle, Pierre déchira impatiemment l'enveloppe et lut...

II

« Ce matin j'en ai fait le vœu, mon très cher, très cher Pierre. Je me sens plus forte aujourd'hui, car aujourd'hui j'ai pensé davantage à ta force surhumaine, angélique, et un tout petit peu de cette force est passée en moi. Oh ! Pierre, Pierre, quels mots trouverai-je pour t'écrire à présent — à présent que, ne sachant rien encore, je devine pourtant, comme un mage, quelque chose de ton secret. C'est le chagrin, un chagrin profond, indicible qui a fait de moi un mage. Je pourrais me tuer, Pierre, quand je pense à mon aveuglement ancien ; mais seul mon évanouissement en fut cause. Le coup était horrible et meurtrier ; mais je vois maintenant que tu as eu raison d'en user d'une façon aussi foudroyante avec moi et de ne jamais m'écrire ensuite, Pierre ; oui, je le vois maintenant et t'en adore davantage.

« Ah ! trop noble et trop angélique Pierre, j'éprouve à présent qu'un être comme toi ne peut aimer comme aiment les autres hommes ; tu aimes comme aiment les anges, non pour toi-même, mais entièrement pour les autres. Cependant, nous ne faisons toujours qu'un, Pierre ; tu te sacrifies, et je me hâte de venir m'attacher de nouveau à toi, afin que ton feu se communique à moi et que les multiples bras ardents de nos flammes communes puissent nous étreindre. Je ne te demanderai rien, Pierre ; tu ne me diras aucun secret. Tu avais bien raison, Pierre, en ce jour de notre promenade sur les collines, de me refuser le vain, le sot serment que j'exigeais de toi. Bien, bien raison, je le vois à présent.

« Si donc je jure solennellement de ne jamais chercher à savoir de toi quoi que ce soit que tu veuilles me taire et, dans les actes extérieurs, de reconnaître toujours comme tu le fais la position particulière de cette créature mystérieuse et à jamais sacrée... ne puis-je venir vivre avec toi ? Je ne serai pas un fardeau pour toi. Je sais où tu demeures et comment tu vis ; là seulement, Pierre, et ainsi seulement pourrai-je supporter désormais la vie. Elle ne saura jamais — car tu ne le lui as point révélé, j'en suis sûre — ce que j'ai été naguère pour toi ; qu'il en soit comme si j'étais quelque cousine à la vocation de nonne, qui aurait fait le vœu inébranlable d'habiter avec toi dans ton étrange exil. Ne me donne pas, ne me donne jamais plus aucune marque d'amour consciente et visible : je ne t'en donnerai jamais. Nos vies mortelles, ô mon céleste Pierre, seront désormais comme une muette et mutuelle consécration d'amour, sans déclaration, sans mariage, jusqu'au jour où nous nous rencontrerons dans les purs royaumes de l'ultime bénédiction de Dieu ; où ce monde qui interrompt tout, qui gâte tout, ne pourra plus nous atteindre ; où ta secrète et glorieuse générosité sera glorieusement révélée dans la pleine splendeur de cette lumière céleste ; où, n'étant plus astreints à ces cruels déguisements, elle, *elle* aussi prendra sa place glorieuse et n'éprouvera nulle peine, mais un surcroît de béatitude lorsque ton cher cœur m'appartiendra ouvertement et sans réserve. Pierre, Pierre, mon Pierre ! seuls cette pensée, cet espoir et cette foi sublime me soutiennent. Il est bien que je ne sois sortie de l'évanouissement dans lequel tu m'as laissée voici une éternité, il est bien que je n'en sois sortie que pour tâtonner et errer dans les ténèbres, et puis m'évanouir à nouveau, et puis tâtonner à nouveau, et puis à nouveau m'évanouir. Mais tout cela n'était que vide ; je ne saisissais presque rien ; je ne comprenais rien ; c'était moins qu'un rêve, Pierre ; je ne pensais pas consciemment à toi, mon amour ; j'éprouvais un vide complet, une vacance ; n'étais-tu pas entièrement perdu pour moi ? Et, dès lors, que pouvait-il rester de la pauvre Lucy ? — À présent, ce long, long évanouissement est passé ; je reviens à la vie et à la lumière ; mais comment puis-je revenir à la vie, comment puis-je aucunement *être*, mon Pierre, sinon en toi ? Aussi, dès l'instant que je sortis du long, long évanouissement, revint ma foi immortelle en toi et, bien qu'elle ne pût me fournir le moindre argument raisonnable en ta faveur, elle n'en était que plus mystérieusement impérieuse, Pierre. Sache donc, mon très cher Pierre, qu'avec toutes les raisons du monde de ne pas croire en ton amour, je m'abandonne entièrement à ma foi inébranlable en lui. Car je sens que l'amour est toujours l'amour et ne saurait connaître de changement, Pierre ; je sens que le Ciel m'a appelée à remplir un merveilleux office envers toi. En me jetant dans ce long, long évanouissement — pendant lequel, à ce que dit Martha, je n'ai pas mangé en tout la valeur de trois repas ordinaires — le Ciel, je l'éprouve à présent, me préparait à cet office surhumain dont je parle, me rendait entièrement étrangère à cette terre où pourtant je m'attardais encore, m'équipait pour une mission céleste parmi les éléments terrestres. Oh ! donne-moi un peu de ta chère force ! Je ne suis qu'une pauvre fille, cher Pierre, qu'une faible créature qui ne t'aima que trop et selon la fragilité humaine. Mais, à présent, je m'élèverai bien plus haut et je monterai jusqu'à toi, jusqu'au sublime firmament d'héroïsme où tu sièges dans le calme.

« Oh ! ne cherche pas à me dissuader de ma résolution, Pierre. Voudrais-tu me poignarder, me poignarder un million de fois, sans jamais m'achever ? Il faut que je vienne ! Il faut que je vienne ! Dieu lui-même ne saurait m'arrêter, car c'est Lui qui me dirige. — Je sais tout ce qu'entraînera mon exode vers toi : ma mère stupéfaite, mes frères en rage, les insultes et le mépris du monde entier. Mais tu es ma mère, et mes frères, et le monde entier, et le ciel entier, et tout l'univers, oui, tu es tout cela pour moi, mon Pierre. Un seul être suffit à l'âme que je porte en moi, et c'est toi, Pierre. Ainsi donc je vais à toi, Pierre, et sans tarder ; je serai demain auprès de toi, pour ne plus jamais te quitter, Pierre. Parle-lui immédiatement de moi ; tu sauras ce qu'il vaut mieux lui dire. N'y a-t-il pas un lien entre nos deux familles, Pierre ? J'ai entendu ma mère parler parfois d'un cousinage indirect. Si tu approuves ma décision, tu lui diras que je suis ta cousine, Pierre ; ta cousine irrévocablement résolue, qui a fait vœu comme une nonne d'habiter avec toi pour toujours, de te servir et de la servir, de te garder et de la garder à jamais. Prépare un petit coin pour moi quelque part, mais qu'il soit tout proche. Avant de venir, je t'enverrai quelques menues choses : les outils avec lesquels je travaillerai, Pierre, afin de contribuer au bien-être de tous. Attends-moi donc. Je viens ! Je viens, mon Pierre ; car une profonde, profonde voix m'assure qu'avec toute ta noblesse, Pierre, tu es aux prises avec quelque terrible danger que seule ma présence continuelle peut écarter. Je viens ! Je viens !

LUCY. »

III

Lorsque, environné par la foule lasse et mercenaire, l'homme trop longtemps accoutumé à considérer sa race avec un dédain soupçonneux est effleuré soudain par l'aile d'un ange humain et que des accents humains d'amour surhumain, des yeux humains empreints de beauté et de gloire surhumaines l'environnent, quel choc prodigieux et redoutable ! C'est comme si la voûte du ciel se fendait et que, de la noire vallée de Josaphat, il aperçût dans les hauteurs des séraphins en adoration.

Pierre retint la lettre ingénue, angélique, dans sa main incompréhensive ; puis il tressaillit et, promenant son regard autour de la chambre et, par la fenêtre, sur le quadrilatère nu, désolé, désespérant, il se demanda si c'était là le lieu qu'un ange devrait choisir pour descendre sur la terre. Puis il sentit tout son être se gonfler de triomphe à la pensée que la jeune fille dont son âme intuitive avait naguère si clairement, si passionnément discerné les rares mérites pouvait, dans cette effroyable épreuve, se comporter avec une majesté si infinie. Puis, à nouveau, il la perdit, il s'abîma dans un gouffre sans fond et courut, frissonnant, à travers les hideuses galeries du désespoir, à la poursuite de quelque vague forme blanche ; puis soudain, deux yeux noirs et insondables rencontrèrent les siens, et Isabelle lui apparut, silencieuse et triste, mais suprêmement fascinante.

Il se leva, se dégagea de la planche, rejeta ses châles et ses manteaux, et traversa la chambre pour quitter le lieu où il avait reçu de si sublimes, de si terribles révélations.

Un petit coup timide retentit à la porte.

— Pierre, Pierre ! Puisque tu t'es dérangé, ne puis-je entrer... juste un moment, Pierre ?

— Entre, Isabelle.

Comme elle s'approchait de lui avec son expression accoutumée, si étrange et si doucement triste, il fit un pas en arrière et étendit un bras, dans un geste qui semblait être d'avertissement plutôt que d'invite.

Elle le regarda fixement et resta immobile.

— Isabelle, une autre vient à moi... Tu ne dis rien, Isabelle... Elle vient habiter avec nous aussi longtemps que nous vivrons, Isabelle. Ne veux-tu rien dire ?

La jeune fille restait toujours enracinée au sol, les yeux rivés sur lui et grands ouverts.

— Ne parleras-tu pas, Isabelle ? dit Pierre, terrifié à la vue de son immobilité glacée, mais trop terrifié pour lui montrer sa propre terreur, et continuant à s'approcher lentement.

Elle leva légèrement un bras, comme pour chercher quelque soutien ; puis elle tourna lentement la tête dans la direction de la porte par laquelle elle était entrée ; puis ses lèvres sèches s'ouvrirent lentement :

— Mon lit ; étends-moi, étends-moi.

L'effort qu'elle avait fait pour parler rompit l'enchantement qui la figeait ; sa forme dégelée s'affaissa ; mais Pierre la saisit, la porta dans sa propre chambre et l'étendit sur son lit.

— Évente-moi ! Évente-moi !

Il éventa la flamme mourante de sa vie ; quelques instants s'écoulèrent, et elle se tourna lentement vers lui.

— Oh ! ce mot féminin dans ta bouche, cher Pierre. cet *elle*, cet *elle* !

Pierre, assis en silence, continuait à l'éventer.

— Oh ! je ne veux personne au monde que toi, mon frère... que toi, que toi ! Oh ! Dieu, ne suis-je pas assez pour toi ? La terre nue avec mon frère serait tout le ciel pour moi ; mais toute ma vie, toute mon âme ne suffisent pas à mon frère.

Pierre ne parlait pas ; il écoutait ; une curiosité terrible, brûlante, l'habitait, qui le rendait comme féroce. Mais tout ce qu'elle avait dit jusqu'alors demeurait ambigu.

— Si j'avais su, si j'avais su cela ! Oh ! Combien cruel, combien amer que cette révélation vienne à présent ! Cet *elle*, cet *elle* !

Elle se redressa tout à coup et l'affronta presque farouchement.

— Ou bien tu as dit ton secret, ou bien elle n'est pas digne du plus vulgaire amour d'un homme ! Réponds, Pierre.

— Le secret est toujours un secret, Isabelle.

— Alors, elle est indigne, Pierre, quelle qu'elle soit... Elle est folle, insensée. Le monde ne me connaît-il pas pour ton épouse ? Elle ne viendra pas ! Ce serait une tache infamante sur toi et sur moi. Elle ne viendra pas ! Un regard de moi la tuerait, Pierre !

— C'est de la folie, Isabelle. Voyons, raisonne avec moi. Ne t'ai-je pas dit avant d'ouvrir la lettre qu'elle venait sans doute de quelque jolie jeune tante ou cousine ?

— Parle vite... une cousine ?

— Une cousine, Isabelle.

— Pourtant, pourtant, ce n'est pas là un degré de parenté qui exclue... Parle encore, et plus vite. Parle ! Parle !

— C'est une très singulière cousine, Isabelle ; presque une nonne dans ses idées. Elle a appris notre mystérieux exil — sans en savoir la cause... Elle a fait le vœu, également mystérieux, de se consacrer à nous... non point tant à moi qu'à nous, qu'à *nous*, Isabelle... de *nous* servir ; et, selon quelque suave imagination céleste, de nous guider et de nous garder ici.

— Alors, tout est peut-être pour le mieux, Pierre, mon frère... mon *frère*... puis-je prononcer ce mot à présent ?

— Ce mot-là et tous les autres t'appartiennent, Isabelle ; les mots, les mondes et tout ce qu'ils contiennent seront tes esclaves, Isabelle.

Elle lui lança un regard ardent et interrogateur ; puis elle baissa les yeux et toucha sa main ; puis elle le regarda de nouveau.

— Parle-moi encore ainsi, Pierre ! tu es mon frère ; n'es-tu pas mon frère ? Mais ne me parle plus... d'elle ; tout cela est si nouveau et si étrange pour moi, Pierre.

— Je t'ai dit, ma sœur chérie, qu'elle avait cette fantastique idée de nonne. Une idée fermement arrêtée : dans sa lettre, elle proteste qu'elle doit venir, qu'elle viendra, que rien sur terre ne pourra l'arrêter. N'éprouve donc aucune jalousie fraternelle, ma sœur. Tu trouveras en elle la plus douce, la plus discrète, la plus serviable des filles, Isabelle. Elle ne te parlera jamais des choses qu'il faut taire ; elle n'y fera jamais allusion, parce qu'elle ne les sait pas. Pourtant, sans connaître le secret, elle a la sensation vague, indéterminée du secret, le pressentiment mystique du secret. Mais, en elle, le divin a noyé toute curiosité féminine ; en sorte qu'elle ne désire aucunement vérifier ce pressentiment, qu'elle se contente de ce vague pressentiment où elle a cru reconnaître l'injonction céleste de venir vers nous, Isabelle. Me comprends-tu à présent ?

— Je ne comprends rien, Pierre ; rien de ce que ces yeux ont vu, Pierre, mon âme ne l'a compris.

Maintenant comme toujours, je vais à tâtons parmi le vaste mystère des choses. Oui, elle viendra ; ce n'est qu'un mystère de plus. Parle-t-elle dans son sommeil, Pierre ? Serait-il bien que je dormisse avec elle, mon frère ?

— Par égard pour toi, pour t'épargner toute incommodité et... et ne connaissant pas la situation exacte... elle désire sans doute... elle s'attend sans doute à autre chose, ma sœur.

Isabelle considéra fixement les traits de Pierre, dont la fermeté apparente cachait un émoi intime ; puis elle abaissa son regard en silence.

— Oui, elle viendra, mon frère ; elle viendra. Mais c'est là un fil qui se noue à la trame de l'énigme générale, mon frère. Possède-t-elle ce que l'on appelle une mémoire, Pierre, une mémoire ? A-t-elle cela ?

— Nous avons tous une mémoire, ma sœur.

— Pas tous ! Pas tous ! La mémoire de la pauvre Belle ne va pas loin, Pierre ! Je l'ai vue dans quelque rêve. Elle a des cheveux blonds... des yeux bleus... elle est un peu plus petite que moi, plus mince, mais à peine.

Pierre tressaillit.

— Tu as vu Lucy Tartan aux Prés-de-la-Selle ?

— Son nom est-il Lucy Tartan ? Peut-être, peut-être... mais aussi dans le rêve, Pierre ; elle est venue, elle a fixé sur moi ses yeux bleus avec une expression suppliante, comme pour me persuader de m'éloigner de toi ; il me semblait alors qu'elle était plus que ta cousine, qu'elle était ce bon ange qui plane, dit-on, sur toute âme humaine et il me semblait... Oh ! il me semblait que j'étais ton autre... ton autre ange, Pierre. Regarde : vois ces yeux... ces cheveux... cette joue même : tout est sombre, sombre, sombre... et elle... ses yeux sont bleus... ses cheveux sont blonds... sa joue naguère était rose !

Isabelle laissa tomber sur elle ses cheveux d'ébène ; elle fixa sur Pierre ses yeux d'ébène.

— Dis-moi, Pierre ; ne suis-je pas enveloppée d'une aura funèbre ? Vit-on jamais corbillard si empanaché ? Oh ! Dieu, que ne suis-je née avec des yeux bleus et des cheveux blonds ! Ce sont eux qui sont la livrée du ciel ! As-tu jamais ouï parler d'un bon ange avec des yeux noirs, Pierre ? Non, non, non ; ils sont toujours bleus, bleus... de ce bleu clair, intense, indicible, que nous voyons dans les cieux de juillet quand tous les nuages se sont retirés. Mais le bon ange viendra vers toi, Pierre. Alors les deux anges seront auprès de toi, mon frère ; et tu pourras choisir... choisir !... Elle viendra ; elle viendra... Quand sera-ce, cher Pierre ?

— Demain, Isabelle. C'est ce que dit la lettre.

Elle baissa son regard sur le billet froissé dans la main de Pierre.

— Il serait honteux de demander, mais non de suggérer... Pierre... non je n'ai pas besoin de le dire... voudrais-tu... ?

— Non, je ne voudrais pas te laisser lire la lettre, ma sœur ; je ne le voudrais pas, parce que je n'en ai pas le droit... pas le droit ; non, je n'en ai pas le droit. Je vais la brûler à l'instant, Isabelle.

Il passa dans la chambre voisine, jeta le billet dans le poêle, attendit qu'il fût réduit en cendres, puis revint auprès d'Isabelle.

Elle lui lança un regard plein de suggestions infinies.

— Il est brûlé, mais non consumé ; il a disparu, mais il n'est pas perdu. Il est monté en flammes à travers le poêle, le tuyau et la cheminée ; il est monté comme un témoignage écrit dans le ciel. Il réapparaîtra, mon frère. Malheur à moi ! Malheur, malheur. Oh ! Malheur à moi !... Ne me parle pas,

Pierre ; laisse-moi à présent. Elle viendra. Le Mauvais Ange prendra soin du Bon Ange ; elle habitera avec nous, Pierre. Ne te défie pas de moi ; les égards que j'aurai pour elle l'emporteront sur ceux qu'elle aura pour moi. Laisse-moi seule à présent, mon frère.

IV

Bien que la prière inattendue d'Isabelle — prière que Pierre n'aurait pu manquer d'exaucer, puisque la postulante s'abstenait si religieusement de la formuler, à moins d'avoir pour s'en abstenir un motif très raisonnable —, bien que cette prière l'eût forcé, parmi les émotions contradictoires et secondes qui avaient suivi immédiatement le prodigieux effet premier de l'étrange lettre de Lucy, à prendre un air d'assurance et à feindre une compréhension parfaite de son contenu, il était pourtant la proie d'une foule de mystères dévorants.

Dès qu'il eut quitté la chambre d'Isabelle, ces mystères reprirent complètement possession de son âme ; et, tout en s'asseyant mécaniquement dans la salle à manger sur la chaise que Delly lui offrait obligeamment — car la silencieuse jeune fille devinait en lui une humeur étrange qui cherchait le repos —, Pierre se demandait comment il était possible que Lucy eût pu être visitée du prodigieux pressentiment qu'il y avait quelque chose de feint, de déguisé, d'insubstantiel dans la position si singulière qui était à présent la sienne aux yeux du monde. Les paroles frénétiques d'Isabelle résonnaient encore à ses oreilles. C'eût été faire outrage à la Femme d'imaginer que Lucy, quelque dévotion qu'elle pût avoir pour lui au fond de son cœur, voudrait venir à lui si elle supposait, avec le reste du monde, que Pierre était un homme normalement marié. Mais comment, au nom de quelle raison, de quelle intuition pouvait-elle soupçonner l'inverse, sentir qu'il y avait là quelque chose d'équivoque ? Car, ni en ce temps ni plus tard, il ne vint à l'esprit de Pierre que, dans les merveilleux pressentiments de son amour, elle pouvait avoir quelque idée définie de la nature précise du secret qui l'enveloppait de son magique mystère. Mais ici, l'image d'un cas remarquable flotta dans sa mémoire.

C'était celui d'un jeune homme qui, presque fiancé à une jeune fille très belle dont la passion naissante répondait à sa ferveur, s'était laissé entraîner imprudemment à montrer d'une façon accidentelle et passagère quelque tendresse à une seconde femme — à moins qu'il ne se fût seulement laissé persuader par les amis de cette seconde femme qu'il lui avait montré de la tendresse et qu'elle en avait été profondément touchée ; quoi qu'il en pût être, la seconde femme tomba en langueur et fut sur le point de mourir sous l'effet de la cruelle infidélité de son prétendu amant ; ces appels angoissés, venant d'une femme aussi exquise et qui semblait mourir d'amour pour lui, finirent par bouleverser le jeune homme, et, morbidement oublieux du fait que, si deux femmes revendiquaient sa main, le meilleur titre appartenait à la première, sa conscience lui inspira des remords démentiels à l'égard de la seconde femme : il crut qu'un châtiment éternel s'abattrait sur lui en ce monde et dans l'autre s'il ne renonçait à son premier amour, quelque terrible que cette renonciation pût être pour lui et pour la première femme, et s'il n'épousait la seconde ; ce qu'il fit en effet ; mais dans la suite, le sentiment de ses obligations morales envers son épouse interdit à sa délicatesse de tranquilliser le cœur de la première femme en lui disant la vérité ; de sorte que celle-ci, pensant, dans sa complète ignorance, qu'il lui était infidèle de son plein gré et par pure méchanceté, mourut folle à cause de lui.

Cette étrange histoire de la vie réelle, Pierre savait que Lucy la connaissait : ils en avaient parlé à plusieurs reprises, la première femme aimée par le jeune insensé ayant été la camarade d'école de Lucy, et Lucy ayant été choisie par elle comme demoiselle d'honneur. Il n'était donc pas impossible que se fût insinuée dans l'esprit de Lucy l'idée qu'il y avait dans le cas de Pierre et d'Isabelle quelque chose d'analogue. Et pourtant cette hypothèse se révélait finalement insoutenable, car elle n'apportait pas de solution satisfaisante à l'extraordinaire démarche de Lucy et ne semblait en aucune manière la justifier. Dès lors, Pierre ne savait que penser, ne savait, presque, que rêver. Les poètes ont chanté les merveilles, mieux encore les miracles de l'Amour ; mais ici c'était vraiment un miracle absolu, un miracle accompli, car Pierre éprouvait la conviction infaillible que Lucy — quels que pussent être son étrange conception, son énigmatique illusion, son motif secret et inexplicable — demeurait dans son cœur virginal d'une pureté immaculée, transparente, sans l'ombre d'une tache ou d'une fêlure. Néanmoins, quel inconcevable parti que celui que sa lettre proposait si passionnément ! Il en restait stupéfait, confondu.

Soudain se glissa en lui l'impression vague, effrayante, qu'en dépit de toutes les railleries des athées il y avait dans le monde une divinité mystérieuse, impénétrable, un Dieu, un Être positivement présent en tous lieux, oui, dans sa chambre même : en s'asseyant, il avait fendu l'air et déplacé l'Esprit, qui s'était condensé un peu plus loin. Il regarda craintivement autour de lui et éprouva un immense réconfort à la vue de l'humaine Delly.

Comme il était plongé dans ce mystère, un coup retentit à la porte.

Delly se leva, hésitante.

— Dois-je laisser entrer, monsieur ? J'ai cru reconnaître la façon de frapper de M. Millthorpe.

— Allez voir... allez voir, dit Pierre distraitement.

Dès que la porte s'ouvrit, Millthorpe — car c'était bien lui —, apercevant Pierre assis sur sa chaise, passa en coup de vent près de Delly et entra à grand fracas dans la pièce.

— Ha, ha ! Eh bien ! mon garçon, comment va L'*Inferno* ? C'est bien ça que tu écris ? Il est tout naturel qu'on ait l'air ténébreux quand on écrit des *Inferno* ; tu as toujours aimé Dante. Mon cher, j'ai achevé dix traités métaphysiques, j'ai disputé cinq causes devant le tribunal, j'ai assisté à toutes les réunions de notre société, j'ai accompagné notre grand professeur, M. Tourbille, le conférencier, dans son circuit à travers les salons philosophiques, et j'ai partagé tous les honneurs de son illustre triomphe ; laisse-moi te dire, en passant, que Tourbille m'accorde secrètement plus de crédit encore qu'il ne m'en est dû ; car, sur mon âme, je n'ai pas écrit plus de la moitié de ses conférences ; j'ai édité, anonymement il est vrai, un savant traité scientifique sur *La Cause précise des Modifications dans le Mouvement ondulatoire des Vagues*, ouvrage posthume d'un pauvre garçon — un homme admirable — qui était de mes amis. Oui, j'ai fait tout cela, et toi, tu en es encore à t'échiner sur ton malheureux *Inferno* ! Oh ! il y a un secret pour dépêcher ce genre de choses ; patience ! patience ! Tu l'apprendras un jour. Cela viendra avec le temps, avec le temps. Je ne peux pas te l'enseigner, mais le temps te l'enseignera. Je regrette de ne pas pouvoir t'aider en cela, mais c'est chose impossible.

On frappa de nouveau.

— Oh ! s'écria Millthorpe en se tournant soudain vers la porte. J'oubliais ; j'étais venu te dire qu'il y a là un commissionnaire avec de bizarres instruments. Il te demande. Je l'ai rencontré par hasard en bas, dans les corridors, et je lui ai dit de me suivre. Le voici ; faites-le entrer, faites-le entrer, ma bonne Delly.

Jusqu'alors, le bavardage de Millthorpe n'avait eu pour effet que d'étourdir Pierre, qui était resté assis, le visage détourné. Mais à ces mots, il se leva d'un bond. Un homme se tenait dans le cadre de la porte, son chapeau sur la tête et un chevalet dans les mains.

— C'est ici chez monsieur Glendinning, messieurs ?

— Oui, oui, entrez, entrez, s'écria Millthorpe.

— Oh ! c'est *vous*, monsieur ? Bon, bon.

Et l'homme déposa à terre le chevalet.

— Eh bien ! mon garçon, s'écria Millthorpe en s'adressant à Pierre, tu es toujours dans ton rêve infernal. Regarde : c'est là ce que l'on appelle un *chevalet*, mon garçon. Un *chevalet*, un *chevalet*, pas un *cheval* ; tu le regardes comme si tu croyais que c'était un cheval. Allons, éveille-toi, éveille-toi ! Tu l'as commandé, je suppose, et le voici. Tu vas te mettre à peindre et à illustrer l'*Inferno* tout en l'écrivant, n'est-ce pas ? Eh bien, mes amis me disent que c'est grand dommage de voir que mes œuvres ne sont pas illustrées. Mais c'est trop cher pour moi. Et pourtant, il y a cet « Hymne au Niger » que j'ai fourré dans un tiroir voici un an ou deux ; ce serait une belle chose à illustrer.

— Vous demandez monsieur Glendinning ? dit Pierre au porteur d'une voix lente et glaciale.

— Oui, monsieur, monsieur Glendinning ; c'est bien vous, n'est-ce pas ?

— Parfaitement, dit Pierre d'un ton mécanique, en

jetant à nouveau un regard étrange, hagard, égaré, sur le chevalet. Mais j'ai l'impression qu'il manque quelque chose... Ah ! oui, je vois, je vois maintenant. Scélérat ! Les vignes ! Tu as arraché les fibres verdoyantes du cœur ! Tu n'as laissé que le froid squelette de la douce tonnelle où elle nichait naguère ! Rustre imbécile, infernal et sans cœur, toi qui n'as qu'un foie ratatiné, songes-tu seulement au mal irréparable que tu as commis ? Rends-moi les vignes vertes ! Ramasse-les, maudit ! Oh ! mon Dieu, mon Dieu ! Comment des vignes foulées aux pieds, broyées dans toutes leurs fibres, pourraient-elles revivre, même une fois replantées ? Sois maudit !... Non, non, ajouta-t-il mélancoliquement, mon esprit battait la campagne...

Puis, d'un ton rapide et moqueur :

— Pardon, pardon, porteur ; je te supplie humblement de m'accorder ton pardon.

Puis, d'un ton impérieux :

— Allons, remue-toi, l'homme ; tu as encore des bagages en bas : monte-les tous.

Le porteur, stupéfait, souffla à Millthorpe en allant vers la porte :

— Est-il dangereux ? Dois-je monter les bagages ?

— Oh ! certainement, répondit Millthorpe en souriant. Je le surveillerai ; il ne fait jamais d'éclats quand je suis là ; allez-y donc !

Bientôt parurent deux malles sur lesquelles on pouvait distinguer confusément les lettres L. T.

— Est-ce là tout ? demanda Pierre au porteur, comme celui-ci déposait les malles devant lui. Combien vous dois-je ?

Mais à cet instant, ses yeux tombèrent sur les lettres à demi effacées.

— C'est payé d'avance, monsieur ; mais un pourboire ne serait pas de refus.

Pierre, silencieux et distrait, continuait à regarder fixement les lettres indistinctes ; il restait ainsi, le corps contorsionné, un côté affaissé, comme s'il eût été frappé d'une demi-paralysie et ne s'en fût pas encore rendu compte.

Ses deux compagnons s'étaient figés dans leurs attitudes respectives depuis qu'ils avaient assisté à ce remarquable changement. Mais, comme honteux de s'être laissé impressionner de la sorte, Millthorpe s'avança vers Pierre et lui tapa sur l'épaule, en s'écriant d'une voix forte et enjouée :

— Éveille-toi, éveille-toi, mon garçon ! Le porteur déclare qu'il a été réglé d'avance, mais qu'il ne refusera pas un pourboire.

— Réglé d'avance... qu'est-ce que cela ? Va-t'en, va-t'en jacasser avec les singes !

— C'est un curieux jeune homme, n'est-ce pas ? dit gaiement Millthorpe au porteur. Écoute-moi, mon garçon. Je répète : il déclare qu'il a été réglé d'avance, mais qu'il ne refusera pas un pourboire.

— Ah ? Alors prends ceci ! dit Pierre en mettant distraitement quelque chose dans la main du porteur.

— Que voulez-vous que je fasse de ça, monsieur ? dit le porteur d'un air ahuri.

— Boire ; mais pas à ma santé : ce serait moquerie.

— Avec une clef, monsieur ? C'est une clef que vous me donnez là !

— Ah ! en tout cas, tu n'as pas encore ce qu'il faut pour me déverrouiller. Donne-moi la clef et prends ceci.

— Oui, oui, voilà qui fait l'affaire ! Merci, monsieur, merci. Ça, ça peut se changer en bière. Et si vous avez besoin de moi, demandez le 2151.

— Est-ce que vous chargez jamais les cercueils ? dit Pierre.

— Sur mon âme ! s'écria Millthorpe en riant gaiement, il faut vraiment que tu écrives un *Inferno* ! Porteur, ce monsieur est en train de suivre un traitement médical. Vous feriez mieux de vous abstraire... vous saisissez... de disparaître ! Voilà, mon vieux Pierre, il est parti. Je comprends ta façon de traiter ces gaillards-là ; tu as un tour désinvolte, comment dirai-je ? Tu as trouvé le joint. Le monde entier est une affaire de joint. Trouvez le joint, et tout ira bien ; ne le trouvez pas, et tout ira mal. Ha ! ha !

— Le porteur est donc parti ? dit Pierre calmement. Eh bien, monsieur Millthorpe, vous aurez la bonté de le suivre.

— Excellente plaisanterie ! Admirable ! Au revoir, monsieur. Ha ! ha !

Et Millthorpe, sans rien perdre de son imperturbable hilarité, quitta la pièce.

Mais la porte s'était à peine refermée sur lui qu'elle se rouvrait à demi et que Millthorpe, passant sa tête blonde et bouclée dans l'entrebâillement, s'écriait :

— À propos, mon vieux Pierre, j'ai un mot à te dire. Tu sais ce huileux bonhomme qui te pourchassait dernièrement. Eh bien ! tranquillise-toi à son sujet : il est payé. Les fonds sont arrivés hier : un vrai pactole. Tu me rendras ça quand tu voudras... Ce n'est pas pressé. Voilà, c'est tout... À propos, on dirait que tu vas recevoir du monde chez toi ; envoie-moi chercher si tu as besoin de moi pour monter un lit ou porter des choses lourdes. Ne fais pas ça toi-même, ni les femmes. Cette fois, c'est bien tout. Adios, mon garçon. Porte-toi bien !

— Arrête ! s'écria Pierre en étendant la main, mais sans bouger les pieds. Arrête ! répéta-t-il, frappé, au milieu des émotions qui l'agitaient, par la bonté dont Millthorpe venait de faire preuve. Mais la porte se ferma brusquement et Millthorpe s'en fut en fredonnant, le long du corridor, dans son habit râpé.

— Beaucoup de cœur, peu de tête, murmura Pierre, les yeux fixés sur la porte. Par le ciel, le dieu qui fit Millthorpe était un dieu meilleur et plus grand que celui qui fit Napoléon ou Byron. Beaucoup de tête, peu de cœur. Bah ! le cerveau devient véreux lorsque le cœur fait défaut ; mais le cœur est lui-même le sel qui conserve : il peut rester intact sans le secours de la tête... Delly !

— Monsieur ?

— Ma cousine, mademoiselle Tartan, vient habiter ici avec nous, Delly. Ce chevalet, ces malles sont à elle.

— Bonté divine ! Elle vient ici ? Votre cousine ? Mademoiselle Tartan ?

— Oui, je pensais bien que vous aviez dû entendre parler d'elle et de moi... mais nous avons rompu, Delly.

— Monsieur ? Monsieur ?

— Je n'ai pas d'explications à vous donner, Delly, et je ne souffrirai pas de stupéfaction de votre part. Ma cousine, vous entendez, ma *cousine*, mademoiselle Tartan, vient habiter avec nous. Elle prendra la pièce inoccupée, et elle aura, elle aussi, besoin de vos services, Delly.

— Certainement, monsieur, certainement ; je ferai n'importe quoi, dit Delly en tremblant ; mais, est-ce... est-ce que madame Glendin... est-ce que ma maîtresse est au courant ?

— Ma femme est au courant de tout, dit Pierre sèchement. Je vais aller chercher la clef en bas et vous balayerez la chambre.

— Qu'allons-nous mettre dedans, monsieur ? dit Delly. Mademoiselle Tartan est habituée à toutes sortes de belles choses... de riches tapis... des garde-robes... des miroirs... des rideaux ; mon Dieu ! mon Dieu !

— Tenez, dit Pierre en touchant du pied une vieille carpette, voici un bout de tapis ; traînez-le dans sa chambre ; portez-y également cette chaise ; et quant au lit... oui, oui, murmura-t-il en lui-même, j'ai dressé une couche pour elle, et elle y gît à présent sans le savoir ! Oh ! Dieu !

— Écoutez ! ma maîtresse appelle, s'écria Delly en s'élançant vers la chambre d'en face.

— Arrêtez ! cria Pierre en la prenant par l'épaule ; si toutes deux vous appelaient de leur chambre et que toutes deux fussent en train de s'évanouir, vers quelle porte iriez-vous d'abord ?

La jeune fille le regarda un moment d'un air ahuri et apeuré ; puis elle dit « vers celle-ci, monsieur », peut-être par simple désarroi, en mettant la main sur le loquet de la porte d'Isabelle.

— C'est bien. Allez.

Pierre resta dans la même position jusqu'au retour de Delly.

— Comment va ma femme à présent ?

Frappé par l'emphase particulière avec laquelle il prononçait le mot magique : *ma femme*, Delly, qui avait souvent remarqué combien Pierre employait rarement ce terme, le regarda d'un air perplexe et dit, presque inconsciemment :

— Votre femme, monsieur ?

— Oui, n'est-elle pas ma femme ?

— Dieu veuille qu'elle le soit... Oh ! c'est bien cruel de demander cela à la pauvre Delly, monsieur !

— Pas de larmes ! Ne t'avise plus de mettre cela en doute ! Je jure devant le ciel qu'elle est ma femme !

Sur ces mots insensés, Pierre saisit son chapeau et quitta la chambre en marmonnant quelque chose touchant la clef de la chambre supplémentaire.

Comme la porte se refermait sur lui, Delly tomba à genoux. Elle leva la tête vers le plafond, puis la laissa retomber comme sous l'empire d'une frayeur tyrannique, et se courba de plus en plus, jusqu'à ce que son corps tremblant se fût affaissé entièrement sur le sol.

— Dieu qui m'as faite et qui n'as pas été aussi dur avec moi que la coupable Delly le méritait, Dieu qui m'as faite, je T'implore ! Si *cela* vient vers moi, éloigne-le de moi. Ne reste pas sourd à ma prière. Tu peux entendre à travers ces murs de pierre. Pitié ! Pitié ! Miséricorde, mon Dieu !... S'ils ne sont pas mariés, si moi qui, dans ma pénitence, cherche à être pure, je ne suis que la servante d'un plus grand péché que celui que j'ai commis, alors pitié ! pitié ! pitié ! pitié ! pitié ! Oh ! Dieu qui m'as faite, vois, vois, que peut faire Delly ? Si je pars d'ici, seuls les scélérats me recevront. Si je reste — car je dois rester — et qu'ils ne soient pas mariés, alors pitié, pitié, pitié, pitié, pitié ! »

LIVRE XXIV

Lucy aux Apôtres

I

Le lendemain matin, la chambre attenante à la salle à manger, nouvellement préparée, présentait un aspect différent de celui qui s'était offert au regard de Delly lorsqu'elle l'avait ouverte le soir précédent en compagnie de Pierre. Deux carrés de tapis fané aux motifs différents couvraient le milieu du plancher, laissant autour d'eux, vers la plinthe, un large espace vide. Au-dessous d'un miroir placé en trumeau, se dressait une petite table de toilette devant laquelle courait un pied carré ou deux de tapis. On voyait dans un coin un lit tout équipé fort propre et flanqué également d'un lambeau de tapis : les pieds délicats de Lucy ne devaient point frissonner sur le plancher nu.

Pierre, Isabelle et Delly se tenaient dans la chambre ; les yeux d'Isabelle étaient fixés sur le lit.

— Je crois que la chambre sera bien confortable maintenant, dit Delly en jetant autour d'elle un pâle regard et en arrangeant à nouveau l'oreiller.

— Mais il n'y a ici aucune chaleur, dit Isabelle.

Pierre, il manque un poêle. Elle aura très froid. Le tuyau... ne pourrions-nous le faire aller de ce côté ?

Et elle regarda Pierre avec plus d'insistance que la question n'en semblait comporter.

— Que le tuyau demeure là où il est, Isabelle, dit Pierre, répondant à son regard acéré. La porte de la salle à manger peut rester ouverte. Elle n'a jamais aimé à dormir dans une chambre chauffée. Laissons les choses comme elles sont : tout est bien à présent. Eh ! mais, voici une grille. J'achèterai du charbon. Oui, oui, cela peut aisément se faire ; un petit feu le matin : la dépense sera négligeable. Attends, nous allons faire tout de suite un peu de feu pour l'accueillir. Elle aura toujours du feu.

— Il vaudrait mieux changer le tuyau, Pierre, dit Isabelle.

— Non, Isabelle. Ce tuyau n'apporte-t-il pas sa chaleur dans ta chambre ? Devrais-je dépouiller ma femme, bonne Delly, fût-ce au profit de la plus dévouée et de la plus généreuse des cousines ?

— Oh ! non, monsieur, pour sûr, répondit nerveusement Delly.

Une lueur de triomphe brilla dans l'œil d'Isabelle ; sa poitrine se gonfla ; mais elle garda le silence.

— Elle peut arriver d'un moment à l'autre, Isabelle, dit Pierre. Viens, nous la recevrons dans la salle à manger ; c'est là notre salle de réception, comme tu le sais.

Et ils passèrent tous trois dans la salle à manger.

II

Bientôt Pierre, qui n'avait cessé de marcher de long en large, s'arrêta tout à coup, frappé à la onzième heure par quelque idée tardive. Il regarda d'abord

Delly, comme s'il allait la prier de quitter la pièce afin de pouvoir parler en privé à Isabelle ; puis, prenant après réflexion un parti contraire, il s'adressa sans préambule à Isabelle sur un ton de conversation, en sorte que Delly fut obligée de l'entendre clairement, qu'elle le voulût ou non.

— Ma chère Isabelle, bien que ma cousine, mademoiselle Tartan, cette jeune fille étrange et volontaire aux idées de nonne, ait résolu mystiquement, comme je te l'ai dit déjà, de venir habiter avec nous, il est impossible que ses amis approuvent un geste aussi singulier, un geste plus singulier encore que tu ne peux l'imaginer dans ta simplicité. Je serais extrêmement surpris qu'ils ne fissent pas tous leurs efforts pour s'y opposer. À présent, ce que je vais ajouter sera peut-être tout à fait inutile, mais je ne puis éviter de le dire.

Isabelle, assise sur une chaise, les mains vides, gardait le silence, mais regardait Pierre avec une expression d'attente passionnée ; derrière elle, Delly courbait la tête vers l'ouvrage dont elle s'était emparée lorsque Pierre avait commencé à parler, et maniait nerveusement les longues aiguilles avec des doigts tremblants. Il était clair qu'elle attendait le discours de Pierre presque aussi impatiemment qu'Isabelle. Celui-ci, remarquant — avec quelque satisfaction, semblait-il — cette expression sur le visage de Delly, poursuivit son discours, mais sans que rien dans sa voix ou dans son regard révélât qu'il ne s'adressait pas seulement à Isabelle.

— Voici ce que je veux dire, ma chère Isabelle. Si, comme il est très probable, les amis de mademoiselle Tartan sont hostiles à son étrange résolution et si cette hostilité se manifeste par hasard sous tes yeux, tu te l'expliqueras aisément et tu n'en inféreras rien de sinistre à mon endroit. De cela je suis certain, ma chère Isabelle. Comprends-moi bien ; je regarde cette étrange résolution de ma cousine comme dépassant entièrement ma compréhension, et je considère ma pauvre cousine elle-même comme une enthousiaste perdue dans quelque délirant mystère entièrement inconnu de moi ; mais, ne voulant pas intervenir en toute ignorance là où le surnaturel semble régner, je ne la repousserai pas malgré tous les efforts de ses amis pour la retenir, je ne la repousserai pas, aussi vrai que je ne l'ai pas invitée. Mais une attitude neutre semble parfois suspecte. Que toutes les vagues inculpations dont je puis être l'objet restent le fait des amis de Lucy, mais que d'absurdes soupçons ne viennent pas troubler le cœur de ma très chère Isabelle. Dis-moi, n'en ai-je pas dit assez pour te faire comprendre ma pensée ? Mais peut-être ce discours était-il entièrement inutile : lorsqu'on se sent profondément consciencieux, on fait parfois montre de scrupules exagérés et déplaisants. Parle, mon Isabelle.

Et il fit un pas vers elle en étendant le bras.

— Ta main, Pierre, est la poche de fondeur qui me tient entièrement fluide. Tu me déverses dans les moindres replis du monde de ta pensée, et je m'y solidifie en assumant cette forme que je garderai jusqu'au jour où tu me fondras à nouveau. Si ce que tu viens de dire est ta pensée, comment ne serait-ce pas la mienne, mon Pierre ?

— Les dieux t'ont faite par un jour de vacances après le commun univers, ils t'ont modelée tout à loisir, ô parangon !

Ce disant, Pierre se mit à arpenter la chambre dans un accès d'émerveillement et d'amour, tandis qu'Isabelle restait assise en silence, penchée sur sa main et voilée à demi par sa chevelure. Les aiguilles de Delly se firent moins convulsives. Elle semblait apaisée, comme si les paroles de Pierre avaient chassé de son esprit soit directement, soit par inférence, quelque vague et sombre pensée.

III

— Pierre ! Pierre !... vite ! vite !... Ils m'entraînent !... Oh ! vite, cher Pierre !

— Qu'est ceci ? cria vivement Isabelle, se levant et jetant un regard stupéfait sur la porte du corridor.

Mais Pierre s'élança hors de la chambre en interdisant à quiconque de le suivre.

À mi-hauteur de l'escalier, une mince forme aérienne, presque céleste, se cramponnait à la balustrade ; et deux jeunes hommes, dont l'un portait un uniforme d'officier de marine, cherchaient vainement à dénouer les deux mains frêles et blanches sans les meurtrir. C'étaient Glen Stanly et Frédéric, le frère aîné de Lucy.

En un instant, Pierre fut parmi eux.

— Scélérat ! Dieu te damne ! cria Frédéric.

Et, lâchant la main de sa sœur, il s'apprêta à le frapper méchamment.

Mais Pierre para le coup.

— Infernal coquin, tu as ensorcelé ce doux ange ! Défends-toi !

— Non, non, s'écria Glen, saisissant l'épée dégainée du frère frénétique qu'il retint dans son étreinte puissante. Il n'est pas armé ; ce n'est ni le lieu ni le temps de régler notre différend avec lui. Ta sœur, la douce Lucy, sauvons-la d'abord, et nous ferons ensuite ce que tu voudras. Pierre Glendinning, quand tu ne serais que le petit doigt d'un homme, va-t'en ! Ta dépravation, ton ignominie sont celles d'un démon. Tu ne peux pas vouloir cela : la douce enfant est folle !

Pierre fit un pas en arrière et les regarda tous trois, hagard et livide.

— Je n'ai pas de comptes à rendre : je suis ce que je suis. Cette douce enfant, cet ange que vous souillez par votre attouchement, est majeure, est sa propre maîtresse de par la loi. Et je jure qu'elle fera ce qu'elle veut ! Lâchez-la ! Voyez, elle va s'évanouir. Lâchez-la, vous dis-je !

Et il s'élança de nouveau parmi eux.

Soudain, comme ils luttaient tous confusément, la pâle jeune fille s'affaissa sur le flanc dans la direction de Pierre, tandis que les deux champions adverses, surpris, desserraient inconsciemment leur étreinte, trébuchaient l'un contre l'autre et tombaient dans l'escalier. Saisissant Lucy dans ses bras, Pierre s'enfuit, gagna la porte, poussa devant lui Isabelle et Delly qui se tenaient apeurées sur le seuil et, s'élançant dans la chambre préparée, étendit Lucy sur le lit ; puis il ressortit précipitamment et ferma la porte sur les trois femmes ; tout cela comme dans un éclair, si rapidement, en vérité, que la clef avait déjà tourné dans la serrure lorsque Glen et Frédéric surgirent, menaçants, devant Pierre.

— Messieurs, tout est fini. Cette porte est fermée. Lucy est entre des mains féminines... Arrière !

Comme les deux jeunes gens, au comble de la fureur, l'empoignaient pour le jeter de côté, plusieurs Apôtres que le bruit avait attirés firent irruption dans la chambre.

— Emmenez-les ! s'écria Pierre. Ils ont forcé ma porte ! Emmenez-les !

Immédiatement, Glen et Frédéric furent appréhendés par vingt mains, traînés hors de la chambre, puis au bas de l'escalier, et là remis à la garde d'un agent de police comme deux jeunes gens déréglés qui avaient envahi le sanctuaire d'une retraite privée.

Ils se lancèrent dans de furieuses explications, mais enfin, comprenant sans doute qu'ils ne pouvaient plus rien faire avant de prendre des mesures légales, ils se déclarèrent, bien à contrecœur, prêts à s'éloigner. On les libéra, et ils partirent, non sans avoir menacé Pierre d'une vengeance rapide et terrible.

IV

Heureux est l'homme muet à l'heure de la colère. Il ne se livre point à d'impulsives menaces et subit, en conséquence, moins d'altérations dans le passage de la fureur au calme.

Lorsque Glen et Frédéric se trouvèrent dans la rue au sortir des Apôtres, ils durent bientôt convenir que sauver Lucy par des menaces ou par la force n'était pas chose facile. L'impénétrable et froide détermination, l'inflexible intrépidité de Pierre commençaient à leur en imposer, car la grandeur et la singularité sociales font parfois plus d'impression quand on les considère rétrospectivement. Ce que Pierre avait dit de l'indépendance de Lucy devant la loi leur revint à l'esprit. Après maintes tribulations de pensée, Glen, qui était le plus calme des deux, proposa que la mère de Frédéric se rendît chez Pierre, dans l'espoir que Lucy, qui avait résisté à toutes leurs objurgations, ne resterait pas sourde aux prières maternelles. Si Mme Tartan avait été une autre femme, si elle avait connu l'angoisse désintéressée d'un cœur généreux, et non point simplement la mortification, quelque poignante qu'elle fût, de voir échouer ses plans matrimoniaux, l'espoir de Frédéric et de Glen eût été plus fondé. Néanmoins, l'expérience fut tentée, mais elle échoua complètement.

En présence de sa mère, de Pierre, d'Isabelle et de

Delly, Lucy fit le vœu solennel de résider avec son hôte et son hôtesse — qu'elle nommait en s'adressant à eux, M. et Mme Glendinning — jusqu'à ce qu'ils la rejetassent. C'est en vain que Mme Tartan, tour à tour suppliante et exaspérée, se mit à genoux devant sa fille ou parut sur le point de la frapper; c'est en vain qu'elle lui dépeignit tout le mépris et toute l'exécration à laquelle elle s'exposait; qu'elle fit indirectement allusion au beau et galant Glen, qu'elle protesta, si Lucy persistait dans sa résolution, que toute sa famille la renierait et — mourût-elle de faim — lui refuserait une bouchée de pain comme à une apostate infiniment plus haïssable qu'une fille perdue.

À tout ceci, Lucy — qui n'était plus menacée dans sa personne même — répondit de la façon la plus douce et la plus céleste, mais avec un calme et une fermeté dont il n'y avait rien à espérer: elle n'agissait point de son propre mouvement et ne faisait qu'obéir aux forces secrètes dont l'influence l'enveloppait de toutes parts; elle n'était point malheureuse de sa propre condition et ne souffrait que pour les autres; elle n'attendait aucune récompense, l'essence même de la vertu étant la conscience de bien agir sans le moindre espoir de récompense. Quant aux richesses et aux somptuosités du monde, quant aux applaudissements chatoyants des salons, les perdre n'était pas pour elle une vraie perte, car elle les avait toujours tenus pour sans valeur; elle ne renonçait à rien, mais, en agissant selon sa présente inspiration, elle héritait tout; indifférente au mépris, elle n'implorait aucune pitié. Quant à savoir si elle était saine d'esprit, elle abandonnait cela au verdict des anges et non aux sordides opinions des hommes; si quelqu'un l'accusait d'aller à l'encontre des conseils sacrés de sa mère, elle répondrait seulement qu'elle accordait à sa mère toute sa déférence filiale, mais que son obéissance sans réserves était due ailleurs. Tout espoir de la faire bouger d'ici devait être abandonné immédiatement et une fois pour toutes ; une seule chose pourrait la faire bouger, mais pour la rendre à jamais immuable, et c'était la mort.

Une force si prodigieuse dans une si prodigieuse douceur, une telle inflexibilité chez un être si fragile, eussent fait l'émerveillement de tout autre spectateur. Mais que dire de sa mère ? Comme tant d'observateurs superficiels, Mme Tartan s'était formé une idée de Lucy d'après la sveltesse de sa personne et la suavité de son caractère ; elle avait toujours imaginé que sa fille était absolument incapable de tout geste audacieux, comme si le céleste et l'héroïque eussent été incompatibles, alors qu'en fait ils ne vont jamais l'un sans l'autre. Pierre lui-même, qui pourtant connaissait Lucy mieux que quiconque, restait stupéfait devant son extraordinaire conduite. Rarement le mystère d'Isabelle l'avait fasciné davantage, d'une fascination participant du terrible. Le seul aspect extérieur de Lucy, transformé par son existence récente, lui inspirait les émotions les plus puissantes et les plus nouvelles. Les roses pures de son teint avaient entièrement disparu, sans faire place à cette nuance jaunâtre qu'on voit généralement paraître en de tels cas. Et, comme si son corps eût été le temple de Dieu et que le marbre convînt seul à un sanctuaire aussi sacré, une blancheur éclatante et surnaturelle brillait à présent sur sa joue. Sa tête reposait sur ses épaules comme la tête ciselée d'une statue, et la lueur douce et ferme qui brillait dans son regard semblait aussi prodigieuse que l'eût été chez une statue taillée quelque signe de vision et d'intelligence.

Isabelle, elle aussi, était étrangement émue par la

douce apparence immatérielle de Lucy, mais non point tant parce que cette apparence faisait persuasivement appel à son cœur, que parce qu'elle agissait impérieusement sur elle comme le sceau même du ciel. Dans la diligence avec laquelle elle subvenait aux menus besoins de Lucy, il y avait plus de spontanéité inintentionnelle que de bon vouloir compatissant. Et lorsque — sans doute par une vibration momentanée de la lointaine et solitaire guitare — un son musical à peine perceptible, passant soudain par la porte ouverte de la chambre voisine, répondit docilement aux suaves paroles que Lucy prononçait en présence de sa mère, Isabelle, comme en proie à quelque terreur spirituelle, tomba à genoux devant Lucy et lui rendit hommage dans un geste rapide, mais toujours, semblait-il, à l'insu de sa volonté.

Voyant ses plus ardents efforts rester inefficaces, Mme Tartan, en désespoir de cause, fit signe à Pierre et à Isabelle de quitter la chambre afin de renouveler en privé ses supplications et ses menaces. Mais Lucy les retint d'un geste et se tourna vers sa mère. Elle n'avait désormais point d'autres secrets que ceux qui demeureraient des secrets dans le ciel. Tout ce qui était connu publiquement dans le ciel devait être connu publiquement sur la terre. Il n'y avait pas le moindre secret entre elle et sa mère.

Complètement déconcertée par l'attitude indéchiffrable d'une fille perdue d'égarement et de folie, Mme Tartan se tourna impétueusement vers Pierre et lui enjoignit de quitter la chambre avec elle. Mais Lucy s'y opposa, déclarant qu'il n'y avait aucun secret entre sa mère et Pierre, et qu'elle allait d'ailleurs prévenir toute question ; puis, réclamant une plume, du papier et un livre sur lequel elle pût s'appuyer pour écrire, elle traça les lignes suivantes et les tendit à sa mère :

« Moi, Lucy Tartan, je déclare que c'est par un acte de libre volonté et sans en être sollicitée que je suis venue habiter avec M. et Mme Glendinning aussi longtemps qu'ils y consentiront ; je m'en irai s'ils le désirent, mais rien d'autre ne me fera bouger si ce n'est la violence et, contre la violence, je puis faire appel à la loi. »

— Lisez ceci, madame, dit Mme Tartan, tendant le billet à Isabelle d'une main tremblante et considérant la jeune fille avec une expression chargée de colère et de dédain.

— J'ai lu, dit tranquillement Isabelle après avoir jeté les yeux sur le billet.

Et elle le tendit à Pierre, comme pour montrer qu'elle n'avait pas d'opinion indépendante en la matière.

— Et vous aussi, monsieur, vous êtes d'accord ? demanda Mme Tartan à Pierre, quand il eut lu le billet.

— Je n'ai pas de comptes à rendre, madame. Il semble que ce soit là l'expression écrite de la calme volonté de votre fille. Vous feriez mieux de la respecter et de partir.

Mme Tartan jeta autour d'elle un regard de désespoir et de colère ; puis, fixant ses yeux sur sa fille, elle parla :

— Ma fille ! Ici même, je te rejette pour toujours. Jamais plus je ne t'importunerai de mes supplications maternelles. Je ferai en sorte que tes frères te renient. Je ferai en sorte que Glen Stanly bannisse de son cœur ton indigne image, s'il ne l'a déjà fait devant ta folie et ton incroyable dépravation. Quant à vous, monsieur le monstre, ceci attirera le jugement de Dieu sur votre tête. Quant à vous, madame, je n'ai pas de mots pour la femme qui permet à l'amante de son propre époux d'habiter chez elle. Et quant à toi, chétive créature (ceci à Delly), tu ne mérites pas de description... Un nid de vipères ! Et maintenant, celle que Dieu lui-même a abandonnée à jamais, une mère peut assurément la quitter pour toujours.

Cette malédiction maternelle ne produisit aucun effet visible sur Lucy ; elle était déjà si blanche que la crainte n'aurait pu la rendre plus livide, si vraiment la crainte habitait son cœur ; car, de même que le plus haut, le plus pur, le plus impalpable éther échappe au tumulte des couches inférieures de l'air, de même l'éther transparent de sa joue, le suave et clair azur de sa prunelle ne montraient aucun signe d'émotion cependant que sa mère terrestre fulminait ainsi au-dessous d'elle. Elle était soutenue par des bras qui ne peuvent fléchir ; elle entrevoyait une aide invisible ; elle sentait à son côté ces hautes puissances de l'Amour immortel qui, si elles épousent le parti du plus faible roseau, lui permettent de résister sans faillir aux plus terribles tempêtes.

LIVRE XXV

Lucy, Isabelle et Pierre. — Pierre aux prises avec son livre. — Encelade

I

Un jour ou deux après l'arrivée de Lucy, quand elle se fut entièrement remise des fâcheux effets que les événements récents avaient pu produire sur elle — événements qui avaient causé un tel choc à Pierre et à Isabelle, quoique de manière différente pour l'un et l'autre, mais qui, au moins en apparence, n'avaient pas affecté Lucy aussi intensément —, et comme tous trois prenaient le café ensemble, Lucy exprima l'intention d'exercer professionnellement son art du pastel. Ce serait pour elle une occupation fort plaisante et qui lui permettrait du même coup d'apporter sa contribution aux fonds communs. Pierre connaissait bien son habileté à saisir les ressemblances et à les embellir d'une manière aussi judicieuse que véridique, non point tant en modifiant les traits qu'en les enveloppant d'une atmosphère transfiguratrice ; car, disait Lucy, jetés dans la lagune pour qu'on les y contemple, les plus grossiers cailloux assument, sans se transformer, les plus suaves apparences. Si Pierre prenait la peine de lui amener des modèles, elle ne doutait pas de récolter aisément une belle moisson de têtes. Assurément, parmi tous les habitants de la vieille église, Pierre devait en connaître un grand nombre qui ne verraient pas d'inconvénients à se faire portraiturer. En outre, bien qu'elle n'eût guère eu le temps de les voir, elle était persuadée qu'il devait se trouver quelques têtes frappantes dans une aussi remarquable compagnie de poètes, de philosophes et de mystiques. Elle conclut en disant combien elle était satisfaite de la chambre qu'on avait préparée pour elle, chambre qui, ayant servi anciennement d'atelier à un artiste, possédait une fenêtre considérablement surélevée et des volets disposés de telle sorte qu'on y pouvait régler la lumière à sa guise.

Pierre s'était attendu à quelque chose de ce genre dès l'instant qu'il avait aperçu le chevalet. Aussi sa réponse ne fut-elle pas entièrement inconsidérée. Il dit à Lucy que l'exercice systématique de son art lui fournirait une très agréable occupation et, par là même, lui serait de grand profit ; pourtant, comme elle ne pouvait guère compter sur la clientèle des riches relations mondaines de sa mère — d'ailleurs, n'était-elle pas fort loin de désirer pareille chose ? — mais seulement, pour quelque temps tout au moins, sur celle des Apôtres, et comme ces Apôtres étaient presque tous des malheureux sans le sou — bien qu'il y eût vraiment parmi eux quelques visages d'une merveilleuse richesse —, Lucy ne devait point espérer de grands émoluments immédiats. Peut-être connaîtrait-elle sous peu un beau succès ; mais au début, il valait mieux qu'elle fût modérée dans ses espérances. Cet avertissement était dicté par un certain stoïcisme têtu né des récents événements d'une vie qui avait appris à Pierre à ne jamais attendre de quoi que ce fût du bien, mais seulement du mal, tout en restant ouvert au bien si le bien consentait à venir. Il ajouta qu'il parcourrait le matin même les chambres et les couloirs des Apôtres pour annoncer familièrement que sa cousine était pastelliste, qu'elle occupait une chambre voisine de la sienne et qu'elle serait heureuse de recevoir quiconque voudrait faire faire son portrait.

— Et à présent, Lucy, quelles seront tes conditions ? C'est là un point fort important, tu le sais.

— Je suppose, Pierre, qu'elles doivent être très modiques, dit Lucy en le regardant.

— Très modiques, Lucy, très modiques.

— Eh ! bien, ce sera dix dollars.

— Dix Banques d'Angleterre, Lucy ! s'écria Pierre. Mais, Lucy, pour quelques-uns des Apôtres, c'est presque le revenu d'un trimestre !

— Quatre dollars, Pierre.

— Je vais te répondre, Lucy ; mais d'abord, combien de temps te faut-il pour achever un portrait ?

— Deux séances de pose et deux matinées de travail solitaire, Pierre.

— Voyons. Quels sont les matériaux ? Ils ne doivent pas être très coûteux. Ce n'est pas comme pour couper du verre... Tes outils n'ont pas besoin d'être munis de diamant, n'est-ce pas, Lucy ?

— Vois ! Pierre, dit Lucy en étendant sa petite main. Vois ! Cette poignée de fusains, un peu de mie de pain, un pastel ou deux, une feuille de papier, et c'est tout.

— Alors, tu demanderas un dollar soixante-quinze par portrait.

— Seulement un dollar soixante-quinze, Pierre ?

— J'ai bien peur que ce ne soit encore beaucoup trop, Lucy. Il ne faut pas être exigeante. Écoute, si tu demandes dix dollars et dessines à crédit, tu auras beaucoup de clients et peu de rentrées ; mais si tu fais des prix très bas, en exigeant d'être payée comptant, tu auras moins de clients et plus de rentrées. Tu me comprends ?

— Il en sera comme tu le dis, Pierre.

— Alors, je vais faire une pancarte sur laquelle j'inscrirai tes conditions, et je la mettrai bien en vue dans ta chambre, afin que chacun des Apôtres sache à quoi s'en tenir.

— Merci, merci, cousin Pierre, dit Lucy en se levant. Je suis heureuse que tu ne désespères pas entièrement de mon pauvre petit plan. Mais il faut que je fasse quelque chose, il faut que je gagne de l'argent. Vois, j'ai mangé tant de pain ce matin et je n'ai pas gagné un sou.

Pierre mesura avec une tristesse amusée ce qui restait du seul morceau de pain qu'elle eût touché et voulut lui répondre en se moquant, mais elle avait déjà regagné sa chambre.

Il fut tiré de l'étrange rêverie où l'avait plongé la fin de cette scène par Isabelle, qui posa la main sur son genou et jeta sur son visage un regard chargé d'expression. Pendant tout le colloque précédent, elle était demeurée complètement silencieuse, mais un observateur inoccupé eût peut-être remarqué qu'elle luttait contre des émotions nouvelles qui l'agitaient violemment.

— Pierre ! dit-elle en se penchant ardemment vers lui.

— Eh bien ! eh bien ! Isabelle, balbutia Pierre, cependant qu'une rougeur mystérieuse envahissait ses joues, son front et son cou, et qu'il reculait involontairement devant ce corps penché vers lui.

Arrêtée par ce geste, Isabelle regarda Pierre fixement ; puis elle se leva avec une lenteur, une solennité et une tristesse infinies, en disant :

— Si ta sœur peut venir trop près de toi, Pierre, il faut que tu en préviennes ta sœur. Car le soleil de septembre n'entraîne pas plus jalousement les vapeurs de la vallée loin de la terre dédaigneuse, que mon dieu secret ne m'écartera de toi si je puis jamais venir trop près de toi.

Tout en disant ces mots, elle avait mis la main sur son corsage, comme pour y vérifier résolument la présence d'un objet mortel qui s'y fût trouvé caché ; mais frappé par son attitude générale, Pierre ne remarqua pas ce mouvement significatif de la main, bien que, dans la suite, il dût s'en souvenir et comprendre toute sa ténébreuse portée.

— Trop près de moi, Isabelle ? Soleil ou rosée, tu me fertilises ! Les rayons de soleil ou les gouttes de rosée peuvent-ils venir trop près de ce qu'ils réchauffent et arrosent ? Viens t'asseoir près de moi, Isabelle, tout près de moi ; pénètre au dedans de mes côtes si tu le peux, afin que mon corps puisse à lui seul contenir deux êtres !

— Les beaux plumages font les beaux oiseaux, dit-on, répliqua Isabelle avec une grande amertume, mais les belles paroles font-elles toujours les belles actions ? Pierre, tu viens d'avoir un mouvement de recul devant moi !

— Quand nous voulons tendrement étreindre, nous jetons d'abord nos bras en arrière, Isabelle ; si j'ai reculé, c'est pour venir plus près de toi.

— Ah bon... les escarmouches de mots ne sont rien, ce sont les actes qui livrent le vrai combat. Qu'il en soit comme tu le dis. Je te garde ma confiance, Pierre.

— Mon souffle attend le tien. Mais qu'y a-t-il, Isabelle ?

— Quelle n'a pas été ma bêtise ! Je deviens folle lorsque j'y pense, plus folle encore lorsque je songe que c'est *sa* grande douceur qui m'a fait saisir ma propre stupidité. Mais *elle* ne me devancera pas !

Pierre, il faut que je travaille pour toi de quelque façon. Devrais-je vendre mes cheveux, me faire arracher les dents, je gagnerai de l'argent pour toi !

Pierre la regarda avec stupéfaction. On voyait à certains indices révélateurs qu'elle avait été profondément blessée dans quelque région secrète de son âme. Une syllabe affectueuse et consolatrice montait aux lèvres de Pierre et il étendait le bras vers elle, lorsque son expression changea tout à coup ; il chuchota d'un ton alarmé :

— Écoute ; elle vient... Reste tranquille.

Mais Isabelle, se levant fièrement, ouvrit la porte toute grande en s'écriant d'une voix presque hystérique :

— Regardez, Lucy ; quel singulier mari ! Il a peur qu'on ne le surprenne à causer avec sa femme !

Lucy, un petit coffret à dessin posé devant elle — peut-être était-ce le grincement de ce coffret qui avait alerté Pierre — Lucy était assise au milieu de sa chambre, en face de la porte ouverte, de sorte que Pierre et Isabelle lui apparaissaient clairement. Le ton singulier de la voix d'Isabelle lui fit lever vivement les yeux. Aussitôt une illumination soudaine, la compréhension de quelque vérité subtile parut envahir tout son être, sans que l'on pût deviner l'effet produit par là sur ses sentiments. Elle murmura quelque vague réponse ; puis se pencha sur son coffret à dessin en protestant qu'elle était très occupée.

Isabelle ferma la porte et s'assit à nouveau près de Pierre. Son visage avait une expression complexe, irritée et tourmentée. Elle apparaissait comme une créature en proie à la plus puissante émotion humaine, mais en même temps prisonnière d'inextricables circonstances dont elle aspire à se dégager, tout en sachant ses efforts pis que vains, et que, dès lors, une folle témérité entraîne à défier tous les obstacles. Pierre trembla en la regardant. Mais bientôt l'expression d'Isabelle changea; sa douce tristesse revint; et son regard mystique se fit de nouveau, dans sa limpidité, impénétrable.

— Pierre, de tout temps, avant même de te connaître, j'ai commis de folles actions dont je ne prenais conscience qu'en les évoquant confusément à ma mémoire. Je ne tiens pas ces actions pour miennes. Celle que je me souviens d'avoir commise à l'instant est de leur nombre.

— Tu n'as fait que montrer ta force, tandis que je montrais ma faiblesse, Isabelle; oui, pour le monde entier tu es ma femme, pour elle aussi tu es ma femme. Ne te l'ai-je point dit moi-même? J'ai été plus faible qu'un petit chat, Isabelle, et toi tu as été forte comme les créatures angéliques auxquelles leur beauté suprême n'enlève pas leur force.

— Pierre, de telles syllabes venant de toi me rafraîchissaient naguère comme la rosée; à présent, elles coulent avec la même fluidité, la même abondance, mais elles rencontrent en chemin une autre zone qui les intercepte et les gèle; elles crépitent sur mon cœur comme une grêle, Pierre... Tu ne lui as point parlé ainsi!

— Elle n'est pas Isabelle!

La jeune fille lui jeta un vif regard perçant et scrutateur; puis, avec une expression apaisée, dit:

— Ma guitare, Pierre: tu sais combien j'en suis maîtresse; eh bien, avant de chercher des clients pour la portraitiste, tu trouveras des élèves pour le professeur de musique. Veux-tu?

Et elle le regarda avec une touchante volonté de persuasion qui parut à Pierre plus qu'humaine.

— Ma pauvre, pauvre Isabelle! cria Pierre. Tu es maîtresse des douceurs naturelles de la guitare, mais tu ne connais point ses artifices conventionnels; et c'est là pourtant ce que, dans leur sottise, les élèves paieront pour apprendre. Ce que tu sais ne peut être enseigné. Ah! ta douce ignorance me transporte! ma chère, chère, douce et divine Isabelle!

Et il la prit impulsivement dans ses bras.

Avant que Pierre, illuminé visiblement par l'ardeur de ses sentiments, eût attiré à lui Isabelle, celle-ci avait doucement reculé vers la porte, qui, à l'instant où il étreignit la jeune fille, s'ouvrit soudain d'elle-même.

Sous les yeux de Lucy assise, Pierre et Isabelle se tenaient enlacés, les lèvres de Pierre sur la joue d'Isabelle.

II

Malgré la visite maternelle et la façon péremptoire dont elle s'était terminée, encore que Mme Tartan eût déclaré qu'elle partait pour ne plus revenir et qu'elle apprendrait à tous les parents, à tous les amis, aux propres frères de Lucy, et à son prétendant, à la désavouer et à l'oublier, Pierre croyait trop bien connaître le cœur humain en général, et le caractère de Glen et de Frédéric en particulier, pour n'éprouver point quelque inquiétude à l'endroit de ce que ces deux jeunes hommes impétueux pouvaient comploter contre le prétendu monstre dont les ruses infernales avaient séduit Lucy Tartan, au point de lui faire oublier toute convenance terrestre. Il ne se sentait nullement rassuré, mais au contraire tirait les plus sombres augures du fait que Mme Tartan était venue voir Lucy seule, et que Glen et Frédéric avaient laissé passer plus de quarante-huit heures sans donner le moindre signe d'hostilité ou de neutralité. Il pensa d'abord que, mettant un frein à leur emportement impulsif, ils avaient résolu de lui arracher Lucy en suivant la méthode la plus lente, mais peut-être la plus sûre, c'est-à-dire en intentant quelque action légale. Mais plusieurs considérations lui firent repousser cette idée.

Non seulement Frédéric, en homme d'épée, était de ces caractères qui, dans une affaire si étroitement personnelle, si intensément privée et familiale, méprisent la publicité mercenaire du bras languissant de la loi, pour s'ériger eux-mêmes en justiciers et en vengeurs de leur propre cause (car c'était peut-être autant le sentiment d'avoir reçu un affront personnel à travers la personne de Lucy, que l'outrage subi par Lucy, quelque noir qu'il fût, qui le piquait au vif), non seulement il en était ainsi de Frédéric, mais encore, en ce qui concernait Glen, Pierre savait fort bien que, s'il n'avait pas assez de cœur pour commettre un acte d'amour, il en avait assez pour commettre un acte de haine ; que si, en cette mémorable nuit de son arrivée à la ville, Glen avait manqué de cœur au point de lui fermer sa porte, il était capable à présent d'en puiser assez en lui-même pour enfoncer celle de Pierre, s'il croyait qu'un tel esclandre eût quelque chance d'être couronné de succès.

En outre, Pierre savait ceci : si invincible est l'ardeur naturelle latente et inéducable d'une virilité courageuse que, bien que l'homme soit habitué socialement, depuis des milliers d'années, à rendre arbitrairement hommage à la loi comme au seul organisme destiné à redresser les torts, toutefois, immémorialement et universellement, parmi tous les gens de courage, le fait de proférer indépendamment, personnellement, des menaces de vengeance personnelle contre son ennemi, puis de se rabattre piteusement sur une cour de justice et de payer une escouade d'avocassiers criards pour livrer la bataille si vaillamment annoncée, cette ligne d'action est considérée en apparence comme très digne et très prudente, mais au fond comme ignoblement mesquine. Frédéric et Glen avaient pour cela trop de sang dans les veines.

D'ailleurs, il apparaissait clairement à Pierre que la loi ne pourrait parvenir à arracher Lucy au refuge qu'elle avait volontairement cherché qu'en la déclarant positivement folle et en cherchant à prouver cette folie par mille petits détails déplaisants ; et c'était là une perspective également haïssable pour un camp comme pour l'autre.

Dès lors, qu'allaient faire ces deux impétueux ? Peut-être patrouiller les rues afin de surprendre Lucy seule et de l'enlever ; ou bien, si Pierre était avec elle, abattre celui-ci à tout prix, loyalement ou non, et puis s'enfuir avec Lucy ; ou bien, si Lucy gardait systématiquement la chambre, tomber sur Pierre le plus publiquement du monde, l'assommer, et l'accabler de haine et d'injures jusqu'à vilipender son caractère de telle sorte que, rompu sur la roue d'un tel déshonneur, Pierre perdît tout ressort et finît par céder lâchement sa proie.

Nul vacarme de fantômes dans une vieille maison hantée, nul signe sulfureux et gros de menace aperçu la nuit dans le ciel ne font se dresser les cheveux sur la tête comme la possibilité de quelque grossier affront corporel subi en public, lorsqu'elle se présente à l'esprit d'un homme fier et honorable. Ce n'est pas là de la peur, mais une sorte d'horreur au vif de la fierté, qui est plus terrible que toute peur. Alors, par une effroyable représentation prémonitoire, la marque caïnique du meurtrier brûle déjà au front de la victime, et le couteau se couvre d'une rouille sanglante dans la main anticipatrice.

Certain que ces deux jeunes gens dont les malédictions insultantes résonnaient encore à ses oreilles — malédictions auxquelles il avait dû faire un grand effort pour ne pas répondre sur-le-champ — complotaient quelque furieuse attaque contre lui ; parfaitement conscient de la haine forcenée, écumante, surnaturelle avec laquelle un frère ardent assaille quiconque a insulté à l'honneur d'une sœur — sans aucun doute la plus intransigeante de toutes les colères de l'homme social —, et conscient également de l'anomalie qui veut que, si un tel frère frappe son ennemi à la table de sa propre mère, tous les publics et tous les jurys acquitteront cette noble âme égarée par la honte d'une tendre sœur perdue aux mains d'un vil séducteur ; imaginant les sentiments qu'il eût lui-même éprouvés s'il se fût trouvé dans la position que Frédéric croyait si fermement être la sienne ; se rappelant qu'en amour la jalousie est comme une vipère, et que la jalousie de Glen était doublement envenimée par l'extraordinaire perversité des circonstances apparentes dans lesquelles Lucy s'était détournée des bras de Glen pour fuir chez son rival — toujours heureux et marié à présent — et s'y blottir honteusement sans vergogne ; lorsqu'il évoquait de la sorte les puissants aiguillons de ses deux ennemis, Pierre ne pouvait escompter de leur part qu'œuvre violente à très brève échéance. Et la fureur qui faisait rage en son âme ne laissait pas d'être ratifiée par les arrêts de son esprit aux heures de plus grand sang-froid ; la tempête et l'accalmie lui disaient toutes deux : prends garde, Pierre !

Les meurtres sont commis par des maniaques ; mais les pensées de meurtre réfléchies sont le fait des désespérés calmes. Pierre était de ces derniers ; le Destin — ou tout ce que vous voudrez — l'avait rendu tel, et tel il était. Lorsque toutes ces choses flottaient devant lui, lorsqu'il pensait à toutes les ambiguïtés qui l'enveloppaient, à toutes les murailles infranchissables qui l'enserraient, aux mille circonstances aggravantes de son lot funeste, le dernier semblant d'espoir qui s'était attardé en lui s'évanouissait, comme happé par des langues de feu, et la seule perspective qui s'offrait à son regard était celle d'un insondable et ténébreux abîme de culpabilité, au bord duquel il chancelait dangereusement à toute heure ; alors, son âme accueillait avec jubilation la haine suprême de Glen et de Frédéric ; et la perpétration d'un meurtre commis en écartant l'ignominie de leurs coups publics, semblait le seul couronnement naturel d'une carrière aussi désespérée.

III

Comme une statue plantée sur un piédestal tournant offre tantôt ce membre-ci, tantôt celui-là, et se montre alternativement de front, de dos et de flanc, ainsi fait l'âme de l'homme en pivotant sous la main de la Vérité. Le mensonge seul ne varie jamais. N'attendez donc point que Pierre reste immuable. Et comme aucun bonimenteur ne se tient auprès de lui pour annoncer les phases de sa révolution, saisissez-les vous-même de votre mieux.

Une nouvelle journée passa, Glen et Frédéric ne donnant toujours pas signe de vie, et Pierre, Isabelle et Lucy continuant à habiter ensemble. La présence domestique de Lucy commençait à produire un effet remarquable sur Pierre. Parfois, le regard secrètement attentif d'Isabelle croyait discerner qu'il contemplait Lucy avec une expression conforme à leurs prétendues relations de simple cousinage, mais aussi avec une autre expression, plus inexplicable encore, faite à la fois de crainte, de terreur sacrée et d'une sorte d'irritation. Pourtant, ses manières à l'égard de Lucy ne trahissaient qu'une considération délicate et affectueuse, rien de plus. Il ne restait jamais seul avec elle ; bien que parfois, comme auparavant, il restât seul avec Isabelle.

Lucy ne semblait nullement désireuse d'usurper quelque place que ce fût aux côtés de Pierre ; elle ne trahissait aucune curiosité importune à son égard, aucun embarras pénible à l'égard d'Isabelle. Néanmoins, d'heure en heure, il semblait de plus en plus qu'elle se glissât inexplicablement entre eux sans les toucher. Pierre sentait auprès de lui une étrange influence céleste qui cherchait à le préserver de quelque malheur suprême ; Isabelle éprouvait la présence de quelque insaisissable force agissante. Lorsqu'ils étaient tous trois ensemble, la douceur et la sérénité merveilleuses, la parfaite confiance de Lucy bannissaient toute gêne, et pourtant il y avait parfois quelque gêne sous ce toit lorsque Pierre se trouvait seul avec Isabelle après que Lucy les avait innocemment quittés.

Pierre, cependant, travaillait toujours à son livre, plus conscient à chaque instant des circonstances intensément défavorables qui présidaient à l'élaboration de l'ouvrage. Et, à mesure que l'entreprise exigeait de lui plus de vigueur et de concentration, il sentait qu'il en avait de moins en moins à dépenser, car c'était l'insigne infortune de Pierre que d'être poussé par une force invisible, encore que simplement accidentelle, à entreprendre non seulement un travail de maturité en pleine immaturité d'esprit — circonstance suffisamment lamentable en soi —, mais encore, à l'heure du plus pressant besoin, une œuvre de longue haleine et la moins susceptible de lui valoir aucun profit. Sans doute aurions-nous avantage à exposer de la façon la plus complète les causes premières de tout ceci, mais l'espace et le temps nous manquent.

Finalement, les affaires domestiques — loyer et pain — en arrivèrent à une telle passe qu'il devint absolument nécessaire d'envoyer les premières pages à l'imprimeur ; et ce fut la source d'une nouvelle tribulation, car les pages imprimées dictaient à présent leur volonté à toutes les pensées, à toutes les inventions subséquentes de Pierre, disant : « Il doit en être ainsi et ainsi, tu vas écrire ceci et cela, sinon l'ensemble sera boiteux. » Son livre était donc déjà circonscrit, limité et voué à l'imperfection avant que d'avoir pris une forme définitive, avant que d'être parvenu à une conclusion certaine. Oh ! qui dira les horreurs de la pauvreté dans la haute création ? Tandis que ce niais de Millthorpe raillait son retard de quelques semaines et de quelques mois, Pierre, dédaigneux de lui répondre, éprouvait dans l'amertume de son cœur qu'à la plupart des grandes œuvres de l'humanité leurs auteurs avaient non seulement consacré des semaines et des mois, des années et des années, mais encore voué, dédié toute leur existence. Bien qu'à son bras droit comme à son bras gauche se suspendît une femme qui eût volontiers donné sa vie pour lui, Pierre, dans la région la plus haute et la plus profonde de son être, était entièrement privé de toute sympathie divine, humaine, animale ou végétale. Dans une ville de centaines de milliers de créatures humaines, Pierre se trouvait aussi solitaire qu'au Pôle.

Mais la plus grande infortune était que toutes ces choses demeurassent insoupçonnées du dehors et indivulgables du dedans, que les dagues mêmes qui le transperçaient fussent objets de raillerie pour l'imbécillité, l'ignorance, la stupidité, la suffisance, l'aveuglement et la sottise universelles qui l'environnaient. Il commençait à éprouver qu'en lui les ciseaux du destin coupaient préventivement les muscles d'un Titan. Il se sentait pareil à un élan des forêts aux tendons rompus. Tout ce qui pense, tout ce qui bouge, tout ce qui est inerte semblait avoir été créé pour le moquer et le tourmenter. Il paraissait n'avoir été doué d'élévation qu'afin d'être abattu et traîné dans la boue. Pourtant, il y avait en lui une volonté profonde qui refusait de capituler. Contre son cœur brisé, contre sa tête prête à éclater, contre son effroyable lassitude, contre ses faiblesses et ses insomnies mortelles, contre ses vertiges et ses accès de démence, il luttait encore comme un demi-dieu. Le navire de son âme prévoyait les récifs inévitables, mais poursuivait sa route, résolu à faire courageusement naufrage. Il retournait à présent raillerie pour raillerie, insultant les magots qui se moquaient de lui. Avec une âme d'athée, il écrivait les choses les plus saintes ; avec un sentiment de mort et de misère en lui, il créait des formes de joie et de vie ; à chaque serrement de cœur, il jetait une invective sur le papier. Et tout le reste, il le cachait sous la draperie si aisément ajustable de l'extensible philosophie. Car plus il écrivait, plus il plongeait dans les profondeurs, et plus il découvrait l'éternelle fugacité de la Vérité, l'universelle insincérité latente des pensées les plus grandes et les plus pures qui aient jamais été écrites. Comme des cartes truquées, les pages de tous les grands livres étaient sournoisement empilées. Il ne faisait qu'empiler ainsi un jeu de plus, un pauvre jeu fatigué. En sorte qu'il n'y avait rien qu'il méprisât davantage que ses propres aspirations ; rien qu'il abhorrât davantage que la plus haute région de lui-même. Le plus éclatant succès lui semblait intolérable car, il le voyait trop clairement, le plus éclatant succès ne pouvait naître du seul mérite; s'il en procédait pour un millième, les neuf cent quatre-vingt-dix-neuf autres n'étaient dus qu'à une combinaison de hasards et d'accidents. Ainsi donc, d'avance, il méprisait des lauriers qui, de par la nature même des choses, ne sauraient être impartialement dispensés. Mais si, pour lui, toute la terre se dépeuplait ainsi de son ambition, pourtant les circonstances lui dictaient l'attitude d'un homme qui poursuit ardemment la gloire. Ainsi donc, d'avance, il éprouvait l'incommunicable tourment de s'exposer à des applaudissements ou à des censures également indésirés, également haïs avant que d'être dispensés. Ainsi donc, d'avance, il ressentait le mépris pyramidal de la véritable grandeur pour la foule grouillante et infinitésimale des critiques. Son mépris dédaignait de se montrer méprisant. Ceux que Pierre méprisait le plus ne le surent jamais. Dans son petit cabinet de travail solitaire, Pierre avait l'avant-goût de tous les éloges et de tous les blâmes de ce monde et, après avoir goûté ainsi aux deux gobelets, il les lui relançait, par anticipation, au visage. Tout panégyrique, toute dénonciation, toute critique, de quelque sorte qu'ils fussent, ne pouvaient que venir trop tard pour Pierre.

Mais l'homme ne s'abandonne jamais ainsi, comme une maison sans portes et sans volets, aux rafales déchaînées des quatre vents du ciel, qu'il ne subisse de nouvelles dégradations. De plus en plus souvent, Pierre se laissait aller en arrière sur sa chaise avec un sentiment de faiblesse mortelle. De plus en plus souvent, il s'en revenait en chancelant de sa promenade du soir dans un tel état d'épuisement physique qu'il répondait à peine pour économiser son souffle, lorsqu'on lui demandait anxieusement ce qu'on pouvait faire pour lui. Et comme si ce n'était pas assez des maux spirituels les plus invétérés alliés à son épuisement physique, une affection corporelle particulière fondit sur lui comme un épervier. Son application incessante réagit sur ses yeux. Ils devinrent si malades que, certains jours, Pierre, redoutant de les exposer à la lumière, écrivait les paupières presque closes et que le papier, entrevu à travers ses cils, lui apparaissait tout zébré. Parfois encore, il écrivait à l'aveuglette, les yeux détournés de son papier, symbolisant ainsi inconsciemment sa détestation de la nécessité hostile qui faisait de lui le plus récalcitrant prisonnier d'État des Lettres.

Chaque soir, après qu'il eut écrit tout le jour, les épreuves du début de son livre arrivaient et Isabelle les lui lisait à haute voix. Elles étaient pleines d'erreurs ; mais, absorbé par un essaim de pensées à l'état pur, non diluées, il s'agaçait de ces minuscules piqûres de moustique : corrigeant çà et là le pire, il laissait le reste et riait en lui-même de la riche moisson qu'il fournissait ainsi aux critiques entomologiques.

Mais finalement il reçut un terrible avertissement intérieur, une invite à s'arrêter, à suspendre sa lutte contre nature.

Pendant les premiers temps qu'il travaillait à son livre, il avait trouvé quelque réconfort à se promener chaque soir dans la plus grande artère de la cité, afin d'éprouver le parfait isolement de son âme avec une intensité qu'augmentaient les heurts incessants de son corps avec les milliers de corps entraînés dans leur marche rapide. Puis il s'aperçut qu'il préférait les nuits d'orage aux nuits clémentes, car alors les grandes artères étaient moins peuplées, les innombrables stores des boutiques battaient comme les voiles d'une goélette dans la tempête, les volets claquaient comme des pavois amarrés, et les ardoises s'abattaient à grand fracas comme des poulies chues du haut des vergues. Lorsqu'il luttait contre de pareilles rafales parmi les rues désertes, Pierre ressentait une joie sombre et triomphante à la pensée que tous les autres avaient rampé peureusement dans leur niche et que lui seul défiait cette tempête amirale dont les grêles vindicatives, frappant la fournaise ardente et bardée de fer de son corps, fondaient en douce rosée et coulaient sur le sol sans l'avoir blessé.

Peu à peu, il en vint par ces nuits hurlantes, lapidantes, à diriger ses pas vers les sombres et étroites rues de traverse, en quête des tavernes les plus retirées et les plus mystérieuses. Là, il éprouvait une satisfaction singulière à s'asseoir sur une chaise tout ruisselant, à se faire apporter une demi-pinte d'ale et, tirant son chapeau sur ses yeux pour les protéger de la lumière, à contempler les visages variés des épaves sociales qui venaient s'abriter des plus âpres minuits.

Mais il finit par prendre en dégoût ces lieux mêmes ; seule à présent, la parfaite désolation nocturne des plus obscures ruelles manufacturières le contentait, ou du moins lui semblait à peu près supportable. Il prit l'habitude de parcourir chaque soir leurs dédales jusqu'au jour où, comme il s'arrêtait un instant avant de retourner sur ses pas, une sensation insolite l'envahit soudain : il ne savait plus où il était, il avait perdu tout sentiment de vie ordinaire, il ne voyait pas, bien qu'il crût sentir, en portant instinctivement la main à ses yeux, que ses paupières étaient ouvertes. À l'aveuglement s'ajoutèrent vertige et étourdissement ; il chancela ; une myriade de météores verts se mirent à danser devant ses yeux, son pied trébucha contre le trottoir, il étendit les mains en avant et perdit connaissance. Quand il revint à lui, il s'aperçut qu'il était couché en travers du ruisseau, souillé de boue et de limon. Il se leva pour voir s'il pourrait se tenir sur ses jambes. Mais l'accès était entièrement passé. Aussitôt il pressa le pas dans la direction du logis, n'osant se reposer ni s'arrêter un instant tout le long du chemin, car il redoutait d'être à nouveau terrassé par un afflux de sang à la tête s'il interrompait soudain sa marche. Cet incident lui fit éviter désormais ces rues désolées, de crainte qu'une seconde crise ne le surprît la nuit et ne le laissât périr dans une solitude ignorée. Peut-être ce terrible vertige avait-il aussi la signification d'un autre et plus profond avertissement, mais il n'en eut cure et continua à faire besogner son cœur et son cerveau comme devant.

Jusqu'alors, le sang même de son corps s'était révolté en vain contre son âme titanesque, mais voici que les seuls symboles visibles de cette âme — ses yeux — commençaient eux aussi à le trahir, et cela avec plus de succès que le sang rebelle. Pierre les avait si impitoyablement surmenés que maintenant ils se refusaient absolument à regarder le papier. Comme Pierre les tournait vers son feuillet, ils clignèrent et se fermèrent. Leurs globes roulèrent dans leurs orbites, se dérobèrent. Il les couvrit de sa main et se renversa sur sa chaise. Puis, sans mot dire, il resta là immobile, suspendu dans l'inaction et le vide.

Le lendemain matin — ceci se passait quelques jours après l'arrivée de Lucy —, convaincu que la composition de toute œuvre grande et profonde, et même que toute tentative, fût-elle vouée à l'échec le plus complet, d'écrire une œuvre grande et profonde exigeait un entêtement aveugle, le lendemain matin il revint à la charge. Mais de nouveau ses yeux se dérobèrent en roulant dans leurs orbites, et une torpeur générale, une torpeur sans nom, quelque horrible avant-goût de la mort elle-même, parut s'emparer de lui.

IV

Dans cet état de demi-inconscience, ou plutôt de transe, il eut un rêve ou une vision remarquable. Les objets réels et artificiels qui l'entouraient s'évanouirent pour faire place au spectacle imposant, quoique imaginaire, d'un paysage naturel. Mais pour n'être en lui-même qu'une vision irréelle, ce spectacle aérien présentait à Pierre des traits bien familiers : c'était la fantasmagorie du Mont des Titans, singulière cime détachée, perdue dans une vaste solitude non loin de la grandiose chaîne des collines bleu sombre qui environnaient son manoir ancestral.

Quoi qu'en puissent dire certains poètes, la nature n'est pas tant son propre et toujours délicieux interprète que la simple pourvoyeuse de cet ingénieux alphabet dans lequel chaque homme, choisissant et combinant à sa guise, lit la leçon qui convient à son esprit et à son humeur particuliers. C'est ainsi qu'un barde doué de hautes aspirations, mais déçu et aigri, étant venu un jour aux Prés-de-la-Selle et considérant cette belle éminence, lui avait donné le nom qu'elle portait encore, effaçant ainsi complètement l'appellation première de Montagne Délectable décernée jadis par un vieux fermier baptiste, admirateur héréditaire de Bunyan et de son merveilleux livre. La montagne n'échappa jamais dans la suite au charme de ce second nom et, désormais, tous les spectateurs poétiques qui la contemplèrent à la lumière de ces syllabes suggestives furent sans défense contre un titre aussi heureux. En effet, comme si la montagne immémoriale eût voulu vraiment s'adapter à son nom récent, certains disaient qu'elle avait insensiblement changé son aspect général au cours d'une vingtaine d'hivers, et cette singulière affirmation n'était pas entièrement dénuée de fondement, vu que les déplacements annuels de roches énormes et d'arbres gigantesques modifiaient continuellement l'ensemble de sa physionomie et de son contour.

Sur son versant septentrional qui, à quelque quinze milles de distance, faisait face à la vieille demeure manoriale, la montagne, observée de la véranda par un doux et vaporeux midi d'été, présentait, à quelque deux mille pieds d'élévation, un long et magnifique précipice pourpre qui ne paraissait point entièrement inaccessible, et dont les bords extrêmes s'inclinaient vers de hautes terrasses verdoyantes.

Sur ces prés poussaient en abondance une petite fleur blanche, sorte d'amarante que les troupeaux se refusaient à brouter et qui, se multipliant sans cesse, n'était point faite pour accroître la valeur agricole de la terre ; tant et si bien que les fermiers, découragés, avaient demandé à leur maîtresse de réduire le tribut annuel des hauts pâturages : mottes de beurre, bouvillons et génisses en octobre et dindons sur le traîneau de Noël.

— La petite fleur blanche est notre fléau ! criaient les fermiers implorants. L'ambitieuse amarante monte chaque année et gagne de nouvelles terrasses ! L'immortelle amarante ne veut pas mourir, les fleurs de l'année passée vivent toujours ! Les prés deviennent tout blancs et, dans les chaleurs de juin, brillent encore comme des champs de neige, digne témoignage de leur stérilité ! Délivrez-nous de l'amarante, bonne maîtresse, ou daignez abaisser notre redevance !

Or, lorsqu'on approchait quelque peu de la montagne, le précipice ne manquait point à sa promesse pourpre — cette suave et imposante promesse pourpre qui, de la terrasse manoriale, semblait justifier pleinement l'ancienne appellation bunyanienne —, mais offrait l'abondant feuillage aérien d'une forêt suspendue. Néanmoins, si l'on approchait encore, l'on voyait s'ouvrir dans la masse végétale de longues et fréquentes déchirures qui révélaient d'horrifiques roches au ruissellement ténébreux et de mystérieuses cavernes, voraces et béantes. Frappé par un spectacle si inattendu, le promeneur pressait impulsivement le pas pour vérifier la réalité de cette transformation par un contact direct avec la caméléonesque montagne. À mesure qu'il avançait, le terrain d'approche qui, de la terrasse du manoir, lui était apparu comme une surface plane et verdoyante, se muait en une longue pente monotone qui montait lentement jusqu'au pied du précipice; en sorte que les herbes fleurissantes ondulaient tout contre lui, comme les vagues fleurissantes de quelque long renflement houleux ondulent contre la ligne de flottaison d'un abrupt et gigantesque navire de guerre. Et de même que, parmi les dunes mouvantes d'Égypte, des rangées de sphinx brisés mènent à la pyramide de Chéops, de même cette longue pente était jonchée d'énormes masses rocheuses dont les formes grotesques, aux mille traits remarquables, semblaient exprimer cette intelligence sommeillante que l'on observe chez certaines bêtes couchées, comme frappées de mutisme par quelque charme inexplicable et funeste. Néanmoins, tout autour de ces blocs ensorcelés, au bord extrême de leurs abîmes et parmi leurs crevasses traîtresses, la chèvre grimpeuse et misanthropique broutait son aliment préféré, car les roches, si stériles qu'elles fussent par elles-mêmes, distillaient une subtile humidité propre à développer la verdure le long de leur marge ignée.

Si, quittant ces roches couchées, vous continuiez à monter vers la forêt suspendue et perciez sa lisière inférieure, vous restiez tout à coup frappé de stupeur comme un soldat en marche s'arrête, confondu, en découvrant une redoute inexpugnable là où il n'avait cru trouver qu'une voûte accessible à ses muscles courageux. Habilement masquée jusqu'alors par la verte tapisserie des feuilles entrelacées, une formidable palissade de masses sombres et moussues se dressait devant vous, qui, ruisselant d'une inévaporable humidité, laissait tomber de son front sourcilleux de lentes gouttes d'eau d'orage, glacées comme les ultimes rosées de la mort. Vous grelottiez dans ce crépuscule, bien qu'en bas, sur les prairies, régnât un ardent midi d'août. Partout alentour, les farouches rocs couturés se pressaient, pointaient vers le ciel, protubéraient, s'allongeaient, s'enflaient, s'épandaient avidement, leurs faces hirsutes irradiant une hideur repoussante. Projetés, entassés pêle-mêle dans ce chaos comme des troncs d'arbre entraînés et malmenés par les rivières charrieuses d'alluvions du lointain Arkansas, ou comme les mâts et les vergues de quelque flotte désemparée, brandis, ballottés, déchiquetés sur les crêtes aériennes de l'Atlantique, gisaient de toutes parts les trophées mélancoliques que le vent du Nord, épousant l'inapaisable querelle de l'Hiver, avait arrachés aux forêts, puis démembrés et dispersés avec un dédain barbare sur le champ de bataille de leur choix. Au milieu de cette immense dévastation, des bruits isolés de roches tombantes éclataient dans le silence et semaient la panique parmi les échos qui couraient en hurlant, de grotte en grotte, comme les femmes et les enfants éplorés de quelque ville assaillie.

La désolation absolue; la ruine sans merci, sans fin; les ténèbres grelottantes — tout cela vivait ici une vie cachée derrière la pourpre trompeuse qui enveloppait si superbement cette montagne — dite naguère délectable, mais aujourd'hui titanesque — lorsqu'on la contemplait de la terrasse du manoir.

Rebuté par tant d'escarpements et de ténèbres insoupçonnés, vous reveniez tristement sur vos pas pour suivre la lisière des pâturages inférieurs, où la multiple et stérile immortalité inodore de la petite fleur blanche n'offrait aucun aliment au ruminement méditatif de la vache paisible. Çà et là, pourtant, venait à vos narines le doux arôme de la dent-de-chat, cette bonne herbe familière des fermes.

Bientôt, vous aperceviez la modeste verdure de la plante elle-même ; et partout où ce spectacle frappait votre regard, vous trouviez aussi de vieilles pierres de fondation et des rondins pourris, restes d'anciennes cabanes depuis longtemps disparues, dont l'herbe casanière aux vertes sollicitudes cachait mal la ruine. C'est excellemment qu'on la nomme dent-de-chat, car, de même que le chat sédentaire, cette plante se plaît à demeurer et à fleurir dans les foyers abandonnés longtemps après que les humains ont quitté la place. Je dis : cachaient mal, car à chaque printemps la fleur amarante et céleste gagnait sur l'herbe domestique et mortelle ; car à chaque automne la dent-de-chat mourait, alors que nul automne ne faisait mourir l'amarante. La dent-de-chat et l'amarante ! la paix terrestre et domestique de l'homme, et son insatiable appétit de Dieu.

Cessant alors de longer la triste lisière des pâturages, vous dévaliez la longue pente, face à la hauteur mystique. Vous vous arrêtiez de nouveau à mi-champ, parmi les blocs couchés aux formes de sphinx, détachés de la paroi rocheuse. Vous vous arrêtiez, confronté et défié par une masse redoutable. Vous voyiez devant vous le Titan Encelade, le plus puissant de tous les géants, luttant pour s'arracher à l'étreinte de la terre; enturbanné de mousse, il luttait; quoique sans bras, résistant de tout son corps au Pélion et à l'Ossa lancés contre lui; enturbanné de mousse, tordu dans l'effort, il tournait toujours son front indomptable vers ce mont majestueux à l'assaut duquel il se lançait vainement pour l'éternité, et qui avait appesanti sur lui son inexpulsable incube, l'abandonnant ainsi dérisoirement à ses clameurs impuissantes.

Cette forme prodigieuse avait toujours été pour Pierre un objet d'intérêt, bien que, jusqu'alors, il n'eût pas saisi toute sa signification latente. Au temps de son enfance, une bande de jeunes collégiens étaient tombés par hasard sur ce rocher au cours d'une promenade; frappés par son aspect remarquable, ils avaient apporté des pioches et des pelles et creusé tout autour, afin de le déterrer et de déterminer si c'était là un jeu démoniaque de la nature ou quelque sévère témoignage de l'art antédiluvien. C'est en se joignant à cette bande pleine d'ardeur que Pierre avait vu pour la première fois le fils immortel de Terra. À cette époque, la statue, qui était encore dans son état naturel primitif, ne montrait au-dessus du sol qu'une tête de roc igné ceinte d'un turban, une tête au visage indomptablement levé vers la montagne et au cou de taureau nettement dessiné. Couturé, brisé, les traits distordus et son front sombre couvert d'une mousse dérisoire, Encelade se tenait là souterrainement, pris dans le sol comme dans la glace à l'attache du cou. Les pioches et les bêches l'eurent bientôt délivré d'une partie de son Ossa, et finalement un puits circulaire, profond de quelque treize pieds, fut creusé autour de lui. À ce point, les jeunes collégiens, lassés par leurs efforts, abandonnèrent l'entreprise. Après tout ce travail, ils n'étaient encore parvenus qu'à la ceinture d'Encelade ; mais ils avaient dégagé une bonne partie de sa puissante poitrine et mis au jour ses épaules mutilées avec les moignons de ses bras jadis audacieux. Ils l'avaient laissé dans ce cruel état, dévoilant ainsi sa honte et livrant sa poitrine nue, gonflée d'une vaine indignation, aux souillures des oiseaux qui, depuis des temps immémoriaux, couvraient de leurs excréments son chef vaincu.

Cet Encelade américain, sculpté par la main vigoureuse de la Nature, non seulement égalait, mais encore surpassait cette belle figure modelée par la main moins habile de l'homme : j'ai nommé le Titan dont l'art de Marsy et l'orgueil prodigue du Bourbon enrichirent les jardins enchantés de Versailles, ce demi-dieu d'airain qui, parmi de coûteux blocs, arrache au bronze rompu un genou ployé dans l'effort, et de la bouche tordue duquel les eaux s'élancent à soixante pieds de haut, dans une rivalité élémentaire avec ces flammes etnaïques que la fable prête au souffle malfaisant du géant terrassé. Marsy donna des bras à l'éternel vaincu ; mais la Nature, plus véridique, amputa l'impuissant Titan, sans lui accorder l'usage d'une rotule au-dessus de la cuisse.

Telle était la scène fantastique — le Mont des Titans, le groupe repoussé des assaillants du ciel et, parmi eux, Encelade honteusement prostré au bas de la pente — telle était la scène fantastique qui, à présent, abolissait les quatre murs vides, le pupitre, le lit de camp et régnait étrangement sur la transe de Pierre. Cependant, la horde des Titans, échappant aux attitudes ignominieuses dans lesquelles ils s'étaient figés, bondirent soudain sur leurs pieds, s'élancèrent à l'assaut de la pente et recommencèrent à battre la paroi silencieuse de la falaise. Au premier rang, Pierre vit un géant sans bras, enturbanné de mousse, qui, désespérant d'assouvir par un autre moyen sa haine irréductible, changeait son vaste tronc en bélier et précipitait sans relâche son thorax bombé contre l'inexpugnable muraille.

— Encelade ! c'est Encelade ! s'écria Pierre dans son sommeil.

À ce moment, le fantôme se dressa devant lui, et Pierre ne vit plus Encelade, mais, sur le tronc sans bras du Titan, sa propre face, ses propres traits agrandis qu'illuminaient prophétiquement la déconfiture et le malheur. Tremblant de tous ses membres, il bondit de sa chaise et sortit de cette horreur imaginaire pour s'éveiller à toute sa souffrance réelle.

V

Le souvenir que Pierre avait gardé des fables anciennes lui permit d'élucider plus avant la vision qui avait si étrangement fourni une langue au silence. Mais cette élucidation se révéla hideusement menaçante et fatale ; peut-être parce que Pierre ne franchit point la dernière barrière de désolation, peut-être parce que Pierre ne s'efforça point d'arracher un réconfort ultime à la fable, ne frappa point, comme Moïse, ce roc têtu pour forcer l'aridité même à étancher sa soif douloureuse.

Ainsi heurté, le Mont des Titans semble émettre le ruisseau suivant :

Le vieux Titan était le fils incestueux de Cœlus et de Terra. Or Titan épousa sa mère Terra, perpétrant ainsi un nouvel inceste qui donna naissance à Encelade. Encelade était donc fils et petit-fils de l'inceste ; et de même, chez Pierre, le mélange organique du céleste et du terrestre avait engendré un tempérament complexe, incertain, aspirant au ciel, mais non point entièrement émancipé de la terre; lequel, demeurant par son élément terrestre attaché à sa terrestre mère, avait engendré à son tour en lui le deux fois incestueux Encelade; en sorte que le présent tempérament de Pierre qui le portait à se lancer follement à l'assaut du ciel était néanmoins le petit-fils du ciel. Car il est conforme à l'ordre éternel que le Titan précipité du haut des nues cherche toujours à reconquérir ses droits de filiation paternelle par une furieuse escalade. Quiconque se lance à l'assaut du ciel prouve par là même qu'il en procède; mais quiconque se contente de ramper dans les fossés de cette citadelle de cristal montre qu'il est né dans le limon et qu'il y demeurera toujours.

Lorsqu'il se fut quelque peu remis de la stupeur dans laquelle l'avait plongé sa vision fantastique, Pierre se composa une contenance de son mieux et quitta sur-le-champ la chambre fatale. Ralliant le reste de ses forces, il résolut, à l'encontre de ses inclinations habituelles, de recourir à un changement complet et violent pour combattre son étrange maladie d'yeux, ce nouveau démon de mort suscité par la transe, cet *Inferno* de sa vision titanesque.

En franchissant le seuil de son cabinet, il fit un effort convulsif pour prendre une expression plus ou moins enjouée — encore qu'il fût incapable de dire quelle pouvait être sa mine car, redoutant les sombres révélations de son miroir, il s'était depuis quelque temps entièrement abstenu d'en faire usage — et arrêta rapidement dans son esprit les paroles dissimulatrices, indifférentes ou joyeuses par lesquelles il allait proposer à ses compagnes le petit plan qu'il caressait.

De même, aux yeux du ténébreux Encelade, le

monde que les dieux avaient enchaîné à ses pieds comme un accablant boulet se parait de mille fleurs dont les sourires fragiles déguisaient son pesant fardeau.

LIVRE XXVI

Une promenade. — Un portrait d'inconnu. — Une voile, et la fin

I

— Viens, Isabelle ; viens, Lucy. Nous n'avons pas encore fait une seule promenade ensemble. Il fait froid, mais beau et, une fois hors de la ville, nous trouverons le soleil. Allons, apprêtez-vous, descendons au port et prenons quelque vapeur pour voguer sur la baie. Sans doute, Lucy, trouveras-tu dans ce paysage marin quelques suggestions pour cet ouvrage secret auquel tu travailles si assidûment, toute seule et portes closes, en attendant le jour où viendront de vivants modèles.

Ici, le pâle sourire surpris qui avait paru sur le visage de Lucy dès que Pierre avait parlé de prendre quelque délassement, fit place à une expression chargée d'un sens muet, infini, indicible, tandis que ses regards flottants tombaient avec douceur, mais aussi avec égarement, sur le sol.

— C'est donc fini ! s'écria Isabelle qui, ne manquant pas d'observer cette scène fugitive, fit un pas véhément en avant pour intercepter le regard d'extase que Pierre jetait sur l'émoi de Lucy. Cet affreux livre est terminé, Dieu merci !

— Non, non, dit Pierre qui, jetant le masque, laissa une expression fiévreuse envahir soudain son visage ; mais avant que cet affreux livre ne soit terminé, il me faut gagner un élément autre que la terre. Je suis las de chevaucher la terre. Je veux à présent un nouvel arçon. Oh ! il me semble qu'un homme hardi devrait monter ces deux coursiers infatigables : la terre et la mer ; et, comme les écuyers de cirque, nous ne devrions jamais mettre pied à terre, mais nous reposer et retrouver notre équilibre en sautant de l'une à l'autre, tandis qu'elles poursuivent leur course côte à côte autour du soleil. Je suis resté si longtemps sur le coursier terrestre que la tête me tourne.

— Tu ne veux jamais m'écouter, Pierre, dit lentement Lucy. À quoi bon cette tension incessante ? Vois, nous nous sommes offertes, Isabelle et moi, à te servir de secrétaires, non seulement pour copier, mais encore pour écrire sous ta dictée ; je suis sûre que cela t'aiderait beaucoup.

— Impossible ! Je livre un duel où je ne dois pas avoir de seconds.

— Ah ! Pierre ! Pierre ! s'écria Lucy, laissant tomber son châle et contemplant Pierre avec l'indicible nostalgie de quelque insondable émotion.

Jetant un coup d'œil indescriptible sur Lucy, Isabelle se glissa près de Pierre, lui prit la main et dit :

— Je consens à devenir aveugle pour toi, Pierre ; tiens, prends ces yeux.

Ce disant, elle lança à Lucy un étrange regard de défi hautain.

Ici, ils firent tous trois un mouvement à demi involontaire, comme pour quitter la chambre.

— Vous êtes prêts ; allez devant, dit doucement Lucy. Je vous rejoindrai.

— Non, toutes les deux à mon bras, dit Pierre. Venez !

Comme ils franchissaient la voûte basse du vestibule, un joyeux marin aux joues hâlées, qui passait dans la rue, s'écria :

— Gouverne droit, mon gaillard ; tu es là dans un goulet bien étroit !

— Que dit-il ? demanda Lucy. Oui, cette rue est bien étroite en vérité.

Mais Pierre sentit un tremblement soudain l'envahir au contact d'Isabelle qui murmura quelques paroles inarticulées à son oreille.

Comme ils atteignaient une grande avenue, ils se trouvèrent devant un écriteau qui annonçait la présence, au premier étage de la maison, d'une galerie de tableaux récemment importés d'Europe et publiquement exposés avant leur prochaine vente aux enchères. Cédant à une impulsion soudaine, Pierre proposa à ses compagnes d'aller voir les toiles ; elles acceptèrent et montèrent l'escalier avec lui.

Dès l'entrée, on lui donna un catalogue. Il s'arrêta pour y jeter un bref regard d'ensemble et, parmi de longues colonnes de noms tels que Rubens, Raphaël, Michel-Ange, le Dominiquin, Vinci — tous impudemment précédés des mots « authentique » ou « garanti » — il rencontra cette brève description : « N° 99. Portrait d'un étranger par une main inconnue. »

De toute évidence, on se trouvait là en présence d'une collection de misérables croûtes que l'incroyable effronterie, propre à certains marchands américains de tableaux étrangers, avait baptisées des plus grands noms de l'Art. Mais si les torses les plus mutilés des chefs-d'œuvre antiques ne sont pas indignes d'une attention studieuse, il en est de même des barbouillages modernes les plus inachevés, car les uns et les autres sont des torses : les uns de perfections anciennes et révolues, les autres, par anticipation, de perfections futures encore inaccomplies.

Pierre, cependant, en marchant devant ces murs surchargés, s'interrogeait sur l'illusion vaniteuse qui avait poussé ces artistes parfaitement obscurs à traiter des thèmes vigoureux d'une main si faible, et ne pouvait se défendre à l'égard de lui-même des plus mélancoliques pressentiments. Tous les murs du monde semblaient surchargés de tableaux vides et impuissants, grandioses de contours, mais misérables de contenu. Les plus réduites et les plus humbles d'entre ces toiles, celles qui représentaient de petites scènes familières, étaient de loin les mieux exécutées ; mais bien qu'en un sens restreint elles fissent à Pierre une impression plaisante, elles n'éveillaient aucunes majestés endormies en son âme et demeuraient, somme toute, insatisfaisantes et négligeables.

Enfin, Pierre et Isabelle arrivèrent devant ce portrait n° 99 que Pierre avait cherché capricieusement.

— Mon Dieu ! Vois ! Vois ! s'écria Isabelle en proie à une violente excitation ; seul mon miroir m'a jamais montré cette apparence ! Vois ! Vois !

Soit hasard, soit tromperie subtile, un vrai bijou de l'art italien s'était glissé parmi cette collection de faux hybrides.

Quiconque a passé à travers les grandes galeries d'Europe sans se laisser étourdir par leur extraordinaire abondance de perfections suprêmes — abondance qui neutralise tout pouvoir de discrimination et d'individualisation chez les esprits ordinaires —, quiconque a couru victorieusement ce gantelet des dieux avec calme et pénétration ne laisse pas de ressentir des émotions très particulières devant certains tableaux auxquels les catalogues et les critiques des plus grands connaisseurs dénient le mérite transcendant que l'émotion accidentelle qu'ils éveillent semblerait impliquer.

La place me manque ici pour entreprendre une

explication complète de ce fait; il suffira de dire qu'en de tels cas ce n'est pas toujours l'excellence abstraite, mais souvent l'affinité fortuite qui provoque cette émotion merveilleuse. Or l'homme qui la ressent l'impute d'ordinaire à une cause différente; de là ce phénomène considéré si souvent comme inexplicable: l'admiration impétueuse et enthousiaste de quelques individus isolés pour des œuvres auxquelles le reste du monde refuse ses louanges.

Mais dans ce *Portrait d'un Étranger* par une main inconnue, l'excellence de la facture s'unissait à la plus surprenante affinité pour produire une double impression de puissance sur Pierre et Isabelle. Et la circonstance ne perdait rien de son étrangeté du fait que Lucy ne montrait aucun intérêt apparent pour ce même tableau. Lucy en effet, qui, dans les remous de la foule, avait quitté le bras de Pierre et pris peu à peu de l'avance sur ses compagnons, Lucy avait passé devant l'étrange portrait sans marquer la moindre pause spéciale; ayant gagné la paroi opposée de la salle, elle se tenait à présent immobile devant une copie très passable (la seule bonne toile de la collection avec le portrait de l'Étranger) du plus exquis, du plus touchant, mais aussi du plus effrayant de tous les visages féminins: la Cenci du Guide. Visage dont la beauté merveilleuse consiste surtout, peut-être, dans un contraste frappant à demi identique, à demi analogue à cette antithèse presque surnaturelle que l'on rencontre parfois chez les jeunes filles des contrées tropicales: des yeux bleus, doux et clairs et un teint de blonde, alliés à une funèbre chevelure de jais.

Chez la Cenci, il est vrai, des cheveux dorés accompagnent les yeux bleus et le teint blond, en sorte que, physiquement, tout s'accorde de la manière la plus naturelle; mais cela ne fait qu'intensifier l'impression anomalique que l'on éprouve à voir une blonde aussi exquise et aussi séraphique doublement encapuchonnée du double crêpe noir des deux crimes les plus horribles (l'un dont elle est l'objet, l'autre dont elle est l'agent) qui se puissent perpétrer dans l'humanité civilisée : l'inceste et le parricide.

Or la Cenci et l'Étranger, suspendus à bonne hauteur dans l'une des rangées supérieures et sur deux murs opposés, se faisaient face exactement ; de sorte qu'ils semblaient converser secrètement par gestes au-dessus de la tête des spectateurs.

Chacun connaît la Cenci. Le portrait de l'Étranger offrait au regard un jeune visage viril qui émergeait, d'une manière lourde de signification, d'un fond sombre et ombreux, en souriant d'un sourire ambigu. On ne distinguait aucune draperie ; mais la tête brune, avec ses cheveux crêpés aux boucles de jais, semblait s'être dégagée à l'instant de rideaux et de nuages. Cependant, Isabelle découvrait dans les yeux et sur le front des traces confuses, mais certaines, de ressemblance avec elle-même, tandis qu'à Pierre ce visage apparaissait pour une part comme l'image ressuscitée de celui qu'il avait brûlé à l'auberge. Non point que les traits pris séparément fussent les mêmes ; mais l'expression générale, le contenu intime de l'ensemble étaient presque identiques ; et pourtant, en dépit de tout cela, il y avait incontestablement quelque chose d'étranger, d'européen et dans le visage et dans la peinture elle-même.

— Se peut-il ? Se peut-il ? murmura passionnément Isabelle.

Isabelle ignorait tout du tableau que Pierre avait détruit. Elle se référait seulement à l'être humain qui — sous l'appellation de père — était venu la voir dans l'heureuse demeure où, au temps de son enfance, elle avait été amenée en voiture par la femme au plaisant visage, au sortir de la grande maison sans nom. Sans doute — bien que son esprit mystique n'en eût nullement conscience — s'était-elle confusément imaginé que le visiteur avait présenté toute sa vie l'aspect même sous lequel il s'était offert à elle pendant ce bref intervalle de son existence terrestre. Le connaissant — ou peut-être rêvant de lui — sous cet unique aspect, elle ne pouvait le concevoir sous aucun autre. Il est très improbable que ces considérations touchant les idées d'Isabelle aient traversé à cet instant l'esprit de Pierre. En tout cas, il ne lui dit rien qui pût l'abuser ou la désabuser, l'éclairer ou l'égarer. C'est qu'en vérité il était trop absorbé par ses propres émotions profondes pour analyser celles qu'Isabelle éprouvait au même instant. En sorte qu'assez étrangement, bien que tous deux fussent intensément émus par le même objet, leurs esprits et leurs mémoires contemplaient des choses entièrement différentes, non sans supposer vaguement — et déraisonnablement — qu'ils étaient plongés l'un et l'autre dans une contemplation commune. Pierre pensait au portrait à la chaise, Isabelle au visage vivant. Aux exclamations ferventes d'Isabelle, qui avaient trait au visage vivant, Pierre répondit mécaniquement par des syllabes relatives au portrait à la chaise. Mais tout ceci se passa de façon si subtile et si spontanée que ni l'un ni l'autre peut-être ne découvrirent cette contradiction dans la suite, car les événements les entraînèrent peu après dans un tourbillon si rapide et si péremptoire qu'ils n'eurent pas le loisir de se livrer aux calmes rêveries rétrospectives indispensables à une telle découverte.

— Se peut-il ? Se peut-il ? murmura passionnément Isabelle.

— Non, ce ne peut être, répondit Pierre ; ce n'est qu'une extraordinaire coïncidence, rien de plus.

— Oh ! Pierre, c'est là un mot par lequel nous cherchons en vain à expliquer l'inexplicable. Dis-moi : il en est ainsi ! il doit en être ainsi ! C'est prodigieux !

— Allons-nous-en et gardons éternellement le silence, dit vivement Pierre.

Et, après avoir retrouvé Lucy, ils quittèrent brusquement l'exposition, Pierre — redoutant apparemment d'être accosté par quelqu'un qui le connût ou connût ses compagnes — précipitant inconsciemment leurs pas lorsqu'ils se trouvaient forcés d'emprunter quelque grande artère.

II

Tandis qu'ils se hâtaient par les rues, Pierre gardait le silence, mais de frénétiques pensées galopaient en hurlant dans son cœur, de terribles et bouleversantes pensées se soulevaient en lui au sujet d'Isabelle, et cela — bien qu'alors il en eût à peine conscience — non sans trouver chez lui un accueil favorable.

Comment savait-il qu'Isabelle était sa sœur ? S'il mettait de côté la nébuleuse légende de tante Dorothée, légende avec laquelle le récit plus nébuleux encore d'Isabelle semblait concorder, bien que d'une façon incertaine, sur quelques points obscurs, les deux narrations n'offraient à la lumière de la saine raison que des recoupements trop vagues pour permettre à l'esprit d'en tirer une conclusion légitime ; s'il mettait de côté les souvenirs confus qu'il avait gardés du délire de son père agonisant (souvenirs qui donnaient à croire que son père avait eu une fille naturelle, mais ne fournissaient aucun éclaircissement sur l'identité de cette fille présumée, alors que le point crucial pour Pierre n'était pas tant de savoir si son père avait eu une fille, mais si cette fille, à supposer qu'elle eût jamais existé, était bien Isabelle) ; s'il mettait de côté ses propres convictions intimes, convictions complexes, mystiques et transcendantales, nées, comme il semblait l'éprouver à présent, d'un intense enthousiasme procréateur qui n'exerçait plus sur lui la même omnipotente influence ; s'il mettait de côté tout cela pour en venir aux simples faits palpables, comment savait-il qu'Isabelle était sa sœur ? Rien dans son visage ne lui rappelait le visage de son père. Le portrait à la chaise formait à lui seul la substance et la somme complète de tous les témoignages hypothétiques qui pouvaient en appeler à son âme. Or Pierre se trouvait maintenant en présence d'un autre portrait — celui d'un parfait étranger, d'un Européen — en présence d'un portrait apporté d'au-delà des mers pour être vendu à l'encan, et qui semblait fournir un témoignage aussi puissant que le premier. En ce cas, l'original de ce second portrait était autant le père d'Isabelle que l'original du portrait à la chaise. Mais peut-être l'original de ce second portrait n'avait-il jamais existé, peut-être était-ce là une œuvre purement imaginaire, comme semblait l'indiquer la facture irréelle, imprécise du fond.

Assailli par ces idées déconcertantes qui s'élançaient comme des vagues avides sur la grève des plus latentes réalités secrètes de son âme, et marchant entre Isabelle et Lucy dont il sentait le contact corporel contre ses flancs, Pierre était habité par des sentiments qu'aucuns mots ne sauraient rendre.

Récemment, toute l'histoire d'Isabelle était apparue à Pierre, et d'une façon beaucoup plus impérieuse qu'auparavant, comme une énigme, un mystère, un délire de l'imagination, surtout depuis qu'il avait plongé si profond dans les mystères fictifs de son livre. En effet, l'homme qui acquiert la connaissance pratique et profonde des mysticismes et des mystères, qui fait en quelque sorte sa profession des mysticismes et des mystères, est enclin plus que quiconque à considérer ces éléments chez autrui comme de trompeuses jongleries, à verser secrètement dans le matérialisme (comme, en privé, les prêtres des religions éleusiniennes) et à regarder d'un œil sceptique toute nouvelle hypothèse de caractère visionnaire. Seuls, les non-mystiques ou les demi-mystiques sont à proprement parler crédules. En sorte que Pierre offrait l'anomalie apparente d'un esprit qui, en acquérant une profondeur réelle, devenait sceptique à l'égard de toutes les profondeurs qui lui étaient proposées du dehors, et cela contrairement à ce que l'on suppose communément.

Par certains artifices étranges, l'extraordinaire histoire d'Isabelle avait pu, dans un dessein inconnu, être forgée à son usage pendant son enfance et habilement gravée dans son jeune esprit ; puis, dans la suite, grandir avec elle — comme la marque gravée sur un jeune arbre — et devenir enfin cette chose immense, prodigieuse et stupéfiante. À l'épreuve de la réalité pratique et raisonnable, quoi de moins vraisemblable, par exemple, que cette imaginaire traversée de son enfance, alors qu'elle ne savait même pas — comme Pierre s'en était assuré par des questions subséquentes — que la mer était salée ?

III

Au milieu de toutes ces pensées confuses, ils arrivèrent au port ; et, choisissant parmi les embarcations mouillées dans le bassin avoisinant un attrayant bateau qui s'en allait voguer pendant une demi-heure parmi la vaste magnificence de cette baie glorieuse, ils glissèrent bientôt rapidement sur les eaux.

Ils s'accoudèrent à la balustrade du bordage, tandis que le bateau agile se faufilait à travers les futaies de grands mâts et les taillis nains d'avisos et de barques. Bientôt, les clochers de pierre du rivage se confondirent avec les mâts de bois du port; la fourche des deux rivières jumelles se referma peu à peu sur la grande ville enclavée jusqu'à la réduire à rien.

Ils passèrent devant deux petits îlots, à bonne distance du rivage, perdirent entièrement de vue les dômes de pierre de taille et de marbre et gagnèrent le dôme sublime des eaux largement ouvertes de la baie.

On avait senti ce jour-là un petit vent dans la cité enfermée, mais la franche brise de la nature nue leur soufflait maintenant au visage. Les vagues commencèrent à se presser, à déferler et, comme ils atteignaient le point d'où l'on peut voir, entre de hauts promontoires fortifiés, la vaste baie se perdre au loin dans l'Atlantique, Isabelle saisit convulsivement le bras de Pierre et convulsivement parla :

— Je le sens ! Je le sens ! C'est cela ! C'est cela !

— Que sens-tu ? Qu'y a-t-il ?

— Le mouvement ! Le mouvement !

— Ne comprends-tu pas, Pierre ? dit Lucy en contemplant avec une surprise anxieuse son visage pâle et hagard. Les vagues, Isabelle parle du mouvement des vagues. Vois, elles déferlent tout droit du large à présent.

Pierre garda le silence et tomba de nouveau dans une étrange rêverie.

Il était impossible de ne pas se rendre à cette puissante corroboration du fait le plus surprenant et le plus improbable de l'improbable et surprenante histoire d'Isabelle. Pierre se rappelait fort bien qu'elle avait évoqué le vague souvenir d'une mer mouvante qui s'inclinait d'une autre manière que les parquets de la vieille maison abandonnée perdue dans des montagnes qu'on eût dites françaises.

Tandis que s'affrontaient dans son esprit les pensées contradictoires éveillées par l'étrange portrait et les dernières exclamations d'Isabelle, le bateau atteignit sa destination : un petit village bâti sur la grève, non loin de la grande trouée bleue ouverte sur le large qu'on apercevait de plus en plus distinctement.

— Ne nous arrêtons pas ici, s'écria Isabelle. Voyez, allons par là ! Il faut que Belle aille par là ! Voyez ! Voyez ! Sur le bleu lointain ! Là-bas, là-bas ! Toujours plus loin ! Au large, au large ! Là où les deux bleus se rencontrent et se perdent, c'est là que Belle doit aller !

— Mais, Isabelle, murmura Lucy, tu t'en irais ainsi en Angleterre ou en France ; et tu ne trouverais guère d'amis dans la lointaine France, Isabelle.

— Des amis dans la lointaine France ? Et quels amis ai-je ici ? Es-tu mon amie ? Dans le secret de ton cœur, me veux-tu du bien ? Et que suis-je pour toi, Pierre, sinon un vil fardeau qui te retient loin de tout ton bonheur ? Oui, je veux aller là-bas, là-bas ! Je le veux, je le veux ! Lâchez-moi ! Laissez-moi plonger !

Pendant quelques instants, Lucy regarda Isabelle et Pierre avec égarement. Mais bientôt Lucy et Pierre saisirent mécaniquement les bras frénétiques d'Isabelle qui cherchait à se jeter par-dessus bord. Ils la tirèrent en arrière, l'exhortant, la calmant. Isabelle avait perdu pour une part sa véhémence, mais elle lançait toujours à Lucy des regards de profonde méfiance, à Pierre des regards de profond reproche.

Ils ne mirent point pied à terre comme ils en avaient eu le dessein, trop heureux de voir le bateau larguer ses amarres et reprendre le chemin du retour.

Quand ils eurent abordé de nouveau, Pierre entraîna rapidement ses compagnes à travers les inévitables et trop publiques grandes artères ; mais ils ralentirent le pas dès qu'ils eurent atteint des rues plus écartées.

IV

Regagnant les Apôtres et laissant ses deux compagnes à la solitude de leurs chambres, Pierre s'assit auprès du poêle de la salle à manger et médita quelque temps en silence. Il allait entrer dans son cabinet, quand Delly le rejoignit ; elle avait oublié de le prévenir, lui dit-elle, qu'il trouverait dans sa chambre deux lettres qu'on avait déposées successivement à la porte pendant son absence.

Il passa dans son cabinet, poussa lentement le verrou — qui, faute de mieux, se trouvait être une vieille dague émoussée —, puis, sans prendre le temps d'enlever son chapeau, se dirigea lentement vers la table et considéra les lettres qui présentaient leurs cachets à son regard. Il prit une lettre dans chaque main et les tint à bout de bras de part et d'autre.

— Je ne vois pas l'adresse. Mon œil ne m'a pas encore assuré qu'elles m'étaient destinées ; et pourtant je sens que je tiens dans ces mains les poignards qui me perceront et qui, en me perçant, m'inciteront à frapper moi-même comme l'éclair en retour. Laquelle d'abord ? Celle-ci ?

Il ouvrit la lettre de gauche :

« Monsieur,

« Vous êtes un escroc. Sous prétexte d'écrire pour nous un roman populaire, et après avoir reçu de nous des avances de fonds, vous avez livré à notre imprimerie les feuillets d'une rhapsodie blasphématoire pillée chez ces vils athées, Lucien et Voltaire. Nos occupations urgentes nous avaient empêchés de prêter jusqu'ici aucune attention aux épreuves de votre livre. Cessez de nous envoyer un seul feuillet. Notre mémoire pour les frais d'impression ainsi que pour les avances de fonds que vous nous avez extorquées est à présent entre les mains de notre homme de loi, qui a reçu l'ordre d'agir immédiatement avec la plus instante rigueur.

Signé :

ACIER, SILEX et AMIANTE. »

Il plia la lettre, la mit sous son talon gauche et se tint ainsi sur elle ; puis il ouvrit la lettre de droite :

« Pierre Glendinning, tu es un vil menteur et un parjure. Le seul objet de cette lettre est de te décerner catégoriquement par écrit le nom de menteur, afin que ce mot atteigne à ton cœur et soit ensuite véhiculé par ton sang dans tout ton être. Nous avons laissé passer quelque temps sans agir pour confirmer définitivement notre haine. Séparément et ensemble, nous te proclamons, dans chaque cellule de ton corps, un menteur ; un menteur, parce que ce nom, qui résume en lui-même toutes les infamies, est le plus méprisant et le plus odieux que l'on puisse donner à un homme.

Signé :

GLENDINNING STANLY,
FRÉDÉRIC TARTAN. »

Il plia la lettre de droite, la mit sous son talon droit ; puis, se croisant les bras, se tint debout sur les deux lettres.

— Ce sont là des circonstances insignifiantes ; mais du fait qu'elles m'adviennent à présent, elles expriment des immensités. Car me voici chaussé de haine ! Je patinerai sur ces deux lettres jusqu'à l'accomplissement. Je n'ai plus de comptes à rendre à qui que ce soit. Le pain de vie du monde et la louange du monde me sont tous deux dérobés. Mais je défie le pain et la louange du monde. Je sors devant les mondes déployés du vaste espace et je les défie en combat, tous tant qu'ils sont ! Oh, Glen ! Oh, Fred ! c'est très fraternellement que je bondis au-devant de vos broyeuses étreintes ! Oh, comme je vous aime tous deux, vous qui pouvez me faire haïr de vive haine dans un monde qui ne mérite par ailleurs que stagnant dédain ! Allons, où est ce livre d'escroc, de faussaire ? Sur ce vil comptoir par-dessus lequel le faussaire pensait le passer au monde, je le clouerai pour sa tricherie patente ; et l'ayant ainsi cloué, je crache dessus, devançant les pires dépréciations du monde sagace ! Maintenant, à la rencontre de mon destin, qu'il vienne vers moi dans la rue !

Lorsque, son chapeau sur sa tête et la lettre de Glen et de Frédéric froissée invisiblement dans sa main, il entra — comme un somnambule — dans la chambre d'Isabelle, elle poussa un cri grêle et prolongé à la vue de sa mine prodigieusement blême et hagarde ; et, incapable de se mouvoir, elle resta pétrifiée sur sa chaise, comme embaumée et couverte d'un vernis glacé.

Il ne lui prêta aucune attention, mais traversa tout droit les deux pièces intermédiaires et entra sans frapper dans la chambre de Lucy. Il allait la traverser pareillement pour gagner sans un mot le corridor, mais quelque chose l'arrêta.

La jeune fille de marbre était assise devant son chevalet ; une petite boîte de fusains effilés et quelques pastels à son côté ; sa baguette de peintre appuyée contre le cadre de bois ; un fusain suspendu entre deux doigts, tandis que, de la même main qui tenait une croûte de pain, elle frottait légèrement le papier à dessin pour effacer quelque trait inconsidéré. Le plancher était jonché de miettes de pain et de poussière de charbon. Pierre regarda derrière le chevalet et vit l'esquisse de son propre portrait.

Dès qu'elle l'aperçut, Lucy ne sursauta ni ne bougea : comme enchantée par sa propre baguette, elle resta figée.

— Les braises mortes de feux défunts gisent à ton côté, pâle jeune fille ; c'est avec des braises mortes que tu cherches à rallumer la flamme d'un amour éteint ! Ne gaspille pas ce pain ; mange-le dans l'amertume !

Il se détourna, gagna le corridor, et là, les bras étendus, s'arrêta entre les deux portes d'Isabelle et de Lucy.

— Pour vous deux, ma prière la plus concentrée est que jamais plus vous ne bougiez ici de vos chaises invisibles et gelées. Le jouet de la loyauté, le jouet de la vertu, le jouet du Destin vous quitte pour toujours !

Comme il se hâtait le long du couloir sinueux, quelqu'un le héla vivement d'un escalier.

— Eh bien ! eh bien, mon garçon ! Où vas-tu comme ça en coup de vent ? Arrête !

Mais Pierre poursuivit sa route sans se soucier de lui. Millthorpe le suivit un moment du regard avec anxiété, esquissa le geste de se lancer à sa poursuite, puis se retint.

— Il y a toujours eu une veine de noirceur chez ce Glendinning, et cette veine-là est gonflée à présent comme si elle était juste au-dessus d'un tourniquet trop serré. J'ose à peine le suivre, et pourtant mon cœur me dit qu'il le faudrait. Irai-je chez lui pour demander quelle sombre chose lui est arrivée ? Non, pas encore. Cela pourrait passer pour un excès de zèle — on dit que j'y suis enclin. J'attendrai ; quelque chose ne va peut-être pas tarder à survenir. Allons faire quelques pas dans la rue de devant, et ensuite… nous verrons.

V

Pierre se dirigea vers une aile éloignée de l'édifice et entra brusquement dans la chambre d'un Apôtre de sa connaissance. Il n'y avait personne. Après avoir hésité un instant, il se dirigea vers une bibliothèque au bas de laquelle se trouvaient des tiroirs.

— Je l'ai vu les mettre là. Dans ce tiroir-ci ; non, dans celui-là. Oui, essayons ici.

Il força le tiroir fermé et vit devant lui une paire de pistolets, une poire à poudre, un sac de cartouches et une boîte ronde et verte pleine d'amorces.

— Ha ! Sait-on de quels merveilleux outils se servit Prométhée ? Mais plus merveilleux encore ceux-ci qui, en un instant, peuvent détruire la plus longue vie forgée par Prométhée ! Allons, voici deux tubes qui couvriront le mugissement des mille tuyaux de

Harlem. Contiennent-ils déjà leur chanson ? Non ? Eh bien, voici de la poudre pour le soprano, une bourre pour le ténor, une balle de plomb pour la basse ; et... et... oui, pour bourre finale, je leur renverrai leur mensonge : il pénétrera brûlant dans leurs cervelles !

Pierre déchira cette partie de la lettre de Glen et de Fred qui le traitait plus particulièrement de menteur et, la divisant en deux, l'enfonça dans l'arme à la suite des balles.

Il jeta les pistolets dans les deux poches de son habit ; puis, empruntant la colonnade du fond, descendit dans la rue de derrière et dirigea ses pas rapides vers la grande artère centrale de la cité.

C'était un jour froid, mais clair et tranquille, illuminé par les rayons obliques du soleil ; il pouvait être quatre ou cinq heures de l'après-midi, et la grande avenue resplendissante était encombrée d'orgueilleuses voitures et de promeneurs plastronnants, hommes et femmes. Mais ces derniers suivaient surtout le vaste trottoir occidental et le trottoir opposé restait presque désert, n'étant guère fréquenté que par les commissionnaires, les garçons de café et les livreurs. Sur le trottoir occidental se déversaient dans les deux sens, et pendant trois longs milles, deux torrents de vie chatoyante et prétentieuse qui se frôlaient incessamment comme deux files rivales de paons éclatants et compassés.

Pierre marchait entre ces deux courants sans se mêler à eux. Devant sa mine farouche et fatale, les uns s'écartaient vers le mur, les autres vers la chaussée, et Pierre traversait librement leurs rangs, encore qu'il fût au cœur de la foule. Absorbé par une idée précise, mathématique, il jetait les yeux tout autour de lui en marchant, non sans observer particulièrement le trottoir opposé bien que celui-ci fût désert, car il se souvenait de l'avoir emprunté souvent lui-même afin de mieux lorgner la foule grouillante.

Au moment où il atteignait un large espace triangulaire bordé d'édifices publics — le proscenium même de la ville —, il aperçut au loin, sur le trottoir opposé, Glen et Fred qui venaient à sa rencontre. Il poursuivit sa route, mais les vit bientôt traverser obliquement la chaussée de façon à se trouver face à face avec lui. Il continua. Soudain Glen courut en avant de Fred qui, malgré son impatience, demeura immobile, ne voulant point, dans une querelle personnelle, attaquer à deux un adversaire solitaire. Glen bondit sur Pierre en criant : « Menteur, scélérat ! » dans un élan si féroce qu'au même instant sa canne frappa la joue de Pierre, où elle laissa une marque à demi livide et à demi sanglante.

À cet instant les gens s'écartèrent de tous côtés et les laissèrent — momentanément à distance l'un de l'autre — dans un cercle terrifié.

Mais Pierre, jetant ses deux mains dans ses poches et s'arrachant à l'étreinte soudaine de deux femmes qui venaient d'accourir, tira les deux pistolets et se précipita sur Glen.

— Pour ton unique coup, voici deux morts ! Il est indiciblement doux de te tuer !

Le pavé fut éclaboussé du sang de sa race : Pierre avait éteint sa lignée de sa propre main en tuant le seul être humain du nom de Glendinning qui ne fût pas un hors-la-loi... Cent mains se disputèrent pour le saisir.

VI

Au soleil couchant, Pierre se trouvait seul dans un cachot au fond des prisons de la ville. Le lourd plafond de pierre pesait si bas sur son front que celui-ci semblait supporter tout le poids des longues rangées de cellules étagées au-dessus de sa tête. Sa joue livide, immuable, immortelle, était sèche ; mais les joues de pierre des murs ruisselaient. Le pauvre crépuscule de la cour étroite passait à travers les jours en flèches des meurtrières grillées et tombait en rayons blafards sur le sol de granit.

— Voici donc la fin intempestive, mais venue à point nommé. Le dernier chapitre de la vie, cousu en son milieu ! Le livre et l'auteur du livre n'ont point de suite, mais déjà leur épilogue ! L'ambiguïté demeure. Si j'avais renié sans pitié, et dédaigneusement doté, la jeune fille des Prés-de-la-Selle, une longue vie de bonheur se fût ouverte devant moi sur la terre, et peut-être une longue éternité dans le ciel. À présent, c'est l'enfer dans les deux mondes. Eh bien ! que ce soit l'enfer ! Je forgerai une trompette dans les flammes, et mon souffle de feu proclamera mon défi ! Mais donnez-moi d'abord un autre corps ! J'ai hâte de mourir pour être débarrassé de cette joue déshonorée. *Pendu par le cou jusqu'à ce que mort s'ensuive*... Mais non point si je vous devance !... Oh ! maintenant, la vie est pour moi une mort, et la mort me donnera la vie ; oh ! puisse un glaive accoucher mon âme ! Qu'est ceci ? Le bourreau ? Qui vient là ?

— Ta femme et ta cousine... à ce qu'elles disent ; je veux bien le croire ; elles peuvent rester jusqu'à minuit, répondit la voix rauque du geôlier qui poussa les deux femmes dans la cellule et referma la porte sur elles.

— Pâles fantômes, même dans l'autre monde vous ne seriez pas les bienvenus ! Hors d'ici... bon ange et mauvais ange !... car Pierre est neutre à présent !

— Oh ! toits de pierre et cieux aux sept étages de

pierre ! Ce n'est pas toi qui es le meurtrier, c'est ta sœur qui t'a tué, mon frère, ô mon frère !

À ces mots gémis par Isabelle, Lucy s'affaissa sur elle-même comme un rouleau de parchemin et tomba sans bruit aux pieds de Pierre.

Il mit la main sur le cœur de la jeune fille.

— Morte ! Épouse ou sœur, sainte ou démone ! s'écria-t-il en saisissant Isabelle. Ton sein n'est point destiné à dispenser un lait de vie, mais un lait de mort pour toi et pour moi !... La drogue !

Et, déchirant son corsage, il prit la fiole secrète qui s'y trouvait cachée.

VII

À la nuit, le geôlier asthmatique et trapu arpenta l'ombreuse galerie de fer devant les rayons de ruche des cellules.

— Elles sont rudement tranquilles dans ce trou, les deux souris que j'ai fourrées là ! Hum !

Soudain, il vit à l'extrémité de la galerie une silhouette confuse émerger sous la voûte, courir devant un agent de police et s'approcher impétueusement de l'endroit où se tenait le geôlier.

— Voilà encore des parents. Ces gaillards-là arrivent toujours hors d'haleine avant la seconde mort, vu qu'ils ratent toujours la première. Hum ! Dans quel état il est, celui-là : il souffle pire que moi !

— Où est-elle ? lui cria violemment Fred Tartan. Elle n'est pas au quartier des meurtriers ! J'ai accouru tout de suite après le meurtre pour chercher la douce enfant ; mais je n'ai trouvé qu'une créature solitaire et muette qui a tendu le doigt vers la porte sans rien dire. Les deux oiseaux s'étaient envolés ! Où est-elle, geôlier ? J'ai fouillé tous les recoins, sauf celui-ci. As-tu vu descendre un ange dans ton enfer de granit ?

— Il a perdu le souffle et la tête avec, hein ? dit le geôlier poussif au gardien qui arrivait à présent.

— Ce monsieur cherche une jeune demoiselle, sa sœur, qui a eu des relations innocentes avec le dernier détenu. Est-ce que des femmes sont venues le voir ?

— Oh ! oui, il y en a deux là-dedans, dit le geôlier en jetant son pouce noueux par-dessus son épaule.

Fred se précipita vers la cellule désignée.

— Oh ! doucement, doucement, mon jeune monsieur, reprit le geôlier en jouant avec un énorme trousseau de clefs. Attendez un peu que je trouve le passe-partout ; c'est moi la maîtresse de maison ici... Tiens, en voilà un autre !

Une seconde forme se hâtait sous la même voûte et courait à leur rencontre devant un autre agent.

— Où est la cellule ? demanda Millthorpe.

— Il veut voir le dernier détenu, expliqua le second gardien.

— On va faire d'une pierre deux coups, alors, ahana le geôlier en ouvrant la porte grinçante de la cellule. Voilà un joli salon, messieurs. Entrez. Un vrai trou à rats, n'est-ce pas ? On entendrait un lapin creuser son terrier de l'autre côté du monde. Est-ce qu'ils dorment tous ?

— Je trébuche ! cria Fred à l'intérieur de la cellule. Lucy ! Une lumière ! Une lumière ! Lucy !

Et comme il tâtonnait éperdument, il saisit aveuglément Millthorpe qui, lui aussi, tâtonnait éperdument.

— Ne m'infecte pas. Écarte tes mains sanglantes ! Ho ! Ho ! la lumière ! Lucy ! Lucy !... Elle s'est évanouie !

Puis tous deux trébuchèrent à nouveau et tombèrent dans la cellule ; pendant un instant, tout demeura silencieux ; il semblait que chacun retînt sa respiration.

Quand on eut enfin apporté de la lumière, on vit Fred accroupi sur le sol, sa sœur dans ses bras ; Millthorpe agenouillé aux côtés de Pierre, une main inerte dans la sienne ; et, entre eux, Isabelle appuyée au mur et remuant faiblement.

— Oui ! Oui ! Morte ! Morte ! Morte !... sans une seule blessure visible... son doux plumage la dissimule. Infernale charogne, voilà donc ton œuvre infernale ! Dans ta scélératesse, tu as abattu cet oiseau céleste ! Oh ! mon Dieu, mon Dieu ! Ce spectacle me tue !

— La sombre veine a éclaté et voici les épaves du déluge... tous échoués ici ! Ah ! Pierre, mon vieux compagnon, Pierre, mon camarade d'école, mon camarade de jeu, mon ami !... Oh ! les douces promenades de notre enfance dans les bois ! Que n'ai-je pu te convaincre, te protéger contre tes impulsions trop vives ! Mais tu ne voulais rien entendre ! Quelle innocence et quel dédain sur tes lèvres, mon ami ! Ta main noircie par la poudre est douce comme celle d'une femme ! Par le ciel, ces doigts bougent ! Une étreinte muette ! Tout est fini !

— Tout est fini et vous ne le connaissez pas ! dit près du mur une voix haletante.

Et des doigts d'Isabelle s'échappa une fiole vide — tel un sablier épuisé — qui se brisa sur le sol. Elle-même s'affaissa tout d'une masse, tombant sur le cœur de Pierre ; sa longue chevelure se répandit sur lui et lui fit une treille de ses vignes d'ébène.

DU MÊME AUTEUR

Aux Éditions Gallimard

UN ÉDEN CANNIBALE, traduction de Théo Varlet.

MOBY DICK, traduction de Lucien Jacques, Joan Smith et Jean Giono (Folio, nº 2852).

LES ÎLES ENCHANTÉES, BARTLEBY L'ÉCRIVAIN, traduction de Pierre Leyris.

LES CONTES DE LA VÉRANDA. BENITO CERENO et autres Contes de la Véranda, traduction de Pierre Leyris (L'Imaginaire, nº 7).

OMOO, traduction de Jacqueline Foulque.

TAÏPI, traduction de Théo Varlet et Francis Ledoux (Folio, nº 1526).

COCORICO! ET AUTRES CONTES, traduction de Pierre Leyris.

ISRAËL POTTER, traduction de Francis Ledoux.

JOURNAUX DE VOYAGE, traduction de Francis Ledoux.

LA VAREUSE BLANCHE, traduction de Jacqueline Villaret.

MARDI, traduction de Rose Celli.

REDBURN OU SA PREMIÈRE CROISIÈRE, traduction d'Armel Guerne (Folio, nº 1249).

BILLY BUDD, MARIN, *suivi de* DANIEL ORME, traduction nouvelle de Pierre Leyris (L'Imaginaire, nº 184).

POÈMES DE GUERRE, édition bilingue, traduction de Pierre Leyris (Poésie / Gallimard, nº 251).

D'OÙ VIENS-TU HAWTHORNE? *suivi de* HAWTHORNE ET SES MOUSSES, traduction de P. Leyris.

POÈMES DIVERS 1876-1891, traduction de Pierre Leyris.

BARTLEBY LE SCRIBE, suivi de *Notes pour une vie de Herman Melville* par Philippe Jaworski (Folio, nº 2903).

BENITO CERENO / BENITO CERENO, traduction de Pierre Leyris (Folio bilingue, nº 39).

Dans la « Bibliothèque de la Pléiade »

ŒUVRES, sous la direction de Philippe Jaworski

I. TAÏPI, OMOU, MARDI.

Chez d'autres éditeurs

LE GRAND ESCROC, traduction de Henri Thomas (Éditions de Minuit).

BARTLEBY, édition bilingue, traduction revue de Pierre Leyris (Delta, Université Paul-Valéry, Montpellier).

PONTOOSUCE, édition bilingue, traduction de Pierre Leyris (Éditions B de R, Paris).

MOI ET MA CHEMINÉE, traduction d'Armel Guerne (Éditions du Seuil).

WHITE JACKET OU LA VIE À BORD D'UN NAVIRE DE GUERRE, traduction de Charles Cestre et Armel Guerne (Julliard).

MOBY DICK, traduction de Rémi Simon (Nathan).

Composition Interligne.
Impression Bussière Camedan Imprimeries
à Saint-Amand (Cher), le 12 octobre 1999.
Dépôt légal : octobre 1999.
1er dépôt légal dans la collection : avril 1999.
Numéro d'imprimeur : 994449/1.
ISBN 2-07-040868-X./Imprimé en France.

93668